UN ÉTÉ SANS AUBE

Agop J. Hacikyan - Jean-Yves Soucy

UN ÉTÉ SANS AUBE

FRANCE LOISIRS
123, boulevard de Grenelle

Une édition du Club France Loisirs, Paris,
réalisée avec l'autorisation des Presses de la Cité

ISBN 2-7242-7398-2

À l'Arménie éternelle.

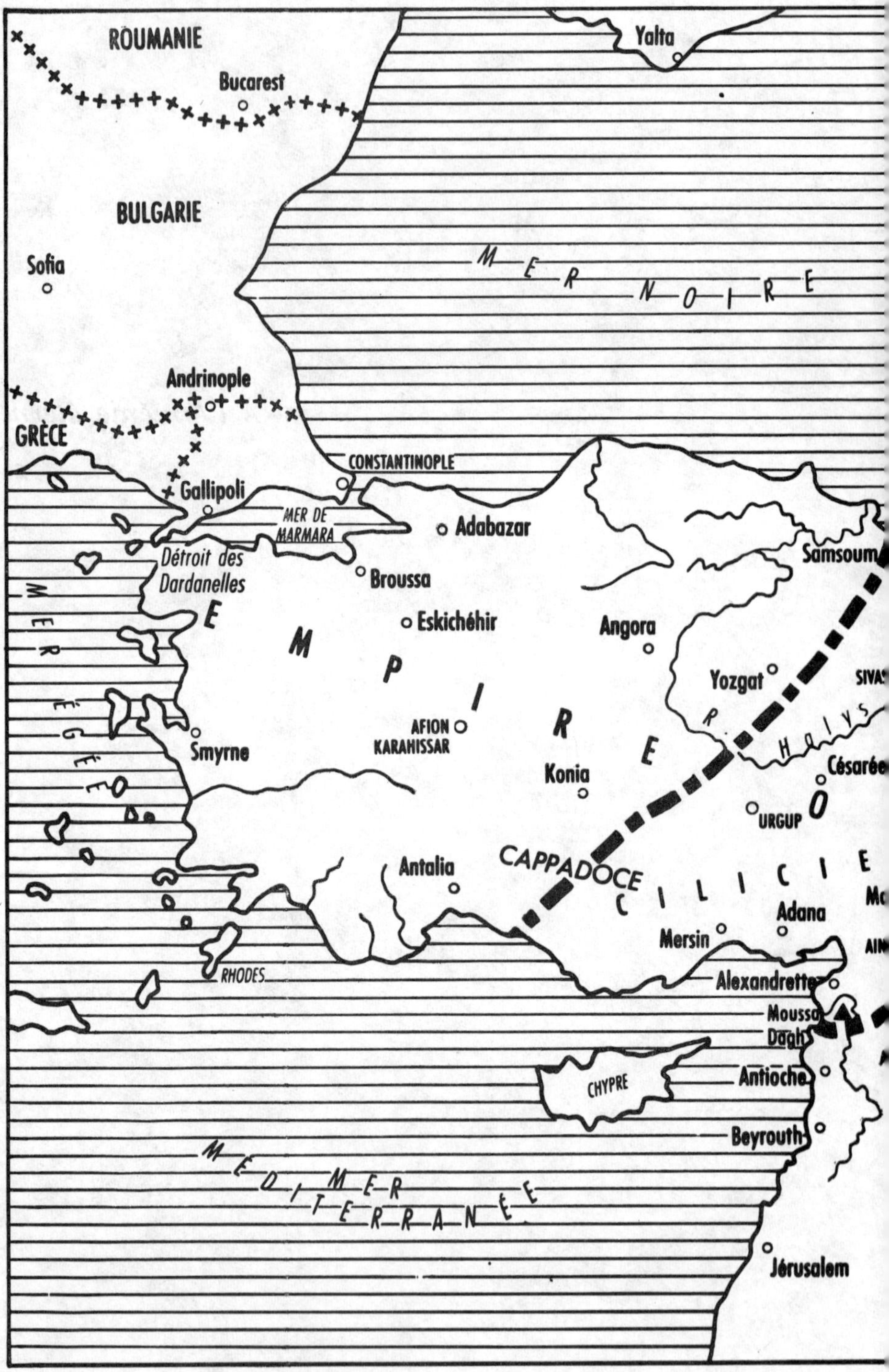

ROUMANIE
Bucarest
Yalta
BULGARIE
Sofia
MER NOIRE
Andrinople
GRÈCE
CONSTANTINOPLE
Gallipoli
MER DE MARMARA
Adabazar
Détroit des Dardanelles
Broussa
Samsoum
MER ÉGÉE
EMPIRE O
Eskichéhir
Angora
Yozgat
AFION KARAHISSAR
Halys
Smyrne
Konia
Césarée
URGUP
CAPPADOCE
Antalia
CILICIE
Adana
Mersin
RHODES
Alexandrette
Moussa Dagh
CHYPRE
Antioche
Beyrouth
MER MÉDITERRANÉE
Jérusalem

Territoires habités
par les Arméniens
depuis 1400 av. J.-C.
Frontières des pays
avant 1918.
MER CASPYENNE
EMPIRE
RUSSE
GÉORGIE
AZERBAÏDJAN
Batoum
rdou
Ardahan
Trébizonde
Lac de
Sévan
Gharabagh
Bakou
Kars
habin
arahissar
Erévan
Erzeroum
Euphrate
Mt.
Ararat
Nakhitchévan
Kharpout
Lac de
Van
Van
Lac
d'Ourmia
MALATIA
Diabékir
Mardin
Ourfa
OMAN
Tigre
PERSE
Raqqa
MÉSOPOTAMIE
er-El-Zor
Bagdad
Euphrate
Bassora
SYRIE
G. PERSIQUE

LISTE ALPHABÉTIQUE DES PERSONNAGES PRINCIPAUX

Altan Fils de Riza Bey.

Aram Adolescent qui aide Aroussiag.

Araksi Surmélian Épouse d'Armène et marraine de Tomas.

Armène Surmélian Mari d'Araksi et parrain de Tomas.

Aroussiag Femme qui sauve Vartan près d'Urgup; Halidé est son prénom turc.

Arpiné Mesropian Tante de Vartan, épouse de Mesrop.

Ayla Petite servante arménienne au service de Riza Bey; Vartouhi est son prénom arménien.

Azniv Hanim Mère de Maro.

Barkev Mesropian Cousin de Vartan, fils aîné de son oncle Mesrop et de sa tante Arpiné.

Bédri Aide de Riza Bey et son homme de confiance.

Buyuk Hanim Mère de Riza Bey.

Chahané Fille de Riza Bey.

Chirag Tévonian Révolutionnaire arménien.

Diran Mesropian Cousin germain de Vartan.

Emel Fille de Riza Bey.

Eminé Vieille nourrice de Riza Bey.

Gani Bey Un des personnages les plus influents du gouvernement turc à Constantinople.

Halit Pacha Général de l'armée ottomane et ami de Vartan.

Ibrahim Alizadé Colonel dans l'armée ottomane, ami de Vartan.

Kementché Hakki (Hakki Tchélébi) Un des musiciens de la troupe de derviches et ami intime de Vartan.

Kénan Fils de Riza Bey.

Kérim Instituteur et ami intime d'Aroussiag.

Leyla Troisième épouse de Riza Bey.

Lucie Mesropian Cousine de Vartan.

Makbulé Deuxième épouse de Riza Bey.

Maro Balian Née Artinian, fille d'Azniv Hanim, épouse de Vartan et mère de Tomas.

Mesrop Mesropian Oncle par alliance de Vartan à Constantinople.

Mustafa Rahmi Commissaire en chef à Sivas.

Noubar Balian Frère de Vartan.

Nourhan Fils de Riza Bey.

Oudi Yachar Surnom de Vartan durant sa tournée avec la troupe de derviches.

Riza Bey Gouverneur d'Aintab.

Safiyé Première épouse de Riza Bey.

Tomas Fils de Maro et de Vartan.

Vartan Balian Mari de Maro et père de Tomas.

Ce roman est fondé sur des faits historiques, mais les personnages et leurs aventures sont souvent fictifs.

Il reprend les noms des villes et des villages en usage au début du siècle en Arménie et en France.

PROLOGUE

Le 30 juin 1915, les canons allemands tonnèrent deux heures avant l'aube. Les obus se mirent à pleuvoir sur les lignes françaises près de Neuville-Saint-Vaast, à environ cent cinquante kilomètres de Paris. Dans les tranchées, les poilus qui avaient réussi à dormir quelques heures en dépit de l'inconfort s'éveillèrent. Cette préparation d'artillerie annonçait une nouvelle contre-attaque des Allemands, que l'on avait repoussés de quelques kilomètres en deux mois de combat sous les ordres du général Foch. Des dizaines de milliers de morts pour gagner de misérables hectares criblés de cratères et truffés de chair humaine.

Cette guerre, on l'avait commencée fleur au canon et chanson aux lèvres, comme s'il ne s'agissait que d'une brève excursion. Après un hiver dans la boue des tranchées, l'enthousiasme avait fait place à une espèce de stupeur. On vivait quelque chose de nouveau, une guerre plus inhumaine que toute autre auparavant. Que pouvaient la force et le courage des hommes contre le feu et le fer qui tombaient du ciel? Contre les gaz qui brûlaient les poumons? Finis les uniformes colorés, les grands mouvements de troupes, les charges de cavalerie. Couvert de boue ou de poussière, cherchant à se confondre avec le sol, on creusait comme des taupes, on se terrait, on rampait.

D'ici, on avait l'impression que le monde entier flambait. Et peut-être en était-il ainsi. Presque tous les pays d'Europe étaient engagés dans le conflit, et avec eux leurs colonies. D'un côté, la Triple-Entente : France, Grande-Bretagne et Russie, auxquelles s'étaient joints la Belgique, le Japon, l'Italie et la Serbie. Leur faisaient face les Empires centraux : Allemagne, Autriche-Hongrie, Empire ottoman et Bulgarie. On sentait que tôt ou tard les puissances encore neutres seraient entraînées, de gré ou de force, à prendre parti.

À trois mille kilomètres de Neuville-Saint-Vaast, à l'extrémité est de la Méditerranée, le soleil se levait déjà sur l'Empire ottoman. Près de l'entrée du détroit des Dardanelles, des bâtiments anglais et français bombardaient les positions de l'armée turque sur la presqu'île de Gallipoli. Les navires se trouvaient hors de portée des canons de campagne ennemis, cependant des obus explosaient sur la plage où était établie une tête de pont, et des gerbes d'eau s'élevaient autour des barques qui transportaient à terre de nouveaux régiments.

Ils étaient déjà plus de cent mille, Français, Britanniques et coloniaux, Australiens, Canadiens, Nord-Africains, sous les ordres du général anglais Hamilton, et les transports de troupes continuaient d'arriver. Depuis le début du débarquement en avril, le corps expéditionnaire restait bloqué sur une étroite bande de terre, incapable de progresser vers l'intérieur où les armées ottomanes retranchées sur des hauteurs défendaient âprement leur territoire, coupant la route des Alliés vers la capitale de l'Empire, Constantinople [1]. Afin de l'atteindre, une flotte franco-britannique avait tenté vainement, au mois de février, de forcer le détroit des Dardanelles, bordé de forts. Les mines et les canons de gros calibre manœuvrés par des artilleurs allemands avaient infligé de lourds dégâts aux bâtiments.

Étalée sur des collines de part et d'autre du Bosphore, un pied en Europe, l'autre en Asie, la ville millénaire dressait avec orgueil ses dômes et ses minarets de marbre. Malgré la guerre, l'antique Byzance rebaptisée Constantinople en l'honneur de Constantin, le premier empereur chrétien, bourdonnait d'activité. Les siècles, comme les envahisseurs, n'avaient pas transformé radicalement la ville, qui conservait les legs du passé. Ainsi, l'Atmeidan, la place des Chevaux, occupait le site d'un hippodrome romain et en perpétuait le plan. L'ancienne église chrétienne de la Divine Sagesse était devenue, après la prise de Constantinople par les Ottomans en 1453, la mosquée de Sainte-Sophie par l'ajout de minarets aux quatre coins.

Aujourd'hui, le sultan Mehmet V ne régnait plus que sur les vestiges d'un vaste empire. Depuis un siècle, le domaine ottoman avait été peu à peu démembré. Dans les Balkans, la Grèce, la Roumanie, l'Albanie, la Bulgarie, la Serbie et le Monténégro devenaient indépendants; en Afrique, l'Algérie, la Libye, la Tunisie et l'Égypte passaient sous le protectorat de puissances européennes. Il ne restait au sultan que la Thrace orientale, l'Anatolie, la Mésopotamie, la Palestine et l'Arabie. Et encore ne régnait-il que nominalement; s'il se prévalait toujours du titre de Commandeur des croyants, de moins en moins de musulmans à l'extérieur de l'Anatolie le considéraient comme tel. Et depuis que le parti des Jeunes-Turcs avait renversé Abdul Hamid II en 1909 pour le remplacer par Mehmet V, c'en était fini de l'absolutisme du sultan. Un parle-

1. Aujourd'hui Istanbul.

ment gouvernait en principe le pays, mais trois hommes exerçaient en réalité le pouvoir : Enver, Talaat et Djémal. C'était ce triumvirat qui, en octobre 1914, avait engagé le pays dans cette guerre aux côtés de l'Allemagne.

À présent, l'Empire était cerné de toutes parts. Les combats faisaient rage à l'extrême est de l'Anatolie, dans l'Arménie occidentale, où les Russes avaient franchi la frontière et pris la ville de Van ; à court de munitions, ils se retiraient mais c'était sans aucun doute pour mieux frapper ensuite. Plus au sud, les Britanniques s'étaient rendus maîtres de Bassora, en Mésopotamie, et du delta du Tigre et de l'Euphrate. À l'ouest, les troupes ottomanes battaient en retraite dans le Sinaï après avoir échoué devant le canal de Suez défendu par d'importants contingents anglais. Et il y avait bien sûr Gallipoli, à deux cent cinquante kilomètres à peine de Constantinople. Sans compter les flottes française et britannique qui contrôlaient la Méditerranée.

Rien de tout cela ne parvenait à tempérer l'optimisme des dirigeants ottomans. La bataille du détroit des Dardanelles leur permettait tous les espoirs : pour la première fois dans l'histoire, l'arrogante marine britannique avait dû s'avouer vaincue ! Et cela était le fait des Turcs ! L'Empire ottoman était enfin débarrassé de la tutelle contraignante qu'exerçaient depuis un siècle la France, l'Angleterre, la Russie et l'Italie. Avec l'appui de l'Allemagne qui avait investi massivement en Anatolie, surtout dans la construction du chemin de fer entre Constantinople et Bagdad, le gouvernement d'Enver Pacha pourrait maintenant conduire les affaires du pays comme bon lui semblait.

Encore en robe de chambre, Son Excellence Henry Morgenthau, ambassadeur des États-Unis d'Amérique à Constantinople depuis 1913, s'assit à sa table de travail. Il aimait le calme du matin et il se ménageait chaque jour un moment de solitude avant de s'atteler aux tâches officielles, encore plus nombreuses et exigeantes maintenant qu'il représentait aussi les intérêts français, anglais, russes et belges auprès du gouvernement ottoman. Il profitait de cette demi-heure pour griffonner quelques lignes. Des pensées personnelles, des impressions, des notes sur les événements : cela servait tout autant à nourrir sa réflexion qu'à constituer une réserve de matériaux pour l'autobiographie qu'il envisageait d'écrire.

Un visage long, caractéristique accentuée par des tempes dégarnies et une barbiche pointue, faisait paraître harmonieux son nez étroit mais proéminent et ses oreilles un tantinet trop grandes. Les femmes qui le rencontraient le trouvaient beau avec ses cheveux grisonnants. Le lorgnon et la moustache contribuaient à lui donner un air sévère, atténué cependant par la bonté qui se lisait dans ses yeux. Sur ce visage d'habitude détendu et lisse, deux plis prenaient naissance entre les sourcils et remontaient sur le front haut et large où ils se ramifiaient en ridules horizontales. L'ambassadeur américain était soucieux.

Le sort des minorités de l'Empire ottoman l'inquiétait au plus haut point, particulièrement celui des Arméniens : près de deux millions de personnes vivant surtout dans les six provinces de l'est de l'Anatolie, une partie de l'ancienne Arménie qui s'étendait aussi dans le Caucase, de l'autre côté de la frontière avec la Russie. Les Arméniens formaient en outre d'importantes minorités dans les autres villes, y compris la capitale. Le gouvernement avait un plan pour déplacer tous ces gens au sud de l'Anatolie, dans le désert de Syrie, sous prétexte qu'ils risquaient de prêter assistance aux troupes russes, chrétiennes elles aussi.

Il devenait de plus en plus clair pour Henry Morgenthau que les dirigeants de l'Empire poursuivaient un autre but : débarrasser l'Anatolie des sujets non musulmans. L'arrestation de plus de deux cents intellectuels et notables arméniens de la capitale, le 24 avril précédent, était à ce titre éloquente. Et maintenant des rumeurs de massacres d'Arméniens commençaient à filtrer jusqu'à Constantinople, même si les déplacements étaient limités et le courrier soumis à une censure sévère. Morgenthau n'avait plus le droit d'utiliser de code secret dans ses communications avec les consuls américains de l'intérieur; cependant, il recevait parfois d'eux des lettres transmises par des missionnaires. Ils venaient, Américains et Canadiens, même Allemands, lui raconter les atrocités dont ils avaient été témoins.

Selon eux, seuls les États-Unis étaient en mesure d'exercer des pressions sur le gouvernement ottoman. Au plus grand chagrin des missionnaires allemands, le Kaiser se désintéressait de la question, sans doute pour ne pas agacer son allié. Henry Morgenthau ne pouvait pas grand-chose, hormis protester et se faire répondre par le ministre de l'Intérieur, Talaat Pacha [1], que les affaires domestiques de l'Empire ne concernaient pas les États-Unis. Et, selon les règles de la diplomatie internationale, Talaat avait raison!

L'ambassadeur cessa de caresser sa barbiche, ajusta son lorgnon et prit sa plume pour transcrire une conversation qu'il avait eue avec Talaat.

La veille, deux missionnaires étaient venus le voir et lui avaient rapporté les détails d'événements effroyables survenus à Konia. Après avoir écouté leurs histoires, il était parti sur-le-champ rencontrer Talaat. Il avait trouvé le ministre dans une de ses humeurs les plus exécrables. Depuis des mois, Talaat cherchait à obtenir la libération de deux amis, Ayoub Sabri et Zinnoun, retenus prisonniers par les Anglais à Malte. Son impuissance à régler cette question l'affligeait et l'irritait; il parlait constamment de l'affaire et demandait à Morgenthau d'intervenir auprès des Britanniques.

1. Titre donné aux généraux et à certains dignitaires ottomans. (Turc.)

Une nouvelle tentative de les faire relâcher venait d'échouer, et Talaat fulminait. Il s'efforçait d'afficher une attitude calme et courtoise avec l'ambassadeur américain, mais ses phrases courtes et cinglantes et sa mine de bouledogue indiquaient que ce n'était pas le moment propice pour l'amener à des sentiments de pitié. Henry Morgenthau lui parla donc d'abord d'un missionnaire canadien, le docteur McNaughton, qui était traité avec iniquité.

– Cet homme est un agent anglais, répondit Talaat, et nous en avons la preuve.

– Montrez-la-moi, demanda Henry Morgenthau.

Le ministre en était bien incapable et il se lança dans une diatribe contre les Anglais. Il était évident qu'il utiliserait tout sujet britannique qui lui tomberait sous la main comme monnaie d'échange pour la libération de ses amis. Le début de cette conversation augurait mal pour une discussion sur le sort des Arméniens. Et, lorsque l'ambassadeur aborda cette question, Talaat explosa :

– On ne peut pas avoir confiance dans les Arméniens ! De plus, ce que nous leur faisons ne regarde pas les États-Unis.

Morgenthau répondit qu'il se considérait comme un ami des Arméniens et qu'il était outré par les malheurs qu'on leur faisait subir. Le pacha secoua la tête et refusa d'en discuter. Pour montrer sa bonne volonté, le ministre consentait à relâcher le missionnaire canadien. L'ambassadeur sentit qu'il n'avait rien à gagner pour l'instant en insistant sur le problème des Arméniens. Par chance, Talaat passait d'un état d'esprit à un autre avec autant d'inconstance qu'un enfant : un jour, il était violent et inflexible ; le lendemain, accommodant et d'une bonhomie tonitruante. La prudence conseillait donc d'attendre un de ses moments d'amabilité pour évoquer le sujet qui réveillait sa barbarie [1].

Henry Morgenthau reposa sa plume et leva les yeux vers la fenêtre qui donnait sur l'est. La frontière russe se trouvait dans cette direction, à plus de mille deux cents kilomètres. Dans ce pays de steppes arides et de montagnes dénudées, où les vallées constituaient les seules oasis de verdure, les Arméniens étaient abandonnés à leur sort.

En plein cœur de l'Anatolie, Sivas, chef-lieu de la province du même nom, s'étalait dans une vallée où les méandres de la rivière Halys scintillaient sous le soleil matinal. Les champs de céréales mûrissantes donnaient une couleur dorée à la plaine. Les montagnes ocres qui la bordaient au nord et au sud semblaient se rejoindre à l'horizon, créant l'illusion que la ville occupait le centre d'un cirque isolé du reste du monde. Il s'agissait au contraire d'un couloir, l'ancienne route entre Constantinople et la Perse. Coincé entre la Méditerranée et la mer Noire, le plateau d'Anatolie a de tout temps constitué un pont entre l'Orient et

1. Cette rencontre est relatée par l'ambassadeur Morgenthau dans son autobiographie, *Secrets of the Bosphorus*, Doubleday & Co., New York, 1918.

l'Occident, le passage qu'empruntaient les conquérants, les marchands et les tribus en migration. Et Sivas était un relais important des caravanes qui transportaient la soie et les épices depuis le centre de l'Asie.

Installé dans cette contrée dès le VIIe siècle avant Jésus-Christ, le peuple arménien subit la conquête des Hittites et des Perses. Puis défilèrent les armées d'Alexandre le Grand, les légions de César, les Byzantins, les pillards arabes et les hordes mongoles. Les Turcs seldjoukides vinrent des steppes asiatiques, les croisés traversèrent le pays, en route vers Jérusalem. Finalement, au XVe siècle, les Ottomans s'installèrent en maîtres dans la région avant d'étendre leur empire jusqu'en Afrique et en Europe.

Les Arméniens avaient survécu et prospéré en dépit des guerres et des massacres. Entreprenants et débrouillards, ils servaient d'intermédiaires entre les peuples voisins. Durant les vingt-cinq siècles de leur histoire, ils avaient fondé cinq royaumes différents dont la durée totalisait un millénaire. Le reste du temps, ils subissaient le joug de quelque envahisseur. Un siècle avant Jésus-Christ, Tigrane le Grand régnait sur les terres allant de la mer Noire à la mer Caspienne, des montagnes du Caucase aux rives de la Méditerranée. Le dernier royaume arménien, allié des croisés, survivait jusqu'en 1375 en Cilicie. Puis les Turcs, les Russes et les Perses se partageaient l'ancienne Arménie que dominait le mont Ararat, où la légende voulait que se soit échouée l'arche de Noé.

Forts d'une longue tradition artistique, possédant une religion, une langue et un alphabet propres, les Arméniens résistaient à toute tentative d'assimilation. Noyés dans une mer musulmane, ils conservaient avec entêtement la foi chrétienne, qui, selon la tradition, leur avait été apportée par les apôtres saint Barthélemy et saint Jude. Ils n'étaient pas peu fiers qu'en l'an 301 le roi Tiridate III ait proclamé le christianisme religion nationale, créant de ce fait le premier État chrétien. Les seules conversions se faisaient au catholicisme ou au protestantisme, dont les missionnaires étaient actifs en Anatolie depuis le XIXe siècle. Mais la majorité demeurait fidèle à l'Église apostolique arménienne, qui représentait pour elle l'identité nationale et le lien avec le passé.

À Sivas, comme dans les autres provinces orientales de l'Anatolie, musulmans et Arméniens cohabitaient tant bien que mal depuis quatre siècles, et la topographie de la ville témoignait de cette interdépendance où le respect mutuel n'excluait pas une certaine méfiance réciproque. Le quartier arménien s'étageait à flanc de coteau avec ses innombrables chapelles, ses monastères et ses écoles. La haute ville, aux demeures cossues entourées de jardins clos de murs, surplombait un entassement de maisons plus modestes à toits plats, blanchies à la chaux. Entre ces dernières serpentait un véritable labyrinthe de rues étroites et de venelles au sol durci par des siècles d'usage.

Plus bas, l'hôtel de ville, la place du marché et des bâtiments gouvernementaux marquaient une frontière; au-delà s'étendait le quartier de Kaval, où vivait la population musulmane : Turcs, Circassiens et Kurdes. Y luisaient les faïences bleues du Gok Médressé, l'antique école coranique, et des dizaines de minarets se profilaient au-dessus des toits en terrasse. Les commerces et les résidences s'y côtoyaient dans une joyeuse anarchie...

1

Vartan Balian n'avait pas fermé l'œil de la nuit. Vers cinq heures, il se leva en faisant attention de ne pas réveiller Maro, son épouse. Il enfila un caleçon et s'en fut dans sa bibliothèque.

La veille, des crieurs publics avaient proclamé l'ordre de déportation des Arméniens de Sivas. Vartan, qui dirigeait un dispensaire militaire en banlieue de la ville, ne les avait pas entendus, mais en rentrant, en fin d'après-midi, il avait vu les affiches placardées aux carrefours. Aucune date n'était fixée, les Arméniens devaient seulement se préparer à partir et attendre. Entre-temps, ils n'avaient plus le droit de pratiquer le commerce et on leur interdisait de vendre leurs biens. Parce que Vartan servait dans l'armée ottomane en qualité d'officier médical de réserve avec le rang de major, lui et sa famille n'étaient pas touchés par la mesure, baptisée « déplacement » par les fonctionnaires. Cela ne le rassurait pas pour autant. L'histoire de son peuple fourmillait de leçons qui incitaient à la méfiance.

Plusieurs signes lui laissaient craindre le pire. Tout d'abord, on avait désarmé les soldats arméniens de l'armée ottomane pour les affecter à des travaux de terrassement ou au transport de l'équipement ; puis tous les chrétiens avaient dû livrer leurs armes au gouvernement. Même les fusils de chasse ! Et maintenant, cette déportation loin des zones de guerre... Pourtant, le front russe se trouvait à plusieurs centaines de kilomètres ! Non, Vartan connaissait trop bien les membres du gouvernement de Constantinople pour ne pas savoir à quoi s'en tenir. Et c'était ce qui l'empêchait de dormir.

La pièce aux murs garnis de cartes géographiques, d'une armoire de produits chimiques et d'étagères de livres baignait dans une pénombre feutrée. Un mince rayon de soleil dans lequel dansait un peu de poussière et de pollen s'écrasait sur le bureau en marqueterie. Vartan ouvrit les volets et cligna des yeux. Après le parfum des roses qui grimpaient sur la façade, il perçut un léger relent de fumier : chaque maison de Sivas possédait une étable qui abritait une ou deux vaches, au moins des chèvres, parfois un âne. Les plus riches gardaient également des chevaux. Une odeur agreste flottait donc en permanence sur l'agglomération de quatre-vingt mille âmes, même dans la haute ville où se trouvait la maison des Balian.

Un souffle de brise agitait le feuillage du châtaignier où roucoulaient des tourterelles. Vartan pencha le buste à l'extérieur afin de profiter du courant d'air. La nuit avait été moite et torride, inconfort que l'anxiété avait sans nul doute exagéré. Après la brève période de luxuriance consécutive à la fonte des neiges, la sécheresse s'installait en Anatolie. Hormis quelques orages aussi brefs que violents, il ne pleuvrait pas avant l'automne. Le soleil brûlerait la végétation, dessécherait le sol, rendrait la vie pénible aux hommes et aux bêtes.

Vartan paraissait plus jeune que ses trente-huit ans. Son visage carré, terminé par un menton volontaire marqué d'une fossette verticale, ne comportait aucune ride à l'exception de pattes-d'oie au coin des yeux ; cela venait de son habitude de plisser légèrement les paupières lorsqu'il fixait quelqu'un. Il avait bien quelques cheveux blancs aux tempes, mais seule son épouse le savait car il les dissimulait en se peignant. Toujours rasé de frais, sa fine moustache bien taillée, Vartan soignait son apparence. Avec son mètre quatre-vingt-dix, il dépassait de beaucoup la moyenne des hommes de l'Anatolie, et son physique d'athlète faisait qu'on le remarquait dans une foule, d'autant plus qu'il s'habillait à l'européenne et que ses manières lui donnaient un peu l'allure d'un grand seigneur. Dans ce pays, la confiance en soi inspirait le respect, et Vartan n'en manquait pas.

Les voix légères des muezzins lançant du haut des minarets la phrase sacrée s'entremêlèrent. Enrichi d'échos, l'appel à la première des cinq prières quotidiennes de l'islam devenait un chant harmonieux. Le silence subséquent fut de courte durée car la cloche d'un monastère arménien annonça les laudes. Sivas était sans doute l'un des derniers lieux de l'Anatolie où des musulmans et des chrétiens s'agenouillaient simultanément pour prier le Dieu unique. Ailleurs, les cloches s'étaient tues ou ne sonnaient plus que le glas.

Des volets claquèrent dans le voisinage. Peu d'Arméniens de Sivas et de la région avaient trouvé le sommeil cette nuit-là. Les plus vieux se souvenaient des massacres de chrétiens ordonnés par le sultan Abdul Hamid II en 1894. Environ trois cent mille morts, disait-on, ce qui avait valu au monarque son surnom de « Sultan rouge ». Vartan avait dix-sept ans à cette époque. La famille Balian n'avait pas été touchée, mais l'atmosphère de siège qu'ils avaient vécue avait impressionné Vartan et ces événements avaient changé le cours de sa vie. Son père, Tomas, qui avait l'allure – et parfois le caractère – d'un taureau, était un homme juste et généreux, bien considéré par ses voisins musulmans. Prudent aussi. Même si rien ne laissait présager que des troubles surviendraient à Afion Karahissar, au cœur de l'Anatolie, il avait transformé l'exploitation familiale d'opium en une véritable forteresse. Il employait une soixantaine d'ouvriers, des Kurdes à qui il concédait un bout de terrain où ils vivaient avec leurs familles dans un camp semblable à ceux qu'ils dressaient lorsqu'ils étaient encore nomades. Ces hommes, excellents cavaliers et guerriers farouches, se seraient fait couper en petits morceaux pour Tomas Balian, qu'ils appelaient « agha », c'est-à-dire « maître ». Durant les deux années de massacres, les ouvriers avaient vécu le fusil en bandoulière, prêts à défendre leur agha, sa famille et ses biens.

Vartan aimait ces gens simples et enjoués, toujours heureux, aurait-on dit. Leurs femmes, à l'encontre des Turques, ne se voilaient pas le visage et parlaient librement aux étrangers. Son frère aîné, Noubar, et lui traînaient constamment dans le campement des Kurdes ; ils avaient passé leur jeunesse à jouer avec les enfants des ouvriers, à travailler à leurs côtés dans les champs de pavot. Les hommes se réservaient les labours et la plantation ; cependant, lorsque arrivait le moment de la récolte, tout le monde devait s'y mettre. Ce travail demandait patience et minutie. Dès que les pétales tombaient, on entaillait, alors qu'elles étaient encore vertes, les capsules de la taille d'une petite prune. Un latex blanc s'écoulait des incisions peu profondes et se coagulait en brunissant : l'opium que l'on récoltait le matin suivant en grattant les capsules à l'aide d'une cuiller spéciale. Se dégageait alors un parfum semblable à celui de l'herbe fraîchement coupée. Il fallait des milliers de fleurs pour obtenir un seul kilo d'opium, et les Balian en exportaient des tonnes vers l'Europe et les États-Unis, où on le transformait en morphine destinée aux hôpitaux.

Jusqu'au moment des massacres, Vartan avait vécu avec l'insouciance d'un fils de famille riche, sans se préoccuper de l'avenir. Il se passionnait pour la littérature, la musique, les filles et les chevaux. Sa mère, musicienne accomplie, encourageait son penchant pour les arts ; son père préférait pour son fils des occupations plus viriles et il lui apprenait à diriger les ouvriers, à manier les armes et à monter à cheval. À seize ans, Vartan possédait déjà une carrure d'homme et il était un cavalier hors pair, le meilleur des environs. Malgré la brutalité de ce jeu et le risque de blessures, son père le laissait participer aux joutes de djirit [1] organisées par les Kurdes après leur journée de travail. Il fermait également les yeux sur les aventures de son fils avec des servantes.

Les événements de 1894 causèrent un choc au jeune Vartan : la renommée et la richesse ne pouvaient garantir la sécurité. L'honnêteté et la générosité ne préservaient pas de l'injustice. Une instance supérieure régissait la vie des hommes, et ce n'était pas Dieu

1. Sport où les cavaliers chargent leurs adversaires avec des bâtons en guise de lances. (Turc.)

mais la politique. Vartan prenait conscience que son existence aisée et sans problèmes n'était pas le lot de tous les Arméniens, bien au contraire. Des lois iniques en faisaient des citoyens de seconde zone dans l'Empire ottoman. Ils étaient frappés d'impôts particuliers, se voyaient interdire l'accès aux emplois dans l'administration et au service militaire. Une antique règle prévalait toujours : un musulman avait encore le droit de tester le tranchant de son sabre sur le cou d'un chrétien! Cela illustrait bien le peu de considération dans lequel le gouvernement du sultan tenait ses sujets non musulmans, les giaours [1]. Mis à part les grandes villes, où régnait un semblant de loi, les Arméniens étaient partout soumis aux caprices et aux exactions des fonctionnaires et des despotes locaux, dépossédés de leurs biens sans recours pour obtenir justice, parfois presque réduits à l'état de serfs.

Vartan se découvrit une nouvelle passion, la politique, à laquelle il s'intéressa avec la fougue qui le caractérisait. À dix-neuf ans, il était un véritable expert de l'histoire et de la politique de l'Empire ottoman, de ses relations avec le monde extérieur, particulièrement les puissances européennes. C'était décidé : il étudierait le droit et se ferait le défenseur de son peuple, il changerait les choses dans le royaume archaïque du sultan! Tomas Balian avait d'autres projets pour son fils : Vartan deviendrait pharmacien-chimiste, c'était dans l'intérêt de l'entreprise familiale. Le père rêvait de transformer sur place l'opium en morphine plutôt que de le vendre à l'état brut. On en obtiendrait des profits importants et on pourrait même envisager de traiter aussi la production des autres fermiers.

Après d'âpres discussions, Vartan dut s'incliner devant la volonté paternelle et il partit étudier au lycée arménien Gétronagan, dans la capitale, puis au Robert College, le collège américain de Constantinople que fréquentaient surtout les fils des minorités arménienne, grecque et juive. Il logeait chez son oncle, Mesrop Mesropian, imprimeur de son métier. Le fils aîné, Barkev, vivait à New York, où il s'occupait du bureau de vente d'opium des Balian. Le cadet, Diran, était du même âge que Vartan, et ils devinrent aussi liés que des jumeaux. Diran avait été lui aussi poussé vers l'action politique par les événements des années précédentes. Mais, à la différence de Vartan qui souhaitait des changements constitutionnels et la réalisation des réformes administratives souvent promises aux Arméniens, il prônait l'action armée. Cette divergence ne les empêcha pas de s'intégrer aux mêmes groupes révolutionnaires arméniens et de se rapprocher des idéalistes du mouvement des Jeunes-Turcs. C'était sous l'influence de Diran que Vartan avait abandonné la poésie pour se consacrer à des pamphlets et à des écrits politiques.

Alors que Vartan était encore à l'université, le typhus avait

1. Infidèles, incroyants. Utilisé comme injure. (Turc.)

emporté son père; sa mère, Takouhi, n'avait survécu que trois mois à son époux, sans que le médecin puisse mettre un nom sur le mal qui avait causé son décès. Ses fils devinèrent qu'elle était morte d'amour. Il n'était plus question pour Vartan d'aller s'enfermer à Afion Karahissar pour transformer l'opium en morphine. Son frère Noubar acceptait de gérer la plantation familiale. Comme Vartan, il se souciait peu de morphine. Il avait son propre rêve, auquel s'était opposé le père : embouteiller et distribuer dans toute l'Asie Mineure l'eau minérale naturellement carbonatée qui jaillissait d'une source sur leurs terres. Vartan termina ses études et trouva un poste de pharmacien à l'hôpital arménien de Yédikoulé, à Constantinople, ce qui lui laissait assez de loisirs pour écrire et participer à des assemblées politiques. Un peu plus tard, il ouvrit sa propre pharmacie, dans la grand-rue de Péra, sans pour autant négliger l'écriture.

Agé d'à peine plus de vingt ans, ses premiers articles publiés à l'étranger lui avaient valu une lettre d'Anatole France, avec qui il correspondait depuis. La dernière missive de l'écrivain français s'empoussiérait sur la table avec des demandes d'articles sur la « question arménienne » provenant de journaux anglais et américains, articles que Vartan ne pouvait rédiger sans être accusé de collaboration avec l'ennemi. Depuis des mois, ses activités d'écrivain et de journaliste étaient en veilleuse, et il se sentait inutile en ces moments cruciaux pour les Arméniens.

Un âne brayait au loin. Des coqs se répondaient aux quatre coins de la ville. Des roues cerclées de métal crissèrent sur le cailloutage de la rue. La vie reprenait peu à peu à Sivas. Des tintements de casseroles et le murmure d'une conversation montèrent de la cuisine. Les marches de l'escalier geignirent, les lattes du plancher craquèrent : une des servantes venait déposer un broc d'eau chaude devant la porte de la chambre du maître de maison.

Vartan se dirigea vers la bibliothèque à gauche de la fenêtre et caressa de l'index le dos des trois livres qu'il avait fait imprimer à Genève car leur publication aurait été interdite à Constantinople. Tous avaient été traduits en français et en anglais. *Le Sort des chrétiens dans l'Empire ottoman*, *La Question arménienne : cinquante ans d'injustice*. Quant au dernier, *Un empire, des nations*, il prônait ni plus ni moins que l'éclatement de l'Empire, sa transformation en une fédération moderne d'États autonomes : une Palestine, une Syrie, une Arabie, une Turquie, un Kurdistan et, bien sûr, une Arménie. Cet ouvrage avait connu un certain retentissement dans les cercles politiques, même aux États-Unis et en Russie. Et, à cause de lui, Vartan avait été mis sur la liste des révolutionnaires dangereux par la police du sultan. Déjà suspect en raison de son appartenance à l'Ittihad, le comité « Union et Progrès » des Jeunes-Turcs, et de ses articles politiques, il avait dû se terrer durant plus d'un an, vivant chez des amis et changeant constamment d'adresse. Il avait alors trente ans et venait tout juste de se marier. Maro avait partagé son sort sans se plaindre. Elle approuvait ses activités et partageait sa foi dans la nécessité d'un changement social.

Et puis, en 1908, la révolution des Jeunes-Turcs retira le pouvoir au tyrannique sultan Abdul Hamid II, et Vartan put refaire surface. De mémoire d'homme, il n'y eut jamais de moment plus heureux en Asie Mineure. Les gens dansaient dans les rues de Constantinople. Juifs, Turcs, Grecs, Arméniens et Levantins s'embrassaient. L'aube des temps nouveaux se levait sur la ville des rives du Bosphore : l'égalité, la fraternité, la tolérance. En tant que membre de l'Ittihad, le mouvement qui s'était révolté contre le sultan dans le but d'instaurer un régime parlementaire, Vartan fut convié à faire partie du nouveau gouvernement. Et, comme beaucoup d'autres Arméniens jusque-là exclus de la profession militaire, il s'était engagé dans la réserve de l'armée afin de démontrer sa confiance dans le nouveau régime. Ce qui lui valait d'être aujourd'hui sous les drapeaux!

C'était en juillet 1908. Tout de suite éclatèrent les dissensions, un clivage qui aboutit rapidement à la formation de deux clans. D'une part, des modernistes, européanisés et libertaires, dont Vartan était le principal animateur. En face d'eux, des conservateurs qui révélaient maintenant leur vrai visage de xénophobes. Ces derniers, sous la férule des Enver, Talaat et Djémal, prônaient le pantouranisme : la turquification de tous les citoyens et l'extension de l'Empire jusqu'aux plaines d'Asie centrale afin d'englober les nations parentes des Turcs.

Après quelques mois de luttes intestines, les ultranationalistes prenaient le contrôle, et le mouvement des Jeunes-Turcs devenait une façade dissimulant l'instauration d'une dictature. Vartan avait démissionné du gouvernement avant qu'on le limoge et il avait quitté la capitale par mesure de précaution. En avril 1909, le massacre de quelques dizaines de milliers d'Arméniens en Cilicie donnait un avant-goût des politiques nouvelles...

Vartan tira du premier tiroir d'un classeur en chêne une photographie de groupe : le gouvernement dont il avait fait partie! Il s'approcha de la fenêtre afin d'étudier les visages. Plusieurs des progressistes avaient disparu de façon plus ou moins mystérieuse; et les modérés, tel son ami Halit qui le tenait par l'épaule sur cette photographie, on les avait écartés du pouvoir. Retourné à l'armée, Halit avait à présent le grade de général. Se pouvait-il qu'il ait renié ses idéaux de justice?

En voyant Enver et Talaat, aujourd'hui à la tête du gouvernement, une rage soudaine envahit Vartan qui se remémorait l'époque où il s'était opposé vainement à leur ascension. Il se rappelait surtout cette duplicité innée de Talaat, son art de déformer la réalité et les faits. À présent, c'était l'homme fort du régime, et la déportation des Arméniens était son œuvre. Vartan déchiqueta la photographie en petits morceaux et la jeta dans un cendrier.

Promenant un regard circulaire sur la pièce, il se dit qu'il ferait bien de détruire sa correspondance, surtout celle avec son cousin Diran, et les copies des articles publiés dans les journaux étrangers.

***

Vartan ramassa dans le couloir le broc d'eau maintenant tiédie et pénétra dans la chambre. Maro dormait encore, complètement nue car le drap avait glissé par terre au pied du grand lit aux barreaux de cuivre. Couchée sur le côté, les genoux repliés, elle tournait le dos à la porte. Son épaisse chevelure d'un brun sombre s'étalait sur l'oreiller et cachait le cou, qu'elle avait fin et long. La lumière du matin modelait la rondeur de l'épaule et accentuait le volume des fesses; une tache d'ombre creusait les reins et, de ce fait, la taille paraissait encore plus marquée. La hanche était pleine à souhait, la cuisse fuselée, le mollet délicieusement arrondi. Vartan s'émut de la perfection de cette silhouette que n'avaient pas alourdie deux grossesses, dont la dernière, remontant à quelques mois à peine, s'était terminée par une fausse couche. La main aux doigts effilés reposait sur le drap, pointant en direction des pieds étroits, qui étaient croisés.

Elle avait tout juste vingt ans lorsqu'ils s'étaient épousés, huit ans plus tôt. Depuis, ils filaient le parfait bonheur, et Vartan voyait son amour et son désir croître avec le temps. Ses sentiments pour Maro avaient effacé le souvenir de toutes celles qu'il avait aimées ou cru aimer. Lui qu'on disait un homme à femmes, lui qui souvent avait eu deux maîtresses à la fois, se découvrait d'une fidélité dont il se serait cru autrefois incapable. Il n'en avait aucun mérite, c'était simplement qu'il ne prêtait plus attention aux autres femmes, ne remarquait même pas que plusieurs lui faisaient les yeux doux.

Il déposa le broc de faïence bleue sur la coiffeuse, à côté de la cuvette assortie, et il se pencha sur Maro. Soulevant les cheveux, il promena ses lèvres sur la nuque chaude. Sa femme geignit doucement et se retourna sur le dos, toujours endormie. Elle était d'une exceptionnelle beauté et ceux qui la connaissaient la tenaient pour la plus belle femme de Sivas. Le teint pâle et la pureté des traits conféraient une grande noblesse à son visage, cependant que les immenses yeux bruns et les lèvres charnues irradiaient une intense sensualité. En la contemplant, dans le mol abandon du sommeil, Vartan retrouva sur son visage des traces de l'enfance, l'innocence et la candeur qu'elle avait sur une photographie prise le jour de ses sept ans. Elle lui parut fragile, et il l'attira contre lui. Maro ouvrit brusquement les paupières et eut un air effarouché qu'un sourire ne parvint pas à effacer tout à fait. Elle offrit ses lèvres et ils s'embrassèrent longuement; puis elle posa son visage sur la poitrine velue de son homme. Il l'entoura de ses bras, l'enveloppant comme pour la soustraire à tout danger.

– Qu'allons-nous devenir? murmura-t-elle.

Il resta muet, feignant de n'avoir pas entendu, mais ses muscles frémirent. C'était précisément cette question qui toute la nuit l'avait torturé. Il se dégagea avec douceur et se rendit à la coiffeuse, où il se mit à aiguiser son rasoir droit sur une courroie de cuir.

– Qu'allons-nous devenir? demanda encore Maro, cette fois d'une voix bien audible où perçait l'anxiété.

Il se retourna et lui répondit, d'un ton rassurant :

– Cette mesure ne s'applique pas aux militaires ni à leurs familles, je te l'ai déjà dit.

– Mais... nos amis? Nos voisins? Tous les Arméniens de Sivas?

– Rien n'est encore fait, Maro. Ce ne serait pas la première fois qu'une proclamation reste lettre morte dans l'Empire ottoman. Il faut garder espoir.

Elle n'aurait pas demandé mieux que de se laisser convaincre; cependant, elle percevait dans la voix de Vartan une inflexion qui ne la trompait pas : son assurance était une façade. D'ailleurs, elle-même agissait pareillement afin de ne pas effrayer ceux qu'elle aimait. Elle était aussi au fait de la situation politique que son mari. Prenant son journal intime dans le tiroir de la table de chevet, elle se cala dans les oreillers pour écrire. Rien ne venait, ou plutôt cent pensées se bousculaient dans son esprit. Elle reposa le porte-mine et demanda :

– Il n'y a rien que l'on puisse faire? Je ne sais pas, exercer des pressions sur l'état-major de l'armée, le gouverneur de la province... Mumtaz Bey s'est toujours montré juste envers les Arméniens.

– L'ordre vient de Constantinople, du ministre de l'Intérieur en personne.

Elle baissa la tête. C'était à cause de ce Talaat et de sa clique qu'ils avaient dû quitter la capitale et se réfugier dans cette ville de province alors qu'elle était sur le point d'accoucher. Elle revit le chemin tout juste carrossable qu'ils avaient emprunté pour atteindre Sivas.

– Je ne parviens pas à imaginer cette déportation. Comment espère-t-on déménager tant de personnes?

Vartan non plus ne voyait pas comment la chose était réalisable dans ce pays dépourvu de chemin de fer et aux routes à peine dignes de ce nom. Trente mille Arméniens dans la seule ville de Sivas! Peut-être deux millions dans toute l'Anatolie. Coordonner leur transport et celui de leurs biens? L'administration ne parvenait même pas à faire circuler les convois de ravitaillement destinés à l'armée. Tout autant que la déportation, c'étaient les conditions dans lesquelles elle s'effectuerait qui nourrissaient ses craintes. Il ne pouvait en résulter qu'un chaos propice à tous les crimes. Vartan garda ses réflexions pour lui.

– Ta question est judicieuse, Maro. Je crois que c'est impossible et que le gouvernement s'en apercevra vite. Les généraux rappelleront aux politiciens que toutes les ressources du pays doivent être consacrées à l'effort de guerre.

Il fit mousser le savon à barbe avec son blaireau et savonna son menton, son cou et ses joues. Maro l'observait en silence ; de temps en temps, leurs regards se croisaient dans la glace. Un grain de beauté sur le rebord de la paupière inférieure gauche ajoutait encore un peu d'étrangeté au regard indéchiffrable de Vartan. Indéchiffrable pour les autres : mille petits signes permettaient à Maro de deviner son état d'esprit. Le corps musclé tout autant que svelte, l'œil vif et luisant, les pommettes un peu saillantes et le menton carré : il se dégageait de lui une impression de force calme, accentuée encore par la précision de ses gestes avec le rasoir. Maro frissonna ; elle aurait eu envie qu'il l'enlace, qu'il éloigne d'elle l'angoisse qui l'oppressait.

– Nous aurions dû quitter le pays en 1909.

Cela avait été énoncé sans rancœur ni reproche, plutôt du ton neutre que l'on utilise pour une constatation sans importance.

Il la regarda dans la glace, la lame encore sur la joue, et dit :

– En Europe, nous subirions aujourd'hui la guerre.

Elle ne répondit pas qu'il y avait aussi New York, où Vartan aurait pu représenter les intérêts de la famille Balian à la place de son cousin Barkev. La destination qu'ils prendraient en fuyant Constantinople avait provoqué leur unique dispute depuis leur mariage. Afion Karahissar était exclu en raison de sa proximité. Née dans la capitale et ne trouvant aucun attrait particulier aux provinces de l'Anatolie, Maro aurait volontiers opté pour l'émigration hors de l'Empire. De préférence dans une grande ville. Paris, Marseille où s'était établie une importante colonie arménienne, Genève, Londres, n'importe où ! Pourvu que n'y sévisse pas l'arbitraire. Mais, en dépit de son éducation occidentale, Vartan vouait un attachement très profond à l'Asie Mineure, terre d'origine de son peuple et berceau de grandes civilisations. Il aimait ses habitants, ses paysages, jusqu'à ses pierres qu'il collectionnait depuis l'enfance. Et puis, à cette époque, il croyait avoir encore un rôle politique à jouer en Anatolie. Il n'avait pas abandonné l'idée d'une Arménie indépendante.

Maro mordillait nerveusement l'ongle de son pouce :

– Qu'arrivera-t-il à ton frère Noubar ? À nos parents de Constantinople ? Nous sommes sans nouvelles d'eux depuis deux mois.

Au début de mai, ils avaient reçu une lettre de la tante Arpiné leur apprenant que Diran avait pu échapper aux rafles effectuées le 24 avril. Des centaines d'intellectuels, d'écrivains et de notables arméniens avaient été arrêtés et déportés à l'intérieur du pays. Leurs familles ignoraient encore que la plupart avaient été torturés puis exécutés. Vartan répondit :

– Je crois que nos parents ne risquent rien, à cause de tous les diplomates et journalistes étrangers qui séjournent dans la capitale. Quant à Noubar, il a hérité de la prudence quasi maladive de notre père. Je ne serais pas étonné qu'il ait rejoint les Mesropian à Constantinople.

Des images de sa ville natale défilaient dans l'esprit de Maro. L'appartement de l'oncle Mesrop et de la tante Arpiné, la grand-rue de Péra, la Corne d'Or, le pont de Galata.

– Ne pourrions-nous pas y retourner?

– Impossible pour l'instant, tu le sais bien. Je suis conscrit et affecté à Sivas.

– Tu as encore quelques amis turcs haut placés. Halit n'est-il pas général? Vartan, j'ai peur!

Il était en train d'essuyer son visage; il s'arrêta. À son regard perdu dans le vague, Maro comprit qu'il jonglait avec une idée. Il hocha la tête à plusieurs reprises et dit, se répondant à lui-même :

– À moins que...

Des coups frappés à la porte l'interrompirent. Il était facile d'en deviner le responsable. Vartan demanda, d'une voix assez forte pour que son fils l'entende :

– Qu'est-ce qu'il y a?

– Est-ce que je peux entrer? fit une voix fluette.

– Non, Tomas. Ta mère et moi nous habillons.

– Ah!... Alors, je peux étriller Hour-Grag [1], papa?

– Je te le défends! Il est trop nerveux. Tu m'aideras tout à l'heure à le seller.

– D'accord, répondit l'enfant d'un ton déçu. Je vais aller puiser l'eau avec Zeyneb.

Et Tomas, qui était venu sur la pointe des pieds, repartit en claquant les talons. Vartan endossait son uniforme.

– Qu'allais-tu dire? demanda Maro, prête à se raccrocher au moindre espoir.

– C'est encore trop vague, il faut que j'y réfléchisse. Je t'en reparlerai ce soir.

Il était inutile d'insister; Vartan ne parlait jamais que lorsqu'il était certain de ce qu'il avançait ou que son idée était bien arrêtée. Maro soupira :

– J'avais invité le capitaine Armène et Araksi pour célébrer l'anniversaire de Tomas. Mais maintenant...

Ils se regardèrent en silence. Tous deux songeaient à leur fils qui avait six ans en ce 30 juin. Le visage de Maro s'assombrit encore plus; Vartan se força à sourire et l'embrassa.

– N'annule rien, faisons comme il était prévu.

– Oui, soupira-t-elle, qu'il en conserve un beau souvenir. Qui sait quand nous pourrons...

Il lui pinça la joue.

– Garde confiance, ma chérie.

Elle opina de la tête sans être pour autant rassurée.

1. Feu flamboyant. (Arménien.)

***

Le hall dallé d'ardoise donnait d'un côté sur le grand et le petit salon, de l'autre sur la salle à manger, la cuisine et les chambres des domestiques. Dans cette pièce, Vartan exposait sa collection d'armes à feu anciennes. Les râteliers étaient vides, les fusils à pierre et les mousquets ayant été emportés par un fonctionnaire zélé lorsque le gouvernement avait confisqué leurs armes aux chrétiens. Tomas se tenait au pied de l'escalier monumental dont la rampe incurvée avait été sculptée à la main. Vêtu d'une culotte courte qui descendait en bas des genoux, d'une chemisette blanche et de bottines lacées, il attendait son père en compagnie de Sassoun, un petit épagneul noir qui partageait tous ses jeux.

L'enfant était grand et costaud, caractéristiques qu'il avait héritées de Vartan. Sous des cheveux noirs coupés très court, son visage délicat que mangeaient de grands yeux rappelait plutôt celui de sa mère, et quand il fronçait les sourcils, il semblait aussi têtu qu'elle. Selon une coutume arménienne, Tomas portait le prénom de son grand-père paternel. Il était la joie et la fierté de Vartan, qui se reconnaissait en lui. Mais quel avenir s'offrait à cet enfant en ce pays? Vartan aurait tellement souhaité qu'il vive comme lui une enfance insouciante et heureuse, occupée tout entière de jeux et de la joie de ces mille petites découvertes qui préparent à la vie. Les temps troublés qui s'annonçaient s'y prêtaient mal.

– J'ai donné de l'eau et du grain aux chevaux avec Djémila, et j'ai aidé Zeyneb à traire les vaches, annonça l'enfant, fier de lui-même.

– C'est bien, hokis [1]. Mais tu ne joues pas entre les pattes des chevaux, c'est compris? Rappelle-toi ce qui est arrivé à Sassoun.

– Oui, papa.

Et Tomas flatta son chien. Il se souvenait de sa frayeur et de sa peine lorsque, à la suite d'une ruade, Sassoun avait boité durant des semaines. Vartan embrassa l'enfant, le souleva et l'installa sur ses épaules.

– Hue! Hue! fit Tomas comme ils franchissaient le seuil de la porte.

Le dimanche excepté, les Balian ne prenaient pas le petit déjeuner en commun. Vartan se contentait d'un thé noir; Tomas attendait toujours que sa mère descende pour l'accompagner à table. Quant à Azniv Hanim [2], la mère de Maro, elle se levait à l'aube et mangeait alors avec les deux servantes turques, Zeyneb et Djémila. À vrai dire, ce n'étaient pas des domestiques, mais plutôt des jeunes filles au pair, des evlatlik. Originaires du même village, elles avaient été placées par leurs parents à l'âge de onze ans dans

1. Mon âme. (Arménien.)
2. Madame. (Turc.)

cette famille arménienne où elles apprendraient les bonnes manières et l'art de tenir une maison. Tout ce qu'il fallait pour qu'elles deviennent de parfaites épouses lorsqu'elles se marieraient, vers l'âge de quatorze ou quinze ans. Azniv Hanim les avait prises sous son aile et les soumettait depuis trois ans à cette autorité tempérée d'affection qu'elle se désolait de ne plus pouvoir exercer sur sa propre fille.

L'écurie au fond du jardin abritait trois chevaux, les deux pur-sang arabes que montaient Vartan et Maro, et un trotteur qu'on attelait à la calèche. Deux vaches à lait y avaient également leurs stalles. Tout le temps qu'il aida son père à seller Hour-Grag, Tomas ne cessa de poser des questions : Comment s'appelait cette sangle? À quoi servait-elle? Comment les chevaux faisaient-ils leurs bébés? Et Vartan lui répondait avec patience, donnant chaque fois des explications. La curiosité insatiable de son fils plaisait au père, qui y voyait un signe d'intelligence. Enfant unique élevé au milieu d'adultes, Tomas était précoce; il comprenait beaucoup plus de choses qu'il ne le laissait voir, trouvant parfois des avantages à être considéré et traité comme un petit enfant.

N'osant plus approcher des chevaux, Sassoun demeurait dans l'embrasure de la porte.

– Dis, hayrig [1], je l'aurai bientôt, mon poney?

Vartan affecta un air mystérieux :

– Très bientôt.

– J'ai hâte d'aller galoper avec toi et maman.

Pendant que Vartan inspectait les fers des trois chevaux, Tomas revint à la charge :

– Quel jour sommes-nous, papa?

Vartan fit mine d'oublier l'anniversaire de son fils. Même s'il avait envie de sourire, il répondit, flegmatique :

– Le 30 juin. Pourquoi?

– Pour rien, répondit l'enfant en cachant sa déception.

Voyant que son père vérifiait les harnais du trotteur et graissait les essieux de la calèche, Tomas s'enquit :

– Allons-nous en promenade bientôt?

Encore une fois, la perspicacité de son fils surprenait Vartan.

– Pas que je sache. Mais l'homme sage est toujours prévoyant. C'est ce que me répétait constamment ton grand-père.

Afin de lui changer les idées, il l'assit en selle et lui donna les rênes. Guidant le cheval par la muserolle, il le fit trotter jusqu'au perron où se tenait Azniv Hanim, un plateau dans les mains. Les cheveux encore poivre et sel bien qu'elle n'eût pas loin de soixante-dix ans, elle s'habillait toujours de noir depuis la mort de son mari, survenue deux ans avant la naissance de Tomas. Courte et osseuse, elle donnait une impression de fragilité qui ne correspondait aucunement à son tempérament et à sa robuste santé. Ses

1. Père, papa. (Arménien.)

petits yeux vifs, son nez aquilin et sa voix aiguë s'accordaient mieux à son caractère autoritaire.

La blancheur de sa peau ridée étonnait : Azniv Hanim évitait de s'exposer au soleil, un teint bronzé étant, selon elle, le lot des paysannes. Citadine dans l'âme, elle avait quitté Constantinople un peu à contrecœur pour suivre sa fille et son gendre à Sivas. Que pouvait-elle faire d'autre? Maro était tout ce qui lui restait. Ses deux frères, établis à Téhéran, en Perse, étaient morts depuis longtemps.

Et puis Vartan avait perdu sa mère; c'était donc à Azniv Hanim, la belle-mère, qu'il incombait de diriger la maison de son gendre, même si Maro se pliait mal à cette coutume d'Asie Mineure. L'influence de son éducation par des religieuses françaises! Une autre idée de Hagop Artinian, pour qui rien n'était trop beau ni trop cher lorsqu'il s'agissait de sa fille. Il faut dire que Maro était un cadeau du ciel. Après vingt-quatre ans d'un mariage stérile et des dizaines de vaines consultations auprès de médecins réputés, Azniv Hanim s'était retrouvée enceinte alors qu'elle approchait de son quarantième anniversaire. Comme elle avait espéré un fils pour perpétuer le nom des Artinian! Dieu en avait décidé autrement. Elle avait caché sa déception afin de ne pas ternir le bonheur de Hagop, mais s'était promis d'élever cette fille selon les traditions pour qu'elle devienne un jour une parfaite épouse.

Elle n'avait pas réussi car Hagop permettait tout à sa fille, l'emmenait dans ses voyages d'affaires hors du pays et lui inculquait un esprit d'indépendance qui aurait été plus approprié chez un garçon. Elle l'accompagnait même à la chasse au faisan! Toute l'enfance de Maro et toute son adolescence avaient été un perpétuel affrontement avec sa mère. Pour des vétilles comme sur des choses essentielles. Pas de querelles ni d'éclats; la sourde lutte d'un caractère autoritaire contre une nature butée. Ce n'était qu'après son mariage que Maro s'était rapprochée de sa mère. Aujourd'hui, Azniv Hanim était fière de sa fille et appréciait son esprit de décision. Finalement, elles se ressemblaient beaucoup : ni l'une ni l'autre ne s'en laissait imposer. Azniv Hanim coulait des jours heureux dans la maison de son gendre. Sa seule crainte : mourir loin de Constantinople. Elle priait chaque jour le Créateur qu'Il fasse qu'elle soit enterrée aux côtés de Hagop, dans le cimetière arménien ombragé de cyprès du quartier de Shishli.

Vartan embrassa sa belle-mère.

– Parilouys, mayrig [1].

– Vous avez vu, grand-mère? Je suis un vrai cavalier! s'exclama Tomas rayonnant.

Une des jeunes filles les rejoignit. C'était Zeyneb. Les paupières alourdies de khôl, elle conservait un regard mélancolique même lorsqu'elle riait. À quinze ans, c'était déjà une femme selon les cri-

1. Bonjour, mère. (Arménien.)

tères de l'Anatolie. Elle prendrait mari vers la fin de l'année, un charpentier que lui avait choisi son père, et elle voyait venir avec tristesse le moment de quitter la maison des Balian, où elle connaissait un bonheur tranquille. Elle n'avait pas le choix.

Vartan lui confia le cheval afin qu'elle promène Tomas dans l'allée et il prit la tasse que lui offrait sa belle-mère. Il but le thé brûlant à petites gorgées. Malgré son agacement, il ne réagit pas quand Azniv Hanim épousseta sa vareuse à col rouge du bout des doigts. Des brindilles tombèrent des épaulettes dorées. Elle le gronda avec douceur :

– Vous avez mis du foin sur votre bel uniforme!

Il sourit. En baissant la voix, elle ajouta, d'un ton rauque qui trahissait son anxiété :

– Faites-y attention, c'est notre passeport à tous.

À l'instar de la plupart de ses compatriotes de Sivas, elle percevait encore le danger comme une vague et lointaine menace. Vartan hocha la tête d'un air entendu et demanda :

– Mayrig, avons-nous des provisions pour quelques jours?

Elle grimaça, étonnée que son gendre n'ait pas plus confiance en sa prévoyance.

– Je veux dire des aliments secs, précisa-t-il, des viandes fumées, enfin, des choses qui se conservent et s'emportent facilement.

Les yeux d'Azniv Hanim s'écarquillèrent d'étonnement. Elle vérifia que Djémila n'était pas derrière eux.

– Est-ce que cela signifie que nous...

Il l'interrompit d'un geste de la main.

– Je l'ignore encore. N'en soufflez mot à personne.

Zeyneb revenait. Vartan reposa la tasse sur le plateau et remercia sa belle-mère. Il descendit Tomas du cheval et l'embrassa :

– Sois sage, hokis. Tu auras une surprise, ce soir.

– Je le sais que c'est mon anniversaire! s'exclama l'enfant ravi, qui ne pouvait plus se retenir. Quelle surprise?

– Si je te le dis, ce ne sera plus une surprise.

Azniv Hanim toucha l'épaule de son petit-fils :

– Tu es né à l'heure du dîner, tu n'auras véritablement six ans que ce soir.

Une brosse à cheveux dans la main, Maro s'accouda à la fenêtre de la chambre à coucher. Discrètement, elle envoya des baisers à Vartan du bout des doigts. Le soleil la faisait cligner des yeux et donnait des reflets cuivrés à sa chevelure étalée sur ses épaules. Sa beauté avait quelque chose d'irréel et Vartan en ressentit une certaine mélancolie.

– À ce soir, ma chérie, lança-t-il d'une voix qu'il voulait enjouée.

Il les quittait à regret, un peu inquiet qu'il n'y ait pas d'homme à la maison. Djémila sortit sur le perron :

– Votre fez, major Vartan.

Pieds nus, elle courut dans l'allée, sans paraître importunée par les cailloux. Sa robe imprimée de fleurs multicolores se plaquait sur ses jambes ; une profusion de très fines nattes voletaient autour de son visage. Tandis que Vartan plantait le couvre-chef rouge sur sa tête et en plaçait le gland noir sur le côté droit, Djémila nettoya sa botte avec le coin de son tablier. Elle recula, admirative, et souhaita que son père lui trouve un époux qui ait aussi fière allure, un officier si possible. Contrairement à Zeyneb, elle avait hâte de se marier et de diriger sa propre maison.

– Fais danser Hour-Grag, papa !

Depuis plus de quatre ans, Vartan dressait ce pur-sang arabe en s'inspirant des techniques de l'École espagnole de Vienne. Pour amuser Tomas et donner l'impression que tout était comme d'habitude, un peu aussi pour se pavaner devant Maro, Vartan fit exécuter à sa monture une levade, une série de pas espagnols et une cabriole.

– Quel enfant ! soupira Azniv Hanim d'un ton de reproche.

– Qu'est-ce que j'ai fait ? s'étonna Tomas qui ne comprenait pas qu'elle parlait de son père.

Une fois dans la rue, Vartan se retourna pour contempler la scène et la graver dans sa mémoire. Maro à une fenêtre de l'étage de la grande maison blanche ; Tomas, Azniv Hanim, Djémila et Zeyneb sur le perron, le chien dans l'allée ; les rosiers grimpants encadrant les fenêtres, l'ombre du châtaignier trouée de flaques de soleil. Il vit sur la cheminée le nid où les cigognes n'étaient pas revenues ce printemps, un mauvais présage selon sa belle-mère. Il se fit la remarque qu'il y en avait de plus réels et immédiats.

Vartan s'éloigna au trot pour ne pas avoir à parler aux voisins et aux connaissances. Parce qu'il avait été en politique et qu'il avait écrit des livres, un peu aussi parce qu'il servait dans l'armée ottomane, ils lui demanderaient tous son avis sur la situation, des précisions sur l'ordre de « déplacement ». Comme s'il en savait plus long qu'eux ! En passant à bonne allure, il pouvait se contenter de les saluer de la main.

***

Zeyneb referma la grille de fer forgé derrière le cavalier. Les mains devant le nez pour humer l'odeur chevaline, Tomas écouta décroître le bruit des sabots. Des meuglements se firent entendre. Un troupeau approchait dans la rue. C'était Archag qui, comme chaque matin, venait prendre les vaches du voisinage pour les emmener paître.

Maro tira le rideau de sa chambre et ouvrit la penderie. Un cintre se décrocha et elle eut un pincement au cœur en ramassant le vêtement. Sa robe de Paris ! Cette folie que Vartan avait faite lors de leur voyage en France, une robe signée Jeanne Lanvin, en crêpe de Chine blanc avec des appliques de roses rouges et de feuilles vertes. Démodée sans doute car elle datait de 1912. Mais existait-il encore une mode en France maintenant qu'il y avait la guerre?

Incapable de résister à l'envie, elle tint la robe devant elle et se contempla dans la psyché. L'émerveillement qui avait été sien en découvrant la Ville Lumière! Ce voyage sur l'Orient-Express, Sofia, Belgrade, l'escale d'une semaine à Vienne, la Suisse, Paris enfin. Tout était plus beau que ce qu'elle avait imaginé d'après cartes postales et livres d'images, et Vartan aussi amoureux qu'au début de leur mariage. Comme il l'était encore aujourd'hui.

Leur union avait été arrangée selon une tradition arménienne fort répandue au Proche-Orient : en comparant les fortunes des deux familles. Les Balian étaient de gros propriétaires terriens, les Artinian de prospères importateurs; ils étaient donc de la même classe. À vingt ans, Maro arrivait au mariage quatre ou cinq ans plus tard qu'il n'était coutume, et elle avait joui d'une éducation plus poussée que la majorité des filles de sa génération. Après des études dans un pensionnat de religieuses puis au lycée Notre-Dame-de-Sion de Constantinople, elle avait voyagé avec son père en Russie et dans tout l'Empire ottoman, prenant une part active à son commerce. Elle aurait aimé étudier encore et embrasser une profession, peut-être la médecine, toutefois la chose était impensable à l'époque, surtout en Asie Mineure. Hagop ne se serait pas opposé aux projets de sa fille, mais il avait finalement cédé aux incessantes pressions d'Azniv et ils avaient choisi pour elle un Arménien instruit dans le milieu aisé qu'ils fréquentaient. Celui que son père jugea le plus séduisant, sa mère le plus intelligent. Un pharmacien, de dix ans l'aîné de Maro.

Maro était intimidée en se présentant à cette réunion de famille au cours de laquelle elle rencontrerait son futur mari. Elle trouvait indécente cette façon de procéder, qui faisait d'elle l'objet d'un troc; elle y consentait afin de ne pas contrarier son père, fermement décidée cependant à défier l'autorité de ses parents si l'homme ne lui plaisait pas. Elle connaissait ce Vartan Balian de réputation : un écrivain engagé dans les mouvements politiques arméniens. Des rumeurs lui prêtaient de nombreuses aventures galantes. Maro n'en fit pas cas, préférant juger sur pièces.

Elle avait été immédiatement séduite par le charme et l'élégance de Vartan, et la grande intelligence qu'elle lui découvrit acheva sa conquête. À l'encontre de la plupart des hommes, il ne s'attarda pas seulement à sa beauté et la traita en égale. Ils avaient conversé au jardin durant toute la soirée, s'étonnant de se trouver tant d'affinités. Elle avait craint qu'il ne l'ennuie en discourant de politique; il avait plutôt parlé de littérature et de musique. Il jouait de l'oud [1] avec brio et connaissait tout le répertoire classique arménien et ottoman. Durant leurs rencontres, il se révéla d'une sensibilité, d'une tendresse et d'une force de caractère plus

1. Instrument à cordes se rapprochant du luth. (Turc.)

grandes encore qu'elle ne l'avait soupçonné, et le temps parut long à Maro jusqu'à la noce.

Après leur mariage, ils avaient habité à Constantinople où Vartan tenait une pharmacie. Elle aimait cette ville animée, son atmosphère de mystère et le curieux mélange qui s'y étalait des traditions orientales et de la modernité occidentale. Vartan connaissait beaucoup de gens, et le jeune couple était souvent invité chez des amis arméniens, français, américains et turcs.

Il y avait surtout la famille Mesropian ; Maro, enfant unique, s'y était trouvé un frère et une sœur : le cousin Diran et la cousine Lucie, du même âge qu'elle. L'oncle Mesrop et sa femme Arpiné étaient, à vrai dire, des parents de Vartan, mais ils avaient tout de suite adopté Maro comme une des leurs. Du côté asiatique de Constantinople, on pouvait emprunter le Taurus-Express pour aller séjourner dans la propriété des Balian à Afion Karahissar ; et de la rive européenne, le train permettait des escapades de quelques jours à Bucarest, « le petit Paris de l'Est ».

La pharmacie de Vartan constituait un lieu de rencontre pour les révolutionnaires de tout acabit, chrétiens, juifs et musulmans qui préparaient dans la clandestinité l'avènement d'un État libéral, moderne et démocratique. Même si elle partageait les idéaux de Vartan, Maro s'était mise à craindre pour sa vie. La police secrète du sultan liquidait sans vergogne les opposants, et les écrits politiques de Vartan le classaient dans cette catégorie. Les peurs de Maro étaient justifiées car son mari avait été victime, dans son officine, d'une tentative de meurtre dont par miracle il s'était tiré indemne. Ensuite, le couple s'était terré durant presque un an, déménageant sans arrêt. Ce fut la période la plus sombre de la vie de Maro : l'insécurité, la perpétuelle sensation d'être une bête traquée. En 1908, le coup d'État des Jeunes-Turcs avait mis un terme à cette épreuve. Mais voilà qu'en quelques mois l'euphorie faisait place à une amère désillusion. Le nouveau régime n'avait aucune intention véritable d'accorder l'égalité aux chrétiens, et Vartan redevenait un homme à abattre. Cette fois, ils avaient fui la capitale. Pas assez loin, au gré de Maro ! Le même cauchemar recommençait aujourd'hui !

Un peu honteuse de s'être pareillement oubliée, compte tenu des circonstances, Maro replaça le vêtement luxueux dans la penderie et enfila une robe gris perle, toute simple. Elle se hâta car Tomas devait l'attendre pour le petit déjeuner.

***

Vartan arrivait à la sortie de la ville. Au-delà des remparts en ruine, une circulation intense encombrait le pont qui enjambait la rivière Halys : charrettes tirées par des bœufs, ânes bâtés, moutons et chèvres qu'on menait au marché, montagnards kurdes montant de petits chevaux robustes aux longues crinières, paysans chargés de paniers, soldats rentrant à leur caserne. De l'autre côté du tablier, il s'était produit un embouteillage et une certaine confusion y régnait.

– Place! Place! cria Vartan en poussant son cheval au milieu des curieux.

On s'écarta devant l'uniforme galonné. Il comprit vite la nature de l'incident. Quatre gendarmes qui gardaient le pont avaient arrêté une famille arménienne qui quittait la ville dans une charrette surchargée de ses biens les plus précieux. Pendant que le père et la mère argumentaient avec les soldats, des paysans et des pauvres se pressaient contre la voiture et tentaient de chaparder des effets que les cinq enfants protégeaient de leur mieux. La foule devenait chaque seconde plus hardie et menaçante, et à travers son murmure fusaient d'occasionnelles injures :

– Voleurs d'Arméniens!

– Fils de chien!

– Giaours!

Les gendarmes ignoraient qu'il n'était qu'un officier de réserve et, surtout, arménien. Avec ces gens qui craignaient l'autorité, il suffisait d'en imposer. Vartan dégaina son pistolet et tira un coup en l'air. Le silence se fit.

– Circulez! Circulez! cria-t-il.

Il écarta les gens de la charrette en les bousculant avec son cheval. Les soldats, qui avaient perdu le contrôle de la situation, se montrèrent heureux de l'intervention d'un officier; ils finirent de disperser la foule. Vartan s'adressa au caporal d'un ton autoritaire :

– Que se passe-t-il ici? Vous n'êtes plus capables de maintenir l'ordre?

Piteux, le gendarme indiqua la voiture.

– Ce sont des Arméniens qui essayaient de fuir. Les ordres disent qu'ils doivent rester en ville.

– Je le sais aussi bien que vous, répliqua Vartan en désignant le conducteur de sa cravache, mais lui, connaissait-il ces ordres?

L'homme avait reconnu Vartan et devina qu'il convenait de ne pas le montrer; il saisit la perche tendue par son compatriote et inventa un mensonge cousu de fil blanc.

– Non, mon officier. Je ne savais pas qu'il fallait rester à Sivas. Ma famille et moi allons tout simplement nous installer dans notre petite ferme à dix kilomètres d'ici afin de ramasser les foins. C'est ce que nous faisons chaque été.

– Ce sera pour une autre année, répondit Vartan. Retournez en ville.

Le caporal protesta :

– Il faut les arrêter! Ce sont les ordres.

– Ici, c'est moi qui donne les ordres! répliqua Vartan d'un ton cinglant. Je ferai mon rapport au capitaine, qui décidera du sort de ces gens.

Il sortit un calepin et nota le nom et l'adresse du chef de famille, puis lui ordonna de partir :

– Restez dans votre maison, à la dispostion des autorités.

– Oui, mon commandant. Merci.

Visiblement soulagé, l'homme descendit pour tenir son cheval par la bride. La charrette fit demi-tour et retourna à Sivas. Vartan complimenta les gendarmes, qui en furent flattés :

– Vous avez fait du bon travail, ce sera inscrit à votre dossier.

Il attendit pour continuer sa route que la voiture des Arméniens ait dépassé les anciens remparts. Il prit à gauche après le pont et lâcha la bride à Hour-Grag dans le chemin de terre longeant la rivière. Entre les peupliers qui croissaient sur le rivage, on apercevait les moulins à farine dont on réparait les roues à aubes en prévision des moissons. De l'autre côté, des rangées de pommiers, de pruniers et d'abricotiers s'alignaient avec régularité. Galoper dans la campagne procurait toujours un vif plaisir à Vartan, qui oubliait alors tous ses soucis. Il n'en était rien ce matin-là. L'incident survenu au pont ravivait son inquiétude. Le zèle des gendarmes à appliquer un nouveau règlement ne le surprenait pas ; mais l'attitude hostile de la foule à l'égard d'Arméniens était quelque chose d'inaccoutumé à Sivas. Si les haines séculaires refaisaient surface, il fallait s'attendre au pire. On pouvait toujours composer avec les lois et les fonctionnaires ; les réactions de la masse s'avéraient aussi imprévisibles que les forces de la nature.

De s'éloigner de la ville en direction des montagnes bleutées par l'éloignement ramenait à l'esprit de Vartan cette idée dont il avait refusé de parler à Maro. Partir ! Comme voulait le faire cette famille arménienne tout à l'heure. Ils emportaient trop de choses. On ne s'enfuit pas comme on déménage ! De plus, ils se dirigeaient vers le sud, précisément la destination prévue pour les « déplacements ». Non, il fallait fuir de nuit, avec le strict nécessaire, et prendre la route du nord. Et même là, rien n'était gagné d'avance : mauvaises routes surveillées par l'armée ; campagnes contrôlées par des bandes de coupe-jarrets. Son uniforme d'officier le servirait pendant quelque temps. Très peu de temps, en fait, puisqu'il serait recherché comme déserteur.

Avec de l'argent, il était possible d'acheter des complicités. Une fois arrivé à la mer Noire, il trouverait toujours à s'embarquer pour Constantinople ou pour un port de Russie. Combien de jours pour atteindre la côte ? Une voiture attelée était beaucoup plus lente que des chevaux montés. À la rigueur, il aurait pu prendre Tomas en croupe, mais il fallait compter avec Azniv Hanim. Et puis on devait emporter des provisions, des couvertures, du grain pour les chevaux. Maro pouvait rester en selle des heures et manier le fusil au besoin, mais le voyage serait éprouvant pour sa belle-mère et pour son fils. Qui conduirait la calèche à travers champs dans l'obscurité ? Vartan se dit qu'il aurait plus de chances de réussite en s'adjoignant Armène. Surtout que ce dernier connaissait la mer Noire et tous ses ports comme le fond de sa poche. Le mieux serait encore d'acheter un bateau qu'Armène piloterait. Avec Araksi, ils seraient six. Deux cavaliers et une voiture : on pouvait encore ne pas trop attirer l'attention. Il s'agissait de bien évaluer la situation afin de savoir si elle justifiait les périls qu'il ferait courir à sa famille. Vartan se donnait jusqu'au soir pour décider.

Il mit son cheval au pas. Il ne pouvait s'empêcher d'éprouver un certain malaise, plus même, de la culpabilité : il abandonnerait les autres Arméniens à leur sort. Lâcheté? De sa vie il n'avait reculé, sinon pour mieux bondir sur l'adversaire. Aujourd'hui, il songeait à fuir! Lui qui dans sa jeunesse avait rêvé d'être un phare, un guide pour son peuple, de prendre une part active à la renaissance de l'Arménie, de laisser sa marque dans l'histoire, il allait filer comme un voleur, sous couvert de l'obscurité. Et pourtant... De quel secours pouvait-il être pour ses concitoyens? Que pouvait un seul homme contre la machine d'un État devenu fou? Il était impuissant. Une grande tristesse l'envahit. Il avait donc œuvré durant tant d'années, lutté contre le despotisme, monté sur des tribunes, écrit des pages et des pages, espéré, cru et essayé de communiquer sa foi pour en arriver là? Renier l'idéal qu'il avait nourri durant vingt ans? Bien sûr, s'il était seul, la question se poserait différemment, mais il devait penser à Tomas, à Maro. Quitter Constantinople en 1909 n'avait rien de honteux : sa vie était menacée et il ne pouvait plus y être utile. Une sage décision. Il en allait de même aujourd'hui. Du moins aurait-il aimé le croire.

Incapable de résoudre le dilemme, de concilier son désir d'aider ses concitoyens et celui de protéger sa famille, Vartan mit un terme à ces spéculations. Il se dit qu'il consulterait Maro. Lorsqu'il ne voyait plus clair en lui-même, elle avait le don de relever dans ses propos une évidence qui lui échappait, la réponse qu'il formulait sans l'entendre.

Il déboucha dans une large clairière où, jusqu'à tout récemment, les officiers organisaient des jeux équestres, surtout des courses à obstacles dont Vartan ou son ami le colonel Ibrahim Alizadé sortaient toujours vainqueurs. Ces joutes lui manquaient. Comme lui manquait la camaraderie un peu rude des officiers de carrière, qui ne s'embarrassaient pas du fait qu'il était un civil conscrit depuis le début de la guerre l'automne précédent, et, qui plus est, un Arménien. Mais les choses avaient changé ce dernier mois. On l'évitait autant que possible; seul le colonel Ibrahim lui conservait une amitié indéfectible.

À présent, des dizaines de tentes grises se dressaient dans la clairière : un hôpital que l'on avait improvisé parce que celui de Sivas débordait de malades et de blessés. Ici étaient soignés des soldats qui revenaient du front oriental. Vartan avait eu beau expliquer à son commandant qu'il était pharmacien et non médecin, la pénurie de personnel soignant était telle qu'on lui avait confié la charge de ce dispensaire.

Finalement, il s'était fait à l'idée. Cette occupation l'éloignait de son laboratoire de l'hôpital militaire, où, durant la canicule, l'atmosphère devenait suffocante. Et puis il fallait bien que quelqu'un soulage la souffrance de ces hommes, jeunes pour la plupart. Malgré ses réticences, il avait été obligé de jouer au médecin. Il possédait au départ de bonnes connaissances médicales et il se perfectionnait sur le tas. Le chirurgien passant trop peu souvent, Vartan avait appris à extraire les éclats d'obus et les balles.

Une fois son cheval dans un enclos sous les arbres, il procéda à une inspection rapide du camp et donna ses ordres aux soldats : ramasser et brûler les vieux pansements qui empestaient les tentes, vider les bassines, aller quérir de l'eau fraîche. Il fallait répéter chaque jour les mêmes consignes car les recrues qu'on affectait au dispensaire redoutaient la contagion et travaillaient à contrecœur. Vartan écouta ensuite le rapport de l'infirmier qui avait été de garde durant la nuit, un jeune Turc aux yeux bouffis par le manque de sommeil. Après avoir passé chaque cas en revue, le garçon annonça d'une voix lasse, au lourd accent de l'est de l'Anatolie :

– Y a eu un nouvel arrivage ce matin. Onze blessés. Plusieurs étaient en piteux état. La moitié va nous claquer dans les mains avant deux jours, c'est sûr.

Vartan lui tapota l'épaule et le reconduisit à l'extérieur de la tente :

– On va faire ce qu'on peut. Allez vous reposer.

Coiffé d'un turban blanc et les épaules recouvertes d'un manteau noir, un mollah [1] attendait à quelque distance en égrenant son tezbih, un chapelet en bois d'olivier. Au-dessus d'une épaisse barbe noire luisaient deux yeux fiévreux. Il s'inclina devant Vartan que cette présence inhabituelle intriguait.

– Merhaba, binbachim [2].

– Soyez le bienvenu, répondit Vartan, sur ses gardes. Que puis-je faire pour vous ?

Vérifiant que l'infirmier était trop loin pour entendre, le visiteur répondit en arménien :

– Vous parler, major Vartan.

Des tâches urgentes attendaient Vartan et son intention première était d'éconduire son visiteur. Mais quand il entendit ce musulman s'exprimer en arménien, il revint sur sa décision et invita le mollah à le suivre sous sa tente.

– Soyons brefs, dit-il, encore plus méfiant, j'ai fort à faire. Qui êtes-vous ?

L'homme retira sa barbe postiche. Sa maigreur, son visage émacié et son regard intense le faisaient paraître plus vieux que ses vingt-cinq ans et lui conféraient une espèce d'autorité.

1. Religieux musulman. (Arabe.)
2. Salut, major. (Turc.)

– Chirag Tévonian, déclara-t-il en redressant le buste.

Vartan ne put cacher sa surprise. Tévonian, dont le nom figurait sur un avis de recherche épinglé dans chaque poste de gendarmerie, osait se promener en plein jour si près d'une ville! Il s'étonna aussi que ce révolutionnaire célèbre dans cette partie de l'Anatolie fût si jeune. Aux yeux de Vartan, il faisait plutôt figure de rebelle. On ne savait pas au juste quelles idées et quelle politique il prônait, si même il en avait! Il menait des actions armées contre les troupes ottomanes, et les autorités le croyaient un agent des Russes. Quoi qu'il en soit, Vartan jugeait que cette rébellion pourrait jeter de l'huile sur le feu. Elle discréditait les Arméniens auprès du gouvernement et lui fournissait des arguments pour les présenter comme des éléments séditieux. Vartan éprouvait au départ peu de sympathie pour Chirag, mais il fut sensible à la chaleur de son regard et à cette espèce d'innocence qui émanait de son visage. Innocence ou naïveté? Il préféra y voir la candeur de celui que la vie n'a pas encore désillusionné, car lui-même avait cette expression sur des photographies prises quand il avait vingt ans!

L'ordonnance avait déjà préparé un samovar qui trônait sur une table, à côté d'un panier d'abricots; le visiteur le désigna de la main:

– J'ai voyagé toute la nuit.

Vartan lui servit du thé et en prit lui-même une tasse. Ils s'observaient en silence. Chirag mit un morceau de sucre dans sa bouche et but lentement en étudiant son hôte. Il était plus impressionné qu'il ne l'aurait voulu. Cela tenait tout autant à la stature imposante de Vartan Balian qu'à sa renommée d'écrivain. C'était donc lui, ce fameux Vartan Balian dont les écrits avaient enflammé son imagination d'adolescent quelques années plus tôt! Sans le savoir, cet homme avait contribué à faire de lui un nationaliste convaincu qui n'aurait de cesse que l'Arménie existe de nouveau sur les cartes du monde en tant qu'État souverain. Chirag aurait voulu lui dire tout cela, et bien d'autres choses, mais il ne parvenait jamais à exprimer ses sentiments sans que sa voix ne s'étrangle; dans son esprit, cela le mettait en position de faiblesse. Il avait donc appris à taire ses émotions, ce qui lui valait une réputation d'homme froid et insensible alors qu'il était tout le contraire.

Né à Diarbékir, la ville fortifiée de basalte noir qui surplombait le Tigre, juste au nord du désert syrien, Chirag Tévonian avait quitté à dix-neuf ans l'échoppe où son père martelait et ciselait le cuivre. C'était au printemps de 1910. Il rêvait d'un autre avenir, d'une vie excitante, de gloire si possible; il voulait se consacrer tout entier à la cause de son peuple. Son baluchon sur l'épaule, il partit à pied vers la ville de Van, au cœur du pays arménien. Des mois de marche à travers de hauts plateaux herbeux et des montagnes boisées; un véritable pèlerinage qui lui avait permis de connaître les plus pauvres des Arméniens, ces petits paysans que l'on avait dépossédés de leurs terres et qui les cultivaient toujours pour le compte de seigneurs locaux ou de bourgeois de la ville. En échange du gîte et du couvert, il les aidait aux champs. Il avait fait halte dans des villages perdus dans les collines, regroupés autour d'une église au clocher octogonal. Le moindre d'entre eux possédait une école paroissiale, et, à en juger par les maisons bien entretenues, les vergers luxuriants et les potagers plantureux, on aurait pu croire que les gens y vivaient dans l'aisance. Ce n'était pas le cas! La plus grande partie des récoltes servait à payer des impôts écrasants, quand elle ne faisait pas l'objet de saisies arbitraires par une administration corrompue. La plupart de ces villages survivaient grâce à l'argent qu'envoyaient des pères, des oncles et des fils exilés aux États-Unis ou en Europe.

À Van, Chirag avait travaillé un temps comme portefaix et connu quelques nationalistes; cependant, il n'y avait rien trouvé qui réponde à ses aspirations profondes. Et il était reparti, en plein hiver, alors que la neige fermait les routes et que les loups rôdaient à la lisière des forêts, cette fois vers la frontière russe. Près du mont Ararat, la montagne sacrée, une tempête l'avait bloqué durant une semaine, le forçant à demander l'hospitalité à un fermier. Cet homme avait un fils qui vivait à Erevan, en Arménie russe, et qui jouait un rôle important dans un mouvement révolutionnaire. Chirag l'avait rejoint, et ensuite tout avait été facile. On l'avait envoyé à Tiflis, dans le Caucase, où existait une base de leur parti, et en peu de temps son éducation politique était complétée. Chirag savait dorénavant quelle Arménie il voulait : un gouvernement du peuple pour le peuple. Il était revenu en 1912 dans les provinces arméniennes de l'Anatolie, se fixant finalement dans celle de Sivas. Sa mission consistait à recruter de nouveaux adhérents à la cause et à les organiser en cellules actives.

Deux ans plus tard, lassé d'attendre le grand jour qui ne venait jamais, Chirag avait rompu avec ses chefs, qu'il trouvait trop enclins aux palabres et aux tractations politiques. Lui, il passerait à l'action avec ses hommes! La guerre entre l'Empire ottoman et la Russie lui avait fourni le prétexte rêvé pour entreprendre la lutte armée. Chirag trouvait absurde que par soumission, qui au tsar, qui au sultan, des Arméniens se battent entre eux dans les rangs des deux armées adverses. Il fallait plutôt profiter de l'occasion pour libérer l'Arménie de la domination étrangère, tant russe qu'ottomane. Comme chacun de ses deux cents hommes, Chirag s'était proclamé fedai [1] et avait fait le serment de donner sa vie pour son peuple. Au début, ils se satisfaisaient de coups de main contre les convois de l'armée ottomane; avec les déportations s'offrait à eux une tâche plus noble encore à leurs yeux : la défense du faible et de l'opprimé.

1. Guerrier qui fait le sacrifice de sa vie. (De l'arabe.)

Vartan s'impatientait; il déposa sa tasse. Chirag repassa mentalement ses arguments et craignit de n'être pas de taille à mener un long débat avec un ancien parlementaire rompu aux discours. Lui, il était un homme d'action bien plus que de paroles. Il fallait prendre ce Balian par les sentiments.

Chirag replaça sa fausse barbe et déclara :

– Les risques que j'encours en venant vous voir témoignent de l'importance de ma démarche. Je serai bref, ainsi que vous le souhaitez.

Il marqua une pause et ajouta, d'une voix exaltée :

– Votre peuple a besoin de vous, Baron [1] Vartan!

Ce ton agaça Vartan. Les mots aussi, qui lui remémoraient son projet de quitter le navire en perdition. Il calma son visiteur d'un geste de la main :

– Oh là! Oh là! Gardons la tête froide.

Chirag se mordit la lèvre inférieure; la conversation était mal engagée. Il reprit, plus posément :

– Ce n'est pas à un homme politique tel que vous que j'apprendrai que notre situation est critique.

En dépit de l'atmosphère étouffante, Vartan déroula la portière et la rabaissa pour fermer la tente. La visite de Chirag constituait un danger pour lui; cependant, le jeune rebelle détenait sans doute des informations de première main. Les hors-la-loi étaient les seuls, avec les soldats et les fonctionnaires, à pouvoir voyager à travers le pays.

– Avez-vous des nouvelles de ce qui se passe ailleurs? demanda Vartan en revenant vers son visiteur.

– L'apocalypse commence pour nous! dit Chirag d'une voix lugubre.

Ces paroles confirmaient les pires appréhensions de Vartan; il s'en défendit en se disant que Chirag exagérait sans doute. Par certains traits, il lui rappelait son cousin Diran, qui avait le défaut de présenter les événements sous un éclairage qui favorisait sa cause.

– L'apocalypse, vraiment? fit-il en laissant poindre son doute.

– Votre scepticisme se comprend : les nouvelles ne circulent pas d'une province à l'autre, même pas entre villes voisines. Les déportations ont commencé un peu partout et elles ne sont que prétexte à tueries. Le gouvernement n'a jamais eu véritablement l'intention de déplacer et de relocaliser les Arméniens.

La dernière remarque ne surprit pas Vartan. L'entreprise était irréalisable, il l'avait affirmé à Maro. Il n'avait alors pas tiré la conclusion qui s'imposait, sans doute parce que les conséquences en étaient trop monstrueuses. Il résista encore :

– Vous ne montez pas quelques incidents en épingle? Je ne doute pas qu'il y ait çà et là des actes de barbarie; cette contrée possède une longue tradition de violence et d'intolérance.

1. Monsieur. (Arménien.)

– Comme je voudrais que vous ayez raison! répondit Chirag en secouant la tête. Le pantouranisme est à l'œuvre, Baron Balian. L'Ittihad règle à son avantage la question arménienne : l'extermination pure et simple de notre nation!

Vartan tressaillit intérieurement. C'était cela qu'il redoutait depuis que Talaat et Enver avaient, en 1913, consolidé leur pouvoir aux dépens de l'armée, discréditée par sa défaite face à la Bulgarie et à la Grèce dans la guerre des Balkans. N'avait-on pas chassé vers les îles de la mer Égée une centaine de milliers de Grecs qui habitaient la côte de l'Anatolie depuis deux millénaires? Vartan s'était raccroché à l'espoir que les puissances européennes refréneraient les ardeurs ultranationalistes d'Enver et de sa bande. C'était compter sans la guerre...

– Quelle est la situation à Césarée? Adana? Samsoun? Trébizonde?

– Sachez qu'en Cilicie et dans l'Est ce ne sont que massacres généralisés. On vide les villes de leur population arménienne, on rase les villages; on liquide les hommes valides; vieillards, femmes et enfants sont poussés sur les routes comme du bétail en transhumance et deviennent la proie des brigands. Des régions entières se transforment en charniers; d'ici peu, il en sera de même dans toute l'Anatolie.

Vartan s'assit lourdement sur un siège de toile pliant et essuya du revers de la main la sueur qui perlait sur son front. Il était bien plus secoué qu'il ne le laissait paraître. Il ne parvenait pas à réfléchir, sa tête pleine des images que les phrases de Chirag avaient fait naître. Son univers s'écroulait, et avec lui toutes les valeurs que Vartan avait défendues. Il se retrouvait transporté vingt ans en arrière, quand avait déferlé la barbarie d'Abdul Hamid II. Maro! Tomas! Et Azniv Hanim... et son frère Noubar... et tous les Arméniens...

Chirag avait repris du thé et mangeait des abricots. Planté devant son hôte, il guettait sa réaction, attendait ses commentaires; il en fut pour ses frais car Vartan lui renvoya la balle :

– Que proposez-vous?

Les yeux de Chirag brillèrent d'une lueur étrange.

– Une seule solution : un soulèvement général de tous les Arméniens d'Anatolie.

Vartan sursauta. Il n'en croyait pas ses oreilles.

– C'est complètement farfelu! s'exclama-t-il.

– Non. Toutes les organisations oublieront leurs différends pour faire front commun. Les groupes de résistants armés qui se forment en réaction aux massacres se joindront à nous. Il nous manque seulement un chef prestigieux, une personnalité capable de rallier tous les Arméniens de l'Empire, même le clergé et les bourgeois. Nous joindrons nos forces à celles de nos frères qui vivent en Arménie russe et combattent sous le drapeau du tsar, les Dro, Andranik et autres.

– Et vous songez à moi? ricana tristement Vartan.
– Après le catholicos [1], vous êtes sans doute l'un des Arméniens les plus connus et les plus respectés, de Constantinople à Van, de Trébizonde à Jérusalem. J'ai besoin de vous. Ensemble nous libérerons l'Arménie du joug séculaire des Ottomans, puis nous construirons un pays où seront appliqués ces principes de justice sociale que vous avez toujours défendus.
Cette exagération de sa renommée, que Vartan jugea vile flatterie, n'eut pas l'effet escompté. Et il estima que Chirag manquait de jugement politique. Il avait des accents qui évoquaient certains discours que Vartan avait prononcés dans sa jeunesse. Il revoyait en Chirag le jeune homme fougueux et enthousiaste qu'il avait lui-même été. Et cela l'horripilait.
– Le moment me semble mal choisi! lâcha-t-il avec une ironie amère.
– Au contraire, les conditions sont propices. L'armée du sultan est occupée sur deux fronts.
Renversant son siège, Vartan bondit et s'emporta :
– Vous rêvez éveillé, ma parole!
Le jeune homme eut un air surpris :
– Que voulez-vous dire?
Il semblait de bonne foi, et, devant tant de naïveté, Vartan se calma. Dissimulant son impatience, il expliqua :
– Un soulèvement de l'envergure de ce que vous préconisez demande des mois de préparation. Si la situation est telle que vous la décrivez, et j'ai malheureusement tout lieu de le croire, il est trop tard pour mettre en œuvre votre plan grandiose.
Sans paraître ébranlé par l'argument, Chirag frappa son poing droit dans sa paume gauche et déclara avec enthousiasme :
– C'est à Sivas que débutera notre guerre de libération et d'indépendance. Notre action fera boule de neige. Devant la menace d'extermination, aucun de nos compatriotes ne refusera de combattre.
Un bruit de pas se rapprochait. Vartan fit signe à Chirag de se taire.
– Major? dit une voix devant la tente.
– Oui?
Chirag tourna le dos au caporal qui entrait et saluait Vartan d'une main tachée de sang.
– On nous amène d'autres blessés, major.
– Je serai là dans cinq minutes, Muammer.
Le caporal ressortit. Vartan souleva la portière pour vérifier qu'il s'éloignait. La chaleur l'incommodait et il resta planté quelques instants dans l'ouverture. Durant les dernières minutes de sa conversation avec Chirag, il s'était demandé s'il n'avait pas affaire à un lunatique. Il était maintenant persuadé que la soif de justice

1. Chef suprême de l'Église apostolique arménienne. (Arménien.)

et l'amour de son peuple motivaient sa conduite. Toutefois, il manquait totalement de sagesse! Il fallait lui démontrer l'irréalisme et l'aspect suicidaire de son plan. Des Arméniens éblouis par ce fol espoir risquaient de croire Chirag et de le suivre. Dans le contexte actuel, toute action inconsidérée pouvait mettre le feu aux poudres.

Vartan s'approcha de son visiteur et le regarda droit dans les yeux.

– Combien d'hommes avez-vous?

– Près de deux cents. Des fedayin : chacun en vaut dix! Et il y a plusieurs milliers d'Arméniens à Sivas.

– Des femmes, des enfants, des boutiquiers... Et les armes? Le gouvernement a confisqué jusqu'aux fusils de chasse!

Vartan parlait avec douceur dans l'espoir de ramener Chirag à la raison. Ce dernier répliqua :

– Nous attaquerons et pillerons l'arsenal. Les Allemands ont entreposé beaucoup d'équipement et de munitions ici. Puis nous nous barricaderons dans le quartier arménien et nous résisterons.

– Deux jours? Une semaine?

– Les Russes et les volontaires de l'Arménie russe viendront à notre aide.

– Impossible : le front se trouve à plusieurs centaines de kilomètres. Une révolte à Sivas fournirait au gouvernement ottoman le moyen de prouver au reste du monde que nous sommes des traîtres et que les déportations sont justifiées.

– On s'en moque, de l'opinion étrangère!

– Réfléchissez, Chirag, argumenta Vartan en contenant son exaspération. Il y a de forts contingents de l'armée ottomane dans la province. On écraserait votre soulèvement. La répression serait terrible et des milliers d'innocents paieraient pour votre folle aventure. Est-ce là ce que vous voulez?

Chirag se troubla et détourna son regard. Vartan insista :

– Répondez! Votre plan coûterait la vie à combien de vos compatriotes?

– Ils mourront de toute façon... Autant que ce ne soit pas en vain.

– Votre cynisme me dégoûte! rétorqua Vartan d'un ton outré.

Chirag se ressaisit et dit avec assurance :

– De la lucidité, Baron Balian, de la lucidité. Vous n'avez pas idée de ce qui se prépare. Ou vous préférez vous cacher la vérité. Comme tous ceux qui ont tenté de trouver des accommodements avec l'Ittihad, qui ont incité les Arméniens à accomplir leurs devoirs de citoyens ottomans ou russes. Voyez où cela nous a menés!

Il leva le poing en l'air, ainsi qu'il le faisait pour donner à ses hommes le signal de l'attaque, et déclara :

– Plutôt mourir les armes à la main qu'en mouton que l'on mène à l'abattoir.

– Que vous ayez fait le sacrifice de votre vie ne vous donne pas le droit de pousser les autres au suicide collectif!

Sans désemparer, Chirag demanda :

– Alors, puis-je compter sur vous?

– Certainement pas! tonna Vartan, furieux que l'autre demeure si buté. Votre projet insensé est voué à l'échec.

Chirag grimaça :

– Je m'étais trompé sur votre compte : vous n'êtes qu'un bourgeois égoïste! Nous nous passerons de vous!

Il tourna les talons et sortit prestement.

– Chirag! appela Vartan pour le retenir.

L'autre était déjà dehors. Vartan le suivit à l'extérieur de la tente; la silhouette noire s'éloignait entre les rangées de tentes grises. Quelle folie allait-il faire? Ses dernières paroles résonnaient encore aux oreilles de Vartan : un bourgeois égoïste! Il contempla le feuillage immobile des peupliers. La journée s'annonçait torride. Et longue!

2

En cette matinée du 30 juin, une calèche approchait de Sivas par la route venant de Samsoun. Escortée par douze cavaliers, elle transportait Gani Bey, l'un des fonctionnaires les plus influents de Constantinople. Adjoint du ministre de l'Intérieur, il jouissait d'un pouvoir supérieur à celui de la plupart des ministres du cabinet ottoman.

L'ombre de la capote n'empêchait pas Gani Bey de souffrir de la chaleur. Les sabots des chevaux soulevaient une poussière qui rendait l'air proprement irrespirable. Le gros homme s'éventait et crachait sans arrêt.

– Pays de sauvages! grommela-t-il entre ses dents.

Affalé sur la banquette au cuir noir craquelé, il ressemblait à un énorme batracien avec ses bajoues luisantes, sa bouche largement fendue, les fanons de son cou distendus et un ventre si volumineux qu'il faisait paraître trop courts ses bras et ses jambes. Ses subalternes du ministère de l'Intérieur à Constantinople le surnommaient plutôt « le Sanglier », à cause de ses petits yeux ronds, de sa respiration ronflante et surtout de son caractère odieux. Son obésité rassurait Gani Bey, qui avait souffert de la faim durant son enfance; sa famille, à l'instar de toutes celles de son village près de Konia, traversait chaque hiver de longs mois de disette. À présent, il mangeait avec frénésie, comme s'il avait ainsi le pouvoir d'éloigner à jamais le spectre de la famine. Cependant, sa fringale n'était jamais assouvie.

Seules concessions à la température, il avait déposé son fez à côté de lui sur le siège, retiré sa cravate rouge et défait son col. Pour le reste, il demeurait fidèle à son personnage de haut fonctionnaire de la capitale : complet noir au veston ouvert sur un gilet de même couleur où se voyait la chaîne dorée d'une montre de poche. À cause de la poussière, ses vêtements semblaient gris. Tout était gris : ses mains, ses bottes, la voiture, les chevaux; même le paysage. La sueur suintait de son crâne chauve, ruisselait sur ses joues rondes et cascadait dans son cou. Il avait fini par mettre dans sa poche le lorgnon qui glissait de son nez moite.

– Pays de sauvages! murmura-t-il de nouveau en secouant la tête.

Il tira d'un étui au couvercle de nacre une cigarette qu'il fixa au bout d'un fume-cigarette. La ville devant lui occupait une vallée où le soleil n'avait pas encore jauni toute la verdure. Mais au-delà, il voyait l'horizon en dents de scie et il savait qu'il y retrouverait la steppe après son étape à Sivas. Des centaines de kilomètres de mauvaises routes l'attendaient encore. Combien de semaines avant de rejoindre la rive de la Méditerranée et le train qui le ramènerait à Constantinople? Il pesta contre Talaat Pacha, son patron, qui l'avait dépêché au cœur de l'Anatolie pour régler les problèmes posés par la déportation des Arméniens.

Gani Bey s'épongea avec un mouchoir déjà trempé de sueur et but une rasade à même le goulot de sa gourde. L'eau tiédie n'étanchait pas la soif. Il dodelinait de la tête, son regard errait sur le paysage sans vraiment le voir. Il se prit à rêver de Constantinople, du jardin ombragé de sa maison qui dominait l'eau moirée du Bosphore, à Yénikoy. Il avait voyagé en vapeur depuis la capitale jusqu'au port de Samsoun, sur la rive méridionale de la mer Noire. Là, le pays était encore humain, le climat tempéré par la proximité de la mer, les montagnes couvertes de hautes futaies. Mais depuis! Des collines nues, de la pierraille et de la broussaille épineuse. De rares arbres squelettiques. Foutue contrée, tout juste bonne pour les chèvres! Et il n'avait rencontré que de misérables villages de paysans où l'on ne trouvait pas à se loger décemment. Au moins, Sivas était une vraie ville. Il songea au délice que serait un bain au hammam [1] local.

La voiture se présenta à l'entrée sud de la ville, où une mosquée massive dressait ses minarets jumeaux. L'œil découvrait nombre de beaux édifices plusieurs fois centenaires, construits et par les musulmans et par les chrétiens, entre autres des monuments de l'époque seldjoukide qui faisaient la renommée de la ville. Gani Bey n'en avait cure! Il était plutôt sensible aux rues animées, à la présence des humains, car dans la contrée qu'il venait de traverser il avait éprouvé un intolérable sentiment de solitude. La voiture s'engagea dans le grand bazar, seule voie pour atteindre le konak [2] où Gani Bey devait loger, et le cocher mit le cheval au pas. Un flot continu de piétons, d'ânes peinant sous de lourdes charges et de chariots bloquait la voie déjà rétrécie par les étalages. Par-dessus le brouhaha aussi régulier que le bourdonnement d'une ruche, les marchands criaient à tue-tête pour vanter la qualité de leurs produits.

Une odeur de friture à l'huile de sésame fit saliver Gani Bey;

1. Établissement de bains public au Proche-Orient. (Turc.)
2. Demeure d'un riche particulier ou d'un gouverneur. (Turc.)

puis il perçut le parfum d'oignon d'une fricassée de mouton qui cuisait sur un feu en plein air et son estomac gargouilla. Il grilla une cigarette pour calmer sa faim. La foule se pressait de part et d'autre de la calèche, et les senteurs agréables firent place à un relent âcre : celui des gens qui portaient leurs vêtements durant des semaines, dormant même avec. L'odeur de la pauvreté et de la misère. L'odeur de son enfance ! Il frissonna de dégoût et posa sur son nez son mouchoir parfumé à l'eau de rose. Ses quarante-deux années à Constantinople l'avaient complètement transformé et il se sentait étranger au milieu de ce petit peuple où se situaient pourtant ses origines. Tout ici lui paraissait primitif et grossier.

Un souvenir refoulé avec soin lui revenait. Avec sa mère et ses sœurs, il ramassait sur la route et dans les champs des bouses de vache que les femmes emportaient dans leur tablier. On se dépêchait pour prendre les voisins de vitesse. Une fois à la maison, on pétrissait le fumier avec de la paille puis on en tapissait le mur extérieur ; il y sécherait pour devenir le tézek, un combustible qui remplaçait en hiver le bois introuvable et le charbon trop cher pour leurs moyens. Les grosses mouches vertes en essaims autour des maisons... l'odeur prégnante que ravivait la pluie... Gani Bey baissa les yeux et regarda ses ongles longs et soigneusement manucurés. Son enfance lui faisait horreur. Il aurait voulu pouvoir en effacer toute trace de sa mémoire.

Quand un effendi [1] de la ville s'était entiché de lui, à dix ans, avec quel bonheur il l'avait suivi à Konia ! Des repas fins, un vrai lit avec des draps, des vêtements propres. Le jeune Gani n'avait eu aucun scrupule à accorder en retour ses faveurs au riche marchand. Celui-ci l'avait fait instruire au monastère principal des derviches [2] à Konia, puis l'avait emmené avec lui à Constantinople où Gani avait poursuivi des études laïques. De cette époque, il ne conservait qu'une haine des chrétiens apprise d'un derviche fanatique et un penchant exclusif pour les amours masculines. Ensuite, grâce aux relations de son protecteur, il avait obtenu un poste de fonctionnaire. Par son intelligence et son zèle, sans oublier les jeux d'intrigue auxquels il excellait, Gani avait gravi peu à peu les échelons, dont chacun l'éloignait de sa modeste extraction. Cupide et cruel, il n'avait ni morale ni pitié, et ne reculait devant rien qui pouvait favoriser ses ambitions. Officier de la police secrète sous Abdul Hamid II, il avait massacré des chrétiens avec enthousiasme et traqué les Jeunes-Turcs réformistes ; quand il avait senti le vent tourner, il s'était acoquiné avec ces mêmes Jeunes-Turcs et leur avait livré des renseignements. Il avait su se rendre indispensable et avait atteint un poste de direction dans le mouvement. Aujourd'hui, il ne doutait pas de survivre à un autre changement de régime s'il devait s'en produire un.

– Foutue contrée ! marmonna-t-il tout bas.

1. Titre de dignitaire ottoman devenu formule de politesse. (Turc.)
2. Membre d'une confrérie religieuse musulmane. (Turc.)

Mais ce pays formait une partie de l'Empire ottoman, même son noyau, et cet empire, ou plutôt la « Grande Turquie » qu'il deviendrait, était tout ce qui comptait pour Gani Bey, hormis sa propre personne. Comme les dirigeants, il croyait que l'histoire leur offrait l'occasion de purifier l'Anatolie des éléments étrangers. Devraient partir ou périr tous ceux qui n'étaient pas de sang turc : les Arméniens d'abord, puis les Grecs, les juifs, les Syriens et les Arabes. Jusqu'aux Kurdes qui n'auraient d'autre choix que de devenir turcs. Les fondateurs de l'Empire avaient manqué de clairvoyance en y laissant vivre les anciens habitants; un jour, ces gens voulaient s'émanciper et y parvenaient. C'est ainsi que l'on avait perdu la Grèce et les Balkans, que l'on perdrait sans doute la Mésopotamie et l'Arabie, que l'on risquait de voir une partie de l'Anatolie devenir arménienne, une autre kurde. Unique moyen de l'empêcher : que seuls des Turcs habitent la contrée.

Passé le bazar, la voiture atteignit une petite place entourée d'édifices récents. À la pensée de la mission qui l'amenait ici, Gani Bey oublia sa fatigue. Plutôt que de se diriger vers le palais du gouverneur, où on lui avait préparé une suite, il se rendrait directement au commissariat de police. Il donna des ordres en ce sens au cocher, qui mit les chevaux au trot. Gani Bey rattacha sa cravate et se coiffa de son fez.

L'édifice de planches grises ravinées par les intempéries et le soleil ne payait pas de mine. Il n'avait pas été repeint depuis sa construction au début du siècle. De hautes fenêtres, dont certains carreaux étaient brisés, perçaient la longue façade. On y trouvait sous le même toit le commissariat et l'hôtel de ville. Comme c'était le cas ailleurs, les supérieurs occupaient le dernier étage, les deux premiers étant réservés aux petits fonctionnaires, aux secrétaires et aux messagers. Les cachots se trouvaient au sous-sol.

Trois gendarmes bavardaient à l'ombre du porche. Ils se plantèrent au garde-à-vous en voyant arriver cet équipage qui ne pouvait appartenir qu'à un personnage important.

– Toi ! cria Gani Bey à l'un des soldats, viens m'aider à descendre.

L'homme confia son fusil à un compagnon et accourut. Il rabattit le marchepied; les lames des ressorts grincèrent et la voiture s'inclina lorsque Gani Bey entreprit de descendre. Sa corpulence gênait ses mouvements; il s'appuya d'une main sur l'épaule du gendarme et poussa un soupir de soulagement en se retrouvant sur la terre ferme. Il épousseta ses vêtements où s'accrochait de la cendre de cigarette et regarda l'escalier vide; il était vexé qu'aucun dignitaire ne soit là pour l'accueillir.

– C'est de cette manière que vous recevez vos invités ? lança-t-il d'une voix hargneuse.

Le gendarme, le type même du campagnard mal dégrossi, ne sut que répondre. Ses paupières battirent rapidement tant il était apeuré. Juste à ce moment, le commissaire Mustafa Rahmi apparut dans l'embrasure de la porte. Sa chemise était largement ouverte sur une poitrine velue et ses manches roulées laissaient voir des avant-bras musclés. Le teint bistre, il avait les sourcils aussi épais et noirs que sa moustache et sa barbiche. Il enfila sa vareuse et se précipita à la rencontre de son visiteur.

– Soyez le bienvenu, Gani Bey, dit-il en s'inclinant. Excusez-moi, je ne vous attendais qu'après le déjeuner. Vous avez fait bon voyage?

– Exécrable, répondit l'autre d'un ton sec. Passons dans votre bureau.

Mustafa Rahmi constata que le haut fonctionnaire était d'humeur massacrante et cela relança son inquiétude. Il avait mal dormi, s'étant réveillé dix fois au milieu de mauvais rêves où Gani Bey avait la vedette. Mustafa Rahmi connaissait depuis des années la réputation de son visiteur, dont les sautes d'humeur pouvaient signifier la fin d'une carrière, le mécontentement vous valoir la prison, ou pire... Le commissaire avait toujours fait preuve de zèle dans l'accomplissement des ordres, mais on pouvait cependant lui reprocher quelques broutilles : pots-de-vin, abus de pouvoir, exactions, et le reste. Un envieux aurait pu le dénoncer. Gani Bey ne venait-il pas « faire un grand ménage »? C'était du moins ce qu'avait prétendu l'homme qui, la veille, avait apporté au commissaire une lettre de Gani Bey.

Ils pénétrèrent dans l'édifice, où l'air sentait la poussière et la fumée de tabac. Gani Bey n'avait que mépris pour tout ce qui n'était pas de la capitale; l'apparence négligée et l'accent de ce provincial au regard torve et à la barbiche taillée en pointe le confirmaient dans ses préjugés. À la vérité, c'était avant tout la stature du commissaire qui lui déplaisait. Complexé par sa petite taille, Gani Bey détestait traiter avec des hommes plus grands que lui, et Mustafa le dépassait d'une bonne tête. Toutefois, il s'agissait d'un partisan fidèle de l'Ittihad et d'un fonctionnaire au dévouement aveugle, le genre d'homme dont on avait grand besoin en ce moment. À ce titre, il méritait certains égards, et Gani Bey se radoucit, usant d'un ton presque amical :

– Je suis heureux de faire votre connaissance, commissaire Mustafa.

Ces paroles soulagèrent le commissaire, qui sourit :

– C'est un grand honneur pour moi de vous recevoir. Je fais servir des rafraîchissements.

– D'abord les choses sérieuses.

Chaque pas exigeait un effort de Gani Bey et il s'aidait d'un ample balancement des bras, ce qui lui donnait une démarche roulante. Au sommet des deux volées de marches, son visage était devenu écarlate et il respirait aussi bruyamment qu'un soufflet de forge. Par délicatesse, Mustafa Rahmi ne lui parla pas afin de lui donner le loisir de reprendre sa respiration.

Un portrait maladroit du sultan, peint directement sur les planches du mur, ornait le bureau du commissaire; le peintre avait eu la main plus heureuse en calligraphiant sur les autres parois des passages d'une sourate [1] du Coran. Les aigrettes de peuplier qui avaient pénétré par un carreau brisé formaient sur le plancher des amas cotonneux. L'ameublement se réduisait à un bureau, un fauteuil capitonné de cuir vert bouteille et une chaise de bois. Il y avait en outre, bien en évidence à gauche de la porte, un banc long et bas sur lequel reposait une baguette de bambou à l'extrémité frangée. Gani Bey fit claquer violemment le bambou à deux reprises sur le banc. Cet instrument, dont les premiers coups ne provoquaient presque pas de douleur, pouvait réduire en lambeaux la peau d'un homme et induire une souffrance atroce. Autrefois, quand il opérait lui-même, Gani préférait la bastonnade sur la plante des pieds; cette torture se révélait plus efficace car le prisonnier durait longtemps, même si ensuite il pouvait perdre à jamais l'usage de ses jambes. Il reposa la baguette et se détourna afin de dissimuler l'émotion qu'il croyait visible sur son visage.

Il se dirigea vers le bureau. Des piles de paperasses en encombraient le dessus, ne laissant libre que l'espace occupé par un sous-main taché d'encre où un chapelet d'ambre était posé bien en évidence. Gani Bey y vit un témoignage de religiosité qui l'agaça; il estimait que le fatalisme musulman – Inch' Allah! (Si Dieu le veut!) – était une des causes du déclin de l'Empire et la raison pour laquelle les Arméniens, les juifs et les Grecs accaparaient le commerce et l'industrie. Mais la présence de ce chapelet n'était peut-être que mise en scène ostentatoire de la part du commissaire.

Sans y avoir été invité, Gani Bey s'assit derrière le bureau, et le commissaire demeura debout en face de lui, dans une insécurité grandissante. Gani Bey tira son lorgnon d'une poche intérieure de sa veste, l'essuya et l'ajusta sur son nez. Avant qu'il ne puisse parler, la porte s'ouvrit et un gendarme apporta deux verres sur un plateau de cuivre ciselé. Gani Bey but d'un seul trait le jus de griotte acidulé. Dans l'espoir de l'amadouer, Mustafa Rahmi déclara avec empressement :

– Vos ordres ont été exécutés.

Gani Bey n'eut pas l'air de comprendre.

– À propos du vali [2] Mumtaz Bey... ajouta le commissaire en baissant inutilement la voix.

– Quand?

– Ce matin, à sa résidence de campagne. Ni vu ni connu.

– Les exécutants, pas de danger qu'ils parlent? Des hommes à vous?

1. Chapitre du Coran. (Arabe.)
2. Maire d'une ville ou gouverneur d'une province. (Turc.)

– Je l'ai fait moi-même, déclara avec fierté le commissaire en montrant ses mains. Mumtaz Bey ne pouvait pas se méfier.

Et il leva son verre de jus de cerise, comme pour porter un toast à cette démonstration de loyauté à l'égard de Gani Bey. Ce dernier hocha simplement la tête en murmurant d'une voix neutre :

– À la bonne heure.

Insatisfait, le commissaire revint à la charge :

– Le chapelet qui est devant vous lui appartenait. Il servira de preuve pour accuser du crime qui nous voudrons.

Il se dandinait sur un pied et sur l'autre. Gani Bey tendit la main et demanda :

– Ma lettre.

Le commissaire sortit de sa poche le message confidentiel qu'un agent de Gani Bey lui avait transmis la veille : l'ordre d'éliminer le gouverneur. Le haut fonctionnaire vérifia que le document était le bon, le replia et le glissa dans sa veste. Mustafa Rahmi eut froid dans le dos. Plus rien ne prouvait qu'il avait reçu instruction de liquider Mumtaz Bey. Le meurtre en lui-même ne le dérangeait pas. Il n'en était pas à son premier. Une vie comptait si peu dans ce pays où chacun était prompt à se faire justice lui-même et où la vendetta était une tradition solidement implantée dans les mœurs ! Mais ses autres crimes n'avaient eu ni témoin ni instigateur. Un gouverneur en plus ! Il se doutait que l'on ne devait jamais se croire protégé par Gani Bey. Ni se penser son allié. S'il jugeait opportun de se débarrasser de lui, le haut fonctionnaire n'éprouverait aucun scrupule à le faire.

Gani Bey se méprit sur l'état d'esprit du commissaire et songea à un molosse qui quémande une récompense de son maître. Il sourit et se montra impressionné :

– Voilà de l'excellent travail ! Si j'avais plus d'hommes comme vous...

Mustafa Rahmi rayonnait. Gani Bey reprit, d'un ton froid :

– Et pour les Arméniens, ça s'annonce comment, ici ?

– L'ordre de déplacement leur a été signifié. Nous attendons l'escorte. Mais l'armée ne se montre pas très coopérative. Les officiers supérieurs, je veux dire.

– C'est une situation trop fréquente à mon goût, ragea Gani Bey en allumant une cigarette sans en offrir à son hôte. Soyez sans crainte, cela va changer. J'ai reçu pleins pouvoirs du gouvernement pour y mettre bon ordre. La déportation des Arméniens est une priorité, et les fonctionnaires qui ne collaborent pas à cette politique avec tout l'enthousiasme voulu seront remplacés. Même les gouverneurs.

– Les tièdes sont une véritable engeance ! approuva le commissaire, qui voyait là l'occasion de se débarrasser de certains rivaux. Vous pouvez compter sur moi.

– La population musulmane réagit comment ?

– Surprise. Désapprobation, bien souvent. Plusieurs ont des amis ou des clients chrétiens.

Agacé, Gani Bey tira plusieurs bouffées de sa cigarette :

– Qu'il leur soit rappelé que ceux qui cacheront des Arméniens ou les aideront à fuir seront punis sévèrement. Le meurtre du vali et quelques manifestations bien orchestrées les feront changer d'avis.

– Qu'avez-vous prévu pour les Arméniens qui se convertiront à l'islam ? s'enquit Mustafa Rahmi.

– Je n'en veux pas ! s'écria Gani Bey.

Il jeta son mégot par terre et alluma une nouvelle cigarette.

– De vous à moi, commissaire, reprit-il d'une voix plus calme, la religion n'a rien à voir dans tout ça. Des Arméniens musulmans ? Ça resterait des Arméniens ! Par contre, si vous me trouviez des Turcs chrétiens pour peupler l'Anatolie, je n'y verrais pas d'objection ! On ne peut pas fonder un empire sur la religion. Sur la race, oui !

Mustafa Rahmi acquiesça. La fumée l'incommodait et il ouvrit une fenêtre. Le bruit clair et frais de la petite fontaine de la cour parvenait à présent dans la pièce. Gani Bey ressentit la fatigue du voyage et songea au hammam devant lequel sa voiture était passée. Quel bonheur ce serait de se nettoyer de la poussière de la route dans le bain de vapeur et de laisser un tellak [1] laver son corps avec un riche savon et de l'eau parfumée aux herbes ! Il imagina l'étrange bien-être qu'il connaîtrait ensuite lorsque le tellak le masserait selon les règles de son art. Gani Bey décida de couper court à l'entretien.

– Mes agents vous ont fait leur rapport, commissaire ?

– Oui.

– Prévenez-les que je veux les voir cet après-midi, dit-il en se levant sans quitter son interlocuteur du regard. Vous déjeunez avec moi ; nous organiserons la suite des événements.

Mustafa Rahmi se sentit flatté de cette marque de considération ; il se raidit et posa la main sur son cœur :

– Vous me faites trop d'honneur.

Encouragé, il farfouilla dans une pile de dossiers sur le coin du meuble, en tira des feuillets froissés et suivit Gani Bey qui allait à la fenêtre vérifier que sa voiture l'attendait toujours. Le commissaire lissa les feuilles de papier et les présenta à son supérieur.

– C'est la liste des notables arméniens de la ville. Il y en a plus de deux cents. Voulez-vous y jeter un coup d'œil ?

Un coin de la bouche relevé par un rictus involontaire, Gani Bey parcourut rapidement les pages à l'écriture maladroite ; ces noms ne lui disaient rien.

– Il en manque un, dit-il en décapuchonnant son stylo.

S'appuyant sur le rebord poussiéreux de la fenêtre, il inscrivit en caractères arabes [2] un nouveau nom au sommet de la liste.

1. Employé d'un hammam. (Turc.)
2. Jusqu'en 1928, le turc s'écrivait en caractères arabes.

***

Armène Surmélian trouva la grille du jardin fermée à clé chez les Balian. C'était inhabituel, mais il ne comprenait que trop bien cette prudence! La déportation... Il marmonna un juron et jeta son mégot de cigarette. Court et massif, il n'avait presque pas de cou, et sa tête semblait plantée directement sur ses larges épaules; selon sa femme, Araksi, il tenait de la vieille mule quant au caractère.

Il tira la chaîne de la clochette. Quitter Sivas, où il s'était installé sept ans plus tôt pour finir ses jours en paix... Où les enverrait-on? Que deviendraient-ils? La petite maison et le lopin de terre qu'il possédait en bordure du quartier arménien constituaient sa seule richesse. On leur avait promis de les installer dans de nouveaux villages de la région d'Ourba et d'Alep, promis également que leurs meubles y seraient transportés aux frais du gouvernement. On les rassurait, mais, fort de l'expérience de ses soixante-douze ans, Armène ne croyait pas un mot des promesses officielles. Trop de fois par le passé, le sultan était revenu sur les engagements qu'il avait pris à l'égard des Arméniens et des autres minorités de son empire.

Une servante sortit de l'imposante demeure fraîchement repeinte en blanc et vint à la grille. Des anneaux d'or suspendus à ses oreilles encadraient son visage rond. Lui pinçant le menton, Armène dit en turc, de sa voix grave, un peu gutturale :

– Tu es toujours aussi jolie, Djémila. Je ne comprends pas que tu ne sois pas encore mariée.

Elle rougit et baissa les paupières. Elle se sentait toujours coupable en sa présence : malgré son grand âge, le capitaine Armène l'attirait. Son regard s'arrêta aux poils blancs qui jaillissaient par l'échancrure de la chemise, et elle rougit encore plus. Très souvent, elle l'observait à la dérobée quand il travaillait dans le jardin des Balian, entretenait les plates-bandes, bêchait le potager et soignait les bêtes. Les mains du capitaine, des mains énormes aux doigts épais, avaient une délicatesse et une dextérité étonnantes, quand elles ligaturaient des greffons sur les arbres fruitiers, taillaient les rosiers ou ébourgeonnaient les pivoines. Une sorte de tendresse qu'Armène manifestait également envers les enfants et les animaux. Pourtant, ses bras étaient comme des pattes d'ours; ils devaient serrer très fort...

Percevant le trouble de la jeune fille, Armène fronça ses sourcils en broussailles, et ses yeux plissés pétillèrent de malice.

– Si j'étais musulman, je te prendrais comme seconde épouse.

– Capitaine Armène! protesta-t-elle, intimidée, vous vous moquez toujours de moi.

– C'est faux, je suis très sérieux. D'ailleurs, je vais en parler à mon épouse, Araksi.

Elle avait l'habitude des taquineries du vieillard, mais elle ignorait toujours s'il n'y avait pas une part de sérieux dans ses dires. Elle eut un rire gêné en se détournant. Il la suivit de sa démarche claudicante dans le jardin où des phlox et des lupins enserraient l'allée pavée en cailloutis.

– Voulez-vous que je prévienne Azniv Hanim de votre visite?

– Pas la peine, je suis pressé. Envoie-moi Tomas.

Dès qu'il fut seul, ses pensées chagrines lui revinrent. Il attendit à l'ombre du châtaignier et frotta sa jambe droite, qui le faisait souffrir. Il trouva curieux que la douleur se réveille après tant d'années. Une vieille blessure qui remontait aux massacres de 1894, alors qu'il avait sauvé de justesse la vie d'Araksi et la sienne. Leurs enfants et petits-enfants qui vivaient à Trébizondc n'avaient pas eu autant de chance...

La sueur coulait sur sa nuque, car, pour faire plaisir à son filleul Tomas, il avait endossé sa veste de marin à boutons dorés et coiffé sa casquette noire brodée d'une ancre au-dessus de la visière. Propriétaire d'un bateau de faible tonnage, Armène avait pêché toute sa vie en mer Noire. Et fait un peu de contrebande. Ici, à l'intérieur des terres où il s'était retiré, les gens l'avaient affublé du surnom de « capitaine », ce qui ne lui déplaisait pas. Bien au contraire.

D'un œil distrait, il contempla le motif complexe d'arabesques que dessinaient les petites pierres noires et blanches fichées dans le ciment. Il s'approcha d'une plate-bande et arracha des fleurs fanées. Le major Vartan l'engageait pour s'occuper du jardin et des animaux; ce salaire, s'ajoutant aux revenus qu'il tirait de son élevage de poulets, permettait à Armène de vivre décemment sans entamer ses maigres économies. Il avait un grand respect et beaucoup d'amitié pour Vartan Balian qui l'avait choisi, en dépit de sa condition modeste, comme parrain de son fils. Les parents des Balian vivaient ailleurs, d'accord, mais tous les notables de Sivas auraient été flattés d'avoir Tomas comme filleul. Armène prenait son rôle de parrain d'autant plus au sérieux qu'il ne comprenait toujours pas les motivations du major Vartan. Un homme si instruit, alors que lui-même savait à peine lire et écrire!

– Parilouys, capitaine Armène!

Il leva la tête. Maro était sur le perron et tenait à la main un paquet enveloppé de papier brun.

– Vous n'entrez pas?

– Parilouys, Maro. Non, je vais partir aussitôt que Tomas sera prêt. Il y a une réunion spéciale du comité paroissial avant la messe.

– Il ne tardera pas.

Elle descendit les marches et vint vers lui. Il aimait la regarder, surtout quand elle s'habillait comme aujourd'hui, à l'européenne. La taille cintrée de sa robe grise accentuait la féminité de sa silhouette, et elle marchait avec une telle grâce que l'on aurait dit qu'elle dansait. L'épais chignon, d'où s'échappaient quelques mèches folles, dégageait son cou mince et conférait un port altier à sa tête. De sa vie Armène n'avait vu femme aussi belle. Une aura de sensualité l'enveloppait, cependant que son regard était franc et ouvert, presque candide. Ce mélange fascinait le vieillard, qui ne contemplait jamais Maro sans frémir intérieurement. Quand elle fut près de lui, il admira ses yeux au brun pailleté de jaune. Elle l'embrassa sur les joues, puis demanda des nouvelles de son épouse. Il s'informa de sa santé ainsi que de celle de sa mère et de son mari.

– Je ne voudrais pas être indiscrète... Dites-moi, Armène, c'est de la déportation que vous désirez entretenir notre curé?

– Quoi d'autre! soupira-t-il. Est-ce que le major Vartan a appris quelque chose?

– Pour le moment, rien.

– Nous sommes tous dans l'incertitude, c'est ça le plus terrible. Attendre, sans savoir au juste ce qui nous pend au bout du nez.

– Est-ce une bonne idée d'emmener Tomas à l'église? demanda-t-elle, une pointe d'inquiétude dans la voix.

– Saint-Minas n'est qu'à quelques rues d'ici, en plein cœur du quartier arménien. Et tout est calme en ville. J'ai été au bazar ce matin; les marchands musulmans sont aussi surpris que nous.

Il garda pour lui la pensée que ce calme était celui précédant la tempête. Comme tous les autres, il pressentait le pire mais n'en parlait pas, par crainte un peu superstitieuse de le faire advenir. Il ajouta :

– Sois sans crainte, je veillerai sur Tomas.

Ce disant, il tapota sa veste au niveau de la ceinture. Maro comprit qu'il était armé, et cela ne fit que relancer ses appréhensions. Armène la rassura :

– Ce n'est pas exceptionnel, je le porte toujours sur moi. Une sorte de talisman.

Maro opina de la tête; dans cette région, un homme devait être à tout moment en mesure de se défendre. Armène allait ajouter quelque chose; il resta muet car Tomas surgissait de la maison en courant, son chien sur les talons. Maro se pencha vers le capitaine et murmura rapidement :

– N'oubliez pas de venir dîner ce soir avec Araksi.

– Comment pourrais-je oublier? C'est moi qui ai son cadeau.

– Parrain! Parrain!

Sassoun aboyait joyeusement en sautillant autour de son jeune maître. L'enfant se précipita sur son parrain, qui le souleva à bout de bras.

– Tu pèses de plus en plus lourd, mon vaurien! dit Armène en l'embrassant. On dirait que tu grandis à vue d'œil.

Tomas se rengorgea car il était sensible à l'opinion d'Armène qu'il considérait comme un grand-père, n'ayant jamais connu les siens. L'épagneul sautait autour d'eux en glapissant. Ayant déposé l'enfant, Armène se pencha pour caresser le chien, le gratter derrière les oreilles, lui pincer la peau sur l'échine.

– Toi aussi, tu es beau.
– Vous avez vu mon costume de marin? demanda Tomas en tournant lentement sur lui-même. C'est maman qui l'a cousu.
Armène fit des signes d'appréciation en palpant le tissu de la culotte courte et de la veste bleu et blanc à col marin. Levant les yeux, il croisa le regard sombre de Maro; la joie insouciante de Tomas rendait plus tangible l'angoisse qui étreignait les adultes. Armène retira sa casquette qu'il posa sur la tête de l'enfant, puis il peigna sa tignasse argentée du bout de ses doigts.
– Vous me la donnez? s'exclama Tomas d'une voix exaltée en ajustant le couvre-chef.
– Je te la prête jusqu'à l'église.
– Et au retour aussi?
Le parrain acquiesça.
– Regarde, maman, je suis devenu un capitaine!
Maro embrassa Tomas et lui remit le paquet entouré d'une ficelle.
– Grand-mère a préparé de la viande froide, des olives et du helva [1] que tu donneras à un pauvre.
Elle les reconduisit à la grille. L'idée de laisser partir son fils la tracassait toujours; elle se dit qu'elle s'en faisait inutilement et ne voulut pas effrayer Tomas en lui interdisant cette sortie. Toutefois, elle fit une dernière recommandation à Armène :
– Soyez prudent. Et toi, Tomas, obéis bien à ton parrain.
Retenant le chien qui voulait les suivre, Maro regarda s'éloigner le vieillard et l'enfant qui se tenaient par la main.

***

Ils allaient lentement dans la rue aux cailloux brûlants, longeant les maisons afin de profiter de l'ombre des murs et des branches les surplombant. Les demeures, imposantes dans le voisinage de celle des Balian, devenaient plus petites et plus modestes à mesure qu'ils avançaient. Toutes possédaient leur jardin et leur étable, et il en venait des bruits familiers. Tomas connaissait les enfants du quartier, avec qui il jouait fréquemment, ainsi que leurs parents et leurs grands-parents. Il salua de la main ceux qu'il vit dans leur cour et se demanda pourquoi ils n'étaient pas en train de jouer dans la rue. Elle était presque déserte. Les rares boutiques qui y avaient pignon, épicerie, boucherie et fruiterie, étaient fermées. Plus loin, un calme étrange prévalait dans le secteur commerçant où s'alignaient les magasins de petits marchands et les échoppes des artisans. Pas d'étalages au bord de la chaussée, pas de clients et de badauds; pas de manœuvres transportant des marchandises ni d'apprentis leur donnant des ordres en jouant aux patrons. Et à l'unique café du coin faisait défaut la foule d'hommes occupés à

1. Confiserie à base d'huile de sésame, de farine et de mélasse. (Turc.)

fumer leurs narghilés en jouant au tavla [1] ou en discutant affaires. Les chaises de la terrasse étaient retournées sur les tables. Même Vortik avait tiré les rideaux de sa « Maison du kebab », restaurant réputé et toujours plein de commerçants fêtant la conclusion d'un marché et de familles célébrant joyeusement un anniversaire ; sans l'éclat des rires et l'odeur de la viande grillée, la rue semblait morne.

– C'est dimanche ? demanda Tomas, intrigué.

– Non, répondit son parrain qui cherchait une explication.

Il ignorait si l'on avait informé l'enfant du malheur qui frappait les Arméniens. Ce n'était pas à lui de le faire. Il changea plutôt de sujet et lui raconta une nouvelle fois ses aventures en mer et les tempêtes qu'il avait essuyées. Il inventait, bien sûr, mais les détails géographiques étaient véridiques et il essayait d'inculquer des leçons de vie à son filleul par le biais de ses récits fantastiques. Dès que le clocher qui dominait les maisons fut en vue, Armène se mit en devoir de répéter la nouvelle prière qu'il avait commencé d'apprendre à Tomas. Comme parrain, il lui incombait d'instruire l'enfant dans la religion. Deux fois par semaine, il l'emmenait à l'église pour la messe de onze heures. Une foi de charbonnier animait Armène : il croyait plus avec son cœur qu'avec sa raison. À l'orée de la vieillesse, l'espèce de crainte un peu superstitieuse qui, toute sa vie, s'était emparée de lui à l'approche du lieu saint avait fait place à un sentiment d'amicale familiarité avec Dieu.

Un mur de pierres grises délimitait un enclos autour de la petite église arménienne de Saint-Minas construite deux cents ans plus tôt, en marbre aux reflets roses. Les murs s'ornaient de khatchkars, croix aux bras décorés de volutes qui étaient sculptées en bas relief. Un clocher octogonal au toit pointu surmontait l'église. Ce n'était pas la plus grande de Sivas mais elle comptait parmi ses paroissiens plusieurs notables et personnes influentes, ce qui en faisait l'une des plus importantes. Quelques cyprès aux aiguilles luisantes croissaient dans la cour. Assis par terre le long de l'allée, les mendiants de la paroisse, surtout des femmes vêtues de noir, attendaient le passage des fidèles. On leur permettait de demander la charité avant et après la messe, et chacun avait sa place attitrée. Tomas veillait à répartir avec justice l'aumône que sa famille le chargeait de faire. Il s'arrêta devant une vieille bossue qui était l'avant-dernière dans la file, lui remit le paquet qu'avait préparé sa grand-mère et prononça la formule habituelle :

– Que cela vous soit profitable.

– Puisse Dieu entendre vos prières, répondit la femme édentée.

– Pourquoi as-tu choisi celle-là ? demanda Armène juste avant qu'ils franchissent le portail aux lourds battants de bois.

– C'était son tour, murmura l'enfant. Je sais compter.

Dans la nef, il n'y avait encore que quelques vieilles agenouillées

1. Jeu se rapprochant du jacquet. (Turc.)

dans les premiers bancs. Armène installa l'enfant en lui recommandant de rester sage.

– En m'attendant, récite la nouvelle prière que tu apprends. Je ne serai pas long.

– Où allez-vous, parrain?

– Rencontrer notre curé, Der [1] Khoren.

– Je ne peux pas vous accompagner?

– Non. Attends-moi sans bouger. Et veille bien sur ma casquette.

Son parrain s'en fut par la petite porte qui donnait sur la sacristie, et Tomas s'agenouilla. Il aimait le calme et la fraîcheur de ce lieu, le parfum de l'encens et l'odeur des cierges allumés. Il promena ses regards sur les murs latéraux où étaient suspendus des portraits de saints, certains au visage sévère, d'autres à l'air doux, comme Sourp Hagop et Sourp Stepannos [2]. Des rayons de soleil, qui se coloraient en filtrant à travers les vitraux, éclairaient l'icône de la Vierge sur l'autel. Devant l'image, une petite flamme consumait lentement la mèche disposée au centre d'un bol de verre rempli d'huile d'olive: la lampe du sanctuaire.

Tomas éprouvait un sentiment bizarre qu'il ne s'expliquait pas. Il aurait dû être heureux en ce jour d'anniversaire qu'il attendait depuis des mois, mais une chose indéfinissable gâchait sa joie. Un peu comme un mal de dents, même léger, qui fait perdre tout intérêt au jeu ou à l'étude. Rien n'avait changé et pourtant plus rien n'était pareil. Ces rues vides et ces magasins fermés, par exemple. Même quand ils souriaient, les adultes conservaient un air soucieux. Il avait interrogé en vain Djémila et Zeyneb; elles s'étaient détournées, la mine déconfite. Que lui cachait-on? Il n'osait demander des éclaircissements à sa mère, à son père ou à sa grand-mère. Peut-être s'essaierait-il avec son parrain après la messe.

Il se dit que Dieu devait avoir remarqué sa présence dans l'église et qu'il était grand temps de prier. Il joignit les mains. En contemplant l'Enfant que la Vierge tenait dans les bras, il dressa mentalement la liste des personnes pour qui il dirait ses prières.

*
* *

Dans la sacristie, Der Khoren s'arrêta devant une photo de groupe d'un des anciens conseils de paroisse; il y en avait une vingtaine alignées sur deux murs dans des cadres identiques en bois incrusté de nacre. Le curé se rappelait le nom de chacun de ces douze conseillers, dont plusieurs dormaient maintenant sous les cyprès du cimetière. Il caressa distraitement l'épaisse barbe grise qui s'étalait sur sa poitrine. La vitre protégeant la photographie reflétait l'image de la longue table de chêne autour de

1. Particule ajoutée devant le nom de famille d'un prêtre marié. (Arménien.)
2. Saint Jacques et saint Étienne. (Arménien.)

laquelle étaient assises cinq personnes quasi immobiles et silencieuses.

À l'une des extrémités siégeait Hadji Harout, l'aîné des anciens de la paroisse. Le mot « hadji » accolé à son nom signifiait qu'il avait effectué un pèlerinage à Jérusalem et s'était baigné dans le Jourdain, là où Jean avait baptisé le Chrit. À sa droite, Zaven, un riche propriétaire terrien connu pour sa probité et sa générosité, gardait la tête basse et les yeux clos comme s'il somnolait. Ara, le barbier dont la lotion capillaire parfumait la pièce, regardait fixement une lézarde dans le plâtre du mur; il songeait qu'à la réunion précédente le conseil avait décidé la réfection de la sacristie. Qui s'en souciait aujourd'hui? De l'autre côté de la table, Sarkis Zorian, l'instituteur qui jouait aussi le rôle de sacristain et de diacre, gribouillait dans un calepin. Son voisin immédiat ne quittait pas le curé des yeux : Chirag Tévonian, que Sarkis avait pris sur lui d'inviter à cette réunion spéciale.

C'était pour signifier son désaccord avec cette initiative que Der Khoren tournait ostensiblement le dos à la table. Ce Chirag n'aurait pas dû être là! À l'instar de plusieurs de ses concitoyens, le curé estimait que l'activité des rebelles fournissait un prétexte au gouvernement pour durcir son attitude à l'égard des Arméniens; l'instituteur soutenait exactement l'inverse. À présent, la question devenait oiseuse. Toutefois, la présence de Chirag dans la paroisse mettait en péril leur sécurité à tous. Cette tête brûlée ne leur apporterait que des ennuis, et ils en avaient déjà plus que leur lot. Si le capitaine Armène pouvait arriver, qu'on en finisse au plus tôt...

Le curé s'approcha des trois armoires de bois blond qui masquaient le mur du fond, ouvrit la première et en sortit les vêtements sacerdotaux qu'il endosserait pour célébrer la messe. Il sentait le regard de Chirag Tévonian sur sa nuque, un regard d'une intensité qui dérangeait. Tout à l'heure, il avait eu le sentiment que Chirag lisait en lui et découvrait ce que le prêtre cachait à son épouse et à ses paroissiens : un désespoir total. Oh! Der Khoren ne flancherait pas; tout au contraire, il serait un exemple de courage pour ses ouailles, il prêcherait l'espoir et la persévérance, mais ces mots resteraient pour lui sans résonance. Une parole du Christ l'obsédait : « Père, éloignez de moi ce calice. » Ce calice, Dieu le présentait aujourd'hui à tout un peuple, non pas à l'Homme-Dieu, mais à des mères de famille, à des paysans, à des marchands, à des artisans. En avait-il le droit? S'était-il détourné des Arméniens, qui pourtant vénéraient son nom? Avait-il donc encore besoin de martyrs? Il venait au prêtre des pensées presque blasphématoires, qu'il repoussait en répétant : « Que Votre volonté soit faite. Prenez-moi, mais épargnez les autres. »

Toute son enfance, Der Khoren avait rêvé d'étudier au séminaire de Jérusalem afin de devenir vertabed [1]. Son père, horloger

1. Prêtre célibataire. (Arménien.)

à Yozgat, approuvait la vocation de l'aîné de ses sept enfants. Mais à mesure qu'approchait le moment de partir, la détermination de Khoren faiblissait : les sentiments qu'il portait à une voisine, Mariam, remettaient en cause sa décision. Il avait finalement choisi de l'épouser. Concilier ainsi son amour de Dieu avec celui d'une femme le condamnait à être toute sa vie un kahana, un prêtre de paroisse, et l'empêcherait de monter dans la hiérarchie de l'Église apostolique arménienne. Toutefois, une cure dans une paroisse répondait à ses aspirations. Il souhaitait être l'instrument de la volonté de Dieu auprès des gens qu'il connaissait depuis toujours, partager leurs joies et leurs peines, vivre au milieu d'eux ainsi qu'un berger avec le troupeau dont il a la garde.

Il avait trente-trois ans lors des massacres d'Arméniens en 1894, séries d'émeutes et de tueries inspirées par le sultan, et qui avaient ensanglanté l'Anatolie et la Cilicie durant trois années. Jeune prêtre fougueux, il avait combattu avec courage pour sauver bon nombre de ses paroissiens. À cinquante-quatre ans, il ne se sentait plus la force de lutter, d'autant plus que ce qui se préparait était d'une tout autre nature. Il ne s'agissait plus d'explosions sporadiques et isolées de folie meurtrière, d'actes attribuables à des fanatiques et à une soldatesque bornée, mais bien d'une politique officielle du gouvernement, planifiée dans ses moindres détails et systématiquement menée avec les moyens requis par l'ampleur de la mesure. Ce n'était pas qu'une intuition, Der Khoren savait tout cela de bonne source. Le pasteur Roesler, directeur de l'orphelinat suisse de Sivas, lui avait révélé la veille ce qu'il tenait d'un autre missionnaire protestant arrivé de Malatia. Der Khoren n'en avait encore parlé qu'à sa yeretsguine [1] à qui il avait fait promettre le silence. Et comme lui elle croyait que tout était perdu pour eux ; on ne pouvait plus compter que sur la miséricorde de Dieu. C'était cette résignation que Chirag Tévonian avait détectée chez le prêtre.

La porte s'ouvrit et Armène Surmélian s'étonna de ne trouver que quatre membres du conseil. Il consulta sa montre : il arrivait avec cinq bonnes minutes de retard. Ils n'avaient été convoqués qu'une heure plus tôt, ce qui expliquait sans doute les absences. Armène était un membre actif du conseil paroissial, et, s'il réagissait parfois de manière intempestive, s'il disait les choses sans ménagement, on n'en respectait pas moins son opinion. Il compensait son manque d'instruction par une intelligence vive et un sens pratique qui lui permettaient de tirer parti de son expérience de vie et de sa fréquentation d'hommes de toutes les races et de tous les milieux.

Il fit le tour de la table, serra des mains et donna des accolades. Il n'en croyait pas ses yeux : Chirag Tévonian! Ce nom était devenu légendaire dans la région. Avec ses hommes, qui s'étaient

1. Titre donné à l'épouse d'un prêtre arménien. (Arménien.)

baptisés « Braves », le jeune rebelle avait accompli de hauts faits d'armes en protégeant des villages près du front contre des groupes de déserteurs ottomans qui se livraient au pillage. Beaucoup d'histoires circulaient relatant les exploits de Chirag : attaques de convois de l'armée, combats contre des bandes de brigands, sauvetages d'Arméniens en danger. Beaucoup d'exagérations sans doute. Comme l'attendaient de lui ses auditeurs, chaque conteur enjolivait la réalité, rajoutait des détails, modifiait parfois un dénouement par trop banal. Toutefois, ces récits s'appuyaient sur des faits réels, et Armène admirait ces jeunes résistants dont il approuvait la conduite.

Il se plaça non loin de Chirag, un peu en diagonale afin de l'avoir constamment dans son champ de vision. Rien de remarquable au physique ; un mètre soixante-dix, le visage mince, les cheveux coiffés vers l'arrière, une longue moustache aux pointes recourbées vers le haut. Le rebelle aurait pu passer pour un berger avec sa peau tannée par le soleil et le vent. Son regard cependant brûlait d'un feu intérieur, et le jeune homme tout en nerfs et en os donnait l'impression d'un ressort tendu que la moindre secousse déclencherait.

Der Khoren s'assit au bout de la table, en face de Hadji Harout. Point n'était besoin de préciser le motif de cette rencontre ; un seul sujet les préoccupait tous. Ils se regardèrent les uns les autres. Qui briserait la glace ? D'habitude, le curé ouvrait la séance par une invocation à l'Esprit-Saint, puis l'instituteur lisait l'ordre du jour. Der Khoren gardait les lèvres closes. Il retardait le plus possible le moment de communiquer aux autres ce qu'il tenait du révérend Roesler. Quant à Sarkis Zorian, il s'absorbait dans la contemplation des gribouillis qui couvraient la page de son calepin. Les yeux se tournèrent alors vers Hadji Harout, le président du conseil. Assis sur le bord de sa chaise, les mains jointes sur le pommeau de sa canne, son avant-bras gauche montrant la petite croix tatouée l'identifiant comme un hadji, l'ancien balançait le buste. Presque aveugle, il ne s'aperçut pas qu'il était l'objet de l'attention de tous. On crut alors que Chirag allait prendre la parole. Il s'en abstint, préférant laisser d'abord les autres s'exprimer afin de les jauger et de connaître leurs positions.

Le silence s'alourdissait. Le capitaine Armène trouva cela ridicule ; il fit d'abord craquer ses jointures et avança la tête pour dévisager chacun à tour de rôle.

– Eh bien, puisque personne n'a rien à dire, levons la séance et allons prier, déclara-t-il dans un mouvement d'humeur.

Personne ne réagit. Il reprit :

– C'est le mot qui fait peur ? Déportation ! Voilà, c'est dit. Et maintenant, qu'est-ce qu'on fait ?

Armène regardait Chirag, à qui il adressait la question. Le jeune homme demeura impassible. Zaven appuya le moignon de son bras gauche sur la table et s'éclaircit la voix. Il s'était toujours senti roi et maître sur les terres que sa famille possédait depuis des temps immémoriaux sur les rives de la Halys, et il ne pouvait concevoir qu'on veuille l'en déloger. L'argent pourrait tout régler.

– Nous nous inquiétons sans doute inutilement! L'ordre de déportation n'est qu'une façon de nous intimider. On nous fait peur, puis on lève auprès des chrétiens un nouvel impôt, une sorte de rançon que nous acquitterons avec empressement, trop heureux de nous en tirer à si bon compte. Je paierai pour les familles incapables de le faire.

Il essuya les regards désapprobateurs de l'instituteur et d'Armène. Der Khoren fut touché par cette naïveté où il voyait le désir impérieux d'un espoir, aussi ténu soit-il. C'était la réaction d'une bonne partie des paroissiens qu'il avait rencontrés ce matin. Il frémit en songeant que la tâche ingrate de les détromper lui incomberait.

Ara grattait la courte toison frisottée qui couvrait sa tête au front largement dégarni. Sa pomme d'Adam montait et descendait.

– Je ne suis pas tout à fait d'accord avec Zaven, dit-il. Cependant, rien ne prouve que l'ordre de déplacement sera appliqué à Sivas, où nous sommes tout de même trente mille.

– Et pourquoi pas, s'il te plaît? demanda Armène d'un ton sarcastique.

Ara, que l'on surnommait encore « le barbier de Kotchkiri », bien qu'il ait quitté ce village depuis une dizaine d'années pour s'installer à Sivas, comptait beaucoup de musulmans parmi sa clientèle.

– Nous y avons trop d'amis turcs, ils ne le permettraient pas. Cela appauvrirait la ville et toute la province, et ils le savent.

– C'est vrai, renchérit Zaven. C'est sur notre communauté que repose en grande partie l'économie de la région. À défaut de pitié, ils ont de l'intelligence. Ils sauvegarderont leurs intérêts.

Excédé, Armène claqua la table du plat de la main :

– Vous croyez que cela les arrêterait? Vous avez la mémoire courte. Dois-je vous rappeler la litanie des injustices et des malheurs qui nous ont frappés depuis vingt ans?

Chirag fit un discret signe d'approbation qui flatta le capitaine. Zaven eut une moue et haussa les épaules :

– Des vexations, notre peuple en subit depuis toujours et nous n'en sommes pas morts.

– Vexations! s'écria l'instituteur en colère. Les trente mille morts d'Adana en 1909, les trois cent mille victimes de 1894 et 1895, vous appelez ça des vexations?

Zaven baissa piteusement la tête. Le curé fit des gestes d'apaisement; il se sentait coupable de laisser ses amis ergoter ainsi plutôt que de leur dire toute la vérité. Ara essaya de temporiser :

– On nous assure que ces déplacements ne sont que des mesures provisoires et que...

L'instituteur lui coupa la parole :

– Et que l'on va nous installer dans de nouveaux villages? J'ai consulté des cartes. Tu veux savoir où on prétend nous déménager? Dans des marais insalubres au bord de l'Euphrate et dans le désert de Syrie, un coin que même les nomades bédouins évitent! Et puis cesse de parler de « déplacements », on veut nous chasser. Même pire...

Sarkis Zorian avait été informé de la situation une heure plus tôt. Un de ses cousins faisait partie des « Braves », et Chirag Tévonian s'était réclamé de lui pour demander son assistance à l'instituteur. Sarkis partageait maintenant les vues du chef rebelle, appuyait le plan qu'il lui avait exposé. Père de onze enfants, garçons et filles dont l'âge s'échelonnait de quatre mois à quinze ans, il ne pouvait se résoudre à les imaginer dans ces caravanes de la mort décrites par Chirag. Il ne voulait pas non plus que ses élèves connaissent ce sort. Et, pour cela, il était résolu à tout.

Massant son bras amputé, Zaven toussota une nouvelle fois.

– Hadji Harout, dit-il, vous êtes un ami personnel du gouverneur Mumtaz Bey. Il a toujours été bienveillant envers les Arméniens. Ne pourriez-vous le voir?

Le visage ridé de l'ancien se plissa encore plus, la pointe gauche de sa moustache au blanc jauni par la fumée du tabac se releva. Il parla avec lenteur, en donnant l'impression de réfléchir en même temps.

– Les temps ont changé, mon pauvre Zaven. Mumtaz Bey est de plus en plus désavoué par ses patrons de la capitale et il n'a pas de liberté de manœuvre.

– Et Fakri Pacha? demanda encore Zaven d'une voix presque implorante. C'est un homme juste et bon.

– Le pacha a beau commander les troupes de la région, il reçoit ses ordres de Constantinople. Et comme il tient à son grade de général...

Hadji Harout soupira très fort et ajouta, d'une voix brisée:

– Mes amis, voyons les choses en face : nous sommes seuls, totalement seuls.

Il se tut, continuant pendant plusieurs secondes à hocher la tête. Ara fit signe qu'il voulait parler. Après réflexion, force lui était d'abandonner sa position optimiste.

– Hadji Harout a malheureusement raison. Mon confrère Hassan, le barbier-circonciseur, m'a appris qu'on voit beaucoup de visages nouveaux à Sivas, des agitateurs venus de la capitale. Tout le monde se méfie de tout le monde. Selon les ordres officiels, les musulmans qui protégeront ou cacheront des Arméniens seront poursuivis par la justice.

Armène observa les autres. Ara et Zaven montraient des visages assombris et inquiets; Hadji Harout semblait perdu dans un rêve attristant. Cela s'expliquait. Cependant, l'attitude du curé et celle de l'instituteur le laissaient perplexe. Avec son regard fuyant, Der Khoren ressemblait à un enfant sur le point d'avouer une faute.

Quant à Sarkis Zorian, d'habitude calme et posé, il ne tenait pas en place sur sa chaise, comme s'il attendait avec impatience que se produise un événement. Ces deux-là cachaient quelque chose. C'est à eux que s'adressa Armène :

– Quelqu'un aurait-il des informations nouvelles à nous communiquer?

– Moi, répondit Chirag Tévonian. Je demande la parole.

Der Khoren acquiesça d'un signe de tête. Chirag se rapprocha de la table où il posa les coudes, et, durant un quart d'heure, il décrivit le drame que vivaient les Arméniens dans presque toute l'Anatolie : les villages détruits, les colonnes de déportés qui marchaient des jours et des jours sans boire ni manger. Il donna une profusion de détails, souvent macabres, qu'il avait jugé inutile de communiquer à Vartan Balian. On avait planté des clous dans les pieds de l'évêque de Samsoun, comme on ferre un cheval. On embarquait les habitants du littoral de la mer Noire pour les noyer au large. Près de Kharpout, les gendarmes avaient précipité des centaines de femmes et d'enfants dans un ravin. Ailleurs, on torturait, on brûlait vif, on décapitait, on fusillait. Sa voix tremblait de rage contenue; ses auditeurs sidérés avaient les larmes aux yeux. De temps à autre, une voix brisée lâchait une exclamation de dégoût ou de colère. Malgré sa douleur, le curé se sentait soulagé de n'avoir pas à faire lui-même ces révélations.

Sarkis Zorian écoutait les propos de Chirag avec la même révolte que la première fois. Lorsque le jeune homme se tut, l'abattement était total. Impossible à présent de se bercer d'espoirs ou d'illusions. Ce qu'ils avaient entendu était cent fois, mille fois pire que ce qu'ils redoutaient en secret. Ils se voyaient plongés en plein cauchemar et chacun tremblait pour les êtres qu'il aimait. Armène ne songea ni à sa femme ni à lui-même, mais à Tomas qui l'attendait dans l'église et aux enfants qui venaient acheter des œufs chez lui.

– Dieu nous abandonne, marmonna le barbier d'un ton lugubre.

Le curé le réprimanda, avec douceur car la même pensée lui était venue :

– Ara, Ara.

– C'est vrai! lança Ara dans un cri. Pourquoi permet-Il cela? Et vous, son ministre, qu'est-ce que vous allez nous suggérer? De prier?

Hadji Harout frappa de sa canne le coin de la table :

– Ara! Ce n'est pas une façon de parler à son curé. Si tu n'as rien à proposer, tais-toi!

– Vous, Hadji, répliqua le barbier d'une voix cinglante, qu'est-ce que vous avez à proposer?

Le vieillard ne répondit pas. Armène se fit la réflexion qu'il était comme eux dépassé par les événements. Il serra le bras du barbier afin de le calmer :

– Cela ne sert à rien de crier.
– J'ai six enfants, murmura Ara en éclatant en sanglots.
– Enfants ou petits-enfants, nous en avons tous, répondit le capitaine Armène.

Sarkis Zorian repoussa sa chaise dont les pieds grincèrent sur les dalles du plancher, et il se leva. Ses yeux brillaient d'un éclat inaccoutumé. Il déclara, d'une voix solennelle :
– Nous devons résister ! Pour nos enfants. Pour les vieillards, pour les femmes.

Pris de court, le curé, le barbier, Hadji Harout et Zaven le considéraient avec incrédulité. Heureux qu'enfin quelqu'un avance une idée pouvant déboucher sur une action concrète, Armène demanda :
– Résister ? Comment ? Explique-nous.
– L'idée vient de Chirag Tévonian. Écoutons-le.

Chirag se mit à marcher autour de la table. Il n'allait pas exposer son plan de libération de toute l'Arménie ; ces hommes simples n'entendaient rien à la politique, ils ne pouvaient comprendre que ce qui les touchait de près. Il s'enflamma :
– Tout n'est pas perdu à Sivas. Il faut organiser la défense du quartier arménien, dresser des barricades, prendre les armes. Je vais vous aider avec mes hommes ; ils ont déjà commencé à s'infiltrer en ville.

Armène se frottait le menton et supputait leurs chances :
– À propos d'armes...

Zaven l'interrompit :
– C'est complètement fou !

L'instituteur se tourna vers le riche fermier et se fit agressif :
– Qu'est-ce que tu vas faire : acheter ta grâce ? Te convertir à l'islam pour sauver ta peau ?

Le visage rondouillet de Zaven s'empourpra, il brandit son moignon en direction de Sarkis Zorian et hurla :
– Je te défends ! Je ne sais pas ce qui me retient de te...
– Mes enfants ! Mes enfants ! plaida le curé. Calmez-vous. Le moment n'est pas à la discorde.

L'instituteur se rassit, Zaven respira très fort afin de reprendre le contrôle de lui-même.
– Je comprends la réaction de Zaven, reprit le curé. Il s'est mal exprimé, mais il n'a pas tort. Résister est insensé.

Hadji Harout et Zaven approuvèrent le curé. Ara semblait absent et demeurait sans réaction.
– Folie ou pas, dit le capitaine Armène d'une voix autoritaire, nous n'avons pas le droit de repousser cette proposition du revers de la main. Il faut en discuter.
– Voilà une parole raisonnable, dit l'instituteur.

Le curé protesta :
– Rappelez-vous que la violence appelle la violence. Si nous nous rebellons, cela confirmera que nous sommes des ennemis de l'Empire. Ensuite, ils auront beau jeu. L'armée nous écrasera.

Chirag s'arrêta derrière Hadji Harout, posant les mains sur le dossier de la chaise du vieillard.

– Mon père, dit-il. Quoi que vous fassiez ou ne fassiez pas, vous serez tous chassés d'ici dans quelques jours. Des troupes font route sur Sivas pour vous escorter vers l'enfer.

– L'enfer... Tout de même! fit le curé. Et puis, ça ne deviendrait pas infernal ici? Un long siège peut-être : des blessés, des morts, la famine, des épidémies. Songez aux femmes et aux enfants.

– C'est encore préférable à la déportation, dit l'instituteur d'un ton tragique. J'aimerais mieux voir mes enfants mourir d'une balle sous mes yeux que de les savoir perdus sur les routes, crevant de faim, de soif et d'épuisement ou expirant sous les coups de fouet des gendarmes.

– Tu as tort! répliqua vivement le curé. La répression consécutive à un soulèvement serait terrible et aucun d'entre nous n'en sortirait vivant. L'annihilation totale des Arméniens de Sivas! Même si les conditions de la déportation sont inhumaines, tous ne mourront pas. Tu ne préférerais pas savoir que certains de tes enfants survivent pour rappeler ta mémoire?

L'instituteur réfléchissait; l'argumentation du curé ébranlait également Armène. Der Khoren continua d'une voix rauque, s'adressant cette fois à toute l'assemblée. Les mots qu'il prononçait lui écorchaient la gorge.

– C'est clair maintenant, on veut détruire notre peuple. Il n'est plus question pour nous que de survivre. À tout prix! Il ne faut pas que disparaisse toute la semence si nous voulons que demain lève une autre moisson. C'est le devoir de chacun de rester en vie. Et s'il faut pour cela faire semblant d'abjurer sa foi, Dieu comprendra.

– Der Khoren! s'écria Hadji Harout outré, c'est vous qui parlez d'apostasie? La vie de l'âme passe avant celle de notre carcasse! Plutôt suivre l'exemple de Sourp Hripsimé et Sourp Gayané [1] que de renier l'Évangile!

– Quand le ciel sera plein de martyrs arméniens, qui priera encore Dieu, Jésus-Christ et la Vierge en Anatolie?

– Je vous trouve bien pessimiste, Der Khoren, dit Hadji Harout en se tournant vers Chirag. Je préfère encore les propos de ce jeune homme.

Fort de cet encouragement, Chirag se remit à marcher en gesticulant. Il souriait légèrement, se voulant rassurant :

– Mon ami Sarkis Zorian est prêt à combattre jusqu'à la mort du dernier Arménien de Sivas; Der Khoren nous voit déjà nous convertissant en masse.

Il fit taire d'un geste les protestations des deux hommes mis en cause et poursuivit :

– Je m'étonne qu'aucun des deux ne songe un instant que nous pourrions gagner. Des Arméniens ont résisté ailleurs et ont réussi.

1. Deux saintes martyres arméniennes.

– Peut-être... admit Der Khoren d'une voix morne, mais c'était un miracle.

Le capitaine Armène frappa son poing droit dans sa paume gauche :

– Ce n'était pas un miracle. Rappelez-vous le dicton : Aide-toi d'abord si tu veux que Dieu t'aide! Pensez aux Zeitounites [1]. Chirag a raison, il ne faut pas se laisser égorger comme des moutons.

Chirag renchérit avec fougue :

– Nous vaincrons! Dans la ville de Van, les Arméniens ont tenu tête pendant un mois aux troupes ottomanes et aux mercenaires montagnards, et ils ont été secourus par les Russes. Ils sont libres maintenant, il n'y aura pas de déportations à Van!

Hadji Harout ne semblait pas convaincu et fit des signes de dénégation :

– Les Russes sont loin d'ici. À combien de kilomètres, Sarkis?

– Heu... Plus de six cents, hésita l'instituteur, agacé par la question.

Zaven haussa les épaules :

– Ah! Et, selon les rumeurs, ils reculent devant les Ottomans.

– Nous nous débrouillerons seuls, affirma Chirag. Mes « Braves » sont nombreux dans la région. Nous allons nous concentrer ici; nous avons nos fusils et du courage. Mais il faut que toute la population nous suive. C'est à vous, les anciens et les notables, de les convaincre.

– Les convaincre de quoi? explosa le curé. De servir de cartons à l'armée?

– C'est vrai, approuva Zaven. Il y a une garnison importante à Sivas, et des civils turcs prêteraient main-forte aux soldats. Et puis nous gaspillons notre salive : nous ne sommes que le conseil d'une petite paroisse. Même pas au complet! Nous ne pouvons rien décider.

Armène essayait de se faire une idée claire de la marche à suivre. Tant de choses qu'il fallait prévoir : nourriture, médicaments, abris contre les obus; quelles rues bloquer, où poster les hommes. Chaque fois qu'il trouvait une solution, de nouveaux obstacles apparaissaient. Trop ouvert, le quartier serait difficile à défendre. Un doute surgissait dans son esprit, qu'il essayait de repousser.

– Le fait est que nous n'avons pas d'armes, dit-il comme s'il répondait à une question qu'il avait formulée intérieurement. Je ne parle même pas de mitrailleuses ou de canons, simplement de fusils.

Chirag avait une réponse toute prête :

– L'armée a constitué ici un immense dépôt de munitions et d'armes. Nous allons attaquer l'arsenal. Même s'il est bien gardé, la surprise jouera en notre faveur.

1. Habitants de Zeitoun qui résistèrent lors des massacres de 1895.

– Le major Vartan pourra nous aider. Il connaît bien les lieux.

À la mention de ce nom, Chirag eut une légère expression d'agacement. Elle n'échappa pas au capitaine Armène et lui mit la puce à l'oreille. Il insista :

– Nous avons absolument besoin du major Vartan. Lui seul peut nous dire si nous avons des chances de succès.

– Nous n'avons pas le temps de consulter tout un chacun, major ou pas. Il faut arrêter un plan immédiatement et passer à l'action cette nuit.

La réponse un peu brusque de Chirag rendit Armène méfiant. Il ne participa pas au brouhaha qui s'ensuivit. Sorti de sa torpeur, Ara se rangeait à l'avis de Chirag; Zaven hésitait encore et prêchait la prudence, le curé jugeait l'aventure folle.

– Chaque minute compte, affirma Sarkis Zorian en imposant le silence. Voici ce que nous allons faire.

Il tira de sa poche une feuille qu'il déplia et étala sur la table en la lissant du plat de la main. Une carte des environs de l'arsenal qu'il avait lui-même tracée. Chirag Tévonian se pencha par-dessus son épaule.

– Approchez, dit l'instituteur aux autres.

Hadji Harout leur fit signe de demeurer assis. Il leva l'index; sa main tremblait mais sa voix avait perdu son chevrotement habituel. Il s'adressa à Sarkis et à Chirag.

– Répondez d'abord à une question. Même si nous soutenions un siège de deux mois, de trois mois, où cela nous mènerait-il?

Chirag et Sarkis se regardèrent, cherchant une réponse. L'ancien demanda encore :

– Quand nous n'aurions plus de munitions, plus de nourriture? Personne ne viendrait à notre rescousse. Les armées russes ont été stoppées; les Français et les Anglais sont loin. Nous sommes isolés. Cernés.

Les propos de Hadji Harout firent l'effet d'une douche froide sur l'assemblée. L'instituteur prit le ton d'impatience contenue qu'il utilisait avec les élèves ne comprenant pas une évidence :

– Nous aviserons. Hadji Harout, quelle autre solution avez-vous?

– Aucune, admit l'ancien. Je ne dis pas que vous avez tort, mais votre précipitation m'inquiète.

L'ancien exprimait la pensée du capitaine Armène, qui ajouta :

– Nous n'en sommes pas à quelques heures près. Tout cela demande réflexion. Il faut en référer au grand conseil arménien de Sivas.

– C'est bien ce que je disais! approuva Zaven.

– Je suis de l'avis du capitaine Armène... et de Zaven, dit Der Khoren. Nous devons consulter les prêtres et les conseillers des autres paroisses, entendre ceux qui, comme le major Vartan, ont sans doute des renseignements qui nous font défaut.

– Encore tergiverser! maugréa l'instituteur, qui sentait l'urgence d'agir.

– Tu ne voudrais tout de même pas qu'à nous sept nous décidions pour tous nos concitoyens? s'étonna Armène. De quel droit?

Sarkis Zorian prêchait depuis toujours la démocratie; la question d'Armène le désarçonnait. Il grimaça un signe de dénégation et se laissa choir sur sa chaise. Chirag serra les poings; il se retrouvait seul.

– Alors? demanda-t-il en scrutant les visages tournés vers lui.

Hadji Harout observa les autres; il les connaissait suffisamment pour savoir qu'un consensus se dégageait même sans avoir été clairement exprimé.

– Nous réunirons le grand conseil et tous les notables de la ville dès cet après-midi, dit-il. Entre-temps, allons prier le Seigneur de nous éclairer.

Il se leva avec peine en s'aidant de sa canne et du dossier de la chaise, signifiant par là que la discussion était terminée. Chirag les salua de la tête; il n'éprouvait aucune rancœur à leur égard, seulement une grande pitié. Ces gens constituaient un bon échantillonnage de la population arménienne de Sivas; s'il s'essayait avec d'autres groupes, il entendrait sensiblement les mêmes opinions, provoquerait des réactions identiques. Il faudrait les mettre devant un fait accompli pour qu'ils s'embarquent dans une action dépassant la routine quotidienne. Les sauver malgré eux.

– Je sais ce qu'il me reste à faire, lança-t-il en se dirigeant vers la porte qui ouvrait sur le cimetière.

Sarkis fit un mouvement pour le suivre, Chirag l'arrêta :

– Ne changeons rien à ce qui est convenu. Je t'attendrai à la sortie de la messe.

L'instituteur rejoignit Der Khoren et l'aida à endosser sa chasuble.

– J'espère que nous n'aurons pas à regretter cette décision, murmura-t-il.

Personne ne trouva à répondre.

***

Las d'attendre, Tomas s'était approché du bac de sable dans lequel étaient plantés des cierges et s'amusait à moucher ceux qui achevaient de se consumer. Lorsque son parrain sortit de la sacristie, il se hâta de regagner leur banc en cachant ses doigts encroûtés de cire. Il était le seul enfant dans la section des hommes, à droite de l'allée; les autres prenaient place avec les femmes dans la partie gauche de la nef. Le capitaine Armène s'agenouilla à côté de lui, le visage dans les mains pour s'isoler, et Tomas se mit à rêvasser en cherchant la forme de bêtes fabuleuses dans les taches sombres des dalles du plancher.

Un sentiment d'impuissance habitait Armène, qui n'arrivait pas à prier. Les carnages évoqués par Chirag Tévonian ravivaient des souvenirs qu'il croyait avoir effacés de sa mémoire : la violence et la cruauté des foules déchaînées, les corps d'enfants éventrés, les cadavres d'hommes décapités et de femmes mutilées. Il n'y avait rien à faire pour éviter que cela ne se reproduise? Sa vie était presque toute derrière lui, il l'aurait volontiers sacrifiée afin de sauver les plus jeunes, ceux que Der Khoren avait appelés la semence de l'avenir. Plus il y repensait, plus le plan exposé par Chirag et Sarkis Zorian lui paraissait irréaliste. Et rien de neuf ne pouvait résulter de la réunion des notables de Sivas. Ce qui le démoralisait par-dessus tout, c'était le découragement de Der Khoren, son espèce de démission, ce « chacun pour soi » qu'il avait prôné à mots couverts. Cela ne lui ressemblait pas, lui qui avait toujours fait montre d'une foi et d'une force de caractère à toute épreuve. Pour que le curé faiblisse ainsi, il fallait que la situation soit vraiment sans espoir. En ancien pêcheur, Armène se dit que l'horizon était bouché, qu'ils n'échapperaient pas à la tourmente. Il prit la main de Tomas et la tint dans la sienne.

Une foule inhabituelle pour une messe en semaine remplissait l'église. Des femmes et des enfants, mais aussi des hommes qui avaient fermé leurs boutiques. Ils attendaient le réconfort de la prière et pensaient qu'en se serrant les coudes chacun puiserait chez les autres l'énergie qui risquait de lui faire défaut. Dans le dernier banc étaient assis huit des hommes de Chirag. Un autre faisait le guet dans le cimetière, un dixième s'était posté dans le clocher. Ils avaient pénétré à Sivas à la faveur de l'obscurité et s'étaient cachés chez des amis sûrs, où ils avaient laissé leurs fusils et leurs cartouchières; ils n'étaient armés que de pistolets qu'ils dissimulaient sous leurs vêtements. Le reste de la bande les rejoindrait à la nuit tombée. Certains priaient, d'autres somnolaient.

Après en avoir fait le tour par l'extérieur, Chirag était entré dans l'église. Il était entendu qu'il quitterait Saint-Minas avec l'instituteur en se mêlant aux fidèles. Installé à l'arrière, dans un coin obscur de la galerie où se tenait la chorale le dimanche, il promenait son regard sur l'assistance : les têtes nues des hommes, celles des femmes couvertes de fichus, celles des enfants qui remuaient constamment. Des épaules affaissées, des silhouettes prostrées. Il réalisait pour la première fois à quel point il aimait ces gens, son peuple. Jusque-là, il s'était battu pour des idées, pour une cause désincarnée; les hommes comptaient moins que le but. Il revit son père penché sur le récipient de cuivre qu'il façonnait avec minutie, répétant jour après jour, année après année, les mêmes gestes patients.

À cet instant précis, Chirag se sentit plus près de lui que lorsqu'ils travaillaient dans la même pièce; il aurait aimé le serrer dans ses bras et lui témoigner son affection, ce qu'il n'avait jamais fait. Après la messe, il parlerait à cette foule, en imaginant que son père était du nombre. Ce qu'il leur dirait, il l'ignorait encore; lui, le non-pratiquant pour qui la religion n'était qu'un élément culturel parmi d'autres qui cimentait le peuple arménien et favorisait ses visées nationalistes, il escomptait un miracle durant cet office religieux : une inspiration, une illumination plutôt. Depuis la discussion dans la sacristie, Chirag remettait en question son plan de résistance auquel personne dans la ville ne souscrirait. Il avait menti en quittant la sacristie : il ne savait plus trop ce qu'il convenait de faire. Il récita intérieurement une prière qui lui revenait par bribes de son enfance.

Coiffé du saghavart [1], Der Khoren fit son entrée, suivi de Sarkis Zorian et d'un adolescent. Le servant et le diacre portaient des aubes du même rouge que la chasuble du prêtre, richement brodée, au fil d'or, de croix et de motifs floraux. Une longue étole, l'ourar, posée sur une épaule de l'instituteur témoignait de son statut de diacre. Grâce d'état, peut-être : Sarkis paraissait calme et serein. Der Khoren aussi, dont le visage avait perdu toute trace de résignation. Les deux hommes offraient une image rassurante, et le déroulement du rite immuable de la messe parlait aux fidèles de continuité, de pérennité. le prêtre balança l'encensoir et, agenouillé devant l'estrade où se dressait l'autel, entama d'une voix monocorde un cantique que l'assistance reprit à l'unisson. Mal assurée au début, la voix de Der Khoren se raffermit peu à peu ; il avait retrouvé toute sa confiance dans le Créateur, se soumettait sans réserve à Sa volonté. Malgré tout, il ne pouvait chasser de son esprit la pensée que l'Eucharistie qu'il allait célébrer rappelait la Cène précédant la crucifixion.

Der Khoren monta les gradins jusqu'à l'autel où brillaient douze chandelles symbolisant les douze apôtres. Le servant referma les draperies de velours cramoisi ornées de grandes croix dorées afin de dérober à la vue des fidèles l'autel que le prêtre préparait. Sans y avoir été invités, trois chantres franchirent la balustrade et se placèrent un peu en retrait dans le chœur ; ils donnèrent un cantique en krapar, l'arménien ancien qui ne servait plus que pour le culte. Ces hommes chantaient dans la chorale le dimanche, jamais en semaine alors qu'ils étaient tous retenus par leur travail. Quelqu'un s'installa à l'harmonium ; la cérémonie prenait l'allure d'une grand-messe.

Derrière le lutrin accolé à la balustrade, Sarkis Zorian commença à lire l'Évangile du jour. Par un hasard où d'aucuns virent un présage funeste, le passage de saint Matthieu relatait le meurtre de Jean-Baptiste, celui-là même qu'un grand tableau à droite de l'autel montrait baptisant le Christ. Cette lecture inspira Chirag. Le meurtre sélectif! Il allait décapiter le serpent, en l'occurrence l'administration ottomane de Sivas. En désorganisant l'ennemi, il retarderait la déportation et forcerait la main aux Arméniens de la ville. Le diacre en était aux mots « sa tête fut apportée sur un plat » quand un cri retentit à l'arrière de la nef :

– Les zaptiyés [2] encerclent l'église!

1. Coiffe ronde portée par les prêtres arméniens. (Arménien.)
2. Gendarmes. (Turc.)

***

Maro se sentait désœuvrée. Les enfants à qui elle enseignait gratuitement le français et le piano ne s'étaient pas présentés chez elle la veille, les parents n'osant les laisser sortir seuls. Il en irait de même aujourd'hui. Et c'était aussi bien ainsi car elle n'aurait pas eu la tête à donner des leçons. Les œuvres de bienfaisance dont elle s'occupait activement ne fonctionnaient plus, les bénévoles songeant d'abord aux leurs. Maro connaissait plusieurs familles démunies qui auraient sans doute besoin de provisions et d'argent pour le long voyage que le gouvernement leur imposait, mais elle ne se décidait pas à les visiter. Faciliter leur départ alors qu'elle-même ne serait pas chassée de Sivas! Du moins si les dispositions à l'égard des familles de militaires restaient les mêmes. Avec quelle angoisse devait-on se préparer dans chaque foyer arménien en vue de la déportation... Et ici on s'apprêtait à célébrer un anniversaire! N'eût été la recommandation expresse de Vartan, Maro aurait tout annulé.

Zeyneb et Djémila astiquaient le parquet de la salle à manger en chantonnant un air allègre de leur village. Elles avaient entendu le crieur public annoncer la déportation des Arméniens; et, au bazar, des marchands turcs en discutaient avec leurs clients. Zeyneb et Djémila en avaient parlé entre elles, cherchant à s'expliquer pourquoi on pouvait vouloir du mal à des gens qu'elles trouvaient si accueillants et paisibles. Rien à faire : cette décision du gouvernement leur demeurait incompréhensible. Ce qui comptait pour elles, c'était que la famille Balian demeurerait à Sivas à cause de la position du major. Le reste, elles préféraient ne plus y penser.

Maro trouva sa mère dans la cuisine. Assise devant la table qui servait à la préparation des aliments, elle dépeçait avec habileté la carcasse d'un agneau. Une petite tasse remplie au tiers d'un marc noirâtre était posée à côté d'elle. Azniv Hanim ingurgitait une quantité considérable de café très fort sans en être le moins du monde incommodée. Avec le tabac qu'elle prisait à cœur de jour, c'était le seul luxe qu'elle se permettait. Pour le reste, elle menait une vie plutôt austère; cependant, elle encourageait sa famille à jouir de toutes les bonnes choses que, disait-elle, le Seigneur mettait à leur disposition. Même en dehors des quarante jours du carême, qu'elle observait de la manière la plus stricte, elle mangeait rarement de la viande, se satisfaisant de pain, de fromage, de légumes et de yaourt; toutefois, elle cuisinait avec plaisir des plats élaborés pour son gendre, sa fille et son petit-fils.

Maro proposa ses services.

– Mais non, mais non, répondit distraitement sa mère, je me débrouille très bien avec les petites. Tu dois avoir à t'occuper de ton côté.

Malgré le sourire et le ton avenant, Maro était bel et bien

éconduite! Quand elles étaient veuves et emménageaient chez un de leurs enfants, toutes les mères d'Anatolie considéraient de leur devoir de diriger la maison du fils ou du gendre. Azniv Hanim ne faisait pas exception à la règle et cela créait un conflit latent avec sa fille; éduquée à l'occidentale, Maro trouvait ridicule cette tradition. Peut-être avait-elle un sens chez les musulmans aisés, où quelqu'un devait arbitrer les rivalités entre plusieurs épouses, traiter avec équité une nombreuse marmaille de demi-frères et demi-sœurs, et planifier le travail d'une foule de domestiques. Mais dans cette maison... Vartan et Maro ne voulaient pas du personnel résidant qu'aurait demandé une demeure aussi vaste que la leur. Non par souci d'économie, simplement pour préserver un peu leur intimité. Deux femmes de ménage venaient quelques jours chaque semaine; une blanchisseuse et ses filles lavaient le linge le vendredi.

Maro s'approcha du réservoir de grès aux parois suintantes et plaça un verre sous le robinet; l'eau était encore fraîche et elle en but deux verres avant de revenir se planter devant sa mère. Elle désirait lui rappeler qu'elle était la maîtresse des lieux :

– N'oubliez pas que le capitaine Armène et sa femme seront nos invités.

– Tout est prévu.

– Je veux que la table ait un air de fête. La nappe de lin brodée... l'argenterie... le service de porcelaine bleue. Et nous ouvrirons cette bouteille de bourgogne que j'ai rapportée de France.

Azniv Hanim fronça les sourcils et haussa le ton :

– Tu ne crois pas que tu exagères? Dans les circonstances...

– Au contraire, il faut redresser la tête devant l'adversité.

– Qu'est-ce que tu espères? Conjurer le mauvais sort? ironisa Azniv Hanim en secouant les épaules.

Maro tira une chaise et s'assit. En tout autre temps, elle aurait répliqué, aurait fait sentir à sa mère, avec respect mais fermeté, qu'elle n'était plus une petite fille à qui l'on dicte sa conduite. Et Hazniv Hanim aurait argumenté avant de finir par céder. C'était presque un rituel qui durait depuis l'adolescence de sa fille. Maro soupira et dit, d'un ton las :

– Croyez-vous que j'ai plus que vous le cœur à fêter? Mais Tomas a six ans, et je voudrais qu'il conserve un souvenir heureux de cet anniversaire. C'est déjà bien assez d'avoir dû annuler la fête d'enfants avec ses amis!

Azniv Hanim acquiesça d'un hochement de tête. Dès qu'il était question de son unique petit-fils, tout devenait différent. Elle qui avait élevé Maro avec beaucoup d'autorité passait tous ses caprices à Tomas. Elle rêvait pour lui d'un destin hors de l'ordinaire. Le destin... Un dicton traversa l'esprit d'Azniv Hanim : « Le samedi est arrivé avant le vendredi », c'est-à-dire que les problèmes ont précédé le rêve. Son front se plissa.

– Lui as-tu expliqué ce qui se passe? demanda-t-elle.

– Non.

– Il faudrait! Cet enfant est tellement sensible, il perçoit sans aucun doute notre inquiétude. Mieux vaut qu'il sache la vérité.

– Demain. Après sa fête.

Attiré par l'odeur de la viande, Sassoun entra dans la cuisine et s'assit sous la table, contre les jambes de Maro. Elle le caressa machinalement, les yeux perdus dans le vague. Elle se mordillait les lèvres.

– Fais-nous du café, veux-tu? dit Azniv Hanim d'une voix douce.

Maro mélangea le café en poudre et l'eau dans le djezvé [1] qu'elle mit à bouillir sur le réchaud à alcool. Lorsque la décoction fut sur le point de déborder, elle remplit deux tasses d'un café très noir et se rassit. Son regard erra sur le mur où pendaient une batterie de casseroles en cuivre et des poêlons d'acier noir, et s'arrêta sur la majestueuse cuisinière à charbon qui occupait tout un mur sous une hotte en maçonnerie. Son visage avait un air triste; elle murmura :

– Nous n'aurions jamais dû venir ici, en plein milieu de rien.

– Une femme doit suivre son mari. Rappelle-toi : pour le meilleur et pour le pire.

– Nous aurions pu retourner à Constantinople il y a deux ans, lorsqu'on a offet à Vartan d'enseigner les sciences politiques au Robert College.

– Il avait sans doute de bonnes raisons de refuser.

La main de Maro tremblait légèrement en portant la tasse à ses lèvres. Azniv Hanim ajouta :

– Et qui te dit que nous serions en sécurité dans la capitale? Nous ignorons ce qui s'y passe. On aurait peut-être arrêté Vartan avec les autres en avril dernier.

Maro serra le bras de sa mère.

– Mayrig, j'ai peur!

Les traits tendus de la vieille femme s'affaissèrent; elle déposa le couteau et frotta ses mains sur son tablier. Sa voix faussait :

– Moi aussi, Maro djan [2]. Oh, pas pour moi! J'ai fait mon temps, je suis prête à rejoindre ton père dans le sein du Seigneur. C'est pour vous trois que je tremble.

En larmes, Maro s'approcha de sa mère, qui la prit dans ses bras. Azniv Hanim la laissa pleurer un bon moment, puis elle caressa les cheveux de cette femme qui demeurerait toujours sa petite fille. Et comme lorsque sa mère la consolait d'un chagrin d'enfant, Maro se calma peu à peu. Azniv Hanim essuya ses joues avant de l'embrasser. La vieille femme avait retrouvé sa fermeté.

– On dit que nous sommes le sexe faible. C'est faux. Une femme possède une réserve infinie de courage et de force. Et souvent l'homme a besoin d'y puiser.

1. Petit récipient en cuivre muni d'une longue poignée, utilisé pour préparer le café. (Turc.)

2. Maro chérie *ou* Maro mon âme. (Arménien.)

Maro approuva. Le ton et les mots de sa mère la rassérénaient.

– Vartan doit pouvoir compter sur toi. Et tu dois mettre ta confiance en lui. Il est clairvoyant et plein de ressources. D'ailleurs, il songe à nous faire quitter Sivas.

– Il vous en a parlé? demanda Maro qui s'étonnait qu'il ne l'ait pas d'abord avisée de son projet.

– Non. Il m'a simplement demandé si nous avions des provisions pour un voyage de quelques jours. Et j'en tire des conclusions.

– J'espère que vous voyez juste. Le plus tôt serait le mieux.

– J'imagine qu'il doit d'abord obtenir une autorisation de déplacement; cela demandera sûrement quelques jours... et des pots-de-vin. Tu connais les fonctionnaires!

– Vous faites erreur, mayrig. Vartan est cantonné à Sivas; il faudrait une permission de l'état-major. Je ne crois pas qu'il ait en tête un départ au vu et au su de tous.

– Tu veux dire...

– Oui, fuir. Et je suis prête!

Azniv Hanim était consternée. Elle envisageait peu à peu les conséquences et les implications d'une telle décision.

– Nous cacher comme des criminels? Nous serons recherchés. Tu sais que cela signifie abandonner la maison? La perdre!

– Si nous partons d'ici, je n'y reviendrai jamais, affirma Maro d'un ton décidé.

– Nous avons investi dans l'achat de cette maison une bonne partie de l'argent légué par ton père.

– Tans pis! Nous nous débrouillerons. D'abord sauver notre peau.

La mère réfléchissait en regardant le marc dans sa tasse. Perdre la fortune que représentait cette maison n'était pas la fin du monde. Vartan et son frère avaient un compte dans une banque suisse et des affaires à New York. Mais encore fallait-il s'y rendre! Pareille équipée, en temps de guerre... Ne réagissaient-ils pas avec trop de précipitation?

Des cloches se mirent à sonner. Maro se rendit compte que Tomas tardait à revenir avec son parrain.

– Ça vient de Saint-Minas, constata Azniv Hanim en tendant l'oreille.

La sonnerie à toute volée se prolongeait anormalement et prit bientôt pour les deux femmes une tonalité lugubre.

– Il se passe quelque chose! s'exclama Maro en se levant.

Elle courut vers la porte.

– Maro! Attends-moi! cria Azniv Hanim.

Mais déjà sa fille s'élançait dehors et filait à toutes jambes.

***

L'instituteur Sarkis Zorian demeura quelques secondes bouche bée et referma le livre saint. L'Évangile ne serait pas lu jusqu'à la fin. Après avoir averti de l'arrivée des gendarmes, le guetteur sonnait maintenant les cloches afin d'ameuter les habitants du quartier. Chirag et ses hommes se retrouvèrent dans l'allée, le revolver au poing. L'un d'eux avait été reconnu et suivi, ou bien un de leurs concitoyens les avait dénoncés dans l'espoir d'obtenir la clémence des fonctionnaires pour lui-même et sa famille.

– Chirag! appela le curé.

Le chef rebelle, qui donnait des ordres à ses hommes, se retourna. Ouvrant largement les bras, le prêtre désigna les fidèles terrorisés. Chirag comprit; il ne pouvait mettre la vie de ces innocents en péril.

– Y a-t-il un tunnel pour fuir? Une crypte où nous cacher? demanda-t-il.

En descendant les gradins de l'autel, le prêtre fit signe que non.

– Je ne me rendrai pas! déclara Chirag en brandissant son arme.

– Je n'y comptais pas, répliqua Der Khoren en avançant dans l'allée d'un pas rapide.

Des femmes sanglotaient, des visages implorants se tournaient vers le prêtre; il rassura ses ouailles, que son air résolu apaisa quelque peu.

– Je vais parlementer, dit-il en se dirigeant vers la porte. Ne faites aucun geste inconsidéré durant mon absence.

Avec sa chasuble aux reflets dorés dont les pans voletaient à chaque pas, il paraissait impressionnant et de taille à en imposer aux gendarmes. Deux rebelles entrouvrirent un battant de la porte, et le curé sortit. Les autres prirent position près des hautes fenêtres, dans le clocher et dans la sacristie.

Armène sortit le pistolet qu'il cachait dans sa ceinture. Il mit un pied dans l'allée, mais Tomas le retint par le pan de son vêtement :

– Parrain! Parrain! J'ai peur, restez avec moi.

L'effroi de l'enfant ne venait pas de la vue de l'arme. Il en avait l'habitude. Le dimanche, Vartan l'emmenait souvent derrière la colline pour l'initier au maniement des armes et au tir, comme lui-même avait appris à tirer avant de savoir écrire. Et déjà l'enfant ne ratait jamais la cible, que ce soit avec le fusil léger de Maro ou le lourd revolver de son père. Tomas ne comprenait pas trop ce qui survenait, sinon que tous les gens tremblaient dans l'église; leur terreur était contagieuse. Jusqu'à son parrain qui avait les traits crispés.

– Pourquoi les zaptiyés sont là?

Armène regardait fixement la porte à l'arrière de l'église et ne répondit pas.

– Est-ce qu'ils vont nous attaquer?

Armène glissa son arme sous sa veste et se rassit en se penchant vers son filleul.

– Non, répondit-il tout bas. Ou peut-être, je ne sais pas. Tu n'as rien à craindre, je suis là. Quoi qu'il arrive, fais exactement ce que je te dis. Si je dis « Couche-toi », jette-toi à plat ventre par terre. Si je dis « Cours », galope sans t'occuper de moi. C'est compris?

– Oui, parrain.

– Et si jamais nous sommes séparés, va directement chez toi sans essayer de me rejoindre.

La voix ferme et calme d'Armène ne réconforta Tomas qu'à moitié; il suivait d'un œil inquiet les moindres mouvements des hommes de Chirag.

– Qui sont-ils?

– Des amis, dit Armène. Des héros arméniens.

La tension croissait dans la nef; sur un fond de sanglots s'élevaient parfois des voix. Certains parlaient de sortir, n'ayant rien à se reprocher, donc rien à craindre des gendarmes. Une femme cria :

– Que les rebelles se rendent! Ceci ne nous concerne pas.

Cette intervention créa des remous; on discutait de banc en banc, Sarkis Zorian redouta un mouvement de foule incontrôlable. Il fallait les occuper jusqu'au retour de Der Khoren. Il se rappela soudain qu'il était diacre.

– Nous allons nous confesser, cria-t-il pour dominer le tumulte.

Il dut répéter ses mots une autre fois avant que ne s'éteigne la rumeur confuse. Peu à peu, les gens s'agenouillèrent pour la confession collective. Ils répondaient « Pardonne-moi mes péchés, Seigneur » après chaque phrase du diacre qui énumérait toutes les fautes qu'un chrétien peut commettre. Lorsque Der Khoren revint, les têtes se tournèrent vers l'arrière.

– Restez à genoux, ordonna-t-il. Je vais vous donner l'absolution.

Impatients et anxieux, ils se levèrent tout de même et plusieurs oublièrent de faire le signe de la croix après la bénédiction du prêtre. Der Khoren s'adressa à Chirag :

– L'officier a été assez charitable pour ne pas nous prendre tous en otages. Mais il est déterminé à te capturer. Tu devrais te rendre avec tes hommes, vous êtes coincés.

– Il n'en est pas question.

– Mon pauvre enfant...

– Vous êtes tous aussi à plaindre que nous, murmura Chirag.

Der Khoren dit à ses fidèles :

– J'ai convaincu l'officier de nous laisser partir. Marchez à la file derrière moi, les mains en l'air. Restez calmes, et, une fois dehors, ne partez pas en courant; obéissez aux gendarmes.

Der Khoren fit signe à ses ouailles de le suivre et sortit le premier. Les bancs se vidaient tous en même temps et les gens se bousculaient dans l'allée. Un véritable embouteillage se formait devant la porte, dont un seul des battants était ouvert. Chirag les ralentit et les fit s'aligner, ne laissant passer qu'une ou deux personnes à la fois. Des femmes en pleurs le remerciaient, celles qui auraient pu être sa mère le regardaient avec affection; une vieille traça du pouce une croix sur son front. Certains hommes détournaient la tête en passant, d'autres le saluaient ou lui disaient un mot d'encouragement.

Portant toujours sa tunique de diacre, Sarkis Zorian fermait la marche. Le capitaine Armène venait juste devant lui avec Tomas, qui déjà levait les mains selon les instructions du curé.

– Pas tout de suite, Tomas, seulement quand nous franchirons le portail.

Armène vida le barillet de son revolver et remit les six cartouches à Chirag en lui serrant les deux mains. Sarkis donna l'accolade au chef rebelle et lui dit :

– J'irai cette nuit retrouver tes hommes au lieu de rendez-vous. Si... si vous tenez jusque-là, nous prendrons les gendarmes à revers. Et...

Il hésita à évoquer l'autre éventualité. Chirag haussa les épaules :

– Autrement, faites pour le mieux, essayez de sauver votre peau, dit-il en le poussant d'une main ferme vers la porte.

Après la pénombre de l'église, le soleil qui inondait le perron aveugla Armène. Il mit une main en visière.

– Les bras en l'air! hurla une voix en turc. Approchez. Plus vite!

Le vantail se referma derrière eux et les verrous grincèrent. Tomas marchait si vite que son parrain dut allonger le pas pour rester près de lui. Des dizaines de gendarmes s'abritaient derrière le mur encerclant l'église et plusieurs se massaient de part et d'autre de la grille, où un capitaine examinait le visage de chaque fidèle puis le laissait passer en disant :

– Dégagez! Rentrez chez vous. Allons, plus vite! Dégagez! dégagez!

À l'exception des vieillards qui traînaient la patte, les gens se mettaient alors à courir, sous les quolibets des gendarmes hilares. Des curieux s'étaient rassemblés autour de la place et dans les rues avoisinantes. Plusieurs comptaient des amis ou des parents parmi les fidèles et les accueillaient avec des cris de soulagement. Quand il fut en face de l'officier, Armène constata que, derrière le mur, des soldats entouraient une quinzaine d'Arméniens. À part le curé, ceux qu'on retenait étaient les hommes en âge de porter les armes. Peut-être craignait-on que les « Braves » soient du nombre. Armène voulut protester de leur innocence auprès de l'officier, mais Der Khoren lui fit signe de déguerpir. Songeant à son filleul qui le tirait par la main, le capitaine s'en fut, la mort dans l'âme.

– On ne court pas, ordonna-t-il à Tomas. Marche d'un pas fier.

Armène ne put s'empêcher de tourner la tête : l'instituteur rejoignait les autres prisonniers.

– Prévenez ma femme, Armène, lui cria Sarkis que la gifle d'un soldat rappela à l'ordre.

Une fois la place traversée, juste avant que le coin d'une maison ne lui masque la scène, Armène s'arrêta. Les mains en porte-voix, le lieutenant ordonnait aux rebelles de se rendre. Sans attendre les ordres, des gendarmes vidèrent leurs fusils en direction de l'église. Le vitrail de la rosace se brisa. Une salve provenant du clocher leur répondit.

– Feu! hurla l'officier en se mettant à couvert derrière le mur.

Armène poussa Tomas dans la rue voisine tandis qu'éclatait une fusillade nourrie. Les gens que la sonnerie des cloches avait fait sortir de chez eux refluaient avec précipitation.

– C'est la guerre? demanda Tomas tandis qu'ils se hâtaient de fuir les lieux.

Les rues étaient désertes, à l'exception d'un peloton de soldats qui montaient vers Saint-Minas. Au loin, une silhouette féminine courait dans leur direction.

– C'est maman! s'écria Tomas en lâchant la main de son parrain pour la rejoindre.

Hors d'haleine, Maro serra son fils contre elle.

– Grâce au ciel...

La sueur ruisselait sur son visage et plaquait des mèches de cheveux sur son front; durant la course, son chignon s'était défait.

– Maman, il y a des soldats qui tirent sur l'église. Et des héros dedans.

– Je sais, je sais, mon chéri. Je t'expliquerai tout à l'heure.

Armène arrivait près d'eux et Maro voulait savoir de quoi il retournait au juste. Il lui résuma brièvement la situation.

– Mon Dieu! fit-elle en regardant le clocher au-dessus des toits.

Dans la distance, on percevait le bruit des fusils comme des détonations sèches. Après des accalmies de quelques secondes, il y avait des salves désordonnées; on aurait dit alors le crépitement de la grêle.

– Ramène Tomas, et ne sortez plus de chez vous.

Maro agrippa la manche de la veste d'Armène:

– Vous n'allez pas y retourner! C'est insensé!

– J'habite de l'autre côté de Saint-Minas, répondit-il. Je ferai un crochet pour éviter la place.

Elle devinait qu'il mentait afin de la rassurer. Il irait observer ce qui se passait à l'église.

***

– Ne tirez qu'à coup sûr! cria Chirag. Les munitions vont manquer.

Il traversait la nef au pas de course, venant de la sacristie et retournant au clocher. Il était partout, encourageait ses hommes et veillait à ce qu'ils ne gaspillent pas les cartouches. Ils avaient bloqué la porte de la sacristie à l'aide d'une table, d'armoires et de bancs; un homme y était posté à la petite fenêtre et contrôlait le cimetière. Quatre autres avaient pris position aux fenêtres latérales de la nef; ils étaient cinq dans le clocher, qui offrait le meilleur poste de tir.

Chirag savait qu'ils ne pourraient pas tenir très longtemps, certainement pas jusqu'au soir. Si au moins ils avaient eu leurs fusils et des cartouchières garnies! Leurs pistolets manquaient de portée et ils ne disposaient plus que d'une trentaine de cartouches, à peine de quoi repousser un premier assaut. Par chance, les gendarmes l'ignoraient et se tenaient prudemment à l'abri derrière le mur d'enceinte. Ils tiraient au hasard sur les ouvertures du clocher et les fenêtres qui avaient perdu leurs vitraux. Une mitrailleuse protégée par un chariot renversé sur la place se faisait entendre à l'occasion. À son crépitement régulier répondaient des coups sourds dans le bois massif de la porte, qui tenait bon, ou de légers tintements des cloches sur lesquelles s'écrasaient des balles.

– Chirag! appela quelqu'un dans le clocher.

Il rejoignit ses hommes, qui se plaquaient contre les piliers soutenant la toiture. Les balles sifflaient autour d'eux, bourdonnaient en ricochant sur la pierre. Arménag, le cousin de l'instituteur Zorian, gisait sur le dos, tué net d'une balle en plein front. Il avait tout juste dix-neuf ans. Chirag rampa jusqu'à lui, lui ferma les yeux et ramassa son arme. Leur premier tué. Inutilement! Sans gloire! Ainsi qu'un rat dans son trou. La douzaine de gendarmes morts ou blessés ne changeait rien à l'affaire.

– Nous ne pouvons pas nous en sortir, déclara un des hommes qui avait été touché à l'épaule gauche.

– Nous savions que cela arriverait un jour ou l'autre, répondit Chirag avec conviction.

– Oui, mais pas pour rien. Je voulais que ma mort serve.

Il résumait la pensée de tous ses compagnons, y compris son chef.

– Nous ne sommes pas encore morts! s'exclama Chirag.

– Là! s'écria un homme en désignant l'arrière de l'église. Il y a beaucoup de mouvement dans ce coin, il me semble.

Du clocher, on ne pouvait pas voir le mur de clôture du côté du chœur, mais la rue voisine grouillait de soldats. Comme aucune fenêtre ne perçait le bâtiment de ce côté-là, l'adversaire pourrait franchir l'enceinte sans danger. Il fallait renforcer la défense de la sacristie. Chirag dégringola l'escalier quatre à quatre. Alors qu'il traversait la nef, un objet lancé du dehors décrivit un arc de cercle et s'écrasa sur un banc avec un bruit de ferraille.

– J'ai failli le prendre en pleine gueule, cria l'homme posté à côté de la fenêtre. Qu'est-ce que c'est?

En approchant du point d'impact, Chirag reconnut l'odeur du naphte. Un petit bidon carré dont le métal mince s'était déchiré répandait son contenu sur le sol.

– Ils veulent nous faire rôtir! s'exclama Chirag.

Au même moment, un autre récipient atterrit dans l'allée.

– Gagnez le clocher en vitesse, cria Chirag en allant chercher celui qui faisait le guet dans la sacristie.

Quand il revint avec son compagnon, d'autres bidons avaient été projetés dans la nef; les vapeurs de pétrole gênaient leur respiration et les étourdissaient. Ils atteignaient l'escalier du clocher lorsqu'une grenade détona, enflammant les gaz. Une formidable explosion secoua l'édifice, arrachant la porte de ses gonds et mettant en branle les cloches.

Armène s'était caché au coin d'une maison, d'où il apercevait toute la place, la façade et un côté de l'église. Au bruit de l'explosion, le cœur faillit lui manquer. Des langues de feu jaillirent des fenêtres et du portail, puis se rétractèrent, remplacées par une épaisse fumée noire qui bientôt s'échappa également du clocher. L'incendie faisait rage au centre de la nef et gagnait la toiture. Les gendarmes poussaient des hurlements de joie et tiraient en l'air plutôt que sur l'église. Un officier leur ordonna de se taire et cria :

– Rendez-vous, c'est votre dernière chance.

Ensuite, on n'entendit plus que le ronflement du feu qui prenait de l'ampleur. Trois hommes parurent sur le perron, entourés de volutes de fumée. Surexcités, des soldats les abattirent même s'ils se constituaient prisonniers. Les corps roulèrent dans les marches.

– Imbéciles! Imbéciles! hurla le capitaine, rouge de colère. Le prochain qui tire sans mon ordre, je le descends.

Un cri vint de l'église :

– Nous nous rendons. Ne tirez pas.

– Sortez.

Des formes surgirent du mur de fumée. Deux hommes supportaient Chirag à demi inconscient. Il n'était que légèrement brûlé, le corps de son compagnon ayant servi d'écran au souffle de l'explosion. Celui-là était dans un état critique et ne pouvait pas marcher ; trois « Braves » le portaient. Des soldats encerclèrent les rebelles et les guidèrent à la pointe de la baïonnette vers une charrette où furent étendus les blessés. On y jeta également les cadavres de ceux qui avaient été tués sur le perron. On entrava les pieds des hommes valides, qui rejoignirent le groupe formé par Der Khoren et les paroissiens arrêtés. Les gendarmes blessés ou morts s'entassaient dans deux voitures tirées par des mules, les autres encadraient les prisonniers. Le convoi quitta la place en direction du quartier administratif.

Armène vit ses amis s'éloigner dans le grincement des essieux de bois, les jurons, les rires et les plaisanteries des soldats, dont certains vidèrent le chargeur de leur mauser sur les maisons du voisinage sans que l'officier ne les réprimande. La capture de Chirag Tévonian lui vaudrait sans aucun doute de l'avancement. Et puis on avait offert une prime non négligeable!

Les ouvertures de l'église crachaient des colonnes de fumée qui se rejoignaient au-dessus du toit et formaient une torsade s'élevant dans l'air calme. La caravane, l'incendie : Armène ne put s'empêcher d'y voir le sort qui les attendait tous.

– Le commencement de la fin, murmura-t-il, la gorge nouée, alors que la toiture de l'église s'effondrait.

3

Au lieu de l'animation coutumière, l'inquiétude et la fébrilité prévalaient en cette fin d'après-midi dans le quartier musulman de Sivas.

– Ce sont les Arméniens qui ont fait le coup!

– D'abord le gouverneur. Ensuite, nous y passerons tous à tour de rôle.

– Et dans cette église... Une cinquantaine qu'ils étaient! Armés jusqu'aux dents. Des tueurs prêts à égorger femmes et enfants.

– Il paraît qu'il y en a des milliers cachés dans les collines; ils encerclent la ville!

– Qu'attend donc l'armée pour nous protéger des giaours?

– Moi, je dis qu'il faut prendre les devants!

À quelques variantes près, les mêmes phrases s'entendaient dans les attroupements qui se formaient près des étals des marchands, autour des fontaines et au milieu de la rue. Aux terrasses des cafés, les hommes discutaient avec passion, au point d'en oublier de rallumer leurs narghilés. La nouvelle de l'assassinat du gouverneur Mumtaz Bey s'était répandue comme une traînée de poudre. Celle de l'arrestation en plein Sivas de rebelles arméniens achevait de créer un climat d'insécurité. Le lien entre les deux événements, pourtant sans rapport, allait de soi pour ces gens mal informés. D'autant plus que des agitateurs aux ordres de Gani Bey exploitaient la peur, exagéraient les chiffres et colportaient des rumeurs alarmistes. Dans ce contexte, la déportation des Arméniens devenait une sage mesure que l'on tardait trop à appliquer.

Vartan sortait de l'hôpital militaire, où il remettait son rapport à la fin de chaque journée. Malgré sa hâte de rejoindre les siens, il avait jugé primordial de ne pas transgresser la règle. Le commandant s'était montré d'une réserve et d'une froideur inhabituelles; il avait répondu d'une manière évasive lorsque Vartan avait exigé la visite du chirurgien à ses blessés. À ce moment-là, Vartan ignorait encore ce qui s'était produit en ville durant son absence. Aussi les regards en coin des infirmiers alors qu'il traversait les salles l'intriguèrent-ils. Une fois dehors, il interrogea Izzet, le soldat maigre et voûté qui gardait son cheval. Vartan lui fournissait souvent des médicaments pour l'un ou l'autre de ses nombreux enfants, et Izzet lui témoignait une gratitude qui devenait parfois agaçante servilité. Il se fit un plaisir de raconter tout ce qu'il savait, rien de précis en fait, sur l'assassinat du gouverneur. Oubliant que le major Balian était arménien, le soldat relata la capture du rebelle Chirag Tévonian, à laquelle il avait participé.

– J'ai tué un des bandits! déclara-t-il en bombant le torse.

Vartan ne montra aucune émotion, jouant plutôt la curiosité.

– Des morts et des blessés?

– Oui, des zaptiyés et des rebelles. Nous avons incendié l'église et pris leur chef vivant.

C'était donc ça, la fumée qu'il avait aperçue au-dessus des arbres! Chirag... Aux mains de l'armée! Pauvre homme... Il aurait été préférable pour lui qu'il meure au cours de la bataille. Envahi par la tristesse, Vartan le revit grignotant des abricots. Aux détails que donnait Izzet, il comprit que l'église en question était celle de Saint-Minas. Tomas devait y accompagner son parrain ce jour-là! Vartan frémit et, cette fois, sa voix trahit son état intérieur.

– À part les rebelles, il y avait des gens dans l'église?

– Le capitaine les a laissés sortir.

Vartan se sentit soulagé. Izzet poursuivit :

– L'officier s'est montré trop bon ou trop lâche. Je pense que le prêtre et lui se connaissaient. Moi, j'aurais tout fait brûler!

– Même les femmes et les enfants? s'étonna Vartan. C'est toi qui dis ça, toi qui as beaucoup d'enfants et qui les aimes?

Le soldat haussa les épaules :

– C'étaient des giaours!

Sans rien ajouter, Vartan enfourcha Hour-Grag et s'en fut au trot. Ce genre de réflexion ne ressemblait pas à Izzet, un musulman charitable et tolérant. Qu'il en soit là signifiait que la paix sociale se détériorait vite. C'était à prévoir! La déportation réanimerait la haine d'une partie de la population à l'égard des chrétiens. Plusieurs y voyaient un encouragement à exprimer leurs rancunes. Les Arméniens serviraient de boucs émissaires pour exorciser tous les échecs et toutes les frustrations. Cela ne pouvait déboucher que sur la violence.

Vartan devait traverser le quartier de Kaval, où il lui fallut mettre sa monture au pas. L'étage des maisons, plus avancé que le rez-de-chaussée, surplombait la rue et rétrécissait la bande de ciel visible entre les toits. Des vignes couvraient par endroits des treillis horizontaux de fils métalliques et créaient de véritables tunnels. Comme toujours, la chaussée était sale et encombrée de détritus; de nombreux chiens à demi sauvages faisaient office d'éboueurs. Les rues grouillaient de monde : hommes en costume noir coiffés du fez, femmes au visage voilé par le féradjé [1], jeunes filles aux cheveux tressés en nattes, garçons criards se poursuivant autour des étalages. Et, au milieu de ces citadins, les paysans un peu gauches, facilement reconnaissables à leur courte veste, à leur chalvar, cette culotte bouffante retenue par un large ceinturon, et à leur tête couverte d'une bande d'étoffe enroulée en turban ou d'un mouchoir noué aux quatre coins.

Vartan se frayait lentement un chemin au milieu de la cohue. Tout yeux, tout oreilles, il percevait une vive animosité à l'encontre des Arméniens. Au coin d'une rue, la circulation était bloquée par un important rassemblement. Un barbu haranguait les hommes et prêchait sa propre jihad, la guerre sainte qui faisait obligation à tout musulman de tuer au moins un chrétien, ce qui lui assurait le salut éternel. Des murmures d'approbation soulignaient chacun de ses propos. Les esprits s'échauffaient, des jeunes hommes partaient rameuter leurs amis. Vartan arrêta son cheval à la périphérie du rassemblement. Son cœur battait vite. Alors qu'il se sentait de taille à affronter n'importe quel adversaire en combat singulier, les foules en colère avaient le don de réveiller en lui des craintes irraisonnées. Peut-être était-ce lié à un incident survenu dans son enfance? Il l'ignorait. Il respira profondément à plusieurs reprises, et, de nouveau en contrôle total de lui-même, il se dressa dans les étriers.

Il fallait empêcher ce provocateur de déclencher l'hystérie de la foule. Le sultan était le seul à pouvoir ordonner la jihad; il était peu probable qu'il s'y risque, de peur de se mettre l'opinion mondiale à dos et, surtout, de n'être pas obéi hors de l'Anatolie, ce qui minerait sa prétention au titre de Commandeur des croyants. À moins que Talaat et ses pairs ne l'aient exigé. Rien ne leur était impossible! Vartan décida de bluffer. Il pointa l'orateur de l'index et cria :

– Toi!

L'homme se tut. Imité par tous ses auditeurs, il regarda Vartan, qui reprit, d'un ton impérieux :

– Oui, toi! Qui es-tu pour prétendre parler au nom du Patishah [2]? Montre-nous le firman [3] qui proclame la jihad.

Les propos de Vartan semèrent le doute chez les gens, qui guettèrent la réponse de l'orateur. Celui-ci se troubla et, visiblement nerveux, promena son regard alentour, cherchant un appui. La foule s'agitait et bourdonnait. Un marchand qui se tenait à la porte de sa boutique, de l'autre côté de la rue, s'avança de trois pas et brandit le poing en direction de l'orateur.

– Tu blasphèmes! Tu sais ce que l'on fait aux blasphémateurs?

Les murmures s'amplifièrent en grondement. Ceux-là mêmes qui avaient applaudi les exhortations au meurtre du provocateur

1. Voile. (Turc.)
2. Sultan. (Turc.)
3. Édit du sultan. (Turc.)

étaient maintenant sur le point de lui faire un mauvais parti. Vartan se dit qu'il n'interviendrait pas. Des curieux affluaient. Soudain, un jeune homme en uniforme vert d'infanterie, mais sans arme, se plaça aux côtés de l'orateur. Vartan reconnut une recrue qui avait travaillé quelques semaines au dispensaire. Une mauvaise tête. Le soldat désignait Vartan :

– Celui-là, je le connais! C'est un Arménien! Le « major giaour », qu'on l'appelle entre nous.

La foule se figea dans un silence total. Aussi vif qu'un chat qui retombe sur ses pattes, l'orateur retrouva son aplomb et tourna l'incident à son avantage.

– Un Arménien! hurla-t-il. Un de ces Arméniens qui ont tué notre gouverneur, un de ces chiens qui prétendent faire la loi! Il dit n'importe quoi pour nous manipuler. Arménien, assassin!

Les gens se mirent à scander ses dernières paroles et Vartan se vit confronté à une mer de visages haineux. Des poings s'agitaient dans sa direction, dont quelques-uns serraient une lame. Très ostensiblement, il ouvrit l'étui à sa ceinture et posa la main sur la crosse de son pistolet. Ce geste suffit à stopper ceux qui se rapprochaient de lui.

– Ne le laissez pas filer! ordonna le barbu, ayant repris le contrôle de ses auditeurs.

– Nous allons le pendre! renchérit le jeune soldat.

Vartan se rappela qu'il lui avait déjà collé un mauvais rapport. Les manifestants hésitaient : après tout, giaour ou pas, cet homme portait un uniforme d'officier ottoman. De plus, il était armé. Vartan profita de ces secondes de flottement pour partir. Il s'éloigna sans les quitter les yeux, muscles tendus, prêt à dégainer et à tirer en cas de nécessité. Quand il fut à dix mètres, légumes et détritus furent lancés dans sa direction par la foule frustrée qu'il lui échappe. Il esquiva facilement les projectiles, pas les horions et les injures qui fusaient. Il fit trotter son cheval.

– Place! Place! criait-il afin que les passants s'écartent et lui libèrent un couloir.

Il gagna vite une place où des pelotons de soldats montaient la garde. Maintenant que le danger était passé, il sentit dans son ventre une chaleur qui se répandait dans ses membres. Des patrouilles de police parcouraient les rues vides du quartier commercial arménien. De toute évidence, les autorités appréhendaient des troubles. Dès que la voie fut libre, Vartan galopa vers chez lui.

* * *

Assis sur la dernière marche du perron, Tomas surveillait la grille qui donnait sur la rue. Il attendait son père avec impatience; les heures s'étiraient, interminables, depuis son retour de l'église. Personne ne s'occupait de lui. Azniv Hanim, Maro, Djémila et

Zeyneb travaillaient dans la maison, aucun de ses amis ne s'était présenté à la leçon de français, qui n'avait pas eu lieu. N'étaient pas venus non plus les gamins de la basse ville qui sautaient parfois le mur pour dérober des fruits dans le verger des Balian. Tomas ne les dénonçait pas car il les trouvait courageux et enviait leur liberté; et des fruits, les arbres en produisaient à ne plus savoir qu'en faire!

Sassoun ne pouvait savoir que son jeune maître n'avait pas le cœur à jouer; il offrait sa balle, observait Tomas en penchant la tête de côté, glapissait, puis s'impatientait et jappait. Finalement, il se couchait à ses pieds, se relevait aussitôt pour donner la chasse aux merles qui se posaient sous le châtaignier, revenait s'étendre devant les marches.

Tomas ressassait le souvenir de ce qui s'était produit à l'église et tentait de le conserver intact. C'était difficile car des détails devenaient hors de proportion et estompaient le reste. Il se rappelait particulièrement le regard affolé d'une femme dans le banc vis-à-vis du leur, sa bouche tordue et ses ongles qui égratignaient ses joues. Les yeux effrayants du héros à qui son parrain avait donné des cartouches. Il revoyait avec netteté les dents jaunes du gendarme qui avait craché aux pieds du capitaine Armène. Sa terreur, elle, ne s'effaçait pas. Il sentait qu'elle se cachait en lui, tel un animal tapi dans les buissons, qui le saisirait dans ses griffes à la première occasion. Jusqu'ici, il n'avait eu peur que des morts du cimetière et des bêtes monstrueuses qu'il imaginait dans l'obscurité humide de la cave; jamais des êtres humains.

Les éclaircissements fournis par sa mère n'avançaient pas tellement Tomas. La déportation, il avait maintenant une idée approximative de sa signification. Cela expliquait la nervosité des adultes, l'absence de ses amis et les boutiques fermées, mais pas l'incendie de l'église, ni l'arrestation de Der Khoren et de Baron Zorian, l'instituteur. Tomas ne parvenait pas à construire un tout intelligible à partir de ces éléments. Un puzzle dont il manquait un morceau essentiel : le pourquoi.

Sassoun dressa les oreilles; un cheval arrivait à vive allure et ralentit en approchant de la barrière. L'enfant reconnut le rythme inimitable des sabots d'Hour-Grag lorsqu'il décélérait. Enfin! Il avança la tête dans l'embrasure de la porte et cria :

– Papa arrive!

Puis il courut à la grille où Vartan mettait pied à terre, et il passa le bras à travers les barreaux pour toucher la main de son père.

– Papa, papa, dit-il d'une voix où s'entendait un soulagement manifeste.

Vartan lui palpa le biceps et l'épaule en lui demandant :

– Hokis... Tout va bien? Tu n'as rien?

Tomas répondit avec précipitation :

– Ils ont mis le feu à l'église, papa! Les zaptiyés. Ils nous ont fait sortir avant. Ils ont arrêté Der Khoren, et d'autres. Ils ont tué des héros.

Vartan l'attira contre la grille et l'embrassa.

– C'est fini, maintenant. Je suis là.

Vartan allait lui demander la clé lorsqu'il vit Maro qui l'apportait. Elle souriait, mais il constata qu'elle avait les yeux rougis. Hormis ce détail, son allure et sa voix la montraient maîtresse d'elle-même.

– Comme je suis heureuse! s'exclama-t-elle en tournant la grosse clé de fer forgé dans la serrure.

Tomas se suspendit à la grille et donna un élan avec son pied pour décrire avec elle un demi-cercle. Maro se jeta dans les bras de Vartan et l'embrassa.

– Ma vie... murmura-t-il en la tenant toujours enlacée.

Elle était tendue et tremblait d'une façon presque imperceptible.

– Hum! Hum! fit Tomas qui les rejoignait.

Son père lui pinça le nez et le hissa en selle.

– Ton cheval est en nage, constata Maro.

– J'avais hâte de vous retrouver.

Elle referma la barrière et passa son bras autour de la taille de son mari; il lui enserra les épaules et ils marchèrent côte à côte en menant le cheval à l'écurie. Maro déclara :

– Tu sais pour Saint-Minas? Ils n'ont relâché personne. Armène est allé aux nouvelles : le curé et les autres sont accusés de complicité avec les rebelles. La situation empire, Vartan. Nous devons absolument faire quelque chose.

Par délicatesse, elle n'avançait pas la solution qui lui venait à l'esprit. Elle savait que Vartan l'avait lui-même envisagée, c'était donc à lui d'en parler le premier. Il désigna Tomas et fit signe à Maro d'attendre un autre moment.

– Je l'ai renseigné du mieux que j'ai pu, dit-elle. Vartan, ton uniforme ne nous protégera pas bien longtemps. Sais-tu ce qui se passe partout ailleurs?

Il fit un hochement de tête affirmatif. Elle renchérit :

– La même chose va se produire ici. Incessamment.

À voix basse, il déclara, comme à regret :

– C'est à prévoir. Et la sagesse commanderait de partir avant qu'il ne soit trop tard.

– Commanderait? Pourquoi ce conditionnel?

Elle connaissait d'avance la réponse, devinant le conflit qui déchirait son mari. Il confirma ses soupçons.

– Mon devoir...

– Ton devoir, affirma-t-elle avec conviction, c'est de penser d'abord à ta famille!

– Et les autres?

– Tu ne peux rien pour eux, sinon te sacrifier en pure perte. Et tu n'en as pas le droit.

Ils entraient dans l'écurie. Vartan descendit Tomas et dessella Hour-Grag. Maro prit une poignée de paille et bouchonna le cheval avec une certaine brusquerie. Les arguments qu'elle venait d'avancer à Vartan, il se les était répétés des dizaines de fois sans doute. Cependant, elle n'était pas à bout de ressources.

– Comme tu es militaire, nous serons la dernière famille arménienne à Sivas. Tu ne seras d'aucun secours à nos compatriotes.

– Je sais...

Maro demanda, avec une naïveté toute feinte :

– Selon toi, qu'est-ce qui pourrait mettre un terme aux déportations, calmer les fous qui composent le gouvernement ?

– Une intervention extérieure. Des pressions d'autres pays. Encore faudrait-il qu'ils sachent ce qui se passe ici et...

Il s'interrompit et resta la bouche ouverte. Mais oui... La conclusion s'imposait d'elle-même. Comment n'y avait-il pas songé plus tôt ! Il fallait que quelqu'un crie au secours. Et qui mieux que Vartan pouvait le faire ? Sa conduite lui apparut toute tracée : reprendre la plume et alerter le monde entier sur la menace d'extermination des Arméniens de l'Empire ottoman. Pour cela, il devait sortir du pays. C'était l'unique moyen dont il disposait pour venir en aide à ses compatriotes.

Maro comprit, au relâchement de ses traits, que la conscience de Vartan s'apaisait.

– C'était décidé : nous partirons cette nuit même, dit-il. Je proposerai à Armène de nous accompagner.

Elle poussa un soupir de satisfaction et jeta le bouchon de paille.

– Justement, il sera ici dans une demi-heure avec Araksi. Je vais me préparer.

– Tu serais gentille de faire monter de l'eau dans la chambre afin que je me rafraîchisse.

Elle s'en fut à la maison d'un pas alerte, libérée d'un poids qui lui écrasait les épaules. À l'insu de tous, elle avait préparé durant l'après-midi les vêtements et les effets personnels qu'ils emporteraient. Peu de choses, tout tenait dans une petite malle. Sa déception aurait été immense que leur fuite soit reportée, ne fût-ce que d'un jour.

Avec toutes ces histoires, Vartan avait oublié l'anniversaire de son fils. Maniant avec peine une fourche deux fois plus haute que lui, Tomas garnissait de foin les mangeoires des chevaux et des vaches. Il n'avait pas perdu un mot de la conversation de ses parents ; leurs phrases dépassaient son entendement, sauf celle qui annonçait un départ.

– Approche, dit Vartan en ouvrant les bras.

Tomas lâcha la fourche et se précipita sur son père qui le souleva.

– Six ans déjà ! Bon anniversaire, mon grand.

– Merci, papa.

– Tu nous excuseras de n'avoir pas le cœur bien joyeux pour te fêter.

– Ça ne fait rien, répondit l'enfant, qui n'avait plus songé à cet anniversaire depuis le déjeuner.
– Bientôt, nous serons dans une autre ville, où il n'y aura plus de danger. Alors, nous te ferons une fête que tu n'oublieras pas de sitôt.
Une question brûlait les lèvres de Tomas :
– Nous partons cette nuit?
– Oui. Mais n'en parle à personne.
– Où?
– Je l'ignore encore. Mais nous serons tous ensemble. Le voyage sera long et difficile, il faudra que tu te montres courageux.
– Je n'ai pas pleuré à l'église! Ni devant les soldats. Avec toi, papa, je n'ai peur de rien.
Vartan lui ébouriffa les cheveux, l'embrassa et le serra contre sa poitrine avant de le déposer par terre.
– Allons nous préparer pour accueillir ton parrain. C'est à lui que j'ai confié ton cadeau.
Tomas le retint par le coin de sa vareuse et demanda, l'air bouleversé :
– Pourquoi les Turcs ne nous aiment pas?
Vartan s'assit sur le coffre à avoine et défit le col de son uniforme.
– Il y a des Turcs qui aiment et respectent les Arméniens. Djémila et Zeyneb, par exemple. Ou mon ami le colonel Ibrahim. Mais c'est vrai que d'autres ne nous aiment pas.
– Pourquoi?
– Parce que nous sommes différents d'eux, parlons une autre langue, pratiquons une autre religion.
– Notre Dieu est le seul vrai Dieu! Je l'ai appris dans une prière.
– Vois-tu, Tomas, les musulmans pensent la même chose que toi. Et tu es dans l'erreur. C'est le même Dieu pour tout le monde, quel que soit le nom qu'on lui donne. Il faut laisser chacun libre de prier comme il l'entend.
La réponse trop compliquée ne satisfaisait pas Tomas. Il demanda, d'une voix acerbe :
– Pourquoi les gens veulent nous renvoyer de Sivas? Nous ne leur avons rien fait!
– Je t'ai expliqué déjà ce qu'est l'Empire ottoman. Le sultan, tu te rappelles?
Tomas fit oui de la tête.
– La déportation, c'est le sultan et son gouvernement qui l'ont décidée, pas les musulmans de Sivas. Je suis persuadé que la plupart en sont attristés. Mais ils ne peuvent rien faire. Ce sont les soldats qui mènent et les soldats obéissent au gouvernement.
– Et toi, papa? s'enquit Tomas en montrant l'uniforme.
– Je ne suis pas un vrai soldat, Tomas. Dans l'armée, je suis pharmacien, je soigne les blessés.
Du perron, Azniv Hanim appela Tomas afin qu'il vienne se changer.

***

Armène tirait derrière lui un poney. Il marchait à côté de l'âne sur lequel Araksi était montée en amazone, ses jambes énormes reposant contre le flanc de l'animal. Elle souffrait d'albuminurie et d'hypertension, et ses bas de coton noir cachaient des œdèmes. Vartan lui avait prescrit un régime alimentaire qu'elle ne parvenait pas à respecter, bien qu'elle en comprît la nécessité. Elle remettait de jour en jour le moment de s'abstenir des aliments épicés dont elle raffolait. Par contraste avec son embonpoint et sa forte poitrine, son visage paraissait plus délicat qu'il ne l'était en réalité. Sur son front, une mèche s'obstinait à demeurer noire alors que le reste de la chevelure avait pris une blancheur immaculée. Araksi nouait un fichu sur sa tête et disposait cette mèche sombre en frange au-dessus de son visage qui en semblait rajeuni. Et elle souriait volontiers afin de montrer ses dents magnifiques de santé.

Elle aurait voulu demeurer attirante aux yeux d'Armène. Lorsqu'il était question de sa maladie, elle répétait : « La mort ne m'inquiète pas, Armène, mais alors pas du tout. C'est la vieillesse qui m'attriste, le fait de devenir grosse et laide. » Il protestait, affirmait qu'elle demeurait pour lui la plus belle et la plus désirable. Il finissait par dire, en lui pinçant le menton : « Je te vois avec les yeux du cœur, et tu es encore comme au premier jour de notre mariage. » Cela avait le don de ramener le sourire sur le visage d'Araksi. Et c'était vrai que l'amour d'Armène n'avait pas changé ; un amour simple, solide et tranquille. Toute leur vie, la pêche les avait obligés à de fréquentes séparations auxquelles ils ne s'étaient jamais habitués ; aujourd'hui, ils reprenaient le temps perdu et ne se quittaient pratiquement plus.

Armène n'avait pas prononcé une parole depuis leur départ de la maison. Ce mutisme ne lui ressemblait guère et Araksi devinait que le dîner chez les Balian lui était une corvée. Elle dit, de sa voix traînante qui donnait l'impression que parler la fatiguait :

– Comme je suis heureuse de cette invitation.

– Ça risque fort d'avoir l'allure d'une veillée funèbre, grommela Armène d'un ton grinçant. Je ne comprends pas qu'ils s'entêtent à fêter Tomas. Avec ce qu'on vit...

Peu importait à la vieille femme qu'il ronchonne, du moment qu'il rompait l'étouffant silence. Elle insista avec douceur :

– Au contraire, il ne faut pas rester seuls. Je les comprends, moi aussi j'ai envie d'être entourée d'amis. C'est peut-être le dernier repas que nous prendrons tous ensemble.

– Sûrement le dernier !

– C'est bien pour ça que tu dois t'efforcer d'être un peu plus serein.

– Serein ! explosa Armène. Comment veux-tu que je sois serein quand on nous...

Il se tut en se rendant compte qu'il vociférait presque, alors qu'au contraire il aurait dû ménager les nerfs de sa pauvre épouse.

– Excuse-moi, ma mouette, murmura-t-il en posant sa main sur celle d'Araksi.

Elle sourit. Il n'avait pas utilisé ce mot tendre depuis bien longtemps. Il soupira :

– C'est bon, je prendrai sur moi durant quelques heures.

Sa main qui tenait la bride du poney se crispa au point que ses ongles s'enfoncèrent dans sa paume. Il bouillait intérieurement. L'inaction à laquelle le condamnait la tournure des événements lui était intolérable. Son impuissance l'exaspérait. Et, lorsqu'il se trouva devant les ruines fumantes de l'église de Saint-Minas, il lâcha un chapelet de jurons. Araksi ne le gronda pas ; la vue des murs noircis lui fit battre le cœur et elle détourna la tête pour que son mari n'aperçoive pas son visage congestionné et ses larmes. Jusque-là, la déportation était un nuage d'orage que la Providence écarterait d'eux ; ce qu'Armène lui avait appris des atrocités commises contre les Arméniens ne parvenait pas à faire son chemin en elle. Des mots, terribles certes, mais sans aucun poids, aussi désincarnés que les récits de guerres et de massacres survenus des siècles auparavant. En face du temple détruit, elle comprit brusquement avec sa chair ; sa douleur fut la même qu'à la perte de ses six enfants et de ses treize petits-enfants. Comme si elle les perdait de nouveau en cet instant. Et elle sut qu'elle les perdrait encore chaque fois que serait tué un homme ou un enfant. Combien de temps son cœur le supporterait-il ?

Toute la famille Balian sortit sur le perron à l'arrivée d'Armène et d'Araksi. Tomas fut sidéré par la vue du poney déjà sellé qu'amenait son parrain. Incapable de bouger ni de parler, il les regarda approcher. Son rêve le plus cher se réalisait ! S'envola la frayeur qui lui donnait mal au ventre depuis l'église. De belles proportions, l'animal avait une robe d'un brun roux, une crinière et une queue blondes. Et même de longs cils d'un blanc jaunâtre ! L'enfant lui trouva des yeux doux. L'épagneul aboya et le poney répondit par un long hennissement ; Tomas partit d'un rire nerveux. Il demeura sur la dernière marche malgré l'envie qu'il avait de courir vers l'animal. Quelques minutes plus tôt, Azniv Hanim lui avait fait promettre de saluer d'abord leurs visiteurs et de remercier tout le monde avant de prendre son cadeau.

Vartan aida Araksi à descendre de l'âne.

– Comment vont vos jambes ?

– Mieux, mentit-elle. Votre régime me fait beaucoup de bien. Mais ce soir, je me permettrai de tricher.

Tomas trépignait pendant les salutations des adultes, qu'il estima démesurément longues. Vint son tour d'embrasser son parrain et sa marraine. Araksi lui prit les épaules, le mit en face du poney et dit aux autres :

– Notre cher Tomas s'est montré d'une patience d'ange.

Vartan indiqua l'animal :

– Voilà, Tomas. Il est à toi. Soigne-le bien.

– Ta grand-mère t'offre la selle, dit Maro. Araksi a tissé le magnifique tapis de selle. Et ton parrain dresse le poney depuis plus de deux mois.

Enfin Tomas s'approcha de son cheval qui s'était déjà lié d'amitié avec l'épagneul. Ému, il effleura les naseaux aux poils ras et soyeux ; l'animal avança la tête pour se faire caresser.

– On dirait qu'il me reconnaît ! s'émerveilla Tomas.

– C'est le cas, répondit Armène. Ta mère m'avait donné un de tes chandails ; il est habitué à ton odeur.

Tomas enserra le cou du poney, en fit le tour, lui flatta la croupe et se hissa sur la selle. Son visage rayonnait d'une joie indicible. Des talons, il frappa légèrement les flancs de sa monture et claqua la langue, ainsi qu'il l'avait vu faire à son père. Maro eut un geste pour le retenir mais Armène la rassura. Le poney dansa sur place, fit quelques pas et se mit au trot ; Zeyneb et Djémila couraient derrière en riant aux éclats. Tomas tourna à la grille et vint s'arrêter devant le groupe des adultes. Il annonça d'une voix vibrante :

– Je l'appellerai Gaydzag [1].

– C'est un nom qui lui convient bien, approuva Vartan.

– Nous allons dîner maintenant, dit Maro. Tu monteras ton Gaydzag après.

Tomas attacha le poney à un noisetier devant les fenêtres de la salle à manger ; il pourrait le voir depuis la table. Armène se dit que l'animal briserait des branches de l'arbuste. Bah ! cela n'avait plus d'importance. Comme les autres, il avait durant quelques minutes communié au bonheur de Tomas et oublié sa tristesse. Elle revenait en chacun d'eux, mais ils s'efforçaient de n'en rien laisser paraître.

***

Les gens de Sivas considéraient la maison construite par Adom Chamlian comme l'une des plus belles de la région et, à coup sûr, la mieux meublée. C'était à regret que le riche importateur avait vendu à Vartan la demeure où il entassait les pièces de mobilier qu'il collectionnait. Ses enfants s'étaient établis à Constantinople et aux États-Unis, et sa santé précaire l'incitait à déménager dans la capitale, où pratiquaient des médecins de renom. Araksi ne pénétrait jamais entre ces murs sans éprouver une certaine timidité, une gêne qu'atténuaient à peine les liens d'affection et la familiarité qui existaient entre elle et les Balian. L'humble maison de deux pièces qu'elle avait bâtie avec Armène aurait tenu tout entière dans le salon de celle-ci.

1. Éclair. (Arménien.)

Fille d'un petit producteur de tabac qui avait fait faillite, Araksi n'avait rien connu d'aussi beau que cette salle à manger avec sa grande cheminée au linteau de marbre surmonté d'une horloge d'ébène et de nacre qui sonnait les heures et la demie. Des panneaux de noyer couvraient les murs, où pendaient des portraits à l'huile des parents de Vartan et du père de Maro. On y voyait également quatre marines d'Ayvazowski, un peintre d'origine arménienne très prisé par ses compatriotes et par les Russes. Un lustre de cristal à lames plates surplombait la table de chêne, qui pouvait accueillir vingt convives. La suspension n'avait qu'une fonction décorative car elle était munie de lampes électriques et on ne trouvait pas plus d'électricité à Sivas que dans les autres villes d'Anatolie. L'ancien propriétaire, qui croyait à une venue rapide du progrès, avait fait installer des plafonniers électriques dans chaque pièce. Douze ans plus tard, on en était toujours aux lampes à kérosène et à naphte. Un buffet vitré exposant des pièces d'argenterie, un gramophone « La voix de son maître » et deux dessertes complétaient l'ameublement.

Maro avait fleuri la pièce de bouquets de roses, et la table était magnifiquement dressée. À part Zeyneb et Djémila, personne n'avait l'esprit à la fête. Vartan demanda à Armène, en sa qualité d'aîné, de réciter une prière. Cela surprit sa belle-mère qui le soupçonnait d'indifférence religieuse, sinon pire. Les petites Turques effectuèrent le service en consultant fréquemment Maro du regard, puis elles prirent place à table. Azniv Hanim avait préparé les mets favoris de son petits-fils : aubergines frites, cœurs d'artichauts à l'huile d'olive, agneau farci de riz aux amandes.

Après les commentaires élogieux sur les plats, les vœux adressés à Tomas et les toasts en son honneur, ils mangèrent en silence. Comme Armène, Araksi se trouvait confuse devant le nombre de couverts entourant son assiette. Tous les deux surveillaient leurs hôtes afin de savoir quelle fourchette il convenait d'utiliser. Ils se sentaient d'autant plus mal à l'aise qu'avec la gravité des visages le repas revêtait une espèce de solennité un peu guindée. Au bout de quelques minutes, Armène déposa bruyamment ses couverts.

– Je n'en peux plus de faire semblant ! s'exclama-t-il d'un ton excédé.

Son épouse le rappela à l'ordre d'un coup de coude discret. La mine renfrognée, Armène se défendit :

– C'est vrai ! On est là à festoyer comme si de rien n'était. Pendant ce temps, les *autres* affûtent leurs baïonnettes.

Tous les convives s'étaient figés, même Zeyneb et Djémila qui se sentirent coupables. Tous sauf Tomas, qui mangeait ainsi qu'un automate, le regard rivé sur son poney, l'esprit ailleurs. Navrée, Maro se demandait comment réagir. Elle implora son mari du regard. Vartan intervint d'une voix calme mais ferme :

– Je comprends votre sentiment, Armène. Nous le partageons tous. Mais ne pensez-vous pas que nous pourrions reprendre ce sujet au moment du café ?

Les épaules d'Armène s'affaissèrent ; il contempla son assiette et maugréa :

– Pour ce que les parlotes pourront y changer ! Des mots, c'est tout ce qui nous reste... Ça, et attendre ce qui s'en vient.

– Pas si sûr... Il existe une issue.

À ces paroles, Armène releva vivement les yeux.

– Sev Dzov, murmura Vartan.

La mer Noire. Que voulait-il dire au juste ? La perplexité d'Armène se lisait sur son visage. D'un mouvement de tête, Vartan lui fit comprendre qu'il s'agissait de partir, et, pour qu'il ne pose pas de questions, il dit :

– C'est de ça dont j'aimerais discuter après le dîner.

– Oui, répondit Armène.

Il reprit sa fourchette et son couteau mais, perdu dans ses pensées, il ne se remit pas à manger. Un silence lourd s'installa. Maro demanda à Zeyneb de mettre de la musique.

Leur gramophone était le seul qui existait en ville, et Tomas tirait beaucoup de fierté à le faire écouter à ses amis fascinés. Pour Djémila et Zeyneb, il s'agissait d'un instrument presque magique dont le pouvoir d'émerveillement ne faiblissait pas. Tout au long du repas, elles rivalisèrent de vitesse pour aller le remonter ou changer le cylindre. Afin de meubler la conversation, Maro parla de son père, Hagop Artinian. Elle l'avait adoré et entretenait sa mémoire pour que Tomas, qui n'avait pas connu son grand-père maternel, sache de qui il descendait. Azniv Hanim renchérit en racontant que son mari avait fait de Maro une experte dans la conversion des monnaies étrangères à l'âge où les autres filles apprenaient la broderie. Mais leurs voix sonnaient faux. Et Tomas, d'ordinaire friand de ces anecdotes, n'écoutait pas. Il admirait son poney et rêvait d'interminables cavalcades en compagnie de son père.

Vartan aussi était absent. Il considérait la pièce en songeant qu'il n'avait jamais réaménagé la maison ainsi qu'il se l'était promis lors de son acquisition. Il l'avait achetée toute meublée. L'ancien propriétaire avait une passion pour les beaux objets et les meubles de prix, qu'il rapportait de ses voyages en Europe, en Russie et au Proche-Orient. Toutefois, l'agencement de ce mobilier quelque peu hétéroclite ne correspondait pas toujours aux goûts de Vartan et de Maro. Ils s'étaient finalement contentés d'y placer leurs propres meubles, conservant la demeure, pour le reste, à peu près dans son état original. Sans doute savaient-ils au fond d'eux-mêmes qu'ils n'y étaient que de passage.

Les trois femmes étaient les seules à converser. Armène picorait dans son assiette et attendait avec impatience la fin du repas. Sa tête bourdonnait d'idées, parfois contradictoires, qu'il ne parvenait pas à ordonner. Partir... Dans quelles conditions ? Pour aller où ? Abandonner les autres ? Il était incapable de se faire une idée d'ensemble du projet et s'arrêtait à des détails qu'il jugeait ensuite sans importance. Il avait hâte que Vartan s'explique.

Après le dessert, des gâteaux à la farine d'oignon de lis, Tomas s'empressa d'aller retrouver Gaydzag. Maro proposa à Zeyneb et à Djémila d'accompagner l'enfant ; on desservirait la table plus tard. Les adultes passèrent au grand salon, où trônait un piano à queue, un Pleyel importé de France par Adom Chamlian. La pièce offrait un curieux mélange de styles. À côté des causeuses et des fauteuils Louis XV, on trouvait des coffres chinois laqués, des tables à café décagonales décorées de motifs arabes, et un long sedir, divan bas recouvert d'un tapis oriental et d'une profusion de coussins. Les tapis d'Ispahan, le samovar d'argent et l'imposant mangal, brasero en cuivre ciselé coiffé d'un couvercle conique, se mariaient tant bien que mal avec un magnifique lustre de Venise.

Ils se regroupèrent dans le coin du sedir. Vartan approcha une causeuse pour Armène et Araksi, un fauteuil pour sa belle-mère. Avec sa femme, il occuperait le divan. Ainsi ils formaient un cercle plutôt compact. Maro et Azniv Hanim servirent le café et le cognac. Vartan et Armène allumèrent des cigarettes.

– Si vous le permettez... dit Azniv Hanim en montrant sa tabatière.

Sans attendre de réponse, elle porta à son nez une pincée de tabac à priser, inspira, puis éternua dans un mouchoir brodé. Ils burent sans porter de toast. Leurs visages étaient moroses. Armène se pencha vers Vartan :

– La mer Noire?

Vartan vida d'un trait son ballon de cognac et respira à fond :

– C'était un repas d'adieu. Nous quittons Sivas.

Le vieil homme ne broncha pas.

– Cette nuit même, ajouta Maro.

– C'est une sage décision, déclara Armène en secouant la cendre de sa cigarette dans un cendrier de cristal. Tout est fichu ici !

– Je vous propose de partir avec nous, dit Vartan. Nous gagnerions la côte en voyageant de nuit ; là, nous louerions ou achèterions un bateau.

– Avec un peu de chance, c'est faisable, répondit Armène, se frottant le menton.

Il tourna la tête vers son épouse ; elle lui tapota le bras pour signifier qu'elle s'en remettait à lui. À cause de sa santé, la perspective d'un pareil voyage devait effrayer Araksi. Et les paroles de Der Khoren revinrent à Armène : sauver la semence. Il soupira.

– Nous sommes touchés que tu songes à nous. Mais nous arrivons au bout de notre vie. Emmène des plus jeunes, ils représentent l'avenir de notre peuple.

Maro s'avança au bord du divan et prit les mains d'Araksi :

– Vous faites partie de notre famille, nous ne voulons pas vous laisser en arrière.

Azniv Hanim fit de gros yeux à sa fille qui n'aurait pas dû intervenir dans la conversation des hommes. C'était la deuxième fois !

– Armène, renchérit Vartan, nous avons besoin de vous. Nous éviterons autant que possible les routes. Il faut donc des bras solides pour conduire la calèche à travers les champs. Vous connaissez bien le pays d'ici à la côte, et, d'autre part, je ne saurais piloter un bateau.

Armène réfléchissait en fixant le fond de son verre. « Le devoir de chacun est de survivre », avait également déclaré le curé. La déportation serait pour Araksi une épreuve insurmontable, qu'il avait maintenant le moyen de lui épargner. De plus, il se sentait responsable de Tomas et de ses parents, sa famille d'adoption. En 1895, il n'avait pas pu sauver ses propres enfants parce qu'ils vivaient loin de lui, dans une autre province; il s'en était quand même senti coupable. Voilà qu'il tenait l'occasion d'une réparation symbolique... Le souvenir de la mer Noire lui revint, si net qu'il eut l'impression d'en respirer l'air salin à travers les vapeurs du cognac. Quel bonheur il aurait à naviguer encore une fois hors de vue des côtes, guidé par son seul instinct... Araksi et lui pouvaient encore espérer quelques années de vie commune... Il n'était pas pressé de mourir!

Il signifia son accord à l'invitation de Vartan et se mit aussitôt à tirer des plans à haute voix. Il s'emballa, ainsi qu'il le faisait pour tout ce qu'il entreprenait, et discourut en gesticulant. Selon lui, le meilleur chemin pour s'éloigner de Sivas était la piste de berger qui longeait son champ. Une voiture pouvait y circuler à condition de louvoyer entre les obstacles. Avant l'aube, ils seraient en sécurité dans les collines. En six ou sept jours, ils atteindraient la mer. Armène proposait le petit port d'Ordou; il y avait des amis sûrs et se faisait fort d'y dénicher une embarcation convenable. Puis il s'arrêta, butant sur une question de taille.

– C'est bien beau, tout ça, mais où irons-nous?

– En Russie, répondit Vartan.

– Non! s'écria Maro. Dans la capitale!

Araksi et Azniv Hanim lui jetèrent des regards désapprobateurs. Une femme ne contredisait pas son mari en public! Vartan se moquait bien de ces conventions, et le cri du cœur de son épouse le toucha. Il demanda, d'une voix douce:

– Pourquoi?

– Nous y retrouverons notre parenté. Beaucoup de diplomates étrangers séjournent dans la capitale, la situation n'y est sûrement pas aussi dramatique qu'à l'intérieur du pays.

– Nous n'en savons rien, fit Vartan. L'oncle Mesrop est peut-être parti avec sa famille. Mon frère Noubar...

– Nous verrons bien, une fois sur place, protesta Maro.

– Maro! lança Azniv Hanim d'un ton de reproche.

Vartan calma sa belle-mère d'un geste de la main. Il devinait l'état d'esprit de sa femme et expliqua avec patience:

– Songes-y bien. À Constantinople, je serai recherché, nous devrons nous cacher, vivre dans la peur. Pense à Tomas, pense à nous.

Elle hochait mécaniquement la tête. Il ajouta encore :

– Et puis, fugitif, de quel secours serais-je pour les Arméniens d'ici ? Non, je dis que nous devons sortir de l'Empire, la Russie sera un havre plus sûr.

Maro admit qu'il avait raison et Vartan se tourna vers Armène :

– Vous pourriez nous y conduire ?

– Encore plus facilement qu'à Constantinople. Yalta, au nord de la mer Noire, te conviendrait ?

– Je préférerais Batoum. De là, nous pourrions nous rendre en Arménie russe. Erevan. Si nous voulons aider les Arméniens de l'Anatolie, il faut nous joindre à ceux qui combattent avec les Russes.

L'idée plut à Armène, pour qui cette contrée n'était pas totalement inconnue. Il avait déjà visité Erevan et Etchmiadzine, la ville où résidait le catholicos. Pour Maro, cette destination l'éloignait encore plus de l'Europe, mais ils n'avaient pas tellement le choix. Azniv Hanim eut le pressentiment qu'elle ne serait jamais enterrée à côté de son défunt mari, mais elle ne protesta pas ; sa famille passait avant elle-même.

Ils discutèrent de détails pratiques. Ce qu'il convenait d'emporter, qui se chargerait de quoi. Se rappelant la voiture surchargée de la famille arrêtée par les gendarmes au pont de la rivière Halys, Vartan fit valoir qu'il était impératif de n'emporter que le strict nécessaire :

– Rien qui ne soit essentiel. Quelques vêtements, des couvertures, la nourriture pour six jours, des armes.

– Nos richesses tiendront dans un baluchon, dit Araksi, qui avait, comme toujours, peur de déranger. Une demi-heure, et nous sommes prêts.

En raison des patrouilles, le départ ne pouvait avoir lieu avant minuit trente. Vartan et les siens prendraient Armène et Araksi vers une heure, et on filerait sans tarder.

– Qu'en est-il de Zeyneb et de Djémila ? s'enquit Armène. Même si votre départ ne les réveille pas, elles le constateront demain matin et donneront l'alarme. Cela nous aiderait que les autorités l'ignorent le plus longtemps possible.

– Le mieux est encore de les prévenir, répondit Vartan. Leur dire que nous allons nous cacher jusqu'à ce que la situation redevienne normale. Pouvons-nous leur faire confiance, mayrig ?

Azniv Hanim secoua la tête à plusieurs reprises :

– Je réponds d'elles ! Ce sont des cœurs d'or. Elles garderont la maison, et si l'armée s'enquiert de vous, Vartan, elles diront que vous êtes alité. Ainsi, nous pourrons prendre plusieurs jours d'avance.

Le salon s'obscurcissait ; Maro alluma deux lampes à kérosène qui répandirent une lumière jaunâtre. Personne n'avait fait mention des compatriotes qu'ils laisseraient derrière eux, mais chacun y pensait avec tristesse. Les préparatifs du voyage demanderaient peu de temps : il leur restait plusieurs heures à tuer et ils retardèrent le moment de se séparer, conscients de vivre la fin d'une époque, d'être sur le point de plonger en plein inconnu.

– Maro nous jouera bien un morceau au piano? suggéra Araksi, que la musique ravissait. Pour nous rappeler...

Maro s'en savait incapable; elle demanda à Vartan de prendre son oud. Il ne se fit pas prier, installa l'instrument sur ses cuisses et l'accorda. Il jouait de ce luth oriental depuis qu'il avait sept ans. Son père avait hébergé durant l'hiver un musicien itinérant, une espèce de sage à barbe blanche qui, en retour de cette hospitalité, avait révélé à Vartan les secrets de son art. Il avait eu par la suite des professeurs réputés, mais il mettait encore en pratique le premier enseignement du vieillard : « La musique naît d'abord en toi avant de passer dans l'oud. »

Alors qu'il assouplissait ses jointures en improvisant des mélodies, Tomas et les petites Turques rentrèrent et, en silence, s'assirent par terre devant le sedir. Vartan interpréta de vieilles chansons du folklore arménien, des airs empreints d'une douce mélancolie. Sans même y penser, Maro accompagna l'oud de sa voix chaude et vibrante. Les yeux fermés, les mains croisées sur son ventre, elle chantait en balançant le corps, un peu comme si elle berçait un enfant. À la base de son cou, un tendon saillait lorsqu'elle donnait des notes aiguës; c'était le point que fixait Tomas en rêvant sur les paroles des chants où les amants se désolaient d'être séparés. Il y était aussi question de fleurs, de fruits et d'oiseaux, de contrées étranges qui enflammaient son imagination. Il parvenait mal à faire le rapport entre l'amour et l'éloignement, et à concevoir que le nom des fruits serve à désigner la personne aimée. Cependant, il adorait les passages sur les oiseaux qui voyagent dans les pays exotiques et ramènent des nouvelles des lieux et des gens qu'ils ont vus. Il frissonna : ils allaient faire comme les oiseaux, s'en aller au loin. Qu'y trouveraient-ils? Tomas ne connaissait pas d'autre ville que Sivas. Sauf par les images des livres. Verraient-ils des trains? Des avions? Il se déplaça pour s'adosser aux jambes de son parrain, qui lui tapota la tête.

Ce soir, la voix de Maro avait des accents troublants, et les mots des chansons prenaient un sens nouveau. Ce qu'elle chantait ne sonnait plus comme une ballade d'amour; c'était presque un lamento, une plainte nostalgique où chacun pouvait entendre sa propre inquiétude, sa peur de perdre ce qu'il possédait de plus précieux. Sans un effort pour se contenir, Maro se serait mise à pleurer; les autres aussi.

La nuit, l'une des plus courtes de l'année, s'installait lorsque Armène et Araksi s'en furent chez eux. Averties du projet des Balian, les petites Turques réagirent chacune selon sa personnalité. Émotive et sensible, Zeyneb se jeta dans les bras d'Azniv

Hanim pour gémir; plus réfléchie, Djémila leur conseilla de se réfugier dans son village.

– Mon père et celui de Zeyneb vous accueilleront avec joie. Tout le village vous protégera.

Maro répondit qu'ils ne voulaient pas attirer des ennuis à leurs parents.

– Nous connaissons un endroit sûr, ne vous en faites pas, ajouta-t-elle. Si dans trois jours nous ne sommes pas revenus, fermez la maison et rendez-vous chez votre oncle qui habite Sivas. Il vous renverra dans vos familles. Nous irons vous chercher à notre retour.

Djémila acquiesça d'un mouvement de tête. Elle devinait qu'ils ne reviendraient plus. Azniv Hanim emmena les jeunes filles vers la cuisine pour leur faire ses recommandations. Vartan dit à Maro de préparer pour chacune une bourse de dix pièces d'or qui leur servirait de dot. Il alluma une lampe-tempête et sortit, accompagné de Tomas qui refusait d'aller au lit seulement pour deux heures. Presque pleine, la lune à mi-hauteur du zénith répandait sur le paysage une lumière de cendre. Nulle brise ne soufflait et l'air chaud s'alourdissait du parfum des fleurs qui se fanaient : le jardin n'avait pas été arrosé ce jour-là. Sassoun courait en tous sens, excité par ce changement aux habitudes de la maisonnée.

Vartan sella son cheval et celui de Maro; Tomas entreprit de faire de même avec son poney.

– Gaydzag vient avec nous! déclara Tomas d'un ton déterminé.

Vartan avait déjà soupesé la question et trouvait inhumain de séparer si vite Tomas de son nouvel animal.

– D'accord. Mais tu ne le monteras pas, du moins au début. Nous l'attacherons derrière la voiture.

C'était remettre le problème à plus tard. Il faudrait abandonner toutes les bêtes, une fois à Ordou. Tomas ne s'en doutait pas et il était inutile de l'alarmer. Vartan vérifia le travail de son fils et s'étonna de voir Gaydzag proprement sellé, à l'exception de la sangle, qu'il resserra d'un cran. Il attela le trotteur à la calèche. Quand il rentra à la maison, onze heures sonnaient à l'horloge de la salle à manger. Des paniers de victuailles, des couvertures et une petite malle s'empilaient dans le hall. Maro vint à lui, les traits tendus.

– Nous sommes prêts, dit-elle d'une voix émue.

Quitter cette maison et cette ville l'affectait plus qu'elle n'aurait pu le supposer. Quant à Vartan, il avait le sentiment d'un échec.

– Attendons à la dernière minute pour charger tout ça. Ta mère?

– Elle enterre l'argenterie dans la cave.

Vartan haussa les épaules :

– Bah! Si ça lui fait plaisir.

Tomas bâillait et se frottait les yeux.

– Tu devrais t'étendre avec lui et dormir une heure, suggéra

Vartan à sa femme. Je vais dans la bibliothèque récupérer certains papiers, en détruire d'autres.

Le quartier musulman de Kaval s'animait en dépit de l'heure tardive. Par deux ou trois, parfois par groupes d'une dizaine, des hommes convergeaient vers la place de l'hôtel de ville. Quelques-uns étaient armés de fusils, les autres de bâtons. Tous portaient des fanaux ou des torches, et la grand-place devint semblable à une mer phosphorescente. Des ombres gigantesques bougeaient sur les façades des édifices. Une foule compacte se pressait maintenant pour entendre des orateurs appeler à la vengeance. Des cris répondaient à ces exhortations, les flambeaux s'agitaient, les bâtons et les fusils étaient brandis à bout de bras. Des soldats appuyés nonchalamment aux murs observaient la scène, quelques-uns avec indifférence, certains en vibrant à l'unisson avec la masse. Lorsque les manifestants s'ébranlèrent en direction du quartier arménien, les officiers ordonnèrent à leurs hommes de tirer en l'air.

De sa fenêtre, Vartan avait aperçu la grande tache de lumière devant l'hôtel de ville sans trop y porter attention. De loin, il ne percevait aucun bruit qui puisse le renseigner sur la nature du rassemblement. Il avait glissé dans une serviette de cuir les titres de propriété de la maison et d'autres documents d'importance. Depuis une demi-heure, il brûlait des papiers dans le poêle de faïence blanche à motifs verts qui chauffait la pièce en hiver; le feu ronflait et la base du tuyau rougissait. La chaleur d'étuve l'avait obligé à ouvrir la fenêtre. Toutes les lettres de son cousin Diran, celles d'activistes et de dirigeants de mouvements arméniens et même celles pourtant sans conséquence de son frère Noubar et de sa tante Arpiné étaient réduites en cendres. Il en était aux copies de ses articles politiques lorsqu'il entendit des coups de feu. Il se précipita à la fenêtre.

Il y eut d'autres détonations et, durant quelques minutes, la situation parut confuse. Puis la masse se disloqua et des serpents lumineux se mirent à gravir la colline : les manifestants débordaient les soldats, qui ne faisaient preuve d'aucun zèle. On aurait pu croire à des processions, n'eût été l'écho des cris maintenant audibles. Deux mots étaient scandés : « Arméniens, assassins ! » Sur les hauteurs, des bruits se rapprochaient. Un détachement de cavalerie passa dans une rue voisine, puis se fut un peloton de gendarmes au pas de course. Des soldats ottomans prenaient position dans le quartier arménien afin de refouler les émeutiers.

– Quelle duplicité! marmonna Vartan d'un ton rageur.

Ceux qui demandaient à l'armée de maintenir l'ordre étaient sans doute les mêmes qui avaient planifié cette agitation ou du moins l'avaient favorisée. Il songea qu'avec la troupe dans les rues il leur faudrait retarder l'heure du départ. Pourvu que tout soit rentré dans l'ordre avant l'aube!

Des volets grincèrent. Réveillés par tout ce remue-ménage, les gens mettaient le nez à la fenêtre et s'interpellaient d'une maison à l'autre. Les chiens de garde aboyaient et hurlaient. Au bas de la colline apparut une lueur d'incendie; une maison sans doute. Les émeutiers gagnaient du terrain, des soldats refluaient en désordre. Que faisaient donc leurs officiers? Vartan devait s'en mêler, empêcher si possible la débandade des soldats. Sinon c'en était fait d'eux tous. Il enfila sa vareuse, boucla son ceinturon et vérifia le chargeur de son pistolet.

En quittant la pièce, il se trouva nez à nez avec Maro, que les aboiements de Sassoun avaient réveillée en sursaut. Elle était décoiffée et la frayeur se lisait sur son visage.

– Que se passe-t-il? demanda-t-elle d'une voix tremblante.

Il lui expliqua la situation en quelques mots; elle se rendit alors compte avec consternation qu'il se préparait à sortir. Elle eut un cri, à la fois question et supplique :

– Tu ne vas pas y aller?

– Il le faut. C'est impossible de partir pour le moment, et si les manifestants arrivent jusqu'ici...

Elle s'agrippa à lui et l'implora :

– Reste avec nous, tu ne peux rien y faire.

– Il suffit parfois d'un officier déterminé pour galvaniser la troupe. Si les soldats se ressaisissent, nous sommes sauvés. Je dois y aller.

Il se dégagea avec douceur et ajouta :

– Je te promets de ne pas prendre de risques inutiles. Si la situation se détériore, je reviens à fond de train. Mais ne t'en fais pas, tout ira bien. Il y a des centaines de soldats dans les rues; en moins d'une heure, tout sera rentré dans l'ordre et nous pourrons décamper.

Maro voulait se convaincre qu'il avait raison mais n'y parvenait pas. Inutile d'argumenter, rien ne le ferait changer d'avis. Elle lui emboîta le pas. Dans le hall, Azniv Hanim et les deux jeunes filles les attendaient, visiblement apeurées. Vartan fit montre d'un calme qui n'était qu'une façade. Il désigna les effets entassés le long du mur.

– Durant mon absence, chargez la calèche. Ainsi, nous serons prêts à partir dès mon retour.

Azniv Hanim allait protester mais Maro lui fit signe de laisser tomber. Vartan décrocha un sabre de cavalerie et son fourreau suspendus au mur avec le reste de sa collection d'armes blanches. Il rengaina le sabre et le fixa à sa ceinture. Bien que secs et rapides, ses gestes ne paraissaient nullement précipités.

– Veux-tu refermer la grille derrière moi? demanda-t-il à Maro qui le regardait, les yeux pleins de désarroi.

Elle s'en fut chercher la clé dans le tiroir du buffet. Il salua sa belle-mère d'un bref mouvement de la tête.

– Je vous confie la maison, mayrig.

– Comptez sur moi, répondit-elle d'une voix décidée. Et prenez garde à vous.

Quand il revint de l'écurie, Maro l'attendait devant la grille. La lune éclairait son visage et se reflétait dans ses yeux embués de larmes. Il la prit dans ses bras. Elle ne trouvait pas de mots pour exprimer l'atroce déchirement qu'elle éprouvait et dit simplement :

– Je t'aime, Vartan.

Pour toute réponse, il l'embrassa avant de sauter en selle. À lui aussi les mots manquaient et il avait peur de faiblir s'il s'attardait trop. Une fois dans la rue, il attendit qu'elle referme à clé.

– Charge ton fusil et n'hésite pas à tirer si l'on essaie de forcer la grille ou de franchir le mur.

Sa gorge nouée l'empêchait de parler, elle opina de la tête. Il lui envoya un baiser du bout des lèvres, puis éperonna son cheval. Maro demeura sur place jusqu'à ce qu'une courbe de la rue le dérobe à sa vue; il n'avait pas jeté un regard derrière lui. Elle retourna à la maison en ravalant ses sanglots et en essuyant ses larmes; elle devait garder confiance et ne pas démoraliser les autres. Elle monta directement dans le bureau de Vartan; l'atmosphère y était suffocante et une odeur de fumée piquait les narines. Elle vit les piles de papiers près du poêle encore brûlant. Glissant le bras entre le mur et la base d'une bibliothèque, elle tira le fusil de chasse qu'elle avait refusé de remettre lors de la confiscation. C'était un calibre 16 à canons jumelés, un souvenir qu'elle tenait de son père. Elle trouva les munitions dans un tiroir du bureau de Vartan, hésita sur la grosseur du plomb et opta finalement pour des chevrotines.

* * *

Vartan chevauchait, animé d'une espèce de ferveur qui se transformait en rage à mesure que la rumeur des troubles s'amplifiait. Des cris emmêlés, d'occasionnels coups de feu. Son geste un peu téméraire effaçait le sentiment de culpabilité instillé en lui par sa décision de quitter la ville. Il aurait fait pour les autres tout ce qui lui était possible. Au pied de la colline, quelques immeubles du quartier commerçant arménien flambaient. Il entrevit des silhouettes furtives dans les ruelles obscures; sans doute des compatriotes qui cherchaient à gagner un abri sûr. Plus loin, deux soldats couraient dans sa direction.

– Halte! lança-t-il.

Ils s'arrêtèrent et attendirent qu'il les rejoigne. Penauds, ils fixaient le sol. Vartan se redressa et demanda avec autorité :

– Où allez-vous? Vous fuyez? Vous savez ce qu'il en coûte d'abandonner son poste?

Le plus âgé des deux fit un salut militaire et chercha à se disculper :

– À vos ordres, binbachim. Les émeutiers sont trop nombreux. Nous ne savons plus quoi faire.

– Qui vous commande?

– Un caporal. Le lieutenant est parti.

Les deux hommes semblaient désemparés.

– Vous alliez chercher du renfort? suggéra Vartan pour ménager leur orgueil.

– Oui, c'est ça, nous allions chercher du renfort, se hâta de répondre le même soldat.

– Eh bien, vous m'avez trouvé. Plusieurs sections me suivent. Retournons là-bas.

Les hommes se consultèrent du regard et, l'air dépité, firent demi-tour. Ils traînaient la patte et Vartan les incita à presser le pas. Il intercepta encore trois soldats qui tournaient le dos à l'émeute et deux autres qui se cachaient dans une impasse. Poussant devant lui les sept hommes, qui allaient de mauvais gré à la rencontre des manifestants, Vartan continua de descendre. Il entendait maintenant une sorte de mugissement modulé rappelant le bruit du ressac; bientôt cela devint un ahanement assourdissant, des syllabes scandées avec rapidité : « Ar-mé-niens, as-sas-sins! Ar-mé-niens, as-sas-sins! » La rue tournait à angle droit après une école; passé le coin, Vartan fut ébloui par les lueurs de centaines de torches, et il crut sentir le souffle d'autant de bouches vociférantes. La foule! Telle une coulée de lave qui dévale un ravin, elle remplissait la rue en rasant de chaque côté les façades. Masse compacte, elle s'étendait sur plusieurs centaines de mètres, jusqu'au prochain tournant. Et au-delà...

La gorge de Vartan se noua. Il ne comprenait que trop bien le réflexe de fuite des soldats. Mais lui, c'était la vie des siens qu'il défendait. Il compta onze soldats qui reculaient pas à pas devant la marée humaine; au total, il disposait donc de dix-huit hommes. Deux coups de feu qu'il tira en l'air créèrent des remous dans la foule, dont la progression ralentit. Les soldats se regroupèrent autour de Vartan; il les disposa en une ligne régulière qui barrait la rue. Le pistolet dans sa main gauche qui tenait également les rênes, il brandissait de l'autre son sabre.

– Baïonnette au canon! ordonna-t-il.

Quelques soldats le regardèrent, incrédules, et il répéta son ordre avec fermeté. Tandis qu'ils s'exécutaient, Vartan arpentait la largeur de la rue derrière eux et les haranguait :

– Notre mission est d'empêcher ces gens de passer, et nous allons l'accomplir. Il y va de l'honneur de l'armée! Comment pourrons-nous vaincre les ennemis de l'Empire si nous ne sommes pas capables de mater une bande de civils?

Pour être sûr d'être bien compris, il ajouta :

– Nous ne reculerons plus d'un pas! S'il y en a un qui déserte, je l'abats.

Juste devant eux, la foule hurlait toujours et se remettait en mouvement. Les hommes devenaient nerveux.

– Chargez vos armes! Fusil à l'épaule. Visez au-dessus des têtes. À mon commandement... Feu!

Un profond silence suivit la salve. On entendait jusqu'au grésillement des torches. Vartan hurla :

– Par ordre du Commandeur des croyants, dispersez-vous! Rentrez chez vous!

Une voix hystérique lui répondit :

– Laissez-nous passer! Laissez-nous faire justice!

En écho à ces paroles s'éleva un murmure qui se chargea d'imprécations, s'enfla jusqu'à la clameur, puis se scinda en sons intelligibles, cadencés : « Ar-mé-niens, as-sas-sins! » Les bâtons et les torches s'agitaient. En face de Vartan, des visages déformés, des bouches tordues, des yeux de fous furieux. Ce n'étaient plus des hommes mais des bêtes féroces, avides de sang et de carnage. Ils ne formaient qu'un seul corps, une hydre à mille têtes, un animal hérissé de pointes, imprévisible et sans âme. C'était donc cela qu'il avait à combattre! Il sentit monter en lui la haine, un goût de violence. Avec quelle rage il aurait sabré ces têtes monstrueuses. La bête se mit à ramper vers lui.

Vartan commanda à ses hommes de tenir leurs fusils à l'horizontale, les baïonnettes pointées vers les manifestants, et il les fit avancer lentement. Ils avaient peur, mais sentir la présence de leur officier juste derrière eux et être coude à coude avec leurs camarades leur redonnait un peu de courage. Devant la détermination de la troupe, les émeutiers hésitèrent. Les premiers rangs voulurent s'arrêter mais les suivants les poussaient en avant. Il y eut des bousculades et la masse s'immobilisa à deux pas des fusils. C'était le moment critique, cette seconde précise allait déterminer le cours ultérieur des événements. Vartan tira un autre coup de feu en l'air et se faufila entre les soldats pour s'approcher du troupeau d'enragés. Confronté à ce mur humain, Hour-Grag hennissait et piaffait. Vartan fit tournoyer son sabre et cria :

– Reculez! Reculez!

Ceux que la lame frôlait tentaient de s'enfoncer dans le rang; le mouvement se répercuta jusqu'à l'arrière et peu à peu la masse se mit à battre en retraite. Vartan fit signe à ses hommes d'avancer; ils le rejoignirent et le dépassèrent. Enhardis par leur succès, les soldats houspillaient les gens devant eux et les menaçaient. Pas à pas, la manifestation se replia vers le quartier commerçant, où brûlaient toujours quelques magasins et entrepôts, et s'immobilisa sur une esplanade. Vartan ne disposait pas d'assez d'hommes pour vider la place; il pouvait tout juste bloquer l'accès aux quartiers résidentiels de la haute ville. Sa famille n'avait plus rien à craindre, c'était déjà ça de gagné! Réduits à l'inaction, les émeutiers se lasseraient et se disperseraient. D'ailleurs, quelques-uns s'éloignaient déjà par les rues qui conduisaient au centre de la ville, brisant des vitres et défonçant des boutiques pour se livrer au pillage. Un moindre mal.

Un quart d'heure plus tard, des cavaliers apparurent à l'extrémité de la place et se frayèrent un chemin à travers la foule. Les hommes de Vartan poussèrent des hourras, et lui-même se réjouit en reconnaissant le colonel Ibrahim Alizadé à la tête de l'escadron. Parvenu à la hauteur de Vartan, le colonel lança, d'un ton neutre :

– Major Vartan, vous êtes en état d'arrestation!

Ibrahim rangea son cheval le long de celui d'un Vartan tellement estomaqué qu'il en restait muet, et il souffla, à voix basse :

– De grâce, ne fais pas d'histoire. Donne-moi tes armes.

Le ton était pressant. Les cavaliers qui les encerclaient guettaient le moindre geste de Vartan. Il sentit qu'il convenait d'obéir. Son ami Ibrahim agissait sans doute pour le mieux. Vartan lui remit son sabre et son pistolet en prenant, pour la galerie, un ton outré :

– Puis-je savoir de quoi il retourne, colonel?

– Vous le verrez au quartier général.

Les manifestants les plus rapprochés lancèrent des cris de joie en constatant l'arrestation de celui qui s'était dressé sur leur chemin.

– Racaille! marmonna Ibrahim en faisant signe à son lieutenant d'approcher.

Il secoua la main comme s'il chassait un insecte :

– Balayez-moi tout ça! Je ne veux plus voir un civil dans les rues à mon retour.

Suivi de deux cavaliers, le colonel prit la direction de l'hôtel de ville avec son prisonnier. Indiquant du pouce les hommes derrière eux, il murmura, d'une voix morne :

– Ne tente rien. L'ordre stipule de te tuer en cas de résistance. Voyant ça et te connaissant, j'ai jugé plus prudent de t'arrêter moi-même. Je me dirigeais chez toi.

– Dis-moi ce qui se passe au juste, Ibrahim. L'ordre émane de qui? Du pacha?

– Non. Il est arrivé aujourd'hui de la capitale un personnage important qui a tous pouvoirs. Je suis désolé.

– Qui est-ce?

– Je l'ignore.

– Il s'agit sans doute d'un malentendu, déclara Vartan, qui refusait de se laisser abattre.

Le colonel voulut lui serrer le bras mais se ravisa en songeant aux hommes qui venaient derrière eux. Il se contenta de dire :

– Compte sur mon amitié. Je ferai tout ce qui est en mon pouvoir.

Le ton lugubre de sa voix suffit à enlever toute illusion à Vartan. Il fut pourtant sensible à cette promesse car Ibrahim Alizadé était un être tout d'une pièce dont les paroles engageaient l'honneur. Un homme taciturne, réservé aussi : en trois ans, c'était la première fois qu'il prononçait le mot « amitié ». Et pourtant elle existait bien entre eux, malgré des niveaux différents d'instruction. Ils avaient en commun l'amour des chevaux et de la musique, de la chasse et des longues chevauchées, et partageaient une même conception de ce que devrait devenir l'Empire. Ils se parlaient peu, mais leurs silences étaient éloquents.

Lors de son arrivée à Sivas, Ibrahim s'était présenté à Vartan en se recommandant de Halit Pacha, sous les ordres de qui il venait de servir dans la première guerre des Balkans. Mince et nerveux, les pommettes saillantes, il marchait avec une certaine raideur. Sa blondeur et ses petits yeux bleus dénotaient une ascendance circassienne [1]. Ces caractéristiques physiques rares en Anatolie le faisaient remarquer et lui facilitaient la tâche auprès des femmes. Car c'était un incorrigible coureur de jupons, bien qu'il eût déjà deux épouses.

Ils passèrent près de trois maisons à moitié consumées ; en face de chacune, il y avait un attroupement joyeux où l'on dansait et buvait. Dans les environs, les boutiques étaient mises à sac et des files d'hommes emportaient leur butin sans se presser. Vartan tourna la tête vers la colline ; la lune paraissait rouge à travers la fumée qui stagnait au-dessus de la ville. Plus que son propre sort, c'était celui de sa famille qui le tracassait. Ibrahim devina ses pensées.

– L'émeute est sous contrôle, dit-il. Les tiens ne courent plus de danger.

– Ma femme va s'inquiéter.

– Je la préviendrai en lui ramenant ton cheval.

– Merci.

Dans ces deux phrases en apparence anodines d'Ibrahim, il fallait entendre son regret et une promesse d'assistance. Le colonel se désolait d'être l'instrument du destin, celui qui portait le malheur à son ami le plus cher. Depuis qu'il avait vu l'ordre d'arrestation, il cherchait en vain un moyen de l'empêcher. Au moins, Vartan arriverait en vie au cachot. Et Ibrahim disposait d'encore un peu de temps pour trouver une façon d'obtenir son élargissement. Il était persuadé que Vartan ne pouvait se tirer d'affaire seul.

La place du marché et les environs de l'hôtel de ville grouillaient de soldats qui allaient et venaient.

– On ne peut rien me reprocher, dit Vartan, concluant à haute voix une évaluation intérieure de la situation.

Ibrahim désigna des groupes qui se dirigeaient vers la prison :

– À eux non plus. Et pourtant...

Vartan remarqua alors qu'il s'agissait de civils encadrés par des gendarmes.

– Tes compatriotes, expliqua Ibrahim. Nous avions une longue liste de noms. J'aimerais croire que le tien s'y est glissé par erreur.

Cette phrase laconique trahissait l'état d'esprit soucieux d'Ibrahim ; elle suffit à alarmer Vartan. Il se souvint que Chirag avait

1. Musulmans du Caucase qui émigrèrent en Turquie au XIXe siècle pour fuir la domination russe.

décrit cette procédure préliminaire à la déportation : l'arrêt et la liquidation de tous les notables. Il lâcha :

– La déportation approche... Sais-tu si les militaires en sont toujours dispensés ?

L'air confus, le colonel Ibrahim secoua les épaules :

– Tout change d'une heure à l'autre. Je mettrai le général au courant de ce qui t'arrive.

– Veille sur ma famille, si tu le peux.

Ibrahim aurait laissé paraître son émotion en parlant ; il acquiesça d'un hochement de tête.

Les hauts murs gris de la prison, percés seulement à leur sommet d'étroites fenêtres à barreaux, paraissaient encore plus lugubres dans la lumière terne de la lune. Un des panneaux de la porte de fer arrondie restait entrouvert pour laisser entrer les nombreuses patrouilles qui y conduisaient de nouveaux pensionnaires. Vartan s'étonna qu'on le mène plutôt au commissariat de police.

– L'ordre précisait de te remettre au commissaire Mustafa.

Vartan y vit un nouveau sujet d'alarme. Mustafa Rahmi le détestait. Et c'était réciproque.

Ils arrêtèrent leurs chevaux devant les marches, où se tenaient quatre gendarmes.

– J'amène le major Vartan Balian, annonça Ibrahim d'une voix où Vartan perçut une inflexion hésitante.

Les deux amis échangèrent un regard intense.

– Allah te garde, dit tout bas le colonel comme Vartan mettait pied à terre.

Deux hommes poussèrent Vartan vers la porte. Les cavaliers repartaient au galop lorsqu'il pénétra dans le hall enfumé. Des mégots de cigarettes jonchaient le plancher poussiéreux constellé de brûlures oblongues. Un planton s'appuyait dans l'encoignure à gauche de la porte, dormant pratiquement debout. Au fond de la pièce, sous le drapeau rouge à étoile et croissant blancs de l'Empire ottoman, un sergent affecté au rôle de gratte-papier remplissait des formulaires à la lumière d'une lampe qui fumait. Son fez reposait sur le bureau à côté d'une aiguière en cuivre et d'un verre à la propreté douteuse. Il ne leva même pas les yeux pour regarder le nouveau venu qu'on amenait jusqu'à lui.

– Vartan Balian, grommela un des gendarmes d'une voix éraillée.

– Fouillez-le, ordonna le sous-officier, qui consultait une liste.

Les gendarmes vidèrent les poches du prisonnier, qui se laissa faire sans protester. Une blague de tabac, une poignée de cartouches, des papiers d'identité ainsi que deux pièces d'or, quatre médjidiés et quelques paras [1] furent déposés sur le bureau. Vartan savait qu'il ne reverrait rien de tout cela, les gendarmes considé-

1. Pièces de monnaie ottomanes. (Turc.)

rant normal de compléter ainsi leur maigre solde. Le sergent à l'index taché d'encre cocha le nom de Balian sur sa liste. Vartan lui dit, avec une assurance feinte :

– Avertis le commissaire de mon arrivée, je veux le voir sans tarder.

L'interpellé le considéra d'un air obtus. Montrant ses galons, Vartan répliqua, d'une voix cinglante :

– Je viens de te donner un ordre!

Le sergent s'esclaffa et prit les autres à témoin :

– Vous l'avez entendu? Il me donne des ordres.

Les trois autres gendarmes éclatèrent d'un rire tonitruant. Reprenant son sérieux, le sous-officier sortit un bout de fil de fer d'un tiroir de son bureau.

– Attachez-lui les mains.

Toute velléité de résistance vaudrait à Vartan de passer un mauvais quart d'heure, il en avait conscience. Ils lui croisèrent les bras derrière le dos et lui lièrent fermement les poignets. Ceux qui avaient amené Vartan le firent asseoir sur le long banc de bois rugueux adossé à un mur et retournèrent dehors. Le planton reprit sa place dans l'encoignure près de la porte.

La pendule indiquait deux heures dix. Vartan réfléchissait. Il aurait pu entretenir l'espoir en prétextant qu'il lui manquait trop de données pour évaluer sa situation avec justesse. La vérité s'imposait, beaucoup plus simple et brutale : il était à présent un Arménien comme les autres et, à ce titre, en butte à l'arbitraire le plus total. Il avait trop tardé à quitter Sivas. Non, tout s'était précipité! La veille encore, on pouvait croire que la vie continuait comme avant. Il regarda la porte ouverte; inutile pour l'instant de songer à s'évader. Ce regard n'échappa pas au sergent, qui roulait une cigarette avec le tabac de Vartan. Amusé, il dit :

– Reste assis, giaour!

Puis il ajouta à l'adresse du planton :

– Et toi, ne t'endors pas! Il est considéré comme dangereux.

Ces paroles eurent l'effet d'un coup de fouet sur le gendarme; il se redressa et pointa son mauser en direction du prisonnier, qu'il ne quitta plus des yeux. Vartan s'appuya au mur et s'arma de patience.

***

Penchée à la fenêtre, Maro observait la ville où le calme revenait peu à peu. On entendait toujours le passage des patrouilles quadrillant le quartier, mais les cris des émeutiers avaient cessé. Les torches avaient disparu, seul le rougoiement des braises marquait encore l'emplacement des incendies. Que faisait donc Vartan? Il aurait dû être rentré. La nuit pâlissait déjà, il deviendrait impossible d'entreprendre le voyage.

Avec sa mère et les servantes, Maro avait chargé la calèche.

Ensuite, elle avait pris le relais de Vartan et continué de brûler ses documents. Sans jamais s'éloigner de son fusil. Sans cesser non plus de trembler pour son mari, qui risquait peut-être sa vie. À mesure que le temps passait, cette crainte précise et justifiée se muait en un malaise plus diffus qui englobait tout. Oppressée, Maro décida de sortir faire quelques pas dans le jardin et vérifia d'abord que Tomas dormait toujours. Elle mit son fusil en bandoulière.

Azniv Hanim avait approché un fauteuil d'une fenêtre et surveillait le jardin, un couteau de boucher posé à côté d'elle. Assises par terre, Djémila et Zeyneb dormaient, la tête sur les genoux de la vieille femme. Voyant le visage tourmenté de sa fille, elle l'encouragea :

– Tu t'en fais pour rien, j'en suis persuadée. Vartan va nous revenir d'un moment à l'autre. Je n'ai cessé de prier.

Maro balbutia, d'un ton acerbe :

– Dieu me semble dur d'oreille par les temps qui courent !

– Ne parle pas ainsi ! s'exclama la mère. Que tu...

La clochette les fit tressauter. L'espoir revint d'un coup à Maro, aussitôt gâché par un doute : elle n'avait pas entendu de cheval. Les deux femmes pressèrent le front contre la vitre. La lune se couchait et elles ne distinguaient pas les traits du visiteur, mais cette silhouette n'était pas celle de Vartan.

– Je vais voir, déclara Maro en faisant glisser le fusil de son épaule.

– Reste ici !

– Quelqu'un nous apporte peut-être des nouvelles.

– C'est imprudent.

– Un malfaiteur ne sonne pas pour s'annoncer, répliqua Maro en se dirigeant vers le hall.

Sassoun dévala l'escalier en aboyant et suivit la femme dehors. Encore sur le perron, elle demanda :

– Qui est là ?

– Armène.

Le chien reconnut cette voix familière et courut à la grille.

– Tout va bien ici ? s'enquit Armène quand la jeune femme fut près de lui.

– Si l'on veut... Nous attendons Vartan.

Son souci transparaissait dans sa voix. En ouvrant la barrière, elle expliqua l'absence de son mari à son visiteur. Vêtu de noir afin d'être moins visible dans la nuit, Armène tenait à la main un pistolet. Il embrassa Maro sur les joues.

– Les troubles sont terminés, Vartan ne tardera pas. S'il arrive d'ici une heure, nous avons encore le temps.

– Qu'est-ce qui peut bien le retenir ?

Malgré son désir de la réconforter, Armène ne savait trop que lui dirc. Il risqua, à tout hasard :

– Un rapport à faire à ses supérieurs. Ou peut-être escorter des pillards qu'il aurait arrêtés.

– Ça ne lui ressemble pas. Sachant dans quel état d'esprit je me trouvais...

Désarmé, Armène retint le soupir qui gonflait sa poitrine. Tout cela ne lui disait rien qui vaille.

– Je vais attendre avec vous.

– Araksi?

– Elle se fait du souci... Comme nous tous!

Alors qu'ils marchaient vers la maison, un bruit de sabots se fit entendre au loin dans la rue. Ils tendirent l'oreille : le cavalier se rapprochait à vive allure.

– Tu vois! s'exclama joyeusement Armène.

La déception fut immédiate : il y avait plus d'une monture. Armène prit le bras de Maro et l'entraîna derrière un bosquet de fusains en bordure de l'allée. Les chevaux stoppèrent devant la grille; Sassoun leur faisait face, aboyant et grondant en alternance. Un militaire tira la chaîne de la cloche.

– Que voulez-vous? cria Maro de sa cachette.

– Maro Hanim?

C'était la voix d'Ibrahim Alizadé. Elle regagna l'allée. Armène resta à couvert.

– Colonel Ibrahim! Vous avez vu Vartan? demanda-t-elle d'un ton fébrile.

– Oui.

Elle déposa son fusil et le rejoignit au pas de course. C'est alors qu'elle vit Hour-Grag sans cavalier; elle échappa un cri bref et porta les mains à son visage.

– Il est vivant, s'empressa de dire Ibrahim.

– Blessé? balbutia Maro.

– Non.

– Alors quoi? fit-elle, impatiente.

Ibrahim trouvait aussi cruel d'annoncer l'arrestation de Vartan que de l'effectuer, et il fut heureux que l'obscurité lui dissimule le visage de la femme. Les mots étaient tellement difficiles à prononcer qu'il les débita très vite :

– On l'a arrêté. Il est au commissariat. Je ramène son cheval.

Elle demeura muette quelques secondes.

– Colonel Ibrahim, il est innocent! plaida-t-elle.

Il hésita.

– Je le sais, Maro Hanim. Mais ça ne veut plus rien dire, l'innocence.

Le premier choc encaissé, la colère s'emparait de Maro.

– Que lui reproche-t-on?

– Je n'en ai pas la moindre idée.

Elle ouvrit la grille avec des gestes rageurs, s'empara des rênes d'Hour-Grag et s'agrippa au pommeau tandis que son pied cherchait l'étrier.

– Que voulez-vous faire? s'étonna Ibrahim.

– Je vais de ce pas au commissariat.

Elle grimpa en selle mais il lui arracha les guides des mains.

– Vous ne pouvez pas! s'écria-t-il d'un ton rude, avant de se radoucir. C'est dangereux, Maro Hanim. Et votre intervention n'y changerait rien. On ne vous laisserait même pas le voir.

Elle tonna :

– Colonel Ibrahim, ôtez-vous de mon chemin!

Au lieu d'obéir, il guida Hour-Grag à l'intérieur de la cour et referma la grille derrière. Lui-même resta du côté de la rue. Armène sortit des buissons et salua Ibrahim en déclinant son identité.

– Le colonel a raison, Maro, dit-il en s'approchant. Tu allais commettre une bêtise.

Elle en convenait. Sa décision impulsive avait été dictée par l'émotion. Il y avait sans doute mieux à faire. Et d'abord, ne pas perdre la tête. Vartan vivait, c'était l'essentiel. Elle descendit du cheval, qui trotta vers l'écurie.

– Colonel Ibrahim, demanda Armène, est-ce que cette arrestation découle d'une erreur? Peut-on espérer que le major Vartan soit relâché sous peu?

– Hélas, soupira Ibrahim, j'ai l'impression que c'est plus sérieux.

– On doit pouvoir faire quelque chose, dit Maro d'une voix vibrante. Vous êtes son ami, colonel Ibrahim, que me conseillez-vous?

– Ne tentez rien pour l'instant. Demain matin, j'en saurai plus long et nous aviserons.

Il éprouvait une profonde tristesse. Il ajouta :

– Croyez bien, Maro Hanim, que je ne laisserai pas tomber le major Vartan, qui m'est aussi cher qu'un frère.

– Merci, colonel.

– En attendant, voulez-vous venir chez moi avec votre mère et votre fils? Vous y serez en sécurité.

Elle déclina l'offre, ce qui le soulagea secrètement. Sa conception de l'amitié l'obligeait à proposer ainsi son hospitalité, mais il aurait été mal vu par ses supérieurs qu'il héberge la famille d'un prisonnier. Déjà que ses efforts pour venir en aide à Vartan risquaient de le déconsidérer.

– S'il se produit quoi que ce soit de fâcheux, faites-moi prévenir.

Il prit congé en promettant de repasser dès qu'il aurait du nouveau. Comme il tournait bride, elle dit :

– Essayez de le voir, colonel Ibrahim. Et rassurez-le à notre sujet.

Une fois seule avec Armène, Maro éclata en sanglots. L'image de Vartan derrière des barreaux la hantait. Elle pensa à ces intellectuels que l'on avait arrêtés à Constantinople et dont les familles n'avaient plus entendu parler. Elle ne pourrait pas vivre dans une telle incertitude. Que lui arrivait-il? On ne l'avait pas brutalisé, au moins? Il devait s'inquiéter pour elle et Tomas.

La voix d'Azniv Hanim se fit entendre, impérative :
– Rentrez.
Sortie sur le perron à l'arrivée d'Armène, Azniv Hanim avait été témoin de toute la scène. Maro se précipita dans les bras de sa mère. Une lampe à la main, Djémila apparut dans l'encadrement de la porte; elle les considérait avec des yeux effarés.
– Va préparer du café, lui dit Azniv Hanim d'un ton plutôt sec.
Elle soutint Maro pour gravir les degrés du perron et balbutia, d'une voix émue :
– Ma pauvre petite.
Armène les suivait en jurant intérieurement.

***

Le ciel lactescent annonçait l'aube. Les vitres presque dépolies par les chiures de mouches empêchaient de bien distinger le dehors, et deux gendarmes qui fumaient dans l'encadrement de la porte bouchaient la vue sur la place. Affalé sur le banc, Vartan dormait par à-coups, se réveillait en sursaut lorsque son menton heurtait sa poitrine, consultait l'horloge. Quelques minutes à peine s'étaient écoulées depuis la dernière fois. Ce manège durait depuis plus de trois heures. Le fil de métal serrait ses poignets au point que ses mains s'étaient ankylosées. Le garde refusait qu'il se lève et se dégourdisse les jambes, refusait même de lui donner à boire.

Au début de l'attente, Vartan avait voulu faire le point et décider quelle attitude adopter lorsqu'il affronterait celui ou ceux qui avaient ordonné son arrestation. Impossible. Il se trouvait dans le vague absolu. Nulle autre possibilité que d'improviser selon les circonstances. Les émeutes matées, aucune menace immédiate ne planait sur sa famille; mais demain? Et si la déportation n'épargnait pas Maro et Tomas? Penser aux siens le désespérait au moment où il avait besoin de toute son énergie, aussi essaya-t-il de dormir. Et lors des moments de veille, il occupa son esprit en évoquant le souvenir de son frère Noubar; non pas l'homme un peu bedonnant de quarante ans, mais l'adolescent dégingandé qui arpentait sans fin les terres familiales d'Afion Karahissar.

Sous des dehors de campagnard pragmatique, Noubar cachait une âme de poète amoureux de la glèbe. Il fallait l'entendre rêver à voix haute de ce que deviendrait la plantation lorsqu'il en aurait la gérance. Il dessinait les plans de fantastiques machines, toutes en rouages et en leviers, espèces d'énormes araignées mécaniques capables d'entailler les capsules de pavot et d'en récolter l'opium! Ou bien il imaginait des systèmes complexes de pompes, de vis sans fin, de réservoirs et de canalisations pour élever l'eau de la rivière Akar et irriguer leurs champs.

Peine perdue! Vartan ne parvenait pas à demeurer bien longtemps avec son frère adolescent. S'imposaient à lui l'histoire récente de l'Empire, la suite des événements des dix dernières années et les épisodes de sa vie depuis son mariage. Cette rétrospective lui donnait l'impression d'un tout cohérent, constitué d'épisodes liés par des rapports de cause à effet, alors qu'en réalité une bonne partie de ce passé était le fruit de hasards et de décisions plus ou moins improvisées. Avec le recul, Vartan ne pouvait que se taxer d'imprévoyance et d'aveuglement. À tel moment, il aurait dû se rendre compte que... Ici, prévoir les conséquences lointaines de telle affaire... Là, les circonstances auraient dû lui inspirer une autre conduite... Et s'il avait gaspillé son existence à poursuivre des chimères? Ces luttes vaines, ces combats en pure perte... Que serait-il devenu s'il s'était contenté de tirer le meilleur parti de ce que lui offrait la vie? Ce jeu de suppositions et de conjectures lui apparut vite futile. Il s'absorba alors dans l'observation des moindres faits et gestes du sergent et essaya de deviner ses pensées. Cela avait le pouvoir de l'endormir.

L'appel du muezzin à la première prière marqua la fin de la nuit. Le sergent retira ses chaussures, déroula un sedjadé[1] et s'agenouilla en direction de La Mecque. Le gendarme resta debout à surveiller le prisonnier, mais ses lèvres remuaient en silence. Peu après, les deux hommes furent relevés par ceux qui occupaient leurs postes le jour. Le nouveau sous-officier se montra plus complaisant que son collègue de nuit et Vartan obtint à boire. Un verre de l'eau qui avait tiédi toute la nuit dans l'aiguière.

Le temps s'écoulait. Parvenait du dehors l'écho de la ville qui s'animait. Bruits de pas, éclats de voix en turc ou en kurde. Bêlements d'un troupeau que l'on menait au marché. Parfois le mur derrière Vartan vibrait au passage d'une charrette lourdement chargée. Maro avait-elle dormi? Et Tomas qui ne comprendrait pas l'absence de son père. C'était l'heure où Azniv Hanim prenait sa première tasse de café. Il voulut imaginer le rituel du matin dans sa maison, mais n'y parvint pas. Aujourd'hui, rien ne pouvait être comme d'habitude.

Ce fut bientôt un défilé ininterrompu de fonctionnaires, de messagers et d'officiers de gendarmerie pour qui la journée de travail commençait. Ils arrivaient par deux ou trois, en badinant et en riant; quelques-uns jetaient au prisonnier un regard négligent, la plupart ne le remarquaient même pas. À la teneur de certains propos dont il captait des bribes, Vartan comprit que certains avaient participé aux émeutes de la nuit précédente.

Tout à coup, un gendarme posté à l'extérieur passa la tête dans la porte et dit : « Il arrive! » Le planton se mit au garde-à-vous, le sergent boutonna le col de son uniforme; les employés qui bavardaient dans le hall gagnèrent leurs bureaux avec précipitation.

Le commissaire Mustafa Rahmi entra et balaya la pièce d'un regard sévère qui s'arrêta sur Vartan. Un large sourire illumina alors son visage, et il caressa la pointe de sa barbiche. Il s'appro-

1. Tapis de prière. (Turc.)

cha à quelques pas du banc. Son expression de triomphe en devint une de mépris.

– *Major* Vartan ! s'exclama-t-il comme s'il était surpris. On se retrouve enfin.

– Commissaire...

D'un geste, Mustafa lui imposa le silence :

– Ménage ta salive pour l'interrogatoire !

L'intonation contenait une menace à peine voilée. Fixant Vartan droit dans les yeux, il fit craquer ses jointures et un éclair de cruauté traversa son regard. Vartan eut une moue dédaigneuse. Il perdrait son temps à se montrer aimable avec le commissaire.

Mustafa le détestait depuis longtemps, 1910 pour être plus précis. Le gouvernement né de la révolution des Jeunes-Turcs avait ordonné, sous la pression de pays européens, des réformes administratives dans les provinces arméniennes. Sans intention véritable de les appliquer, Vartan le savait. Le responsable de la mise en œuvre de cette politique pour la province de Sivas était Mustafa Rahmi, alors adjoint du gouverneur. Et il était de notoriété publique qu'il détestait les Arméniens. Au lieu de favoriser l'égalité des minorités et des musulmans devant la loi, il avait multiplié les mesures discriminatoires à l'encontre des chrétiens. Vartan avait réagi en dénonçant cet état de choses dans un article publié par des journaux de Londres et de Paris, ce qui avait mis les diplomates ottomans dans l'embarras. Il avait également soumis un dossier étoffé au consul français de Sivas et fait intervenir les amis qu'il comptait encore dans le gouvernement de Constantinople. En fin de compte, les Arméniens de la province n'avaient rien gagné à toutes ces démarches ; Mustafa Rahmi avait servi de bouc émissaire et s'était vu rétrograder. Sans cette histoire, il serait aujourd'hui gouverneur plutôt que commissaire.

Mustafa pivota sur les talons et dit au sergent qui faisait mine d'écrire :

– Envoyez-moi le prisonnier dans un quart d'heure. Pour l'instant, faites-moi porter du café.

Assis sur le coin de son bureau, le commissaire sirotait son café en balançant une jambe. Il jubilait. Il n'avait pas osé mettre Vartan sur la liste des personnes à arrêter, parce qu'il jouissait d'appuis au commandement militaire de la province et que lui-même était en mauvais termes avec le général. Mais, grâce à Gani Bey, il avait ce Balian de malheur entre les mains ! Et il allait en profiter.

On frappa. Il déposa sa tasse et, avant de crier d'entrer, il prit la baguette de bambou déposée sur le banc à bastonnade. Encadré de deux solides gaillards, Vartan se retrouva en face du commissaire. Il savait qu'il n'avait rien à espérer de cet homme et choisit de le traiter de haut. Ce bluff ne servirait sans doute à rien, mais il n'avait pas d'autre choix. Il déclara, d'un ton outré :

– Que signifie cette arrestation ? Relâchez-moi immédiatement !

– Silence!

Loi d'obéir, Vartan haussa la voix :

– Vous n'avez pas le droit de me détenir. Je suis un militaire et à ce titre je ne relève pas de la justice civile.

– Je t'ai dit de te taire! hurla le commissaire.

– Fakri Pacha sera avisé et il vous en cuira!

Mustafa lui cingla le visage avec la baguette de bambou. Les mains toujours attachées dans le dos, Vartan fut incapable de parer le coup, qui l'atteignit à la joue gauche et lui fendit la lèvre inférieure. La blessure cuisait et du sang coula du bord de sa bouche.

– Je suis un militaire! proféra-t-il d'un ton furieux.

– Je vais te montrer ce que tu es! répliqua le commissaire en faisant siffler la badine devant son visage. Vous deux, enlevez-lui cet uniforme qu'il déshonore.

Les gendarmes se demandaient comment y parvenir sans lui détacher les bras.

– Arrachez-le! maugréa Mustafa. Découpez-le!

Vartan essaya inutilement de résister. L'un des hommes ouvrit son couteau de poche et réduisit l'uniforme en lambeaux. Ils lui retirèrent également ses bottes. Vartan n'avait plus que son caleçon.

– Voilà! ricana le commissaire. Tu n'es plus rien.

Vartan tremblait de rage contenue et redoutait la suite; il conserva cependant un visage flegmatique et demanda, d'un air de défi :

– Puis-je au moins savoir de quoi l'on m'accuse?

– D'être ce que tu es! Un giaour.

Le commissaire souligna ses paroles d'un long éclat de rire. Puis il dit à ses hommes :

– Tenez-le bien.

Les gendarmes maintinrent Vartan par les bras en se plaçant légèrement derrière lui. Et les coups se mirent à pleuvoir. Avec une habileté démoniaque, Mustafa frappait incessamment le même endroit sur la poitrine. Vartan serra les mâchoires et encaissa la douleur croissante sans rien laisser paraître. Une rougeur barrait son torse, la peau se souleva en bourrelet et bientôt se fendit sous la morsure du bambou. Un rictus déformait la bouche du commissaire, qui cessa de frapper lorsque le sang se mit à perler aux lèvres de la blessure.

– Tournez-le, dit-il aux gendarmes, et levez-lui les bras.

Ils s'exécutèrent et Vartan dut se dresser sur la pointe des pieds pour éviter que ses épaules ne soient disloquées. La baguette s'abattait avec régularité sur son dos et ses reins. Vartan brûlait d'envie d'invectiver le commissaire; il se retint, car cela ne ferait qu'accroître la fureur de son ennemi. Du moins ne lui donnerait-il pas la joie de l'entendre se plaindre. Il fixa son attention sur un caractère arabe ornant le mur et fit le vide dans son esprit. Il se conditionnait à ne pas ressentir la souffrance, parvenait tout au plus à l'endurer avec stoïcisme. Il sombra dans un état proche de l'hébétude, une sorte de dédoublement, comme si c'était un autre que lui qui subissait la flagellation. Sa seule pensée était de ne pas crier. Mais, à bout de résistance, il laissa échapper un gémissement. Le commissaire poussa une exclamation de contentement et cessa de frapper. Une dizaine de longues entailles zébraient le dos de Vartan.

Mustafa Rahmi jeta la badine dans un coin de la pièce et frotta son bras fatigué.

– Mettez-le dans un cachot de la cave, ordonna-t-il.

Pour l'emmener, les gardes soutinrent Vartan dont les jambes flageolaient.

4

Ce matin du 1er juillet fut un matin de deuil pour les Arméniens de Sivas. Leur communauté avait été décapitée durant la nuit. Tout ce qu'elle comptait de prêtres, d'instituteurs, de travailleurs et de commerçants en vue, plus de cinq cents personnes, s'entassait dans des cachots de la prison, d'où l'on avait libéré les prisonniers de droit commun. Et des charpentiers dressaient des potences sur la place de l'hôtel de ville.

Dans une cellule prévue pour six personnes, Der Khoren exhortait ses seize compagnons à prier et à ne pas désespérer du Seigneur. Un étage plus bas, Zaven, le riche propriétaire terrien, se désolait d'une voix larmoyante. Il portait une chemise de nuit en coton blanc car on l'avait tiré du lit en pleine nuit sans lui donner le temps de s'habiller. Son interminable soliloque exaspérait le barbier Ara, qui ne réagissait pourtant pas. Les gendarmes venus l'arrêter avaient violé sa femme et sa fille de quatorze ans sous ses yeux, et sa tête bourdonnait encore de leurs cris.

À quelque distance de là, dans un cachot sans fenêtre au sous-sol du commissariat, Chirag Tévonian attendait la mort avec sérénité. Il souhaitait seulement qu'elle vienne vite le délivrer des souffrances insupportables causées par ses brûlures suintantes. Il ignorait que trois cloisons le séparaient de Vartan, inconscient sur une paillasse.

Les émeutes de la nuit précédente et surtout les arrestations alimentaient les conversations dans le bazar, où le commerce marchait au ralenti. Ceux qui avaient quelques réserves sur le comportement des autorités envers leurs concitoyens arméniens les taisaient par prudence. La plupart s'en réjouissaient. La troupe occupait la ville et la déportation semblait imminente ; certains voyaient là une occasion de s'enrichir. Car enfin, ces terres abandonnées, ces maisons vides, les meubles et les animaux, tout cela reviendrait bien à quelqu'un.

Chaque foyer arménien pleurait l'arrestation d'un père, d'un fils, d'un oncle ou d'un cousin. Ces gibets que l'on érigeait à la hâte... Et, pour ajouter encore au malheur, les soldats frappaient maintenant à toutes les portes et réquisitionnaient les hommes valides, même les garçons de quinze ans, afin de constituer des bataillons de travail : les routes et les ponts de la région avaient, paraît-il, besoin de réfection. Personne n'était dupe, et cela donnait lieu à de déchirantes scènes de séparation. Les femmes en pleurs regardaient partir les hommes encadrés par des soldats.

Plusieurs jeunes gens, craignant avec raison le pire, avaient déserté la ville nuitamment. Ils avaient gagné les montagnes au sud-est de Sivas, où ils rejoignaient le reste de la troupe de Chirag, près de cent cinquante rebelles plutôt désorientés par la perte de leur chef. Les nouveaux venus n'avaient pas encore de plan d'action, seulement un désir de vengeance et l'espoir de venir en aide aux familles qu'ils avaient quittées. Par dizaines, ils prêtaient le serment qui faisait d'eux des fedayin. Ils étaient résolus à tout. Ne leur manquaient que les armes.

Tomas se réveilla en plein cauchemar. Il étrillait Hour-Grag. Soudain, le cheval le saisissait par le col et le hissait sur son dos, puis il partait au galop, renversait sur son passage Vartan, Maro et Azniv Hanim qui tentaient de le stopper. Tomas criait mais une étrange paralysie l'empêchait de se jeter en bas du cheval. Hour-Grag poussait un hennissement qui sonnait comme un long rire, franchissait des collines d'un seul bond, volait par-dessus des ravins. Il l'emportait si loin que Tomas serait ensuite incapable de retrouver sa maison. Un mur de feu se dressa devant eux et le cheval fonça dedans. Tomas s'assit dans le lit. Il percevait encore l'odeur de la fumée qui provoquait des picotements dans son nez. Il secoua la tête pour chasser le mauvais rêve.

C'était le matin! Son père avait pourtant dit qu'ils partiraient en voyage durant la nuit. L'enfant courut à la fenêtre. Des nuages bas et très minces flottaient au-dessus de la ville alors que partout ailleurs le ciel était bleu. L'air sentait le feu de bois. Habituées à être aux pâturages à cette heure, les vaches meublaient dans l'étable. Quelque chose ne tournait pas rond! Tomas constata que ses parents ne se trouvaient pas dans leur chambre et descendit avec précipitation. Des murmures venaient de la cuisine. Quand Tomas entra dans la pièce, la conversation cessa. S'y trouvaient sa mère et sa grand-mère, assises de part et d'autre de la table. Elles avaient les traits tirés et les yeux rouges. Sans même les saluer, il demanda avec nervosité :

– Où est papa?

Le ménager? Tôt ou tard, il faudrait bien lui apprendre la vérité. En cherchant ses mots, Maro voulut l'attirer dans ses bras. Il se raidit et résista.

– Où est papa?

Maro essaya d'enlever tout ton pathétique à sa voix :

– On l'a arrêté. Comme Der Khoren.

– Pourquoi? s'écria Tomas en se laissant finalement aller contre sa mère.

– On va le relâcher bientôt, j'en suis sûre.

L'enfant avait une voix tremblante :

– Il est en prison?

– Sans doute.

– Je ne veux pas! gémit-il en se mettant à pleurer.

Maro appuya sa tête sur celle de son fils et le berça. Azniv Hanim détourna les yeux; le chagrin de Tomas lui brisait le cœur. Elle eut envie de sortir mais s'obligea à rester à table. Elle devait se tenir aux côtés de sa fille, forte et confiante afin que cette dernière ne flanche pas. Tandis que Maro consolait Tomas, Azniv Hanim fit chauffer du lait et prépara une tartine de miel.

– Il faut manger, dit-elle en mettant un couvert sur la table.

Tomas secoua la tête, sa grand-mère insista :

– Il faut prendre des forces. Quand ton père nous reviendra, il ne doit pas trouver son fils malade et faible.

– Medz mayrig [1] a raison, déclara Maro en asseyant Tomas à table. Moi aussi, je vais manger.

Devant tant d'insistance, il mordit dans la tranche de pain. Il avalait avec peine. L'arrestation de son père, si fort et si grand, lui paraissait inconcevable. Pourquoi? Il aidait tout le monde et tout le monde le respectait. C'était un chef, un major! On n'avait pas le droit de le mettre en prison. Quand il sortirait du cachot, sûrement qu'il punirait ceux qui l'y avaient jeté. Cette idée le calma un peu.

Les vaches meuglaient maintenant sans discontinuer. Les chevaux hennirent et Tomas songea au cauchemar qui l'avait réveillé. Il jugea préférable de ne pas le raconter.

– Les animaux ont soif, dit Maro. Viens, Tomas, nous allons les soigner.

Cela occuperait l'enfant et surtout ferait diversion à la propre angoisse de Maro. Penchées au-dessus des rangs, Zeyneb et Djémila sarclaient le jardin en silence. Maro leur dit de puiser de l'eau et de l'apporter à l'écurie. Tomas s'étonna devant Gaydzag : depuis son réveil, il l'avait complètement oublié! En flattant l'animal, c'est son père qu'il revit tel qu'il était la veille, souriant en lui donnant le poney, et le matin d'avant, alors qu'il faisait danser sa monture avant de partir au travail. Se rappelant son mauvais rêve, Tomas jeta un regard méfiant à Hour-Grag et n'approcha pas de l'étalon.

Une fois les bêtes abreuvées et les mangeoires pleines, Maro demeura dans l'écurie. Elle brossa sa jument et oublia pour un instant la présence de son fils. Vartan occupait tout son esprit. Elle ne l'imaginait plus dans une geôle, ainsi qu'elle le faisait depuis la

1. Grand-mère. (Arménien.)

visite d'Ibrahim, mais comme elle l'avait vu la semaine précédente. Ils chevauchaient dans les collines bordant la plaine de la Halys. Azniv Hanim gardait Tomas, et ils avaient l'impression de se retrouver au début de leur mariage, alors que la passion pouvait s'exprimer librement en tout temps.

Le bruit de la cavalcade, l'odeur des plantes aromatiques, la lumière aveuglante, la chaleur des rochers rouges : tout lui revenait avec netteté. Et son excitation quand Vartan la poursuivait au galop. Il aurait pu la rattraper facilement, il s'amusait plutôt à diriger sa fuite. Une femelle traquée par son mâle! En sueur, les sens échauffés, elle s'était livrée dans une combe où coulait un torrent presque à sec. Vartan s'approcha, les mains tendues; ses yeux pétillaient. Et, au milieu des noisetiers du rivage, il l'avait prise par deux fois. D'abord à la hussarde, puis, après une sieste, avec une infinie tendresse. Ensuite, ils s'étaient juré de nouveau un amour éternel...

Maro appuya son front sur le flanc de la jument.

– Tu pleures, maman? s'inquiéta Tomas, qui se blottit contre elle.

– Ce n'est rien, seulement de la fatigue.

– Tu penses à papa?

Elle se raidit et pressa la tête de l'enfant contre son ventre.

– Oui. J'imagine le bonheur que nous aurons à son retour.

***

Une odeur d'urine et d'excréments empestait l'air moite du cachot. Dans un coin, une litière dont la paille fermentait. Vartan y avait dormi d'un sommeil aussi profond que la mort. Il se leva en geignant. Le moindre mouvement provoquait des douleurs vrillantes dans les muscles de son dos. L'obscurité était totale et il explora le plancher avec ses mains à la recherche de la cruche d'eau qu'il imaginait se trouver dans chaque cellule. Il n'y en avait pas. Il frappa du poing la porte de bois massif et attendit; personne ne vint. Ce ne fut qu'au bout de plusieurs heures que les verrous furent tirés; la lumière d'une lanterne l'éblouit.

– J'ai soif, dit-il au geôlier qu'il ne distinguait pas.

Des vêtements atterrirent à ses pieds.

– Habille-toi! commanda une voix rude. On t'attend.

Vartan enfila une chemise informe de toile grise et un pantalon qui ne s'attachait pas à la taille. Ces vêtements sentaient la sueur et la crasse. Il était en meilleure forme qu'au réveil, l'esprit alerte, le corps déjà habitué à bouger de manière à ménager les muscles endoloris et la peau écorchée. Il sortit dans le couloir éclairé de loin en loin par des lampes-tempête suspendues au plafond.

– Plus vite! dit un deuxième garde.

Un escalier débouchait à un bout du couloir; les gendarmes poussèrent leur prisonnier dans l'autre direction, où une porte entrebâillée laissait voir une pièce illuminée. Des anneaux fixés à une poutre au plafond et trois longs bancs ne laissaient aucun doute sur l'utilisation de la grande salle rectangulaire : les interrogatoires! Vartan frémit au souvenir de sa rencontre du matin avec le commissaire. Mais ce n'était pas Mustafa Rahmi qui l'attendait. Assis derrière une table, un obèse vêtu d'un complet noir qui craquait aux coutures allumait une cigarette. Il se carra dans sa chaise et regarda longuement le prisonnier, un sourire narquois sur les lèvres. Il déposa sur la table, juste à portée de main, un petit revolver argenté et fit signe aux gardes de se retirer :

– Attendez derrière la porte.

Cette voix n'était pas inconnue à Vartan, qui pourtant ne conservait aucun souvenir du visage de l'homme. Ce dernier devina que Vartan ne le reconnaissait pas.

– Gani Bey, fit-il en rejetant la fumée de sa cigarette.

Amusé, il surveilla l'effet que cette révélation aurait sur son prisonnier. Vartan était tellement estomaqué qu'il demeura sans réaction. Gani Bey! L'âme damnée du ministre de l'Intérieur, son homme de main. Sous Abdul Hamid II, Gani était préfet de police à Constantinople et Vartan avait eu maille à partir avec lui. Son arrestation s'expliquait maintenant. Et il n'avait plus rien à espérer, ce que lui confirma Gani Bey d'un air satisfait :

– Tu es un homme mort, Vartan Balian.

Vartan fit une moue hautaine et ne répondit pas.

– Tu sais ce qui m'amène ici?

– Vous voulez être aux premières loges, dit Vartan qui ne cacha pas son mépris. Être témoin de la réalisation de vos théories racistes et fanatiques.

Loin de le vexer, ces propos flattèrent Gani Bey, qui hocha la tête. Il devint rêveur et murmura :

– J'ai attendu si longtemps ce moment...

Durant les années précédant la révolution des Jeunes-Turcs, il avait milité dans des organisations ultranationalistes et collaboré activement à des journaux qui se donnaient pour mission de répandre les doctrines du pantouranisme. Et, depuis qu'il était au gouvernement, il ne manquait aucune occasion de favoriser la cause qu'il avait embrassée.

Vartan sentait monter en lui une colère et une haine qu'amplifiait le désespoir. Il était perdu, mais si du moins il pouvait éliminer ce monstre, sa mort ne serait pas vaine. Son regard s'arrêta sur le pistolet, que Gani Bey ramassa promptement et pointa en direction de son prisonnier.

– Au moindre geste, j'aurai plaisir à tirer.

Croyant sa dernière heure venue, Vartan haussa les épaules et dit avec cynisme :

– Maintenant que j'ai assisté à ton triomphe, que veux-tu de moi? Tu ne t'attends pas à ce que je te félicite, au moins?

– Pourquoi pas? répliqua Gani Bey dont le sourire s'élargit. Tu es un homme intelligent. La preuve : tu n'as pas essayé d'argumenter, de proclamer l'innocence de ton peuple, d'attaquer ma philosophie.

– Philosophie! s'esclaffa Vartan avant de cracher par terre.

Sans se préoccuper de l'interruption, Gani Bey continua sa pensée.

– Et tu connais assez la situation pour savoir que tout est fichu pour les Arméniens. Rien ne pourra empêcher le cours inexorable de l'histoire. Les peuples apparaissent et disparaissent comme les empires, remplacés par d'autres plus forts et mieux adaptés.

– Épargne-moi tes discours! lâcha Vartan d'une voix cinglante.

Surpris par ce ton, Gani Bey se raidit et ses doigts se crispèrent sur le pistolet. Durant une fraction de seconde, il eut envie de faire feu. Rien ne pressait. Il alluma une cigarette pour se calmer :

– Avant que je quitte Constantinople, notre ministre de l'Intérieur m'a bien recommandé de veiller à ce que tu sois neutralisé. Il te considère comme potentiellement gênant.

– Votre ministre me fait trop d'honneur, ironisa Vartan.

– Suffit! s'exclama Gani Bey en secouant la cendre de sa cigarette. Le ministre t'offre une chance de sauver ta peau. Je n'aurais pas eu tant de générosité.

Il se tut afin de laisser le temps à ses paroles de faire leur chemin dans l'esprit du prisonnier. Vartan le considérait avec méfiance. Il demanda, presque indifférent :

– De quoi s'agit-il?

– Tu vas rédiger des articles pour des journaux étrangers et envoyer des lettres à des gens bien placés aux États-Unis et ailleurs. Tu expliqueras la nécessité de déplacer la population loin des zones de guerre et tu vanteras la bonne organisation et les conditions humanitaires de ces déplacements, la beauté des villages où les exilés sont relocalisés.

Vartan ne put s'empêcher de rire devant une telle absurdité.

– Tu parles sérieusement? Tu as pu croire un instant que je me prêterais à pareille machination?

– Tu ne t'es jamais gêné pour calomnier ton pays à l'étranger dans le passé! Pour décrier les politiques du gouvernement et appeler les puissances européennes à s'immiscer dans les affaires de l'Empire. Voilà l'occasion de te racheter.

– Mensonges! Tu sais très bien que j'ai toujours voulu le progrès de l'Empire.

– Sa fin, oui! rugit Gani Bey, qui se radoucit aussitôt. Mais nous n'avons pas de temps à perdre en vaines discussions. J'en reviens à mon offre. En retour de ta collaboration, ta famille et toi aurez la vie sauve, sans compter de substantiels avantages matériels. Et, après la guerre, tu pourras refaire ta vie ailleurs sous un autre nom, ou bien occuper un poste important dans l'administration de la Grande-Turquie. Bien sûr, pour nous prouver ta bonne foi, tu devras te convertir à l'islam.

Vartan fixait Gani Bey d'un regard incrédule. S'attendait-il vraiment à ce qu'il accepte un tel marché? Qu'il trahisse son peuple et cautionne le meurtre de toute une nation?

– Non, répondit-il.

Toute autre parole lui semblait superflue.

– D'autres Arméniens influents n'hésiteront pas, eux.

– Qu'ils se couvrent d'ignominie, j'ai pitié d'eux.

Gani Bey alluma une autre cigarette sur le bout incandescent de son mégot et appela les gardes, qui vinrent encadrer le prisonnier. Le haut fonctionnaire souriait toujours et dit, d'une voix mielleuse :

– Je suis bon joueur : je te laisse un peu de temps pour y réfléchir. Tu as une femme très belle, à ce qu'on m'a dit, et un charmant petit garçon. Pense à eux. Dans trois jours, ils quitteront Sivas. Avec un peu de chance, ta femme deviendra la propriété d'un soldat ou d'un brigand, ton fils sera garçon de ferme chez un paysan qui aura peine à le nourrir. Autrement... La route sera longue et pleine de périls... Mais toi, tu t'en ficheras : tu seras déjà à moitié pourri!

Vartan devint livide mais se retint d'injurier le gros homme en face de lui. Il avait une chance de gagner un peu de temps et ne devait pas la laisser passer.

– J'y réfléchirai, marmonna-t-il en baissant la tête.

– Je te le conseille. Et fais vite.

– Pourrais-je envoyer un mot à ma femme?

– Non. Travaille pour nous et tu la retrouveras.

Gani Bey se leva lourdement en prenant appui à la table et dit aux gendarmes :

– Reconduisez-le à sa cellule et donnez-lui à manger.

***

L'attente de Maro se transformait en un véritable supplice; les heures s'écoulaient avec une lenteur désespérante. Un bruit dans la rue, et elle se précipitait à la fenêtre, chaque fois déçue. Pourquoi le colonel Ibrahim tardait-il tant à lui apporter des nouvelles? Après le déjeuner, elle voulut aller elle-même voir le commissaire; il fallut pour l'en dissuader toute l'autorité d'Azniv Hanim et la promesse d'Armène de trouver Ibrahim Alizadé. Le militaire n'était ni à sa demeure ni au quartier général, et Armène lui laissa un message à chacun de ces endroits.

À ce moment précis, le colonel Ibrahim rencontrait le commissaire Mustafa, qui lui apprenait que Vartan était condamné à mort. Lorsqu'il demanda de quoi le major Balian était coupable, le commissaire parut embêté et parcourut un dossier afin de se donner une contenance.

– Haute trahison, annonça finalement Mustafa Rahmi d'une voix presque joyeuse.

– Vous en avez, bien sûr, des preuves formelles? demanda Ibrahim, qui connaissait la duplicité de son interlocuteur.

– Évidemment! s'exclama le policier, agacé par la question. En quoi cela vous concerne-t-il?

– Ce Balian est major dans l'armée. Une cour martiale devrait...

Mustafa Rahmi lui coupa la parole :

– L'affaire a déjà été jugée dans la capitale!

– Dans ce cas, la constitution veut qu'un soldat condamné puisse demander sa grâce au sultan.

– C'est un Arménien, pas un soldat! s'exclama Mustafa exaspéré.

Il toisa Ibrahim et, l'air finaud, demanda :

– Dites-moi, colonel Ibrahim, que pensez-vous de la déportation des giaours?

Le colonel flaira immédiatement le piège.

– Le gouvernement doit savoir ce qu'il fait.

Sur cette réponse évasive, Ibrahim prit congé du commissaire. Il ne prêtait aucune foi à cette histoire de trahison; le véritable motif de la condamnation de Vartan, Mustafa Rahmi l'avait fourni sans le vouloir : c'était un Arménien. Le colonel se rendait compte que les chances de sauver son ami étaient minces. L'unique espoir résidait dans la volonté de son général, Fakri Pacha, de ne pas s'en laisser imposer par ce Gani Bey qui prétendait faire la loi; si Ibrahim parvenait à lui faire prendre fait et cause pour Vartan, alors peut-être... En traversant la place, Ibrahim vit les gibets où quinze cadavres étaient pendus depuis le matin pour l'édification du peuple! Il savait que les Arméniens que l'on avait conduits à l'extérieur de la ville, sous prétexte de leur faire réparer des routes, ne reviendraient pas. Pour la plupart, ces hommes s'empilaient déjà au fond d'un ravin, tués d'une balle dans la nuque ou transpercés par des baïonnettes.

Le colonel se désola, tout autant pour son pays que pour ces pauvres gens. Plutôt que de combattre l'ennemi qui se pressait aux frontières, on faisait la guerre à d'innocents civils! Rien de bon ne pouvait résulter de tout cela. Le gouvernement qui décidait de se débarrasser des chrétiens était le même qui avait provoqué la guerre des Balkans où Ibrahim avait failli laisser sa peau. Une guerre inutile, une défaite dont le gouvernement avait fait porter le blâme par l'armée. Et aujourd'hui les mêmes ministres avaient pris le parti des Allemands. Ibrahim estimait qu'ils se trompaient de camp et il se demanda combien d'autres officiers partageaient son point de vue.

Qu'allait-il bien dire à Maro? Elle espérait sans doute une libération prochaine de son mari et Ibrahim n'avait pas le cœur de la détromper. Après mûre réflexion, il décida de lui servir de pieux mensonges : Vartan se portait bien et Fakri Pacha s'occupait personnellement de son cas. En vérité, le commissaire avait refusé à Ibrahim la permission de voir Vartan; quant à l'appui de Fakri

Pacha, le colonel anticipait car il ne rencontrerait le général que durant la soirée.

***

Vartan en était à son deuxième jour en prison. Appuyé au mur, il mangeait debout. Un riz collant assaisonné d'une trace de poivron vert. Plus encore que la puanteur et l'humidité, c'était l'obscurité perpétuelle qu'il trouvait insupportable. Il avait l'impression de traverser une nuit d'insomnie qui n'en finissait plus. La privation de repères temporels déroutait son esprit et, comme un insomniaque, il jonglait sans répit avec les mêmes questions qui restaient sans réponses. Depuis sa rencontre avec Gani Bey la veille, Vartan s'attendait à tout moment à ce qu'on lui serve l'ultimatum : collaborer ou mourir.

La porte du cachot s'ouvrit alors qu'il n'avait pas encore vidé son écuelle. Les yeux bleus du colonel Ibrahim brillaient dans la lumière de la lanterne qu'il tenait à bout de bras. Il pénétra dans la cellule en faisant une grimace de dégoût et dit au gendarme derrière lui :

– Laisse-nous. Tu reviendras quand j'appellerai.

Lorsqu'ils furent seuls, Ibrahim déposa la lanterne par terre et serra Vartan dans ses bras en murmurant :

– Mon pauvre ami, dans quel trou infect on te garde! Et ces haillons!

Ces conditions de détention ne le surprenaient pas, nombre de prisons ottomanes étaient bien pires encore. Ce qui lui causait un choc, c'était de voir Vartan en si piteux état. Il l'avait toujours connu élégant et fier. Dans cet appareil, le major lui sembla moins impressionnant, presque vulnérable.

– Je suis heureux de te voir, Ibrahim. Et ma famille?

– Ils vont bien. J'ai vu ton épouse hier. Elle s'inquiète à ton sujet, c'est compréhensible.

Vartan s'émut et, contre son habitude, ne le dissimula pas. Il serra le bras de son visiteur :

– Ton amitié me fait chaud au cœur.

Ibrahim était mal à l'aise. Sur le chemin du commissariat, il croyait apporter une nouvelle réjouissante à son ami. Dans la puanteur et la crasse du cachot, ce qu'il avait à annoncer lui paraissait maintenant dérisoire. Il offrit une cigarette et en alluma une lui-même.

– J'ai obtenu qu'on te fasse un procès, annonça-t-il avec un enthousiasme qui sonnait faux.

Vartan devina qu'Ibrahim avait dû se donner beaucoup de mal pour y parvenir. Il lui tapota l'épaule :

– Mais c'est merveilleux! Il faudra bien que l'on m'accuse de quelque chose, que l'on soumette des preuves; et j'aurai l'occasion de me défendre.

La joie de Vartan était réelle; ce procès le soustrayait à l'arbitraire, il ne dépendait plus uniquement de la seule volonté de Gani Bey.

– Comment t'y es-tu pris?

– J'ai fait jouer l'orgueil de Fakri Pacha. Il doit se soumettre aux ordres de Gani Bey, ce qui l'enrage et le vexe. Obligé de céder sur l'essentiel, il a été intraitable pour ton cas.

– Et Gani Bey a marché! s'étonna Vartan.

– J'imagine qu'il préfère ne pas se mettre le général à dos. Il a besoin de lui pour...

Ibrahim s'arrêta net. Il allait prononcer le mot « déplacements ». Vartan le tira d'embarras :

– Ta sollicitude me touche, mon ami.

Ibrahim eut un sourire gêné et sortit de sa vareuse une flasque de métal qu'il tendit à Vartan. Pendant que ce dernier buvait une rasade d'alcool, le colonel dit, d'un ton morne :

– Ne te fais pas trop d'illusions, ce ne sera pas la cour martiale. Gani Bey présidera le procès, qui risque d'être plutôt sommaire. J'y assisterai à titre d'observateur de l'armée, mais je ne pourrai pas grand-chose pour toi.

Vartan grimaça; l'espérance qui l'avait un instant possédé disparut. Ibrahim voulut atténuer l'effet démoralisateur de ses dernières paroles :

– Le procès n'a pas d'importance. L'essentiel, c'est que nous gagnions du temps.

– Du temps! s'exclama Vartan en cachant mal sa déception. Qu'est-ce que cela change?

– Tout! Gani Bey est en tournée; quand il aura quitté la province, Fakri Pacha pourra exiger ton transfert à la prison militaire et ensuite te libérer. Sinon, j'essaierai d'organiser ton évasion. Mais pour ça, il faut que tu restes en vie.

– Je ne demande que ça! répliqua Vartan, presque agressif. Mais ça ne dépend pas de moi.

La flamme de la lanterne vacillait. Vartan observa en silence leurs deux ombres qui s'étiraient sur le mur et se recourbaient sur le plafond. Des graffiti en caractères arabes étaient gravés dans la pierre. Un rat traversa le cachot en suivant la rigole par laquelle les déjections s'écoulaient de cellule en cellule jusqu'à une fosse à l'extrémité du sous-sol. Malgré toute sa bonne volonté, Ibrahim n'avait rien de concret à lui offrir. Vartan devait encore se raccrocher à de vagues et très aléatoires espoirs. Il confia à son ami la proposition que lui avait faite Gani Bey. Au lieu de s'offusquer, Ibrahim vit là une chance pour Vartan :

– Si le procès se termine mal, accepte.

Vartan eut un mouvement de recul.

– Toi, un homme d'honneur, tu voudrais que je trahisse mon peuple?

– Bien sûr que non! se défendit Ibrahim. Fais semblant, recule l'échéance.

– Encore gagner du temps?

Vartan avait usé d'une ironie amère qu'il regretta aussitôt. Son ton redevint amical, mais sa voix trahissait une espèce de résignation.

– Non, Ibrahim. Même si j'avais la lâcheté de conclure un marché avec Gani Bey, cela ne m'avancerait pas. Dès que j'aurais rédigé les documents qu'il désire, il se débarrasserait de moi comme d'un témoin gênant.

L'attitude défaitiste de son ami attristait Ibrahim; il l'avait toujours connu énergique et résolu, prompt à réagir. Réagir... Comment et contre quoi? Le major avait toutes les raisons du monde d'envisager le lendemain sous des couleurs sombres. Comme s'il lisait les pensées du colonel, Vartan demanda :

– Qu'en est-il des autres qui ont été arrêtés?

Une ombre passa dans le regard d'Ibrahim mais sa voix demeura ferme :

– On les pend. Une trentaine par jour.

– La déportation, c'est pour quand?

– Après-demain, je crois.

– Et mon procès?

– Demain.

Vartan lui toucha le bras :

– S'il m'arrive quelque chose, tu veilleras sur Maro et sur Tomas?

– Bien sûr, mais nous n'en sommes pas encore là.

Ils se donnèrent l'accolade et s'étreignirent longuement. Puis Ibrahim cogna à la porte avec vigueur.

– Holà! Ouvrez.

Il ramassa la lanterne et dit :

– Je te laisse le flacon et les cigarettes. Qu'Allah veille sur toi.

– Et sur toi aussi, Ibrahim.

La porte se referma et Vartan retrouva l'obscurité étouffante. Son sentiment de solitude n'était plus aussi écrasant qu'avant la visite d'Ibrahim; toutefois, il avait à présent une perception aiguë de la distance qui le séparait de Maro. Une distance qui ne se mesurait pas en mètres ou en pas, mais en heures et en jours. Et il eut l'intuition que ce temps, au lieu de raccourcir, s'allongerait sans cesse. À moins que le procès du lendemain n'y mette un terme. D'une manière ou d'une autre...

***

En voyant Maro apparaître au bas de l'escalier, vêtue à la turque d'une robe marron qui descendait jusqu'aux chevilles et d'un féradjé qui lui couvrait la tête et les épaules, Azniv Hanim poussa des hauts cris car elle devinait l'intention de sa fille.

– Ne dites rien! déclara Maro d'un ton ferme.

Azniv Hanim la retint par le bras; Maro lui fit face et ajouta :

– Si c'était votre mari qu'on gardait en prison depuis trois jours?

Au ton et au regard de Maro, sa mère sut que toute discussion s'avérerait inutile. Elle dit :

– Je t'accompagne.

– Non. Je me sentirai plus rassurée si c'est vous qui gardez Tomas.

– Va chercher Armène.

– C'est un détour qui n'en vaut pas la peine.

Maro partit vers l'écurie, Azniv Hanim sur les talons. La mère tremblait intérieurement pour sa fille, mais elle comprenait trop bien son état d'esprit pour s'opposer à la démarche qu'elle entreprenait. Elle-même n'aurait pas agi autrement s'il s'était agi d'Hagop. Pas plus que Maro, elle n'était rassurée par la perspective du procès que devait subir Vartan. La justice de ce pays... Surtout en ces temps troublés! Chaque jour Azniv Hanim craignait que l'on vienne leur annoncer que Vartan était du nombre de ceux que l'on avait pendus à l'aube.

– Si au moins le gouverneur Mumtaz Bey vivait toujours! soupira-t-elle. Le commissaire est un fourbe, une face de chacal, continua-t-elle d'un ton hargneux. Pèse bien tes mots.

Maro faisait reculer le trotteur dans les brancards de la calèche; elle répondit, sans interrompre son travail :

– Ce n'est pas lui que je vais voir. Le colonel Ibrahim a mentionné un certain Gani Bey qui loge au konak. C'est le grand patron, paraît-il.

– Je vais prier le Fils de Dieu qu'il t'inspire des paroles qui sauront le toucher. Mais n'hésite pas à proposer une forte somme.

Maro fit sonner la bourse qu'elle cachait sous sa robe ample. La prévoyance de sa fille inspira confiance à Azniv Hanim, qui jusque-là craignait qu'elle n'ait pas mûrement réfléchi à son projet. Restaient les dangers potentiels des rues.

– Tu devrais au moins amener une des petites. Ton déguisement sera plus crédible : une musulmane qui se respecte ne sort pas seule.

Ce raisonnement était juste, et Maro se fit accompagner par Zeyneb. Avant de franchir le portail, elle couvrit le bas de son visage du féradjé, qui laissait deviner ses traits par transparence et rendait sa beauté plus mystérieuse. Azniv Hanim la serra dans ses bras avec force.

– Sois prudente.

Maro grimpa sur la banquette, à côté de Zeyneb.

– Je saurai me tirer d'affaire.

Une fois la grille refermée, Azniv Hanim se signa à trois reprises avec le pouce, l'index et le majeur de la main droite.

Le quartier arménien offrait le spectacle d'une désolation déprimante. En l'absence des hommes, les familles se barricadaient dans les maisons. Les rares passants, des vieillards pour la plupart, montraient des visages lugubres. Ici et là, des marchands turcs défiaient l'ordre du gouvernement et achetaient aux futurs déportés du mobilier et divers objets, qu'ils payaient au vingtième, parfois au centième de leur valeur. Les gendarmes étaient partout ; aucun d'entre eux n'arrêta la voiture de Maro, qui put se rendre sans encombre au palais du gouverneur. Elle stoppa la calèche dans la cour intérieure et la confia à la garde de Zeyneb. Ajustant le voile devant son visage, elle s'approcha du policier en faction devant l'entrée principale.

– J'ai rendez-vous avec Gani Bey.

Il montra le hall :

– Voyez le secrétaire, hanim. La deuxième porte à gauche.

Elle pénétra dans l'antichambre sans frapper et l'homme qui rêvassait, accoudé à son bureau, se redressa en sursaut. Sa joue gauche, qu'il appuyait sur sa main depuis une demi-heure, conservait une marque rouge. Il avait le front aplati et strié de trois rides profondes, les sourcils épais et les paupières tombantes.

– Qu'est-ce que c'est ? demanda-t-il d'un air contrarié.

– Je veux voir Gani Bey.

– Impossible. Il travaille et ne reçoit personne.

– Voulez-vous m'annoncer ? Nous verrons bien.

Le secrétaire fit non de la tête. Avisant une chaise près de l'unique fenêtre qui donnait sur la cour, Maro s'assit en disant :

– Dans ce cas, je vais attendre qu'il sorte pour déjeuner.

– Hanim, vous ne pouvez pas, plaida-t-il. Il faut partir.

Elle répondit par un signe de négation comme il venait de le faire. Il soupira et se mit à classer des documents. En fait, il déplaçait d'une pile à une autre des feuilles qu'il faisait mine de consulter. Son agacement se voyait à ses gestes un peu raides. Au bout de dix minutes, Maro alla jusqu'à lui et déposa une pièce d'or sur le sous-main taché d'encre.

– Essayez de m'avoir un rendez-vous.

– Je vais voir ce que je peux faire, répondit-il en empochant la pièce. Qui dois-je annoncer ?

– L'épouse du major Vartan.

Gani Bey la reçut dans un salon aux fenêtres ombragées par des tilleuls ; les murs de marbre blanc prenaient des reflets verdâtres. Des taches de soleil mouchetaient le tapis persan. Trônant au milieu d'un sedir, Gani Bey avait l'allure d'un bouddha replet ; sa robe de chambre de soie bleue largement ouverte révélait une poitrine glabre à la peau laiteuse. Il demeura sans aucune réaction alors que sa visiteuse approchait et il la considéra avec des yeux vitreux.

Debout à côté du divan, un garçon d'une dizaine d'années balançait un éventail pour rafraîchir Gani Bey. Les cheveux très noirs et frisés, il ne portait qu'une culotte bouffante resserrée aux chevilles. Sans en avoir reçu l'ordre, il déposa l'éventail par terre et s'éloigna ; ses pieds nus produisaient un léger clapotement sur les dalles. Il quitta la pièce par une porte dissimulée derrière un rideau.

D'un geste lent, Gani Bey désigna à Maro un fauteuil à la tapisserie fanée. Elle flaira le parfum caractéristique du haschisch ; une petite pipe reposait sur une table basse devant le sedir, à côté d'une carafe de cristal, d'un bol de fruits et d'un plateau de loukoums. Elle s'assit et dévoila son visage. Désireuse de mettre toutes les chances de son côté, Maro s'était maquillée avant son départ. Gani Bey la trouva très belle et regretta qu'elle ait baissé son voile car ainsi elle lui rendrait la tâche plus difficile. Les femmes n'avaient pour lui aucun attrait ; cependant, il leur trouvait toutes des points de ressemblance avec la mère qu'il avait adorée et il perdait un peu de ses moyens en leur présence. Il murmura :

– Une houri... Vous êtes une véritable houri melek [1] !

Son haleine sentait l'ail. Sa tête rappelait à Maro celle d'un porc. Cette masse adipeuse détenait le droit de vie et de mort sur eux tous ! Il lui inspirait un immense dégoût, mais elle n'en continua pas moins de sourire timidement. Dans son état euphorique, Gani Bey crut qu'elle le regardait avec une tendresse toute maternelle ; il souhaitait qu'elle garde le silence car, dès qu'elle ouvrirait la bouche, la magie s'évanouirait. Il savait d'avance en quoi consisteraient ses propos.

Encouragée par l'air béat du haut fonctionnaire, Maro commença à parler. Elle usa d'une flatterie qui lui répugnait pourtant :

– Je suis honorée que vous daigniez me recevoir, Gani Bey. On dit que vous avez l'oreille du sultan, aussi j'ai pensé que vous seul pouviez corriger l'injustice qui frappe ma famille.

Il eut un soupir las et ses yeux se plissèrent. Il pointa de l'index une table hexagonale à droite du sedir. Maro y vit un étui à cigarettes, un briquet et un cendrier de cristal qu'elle s'empressa de lui apporter. Pendant qu'il allumait une cigarette, elle reprit, d'une voix douce mais ferme :

– Mon époux, le major Vartan Balian, a été arrêté sans raison. On va lui faire un procès qui n'est pas justifié.

Lassé, Gani Bey aspira une profonde bouffée de fumée qui ne l'apaisa pas. Ses traits se durcirent ; sa voix cependant était molle :

– S'il est innocent, il n'a rien à craindre d'un procès.

Maro le fixa droit dans les yeux et voulut montrer qu'elle n'était pas dupe, sans pour autant le mettre en cause :

– Il pourrait y avoir des gens qui cherchent à lui nuire. Un homme en vue fait naître de l'envie. Avec votre position importante, vous le savez mieux que quiconque, Gani Bey.

Elle ignorait qu'il était absolument imperméable à la flatterie.

1. Littéralement : un ange avec les qualités d'une houri (beauté réservée au croyant dans le paradis d'Allah). (Turc.)

Les brumes du haschisch se dissipaient et cette entrevue s'annonçait fastidieuse aux yeux de Gani Bey; cependant, il ne manifesta aucune impatience. Cette femme l'intriguait. Elle avait beau se donner des airs onctueux, il percevait chez elle le mépris. Pour chasser le goût désagréable de sa bouche, il croqua un loukoum avant d'en offrir à Maro. Elle mit la main sur le cœur et leva les yeux au ciel, geste codifié qui signifiait son refus.

– Mon mari a fait partie de l'Ittihad, il a été député.

– Je sais... répondit Gani Bey, qui ne semblait pas intéressé et se tourna vers la tenture.

Il claqua des mains et le garçon à la culotte bouffante entra.

– Sers-nous des orangeades.

Tous les efforts de Maro pour amorcer une discussion échouaient. Elle perdit quelque peu patience et insista :

– Mon époux n'a rien à se reprocher.

Le garçon les servit dans de grands verres aux motifs délicatement ciselés.

– À votre santé, hanim.

– À votre santé, Gani Bey.

Ce simulacre de politesse exaspérait Maro. Elle savait que Vartan était en prison à cause de cet homme, et lui-même savait qu'elle le savait. Elle reposa son verre vide et demanda, à brûle-pourpoint :

– De quoi l'accuse-t-on?

Gani Bey haussa les épaules et fit une réponse évasive :

– Je ne sais trop au juste. De trahison, je crois.

– C'est absurde! s'exclama-t-elle. Vartan s'est toujours conduit en fidèle sujet de Sa Majesté le sultan.

Le regard de l'homme devint ironique :

– Et toutes ces critiques du gouvernement dont il a alimenté les journaux étrangers depuis des années... C'est le fait d'un patriote, selon vous?

Les joues de Maro s'empourprèrent :

– Oui! Il n'a jamais demandé que la justice et l'égalité pour tous les citoyens ottomans. Exiger que le gouvernement remplisse ses promesses, ce n'est pas une trahison.

Gani cachait son amusement de la voir s'enflammer. Il insinua :

– En temps de guerre, oui.

– Mon mari n'a rien écrit depuis l'automne dernier.

– Hamazasp, Aris Hagopovitch, Kris Lusignan : les pseudonymes que votre mari a utilisés ces derniers temps.

Il l'observait avec un sourire narquois. Sans se troubler, même si Gani Bey disait vrai, Maro protesta encore de l'innocence de Vartan :

– C'est faux! Archifaux!

Qu'elle était heureuse que tous les papiers compromettants aient été brûlés! Elle continua avec véhémence :

– Ces derniers temps, comme vous dites, mon mari a servi dans l'armée ottomane. Il n'a pas écrit mais s'est dépensé sans compter pour soigner des soldats blessés. Des soldats *turcs* ! Et il le ferait encore aujourd'hui si on ne l'avait pas injustement arrêté.

Gani Bey alluma une nouvelle cigarette et fit mine de réfléchir. Il se demandait jusqu'où cette femme irait pour sauver son mari.

– Je prends bonne note de votre témoignage, hanim. Hélas, cela ne dépend pas de moi.

– Je suis sûre que vous êtes trop modeste, Gani Bey. Un mot de vous et tout peut s'arranger.

– Il vous faut faire confiance à la justice.

Maro sentit que sa démarche échouait. Elle tira la bourse de sa robe et la déposa sur la table de manière que le bruit fasse bien sentir sa lourdeur. Gani Bey fronça les sourcils, mais Maro savait qu'il n'était aucunement outré. Le bakchich [1] faisait partie des mœurs de l'administration ottomane et personne ne jugeait la pratique répréhensible. Elle dit tout de même :

– N'y voyez aucune offense, Gani Bey. C'est, bien sûr, pour les juges de mon mari, afin qu'ils se montrent bienveillants.

Il hocha la tête, l'air de dire : « Nous verrons. »

Insatisfaite, Maro supplia, d'une voix pressante :

– Intervenez, Gani Bey, je vous en conjure. Ne permettez pas qu'on le juge sur de pures calomnies.

Elle se calma et reprit un ton plus posé :

– Mon mari est un homme instruit et peut rendre d'inestimables services à l'Empire. Il parle plusieurs langues et possède beaucoup de relations à l'étranger.

– Chez nos ennemis...

– L'armée manque de personnel pour s'occuper des blessés. Et Vartan est prêt à combattre au front.

Gani Bey la regarda avec curiosité :

– Vous l'aimez donc tant que ça ?

Elle se raidit et s'exclama avec passion :

– Plus que ma vie !

Ces mots exprimaient ce qui était toujours demeuré incompréhensible à Gani Bey. Que l'on puisse aimer quelqu'un plus que soi-même le dépassait. Et parfois il regrettait de n'avoir jamais connu ce sentiment, même s'il y voyait faiblesse et vulnérabilité. En regardant ces yeux inquiets qui attendaient tout de lui, il songea à cette Salomé d'une légende chrétienne. Elle avait dansé pour obtenir qu'on décapite un homme. Cette femme en face de lui ne reculerait devant rien afin qu'on lui rende son homme vivant. Il avait la conviction que s'il lui demandait de se dévêtir et de danser pour lui, elle y consentirait malgré toute sa respectabilité. Jusqu'à quelle bassesse pourrait-il l'amener contre la promesse de libérer *son* Vartan ? Il fut heureux d'être incapable d'amour, même pour le plus beau des éphèbes. Qui domine son cœur domine le monde.

1. Pot-de-vin. (Persan.)

Un moment, il songea à utiliser Maro comme objet de chantage pour forcer son mari à collaborer; mais il ne voyait pas grand intérêt dans le résultat. Ces mémoires d'Arméniens influents qui défendraient la politique du gouvernement étaient une idée de Talaat Pacha, pour qui l'opinion étrangère comptait. Au dire du ministre de l'Intérieur, ces documents seraient un jour très utiles pour récrire l'histoire. Gani Bey n'en avait cure. Seuls comptaient les intérêts supérieurs de l'Empire, et leur poursuite dispensait de toutes justifications ultérieures.

Son estomac l'avertit qu'arrivait l'heure du déjeuner et il coupa court à l'entretien. Il esquissa un sourire à Maro qui l'observait avec anxiété :

– Soyez rassurée, hanim, je ferai tout ce que je peux pour votre mari.

La phrase qu'elle désespérait d'entendre! Elle mit quelques secondes à réagir, puis son visage rayonna. Elle cherchait les mots qui exprimeraient le mieux l'infinie gratitude qu'elle éprouvait. Il prit un air bienveillant et lui fit signe de ne rien dire.

– Les paroles sont inutiles, hanim. L'éloquence de votre visage me suffit. Allez en paix. Vous saurez dès cet après-midi quand vous retrouverez votre mari; je vous enverrai un messager.

Maro se confondit tout de même en remerciements.

***

Il était près de six heures lorsque trois zaptiyés se présentèrent à la grille du jardin des Balian. Sassoun aboyait à tue-tête sur le perron. La famille était au salon en compagnie d'Armène, qui venait tout juste d'arriver et n'avait pas encore fait part de la raison de sa visite. Maro se tourna vers les servantes.

– Fais-les entrer, s'empressa-t-elle de dire à Djémila. Et toi, Zeyneb, prépare-leur des rafraîchissements. Enferme ton chien dans la maison, Tomas.

Elle brûlait d'impatience depuis son retour du konak, et les mises en garde de sa mère contre un optimisme trop grand n'avaient eu aucun effet. Ils sortirent devant la maison. Djémila courait au portail.

– Papa n'est pas avec eux! lâcha Tomas, déçu.

Maro lui prit l'épaule :

– Ils viennent nous annoncer quand ton père sera libéré.

Lorsque les gendarmes arrivèrent, Zeyneb leur offrit du jus de cerise. Surpris, le sergent hésita avant de prendre un verre, qu'il vida d'un trait.

– Vous avez un message? s'enquit Maro en approchant de lui.

– C'est bien la résidence de Vartan Balian? demanda-t-il en sortant un papier de la poche de sa vareuse.

– Oui, donnez vite.

Plutôt que de remettre la lettre à Maro qui tendait la main, il la déplia avec soin. Une cicatrice au coin de sa bouche donnait l'impression qu'il souriait en permanence.

– Je vais vous le lire, dit-il avant de se racler la gorge. « Ordre est donné à tous les Arméniens, sans exception d'âge ou de statut, de quitter cette ville demain matin. Le gouvernement mettra un chariot et un bœuf à la disposition de chaque famille, qui ne devra emporter que des provisions de bouche, des vêtements et quelques effets personnels. Les gens déplacés se regrouperont hors de la ville en convois qui seront escortés par des gendarmes assurant leur sécurité. Les biens de chacun seront transportés par les soins du gouvernement et leur seront rendus une fois à leur nouveau lieu de résidence. »

– Vous vous trompez de maison, sergent, déclara Azniv Hanim.

– Que voulez-vous dire?

– Les familles des militaires sont exemptées de ce décret. Ici, vous êtes chez le *major* Vartan Balian.

Il haussa les épaules :

– Les ordres sont les mêmes pour tous. Vous devez partir demain, avant midi, sinon vous serez fusillés.

– Il y a une erreur! s'exclama Maro. J'ai vu Gani Bey et...

Le sergent n'écoutait plus. Elle lui arracha le papier des mains. L'ordre de déportation était imprimé avec une encre grisâtre qui tachait encore les doigts. Elle le relut afin de se donner une contenance. Elle comprenait que Gani Bey s'était joué d'elle. Avec quelle cruauté! Elle froissa le papier, le jeta par terre et rentra précipitamment. On entendit ses pas dans l'escalier.

Tomas voulut la suivre mais son parrain le retint. Azniv Hanim congédia les soldats en disant à Zeyneb :

– Reconduis-les à la grille, ma fille.

Avant de tourner les talons, le sergent émit un avertissement :

– Soyez prêts à l'aube, sinon...

Armène ramassa la feuille chiffonnée et l'examina en suivant Azniv Hanim au salon. La grand-mère prit Tomas par la main et lui dit de ne pas aller déranger sa mère.

– Elle nous rejoindra tout à l'heure.

– Je veux papa! sanglota l'enfant.

– Sois courageux, Tomas. Tant que ton père n'est pas revenu, tu es le seul homme de la maison. Il faut que tu te montres raisonnable et que tu nous aides.

Tomas renifla et opina de la tête. Il retourna au livre d'images qu'il feuilletait avant l'arrivée des gendarmes, mais il ne tourna plus les pages. Surveillant les moindres faits et gestes d'Armène et de sa grand-mère, il laissa Sassoun lécher ses joues mouillées de larmes.

Armène montra l'ordre de déportation à Azniv Hanim. Il parla d'une voix triste :

– J'ai reçu le même, c'était pour ça que je venais.

– L'hypocrite! ragea Azniv Hanim. C'était trop beau. Je le disais à Maro, aussi, de ne pas se réjouir trop vite.

Elle ouvrit sa tabatière; ses mains tremblaient et elle renversa du tabac à priser sur sa jupe noire.

– Qu'allons-nous devenir? demanda-t-elle d'une voix brisée qu'Armène ne lui avait jamais entendue.

Elle se sentait accablée, comme si toutes les déceptions et les peines de sa vie refaisaient surface en même temps. Armène la comprenait; lui aussi courbait les épaules sous le poids d'une existence à laquelle le drame actuel enlevait tout sens. Il n'eut pas le temps de lui répondre car les petites Turques revenaient du dehors en pleurs.

– Les zaptiyés ont dit que vous iriez dans le désert, cria Zeyneb en courant vers Azniv Hanim.

– Et qu'on ne peut pas vous suivre! ajouta Djémila, qui était aussi affligée que sa cousine.

Elles se jetèrent au cou d'Azniv Hanim.

– Nous ne voulons pas vous quitter, dit encore Djémila entre ses hoquets.

L'instinct maternel de la vieille femme se réveilla; elle ravala son chagrin, ainsi qu'elle l'avait fait toute sa vie, pour devenir celle qui console et rassure. Elle appuya ses mains sur la tête de chacune des fillettes et leur dit avec douceur :

– Voyons, voyons, mes filles, ne pleurez pas. Nous ne sommes pas encore partis.

Ce disant, elle regarda son petit-fils qui observait la scène d'un air atterré.

– Et ils ont dit que le major...

Azniv Hanim posa sa main en bâillon sur la bouche de Djémila pour l'empêcher de terminer sa phrase. Elle la gronda :

– Combien de fois t'ai-je répété d'apprendre à tenir ta langue?

La fillette pleura de plus belle. Zeyneb embrassa la main d'Azniv Hanim et la supplia :

– Venez avec nous dans notre village. Nous vous cacherons.

– Nous verrons, répondit Azniv Hanim attendrie. Pour l'instant, calmez-vous. Regardez Tomas, il se montre fort, lui.

L'enfant, qui était au bord de la crise de larmes, serra les dents et se retint. Azniv Hanim repoussa doucement les jeunes filles; sa voix avait retrouvé son calme et son autorité :

– Allez préparer le dîner, maintenant. Nous reparlerons de tout ça ce soir. Tomas va vous aider, n'est-ce pas, Tomas?

L'air buté, il répondit par des signes de dénégation. Sa grand-mère n'insista pas. Les jeunes Turques quittèrent le salon tête basse, en se frottant les yeux.

Armène fixait la fenêtre depuis un moment. Les explosions d'émotivité et les grandes démonstrations de sentiments lui déplaisaient; il y était sensible, une sensibilité à laquelle il se refusait et qu'il dissimulait avec soin. Et il trouvait qu'avec l'âge cela devenait presque de la sensiblerie. Que les femmes pleurent, c'était dans leur nature; l'homme devait être un roc, ou du moins paraître tel, même lorsqu'il se sentait impuissant et désemparé, comme c'était son cas en cet instant.

– Il est peut-être encore temps de fuir? demanda Azniv Hanim sans trop y croire.

Armène leva les mains et les laissa retomber sur ses cuisses.

– Vous pensez bien qu'ils ont prévu le coup. Un cordon de soldats cerne la ville. Ils campent même dans mon champ!

Elle se frappa la poitrine et gémit :

– Mon Dieu! Mon Dieu!

Cette plainte qui était en même temps une prière lui rappela qu'ils n'étaient que des grains de poussière dans la main du Très-Haut. Et la foi qui avait modelé sa pensée bien avant l'âge de raison lui inspira une résignation d'où l'espoir n'était pas absent.

– Le Seigneur est notre berger, disent les Écritures. Puisqu'Il le veut, nous partirons donc avec les gendarmes.

– Pas question que je quitte la ville sans Vartan! lâcha Maro d'une voix décidée.

Ils ne l'avaient pas entendue arriver et sursautèrent. Si elle avait pleuré dans sa chambre, plus rien n'y paraissait. Ses traits tendus durcissaient son visage, ses yeux témoignaient d'une volonté inflexible. Azniv Hanim vit dans cette attitude une source de complications.

Tomas courut vers sa mère. Alors que d'habitude Maro pouvait à peine soulever son fils, elle le hissa dans ses bras sans effort apparent.

– N'aie pas peur, mon chéri. Nous sommes là, ta grand-mère, ton parrain et moi. Il ne t'arrivera rien.

– Je veux que papa revienne, supplia-t-il.

– Moi aussi, Tomas. Nous le reverrons, je te le promets.

Sa voix dénotait une telle assurance qu'il la crut sans hésiter. Elle le redéposa par terre.

– Tu devrais promener ton poney dans le jardin; il manque sûrement d'exercice.

Il comprit que les adultes voulaient être seuls pour parler, comme toutes les fois où on l'envoyait jouer dehors. Il sortit sans protester car il ne tenait pas tellement à entendre ce qu'ils diraient.

Azniv Hanim étira le cou vers la fenêtre pour s'assurer que l'enfant s'éloignait en direction de l'écurie. Elle demanda à sa fille, une pointe d'appréhension dans la voix :

– Qu'est-ce que tu entends par « ne pas quitter la ville »?

Maro répondit avec un peu de brusquerie :

– C'est clair, il me semble!

– Ma pauvre enfant, soupira Azniv Hanim, nous n'avons pas le choix.

– Je n'abandonnerai pas Vartan.

Sa mère tenta de la raisonner :

– Vois les choses en face, Maro : tu ne peux rien pour ton mari.

À mon avis, Vartan est moins à plaindre que nous. Il connaît les lois et ses supérieurs dans l'armée ont de la considération pour lui.

– Les lois? ironisa Maro. Depuis quand la loi protège-t-elle les Arméniens?

Sa patience à bout, Azniv Hanim s'emporta et sa voix se fit soudain autoritaire :

– Et qu'est-ce que tu comptes faire? Te barricader ici? Ils enfonceront la porte ou brûleront la maison, et nous avec. Sois raisonnable, songe à ton fils. Il n'a plus que toi.

– Mayrig! tonna Maro. Je vous défends de parler ainsi.

– Ce n'est pas ce que je voulais dire, s'excusa Azniv Hanim, un peu piteuse. J'ai la conviction que Vartan va se tirer d'affaire. Mais d'ici là...

Armène, qui s'était tenu poliment à l'écart de la conversation, jugea à propos d'intervenir :

– Allons, allons. Essayons de faire le point calmement.

Il invita d'un geste Maro à s'asseoir. Elle préféra rester debout. Il dit :

– Tu veux demeurer à Sivas. J'imagine que tu as déjà pensé à un moyen d'y arriver?

– Oui. Le colonel Ibrahim m'avait offert de nous accueillir chez lui. Je vais lui demander si sa proposition tient toujours.

Armène fit une moue :

– Tu le mettrais dans l'embarras. Depuis qu'il t'a dit cela, des affiches ont été placardées au bazar : il est interdit aux musulmans de cacher des chrétiens. Il pourrait lui en cuire, tout colonel qu'il est!

L'objection n'entama pas la confiance de Maro :

– Dans ce cas, nous irons à l'orphelinat suisse. Tomas comme pensionnaire, mayrig et moi comme employées. J'ai souvent aidé le pasteur Roesler par le passé; je sais qu'il sera enchanté de nous rendre ce service.

– C'est peut-être une solution, répondit Armène, songeur.

Azniv Hanim s'effrayait à l'idée qu'ils se retrouvent seuls Arméniens dans une Sépastia peuplée uniquement de Turcs. C'était la première fois que le nom arménien de la ville lui venait spontanément à l'esprit. Juste au moment où il allait se perdre! Azniv Hanim préférait encore suivre ses compatriotes sur la route de l'exil. Elle risqua, d'une voix pleine d'hésitation :

– Maro, tu ne dois pas refuser d'envisager le... pire.

Maro voulut élever une protestation, mais Armène l'en empêcha :

– Laisse parler ta mère. Il faut tenir compte de toutes les possibilités.

– Je sais que cela ne se produira pas, reprit Azniv Hanim, mais supposons que ton mari... Que ferions-nous alors à Sivas? Tandis que si nous sommes avec les autres...

– Nous crèverons! s'exclama Maro d'un ton cinglant.

Azniv Hanim se tourna vers Armène et sollicita son appui. Il se frotta le menton et soupira :

– Tout vaut mieux que la déportation, Azniv Hanim.

Cette réponse étonna Azniv Hanim, qui dit :

– Pourtant, vous partez bien dans les convois avec Araksi ?

– Mais nous n'arriverons pas au bout de la route. Pas mon épouse, en tout cas. Nous le savons. Nous l'acceptons. Nous aiderons les plus jeunes tant que nous en aurons la force. Ensuite, à la grâce de Dieu !

Les propos du vieillard raffermirent Maro dans sa décision. Elle s'approcha de sa mère et lui toucha l'épaule. Son attitude et sa voix étaient protectrices.

– Vous voyez bien, mayrig : l'orphelinat est la meilleure solution. Nous serons près de Vartan.

Azniv Hanim se rendit aux arguments de sa fille. Maro demanda à Armène de l'accompagner chez le pasteur Roesler.

– Si vous avez le temps. Je ne voudrais pas qu'Araksi s'inquiète de votre retard.

– Non, non. L'orphelinat n'est qu'à dix minutes à pied. Même pas la peine d'atteler l'araba.

*
* *

Armène et Maro partirent. Lui en chalvar et coiffé d'un turban, elle dissimulée sous un tcharchaf noir, ils ressemblaient à un couple de paysans musulmans. Azniv Hanim était en train de dresser la table quand un vacarme se fit entendre à l'extérieur. Elle se tourna vers la fenêtre ; les buissons de noisetiers bloquaient la vue. Tomas entra en criant :

– Grand-mère ! Grand-mère ! Des zaptiyés ! Beaucoup !

Elle sortit. Huit ou neuf soldats avaient forcé la grille et pénétraient dans le jardin. Sassoun courait autour d'eux en aboyant ; il se dirigea vers le gendarme le plus avancé et tenta de le mordre à la jambe. L'homme le chassa à coups de botte et l'épagneul battit en retraite vers la maison en glapissant. Les soldats éclatèrent de rire.

– Sassoun ! hurla Tomas. Ils ont fait mal à Sassoun.

Azniv Hanim attrapa son petit-fils par le col.

– Reste ici !

Le chien les rejoignit sur le perron et Tomas le palpa afin de vérifier qu'il n'était pas blessé.

– Rentre dans la maison avec lui, ordonna Azniv Hanim. Et referme la porte.

Elle se tourna vers les soldats et demanda, tremblante de colère :

– Qu'est-ce que vous voulez ? Sortez d'ici !

Le lieutenant qui commandait le détachement s'approcha d'elle tandis que ses hommes filaient à l'écurie. Il resta au pied des marches, jambes écartées, poings sur les hanches, et fixa la vieille femme d'un œil goguenard. Elle ne s'en laissa pas imposer :

– Qu'est-ce que ça signifie?

– Vous avez des chevaux. Ils sont réquisitionnés.

– Vous n'avez pas le droit!

– Nous avons tous les droits. Ils ne vous serviront plus, répliqua-t-il, l'air amusé.

Il s'en retourna en riant dans l'allée, où ses hommes revenaient déjà en tirant derrière eux les deux vaches et les trois chevaux. Conduit par une main inconnue, Hour-Grag renâclait et se cabrait. Un soldat le frappa à plusieurs reprises de la crosse de son fusil. Derrière la vitre de la porte, Tomas en eut un haut-le-cœur. Hour-Grag! Le cheval que son père aimait tant! Et puis l'enfant fut horrifié de voir que l'on prenait aussi Gaydzag, son poney. Il voulut sortir pour empêcher ce vol, mais dehors sa grand-mère tenait la poignée et la bloquait. Tomas se mit à donner des coups de pied dans la porte et hurla de toute la force de ses poumons.

– Les salauds! marmonna tout bas Azniv Hanim. Ils emportent même les selles et la calèche.

Les cris de Tomas lui mettaient les nerfs à vif; elle perdit la tête, s'empara d'un râteau appuyé au mur et courut vers les gendarmes.

– Chan zavagner [1]!

Le lieutenant esquiva l'attaque et répliqua par un coup de poing qui atteignit Azniv Hanim au visage. Elle recula sous l'impact et vacilla. L'officier la frappa à nouveau, cette fois du plat de la main. Elle s'écroula dans l'allée. Tomas demeura paralysé de terreur malgré son désir de porter secours à sa grand-mère. Ce n'est qu'une fois les soldats dans la rue qu'il s'élança vers elle, bientôt rejoint par Zeyneb et Djémila, plus blanches que des draps.

***

Le pasteur Roesler reçut Maro et Armène avec chaleur mais son visage prit une mine déconfite lorsqu'elle exposa sa requête. Les instituteurs de l'orphelinat suisse, des Arméniens, avaient été arrêtés. Les femmes qui y travaillaient avaient dû rejoindre leurs familles en vue de la déportation. Il ne restait plus que le pasteur et son épouse pour s'occuper des orphelins, que les autorités ottomanes prendraient en charge sous peu.

– On ferme mon orphelinat! se plaignit le missionnaire protestant. De jeunes chrétiens dans un établissement musulman? Une triste farce!

– Personne ne peut l'empêcher? demanda Armène.

– J'ai fait intervenir le consul américain. On l'a ni plus ni moins envoyé promener.

Le pasteur Roesler leva les yeux au ciel et joignit les mains:

– Que va-t-il arriver à ces pauvres enfants?

1. Enfants de chienne! (Arménien).

Il songea tout à coup que l'infortune de ses visiteurs n'était pas différente. Ses yeux d'un bleu très pâle s'embuèrent :

– Et vous, mes pauvres amis...

Maro retournait chez elle la mine soucieuse, mais non abattue comme le redoutait Armène. Une heure plus tôt, dans la solitude de sa chambre où elle pleurait sur le sort de Vartan, elle avait pris la résolution d'être un roc, un rempart entre son fils et la cruauté du destin. Sa résolution ne faiblissait pas, même si elle ne voyait d'autre solution que de partager l'exil de la communauté arménienne de Sivas. Armène approuva le réalisme de la jeune femme.

– Vartan saura bien se débrouiller seul, dit-il, et nous retrouver sur la route de la Syrie.

– Ses chances sont minces, fit-elle d'une voix étranglée.

– C'est vrai. Mais tu dois garder espoir malgré tout.

– Je n'ai pas l'intention d'agir autrement!

Il lui tapota la main.

– C'est comme ça qu'il faut penser. Durant un pareil voyage, les occasions de fausser compagnie à nos gardiens ne manqueront pas. J'imagine qu'au bout de quelques jours la surveillance des gendarmes se relâchera. Nous en profiterons.

– Pour aller où?

– Je ne sais pas, nous aviserons. Arrange-toi pour que ta voiture soit toujours près de la mienne.

Les rues grouillaient de gendarmes et de soldats qui menaient par la bride des chevaux et des mules, poussaient devant eux des vaches, des chèvres et des moutons. Ils quittaient le quartier arménien. D'autres y arrivaient avec des bœufs attelés à des chariots aux énormes roues pleines, d'un modèle en usage au Proche-Orient depuis l'époque des Hittites.

– Ils ne perdent pas de temps! grommela Armène.

Il quitta Maro devant chez elle. Zeyneb attendait près du portail à la serrure brisée. Elle raconta d'une voix fébrile la mésaventure d'Azniv Hanim consécutive au vol des bêtes par les gendarmes.

– Épargne-moi les détails, dit Maro avec impatience alors qu'elles couraient à la maison. Ma mère a repris connaissance?

– Oui.

Maro trouva Azniv Hanim assise dans la cuisine, une compresse sur l'œil gauche, les lèvres tuméfiées. La vieille femme réprimandait Djémila qui faisait les cent pas en se tordant les mains :

– Cesse de bouger, tu me donnes le tournis!

En dépit des protestations de sa mère, Maro examina son œil gonflé qui bleuissait déjà; une large ecchymose couvrait la pommette. Elle s'inquiéta :

– Vous êtes certaine de n'avoir rien de cassé?

– Non, non, répondit Azniv Hanim d'un ton bourru. Même plus de douleur. C'est ma faute : je me suis conduite comme une jeune sotte.

– Vous devriez aller vous étendre.

– Nous avons trop à faire, répliqua-t-elle en replaçant la compresse sur son œil. Un café, et je serai d'attaque.

Elle se leva et se dirigea vers le réchaud à alcool. Elle conclut, d'une voix rauque :

– Que cela nous serve de leçon : dorénavant, il faudra montrer patte blanche ! Nous sommes moins que du bétail et notre vie ne tient plus qu'au bon vouloir de brutes grossières.

Tomas se tenait dans une encoignure, à moitié caché par le poêle de fonte, et contemplait la scène avec des yeux exorbités. Quand sa mère s'approcha de lui, il fondit en larmes. Il n'avait qu'un filet de voix pour gémir :

– Gaydzag ! Ils ont emmené Gaydzag.

Maro lui prit la main et l'entraîna hors de la pièce :

– Viens, mon chéri. Il faut que je t'explique ce qui nous arrive.

***

Après le repas du soir, l'éternel lapa, un riz trop cuit et insipide, Vartan fut conduit, menottes aux poignets, dans la salle du sous-sol où il avait rencontré Gani Bey deux jours auparavant. Confiné dans l'obscurité, il souffrit de la lumière pourtant pâlotte des lampes du couloir. Il était sale et arborait une barbe de quatre jours. Il se gratta la poitrine : les punaises infestaient la paillasse, si nombreuses que leurs piqûres troublaient son sommeil. Ces désagréments physiques n'étaient rien en regard de l'angoisse. Il se tourmentait pour sa famille, qui aurait tellement eu besoin de lui dans ces circonstances. Qu'allait-il advenir d'eux ? Il n'entretenait aucune illusion sur son propre sort.

En entrant dans la pièce, Vartan saisit la fin d'une phrase : « ... vos ingérences intolérables ! » La voix colérique de Gani Bey. Le représentant de l'Ittihad était assis à la grande table, encadré du commissaire Mustafa et du colonel Ibrahim. Ce dernier accueillit Vartan d'un clin d'œil discret qui se voulait encourageant, mais les rides de son front révélaient son propre tracas. Ce devait être lui que tançait Gani Bey. Mustafa Rahmi ne faisait aucun effort pour cacher sa joie. Quant à Gani Bey, il semblait s'ennuyer déjà et consultait sa montre. C'était donc là le procès qu'on lui ferait ! Un grossier simulacre de justice.

Les deux gendarmes qui accompagnaient Vartan s'assirent sur un banc au fond de la salle ; lui-même resta debout en face de ses juges. Gani Bey le détailla des pieds à la tête d'un air dégoûté, puis demanda :

– As-tu réfléchi à mon offre généreuse ?

– Ma réponse est non.

Imperturbable, le haut fonctionnaire alluma une cigarette avant de dire :

– Lisez l'acte d'accusation, commissaire.

Mustafa toussa à deux reprises et se mit à débiter le texte, qu'il connaissait presque par cœur :

– « Le major Vartan Balian, pharmacien arménien, officier de réserve de l'armée et journaliste politique connu, est accusé d'avoir mis sur pied des groupes de rebelles armés dans le vilayet [1] de Sivas. Son principal complice est un dénommé Chirag Tévonian. »

– C'est un tissu de mensonges! s'écria Vartan, indigné.

– Silence! ordonna le commissaire. Sinon, tu retournes dans ta cellule et le procès se déroule sans toi.

Gani Bey dit, d'un air moqueur :

– Quand ce Tévonian est allé te voir à l'hôpital sous la tente, c'était pour parler de la pluie et du beau temps?

Vartan ne sut que répondre. Il s'attendait qu'on ressorte ces histoires d'articles écrits pour des journaux étrangers; il avait préparé sa défense en ce sens, bien qu'il sût qu'on ne le laisserait peut-être pas parler. Le commissaire poursuivit sa lecture :

– « L'accusé est en relation avec plusieurs organisations subversives qui trament un complot contre le gouvernement légitime de l'Empire dans le but de favoriser une invasion par les puissances ennemies. »

Vartan ne put s'empêcher d'intervenir à nouveau :

– Ce ne sont que des suppositions gratuites!

Au lieu de s'emporter, Gani Bey sourit.

– Il y a encore plus grave. Continuez, commissaire.

– « Vartan Balian est, de plus, coupable du meurtre du vali Mumtaz Bey, survenu en banlieue de Sivas le 30 juin 1915. »

Mustafa Rahmi déposa la feuille sur la table et croisa les bras sur sa poitrine. Le colonel Ibrahim se tourna vers Gani Bey :

– Ce sont des accusations très graves et le major Vartan jouit d'une excellente réputation. Vous avez des preuves?

– Des preuves et des témoins, répondit le commissaire. Puis-je? ajouta-t-il pour Gani Bey.

– Faites.

– Amène les témoins, ordonna Mustafa à l'un des gendarmes.

Le garde revint avec deux hommes, un civil aux cheveux coupés ras comme il était d'usage dans les prisons et un caporal de la gendarmerie qui avait une tête d'ivrogne. Mustafa s'adressa au civil :

– Dis-nous ton nom et ton occupation.

L'homme, un Kurde aux épaisses moustaches retombantes, répondit, dans un turc approximatif :

– Arpajioglu Ismaël, aiguiseur de couteaux.

Le commissaire désigna Vartan :

– Connais-tu cet homme?

– Oui, répondit le témoin :

– Où et quand l'as-tu rencontré?

– Il y a quatre jours. Je l'ai vu sortir de la maison de Mumtaz Bey.

1. Province ou région administrative. (Turc.)

– Seul?
– Non, avec un autre homme. Ils couraient.
– Quelle heure était-il?
– Je ne sais pas lire l'heure.
– À peu près?
– À l'aube. Le muezzin avait déjà appelé à la première prière.
– C'est bien, fit le commissaire. Tu peux disposer.
– Pardon?
– Tu peux partir.

L'homme parut soulagé.

– Un instant! dit le colonel. Je voudrais interroger le témoin.

Gani Bey lui fit des yeux courroucés:

– Pas question! Je vous rappelle que vous êtes ici à titre d'observateur, et non d'avocat de la défense.

Les lèvres d'Ibrahim se contractèrent en une moue de contrariété; il porta sur Vartan un regard navré. Il avait l'intime conviction que son ami n'était pas coupable de la mort de Mumtaz Bey, ni de quoi que ce soit. De faux témoins. Cette parodie de justice le révoltait, mais il n'y pouvait rien, sinon rapporter la chose au général, qui serait lui aussi dans l'impossibilité d'intervenir.

L'air désabusé, Vartan écouta le caporal prétendre qu'il l'avait fouillé juste après son arrestation, ce qui était faux, et affirmer que le chapelet d'ambre que montrait le commissaire avait été trouvé dans ses poches.

Le commissaire menait rondement l'affaire, sous le regard approbateur de Gani Bey. Il surveillait son langage et adopta le ton posé qu'il estimait être celui d'un magistrat:

– Il a été établi, hors de tout doute, que ce tezbih appartenait au gouverneur Mumtaz Bey. Il s'agit donc d'une preuve irréfutable de la culpabilité du dénommé Vartan Balian.

Vartan déclara, faussement admiratif:

– Quelle éloquence! C'est malheureux qu'il n'y ait pas de greffier pour consigner un si beau discours!

Piqué au vif, Mustafa frappa la table du poing et se leva à demi sur sa chaise; il ouvrit la bouche pour crier une injure mais estima préférable de conserver le contrôle de lui-même en présence de Gani Bey. Son regard n'en fut pas moins éloquent. Il respirait fort, comme s'il venait d'accomplir un exercice violent, et Gani Bey prit la relève.

– L'ironie ne te sera pas d'une grande utilité. Tu n'as rien d'autre à dire pour ta défense?

Vartan savait qu'il était perdu et qu'il ne gagnerait rien à argumenter. Il répondit, avec une certaine lassitude:

– Je pourrais affirmer que le dernier témoin n'était pas au commissariat quand on m'y a amené et que ma femme, ma bellemère et deux servantes peuvent témoigner que j'étais chez moi au moment du meurtre du gouverneur. Mais cela aussi ne serait d'aucune utilité.

Ce jeu amusait Gani Bey. Il prit une feuille dans le dossier. Sans doute parce que le colonel Ibrahim était à sa droite, il ne se départit pas de son attitude patiente et de son ton presque aimable :

– J'ai ici une confession signée par ton complice Chirag Tévonian. Il reconnaît avoir conspiré avec toi et, surtout, t'avoir assisté lors du meurtre de Mumtaz Bey.

– Peuh! fit Vartan en haussant les épaules. S'il s'agit vraiment de sa signature, j'imagine par quelles méthodes vous l'avez obtenue. La réputation de cruauté du commissaire n'est plus à faire!

Les mains de Mustafa Rahmi se crispaient sur le bord de la table. Il était sur le point d'exploser de rage. Ibrahim se pencha vers Gani Bey afin de jeter un coup d'œil sur la confession. La signature était un gribouillage illisible; cependant, l'empreinte d'un pouce l'authentifiait. Cette marque était du sang séché. Après avoir hésité, Ibrahim risqua une nouvelle intervention :

– J'imagine, Gani Bey, que les preuves et les témoignages ont été contre-vérifiés?

Les bajoues du haut fonctionnaire tremblotèrent et il s'exclama, outré :

– Colonel Ibrahim! Oseriez-vous mettre en doute ma compétence et l'intégrité du commissaire Mustafa, le futur gouverneur de Sivas?

– Loin de moi cette pensée, se hâta de dire Ibrahim. Je vous demande de me pardonner si mes paroles ont pu vous sembler offensantes. Mon seul désir était de servir la justice.

– Eh bien, taisez-vous, rétorqua Gani Bey d'un ton cinglant, la justice se débrouille très bien toute seule.

La placidité de Vartan fit place à la colère :

– Justice! N'utilisez pas un mot dont vous ignorez le sens. Ce procès est une mise en scène grotesque!

– Silence, fils de chienne! hurla Mustafa Rahmi, qui se leva en renversant sa chaise.

Loin d'obtempérer, Vartan haussa le ton :

– Vos preuves sont fabriquées. Je suis innocent. Mon seul crime est d'être arménien. Comme ceux que vous pendez sur la place. Comme ces femmes et ces enfants que vous égorgez dans toute l'Anatolie.

Incapable de se contenir, le commissaire contourna la table et se précipita sur le prisonnier. Vartan para le coup de poing et frappa son adversaire sous le menton de ses mains jointes. Sonné, Mustafa recula d'un pas chancelant et s'appuya à la table. Vartan avait réagi instinctivement mais il ne regrettait pas son geste irréfléchi. Au point où il en était... Un garde s'approcha et le frappa entre les omoplates de la crosse de son mauser. Vartan tomba à genoux, la respiration coupée. Le commissaire sortit de sa poche un couteau à cran d'arrêt.

– Tu vas me le payer, marmonna-t-il entre ses dents serrées.

La lame apparut avec un déclic sec.

– Commissaire Mustafa, commanda Gani Bey, je vous l'interdis.

Le commissaire demeura encore quelques secondes à décrire des cercles avec son couteau à la hauteur de la gorge de Vartan. Sur un nouvel ordre de son supérieur, il regagna sa place, releva sa chaise et se rassit. Il fixait Vartan, les yeux chargés de haine, conscient que l'heure de sa vengeance viendrait. Ibrahim avait craint pour la vie de son ami; il le supplia du regard de se tenir tranquille.

Gani Bey referma le dossier qui se trouvait sur la table.

– Vartan Balian, tu es reconnu coupable de meurtre et de sédition. En conséquence, je te condamne à mort.

Toujours à genoux, Vartan écouta la sentence sans laisser paraître d'émotion. Les jeux étaient faits depuis longtemps, il le savait. Tout comme il s'attendait que Gani Bey réitère sa proposition.

– Tu as une chance d'échapper à la mort. Acceptes-tu de collaborer avec nous?

– Non.

– Ta femme et ton fils prendront la route demain avec les autres.

– Et si je consens à écrire les mensonges que vous me dicterez?

– Nous garderons les tiens à Sivas. Et tu les retrouveras une fois ta mission remplie.

Vartan ricana :

– Vous me prenez vraiment pour un imbécile! Croire vos promesses? Dès que je ne vous serais plus utile... couic!

Ibrahim voulait retarder le plus possible l'échéance fatale; il ne désespérait toujours pas de trouver un moyen de sauver son ami. Il lâcha, d'une voix insistante :

– Vous devriez accepter cette offre, major Vartan.

Vartan secoua la tête. Sa décision était arrêtée depuis la veille. Gagner du temps ainsi que le préconisait Ibrahim ne servirait à rien : en prison, il serait sous haute surveillance, et on détiendrait Maro et Tomas en otages pour prévenir toute tentative de fuite. Quand on l'éliminerait, sa femme et son fils risquaient de connaître le même sort. Il préférait encore les savoir en exil avec Azniv Hanim, Armène et les Arméniens de Sivas; ils auraient alors une chance de survivre.

Gani Bey sourit à Vartan :

– Notre ministre serait déçu. Il tient tellement à lire tes éloges de sa politique.

– Que le diable l'emporte!

Cette réponse rageuse accrut la bonne humeur de Gani Bey, qui demanda au commissaire de faire venir l'autre condamné. Les gardes ramenèrent un prisonnier qu'ils traînaient par les bras. Ils le laissèrent tomber à côté de Vartan. Chirag Tévonian! Les yeux crevés, le visage réduit à l'état de plaie vive, il était méconnaissable. Sa mâchoire fracturée pendait et, chaque fois qu'il expirait, de petites bulles rouges se formaient aux commissures des lèvres. Vartan eut un haut-le-cœur.

– Tu reconnais ton complice, Balian? demanda Gani Bey d'une voix joyeuse. Sa vie est entre tes mains. Accepte ma proposition!

À la mention du nom de Vartan, Chirag eut une réaction. Ses lèvres remuèrent faiblement :

– Baron Vartan?

– Je suis là.

– Ne vous occupez pas de moi, hoqueta Chirag avec peine.

– Pour la dernière fois, demanda Gani Bey, c'est oui?

Chirag répondit en faisant un effort ultime pour élever la voix :

– Qu'on en finisse!

Vartan serra le bras du jeune homme en signe de compassion et cracha en direction de la table.

Le commissaire s'approcha et encercla du bras gauche le cou de Vartan; de l'autre main, il lui agrippa les cheveux et maintint son visage tourné vers celui de Chirag.

– Regarde comment l'on meurt, rugit-il. Instruis-toi, ce sera bientôt ton tour!

Il appela un de ses hommes :

– Vise-le à la tête.

Le gendarme appuya le canon de son fusil sur la tempe de Chirag, qui se mit à réciter le Pater. Sa voix s'amplifiait, comme s'il usait de ses dernières forces pour cette prière.

– Tu ne changes toujours pas d'idée? demanda le commissaire en serrant plus fort le cou de Vartan.

Il resta muet. Une mort rapide était ce que l'on pouvait souhaiter de mieux pour Chirag. Vartan joignit sa voix à celle du garçon et s'obligea à ne pas fermer les yeux. Ils en étaient aux mots « que votre volonté soit faite » quand un coup de feu fit éclater le crâne de Chirag. Du sang et des lambeaux de chair éclaboussèrent Vartan.

– À ton tour, maintenant, dit le commissaire, qui le relâcha et s'écarta.

Ibrahim s'interposa avec autorité :

– Non! Ne le tuez pas ici. Le peloton d'exécution. Ce sera excellent pour le moral de la troupe.

– Je suis d'accord, dit Gani Bey dont le regard brillait. Mais on ne le fusillera pas. Une pendaison sur la place du marché : le peuple aussi a besoin d'exemples.

5

L'humidité alourdissait l'air et les vêtements collaient à la peau; pourtant le soleil venait à peine de se lever, pâle et diffus dans le ciel d'un blanc laiteux. Les oiseaux se perchaient, en proie à une espèce de torpeur qui les rendait muets. Dans le lointain, des ânes brayaient sans arrêt.

Le bœuf regardait Tomas d'un œil placide. Sur la cornée humide, l'enfant voyait son propre reflet. L'énorme bête au pelage roux léchait son museau aussi noir que ses sabots. Un joug de bois était attaché à la base de ses cornes. Sassoun flairait les pattes du bovidé, qui ne réagissait pas. Tomas rapporta de l'écurie une brassée de foin qu'il déposa par terre. L'animal étira le cou pour atteindre le fourrage.

Cet attelage... C'était donc vrai qu'ils partaient! L'enfant avala sa salive avec difficulté. Le miracle attendu n'avait pas eu lieu. Jusqu'à ce qu'il voie le bœuf et la voiture en se réveillant ce matin, Tomas croyait qu'il se produirait quelque chose, un événement imprévu qui leur permettrait de demeurer dans leur maison. Peut-être même le retour de son père! Grâce à cette croyance, il se montrait fort depuis la veille; il n'avait pleuré qu'une seule fois, en secret dans son lit. À présent, il ne lui restait plus que la volonté d'être courageux pour soutenir sa mère et sa grand-mère. Et il n'était pas certain que cette volonté suffirait.

Tomas monta à l'étage et pénétra avec hésitation dans la bibliothèque de Vartan. C'était la première fois qu'il y venait en l'absence de son père. De toutes les pièces de la maison, c'était celle que l'enfant préférait. Les cartes géographiques et les planches anatomiques le faisaient rêver. Avec quel plaisir il examinait les spécimens des collections de minéraux, de fossiles et d'insectes. Une véritable salle du trésor! Son père ne disait-il pas que les livres recelaient tout le savoir des hommes? Et des livres, les étagères en contenaient des centaines.

L'odeur du maroquin des reliures lui arriva en plein visage. Un peu de jour filtrait à travers les rideaux. La pendule s'était arrêtée et le silence feutré impressionna l'enfant. Des feuilles de papier jonchaient le tapis rouge aux motifs de fleurs et de fougères. Il en ramassa une et l'étudia avec soin. L'écriture de son père... Tomas essaya de la déchiffrer. Il ne savait pas vraiment lire et parvint tout au plus à reconnaître certaines lettres effilées de l'alphabet arménien.

Ces lignes gracieuses lui rappelaient les moments qu'il avait passés dans cette pièce, à faire ses exercices de calligraphie pendant que Vartan écrivait ou lisait, accoudé à son bureau. Son père levait les yeux vers lui et se mettait à parler de l'importance de la connaissance et de l'instruction. Trop heureux de se laisser distraire de ses devoirs, Tomas posait des questions. Son père lui racontait l'histoire du monde et des rois arméniens, parlait des pays lointains, des races, des pierres, des bêtes, des étoiles. Il connaissait tout! Cela durait longtemps, des heures peut-être, mais Tomas ne se lassait pas d'entendre la voix chaude et enthousiaste de Vartan qui lui expliquait la vie et les choses. Des images défilaient devant ses yeux, les phrases le transportaient ailleurs; alors, une interrogation de son père le prenait souvent au dépourvu.

Le petit garçon fit lentement le tour de la pièce, attentif à ne pas faire craquer les lames du parquet. Les objets semblaient le regarder avec curiosité; certains même avec hostilité. Comme s'ils lui reprochaient d'être là sans permission. Impressionné, il continua néanmoins sa visite. Les livres s'empilaient jusqu'à une hauteur qui lui donnait le vertige et provoquait une sensation d'écrasement. Il effleura du bout de l'index les reliures sur les rayons à sa portée. Les coins de sa bouche s'affaissèrent de dépit. Il n'aurait jamais l'occasion de lire ces bouquins et de devenir savant comme son père.

D'une main tremblante, il ouvrit l'armoire vitrée, ce qui lui était défendu. Elle contenait les instruments mystérieux de la profession de pharmacien. Les fioles aux formes variées, les éprouvettes, les ballons, les coupelles, les pipettes, le microscope, la balance de précision, les pilons et les mortiers, tout le fascinait. Et que dire de ces pots aux étiquettes jaunies, certaines ornées d'une tête de mort menaçante! Tomas souleva le bouchon de verre d'un flacon d'éther et respira les vapeurs qui s'échappaient. Cette odeur qui étourdissait...

Vartan lui avait promis de lui enseigner un jour les secrets de la chimie. Une larme roula sur la joue de l'enfant. Il referma l'armoire et s'arrêta au globe terrestre penché sur son piédestal de bois clair. Quand il se soulevait sur la pointe des pieds, son nez arrivait juste un peu plus haut que l'équateur. Près de la première lettre de l'inscription *Asia Minor* se trouvait Constantinople. À droite de la capitale, distant de l'exacte épaisseur du pouce de Tomas, un point indiquait la position de Sivas. C'était Vartan qui l'avait tracé à l'encre de Chine. D'un geste las, l'enfant imprima une rotation au globe.

Il s'assit derrière l'immense bureau qui le fit paraître tout petit. Des piles de feuilles encombraient habituellement le dessus du meuble. Il n'y avait plus que le sous-main, un encrier et un caillou qui servait de presse-papiers. Tomas manipula distraitement la pierre noire et tranchante, qu'il savait être de l'obsidienne. Le moindre objet de cette pièce portait la trace de son père. En reniflant, il ouvrit le tiroir supérieur. S'y trouvait une petite boîte en argent qui contenait un cachet du même métal. Tomas le pressa très fort contre son avant-bras. Quand il le retira, un ovale s'était imprimé en creux, et, au centre, la peau soulevée en étroits bourrelets traçait des lettres : le nom de Vartan Balian en arménien. De l'autre côté du sceau réversible, le même nom, cette fois en caractères arabes. Celui-là, Tomas ne l'imprima pas. Il remit le cachet dans la boîte qu'il glissa dans sa poche. Un jour, il le remettrait à son père. Il sortit en refermant délicatement la porte.

Les voix qui venaient de la cuisine avaient des accents de tristesse même si elles ne disaient que des choses banales. « Non, non, pas cette casserole », prononçait Azniv Hanim du même ton ému qu'elle avait pour parler de son défunt mari. Tomas plongea la main dans la poche de sa culotte courte et le contact de la boîte d'argent le réconforta. Avec ce talisman, il serait toujours plus fort que la peur.

– Te voilà, mon chéri, dit Maro en l'embrassant sur les joues.

De vilains cernes déparaient ses yeux fatigués. L'enfant voulut lui redonner confiance par son calme :

– Est-ce qu'on part bientôt ?

– Prends d'abord ton petit déjeuner, répondit-elle d'une voix étranglée.

– Est-ce que je dois emporter mes livres de classe ?

– C'est inutile, mon chéri.

Incapable de se contenir plus longtemps, Maro s'en fut au salon, laissant son fils aux soins d'Azniv Hanim. Le sanglot qui montait dans sa gorge fut bref. Le temps des larmes était passé. Maro s'assit sur le coin du divan et son regard erra sur les murs sans que rien ne retienne son attention. Tableaux, meubles, objets anciens, piano, plus rien n'avait de valeur à ses yeux. Elle se sentit déjà absente de cette maison où elle avait vécu huit années de bonheur. Toutes ces choses auxquelles elle se croyait attachée, voilà qu'elle les contemplait d'un œil froid ; des objets déjà morts, simplement parce qu'elle décidait de tourner le dos au passé. Désormais, toute sa volonté serait uniquement tendue par la nécessité de survivre avec son fils et sa mère, et l'espoir un peu fou de retrouver Vartan.

Après avoir mangé, Tomas aida au chargement de la voiture. Juchée à l'arrière, Azniv Hanim plaçait les ballots et les sacs que transportaient Maro et les servantes.

– Si tu veux apporter quelques jouets, dit la grand-mère à son petit-fils, il y a de la place.

Il haussa les épaules et fit signe que non. Il n'était plus un enfant, et, pour le prouver, il souleva un lourd panier de victuailles jusqu'au plancher du chariot.

– Attention, chekerim [1]! Tu vas te faire mal aux reins, s'exclama Zeyneb en l'aidant.

Elle lui parlait toujours en arménien, mais dès qu'il s'agissait de traduire une émotion, elle revenait spontanément à sa langue maternelle.

De la rue, un soldat demanda si elles étaient prêtes. Azniv Hanim répondit par la négative et ajouta pour les siens :

– N'allons pas trop vite... Il faut attendre Armène.

Elle descendit de la voiture. Djémila se jeta à genoux et lui enserra la taille :

– Pour l'amour d'Allah, hanim, je ne veux pas rester ici. Emmenez-moi avec vous.

– Moi aussi, ajouta Zeyneb.

– Je le voudrais bien, mais c'est impossible.

Tant de loyauté touchait Azniv Hanim ; cependant, le refus des jeunes filles de comprendre la situation l'agaçait. Elle obligea Djémila à se relever. Zeyneb lui embrassa la main :

– Hanim, je vous en prie!

La vieille femme eut un mouvement d'humeur et répondit avec une certaine brusquerie :

– Cela fait trois fois que je vous le répète ce matin! Il est interdit aux musulmans d'accompagner les déportés arméniens. Je vais vous donner de l'argent pour rentrer dans votre village.

– Qu'allons-nous devenir?

Azniv Hanim se calma et referma ses bras autour des deux jeunes servantes.

– Vous êtes de belles filles, vous vous marierez bientôt. Vous serez heureuses et aurez de nombreux enfants. Et quand nous reviendrons, nous irons vous voir dans votre village.

– Chez nous, vous serez chez vous, hanim.

***

On aurait pu confondre la charrette du capitaine Armène avec celle d'un fermier se rendant au marché. Il avait cueilli tout ce qu'il avait pu dans son jardin. À sa femme qui lui faisait remarquer qu'ils n'arriveraient pas à consommer tous ces légumes avant qu'ils ne soient défraîchis, il avait répondu qu'ils partageraient avec des plus démunis. Au fond, il désirait surtout ne rien laisser derrière ; il avait même détruit les plants qui n'étaient pas mûrs, en maugréant : « Ça ne profitera pas à ces anassouns [2]! »

La profusion de voitures, la plupart aux mains de conductrices inexpérimentées, créait des embouteillages dans les rues étroites.

1. Littéralement : mon sucre (chéri). (Turc.)
2. Animaux! (Arménien.)

Les autorités avaient prévu que les Arméniens sortent de la ville par groupes successifs. Mais tous les gendarmes jouaient au chef, et, devant les ordres contradictoires, les familles jugeaient plus sage de se mettre en route sans délai. Les véhicules se déplaçaient moins vite qu'une personne à pied. Des gendarmes exaspérés par tant de lenteur injuriaient les déportés. Lorsqu'il fut à une trentaine de mètres de chez lui, Armène confia les guides à sa femme.

– Araksi, j'ai oublié mon tabac. Tu n'as qu'à laisser le bœuf aller à son pas. Je te rejoindrai dans quelques minutes.

Il retourna à sa maison dont il avait laissé la porte entrouverte pour le chat. Une fois passé la barrière de lattes peintes en vert, il s'arrêta presque malgré lui afin d'observer une dernière fois la maison, où il pensait finir ses jours, et le paysage de montagnes qui s'ouvrait derrière. Son champ qu'il avait nourri de sa sueur et dont le blé avait été piétiné par les soldats. Un blé haut et dru comme on n'en voyait nulle part ailleurs dans la région. Son amandier! Ses pommiers... ses poiriers... ses vignes... Leurs branches s'arquaient déjà sous le poids des fruits encore verts. La récolte aurait été remarquable cette année. Les volailles caquetaient dans la basse-cour. Armène entendit un gazouillis : il avait oublié ses oiseaux! Il décrocha la cage suspendue au mur extérieur et libéra les chardonnerets qui s'enfuirent d'un vol malhabile.

– Pressez-vous! cria un jeune soldat qui passait.

Armène répondit par un juron :

– Anasdvadzner [1]!

Il transporta dans sa maison les fagots qu'il avait ficelés la veille près de la porte. Il en fit un tas et l'arrosa de kérosène jusqu'à ce que le liquide huileux se répande sur le sol de terre battue. Sans hésiter, Armène craqua une allumette. Il sortit avec précipitation et rattrapa la voiture; Araksi l'attendait, un cornet de papier brun à la main.

– Ton tabac était dans ta musette, avec la bouteille de raki [2] et les cartouches.

– Pas si fort!

Par-dessus le bruit des roues de bois, on entendit bientôt le ronflement d'un incendie. Des soldats couraient vers la maison en feu; impuissants, ils s'énervaient et agitaient les bras. Armène regardait la route devant lui et ricanait. Mais des larmes mouillaient ses yeux.

– Qu'as-tu fait là? s'étonna Araksi, d'un ton navré. Nous avions eu tant de joie à la construire.

– Je ne veux pas qu'elle leur profite!

– Et si les zaptiyés te cherchent pour te punir?

– Bah! Ils ont d'autres chats à fouetter, répondit-il, moins rassuré qu'il le paraissait.

1. Littéralement : gens sans Dieu. (Arménien.)
2. Eau-de-vie de raisin ou de prune parfumée à l'anis. (Turc.)

– Vieux fou! murmura Araksi, d'un ton que démentit la tendresse avec laquelle elle caressa le bras de son mari.

– Nous ne reviendrons jamais, Araksi. Tu en es consciente?

– Tant que je suis avec toi...

***

Maro et sa mère obstruaient les fenêtres du rez-de-chaussée avec des planches. Une idée d'Azniv Hanim. Bien qu'elle n'en vît pas l'intérêt, Maro avait consenti : cela les occuperait jusqu'à l'arrivée d'Armène.

L'odeur des chevaux et des vaches flottait encore dans l'écurie. Le cœur de Tomas se serra lorsqu'il vit le coin où Gaydzag était installé avant que les gendarmes ne le volent. Son petit cheval! Juste au moment où le rêve se réalisait... Pourquoi les choses n'arrivaient-elles jamais comme on le voulait? Sa poitrine se souleva et il lâcha un long soupir.

Sassoun flairait les parois des stalles vides. Tout à coup il s'immobilisa, dressa les oreilles et partit comme une flèche en aboyant. Tomas n'avait pas le cœur à jouer et il ne prêta pas attention aux jappements lointains qui l'appelaient. Pauvre Sassoun qui ne comprenait rien à ce qui arrivait à la famille! Il s'ennuierait de la maison et du jardin. Tomas ne devait pas oublier son bol.

Le crottin n'avait pas été sorti et des mouches bourdonnaient autour. Tomas décrocha la pelle et se mit à curer le plancher. La pelle était plus grande que lui et si lourde qu'il la maniait à grand-peine. Sa peau devint moite, puis la sueur ruissela sur son visage. Il travailla d'arrache-pied, s'arrêtant parfois pour essuyer son front du revers de la main. Une fois la brouette chargée, il déposa la pelle, mit ses poings sur ses reins et se courba en arrière en geignant. Sa grand-mère faisait de même lorsqu'elle était restée longtemps penchée à pétrir le pain.

En écartant les jambes afin de conserver son équilibre, il empoigna les manchons de la brouette. Les muscles de ses bras tremblaient lorsqu'il la souleva. Il faillit la renverser à deux reprises, néanmoins il parvint à atteindre le tas de fumier derrière l'étable. De retour à l'intérieur, l'enfant s'adossa au mur et se reposa quelques minutes. Il fallut un deuxième voyage de brouette, plus pénible encore que le premier. Ensuite Tomas répandit de la paille fraîche sur le plancher. Il raccrocha la pelle et se frotta longuement les mains. Voilà! C'était du travail bien fait. Qu'il fût inutile importait peu à l'enfant. Son père aurait été fier de lui! Après un dernier coup d'œil à son œuvre, Tomas referma la porte et poussa le verrou.

D'un pas majestueux, il se dirigea vers le côté de la maison. Sa grand-mère avait dit qu'en l'absence de son père il était l'homme de la maison; il devait donc se comporter comme tel. Un baquet de chêne placé sous les gouttières recueillait la pluie. Un peu d'eau stagnait au fond. L'enfant se lava les mains et s'aspergea le visage. Il essuya ses paumes sur sa culotte et siffla Sassoun. Celui-ci ne répondit pas. Comme si c'était le moment d'une partie de bahvdoug[1]! En prenant un ton autoritaire, il l'appela :

– Sassoun! Je n'ai pas envie de jouer.

Tomas regarda partout où l'épagneul avait l'habitude de se dissimuler : dans le potager, derrière le puits, sous les buissons de fusains. Après plusieurs appels sans réponse, l'enfant s'impatienta. Le chien n'était pas avec Maro et Azniv Hanim, ni à côté du bœuf. Tomas commença à s'inquiéter. Sa voix se fit aiguë et plaintive :

– Viens, chounigs[2], viens!

Il contourna la voiture. C'est alors qu'il le vit près du portail. Quel soulagement! Tomas oublia son intention de gronder l'animal. Il dit avec entrain :

– Arrive, Sassoun.

Le chien ne bougea pas, ne remua même pas la queue. Il était couché dans l'allée, chose qu'il ne faisait jamais. Boudait-il? Il était peut-être malade! Tomas courut. Il avait un pressentiment. Son cœur battait à tout rompre. Sassoun était sur le flanc. Au milieu d'une mare sombre. Une déchirure rouge sur le côté.

– Sassoun! hurla Tomas en se jetant à genoux.

Le chien était inerte, les yeux exorbités, le regard fixe. Du sang s'écoulait de plusieurs blessures au dos et au poitrail. C'était impossible! Un rêve, un mauvais rêve. Tomas sentit une bouffée de chaleur, il fut pris d'un étourdissement. Blême, il s'agrippa au poil de Sassoun, le secoua en l'appelant d'une voix éraillée :

– Chounigs... chounigs...

Son ami était mort. Bien mort. L'enfant le savait mais mit plusieurs secondes à le réaliser pleinement. Il éclata en sanglots. Des spasmes rendaient sa respiration saccadée. Il caressa la tête de l'animal, toucha ses plaies sans se préoccuper du sang chaud qui tachait ses doigts. Que ferait-il sans son chien? Tout l'abandonnait : son père, Sassoun, Gaydzag, la maison... Comme dans ce cauchemar où Hour-Grag l'enlevait pour l'emporter au loin. Désemparé, il leva la tête.

Adossés au mur du jardin, deux soldats l'observaient. Tomas sauta sur ses pieds. Ils souriaient méchamment. Avec les baïonnettes de leurs fusils, ils firent mine d'attaquer quelqu'un sur le sol et de le transpercer à plusieurs reprises. Terrifié, l'enfant recula. Les lames étroites étaient rouges. C'étaient eux qui avaient tué Sassoun! Tomas fixa les gendarmes avec des yeux pleins de haine.

– Tu en veux, toi aussi? demanda l'un des gendarmes.

Il avait un long nez auquel manquait l'aile gauche, conséquence d'une infection courante en Anatolie. Cela lui faisait une narine immense. Tomas grava son image dans sa mémoire; quand il serait grand, il le retrouverait et vengerait Sassoun.

1. Cache-cache. (Arménien.)
2. Mon petit chien. (Arménien.)

Malgré sa frayeur, il s'avança lentement jusqu'à son chien. Il se pencha sans quitter les soldats du regard, glissa ses mains sous le corps tiède et le souleva. Sassoun lui parut plus lourd que lorsqu'il vivait. L'enfant ne pleurait plus mais les yeux lui brûlaient encore. Un homme, il devait réagir comme un homme. Le souffle court, il emporta Sassoun en marchant à reculons afin de garder les soldats à l'œil. Ne pas montrer sa peur. Il coucha le corps au centre d'une plate-bande de phlox blancs et roses. C'était là qu'il l'enterrerait. Où était donc la bêche?

Une vigoureuse tape sur l'épaule le fit sursauter. Le gendarme au nez mangé l'avait suivi. Sa voix grasseyait.

– Va dire à tes parents de partir tout de suite!

Tomas s'enfuit vers la maison et rejoignit Maro et Azniv Hanim qui achevaient de condamner la porte d'entrée. Elles poussèrent des exclamations inquiètes en voyant l'enfant maculé de sang.

– Des zaptiyés ont tué Sassoun, dit-il, les mâchoires crispées. Ils nous ordonnent de partir.

Enragée, Maro lança son marteau par terre et prit son fils dans ses bras.

– Pleure, mon chéri, pleure, cela te soulagera.

Mais Tomas en était incapable. Il avait plutôt envie de hurler et de frapper, mais il ne voulait pas que les deux soldats entendent les échos de son chagrin. Il se dégagea de l'étreinte de sa mère. Elle n'insista pas :

– Je vais te trouver une chemise propre.

Pour se redonner du courage, il caressa la boîte d'argent renfermant le cachet de son père.

Aux yeux d'Azniv Hanim, la mort du chien constituait un mauvais présage. Sans dire un mot, elle ramassa sur les marches un petit paquet de toile et amena Tomas derrière le buisson de noisetiers. Elle espérait lui changer les idées en lui confiant une responsabilité. Elle déroula la bande de toile : il s'agissait d'une large ceinture dans laquelle elle avait enfilé des pièces d'or. Elle-même et Maro en portaient une semblable sous leurs vêtements, en plus des bijoux cachés dans les coutures de leurs robes. Elle noua la ceinture autour des reins de son petit-fils.

– Ce n'est pas trop lourd?

Malgré l'inconfort, il fit non de la tête.

– Prends-en grand soin, Tomas, c'est une partie de notre richesse. Cela pourrait un jour nous tirer d'embarras.

La confiance que sa grand-mère mettait en lui confirma Tomas dans l'idée qu'il n'avait plus le droit d'être un enfant.

Le capitaine Armène arrêta son chariot devant la grille, échangeant quelques paroles acerbes avec le gendarme qui voulait qu'il continue de rouler. Il vint saluer Maro et les siens, et jeta un coup d'œil furtif au chargement de leur voiture.

– C'est bien... Partons vite.

– Tu sembles pressé? s'étonna Azniv Hanim.

– Plus vite nous serons hors de la ville, mieux ce sera.

Il craignait qu'on l'arrête pour l'incendie de sa maison. Comment les femmes se débrouilleraient-elles sans lui ? Tomas se jeta dans les bras de son parrain et lui raconta la mort de Sassoun ; il faisait un effort surhumain pour contenir son émotion. Navré, Armène ne trouvait pas de mots susceptibles de réconforter son filleul.

– Dieu punira les méchants ! dit-il en déposant l'enfant par terre.

– Il faut enterrer Sassoun, déclara Tomas d'un ton décidé.

Maro lui mit la main sur la nuque et le poussa avec douceur vers la voiture.

– Nous n'avons pas le temps, mon chéri. Djémila et Zeyneb m'ont promis de s'en charger.

Les jeunes filles embrassèrent l'enfant, qui était pour elles un petit frère, et lui promirent d'ensevelir le chien avec beaucoup de soin. Les lèvres pincées, Tomas grimpa dans le chariot. Maro trouva pénibles les adieux que les petites Turques prolongeaient le plus possible. Il lui tardait de partir : la vue de la maison lui devenait insupportable.

Azniv Hanim et sa fille prirent place sur le banc ; Tomas se tenait debout derrière elles, juché sur un grand panier. Maro piqua le bœuf de la pointe de l'aiguillon ; la voiture brinquebala en pivotant. La bête avançait d'un pas lourd, le museau à ras du sol.

– Ne regarde pas derrière, dit Azniv Hanim à sa fille. Rappelle-toi la femme de Loth changée en statue de sel.

Tomas n'avait pas besoin de conseil. Il fixait une tache sur l'allée où s'affairaient de grosses mouches vertes. Du pouce, il essuya furtivement une larme. Dans ses oreilles résonnaient encore les aboiements de Sassoun. Jamais il n'aurait d'autre chien.

La maison s'éloignait, lugubre avec les planches grises en travers des ouvertures. Le nid déserté par les cigognes semblait sur le point de dégringoler du toit. Négligés depuis plusieurs jours, les rosiers grimpants jaunissaient. On aurait dit la maison à l'abandon depuis longtemps. Pourtant, il y avait une semaine à peine, elle retentissait de rires et de chants, d'accords de piano et de voix enfantines récitant une leçon de français. Dans la pénombre et le silence, les objets et les meubles demeureraient les témoins muets d'un bonheur évanoui.

Zeyneb portait un seau d'eau. Suivant la coutume, elle en versa le contenu sur le chemin derrière les roues en souhaitant que leur voyage s'effectue sans encombre.

– Qu'Allah veille sur vous !

Elle les précéda à la grille où Djémila attendait avec leurs baluchons. Leur oncle de Sivas, qui s'occuperait de les renvoyer dans leur village, portait le gramophone dont Maro avait fait cadeau aux jeunes filles. Il s'inclina pour saluer Azniv Hanim. Zeyneb et Djémila coururent le long du chariot ; elles se frappaient la poitrine et se lamentaient. Azniv Hanim tourna la tête vers elles.

– Mes filles, mes petites filles, priez pour nous, dit-elle d'une voix chevrotante, avant de leur faire signe de rejoindre leur oncle.

***

Le colonel Ibrahim se laissait bercer par le pas de son cheval. Le lieutenant Nedjil, qui était à côté de lui, crut que son chef sommeillait en selle, ce qui était compréhensible car ils avaient voyagé toute la nuit. Une seule petite halte d'une demi-heure. Ibrahim songeait qu'en ce moment les Arméniens de Sivas devaient commencer à sortir de la ville. Il avait voulu voir Maro après le procès de Vartan, la veille, mais un ordrc dc mission l'en avait empêché. Il devait conduire son régiment en marche forcée à Chabin Karahissar, une petite ville distante de près de deux cents kilomètres. Ayant appris les tueries dont s'accompagnait la déportation à Trébizonde, la population arménienne de Chabin Karahissar s'était réfugiée dans l'ancienne forteresse et résistait depuis plusieurs jours aux assauts de la gendarmerie et de l'armée.

La troupe tournait le dos à la rivière Halys et quittait la vallée pour se diriger vers une formidable barrière de montagnes dont le soleil levant accentuait le relief. Quelque part dans cet empilement de sommets déchiquetés se cachait le col de Karabayir. Le lieutenant, originaire de la plaine de Mardin, détestait les montagnes, et celles-ci lui parurent infranchissables. Une brusque fatigue s'abattit sur lui.

– Mon colonel, ne croyez-vous pas que nous devrions laisser souffler les chevaux?

Comme s'il n'avait pas entendu la question, Ibrahim lui dit d'un ton morne :

– Ça vous plaît d'aller faire la guerre à des civils, Nedjil?

– Bien... C'est une révolte armée.

– Vous n'aimeriez pas mieux que nous nous mesurions aux cosaques?

– Certainement, mon colonel! répondit le lieutenant avec empressement. Et nous les pourfendrions.

Ibrahim ressentait toujours un bonheur empreint de fierté à chevaucher à la tête du régiment qu'il avait lui-même entraîné et qu'il tenait pour un corps d'élite. Aujourd'hui, le cœur n'y était pas. Cette mission allait à l'encontre de ses principes et des idées qu'il avait défendues, quelques années auparavant, en tant que membre actif de l'Ittihad. Et du strict point de vue militaire, il s'agissait d'un gaspillage d'énergie et de ressources. Le pays se privait des compétences des Arméniens dans plusieurs domaines cruciaux. L'arrestation de Vartan ne cessait de hanter son esprit. Il ne pouvait rien pour aider son ami. Il serait absent de Sivas une semaine au moins, peut-être deux. À son retour, Vartan aurait été pendu.

En contrebas d'une colline, des bouleaux formaient un bosquet dans une dépression tapissée d'herbe verte. Ibrahim désigna l'endroit au lieutenant :

– Nous y ferons halte. Deux... non, trois heures.

***

Aucun des treize prisonniers du cachot ne portait plus attention au crissement du clou qui creusait la pierre. Ce clou, l'instituteur Sarkis Zorian l'avait ramassé dans la cour de la prison où on les laissait sortir une heure chaque jour. Il avait gravé dans le mur plusieurs croix aux bras ornementés et, juste au- dessous, la même phrase en arménien et en turc : « Ici, des justes attendirent la mort qu'on leur infligea à cause de leur race, de leur langue et de leur foi. » Et il inscrivait patiemment le nom de tous les Arméniens que l'on avait arrêtés. Il se consacrait à cette tâche du matin au soir, fébrile car il craignait que son tour ne vienne avant que ce travail ne soit terminé.

– Sarkis, arrête un peu, dit Vartan en se dirigeant vers la fenêtre. Écoute!

L'instituteur obtempéra. Les quatre hommes qui jouaient aux cartes s'immobilisèrent, ceux qui étaient couchés se soulevèrent sur leur paillasse. Ils entendirent un grondement sourd et lointain.

– Le tonnerre, fit l'un des hommes. D'ailleurs, le ciel s'assombrit.

Sarkis Zorian empocha le clou et s'approcha de Vartan :

– Non, ce n'est pas l'orage.

Vartan le poussa contre le mur :

– Penche-toi, que je grimpe sur tes épaules.

Il se hissa jusqu'à la petite ouverture près du plafond et se suspendit aux barreaux afin de soulager Sarkis d'une partie de son poids. La fenêtre donnait sur l'est et il vit la colline où se dressait sa maison. Cette tache blanche au milieu du feuillage...

– Qu'est-ce que c'est? demanda une voix impatiente.

Tournant l'oreille d'un côté et de l'autre pour détecter l'origine du bruit, Vartan constata qu'il venait de tous les coins de la ville. Un roulement continu. La déportation! Il sauta par terre. Dans l'attente d'une explication, ses compagnons guettaient ses moindres gestes. Il lâcha d'un ton sinistre :

– Ce soir, nous serons les seuls Arméniens à Sivas.

Les têtes se courbèrent, certains enfouirent leur visage dans leurs mains, un homme pleura, un autre se plaignit :

– Pourquoi n'ai-je pas été pendu ce matin?

Sarkis Zorian s'agenouilla devant les croix dont il avait orné le mur, se signa et se mit à prier. Trois hommes se joignirent à lui. Immobiles, les autres gardaient le silence. Vartan demeura sous la fenêtre et observa ceux qu'il avait rejoints la veille, juste après son procès. Il les avait trouvés d'une étrange sérénité, envisageant la mort avec détachement et occupant leur temps à des jeux et à des conversations presque banales. Cette résignation, il l'avait constatée également chez les autres prisonniers croisés ce matin dans la cour de la prison.

Pourtant, à l'aube de chaque jour, les gardes choisissaient au hasard parmi eux trente ou quarante hommes qu'ils menaient à l'échafaud. Vartan avait soupçonné que le calme de ses compagnons d'infortune n'était qu'une façade, une manière de ne pas sombrer dans le désespoir le plus total. Ce que confirmait leur soudain découragement. Ils avaient accepté leur sort, mais aucun ne pouvait tolérer la pensée que sa famille subisse cet exil dont Chirag Tévonian avait décrit les conditions inhumaines. Vartan était comme eux tous, à cette exception près : loin de l'abattre, l'image de Maro, de Tomas et d'Azniv Hanim en route vers la Syrie lui inspirait une rage qui lui faisait refuser l'idée de la mort.

L'instituteur se releva et eut un geste d'impuissance. Il dit d'une voix atone :

– Nos malheureux enfants... Nos pauvres femmes...

Une colère soudaine s'empara de lui :

– Nous avions l'occasion d'empêcher ça! Il fallait faire ce que Chirag Tévonian nous proposait. Nous défendre. Comme les Arméniens de Van.

Pendant que Sarkis continuait de discourir, évoquait ce qu'aurait pu être la résistance à Sivas, fustigeait l'indécision de ses concitoyens et sa propre lâcheté, Vartan repensa à sa conversation avec Chirag sous la tente. Il imposa le silence à Sarkis :

– On ne change pas le passé. Chacun a agi en croyant bien faire. Tu ne dois rien reprocher à personne. Pas plus qu'à toi-même.

L'instituteur se calma. Vartan avait raison. Les regrets étaient vains. Conscient que sa qualité de diacre lui imposait de témoigner de sa foi, il changea de ton :

– Dieu nous réunira en Son sein. Mes amis, l'histoire conservera...

Furieux de cette soumission, Vartan lui coupa la parole :

– L'histoire! Qu'est-ce qu'on s'en fiche, de l'histoire!

– Major Vartan, se récria l'instituteur, j'aurais cru qu'un homme de ta qualité...

– Tu veux que nous marchions au gibet en entonnant des cantiques?

Vartan se tourna vers les autres qui suivaient la conversation avec intérêt :

– C'est ça que vous voulez?

Un homme qui grattait sa tête infestée de poux grogna :

– Que peut-on faire d'autre?

– Tenter de s'évader, répliqua Vartan.

– Nous en avons parlé au début, dit un jeune garçon d'une voix désabusée. Rien à faire. Les murs sont en pierre, les barreaux solides, toutes les issues bien gardées.

Vartan le savait mieux que quiconque; il avait visité les lieux l'année précédente lorsque la dysenterie avait frappé les prisonniers.

– D'accord, une évasion individuelle est pratiquement impossible. Mais en groupe, c'est autre chose.

Les hommes se regroupèrent en face de lui; ceux qui étaient encore étendus s'assirent. Avec leur barbe de plusieurs jours, leur crasse et leurs haillons, ils n'avaient plus l'air de prospères commerçants ou de paisibles travailleurs. On aurait plutôt dit une bande de coupe-jarrets prêts à tout, d'autant plus que les propos de Vartan avaient allumé leurs regards.

– Explique-toi, demanda Sarkis dont la curiosité avait été piquée.

– Quand nous étions dans la cour, ce matin, les portes de métal se sont ouvertes durant quelques minutes. Avez-vous remarqué si cela se produit souvent?

– C'est arrivé au moins une autre fois depuis les quatre jours que nous sommes là, répondit quelqu'un.

– Voilà : la prochaine fois, nous fonçons tous en même temps et sortons.

– Bah! s'exclama, d'une voix déçue, celui qui ne cessait de se gratter. Qu'est-ce que tu fais des gardes?

– J'en ai compté quatre à l'extérieur du portail. Plus neuf autres sur le mur.

– Tu oublies les deux servants de la mitrailleuse dans l'angle de la cour!

– Je les ai vus, répondit Vartan, agacé. D'accord, il y a quatorze gardes et une mitrailleuse. Cependant...

– Plus la vingtaine de gendarmes qui jouent au tavla dans le poste de garde.

Vartan éleva la voix :

– Cessez de m'interrompre!

Il se calma aussitôt.

– Lors de la promenade dans la cour, nous sommes environ trois cents, à ce qu'il m'a semblé. Lorsque nous sortirons tous ensemble, les gardes ouvriront le feu. Mais ils sont peu nombreux et l'effet de surprise jouera en notre faveur. La majorité d'entre nous réussira à prendre la fuite. Avant que les gendarmes à l'intérieur aient le temps de réagir, nous serons déjà dans la rue. Là, on se disperse et c'est chacun pour soi.

Hésitants, les hommes se regardaient les uns les autres. Sarkis objecta :

– Combien survivront, d'après toi?

– Je l'ignore. Mais même s'il n'y en avait que dix, cela vaudrait encore la peine. N'oubliez pas que nous sommes tous des morts en sursis. Pour ma part, je préfère encore une balle à la corde.

Cet argument les fit réfléchir. Quelqu'un demanda :

– Et une fois dehors, que faisons-nous? La ville est pleine de soldats.

– Vous connaissez les rues et les ruelles de Sivas ; avec toutes les maisons, les magasins et les entrepôts abandonnés par nos concitoyens, les cachettes ne manquent pas. À la nuit tombée, vous gagnez les collines et... à la grâce de Dieu !

Sarkis se mit à marcher de long en large en frottant sa joue.

– Le fait est que nous n'avons rien à perdre.

Les autres discutèrent entre eux et en vinrent rapidement à la même conclusion. Vartan ajouta :

– Demain, à la promenade, passez le mot aux autres. Et à la première occasion qui se présente... Plus nous attendrons, moins nous serons nombreux à courir une petite chance d'en réchapper.

– Est-ce que les autres seront d'accord ?

– C'est à vous de les convaincre.

– Si les gens prennent peur à la dernière minute et que nous ne sommes qu'un petit groupe à foncer vers la porte ?

– C'est une possibilité, admit Vartan. Pas moyen de le savoir d'avance.

Dorénavant, le temps leur semblerait long. Chacun croyait avoir de meilleures raisons que les autres de survivre et espérait ne pas être désigné pour l'échafaud avant la tentative d'évasion. Vartan s'étendit, ferma les yeux et dressa mentalement un plan des environs de la prison. Il essayait de se rappeler les moindres détails des rues et des maisons, de déterminer plusieurs itinéraires possibles. Il devrait éviter la compagnie d'autres fuyards afin d'être moins facilement repérable. Ces projets l'empêchaient de trop penser à sa femme et à son fils.

***

Maro engagea son attelage à la suite de celui d'Armène. Elle avait chaussé ses bottes d'équitation et, les pieds calés sur la barre derrière le palonnier, elle tenait fermement les rênes. Elle s'aperçut vite que c'était inutile : le bœuf suivait docilement celui qui le précédait.

Araksi se retourna pour parler à Azniv Hanim, mais le grincement des essieux rendait toute conversation impossible. Et puis, pour ce qu'elles avaient à se dire, le regard suffisait. Après une salutation muette, chacune se replongea dans ses prières.

Un pareil silence régnait dans les autres voitures. On n'y voyait que des visages éplorés. Les enfants eux-mêmes se taisaient, les yeux écarquillés par l'angoisse. Sauf les très jeunes qui babillaient joyeusement. Presque pas d'hommes dans les charrettes, hormis des vieillards et des garçons de moins de quinze ans. Très peu de femmes avaient songé à se voiler, ce qu'Azniv Hanim jugea imprudent.

Le bas du quartier arménien avait été évacué en premier ; quand les déportés de la haute ville le traversèrent, des paysans, des pauvres et même des gendarmes pillaient avec frénésie les maisons abandonnées. Maro se dit qu'un même sort attendait sa maison et que les planches aux portes et aux fenêtres n'y changeraient rien. Quant aux échoppes et aux boutiques, elles faisaient l'objet d'un sac en règle : sous la direction d'officiers, des soldats chargeaient les marchandises dans des arabas.

Place du marché, des hommes formaient deux haies compactes entre lesquelles défilaient les déportés. Des marchands ambulants proposaient à grands cris de l'eau, des jus, des fruits ou des friandises aux badauds. Plusieurs spectateurs montraient le poing et proféraient des injures, menaçaient de faire un mauvais sort aux Arméniens qui leur tomberaient sous la main. Seule la présence d'une escorte de gendarmes les empêchait de passer à l'action, encore que parfois un jeune homme chapardait un sac ou un panier et regagnait vite l'anonymat de la foule qui l'accueillait avec des hourras. Au fond, les marchands surveillaient leurs étalages. La plupart avaient un air soucieux : ils reconnaissaient des clientes parmi les déportées et se rendaient compte que leur commerce souffrirait de ces départs.

Le quartier de Kaval offrait un spectacle différent. Un silence lourd planait sur les rues vides. De leurs fenêtres, des musulmanes voilées observaient le défilé avec des regards où se lisait la pitié. Elles devinaient ce que signifiait perdre son foyer, tout perdre, en fait. Devant les portes, des enfants à demi nus, ceux-là mêmes qui d'habitude animaient la rue de leurs courses et de leurs rires, se tenaient immobiles; effarés, ils regardaient ces autres enfants dans les voitures et se demandaient quels crimes leurs parents avaient bien pu commettre pour qu'on les chasse ainsi.

De temps en temps, Armène faisait un signe d'encouragement à la famille d'Azniv Hanim. Maro gardait les yeux rivés sur l'échine noueuse du bœuf; la pensée de Vartan occupait tout entier son esprit. Elle s'éloignait de lui et avait une perception physique de ce déchirement; un poids l'oppressait, l'air manquait à ses poumons. L'impression qu'on lui labourait les entrailles, que chaque tour de roue la broyait. Elle jouait avec l'alliance à son annulaire et ne vit pas qu'on passait près des ruines des anciennes fortifications, ni qu'on franchissait le pont.

Tomas se leva, en équilibre instable sur une pile de couvertures. Devant eux s'étirait à perte de vue une colonne le long de laquelle allaient et venaient des cavaliers. L'enfant n'avait jamais vu autant de gens à la fois. Ils devaient être des milliers à rouler en soulevant de la poussière qui restait suspendue dans l'air immobile. Il tourna la tête : un flot ininterrompu venait de la ville.

D'épais nuages au ventre marine s'accumulaient à l'ouest et formaient une gigantesque chaîne de montagnes au-dessus des véritables montagnes qui disparaissaient maintenant dans un brouillad grisâtre. Le ciel se couvrait rapidement. Malgré les meuglements, le bruit des sabots et des roues, on entendit venir le vent. Et on le vit aussi, aux peupliers qui se courbaient, à la tempête de sable et de poussière qui balayait la plaine.

– Un orage, maugréa Azniv Hanim. Il ne manquait plus que ça!

Elle rejoignit Tomas à l'arrière et installa tant bien que mal une bâche sur leurs effets.

– Cache-toi dessous, dit-elle à son petit-fils.

Le vent fut sur eux, chargé de particules qui éraflaient la peau. Maro courba la tête et serra le tcharchaf noir sur son visage, ne gardant que les yeux à découvert. L'air fraîchit et la pluie se mit à tomber, drue et cinglante. On n'y voyait plus à vingt pas. Les bœufs refusaient d'avancer.

– Le voyage commence mal, se plaignit Azniv Hanim.

Maro préféra ne pas répliquer. S'il n'y avait eu que la pluie! Au bout de vingt minutes, l'orage cessa aussi subitement qu'il avait commencé; les nuages roulèrent vers l'est et le vent tomba. Le ciel devint d'un bleu sans tache et le soleil se mit à pomper l'humidité de la terre. Les champs fumaient. Les sabots des bœufs patinaient sur la route détrempée où les roues creusaient de profondes ornières.

Une demi-heure plus tard, il ne restait plus trace de l'averse. Des ondes de chaleur montaient du sol, l'air vibrait, le paysage ondulait, les horizons dansaient. Les prés vert et jaune où s'affairaient des paysans, les alignements d'arbres, les maisons isolées en bordure des champs, la ville qui s'éloignait, les collines ocre : tout baignait dans une sorte d'irréalité. Il n'y avait de vrai que les secousses de la charrette et le goût âcre de la poussière qui empâtait la bouche, brûlait la gorge.

À huit kilomètres au sud de Sivas, la caravane fit halte dans la plaine. Les gendarmes ordonnèrent de monter le campement pour la nuit. On n'était pourtant qu'au milieu de l'après-midi. Durant un bon moment, la pagaille fut totale. Chacun cherchait à rejoindre des parents ou des amis, des bouchons se formaient. Les gendarmes gueulaient et faisaient claquer leurs fouets. Peu à peu, le camp s'organisa. Armène et Maro disposèrent leurs chariots de manière à former un angle qui offrirait un peu d'intimité. Les bœufs entravés brouteraient l'herbe autour des roues.

– Il faut leur trouver à boire, dit Armène, en se rinçant la bouche avec du raki qu'il avala ensuite.

– J'ai une outre pleine, répondit Azniv Hanim.

– Ménagez l'eau, on ne sait jamais. Je crois qu'il y a un puits, je vais voir.

– Je peux vous accompagner, parrain? demanda Tomas à qui la présence d'un homme manquait.

Armène devina que l'enfant se sentirait plus en sécurité avec lui.

– Viens, tu m'aideras.

Ils partirent avec deux seaux en cuivre.

– Nous allons tendre la bâche entre les voitures pour avoir de l'ombre, dit Azniv Hanim. Maro?

Aussi immobile qu'une statue, Maro contemplait la ville qui semblait un mirage posé au pied du mont Tédjir. Sa mère lui toucha l'épaule, la faisant sursauter, et dit avec tendresse :

– Ne t'en fais pas pour lui, c'est un homme plein de ressources.

– Si tu savais comme j'ai prié, comme je prie encore, ajouta Araksi pour la réconforter.

Azniv Hanim étreignit Maro et lui murmura à l'oreille :

– Sois raisonnable...

Raisonnable ! Maro savait qu'une part d'elle-même ne serait jamais « raisonnable » et refuserait toujours d'admettre que la vie puisse la séparer de Vartan. Comment pouvait-elle être raisonnable alors qu'on l'arrachait à ce qu'elle avait de plus cher ? Quel sens pouvait encore avoir son existence loin de l'homme à qui elle avait tout donné ? Son ventre se contracta, le sang battit bruyamment à ses tempes. Elle avait envie de crier.

– Maro, insista sa mère.

Elle ne répondit pas. En se mordant les lèvres, Maro les aida à installer une toile en guise d'auvent. Le moindre geste lui demandait un effort considérable.

Araksi enfilait une corde dans un œillet de la bâche. Elle se voulut optimiste :

– La cigogne revient toujours à son nid.

Tout comme Maro, Azniv Hanim fronça les sourcils. Le nid sur leur toit était resté vide ce printemps. Araksi vit que sa phrase n'avait pas eu l'effet escompté ; elle n'en continua pas moins avec ses dictons :

– Il faut faire contre mauvaise fortune bon cœur.

– Facile à dire, répliqua Maro, irritée.

Azniv Hanim renchérit sur les propos d'Araksi :

– Oui, tirer le meilleur parti de ce qui nous arrive. Et vivre au jour le jour.

– Et s'entraider dans le malheur, ajouta encore l'épouse d'Armène.

Maro porta sur les vieilles femmes un regard chargé d'affection. Elle ne put s'empêcher d'esquisser un triste sourire.

– N'ayez crainte, je ne serai pas un boulet.

Tomas et son parrain revinrent avec des seaux pleins. Armène ne disait mot, cependant les tendons de son cou saillaient et une veine gonflée pulsait à sa tempe. Araksi reconnut chez son mari les signes de la colère. Elle lui enleva les seaux avant qu'il ne se mette à gesticuler et ne les renverse. Il jeta son fez par terre et le piétina en grommelant :

– Ces fils de putes ! Ces faces de rats ! Que leur Allah leur botte le cul pour l'éternité.

– Armène ! dit Araksi. Ce n'est pas une façon de parler devant ton filleul.

Tomas prit la défense de son parrain :

– Les zaptiyés sont méchants !

Araksi calma son mari, qui expliqua la raison de son emportement.

– Les gendarmes gardent le puits et ils vendent l'eau! Ces chiens vendent l'eau du Seigneur. Qu'est-ce qu'ils nous réservent pour les jours qui viennent?

Les bêtes tendaient le cou vers les seaux. Araksi les désigna :

– Fais-les donc boire, cela t'évitera de dire encore des gros mots.

La nuit précédente, elle n'avait pu fermer l'œil et, pour s'occuper, elle avait tué et plumé quatre poulets. Malgré la protection d'une étamine de coton, les volailles avaient souffert de la chaleur. Elles ne se conserveraient pas un jour de plus. Araksi en remit deux à son mari :

– Fais-en cadeau à une famille dans le besoin.

– Ça tombe bien. J'allais justement faire un tour, dit-il en récupérant sa casquette dans un baluchon.

Il voulait voir comment ses compatriotes se tiraient d'affaire et espérait en outre glaner des nouvelles.

Araksi alluma un réchaud à alcool et mit les volailles à bouillir. Azniv Hanim nettoya des légumes pour une salade. Avec l'aide de Tomas, Maro disposa les couvertures sous la bâche; il tombait de fatigue et elle s'étendit à côté de lui pour l'endormir.

Les gens s'installaient tant bien que mal pour la nuit, regroupés tel un troupeau frileux. Il n'y avait pas de berger, seulement des chiens de garde, les gendarmes qui cernaient le camp pour contrer toute évasion. Fortifiés par une foi souvent aveugle, les plus âgés entretenaient le moral des plus jeunes, veillaient à l'organisation matérielle.

Armène rencontra Manuel, le marchand de tissu avec qui il était en froid depuis sept mois : une querelle à propos de la clôture entre leurs terrains. Comme cela leur semblait futile aujourd'hui! Ils n'eurent pas un mot de réconciliation; ils renouèrent par une longue accolade. Manuel offrit du raki à Armène qui lui donna du tabac pour sa pipe. Ils firent un bout de chemin ensemble, saluant une connaissance, encourageant ici, donnant ailleurs un conseil. Étant donné les circonstances, les phrases les plus quotidiennes se prononçaient avec émotion, même entre gens qui se connaissaient peu.

Cinq assiettes en étain étaient posées sur une nappe étendue sur l'herbe; ils s'assirent autour, jambes croisées.

– On mange avec les doigts? s'étonna Tomas, à qui sa mère s'était toujours efforcée d'inculquer les bonnes manières.

– A partir de maintenant, répondit Maro, rien n'est plus normal.

Elle marqua une pause, cherchant des exemples qui ne soient pas de nature à effrayer l'enfant.

– Nous ne pourrons sans doute pas nous laver aussi souvent que nécessaire. Ni changer de vêtements. Mais ce n'est que temporaire. Après, tout redeviendra comme avant.

– Après quoi, maman?

Maro s'étouffa et recracha un morceau de poulet dans sa main. Après *quoi*! Que répondre à ces mots qui soulevaient la question de leur avenir à tous? Les adultes se regardaient, interdits. Armène délogea de la pointe de son poignard un morceau de viande coincé entre deux dents. Il piqua la lame dans la terre et dit :

– Vois-tu, hokis, ce que nous vivons, c'est comme un voyage en mer. On sait quand on appareille, mais on ne sait pas quand on atteindra un port. Ça dépend des courants, des vents. On ignore aussi s'il y aura des tempêtes ou la rencontre de pirates. C'est pour ça qu'on rationne toujours la nourriture et l'eau. Nous devons faire la même chose.

Les dires de son parrain étaient un peu vagues mais l'enfant acquiesça tout de même. L'image utilisée par Armène lui faisait soupçonner la part d'inconnu et d'incertitude que comportait leur voyage. Il voulut montrer qu'il avait compris :

– Nos chariots sont comme des navires?

– C'est un peu ça.

Maro fit à Armène un sourire de reconnaissance. Elle toucha le bras de son fils :

– Tu rêvais de naviguer avec le capitaine Armène. Voilà l'occasion de te comporter en vrai marin.

– Tu me laisseras piloter le bœuf, mayrig?

– Oui, quand la route sera facile.

Ils se remirent à manger en n'échangeant plus que les mots indispensables. D'ailleurs, le camp était d'un calme étonnant bien qu'il regroupât plusieurs milliers de personnes. Ses dimensions mêmes, des dizaines d'hectares au-dessus desquels montait la fumée des feux, faisaient prendre conscience aux déportés de l'ampleur de la tragédie qui les frappait. C'était une ville que l'on avait transplantée en plein champ! Combien de campements semblables y avait-il ce soir-là à travers l'Anatolie? Quelle contrée serait assez vaste pour accueillir tout un peuple? Maintenant que l'énervement du départ était passé, les gens commençaient à réaliser vraiment ce qui leur arrivait.

Le soleil rougit à peine avant de disparaître derrière l'horizon en dents de scie.

Araksi remarquait chez son mari une espèce d'exaltation qu'il dissimulait de son mieux depuis que Manuel l'avait reconduit.

– Qu'as-tu appris? lui demanda-t-elle.

– Rien d'important, répondit-il en désignant Tomas d'un coup de menton.

Lorsque l'enfant se fut endormi sous l'auvent entre les voitures, les adultes s'éloignèrent avec leurs gobelets de thé. Après la chaleur, c'étaient les moustiques qui les importunaient. Par chance, Azniv Hanim avait de l'huile de citronnelle avec laquelle se protéger des piqûres. Armène fit part aux femmes des nouvelles qui circulaient dans le campement. Si l'on s'était arrêté si près de la ville, c'était pour attendre des déportés de villages environnants.

– On perquisitionne en ville. Il y avait des maisons vides et l'on soupçonne leurs habitants de s'être cachés chez des amis turcs.

– Quel est le climat dans le reste du camp? s'enquit Azniv Hanim.

– Morbide! Tous s'attendent au pire. Plusieurs de nos gardiens ne sont pas de véritables gendarmes mais des repris de justice à qui l'on a mis un uniforme. Et nous ne sommes qu'une troupe de femmes, de vieillards et d'enfants. Ils auront beau jeu! Mais ce qu'ils ignorent...

Il attira les trois femmes plus près de lui et baissa la voix :

– Demain, nous allons passer à côté du monastère de Saint-Jude. Il est abandonné : les moines ont été égorgés il y a deux semaines. Des fedayin et des jeunes de Sivas y tendront une embuscade à notre escorte.

L'étonnement se lut sur les visages des femmes. Azniv Hanim se montra incrédule :

– Encore des ragots!

– Non, non. Le fils aîné de Sarkis Zorian, qui a joint les résistants, a fait prévenir sa mère.

– Les nôtres peuvent-ils vaincre? demanda Maro, vivement intéressée.

Armène eut une moue d'incertitude :

– Je ne sais pas. Mieux vaut ne pas attendre l'issue de la bataille pour filer. Ce sera la pagaille, nous en profiterons.

– C'est trop risqué, protesta Azniv Hanim.

Araksi était de son avis. Au contraire, Maro trouvait qu'il ne fallait pas rater l'occasion.

– Oui, c'est risqué, admit Armène. Mais en regard de ce qui nous attend...

– Les gendarmes vont nous tirer comme des lapins! gémit Araksi.

– Ils seront occupés à se défendre contre les résistants.

Elle n'était pas rassurée. Armène lui caressa la cuisse afin de la calmer.

– Ma femme, nous n'avons pas d'autre choix.

Il savait que l'épreuve serait insurmontable pour Araksi; ses jambes enflées et son cœur fatigué lui interdisaient de courir. Il savait également qu'il ne l'abandonnerait pas. Azniv Hanim? Elle non plus ne serait pas en mesure de fuir. Tant pis! Il fallait songer uniquement à Tomas et à Maro : s'ils gagnaient les collines, ils pouvaient peut-être s'en tirer. Maro était forte et débrouillarde, elle connaissait cette région pour l'avoir parcourue avec Vartan.

– Comment allons-nous procéder? demanda Maro.

– Dès que la fusillade sera bien engagée, je vous ferai un signe. Fuyez alors vers les coteaux. Préparez un petit sac de nourriture pour chacun, rien de plus. L'important est de s'échapper, on se débrouillera ensuite.

Exaltée, Maro tirait mentalement des plans. Elle conclut, comme pour elle-même :

– Il y a beaucoup de cavernes et de grottes dans ce coin, des bergeries en ruine. Et en voyageant de nuit, nous pourrions gagner le village de Zeyneb et de Djémila.

Elle se voyait déjà rentrant à Sivas lorsque le calme y serait revenu. Ibrahim Alizadé l'aiderait à trouver Vartan. Mais si son mari... Elle refusait d'envisager cette éventualité. Une chose à la fois. D'abord quitter ce convoi.

Araksi paraissait atterrée. Armène approcha son visage de celui de sa femme et la regarda droit dans les yeux. Un regard intense où elle lut l'amour et l'affection. Et elle se souvint qu'ils avaient convenu de se sacrifier au profit des plus jeunes. Le moment arrivait donc ? Si vite ?

Armène lui souffla, d'une voix émue mais décidée :

– Nous serons ensemble... jusqu'à la fin.

Cette promesse suffit à Araksi. Azniv Hanim, qui était juste à côté d'eux, comprit ce qui venait de se passer entre les deux époux. Bien sûr ! Araksi marchait avec peine. Et elle-même, serait-elle capable de suivre sa fille et son petit-fils dans les sentiers de chèvres ? Pas longtemps. Il faudrait que Maro ait le cran de continuer sans elle.

– Nous ferons ce que tu proposes, Armène, dit Azniv Hanim. Mais si quelqu'un tombe d'épuisement, les autres ne doivent pas s'arrêter pour lui.

– Évidemment ! affirma Armène. Et Araksi pense comme moi.

Maro fut stupéfaite. Éblouie par la possibilité de demeurer dans les parages de Sivas, elle n'avait nullement songé à la condition physique d'Azniv Hanim et d'Araksi. Les trois autres se tournèrent vers elle, guettant son assentiment. Il serait impossible à Maro de ne pas veiller sur sa mère, mais, désireuse d'éviter toute discussion, elle accepta la condition.

Ils venaient à peine de se coucher sous la bâche que des gendarmes portant des torches se répandirent dans le camp. Des protestations s'élevèrent, des cris fusèrent. Ils arrêtaient les quelques hommes qui accompagnaient leur famille ; même des adolescents. Un coup de feu retentit, suivi du hurlement d'une femme dont on venait d'abattre le mari. Une lueur se rapprochait, Armène se leva en disant :

– Ne bougez pas, faites semblant de dormir.

Tomas se trouvait entre sa grand-mère et sa mère. Maro se tourna vers lui, l'enserra et se couvrit le visage avec la couverture.

Armène retira sa casquette afin que ses cheveux blancs soient bien visibles et que l'on ne se méprenne pas sur son âge. Il se planta devant l'auvent. Trois gendarmes s'amenèrent. Un instant, il redouta qu'ils viennent pour cette histoire d'incendie. Mais l'un d'entre eux transportait un large panier en équilibre sur sa tête. Un deuxième tenait à bout de bras une lampe-tempête. Le plus jeune, un grand efflanqué à l'air goguenard, portait deux fusils.

– Merhaba. Que puis-je faire pour vous? demanda Armène, d'un ton poli mais ferme.

Celui qui brandissait la lanterne tendit la main :

– Il faut nous payer.

– Pourquoi?

– Pour que nous vous protégions en route. Il y a des brigands.

Sans argumenter, Armène sortit les billets qu'il avait en poche. Onze livres que le gendarme lui arracha.

– Nous préférons des pièces d'argent ou de l'or.

Armène fit mine de s'excuser :

– Je suis un pauvre fermier.

Pendant que ses compagnons fouillaient les charrettes, le plus grand pencha la tête sous l'auvent :

– Il y a des hommes ici?

– Seulement des vieilles. Et un petit orphelin.

– Pas de jeune fille? demanda le gendarme en riant. Je m'offrirais volontiers une belle Arménienne.

– Non.

Le gendarme souleva avec le canon de son fusil la couverture recouvrant Araksi. Au même moment, Azniv Hanim se redressa comme si elle s'éveillait. Elle feignit la surprise :

– Qu'est-ce que c'est?

– Rendors-toi, répondit Armène. Ce sont nos gardes qui font une inspection.

Ses compagnons ayant découvert les deux bouteilles de raki qu'Armène avait enveloppées de paille, le gendarme les rejoignit. Ils emportèrent également un yershig [1] et des légumes. Avant de se recoucher, Armène attendit d'être certain qu'ils ne reviendraient pas.

Maro avait eu peur. Toutes les jeunes déportées représentaient une tentation pour ces hommes privés de femmes depuis des semaines sans doute. Azniv Hanim partageait sa pensée, car elle murmura :

– Reste toujours voilée. Tu devrais te faire un ventre de femme enceinte.

– Cela me nuirait pour courir demain.

Azniv Hanim passa le bras par-dessus le corps de Tomas et prit la main de Maro dans la sienne.

– Tu te souviens? Enfant, tu voulais que je te tienne la main pour t'endormir.

Maro embrassa les doigts de sa mère.

Couchés côte à côte, Armène et Araksi passèrent une partie de la

1. Sorte de saucisson à l'ail. (Arménien.)

nuit à se parler, si bas que les stridulations des insectes couvraient presque leurs voix.

***

Le convoi s'ébranla peu après l'aube et au bout d'une heure atteignit les collines. L'escorte le fractionna alors en plusieurs groupes de trois à quatre cents voitures qui suivraient des directions différentes. Armène et Maro se trouvaient parmi les chariots de tête et furent assignés à la colonne qui prit la route du monastère de Saint-Jude.

Ils s'engagèrent dans un mauvais chemin qui longeait un torrent desséché. Trois heures plus tard, ils arrivaient aux premiers contreforts des montagnes. Le soleil dardait d'implacables rayons auxquels s'ajoutait la réverbération des rochers. Déjà, les bœufs n'avaient plus de voix pour meugler. Ils peinaient en essayant de chasser de la queue les myriades de mouches qui s'acharnaient sur leur dos. Juste avant un virage qui ferait perdre définitivement de vue la plaine de la Halys, Maro jeta un dernier coup d'œil à Sivas, bijou de nacre dans un écrin de verdure. Elle eut un pincement au cœur, puis regarda devant elle les pentes mouchetées de rares buissons épineux et de touffes d'herbe fanée, les gorges encombrées d'éboulis, les falaises nues. Elle frissonna.

Ils ne roulaient que depuis une demi-journée, et cependant le temps s'était effacé. Écrasés par la chaleur, les déportés avaient l'impression de cheminer depuis toujours dans ce désert. Les gendarmes les houspillaient pour les faire accélérer, usant parfois du fouet contre des conducteurs. Rien à faire : les bœufs fatigués ne réagissaient plus à l'aiguillon; tête basse, ils choisissaient où placer leurs sabots.

Alors qu'on gravissait un raidillon, des remous se créèrent dans la colonne. Les têtes se tournaient en direction du ravin en contrebas. Des conducteurs se levaient pour mieux voir et se rasseyaient aussi vite. Maro suivit les regards. Son cri étouffé écarta le tcharchaf de sa bouche. Elle n'avait jamais rien vu d'aussi affreux! Des cadavres! Un empilement de corps, bras et jambes emmêlés. Une montagne de chair à laquelle s'attaquaient des chiens ou des chacals. Que des visages d'hommes.

– Mon Dieu! gémit Azniv Hanim.

– Tomas... souffla Maro à sa mère.

Azniv Hanim comprit. Elle attira l'enfant près d'elle et détourna son attention en lui montrant des vautours qui planaient et décrivaient des cercles très haut dans le ciel sans nuage.

– Il en arrive de partout. Pourquoi ils se réunissent ici? demanda Tomas.

– Comment savoir? Les oiseaux ont parfois de drôles d'idées.

– Ces oiseaux sentent mauvais! se plaignit l'enfant, qui se pinça le nez.

Une odeur de charogne soulevait le cœur. Des corps en décomposition : il ne pouvait pas s'agir des hommes arrêtés la nuit précédente. Et puis il y en avait tellement! Tous supposèrent que ces dépouilles étaient celles des Arméniens de Sivas que l'on avait constitués en « bataillons de travail » cinq jours auparavant. Des femmes, qui avaient tout lieu de croire leur mari ou un fils du nombre de ces morts, poussèrent des lamentations que l'écho répercuta. La veuve Loussaper, dont les deux garçons avaient été arrêtés, s'approcha du bord. Folle de douleur, elle voulait descendre et récupérer leurs corps. Un gendarme la frappa de son fouet afin qu'elle se remette en route. Elle se tourna contre lui, toutes griffes dehors. La lutte fut brève. Un deuxième zaptiyé l'assomma avec la crosse de son fusil. Elle tomba évanouie; après s'être consultés du regard, les deux hommes poussèrent le corps de la veuve dans le vide.

Tomas ne fut pas témoin du drame car à ce moment précis le chariot conduit par sa mère franchissait un rebond. Les sanglots et les pleurs s'apaisèrent peu à peu, et, durant l'heure suivante, un silence de mort régna dans le convoi.

La route descendait. Armène fit à Maro un signe de connivence. Le monastère était en vue, ses pierres dorées par la lumière. Adossé à une pente d'éboulis, l'édifice rectangulaire surmonté de deux coupoles dominait le vallon. Le cloître s'entourait d'un haut mur au pied duquel croissaient quelques arbres fruitiers. Les champs étaient en friche depuis des années.

On roulait trop vite au gré d'Araksi. Ces minutes étaient les dernières. Nulle peur, seulement un regret immense de devoir se séparer de son homme. Pourvu qu'elle parte avant lui, qu'elle ne le voie pas mourir. Elle appuya sa tête sur l'épaule d'Armène et promena sa main sur sa poitrine pour toucher le revolver qu'il cachait sous sa veste.

– Promets-moi que tu ne me laisseras pas agoniser longtemps.

Il avait un visage grave et caressa la joue de sa femme sans répondre. Pour ne pas penser à ce qui se préparait, Araksi revit leur petite maison de Sivas. Elle aimait particulièrement les soirs d'hiver. Le vent sifflait sur le toit, parfois la neige battait les carreaux. À la lueur d'une lampe, ils jouaient aux dominos en dégustant l'alcool de poire qu'elle avait fabriqué l'été précédent. Ils parlaient peu mais ne se quittaient pas des yeux; Armène hochait la tête, manière de dire combien il était heureux. Maintenant, leur demeure n'était plus que ruines calcinées...

Maro scrutait les alentours afin de choisir la direction dans laquelle elle entraînerait les siens. Le couvert manquait. Il fallait opter pour le coteau à leur droite. Des blocs de roche le parsemaient et dissimuleraient quelque peu leur fuite. Comment Azniv Hanim se débrouillerait-elle dans ce terrain peu praticable? Pas d'autre choix, pourtant. Maro indiqua à sa mère l'itinéraire qu'ils emprunteraient.

– J'étais arrivée à cette même décision, approuva Azniv Hanim.
– La pente est raide. Est-ce que tu...
– Occupe-toi de Tomas, ce sera déjà bien assez! répliqua sa mère avec brusquerie. Je serai au sommet avant vous.
– Nous resterons groupés! déclara Maro qui n'était pas dupe de cette assurance.
– Je te défends de m'attendre! ordonna Azniv Hanim d'une voix cassante. Trouve une cachette pour vous deux. Je vous y rejoindrai. Sinon...
Maro protesta d'un soupir plaintif :
– Mayrig!
– Si tu m'aimes, tu feras comme je dis. Il ne faut penser qu'à Tomas. C'est toi et Vartan, c'est Hagop et moi qui vivons à travers cet enfant. S'il devait périr à cause de moi, toute ma vie aurait été inutile.
Baissant la tête, Maro pleura en silence. Azniv Hanim demeurait imperturbable. Elle se retourna vers Tomas et lui fit signe d'approcher. Elle le tint par les épaules.
– Tout à l'heure, nous allons nous sauver.
– Et rejoindre papa! ajouta avec enthousiasme l'enfant qui attendait ce moment avec impatience depuis que sa mère l'avait mis au courant ce matin. Vous verrez, grand-mère, nous...
Sa grand-mère le secoua :
– Écoute-moi! Reste avec ta mère, tire-la par la main pour qu'elle coure sans arrêt. Moi, je serai peut-être essoufflée et j'irai moins vite. Je ne veux pas que Maro m'attende, tu me comprends?
– Mais, grand-mère, je vous tiendrai la main à vous aussi.
Elle sourit :
– Non, je ne peux pas courir longtemps. Je vous retrouverai plus tard avec le capitaine Armène et Araksi.
Tomas acquiesça. Azniv Hanim l'embrassa à plusieurs reprises sur les joues et sur le front.
– Un jour, Tomas, tu seras grand et tu auras des enfants. J'aimerais que tu donnes mon nom à ta première fille.
– Ça veut dire quoi, Azniv?
– Noble, répondit-elle en redressant la tête.

Plus on s'en approchait, plus le monastère semblait imposant. La fébrilité gagna les déportés. Les résistants arméniens y étaient-ils vraiment postés? Et eux-mêmes parviendraient-ils à s'échapper? Ces montagnes qui les cernaient! Tout semblait plus facile quand ils en parlaient la veille. À présent, plusieurs remettaient en question le projet, un bon nombre décidait de ne pas tenter l'aventure.
Les deux cloches brillaient dans le clocher. Par le portail ouvert, des résistants déguisés en moines sortaient en file, capuces rabattus sur leur visage. Ils étaient une vingtaine et venaient à la rencontre de la caravane. De nombreux gendarmes marchaient le

long des premiers chariots, du côté opposé au monastère. Ils se mirent soudain à tirer sur les moines. Quelques religieux tombèrent. Les autres refluaient vers le portail en pointant les armes qu'ils avaient sorties de dessous leurs bures. Mis ils n'osaient faire feu de crainte d'atteindre les déportés. Des fusils apparurent en haut du mur. De là, les résistants pouvaient mieux choisir leurs cibles et ils abattirent plusieurs gendarmes qui renversaient des charrettes afin de constituer une barricade. Les moines gagnèrent le bâtiment et refermèrent les battants de la porte. Ils laissaient une douzaine des leurs sur l'herbe. L'affrontement avait duré moins de deux minutes.

En entendant les premiers coups de feu, Armène grimpa sur son banc pour voir par-dessus les voitures qui le précédaient. Il était à environ trois cents mètres du monastère. Était-ce le moment de fuir? Il jeta un coup d'œil sur la colline à sa droite. Des soldats! Des centaines de soldats prenaient position au sommet. De là, ils surplombaient l'édifice qu'ils soumirent à un feu nourri. Les fusils des défenseurs leur répondirent, sans grand succès car les soldats s'abritaient derrière des rochers. Deux mitrailleuses lourdes, en batterie sur la crête, arrosèrent le monastère.

Maro observait les soldats. Ils occupaient exactement l'endroit où elle comptait s'échapper. D'autres encerclaient le vallon. Toute fuite devenait impossible. Avec de grands gestes du bras, Armène lui dit de dégager la route. Un régiment de cavaliers remontait au galop la colonne de voitures; l'officier en tête sabrait au passage les déportés. Dans la confusion la plus totale, les Arméniens manœuvrèrent afin de gagner le fond de la vallée. Par amusement ou par dépit, les servants d'une mitrailleuse tirèrent une rafale sur eux. Il y eut des cris. Quelques personnes avaient été touchées.

Les gens se réfugièrent sous les voitures. Araksi dut supplier son mari pour qu'il se mette à l'abri. Elle était secrètement heureuse que l'échéance soit reportée. Encore du temps. Tant pis s'ils devaient mourir le lendemain. Ce serait toujours ça de gagné. Elle dissimula sa joie car Armène bouillait de rage. Une trahison! L'armée avait été prévenue de l'embuscade. Les fedayin se sacrifieraient en vain.

Azniv Hanim et Maro s'étaient couchées à plat ventre sur le sol, de part et d'autre de Tomas. Des balles perdues sifflaient parfois au-dessus d'eux. L'enfant priait avec sa grand-mère. Maro en était incapable. Son dernier espoir se dissipait. La mort dans l'âme, elle regardait une touffe de violettes piétinée par un sabot. Mais c'étaient les yeux de Vartan qu'elle voyait, son regard si tendre quand il se penchait sur elle en disant des mots d'amour, ses prunelles brillantes lorsqu'il s'enflammait au cours d'une discussion. Elle aurait donné la moitié de sa vie pour être à nouveau devant ces yeux chéris. Elle tendit la main, ses doigts ne rencontrèrent que le vide.

Armène arriva en rampant :

– Vous n'avez rien?
– Ça va, répondit Maro.
Son découragement était visible. Armène dit, d'un ton confiant :
– Une autre occasion se présentera. Quand nous passerons la nuit dans un lieu propice, nous leur fausserons compagnie. Crois-moi.
Elle resta muette.
Il repartit. Tantôt sur le ventre, tantôt à quatre pattes, il se faufila entre les voitures pour voir si quelqu'un n'aurait pas besoin d'aide. Des pleurs bruyants attirèrent son attention. Il rejoignit un groupe de femmes agenouillées autour d'une fillette ensanglantée. Une balle avait presque arraché son bras gauche; une autre avait traversé sa poitrine. La petite morte n'avait pas plus de huit ans. Sa mère la coiffait et lui parlait comme si elle vivait toujours. Ses deux frères et sa sœur cadette pleuraient, le visage dans les mains. La veuve Kaloustian entraîna Armène plus loin :
– Laissons-les à leur chagrin.
Cette femme aussi ridée qu'une vieille pomme tenait une boutique d'herboriste à Sivas. Araksi se fournissait chez elle en tisanes de toutes sortes. La Kaloustian, comme on disait dans son dos, passait pour être un peu sorcière. Elle possédait le secret des plantes qui guérissent mais proposait également des potions abortives et des philtres pour tous les besoins.
– Il y a d'autres morts? demanda Armène.
– Ça viendra. Au moins trois des blessés ne verront pas le soir.
– On peut faire quelque chose?
Elle montra la sacoche dans laquelle elle transportait ses produits. Sa main était tachée de sang.
– J'ai fait ce qu'il fallait.
Il la salua. Elle le retint :
– Capitaine Armène. Veux-tu un poison pour en finir vite? Je ne vends même plus, je donne.
Armène s'emporta :
– Sorcière de malheur!
Elle grimaça :
– Nous allons tous crever! Je l'ai lu plusieurs fois dans le marc de café. Les cartes le confirment.
Rageur, il s'éloigna pour rejoindre Araksi. La voix grinçante le poursuivit :
– Tu regretteras peut-être la mort douce que je te propose.

Le siège durait depuis plus d'une heure. Des deux cent cinquante Arméniens retranchés dans le monastère, à peine une trentaine pouvaient encore tenir une arme. Et plusieurs n'étaient que des adolescents peu habiles au tir. Au début du combat, ils rechargeaient les fusils; c'était à présent à eux de tenir tête à des soldats aguerris. Des corps jonchaient la cour intérieure et la galerie longeant le haut du mur, prises toutes deux sous le feu de l'armée. Seules quelques fenêtres aussi étroites que des meurtrières et le clocher offraient aux défenseurs des postes de tir un peu protégés.

Malgré tout, la prise du monastère serait coûteuse pour l'armée. Alors, les soldats utilisèrent des femmes. Ils leur attachèrent les mains derrière le dos et les lièrent par deux. Poussant devant eux ces boucliers vivants, des hommes purent s'approcher de l'édifice. Les prisonnières criaient à leurs compatriotes de tirer quand même, ce qu'ils ne firent pas. Les soldats lancèrent des grenades qui n'eurent pour effet que de déchiqueter les cadavres gisant dans la cour. Les survivants s'abritaient derrière d'épaisses murailles.

Constatant l'inefficacité des grenades, le jeune capitaine qui dirigeait l'opération fit cesser le feu. Progressivement, un silence étrange s'installa. Les assiégés eux-mêmes observèrent la trêve. Il fut ordonné aux dix-huit femmes qui avaient servi de boucliers de marcher en direction du portail. Elles obéirent en pleurant. Quand elles furent à mi-chemin, les fusils des soldats les criblèrent de balles. Un garçon de quatre ou cinq ans courut vers sa mère qui était au nombre des victimes. Un coup de feu retentit. L'enfant roula dans la poussière.

Le capitaine de cavalerie humecta ses doigts de salive pour lisser le toupet qui retombait devant ses yeux. Il mit ses mains en porte-voix :

– Rendez-vous ! Autrement, j'exécute tous les Arméniens du convoi.

Les mitrailleuses se remirent à crépiter. Peu de temps après, un drapeau blanc flotta au clocher. À nouveau la fusillade s'arrêta.

– Sortez ! commanda le capitaine.

Il était satisfait et alluma une cigarette.

Les portes s'ouvrirent. Les résistants s'avancèrent, les mains en l'air. Certains portaient les marques évidentes de blessures. On reconnaissait les hommes de Chirag Tévonian à leurs chemises et à leurs culottes de cheval noires, et aux ceintures de cartouches qui se croisaient sur leurs poitrines. Ils avaient conservé la longue dague qui pendait sur leur hanche. Quant aux autres, des jeunes hommes de Sivas, ils étaient plutôt dépenaillés. Il y avait parmi eux Varouj Zorian, le fils aîné de l'instituteur, un gamin d'à peine quinze ans.

On les fit aligner contre le mur tandis que des soldats investissaient le cloître à la recherche d'autres survivants. On entendit bientôt les râles des blessés qu'ils achevaient. Le capitaine se réserva le plaisir de diriger l'exécution. Il mit ses gants et fit rectifier la tenue des hommes qui constituaient le peloton. Il leva son sabre.

– En joue !

– Vive l'Arménie ! hurla le second de Chirag, qui avait décidé de l'embuscade.

Ses mots furent repris par ses compagnons. La salve couvrit leurs voix. Par miracle, le jeune Zorian n'avait pas été touché. Avec ahurissement, il regarda ses amis affalés pêle-mêle sur le sol, puis les soldats qui semblaient aussi surpris que lui. Le capitaine s'approcha du garçon en disant :

– Deux salves, ça porte malheur.

Et d'un vigoureux coup de sabre il décapita Varouj dont la tête aux yeux exorbités tomba sur le ventre d'un fusillé. Des hourras saluèrent le geste de l'officier. Les hommes du peloton se hâtèrent de dépouiller les cadavres de tout objet de valeur.

Ordre fut donné aux déportés de reprendre la route. Cela ne se fit pas sans peine. Des accrochages se produisirent quand les chariots convergèrent en même temps sur le chemin pierreux. Le convoi passa devant le monastère ; les soldats empilaient les corps. Les officiers de l'armée discutaient joyeusement près du portail. Armène arrêta sa voiture en face d'eux et descendit. Il se présenta au plus haut gradé, le jeune capitaine de cavalerie. Ce dernier le considéra d'un œil amusé :

– Je parie que tu veux la permission de les enterrer, dit-il en désignant les cadavres.

– Non, mon capitaine, répondit Armène, imperturbable.

– Alors quoi ?

– Les bœufs ont soif. Ils ne pourront plus marcher bien longtemps si on ne leur donne pas à boire.

– Pour les questions d'intendance, vois un zaptiyé. Je n'ai pas de temps à perdre.

Armène insista :

– Il y a une citerne dans le monastère.

– J'ai dit non, répliqua l'officier en haussant le ton. Déguerpis, ton chariot bloque la voie.

– Nous ne pourrons plus continuer longtemps comme ça.

– Eh bien, vous crèverez ! Ça économisera les cartouches.

Deux jeunes Arméniens s'approchèrent du groupe, le fez à la main.

– Capitaine ! Capitaine ! dit l'un d'eux, s'adressant à l'officier. C'est nous qui vous avons prévenus.

– Oui, renchérit l'autre délateur. Nous avons droit à une récompense.

– Nous voudrions retourner à Sivas. Nous sommes prêts à nous convertir à l'islam.

Le visage d'Armène s'empourpra d'un seul coup. Il se tourna vers ses deux compatriotes et vociféra :

– Chiens ! Traîtres ! Vous vendriez votre propre mère.

Il leur cracha au visage. Les officiers ottomans s'esclaffèrent.

– On pourrait les faire se battre comme des coqs, suggéra l'un d'eux.

– J'ai mieux, rétorqua le capitaine en tendant son revolver à Armène. Tue-les !

Armène le toisa d'un air méprisant et retourna à sa voiture. Un gendarme en colère l'y attendait et lui cingla le visage du manche de son fouet. Armène encaissa le coup sans protester.

– En avant! En avant! ordonnait le zaptiyé.

Armène monta à côté d'Araksi qui tremblait de peur. Tomas avait observé la démarche de son parrain, désobéissant ainsi à sa mère qui lui défendait de regarder en direction du monastère. Il avait aperçu les cadavres des hommes et des femmes. Surtout celui de l'enfant, qui était à quelque distance des autres. Couché sur le flanc, les yeux grands ouverts. Comme Sassoun dans le jardin. Tomas n'arrivait pas à détacher son regard du petit corps. Il croyait que seuls les grands et les vieux mouraient. Pas les enfants.

Il vit le capitaine de cavalerie lever son pistolet et abattre deux jeunes Arméniens qui le suppliaient. Une balle au milieu du front. Les corps tombèrent presque en même temps à la renverse. C'était donc si facile de mourir! Tomas se pencha par-dessus la ridelle et vomit.

***

Après le monastère, la montée était rude. Parvenus au sommet, les déportés n'eurent pas le loisir de reprendre haleine. L'escorte les obligea à continuer en jouant du gourdin. Maro prit à son bord une vieille femme, Gullu Abayan, dont la charrette avait versé. Ses petites-filles, Sossi et Maritsa, des jumelles d'une douzaine d'années, l'accompagnaient. Les différencier s'avérait impossible. Elles avaient de jolis minois, le nez légèrement retroussé et de petits yeux intelligents. De longues nattes tombaient sur leurs épaules. Azniv Hanim et les siens partagèrent avec les nouvelles venues le contenu d'une gourde. Une eau presque chaude qui, sans étancher la soif, était tout de même un baume pour la bouche et la gorge parcheminées.

La route se réduisit à un sentier tortueux creusé par les troupeaux en transhumance. Le convoi roulait à présent sur un plateau râpé par le vent. Le soleil semblait plus rapproché et pesait de tout son poids sur le sol rocailleux. Ne croissaient en ce lieu que genêts épars et buissons épineux que broutaient des chèvres faméliques. Un jeune berger en haillons regarda la caravane avec étonnement. Il s'en approcha pour proposer des fromages mais des zaptiyés le repoussèrent au large après s'être emparés d'un de ses chevreaux.

On avançait dans un véritable brouillard de poussière qui gênait la respiration. Devant et derrière, on ne voyait pas plus de trois ou quatre chariots, mais sur les côtés la vue portait jusqu'aux montagnes violettes à l'horizon. Maro remarqua qu'au loin des groupes de cavaliers cheminaient parallèlement à eux, sans doute pour arrêter d'éventuels fuyards. Tomas était monté avec son parrain. Maro confia les guides à sa mère et s'assit à l'arrière de la voiture avec les jumelles. Les fillettes se sentaient perdues. Leurs parents étaient en voyage à Trébizonde et elles désespéraient de les retrouver un jour.

Ils roulèrent tout l'après-midi sans entrevoir de but, dans un paysage monotone qui donnait l'impression de ne pas progresser. Avant que le soleil ne disparaisse, le camp fut monté au milieu d'une steppe sans arbre ni eau. Armène et Maro manœuvrèrent leurs chariots pour se placer au centre du rassemblement car la nuit alentour s'annonçait menaçante. Aucun moyen d'abreuver les bêtes et de les faire paître ; les humains conservaient pour eux le peu d'eau dont ils disposaient. Les légumes qu'ils avaient emportés se fanaient, et Maro nourrit leurs bœufs des laitues et des choux les plus défraîchis. Comme il ne restait plus d'alcool pour le réchaud et qu'il n'y avait pas de bois pour allumer un feu, il fallut manger froid. Un peu de fromage, du khavourma [1] et du pain rassis.

Le soir vint et la chaleur torride fit place à un vent frais qui sécha les corps trempés de sueur. Cependant, la température baissa encore. On était en altitude, la nuit serait froide. Gullu Abayan avait tout perdu.

– Nous avons une couverture à vous donner, lui dit Araksi.

– Et il y a la bâche, ajouta Armène. Soyez sans crainte, nous allons nous arranger.

Gullu était embarrassée :

– Une place dans votre araba... la nourriture, l'eau...

Elle essaya de retirer de son doigt un anneau d'or usé. La jointure déformée par l'arthrite l'en empêchait.

– Qui vous parle de sous ? s'offusqua Azniv Hanim.

Gullu posa la main sur sa poitrine :

– Dieu vous le rendra. Je ne sais pas ce que nous deviendrions sans vous.

Et elle désigna ses petites-filles qui étaient assises à peu de distance. Elles avaient défait leurs cheveux et l'une coiffait l'autre à l'aide d'un petit peigne. Elles chantonnaient tout bas. À côté d'elles, Tomas fredonnait l'air dont il ignorait les paroles. Loin de charmer les adultes, le spectacle de cette insouciance les chagrina.

– Pauvres enfants, murmura Armène.

D'un coup de pied, il fit voler un caillou. Il ajouta :

– Je vais voir comment se débrouillent les autres.

– Je t'accompagne, dit Araksi en tendant les bras afin qu'il l'aide à se relever.

Elle s'appuya à l'épaule de son mari ; il passa un bras autour de sa taille. Elle marchait avec de plus en plus de difficulté.

Des rumeurs circulaient, souvent lancées par les gendarmes : l'ordre de déportation avait été annulé et ils allaient retourner à Sivas ; des camions militaires attendraient les déportés le lendemain et les conduiraient directement à Alep. Et il se trouvait des gens pour y croire... D'autres nouvelles étaient plus effrayantes. On avait vidé les prisons : voleurs et brigands écumaient les cam-

1. Rôti de mouton salé. (Turc.)

pagnes. Et l'on avait fait venir de l'Est des bandes de montagnards, des sauvages armés jusqu'aux dents qui patrouillaient dans les collines. Ils avaient pour mission d'égorger tout Arménien qu'ils rencontreraient. Bien que Maro refusât de prêter foi à ces racontars, la vue des feux de camp qui brillaient dans le lointain l'inquiéta. Et la nervosité d'Armène n'avait rien pour la rassurer.

Il plaça les chariots en laissant un espace de trois mètres entre eux, et il attacha un bœuf à chaque extrémité de manière à fermer le carré qui les abriterait. Tandis que les vieilles disposaient la toile par terre et étalaient les couvertures, Maro prit Armène à part :

– Que se passe-t-il? Que craignez-vous?

– Les zaptiyés ont saisi des bouteilles d'alcool et s'enivrent.

– Oh! s'exclama-t-elle en mettant la main sur sa bouche. Dieu nous protège!

– Tu dormiras au centre avec les enfants.

Il en fut fait ainsi. Araksi et Armène d'un côté, Azniv Hanim et Gullu de l'autre. Les jumelles s'étreignaient à droite de Maro; Tomas se blottissait contre sa poitrine. Azniv Hanim récita le Hayr mer [1]. Les étoiles paraissaient toutes proches du plateau; étendue sur le dos, Maro les contemplait avec une sensation d'écrasement. Pour occuper les enfants en attendant le sommeil, elle désigna les constellations et les nomma. Dans sa tête, elle entendait la voix de Vartan quand il lui apprenait à reconnaître les étoiles.

– Pourquoi on ne voit pas Dieu dans le ciel? demanda Tomas à voix basse. Et les saints et les anges?

– Parce qu'ils sont invisibles, répondirent en chœur les jumelles.

Tomas ne parla plus. Il venait d'apercevoir un groupe d'étoiles qui dessinaient la forme d'un chien. Un épagneul comme Sassoun. Il ferma les yeux mais ce fut pour trouver en lui une image encore plus atroce. L'enfant couché sur le flanc près du monastère. Il mordit son poing et pria de toutes ses forces. Maro sentit ses frissons et, croyant qu'il avait froid, l'enserra plus fortement.

Les gardes avaient monté leurs tentes en retrait, de l'autre côté du sentier. Ils étaient moins de cinquante pour surveiller plus de mille cinq cents déportés. C'est vrai qu'ils n'avaient pas la tâche bien difficile... Quelques gendarmes patrouillaient alentour du campement des déportés. Les autres brisèrent des charrettes dont ils récupérèrent le bois pour alimenter un grand feu. Ils mirent à la broche le chevreau dérobé au jeune berger. L'alcool coulait à flots, la fête s'animait. Ce furent d'abord des chansons et des danses, des exclamations de joie et des coups de feu tirés en l'air. Mais bientôt ces plaisirs ne suffirent plus aux gendarmes.

En titubant, ils se dirigèrent vers les chariots les plus proches pour s'emparer des femmes. Un couple âgé voulut protéger ses trois

1. Notre Père. (Arménien.)

filles. Des familles voisines agirent de même. Des sabres, des poignards et des baïonnettes apparurent dans les mains des gardes. Le sang coula. La panique s'empara des déportés, qui essayèrent d'esquiver les coups. Une fièvre meurtrière gagna les gendarmes et, dans un accès de fureur, ils s'en prirent à tous ceux qui leur tombaient sous la main. Un vent de démence soufflait. Les gardes égorgeaient, éventraient ou décapitaient sans discernement. La confusion était totale, la clameur assourdissante. Ceux qui tentaient de fuir étaient rattrapés et frappés dans le dos ; à certains, on coupait plutôt les pieds et les mains. Plusieurs Arméniens restaient sur place, paralysés par l'effroi, incapables de croire à la réalité de ce qu'ils voyaient. Ceux-là mouraient en silence.

À bout de souffle, les ivrognes cessèrent le carnage. Quelques-uns semblaient hébétés ; ils regardaient leurs mains couvertes de sang, les cadavres et les blessés étendus à leurs pieds, se demandant si c'était bien leur œuvre. La plupart, au contraire, riaient et discutaient à savoir qui avait tué le plus de giaours. Les gendarmes s'avancèrent plus loin au milieu du campement. Les femmes dont ils se saisirent ne résistèrent pas, de peur que les brutes se vengent sur leur famille.

Personne ne dormait dans le camp. Armène s'était levé et montait la garde, le revolver à la main. Aux hurlements qui glaçaient le sang succédèrent des pleurs et des lamentations. On entendait les rires tonitruants d'hommes ivres. Puis ce furent les supplications des femmes et des jeunes filles que les gendarmes traînaient à leurs tentes. Viols et tortures : la nuit vibrait des cris de détresse et de souffrance. Et l'horreur dura jusqu'à l'aube.

Araksi, Azniv Hanim, Armène et Gullu récitaient des prières. Leurs voix s'amplifiaient peu à peu dans l'espoir de dominer les plaintes des suppliciées. La gorge nouée, Maro était incapable d'émettre un son. Pleinement conscientes de la nature du drame qui se jouait non loin, les jumelles étaient en proie à la panique. L'une s'était rapprochée de sa grand-mère, l'autre se plaquait contre le dos de Maro et la tenait par la taille. Tomas se bouchait les oreilles et grinçait des dents. Il s'endormait pour se réveiller aussitôt. Les voix des victimes entraient en Maro et déchiraient sa chair. Elle était impuissante contre les images atroces qui se composaient dans son esprit. Et elle ne pouvait s'empêcher d'éprouver du soulagement d'avoir elle-même échappé au martyre. La honte se mêlait à sa compassion. Sa peur était sans bornes. Recroquevillée, elle serrait les cuisses et guettait la naissance du jour.

Quand prit fin l'interminable nuit, ils attelèrent les bêtes sans dire un mot. Araksi répartit le reste du fromage : à chacun, une boulette qui tenait peu de place dans le creux de la main. Azniv Hanim distribua des fruits secs. Il n'y avait plus rien à boire.

Tous les déportés gagnèrent le sentier par un détour qui évitait l'endroit où s'étaient dressées les tentes de l'escorte. En dépit des exhortations de son épouse, Armène s'y rendit à pied. Il voulait voir. Il fallait que quelqu'un voie et sache; le crime ne devait pas demeurer sans témoin. Il croyait qu'après les scènes de massacre qui s'étaient déroulées sous ses yeux vingt ans plus tôt, plus rien ne pouvait le surprendre. Mais rien n'égalait en horreur ce qu'il rencontra. Aucun champ de bataille n'offrait jamais le spectacle de tant de cruauté. Pour en trouver de semblables, il aurait sans doute fallu remonter à l'époque des invasions mongoles. Hébété, Armène circulait entre les cadavres, qui portaient trace des plus inhumains sévices. Il faillit trébucher dans les boyaux qui s'étaient répandus hors d'un ventre ouvert. Avant de quitter les lieux, les gendarmes avaient dressé un monument : une petite pyramide de têtes coupées. Juste à côté, un nourrisson empalé sur un bâton effilé. Armène se détourna et régurgita le peu qu'il venait de manger. C'est alors qu'il l'aperçut.

Assise par terre, nue, elle fixait l'horizon de ses yeux vides. Il s'approcha. Elle ne réagit pas. Cependant, elle vivait. Des bleus et des éraflures marquaient sa peau blanche. Du sang maculait ses cuisses. Elle n'avait pas plus de dix-sept ans, mais son visage hagard lui donnait cent ans. Il se pencha et lui toucha l'épaule.

– Ma fille...

Elle demeura inerte. Armène l'empoigna par les aisselles et la souleva. Obéissante, elle se mit debout sans que son regard ne quitte le lointain. Il la couvrit d'un lambeau de robe qui traînait par terre, la prit par l'épaule et la guida. En état de choc, elle marchait comme un automate. Armène remarqua que ses paupières ne battaient jamais. Il la secoua légèrement et dit avec douceur :

– Tu n'as plus rien à craindre.

Elle ne l'entendait pas.

Armène rejoignit la voiture que conduisait Araksi. Il assit la jeune femme à l'arrière, grimpa à son tour et l'enveloppa d'une couverture. Elle resta comme il l'avait placée, les jambes ballant au-dessus de la route. Armène gagna sa place à côté d'Araksi. Il aurait donné cher pour une solide rasade d'alcool.

La soif fut tout de suite du voyage, et au fil des heures elle devint une obsession. Des vols de corbeaux se dirigeaient à tire-d'aile vers le lieu où le convoi avait laissé des morts. On voyait également passer des buses et de plus petits oiseaux de proie, en plus, bien sûr, des inévitables vautours aux grandes ailes arrondies. Bercés par le roulis, Tomas et les jumelles dormaient. Gullu tendait un coin de son tcharchaf pour faire de l'ombre sur leurs visages. Appuyée sur l'épaule de Maro, Azniv Hanim somnolait.

Maro jouait sans arrêt de l'aiguillon car autrement le bœuf se serait figé dans ses traces. À l'arrière de la voiture d'Armène, la fille qu'il avait recueillie dévisageait Maro. Du moins cette dernière en avait-elle l'impression. Ce regard mort l'intimidait. Il semblait ne plus devoir lâcher Maro, qui se sentait jugée. Elle avait beau se raisonner, rien à faire : elle lisait des reproches dans les prunelles pourtant vides. Et la peur de la nuit précédente lui revenait.

Des bêtes tombaient d'épuisement. D'autres s'immobilisaient et refusaient d'avancer en dépit des coups. Les gendarmes forçaient alors les déportés à tout abandonner pour continuer à pied. Les vieux et les malades trouvaient place dans une autre voiture, mais ils furent bientôt nombreux à marcher. Venus on ne savait d'où, des paysans suivaient la caravane ainsi que des bandes de charognards. Ils se jetaient sur les charrettes laissées derrière et se disputaient le butin, qu'ils chargeaient sur des ânes.

Lorsque le soleil atteignit le zénith, le chef de l'escorte ordonna une halte. Les déportés demeurèrent sur le sentier. Il n'y avait pas de source, seulement les ruines d'une bergerie en pierres sèches à une centaine de mètres du sentier. Les gendarmes s'y retirèrent afin de jouir de l'ombre que prodiguait la partie du toit non écroulée.

– Vous avez un peu d'eau?

La question était lancée de proche en proche et obtenait partout la même réponse négative.

Tomas se dressa, frotta ses yeux et promena un regard incrédule. Avait-il voyagé? Le plateau uni et rocheux, les montagnes autour : le paysage était identique à celui de la veille.

– J'ai soif, maman.

Maro le prit dans ses bras et l'embrassa avant de le poser par terre. Il avait le front brûlant.

– Mon pauvre chéri, nous n'avons rien à boire.

Il se mit à pleurer.

– Viens avec moi, Tomas, dit Armène qui s'était rapproché. Ma femme a encore deux ou trois concombres juteux.

Il emmena aussi les jumelles à sa voiture où Azniv Hanim, Gullu et Araksi improvisaient un pare-soleil avec une toile. Maro s'approcha de la jeune fille que l'on avait oubliée. Ce regard éteint! Elle lui toucha la joue :

– Comment t'appelles-tu?

On aurait dit la fille sourde. Absente plutôt, totalement absente. Maro entrouvrit la couverture, écarta les haillons; le corps meurtri luisait d'une sueur poisseuse.

– Comment va-t-elle? demanda Azniv Hanim assise à l'ombre de la toile.

– En état de choc. Je m'en occupe.

Elle lui prit la main et l'emmena à l'arrière de son chariot. La fille la suivit docilement. Maro la dévêtit et lui mit l'une de ses robes. Elle ne cessait de lui parler d'une voix affectueuse dans l'espoir de réveiller sa raison.

– Le soleil brûle ton beau visage. Je vais te trouver un chapeau de paille.

Maro fouillait dans un panier lorsqu'un grondement lui fit lever la tête. Sur le plateau, des cavaliers galopaient dans leur direction. Des soldats? Le sol résonnait comme une peau de tambour. Les chevaux s'écartèrent progressivement et formèrent une ligne parallèle à celle du convoi. Bientôt on entendit le hululement rapide que les cavaliers poussaient à l'unisson. Ils chargeaient!

– Des tchétés [1]! lança une voix.

– Des bandits kurdes.

Les déportés se glissèrent sous les voitures; ceux qui n'en avaient pas fuirent en direction de la bergerie. Les gendarmes? Adossés aux murs de pierre, leurs fusils posés à côté d'eux, ils mangeaient sans se presser. Maro comprit que leur escorte ne s'interposerait pas. Elle sauta par terre pour rejoindre Tomas et les autres.

Enturbannés de gris et vêtus de vestes de mouton, les cavaliers barbus semblaient surgir du fond des âges. Des coutelas et des pistolets pendaient à leur ceinture. Ils brandissaient au-dessus de leur tête d'antiques fusils ou des yatagans à la lame brillante. Les tchétédjis [2] se répandirent le long du convoi en modulant leur cri de guerre.

Sous l'abri de toile, Armène dégaina son pistolet. Un cheval s'arrêta tout près et une voix de basse s'exclama d'un ton amusé :

– Tu n'as pas peur, toi?

– La fille! s'écria Maro.

– Reste ici! supplia sa mère.

Maro était déjà partie et Azniv Hanim ne put que retenir son petit-fils qui voulait la suivre.

Un brigand levait son sabre pour l'abattre sur la jeune fille, qui ne réagissait pas.

– Non! cria Maro.

En courant vers eux, elle extirpa trois pièces d'or de sa ceinture. Ce geste fit tomber son tcharchaf. L'homme au regard farouche et au nez épaté la considéra avec étonnement. Elle écarta la fille et tendit les pièces :

– Laissez-la! Voici de l'or.

Il attrapa Maro par le poignet :

– Tu vaux tous les trésors, ma beauté!

Elle se débattit de toutes ses forces tandis qu'il essayait de la hisser sur son cheval. Voyant qu'il n'y parviendrait pas d'une seule main, il jeta son sabre et l'empoigna par les cheveux. Elle voulut le tirer en bas de sa monture qui prenait peur. Il riait des efforts de sa captive dont les pieds quittaient le sol. Un coup de feu retentit. L'homme tressauta et ses mains s'ouvrirent. Maro glissa par terre où elle resta immobile. Le cheval partit au galop; le cavalier accroché à sa crinière culbuta un peu plus loin.

– Yallah! Yallah! crièrent des tchétédjis qui accouraient vers la scène.

Tomas échappa à Azniv Hanim et se précipita sur sa mère étendue sur le ventre. Il la secoua en pleurant.

1. Bandes de brigands. (Turc.)
2. Brigands membres d'une bande. (Turc.)

– Mayrig... Mayrig...

Maro le plaqua sur le sol à côté d'elle.

– Ne bouge plus. Ferme les yeux. Fais le mort.

Il obéit.

Revolver au poing, Armène s'éloignait le plus vite qu'il le pouvait. Il voulait éviter qu'on s'en prenne aux siens. Il se dirigea vers la bergerie, espérant que les brigands n'oseraient venir le prendre sous le nez des gendarmes. Les cavaliers lancés à ses trousses se rapprochaient. Armène se retourna pour leur faire face. Trois fusils étaient pointés dans sa direction. Il visa. Ses adversaires furent plus rapides. Les trois détonations se confondirent. Frappé en pleine poitrine, Armène ouvrit les bras, recula d'un pas et tomba sur le dos.

– Armène! hurla Araksi d'une voix déchirante. Armène!

Un cavalier, qui avait la carrure d'un géant, ralentit près du corps, se pencha sur l'encolure de son cheval et saisit Armène par une cheville. Sans effort apparent, il le souleva à moitié et lança son cheval au trot. Il décrivit trois grands cercles en remorquant le cadavre dont la tête rebondissait sur les pierres. Ses compagnons tiraient en l'air et faisaient se cabrer leurs montures. Puis le brigand abandonna le corps et retourna prendre part au pillage.

Araksi était effrondrée dans les bras d'Azniv Hanim qui l'implorait de ne pas bouger :

– Attendez que les brigands soient repartis. Vous ne pouvez plus rien pour lui.

– Je veux mourir, je veux mourir.

Des sabots martelaient le sol non loin de Maro, qui souffla à Tomas :

– Pas un mot. Si on te touche, ne réagis pas.

Un cheval passa au-dessus d'eux, un de ses sabots se posa à quelques centimètres de la tête de Tomas. Un cavalier sauta par terre et ramassa les trois pièces d'or. Il fouilla Maro. Elle s'obligea à demeurer inerte tandis que les mains la palpaient avec brusquerie. Il trouva la ceinture lestée de pièces d'or, la coupa avec son poignard et remonta à cheval. On emmenait la fille. Maro ne pouvait intervenir sans mettre en péril la vie de son fils et la sienne. Les tchétédjis s'éloignaient. Ils avaient pris plusieurs voitures, dont celle de Maro, où s'entassait le fruit de leurs rapines. Leur butin comprenait nombre de femmes et d'enfants.

– On peut bouger? demanda Tomas d'une voix terrorisée.

– Pas encore.

Le bruit des roues et des sabots, les pleurs des captifs et les chants de victoire des brigands diminuèrent.

– Armène... Armène... gémissait Araksi qui s'approchait du cadavre de son mari, soutenue par Azniv Hanim.

Maro se leva et prit son fils dans ses bras. Maintenant que le danger était écarté, elle tremblait de tous ses membres. Tomas pleurait et répétait d'un ton incrédule :

– Ils ont tué parrain ! Ils ont tué parrain !

Maro l'embrassa et le déposa près des jumelles qui enfouissaient leur visage dans la jupe de leur grand-mère.

– Reste ici, mon chéri. Je vais aider Araksi.

– Je veux y aller ! C'est mon parrain à moi.

Sourd aux appels de Maro, il courut vers l'endroit où s'était écroulé son parrain.

Armène était sur le dos, les yeux fermés comme s'il dormait. La peau de son visage était lacérée et un morceau du cuir chevelu pendait sur son oreille. Du sang éclaboussait sa poitrine. Les larmes de Tomas se tarirent. Sa peine était trop grande. Il tomba à genoux et emmêla scs doigts à ceux de son parrain. Il se souvenait de la force de cette main et de sa chaleur quand elle tenait la sienne sur le chemin de l'église. Il ferma les yeux et voulut réciter la prière pour les défunts. En lui se fit entendre la voix d'Armène lorsqu'il lui enseignait cette prière. Tomas ne put qu'écouter ces mots qui acquéraient aujourd'hui un tout autre sens. Il songea à son père. Quand donc les rejoindrait-il ? Comment les retrouverait-il ? Désespéré, l'enfant plongea la main dans la poche de sa culotte et la referma sur la boîte du cachet.

Les gendarmes sortirent de la bergerie et remirent le convoi en route. Araksi refusait de quitter Armène. Son ancien voisin, Manuel, qui était accouru sur les lieux, proposa de le porter. Il prit le haut du corps, Maro souleva les jambes. Tomas ramassa la casquette de marin qui était tombée sur le sol et s'en coiffa.

On coucha le cadavre dans le chariot. Araksi grimpa à côté de lui.

– Conduisez, dit Maro à sa mère. Diguine [1] Abayan montera à côté de vous. Je marcherai avec les enfants.

Azniv Hanim fouilla dans un ballot qui était derrière le banc et tendit à Maro des vêtements qui appartenaient à Armène. Elle revint à cette idée qu'elle avait eue le premier jour :

– Fais-toi un ventre de femme enceinte.

Comme Maro protestait, sa mère se montra intraitable :

– Tu as vu ce qui s'est passé ? La prochaine fois, Armène ne sera pas là !

Maro s'exécuta. Lorsque la caravane s'ébranla, elle avait l'air d'une femme aux dernières semaines de sa grossesse. Le voile couvrait le bas de son visage ; ailleurs, la poussière et la saleté dissimulaient une beauté trop remarquable. La fatigue avait terni l'éclat de son regard. Tomas, qui ne comprenait pas le sens de cette mascarade, déclara à sa mère qu'elle avait l'air d'une vieille.

***

Araksi avait posé la tête de son mari sur ses cuisses. Ne pouvant supporter de voir son visage meurtri, elle le recouvrit d'un large

1. Madame. (Arménien.)

mouchoir. Elle chassait de la main les mouches qu'attirait le sang. Elle lui parlait, si bas que Maro, qui marchait à peu de distance, ne pouvait capter aucun son.

Se sentant responsable de la mort d'Armène, Maro évitait de lever les yeux sur Araksi. Elle aurait aimé que la vieille femme la libère de sa culpabilité. Un mot aurait suffi. N'y tenant plus, elle dit :

– Je l'aimais, notre Armène.

Araksi répondit sans lever les yeux :

– Et il t'aimait, comme sa fille.

Et elle reprit son monologue inaudible.

Maro osa ensuite regarder Araksi qui berçait son mort ainsi que la Madone d'une pietà. Ce chagrin ravivait celui de Maro qui pleurait elle aussi l'absence d'un mari. Le ventre postiche lui rappelait la fausse couche subie quelques mois auparavant et la déception de Vartan. Vartan... Avec le départ d'Armène, les possibilités de s'échapper du convoi diminuaient. Un désespoir profond s'empara d'elle. Elle repoussa à grand-peine l'idée que Vartan n'était plus de ce monde. Faisant écho à ses pensées, Tomas demanda :

– Quand papa reviendra-t-il ?

Le souffle manqua à Maro.

– Je l'ignore, soupira-t-elle d'une voix brisée. Sans doute qu'il nous cherche.

Elle caressa le cou de l'enfant qui se tenait à un pan de sa robe. La casquette enfoncée sur les oreilles de Tomas oscillait à chaque pas. À cause de lui, sa chair et celle de Vartan, la preuve vivante de leur amour, Maro ne devait pas faiblir. Elle voulut lui dire de garder espoir mais estima ces mots dénués de sens pour l'enfant. Surtout dans le contexte.

– Ton parrain est sûrement au ciel. Prie-le. Demande-lui de nous protéger et de veiller sur ton père.

Au bout d'un moment, Tomas s'écria d'un ton agressif :

– Pourquoi Dieu ne punit pas les méchants ?

– Il le fera, Tomas, il le fera.

Quelques minutes plus tard, il se plaignit :

– J'ai soif, maman. J'ai mal à la gorge.

Elle ramassa des petits cailloux qu'elle nettoya sur sa robe.

– Mets-les dans ta bouche, ça te fera de la salive. Attention de ne pas les avaler.

– Ça enlève la soif ? demanda une des jumelles qui marchaient à côté de Maro en se tenant la main.

– Oui. Essayez.

Au bout de deux heures, Azniv Hanim se retourna et annonça :

– Nous arrivons quelque part !

À travers la poussière, on devinait la faille bleutée d'une vallée.

Un village était perché sur le rebord du plateau. À peine une vingtaine de maisons de pierres sèches, jouxtées de minuscules étables. Une agglomération délabrée et pauvre. Cependant, au centre, une richesse inouïe en ce désert de rocaille : une fontaine. Les bœufs flairèrent l'eau de loin et forcèrent l'allure. Des déportés riaient nerveusement ou pleuraient de joie. Les corps déshydratés reprenaient vie à la seule idée de boire.

Des chiens de berger montraient les dents. Ils portaient des colliers munis de pointes acérées qui protégeaient leur gorge des morsures des loups. Un gigantesque pin aux branches tordues, seul arbre à des lieues à la ronde, ombrageait la place. Les hommes et les enfants du village s'y rassemblèrent autour des anciens. Les femmes voilées montraient la tête aux fenêtres sans vitrage. La curiosité des villageois tempérait leur crainte des zaptiyés.

Le canon de la fontaine dégorgeait un filet d'eau limpide ; le bassin débordait dans une rigole coulant vers de petits jardins irrigués. Cependant, cette eau ne fut ni gratuite ni abondante. Sous prétexte qu'il fallait dédommager les villageois, les gendarmes vendaient l'eau. Ceux qui n'avaient pas d'argent durent s'en remettre à la charité de leurs compatriotes. Azniv Hanim paya ainsi pour plusieurs familles.

Peu à peu rassurés, les habitants s'approchaient de ces giaours sales, aux yeux fiévreux et aux traits étirés. Ils offraient en vente les quelques produits dont ils disposaient : pommes de terre, oignons, fromages de chèvre. Maro obtint d'une paysanne un pain plat comme une galette en échange d'une boucle d'oreille sertie d'un saphir. La femme au regard timide murmura « Que Dieu vous garde » avant de regagner prestement son toit.

Des protestations en arménien s'élevèrent tout à coup. Des gardes se saisissaient de jeunes filles et de garçonnets qu'ils poussaient à l'autre extrémité de la place. Un gendarme bouscula Maro qui faillit tomber. Elle attira Tomas contre elle, mais l'homme s'intéressait plutôt aux jumelles. Gullu s'interposa ; il la frappa à la tête de la crosse de son fusil. Elle roula par terre. Le gendarme entraîna Sossi et Maritsa qui pleuraient.

Azniv Hanim se planta devant Maro.

– Je t'en supplie, ne t'en mêle pas.

Elles aidèrent Gullu à se remettre sur pied. Elle se lamenta :

– Mes petites-filles. Qu'est-ce qu'on va leur faire?

Baïonnettes pointées, des gendarmes refoulaient les déportés hors de la place. Maro et les siens se retrouvèrent à la hauteur de la dernière maison. Les villageois firent cercle autour des quatorze jeunes Arméniens. Un sergent grimpa sur la margelle du bassin et procéda à la mise aux enchères.

– De jolies petites épouses! Des garçons solides pour travailler aux champs! Faites votre prix.

Le marchandage dura longtemps, sous les regards incrédules et horrifiés des parents incapables d'empêcher la vente de leurs enfants. Des musulmanes se penchaient à l'oreille de leur mari pour les conseiller sur le choix de la marchandise. C'étaient des gens pauvres : onze des enfants furent achetés pour quelques khourouchs chacun, moins que le prix d'un agneau.

Certaines familles arméniennes se consolèrent en se disant que seraient épargnées à leur enfant les affres de la route, le destin sans nul doute cruel qui guettait les déportés. Ce ne fut pas l'attitude de Gullu. Lorsqu'elle entendit les appels larmoyants de ses petites-filles qu'on emmenait de force vers une maison, elle s'élança pour les reprendre. En débouchant sur la place, elle croisa le sergent, qui la fit trébucher. Après lui avoir décoché une série de coups de botte dans les côtes et dans le ventre, il la fouilla. Il se redressa ensuite, le visage rayonnant, un collier d'or dans la main.

Dès que le sergent se fut éloigné, Azniv Hanim et Maro portèrent secours à Gullu. Son cœur ne battait plus. Azniv Hanim lui ferma les yeux. C'est tout ce qu'elle put faire : l'escorte forçait les déportés à repartir. Le corps de la vieille Gullu fut abandonné où il était.

Tomas tourna vers sa mère un visage livide. Elle lui serra la main :

– Ne t'en fais pas pour Sossi et Maritsa. Elles seront bien traitées. Comme Zeyneb et Djémila l'étaient chez nous. Et puis elles n'auront pas soif comme nous!

L'enfant n'était pas convaincu. Il préférait cent fois la soif à la perspective d'être séparé de sa mère et de sa grand-mère. Comment pourrait-il vivre sans elles? Il baissa la tête. L'enfant devant le monastère... Armène... Et maintenant Gullu... Il réalisa pour la première fois que lui-même, sa mère et Azniv Hanim pouvaient être tués. Cette pensée le plongea dans une détresse qu'il garda secrète. Il pria son parrain qui était maintenant avec les anges.

Un étroit chemin en lacet serpentait jusqu'au fond de la vallée. D'un côté s'ouvrait un précipice dans lequel les sabots ou les roues faisaient parfois rouler des cailloux. Azniv Hanim refusa de passer les rênes à sa fille, qui avait pourtant plus d'expérience dans la conduite d'une voiture. Elle se disait qu'en cas d'accident deux vieilles et un mort seraient une moindre perte. Maro n'insista pas.

– Tu peux encore marcher? demanda-t-elle à Tomas.

Perdu dans un rêve agréable, il n'entendit pas. C'était le matin. Il se réveillait dans son lit, Sassoun couché à ses pieds, et il allait rejoindre ses parents dans leur chambre. Son père était en uniforme. La pièce sentait l'eau de Cologne. Vartan lui ouvrait les bras en souriant.

Maro s'inquiéta :

– Tomas? Ça va? Tu n'es pas trop fatigué?

– Non, répondit-il.

Il était fâché d'avoir été tiré de sa rêverie; il ne le montra pas, de peur de peiner sa mère. Il avait mal aux mollets et aux pieds, toutefois il dit :

– C'est facile, ça descend.

Le convoi atteignit la vallée déjà dans l'ombre en raison des hautes parois qui l'encastraient. On s'arrêta près d'une rivière tarie. Les gendarmes commandèrent de détacher les bœufs. Les animaux descendirent dans le lit boueux ; ils savaient d'instinct que l'eau sourdrait dans les trous creusés par leurs pattes. Les déportés creusèrent eux aussi la boue afin de remplir leurs gourdes.

Araksi ne tenait plus debout. Tout l'après-midi, le poids de la tête et des épaules d'Armène avait ralenti la circulation du sang dans ses jambes. Elle s'arma néanmoins d'une pelle et d'un pic.

– Armène les avait emportés pour enterrer ceux qui mourraient en route, confia-t-elle d'une voix tremblante.

– Cela peut attendre, dit Azniv Hanim en lui enlevant les outils. Mangeons d'abord pour prendre des forces.

Ils partagèrent les deux petites pommes de terre acquises par Azniv Hanim et le pain. Toute à son chagrin, Araksi refusa de toucher à la nourriture. Elle but seulement une gorgée au goulot de la gourde. Le repas se déroula en silence.

– Mère et moi allons creuser, dit ensuite Maro.

Araksi désigna un monticule à quelque distance de la rive ; là, la fosse serait hors de portée des crues printanières.

Tomas aidait de son mieux au travail d'excavation. La terre était lourde et compacte, truffée de cailloux. Quand fut atteinte une profondeur de un mètre, Azniv Hanim déclara, hors d'haleine :

– C'est assez ! Armène comprendra que nous ne pouvons faire mieux.

Quelques vieilles en noir secondaient Araksi. Faute d'eau, elles n'avaient pu laver le corps ainsi que le voulait la tradition, mais la veuve Kaloustian apporta un drap en guise de suaire. Et, avec de l'huile, elle fit les onctions rituelles. Une assistance nombreuse se recueillit autour du corps et l'accompagna en cortège jusqu'au monticule. C'était la première fois que la prière les rassemblait ; ils ne partageaient pas que la peur et la souffrance, mais également la foi en une résurrection. Un aveugle, que guidait un jeune garçon, monta près de la fosse. D'une voix étonnamment forte et juste, il entonna le « Iverin Yeroussaghem [1] ». Tous reprirent en chœur les paroles du cantique qui disait : « Il passera par Jérusalem. » De nouveau, ils formaient une communauté.

D'abord timides, les voix s'enflèrent, s'enrichirent d'échos, remplirent la vallée étroite, s'élevèrent au-dessus des montagnes. Un moment de grâce au milieu des tourments. Les gendarmes eux-

1. Cantique chanté à la fin d'un service funèbre. (Arménien.)

mêmes s'arrêtèrent pour écouter, et aucun ne songea à interrompre cette cérémonie des giaours. Cet enterrement prenait valeur de symbole : on priait pour ceux laissés sans sépulture devant le monastère, pour ces mortes de la nuit précédente, pour les hommes au fond du ravin. Et pour tous ceux qui tomberaient le long de l'interminable route. Plusieurs se disaient que bientôt eux aussi « passeraient par Jérusalem ».

Une fois le corps dans la fosse, Araksi étendit sur lui un tapis. Tomas déposa un minuscule bouquet de fleurs sauvages qu'il avait cueillies le long de la berge. Puis il recoiffa la casquette d'Armène et révéla sa déception :

– Parrain disait qu'il dormirait bien sous un cyprès, à côté de l'église.

À ces mots, Araksi tomba à genoux au bord du trou et cria de douleur en déchirant son corsage. Il fallut l'emporter. La foule se dispersa. Maro voulut éloigner Tomas, mais il insista pour ensevelir le mort.

– C'est mon parrain, c'est mon parrain! répétait-il d'un ton buté.

Il maniait la pelle avec une rage qui décuplait ses forces. Il songeait à ces gros oiseaux qui tournaient dans le ciel au-dessus des morts. Pour les dévorer... Ils ne toucheraient pas à son parrain! Armène arriverait entier au ciel.

Une fois la fosse comblée, ils élevèrent par-dessus un tas de pierres. Tomas ajusta chaque caillou afin que l'empilement ne s'écroule pas durant les orages. La veuve Kaloustian était restée pour prier. Elle fouilla dans son sac et appela l'enfant :

– Garçon, approche!

Elle déposa dans sa main trois grains foncés :

– Ce sont des graines de cyprès.

Le regard de Tomas s'illumina.

– Merci, madame. Le capitaine Armène sera content.

Maro l'aida à choisir l'endroit où planter les semences. Tomas souhaitait que les branches ombragent la tombe l'après-midi. Quand tout fut terminé elle l'étreignit :

– Ton parrain doit être fier de toi.

– Quand je serai grand, je viendrai construire une église ici. Comme il le voulait.

En retournant près de la rivière, Maro vit que les chariots s'éloignaient, conduits par des gendarmes. Azniv Hanim fulminait :

– Deux couvertures! C'est tout ce que j'ai pu sauver. Nous sommes à pied, maintenant!

La veuve Kaloustian et Antaram Khatoun, une cousine par alliance de Der Khoren, tenaient compagnie à Araksi.

– Je ne pourrai pas marcher, disait cette dernière.

– Nous vous aiderons, protesta Maro.

– Non. Mes jambes... mon cœur... Je n'irai pas plus loin.

– Ne dites pas ça!

La veuve Kaloustian lui fit signe de ne pas insister. Elle tapota sa besace :

– J'ai ici quelques potions qui guériront Araksi. Laissez-nous.

Le soir tombait vite. À présent qu'ils n'avaient plus l'abri des voitures, les déportés se serraient en un groupe compact pour passer la nuit. Une femme cria :

– Là! Qu'est-ce que c'est?

Du bras, elle pointait le nord-est, où la vallée se rétrécissait au point de n'être plus qu'une gorge. Maro crut au retour des brigands. Elle n'était pas la seule et la tension resta grande jusqu'au moment où l'on constata qu'il s'agissait de déportés. Peut-être un autre groupe en provenance de Sivas? Et si Vartan était du nombre? Non, aucun homme dans la force de l'âge ne faisait partie des convois.

Les nouveaux venus étaient originaires des environs d'Erzindjan. Plus de deux mille au départ, ils n'étaient plus que trois cents, malades pour la plupart. Jour après jour, les coups, les privations et les rapts avaient décimé leurs rangs. Ces gens, qu'on poussait depuis près d'un mois comme un troupeau sur des sentiers de montagne, ne possédaient plus rien. Ils allaient à moitié nus, les pieds en sang, la peau brûlée par le soleil. Depuis quatre jours, ils n'avaient mangé que de l'herbe et des racines. Ils étaient si misérables que les déportés de Sivas partagèrent avec eu le peux de nourriture qu'il leur restait. Et tant pis si cela signifiait qu'il faudrait marcher l'estomac vide le lendemain.

Doigts croisés sur son ventre, Araksi priait. Elle était assise par terre, les jambes étirées, les yeux clos; sa tête et son buste se balançaient. Tomas s'était endormi dans les bras de sa grand-mère. Maro annonça à Azniv Hanim :

– Je vais aider les nouveaux.

Elle emporta la pelle qui avait servi à ensevelir Armène. Un peu en amont de l'endroit piétiné par les bœufs, les gens creusaient avec leurs mains le lit de la rivière. Ils buvaient, sans attendre qu'il décante, le liquide brunâtre qui suintait au fond des dépressions. Maro excava un trou profond qui se remplit rapidement d'une eau assez claire. Des femmes y puisèrent à l'aide d'écuelles ou avec leurs mains en coupe.

Une vieille au visage émacié lui dit :

– L'enfant que tu portes serait mieux mort! J'ai vu plusieurs femmes étouffer le bébé qu'elles venaient de mettre au monde au bord du chemin. Dieu les comprend.

Un peu honteuse de son déguisement, Maro l'interrogea. Celle qui s'appelait Varvara raconta ce qu'elle avait enduré depuis quatre semaines, comment les siens étaient morts les uns après les autres de soif, de faim, de blessures. Le typhus sévissait parmi eux. Il y avait eu des cas de choléra. Varvara conclut, avec un froid cynisme :

– Les morts ont de la chance!

– Nous nous en tirerons.

– Vous êtes en route depuis trois jours? Tu n'as pas encore idée de ce qui vous attend, ma fille. Il n'y a pas de destination. Ils nous promènent dans les montagnes pour nous faire mourir à petit feu.

Maro se récria :

– Je refuse de me laisser abattre.

– Tu es seule?

– J'ai ma mère et un fils de six ans.

La vieille lui toucha le bras et sa voix se fit grave :

– Crois-moi, si tu en as l'occasion, donne ton fils à des paysans turcs. C'est une charité à lui faire.

Maro lui tourna le dos et s'éloigna pour ne plus l'entendre. Varvara haussa le ton :

– Nous sommes des fétus de paille emportés par la tempête. Des fétus de paille!

Azniv Hanim et Tomas dormaient, une couverture enroulée autour d'eux. Maro partagea l'autre avec Araksi. Quand elle s'éveilla, frissonnant dans la fraîcheur de l'aube, la vieille femme n'était plus à ses côtés. Maro se leva. Enjambant les corps endormis, elle se dirigea vers le monticule. Araksi y était, affalée sur la tombe d'Armène. Maro la secoua. Le corps qu'elle touchait était glacé. Une petite fiole tomba de la main crispée et se brisa sur un caillou. Maro comprit que la Kaloustian avait donné à Araksi le moyen de rejoindre son mari. Elle s'agenouilla et pleura, pas tant les morts que ceux qui voulaient survivre.

6

Était-ce le 19 ou le 20 juillet? Vartan avait perdu le compte exact des jours. Et les deux compagnons de cellule qui lui restaient se moquaient bien de connaître la date. Ils ne vivaient qu'une journée à la fois : du matin où ils avaient échappé à l'exécution jusqu'à l'aube suivante où ce pouvait être leur tour. Accroupis chacun dans un coin, ils ne parlaient plus. Leur mutisme rendait encore plus aigu le sentiment de solitude de Vartan.

Leur plan d'évasion collective n'avait pu se réaliser. Quelqu'un avait vendu la mèche et les portes de métal ne s'étaient plus jamais entrouvertes lorsque les prisonniers se trouvaient dans la cour. Les paillasses de ceux qui étaient partis encombraient toujours le cachot, qu'elles faisaient paraître plus grand qu'il ne l'était en réalité. La lumière qui tombait de l'étroite fenêtre éclairait les croix et les inscriptions ciselées par Sarkis Zorian dans la pierre grise du mur. Après la mort de ce dernier, survenue quatre jours auparavant, Vartan s'était chargé de graver les noms de ceux qui vivaient toujours. Jusqu'à la fin, il serait journaliste... Mais, comble d'ironie, il n'aurait pas le temps de signer!

D'un moment à l'autre, il se balancerait au bout d'une corde. Un peu plus tôt, un garde l'avait prévenu que son exécution aurait lieu ce matin. L'horloge de l'hôtel de ville avait sonné six heures, puis sept heures. Il attendait toujours, presque impassible; il vivait depuis tant de jours dans la perspective d'une mort imminente qu'elle en avait perdu toute signification et ne l'effrayait plus.

Des pas dans le couloir. Il se redressa. La porte s'ouvrit, un sergent montra son visage au teint bilieux :

– Vartan Balian.

Vartan s'approcha. On lui tendit une chemise grise.

– Voici ton uniforme de pendu.

Sans mot dire, Vartan retira son vêtement crasseux et enfila l'ample chemise qui lui descendait jusqu'aux genoux. Ses compagnons de cellule vinrent lui faire leurs adieux; ils cachaient mal leur soulagement d'avoir eux-mêmes un sursis. Deux gendarmes accompagnaient le sous-officier. Ils lièrent les mains de Vartan derrière son dos et le menèrent dans une petite pièce du rez-de-chaussée où un barbier aiguisait son rasoir. Des monceaux de cheveux et de poils de barbe entouraient le banc où l'on assit le prisonnier. Le rasoir dénuda son crâne puis fit tomber la barbe de trois semaines.

Un lieutenant aux cheveux noirs, lustrés par un cosmétique, entra. Désignant le prisonnier de sa cravache, il demanda au sergent :

– Balian?

– Oui.

Il se planta devant Vartan, jambes écartées. L'uniforme vert étroitement sanglé lui donnait une certaine prestance. Les pointes de sa moustache cirée se recourbaient en accroche-cœurs.

– Le gouverneur Mustafa Bey...

– Mustafa Rahmi, tu veux dire?

– Le *gouverneur* Mustafa Bey, insista le lieutenant, te propose une dernière fois de te convertir à l'islam et de collaborer avec l'Ittihad.

Il montra le barbier :

– Ali te circoncira sur-le-champ.

Vartan haussa les épaules. L'officier reprit, d'un ton qui démontrait à quel point la chose lui était indifférente :

– Accepte, c'est ta seule chance de sauver ta peau et la vie des tiens. Accepte, et dans dix minutes tu es de nouveau un homme libre.

Vartan gardait obstinément le silence.

– Pense à ta femme et à ton fils qui pâtissent sur la route de l'exil. S'ils savaient qu'un seul mot de toi peut mettre fin à leurs tourments et que tu refuses de le prononcer, qu'est-ce qu'ils penseraient de toi?

Le lieutenant répétait une leçon, et Vartan crut entendre la voix du commissaire. Ses mensonges.

– Tu diras à Mustafa d'aller au diable.

– C'est ta vie, répliqua l'officier, dont les sourcils s'arquèrent. En route, donc.

Dans la cour de la prison attendait une grande charrette à laquelle étaient attelés deux chevaux. Une quinzaine de condamnés se tenaient debout dans la caisse aux ridelles surmontées de plusieurs rangs de barbelés. Vartan observait les environs avec le vague espoir de s'échapper. Le lieutenant avait l'habitude de conduire des prisonniers au gibet et devinait leur état d'esprit à des signes presque imperceptibles. Il remarqua la façon qu'avait Vartan de regarder autour de lui et il appuya le canon de son pistolet sur sa nuque.

– Pas de ça avec moi! Une corde toute neuve et bien graissée t'attend.

Entourée d'un détachement de gendarmes, la voiture se dirigea vers la place du marché où s'entendaient des roulements de tambour. Le lieutenant chevauchait en avant, fier et droit. Un passage avait été libéré au milieu des étals, et la foule se pressait de part et d'autre, curieuse et fébrile. Les exécutions quotidiennes étaient l'occasion d'une fête populaire dont le pouvoir d'attraction ne diminuait pas. Sur une estrade à l'autre bout de la place se dressait une rangée de potences. Quinze. Des soldats en décrochaient des pendus qu'ils empilaient dans une voiture pour les emporter à l'extérieur de Sivas.

Rien de tout cela n'intéressait Vartan. Le regard tourné vers l'intérieur, il voyait ceux qu'il avait aimés et qui continuaient de vivre en lui. Chacune des odeurs qui montaient des étals éveillait un souvenir, certains datant de sa tendre enfance. Surtout le parfum des pêches, dont c'était la saison : sa mère, toute jeune, le hissait à bout de bras jusqu'aux premières branches de l'arbre.

– Descendez! ordonna un gendarme après avoir détaché la barrière de barbelés.

Vartan sauta par terre et s'élança. Derrière les échafauds, un passage couvert menait à une rue voisine.

– Celui-là, je le veux vivant! cria le lieutenant.

Les mains entravées, Vartan courait avec maladresse. Deux gendarmes l'attrapèrent et le maîtrisèrent avant qu'il n'atteigne le passage. Le lieutenant s'approcha et lui cingla le visage de sa cravache.

– Tenez-le jusqu'à ce qu'il ait la corde bien serrée autour du cou.

Le chariot plein de cadavres passa devant les condamnés, dont aucun ne détourna les yeux. La fin était proche, ils ne se tortureraient plus l'esprit au sujet de leurs enfants et de leurs femmes. On les fit grimper sur l'estrade puis gravir l'échelle appuyée à chacune des potences. Le nœud coulant se balançait devant leur visage. Vartan sentit la main du bourreau sur son épaule puis l'étreinte rude du chanvre. Combien de ses compatriotes s'étaient tenus sur le même barreau de cette échelle? Combien étaient morts à l'endroit précis où il allait rendre l'âme? À quoi pensaient-ils?

Il entendit derrière lui la voix du lieutenant :

– Je pousserai moi-même ton échelle.

Le rythme des tambours s'accéléra. N'était-ce pas plutôt le bruit du sang qui battait à ses tempes? Vartan fixait la cime du mont Tédjir nettement découpée sur le ciel d'un bleu intense. Il se sentit soudain seul, très seul. Une distance infinie le séparait de la foule, des bourreaux, même des condamnés voisins, et en lui tous les visages familiers s'étaient évanouis. Son corps, il le sentait à peine, comme s'il avait déjà commencé à le quitter. Ne subsistait que cette obsédante odeur de pêches. Il n'aurait jamais cru que mourir se fît dans une telle solitude.

Rejetant la tête en arrière, Vartan tourna les yeux vers le soleil. Difficile d'imaginer qu'il ne le verrait plus, que plus jamais il ne sentirait sa chaleur. Existait-il une autre vie? En cet instant précis, Vartan aurait aimé posséder encore la foi aveugle de son enfance. Sa rationalité lui disait que le néant allait l'engloutir. Tomas... Maro... Survivrait-il encore longtemps dans leur souvenir? Une image s'imposa à lui : Maro à la fenêtre de leur chambre, Tomas sur le perron avec Azniv Hanim et les servantes, le chien dans l'ombre du châtaignier, les roses se découpant sur le mur blanc.

On lui toucha la jambe. Il sursauta, se raidit. Le barreau de l'échelle allait se dérober sous ses pieds.

– Ce n'est pas toi, ça? demanda le lieutenant.

Vartan entendit appeler son nom. Le lieutenant vint devant lui.

– Tu es bien le major Vartan Balian?

Il dut répéter sa question avant que Vartan réponde d'un signe de tête.

– Ici! cria l'officier.

Le bourreau desserra le nœud, aida le prisonnier à descendre de l'échelle. Abasourdi, incrédule, Vartan se laissa guider jusqu'au pied de l'estrade. Le soleil l'avait aveuglé et il distingua à peine le lieutenant qui saluait en disant :

– Le voici, mon colonel.

Ce visage? C'était Ibrahim Alizadé!

Les traits de Vartan se détendirent. Son ami empoigna son bras et dit, d'une voix rude :

– Suivez-moi!

Vartan devinait qu'en présence du lieutenant il ne devait ni parler ni montrer d'émotion à l'égard d'Ibrahim. Encore sous le choc, il ne réalisait pas vraiment ce qui arrivait. Il lui semblait que le sang recommençait à circuler dans ses veines; petit à petit lui vint une douleur intense dans le cou, une sensation d'étranglement. Comme si son corps vivait quand même le supplice auquel il s'était préparé. Puis ce fut la peur de mourir que Vartan ressentit rétroactivement.

Devant les gibets, une ligne de gendarmes contenait la foule, dont l'agitation cessa. Les marchands ambulants de fruits, de noix, de sorbets et d'ayran [1] se turent. On aurait dit que chacun retenait son souffle. Le colonel entraîna son prisonnier par le passage couvert derrière l'estrade. Dans une venelle stationnait une voiture fermée. Ils y prirent place.

– En avant! ordonna Ibrahim au cocher, d'une voix qui laissait transparaître sa nervosité.

Le cheval se mettait à peine à trotter que fusèrent les exclamations d'une foule en délire.

1. Yaourt dilué et battu. (Turc.)

– Il était moins une! s'exclama tout bas le colonel.

Il étreignit Vartan qui ne savait que répéter :

– Ibrahim, Ibrahim, mon ami. Je n'arrive pas à y croire.

– Tu dois avoir douté de moi? J'étais en mission loin de Sivas.

Le colonel ne donna pas plus de précisions. Il voulait oublier jusqu'au nom de Chabin Karahissar où, après trois semaines de siège, l'armée avait passé au fil de l'épée toute la population arménienne, femmes et enfants inclus.

Écartant le rideau, Ibrahim sortit la tête et s'assura qu'ils n'étaient pas suivis. Vartan comprit que son ami l'avait libéré de sa propre autorité.

– Tu n'as donc pas d'ordre qui me concerne? Tu mets ta vie en danger.

Ibrahim sourit, le visage rayonnant, tel un enfant qui vient de commettre un mauvais coup dont il est fier. Touché, Vartan ajouta :

– Comment pourrai-je jamais te remercier? Heureux l'homme qui possède un ami tel que toi.

– Tu en comptes aussi un autre, répliqua Ibrahim d'un air mystérieux. Je ne suis pas seul dans cette histoire.

Il refusa d'en dire plus pour l'instant et trancha les liens de Vartan. La voiture tourna dans l'artère large et passante qui menait au collège américain pour jeunes filles, et le cocher accéléra. Vartan posa enfin la question qui lui brûlait les lèvres depuis un moment.

– As-tu des nouvelles de Maro, de mon fils et de ma belle-mère?

Les traits d'Ibrahim se contractèrent.

– Malheureusement, dit-il d'une voix navrée, je n'ai rien pu empêcher. J'étais absent de Sivas. Je ne suis rentré que cette nuit.

Les épaules de Vartan s'affaissèrent et il soupira profondément.

– Sais-tu quelle route suivent les Arméniens de Sivas?

– Tu penses bien que je me suis informé! Il y a eu plusieurs convois qui ont pris des chemins différents. Mais tous passeront éventuellement par Malatia. Je crois qu'on les dirige sur Alep.

L'air triste, Vartan hocha la tête. Il murmura, comme s'il pensait tout haut :

– Deux semaines d'avance... Mais ils ne doivent pas aller bien vite.

Ibrahim lui toucha le bras.

– Tu ne dois pas songer à les rejoindre! Toute l'Anatolie est sillonnée de caravanes de déportés. Impossible de retrouver trois personnes dans cette multitude. L'armée barre les routes, les tchétés écument la campagne. Tu ne passerais pas.

Vartan regarda son ami droit dans les yeux :

– Si c'était ta famille, que ferais-tu?

Ibrahim baissa la tête sans répondre. Il n'agirait pas autrement que Vartan songeait à le faire.

– Un cheval et un pistolet, c'est tout ce qu'il me faut.

– Tu les auras, bien sûr.

– Où me mènes-tu?
– Patience, répondit le colonel avec un sourire énigmatique.

Coincé entre la mosquée des Minarets-Jumeaux et le hammam, un ancien palais abritait le haut commandement de l'armée. La voiture entra dans la cour, que Vartan avait souvent traversée pour assister à quelque réception officielle. Plutôt que d'emprunter le hall principal, le colonel conduisit Vartan à une porte latérale qui donnait directement dans l'aile réservée aux visiteurs de marque. Ils aboutirent à une antichambre dont un petit bassin ornemental occupait le centre; les murs s'ornaient de versets du Coran et d'un portrait du sultan.

Vartan ne parvenait pas à deviner pourquoi on l'amenait ici. Ibrahim le fit entrer dans une pièce plus vaste, garnie de riches tapis et de meubles anciens. Dans un cadre aux moulures dorées, une photo de groupe montrait Enver, Djémal et Talaat, les trois principaux responsables de l'Ittihad.

– Me diras-tu maintenant...

– Ne gâche pas sa joie. Assieds-toi et attends.

Malgré sa curiosité, Vartan ne l'interrogea pas.

– Tu me retrouveras dans l'antichambre, dit Ibrahim.

Une fois seul, Vartan promena son regard sur la pièce. Un plateau de fruits secs et des bouteilles d'alcool étaient posés sur un guéridon de marbre. Ne pouvant résister à l'envie de nourriture, il croqua des figues et but furtivement une rasade de cognac à même le goulot de la bouteille. L'alcool lui donna une crampe d'estomac. Accablé de fatigue, il s'appuya à un guéridon; sale comme il l'était, il n'osa s'asseoir dans un fauteuil. La puanteur du cachot, paille humide, sueur et crasse, collait à sa peau, si puissante qu'elle lui soulevait maintenant le cœur. Dire qu'il s'y était habitué au point de ne plus la sentir!

La porte du fond s'ouvrit. Un général entra, vêtu d'un uniforme vert d'infanterie boutonné jusqu'au cou; un repli de chair recouvrait à moitié le col doré. De grande taille mais affligé d'un sérieux embonpoint, il marchait avec lenteur. Les petits yeux noirs disparaissaient presque sous les paupières bouffies. Le visage joufflu avait une impression de bonhommie. Il s'approcha en tendant une main que Vartan serra sans se départir de sa méfiance.

– Je ne crois pas que vous vous souveniez de moi, major Balian.

À l'encontre du corps, la voix n'avait aucunement changé.

– Halit Pacha! s'exclama Vartan, tout éberlué. Excusez-moi de ne pas vous avoir reconnu. Il y a bien dix ans.

– Oui, fit le militaire en se frottant le ventre, et la bonne chère...

Vartan le revit, jeune homme fougueux réputé pour ses talents d'orateur. À l'époque, sa minceur et son visage osseux étaient remarquables. Ils s'étaient connus alors qu'ils militaient tous deux dans le comité « Union et Progrès ». Ils avaient siégé ensemble au Parlement, avec les progressistes opposés à Enver et à Talaat. Et voilà qu'ils étaient, l'un du côté du pouvoir, l'autre écrasé par ce même pouvoir.

Il y eut un moment d'hésitation. Vartan scruta les yeux du général. Halit était-il toujours le même homme épris de justice? Il ne s'était transformé qu'au physique : la bonté se lisait encore dans son regard. Vartan crut y discerner également autre chose : une grande lassitude, peut-être la désillusion. Halit Pacha ouvrit les bras; Vartan hésita, montrant sa tenue. Le général haussa les épaules et l'attira à lui.

– Halit Pacha, je suis heureux de te revoir!

– Vartan Balian, répondit l'autre en lui tapotant les épaules. Vartan, mon frère.

Ils reculèrent pour se regarder en souriant. Leur amitié demeurait intacte. Chacun repensa à ces années de leur jeunesse qu'ils avaient consacrées à la poursuite du même idéal. Le visage de Halit s'assombrit!

– Quel gâchis, soupira-t-il.

Vartan ne put qu'approuver d'un mouvement de la tête. Halit sortit des cigarettes de sa poche et désigna des fauteuils rapprochés. Sans y être invité, Vartan servit deux verres de cognac. Ils s'assirent et trinquèrent.

Rejetant la fumée de sa cigarette, Halit pointa du doigt la photographie des trois chefs du gouvernement :

– Nous avons été roulés par cette bande de filous! Mais leur fin viendra. Elle se prépare déjà en secret.

Vartan répondit d'une voix émue :

– Ce sera trop tard! Des centaines de milliers d'Arméniens auront été exterminés.

Halit regarda le cognac qu'il faisait tourner dans son verre. Il murmura :

– Pauvre gens! Pauvre pays!

D'un geste rageur, il écrasa sa cigarette et lança le mégot en direction du portrait des dirigeants :

– Quel plaisir j'ai de les trahir en te sauvant de la mort!

– Tu as ma reconnaissance éternelle, Halit Pacha.

Vartan continuait de penser à la déportation. Il posa une question dont il connaissait pourtant la réponse :

– Il n'y a aucun moyen de mettre fin à cette horreur?

– Je crains que non. Les éléments modérés ont été exclus du pouvoir. Parce que j'ai refusé de participer à ces déportations, on m'envoie sur le front russe, en espérant bien que j'y laisse mes os.

– Si l'ennemi envahissait le pays, cela provoquerait la chute de l'Ittihad.

– Il ne faut pas trop y compter dans l'immédiat. J'arrive de Gallipoli. Kemal Pacha [1] tient tête aux Français et aux Anglais. Il les repoussera à la mer, ce n'est qu'une question de temps.

1. Mustafa Kemal, le futur Atatürk, fondateur de la Turquie moderne.

Ils vidèrent leurs verres en silence. Halit se pencha et posa sa main sur celle de Vartan.

– Ibrahim m'a appris pour ta famille. Je suis vraiment désolé.

Les traits de Vartan se contractèrent, il se mordit la lèvre.

– Tu as un fils?

– Tomas, répondit Vartan, les yeux embués. Il a six ans.

– Tout n'est pas perdu, reprit le général, qui se voulait encourageant. Tu les retrouveras un jour, j'en ai l'intime conviction. Ce qui compte pour le moment, c'est de te tirer d'affaire.

Sachant que Halit ferait tout pour l'en dissuader, Vartan ne lui révéla pas son intention de partir à la recherche des siens.

– Veux-tu m'accompagner sur le front de l'Est comme ordonnance? Si tu y tiens, tu pourrais franchir les lignes et gagner l'Arménie russe.

– Je préfère ne pas quitter l'Empire.

– Tu as raison. Le mieux serait encore de te rendre à Stamboul [1]. Les Arméniens n'y sont pas trop inquiétés. Tu y as des parents, si j'ai bonne mémoire? Et tu pourrais te joindre à certains de nos amis qui organisent le renversement des trois chacals au pouvoir. Les seconder dans cette entreprise serait la meilleure façon pour toi d'aider ta famille et ton peuple.

– C'est un long voyage, répondit Vartan en faisant mine de réfléchir.

– Tu auras un uniforme, un livret militaire et des fonds. Je vais établir un ordre de mission qui facilitera tes déplacements.

– Si les choses tournent mal et que je suis repris, tu risques gros. Le colonel Ibrahim aussi.

– Toi, Vartan, tu n'as pas hésité à me cacher durant des semaines au sous-sol de ta pharmacie de la rue de Péra quand j'étais poursuivi par la police secrète du sultan. Et lorsque j'ai été incarcéré et malade du typhus, ne t'es-tu pas arrangé pour me faire parvenir chaque semaine des médicaments? Quand Ibrahim m'a appris ton arrestation, j'ai fait un détour par Sivas, histoire de payer ma dette.

– À présent, je suis ton débiteur. Et je ne sais comment te remercier.

– En restant en vie. Vartan Balian, l'Empire, ou ce qu'il en restera, aura grand besoin d'hommes de ta trempe.

Ils n'avaient plus rien à se dire. Les circonstances se prêtaient mal à l'évocation de leurs souvenirs communs. Le général mit fin à leur entretien.

– Je dois repartir sur l'heure. Le colonel Ibrahim t'enfermera à la prison militaire. Ce soir, il te conduira hors de la ville.

Ils s'étreignirent avec émotion.

– Tu te souviens de cette petite auberge à Yéni Koy [2] où l'on mangeait si bien? Nous y retournerons ensemble un jour.

1. Constantinople.
2. Lieu de villégiature sur le Bosphore, en banlieue d'Istanbul.

– Dieu te bénisse, Halit Pacha. Garde-toi des balles russes.
– Allah te protège, mais sois tout de même prudent!
– N'aie crainte, la mort ne frappe jamais deux fois.

***

Une interminable procession d'êtres en loques, aux yeux hagards et aux visages hébétés, cheminait avec peine dans un champ de maïs. Les plants, dont les feuilles chuintaient en faisant un bruit de parchemin froissé, arrivaient à l'épaule des adultes, par-dessus la tête des enfants. Ils étaient environ quatre cents, surveillés par une quinzaine de gendarmes. Deux semaines qu'ils étaient partis de Sivas! Combien étaient tombés en chemin, qu'on avait abandonnés à la mort et aux charognards? Une baïonnette abrégeait parfois leur agonie.

Aucun cri, aucun pleur : les déportés n'avaient pas même la force de parler. Résignés, ils avançaient les yeux rivés au sol, obnubilés par la seule pensée du prochain pas qu'il fallait faire. Ils évitaient de regarder devant eux car il n'y avait aucun but à atteindre. Leur itinéraire dépendant du caprice des gendarmes, qui s'amusaient à choisir les pires routes possibles, même à les faire tourner en rond.

Encerclant d'un bras la taille de sa mère, Maro la soutenait. Azniv Hanim s'appuyait en outre sur l'épaule de Tomas. Elle souffrait de fièvre et claquait des dents malgré la chaleur d'étuve. Elle disait parfois des phrases incohérentes, se croyait revenue au temps de sa jeunesse. Ses forces s'amenuisaient de jour en jour, elle s'éveillait chaque matin plus épuisée que la veille. Il lui arrivait de supplier Maro de l'abandonner. Cette dernière ne répondait pas mais avec une certaine brusquerie tirait sa mère en avant.

Trempée de sueur, la tête bourdonnante, Maro marchait comme dans un rêve. Une seule idée : continuer, survivre. Elle avait perdu de vue ses raisons de le faire. Rester debout, avancer, passer une autre journée, voilà qui suffisait. Le faux ventre l'alourdissait et accroissait sa fatigue; il l'avait toutefois protégée des outrages subis par la majorité des femmes.

La casquette d'Armène penchée sur son visage pour le protéger du soleil, Tomas rongeait un épis de maïs qui n'était pas mûr. Les enveloppes des grains se prenaient dans ses dents, une pâte au goût légèrement âcre desséchait sa bouche, mais son estomac réclamait encore l'indigeste nourriture. Ses chaussettes étaient trouées aux talons et le frottement de la peau contre le cuir des bottines provoquait des plaies. Fatigue, faim, soif, chaleur : depuis longtemps, Tomas avait cessé de se plaindre. Le souvenir de sa vie antérieure à la déportation s'était effacé. Il ne pensait à rien, pas même à une fin possible des souffrances, et demeurait des jours entiers sans dire un seul mot. Il marchait! C'était comme s'il n'avait jamais rien connu d'autre que cette existence misérable. Il marchait depuis toujours. La nuit était le pire moment : il faisait des rêves si beaux qu'ils en devenaient plus effrayants que les pires cauchemars.

Une chaîne de collines abruptes, le prolongement des monts Tahtali, s'étirait à gauche de la caravane, séparée du champ en culture par une pente couverte de buissons épineux et parsemée de rochers épars. À droite de la plantation de maïs, la vallée était en friche et livrée aux chèvres. Trois petites maisons s'appuyaient les unes aux autres au milieu de l'étendue désolée. Il y avait maintenant deux heures qu'une bande de tchétédjis suivait à distance le convoi. Qu'espéraient-ils voler à des gens qui ne possédaient plus que leurs vêtements?

– Les giaours!

Des coups de feu suivirent le cri d'un des gardes. Quatre gendarmes tombèrent à bas de leur cheval, les autres firent demi-tour et s'éloignèrent au galop. Six hommes qui s'étaient dissimulés dans le champ de maïs tiraient sur eux. Les déportés s'étaient immobilisés et regardaient la scène, interdits.

– Fuyez! Fuyez tous! hurla l'un des fedayin en agitant les bras.

Personne ne bougea. Tout était si brusque, si irréel. L'escorte se regroupait plus loin en vue d'une contre-attaque.

– Fuyez! Ils vont revenir.

– Ce sont les nôtres! cria un vieillard qui se mit à pleurer de joie. Ce sont les nôtres!

Maro réagit vite. En un coup d'œil, elle évalua la situation. Derrière, il y avait les gendarmes; devant, la plaine nue. D'un côté, les tchétédjis approchaient en hululant. Restaient les pentes couvertes de buissons.

– Il faut courir, mayrig! dit-elle en entraînant Azniv Hanim.

– Je ne peux pas. Partez tous les deux.

– Pas question! Venez!

Tomas tirait le bras de sa grand-mère, Maro la portait à moitié. Ils s'élancèrent vers la liberté. Deux cents mètres jusqu'aux premiers arbustes. Par un suprême effort de volonté, Azniv Hanim parvint à courir. Comme s'ils obéissaient à un signal, les autres prisonniers s'éparpillèrent dans toutes les directions. Les gendarmes chargeaient les fedayin, qui les attendaient de pied ferme.

À vingt pas des buissons, Azniv Hanim s'écroula, pantelante.

– Me reposer... Je n'en peux plus.

Le combat faisait rage derrière eux. Maro se pencha sur sa mère.

– Debout, mayrig! Encore un effort.

Tomas sautait nerveusement sur un pied et sur l'autre, et il résistait avec difficulté à la tentation de continuer afin de se cacher au milieu des buissons tout près.

– Vite, maman! fit-il d'une voix anxieuse.

Il défit la ceinture alourdie de pièces d'or et la jeta dans l'herbe. Passant les bras de sa mère autour de son cou, Maro la souleva sur son dos et la traîna. Tomas la guida jusqu'à l'entrée d'un sentier de chèvres; ensuite, il écarta devant elle les branches aux épines acérées. Maro se découvrait une énergie qu'elle ignorait posséder encore. Après quelques minutes à serpenter sous le couvert, elle se laissa choir derrière un bloc de pierre. Azniv Hanim s'était évanouie.

– Grand-mère! Grand-mère! suppliait Tomas en lui tapotant les mains. Réveillez-vous, il faut continuer.

– Laisse-la se reposer un peu, dit Maro, hors d'haleine.

Elle se hissa sur le rocher pour observer ce qui se passait dans la vallée. Deux résistants arméniens étaient tombés. Sept gendarmes étaient hors de combat; les autres auraient battu en retraite si une dizaine de tchétédjis n'avaient grossi leurs rangs. Les fedayin encore debout tenaient tête à leurs adversaires; plutôt que de se replier, ils couvraient la fuite de leurs compatriotes. Le reste de la bande de brigands donnaient la chasse aux déportés qui avaient imprudemment choisi de s'échapper par la plaine. Les cavaliers les rattrapaient, les assommaient de la crosse de leur fusil ou les tiraient à bout portant. Certains renversaient leurs victimes avec leur monture et les piétinaient ensuite. Quand ce serait fini, les tchétédjis viendraient dans les collines.

Chaque seconde comptait! Azniv Hanim reprenait ses esprits :

– Pars avec Tomas.

– Nous allons nous sauver ensemble, mayrig.

– Sois raisonnable, supplia sa mère.

– Pouvez-vous marcher encore un peu?

Azniv Hanim parvint à se mettre debout. Elle s'appuya à l'épaule de sa fille et ils repartirent. Le terrain était difficile, encombré de cailloux et de branches mortes. Maro se dit qu'il le serait également pour les chevaux. Ils montaient la pente qui les éloignait de la vallée où retentissaient des coups de feu et des cris. Il fallait s'arrêter souvent afin de permettre à Azniv Hanim de récupérer, mais petit à petit ils mettaient de la distance entre eux et les gendarmes. L'exaltation gagnait Maro et décuplait ses forces; la liberté était à portée de la main. Tomas le comprenait. Aussi vif qu'un écureuil, il se faufilait entre les blocs d'éboulis, allait en reconnaissance, choisissait les passages les plus praticables.

– Nous allons y arriver, mon chéri! disait Maro pour l'encourager.

Il incitait sa grand-mère à avancer :

– Par ici, medz mayrig. Il y a une belle roche pour vous asseoir.

Une vive douleur barrait la poitrine d'Azniv Hanim, l'air lui brûlait les poumons. Elle ne sentait plus ses pieds blessés par les pierres, et ses jambes flageolaient. Elle endurait stoïquement et marchait toujours un peu plus loin qu'elle en était réellement capable. Elle s'en voulait de retarder Maro et Tomas, en voulait à sa fille de refuser de continuer sans elle.

Ils entendaient des bruits dans les fourrés : d'autres fuyards, dont ils entrevoyaient parfois la silhouette. Maro se figea tout à coup, déçue, un peu découragée : le flanc de la colline n'était pas uni comme il le paraissait du fond de la vallée. À quelques centaines de mètres devant eux se dressait une falaise. À gauche, c'est-à-dire vers le nord, l'escarpement s'élevait, de plus en plus à pic. Dans l'autre direction, il semblait au contraire s'abaisser et devenir une pente raide mais infranchissable.

– Par là, dit Maro.

Le soleil déclinait rapidement. S'ils pouvaient trouver une cachette pour la nuit ! Maro scrutait la paroi à la recherche d'une anfractuosité ou d'un surplomb assez marqué. Elle perçut au loin l'écho des cavalcades, des jurons en turc et en kurde, des éclats de voix. Ces sons formaient un demi-cercle qui se rapprochait. Elle passa autour de son cou le bras gauche de sa mère et l'obligea à forcer l'allure. Azniv Hanim n'avait plus très bien conscience de ce qui se passait autour d'elle.

Une large gorge s'ouvrait dans la colline et Maro s'y dirigea, espérant ainsi s'éloigner de leurs poursuivants. Les buissons se raréfièrent et les déportés se retrouvèrent nombreux à suivre le même itinéraire. Le défilé se révéla un cul-de-sac où bâillait l'entrée d'une grotte ! Les cavaliers les rabattaient vers ce lieu où ils seraient coincés. Trop tard pour faire demi-tour ! Si elle ne s'était retenue, Maro aurait crié de rage. Le mieux était encore d'aller se blottir tout au fond de la caverne et de laisser les nouveaux arrivants constituer un rempart vivant en face des gendarmes et des brigands.

– C'est un tunnel secret ? demanda Tomas, intrigué. Où ça mène ?

Maro répondit, d'une voix morne :

– Nulle part.

L'enfant sentit la déception de sa mère et comprit qu'ils seraient de nouveau prisonniers. Il jeta un regard craintif par-dessus son épaule. D'autres déportés s'en venaient. Derrière eux, le bruit des sabots des chevaux.

– File dans la caverne, Tomas, et cherche une place où ta grand-mère pourra s'étendre. Le plus loin possible.

Ce grand trou noir l'inquiétait, moins cependant que les brigands. Il y entra en même temps qu'une femme et un vieil homme chauve. Les rayons du soleil couchant pénétraient dans la grotte que l'effondrement d'une partie du plafond bloquait à une cinquantaine de pas de l'entrée. La fraîcheur de l'air y était agréable. Tomas trouva un endroit qu'il jugea convenable et retourna chercher sa mère.

Le lieu servait d'abri temporaire à des bergers et à leurs troupeaux lors des transhumances. Maro coucha Azniv Hanim sur une litière de paille et de crottin sec qui l'isolerait du froid de la pierre. Secouée de frissons, Azniv Hanim claquait des dents. Un peu d'eau suintait d'une paroi. Tomas se mêla aux enfants qui se disputaient la chance de lécher la roche, et il parvint à mouiller un mouchoir avec lequel Maro humecta les lèvres crevassées de sa mère.

– Mayrig? Mayrig!

Après de multiples tentatives, Maro obtint pour toute réponse un murmure qui ressemblait à un râle:

– Dormir...

Maro s'allongea contre sa mère et l'enlaça afin de la réchauffer.

***

La journée avait paru interminable à Vartan. Il s'était étendu mais n'avait pu dormir; fébrile, il avait arpenté comme un ours en cage la cellule qu'il occupait seul à l'étage de la prison militaire adjacente au quartier général. Il lui tardait de se lancer sur les traces des déportés; chaque heure perdue l'éloignait un peu plus des siens. « Après la dernière prière », avait dit Ibrahim. Vartan aurait préféré mille fois partir immédiatement à l'issue de sa rencontre avec Halit Pacha, mais c'était risquer de compromettre ses amis et ses propres chances.

Attendre jusqu'à la nuit! Tant de choses pouvaient survenir d'ici là! Combien de personnes savaient qu'il n'était pas mort sur l'échafaud? Si l'histoire s'ébruitait... Il tressaillit chaque fois que le judas coulissait avec un bruit sec. Pour les gardes, il n'était qu'un prisonnier comme les autres, sauf qu'il avait droit à des repas copieux. La chose n'était pas exceptionnelle: les officiers en attente de leur procès pouvaient commander, à condition d'y mettre le prix, la nourriture qui leur plaisait.

Vartan occupa son temps à raviver ses souvenirs de la géographie du pays entre Sivas et Alep, l'emplacement des villes, des routes, des rivières et des chaînes de montagnes. Alep, en bordure du désert syrien! Quatre cents kilomètres à vol d'oiseau, sans doute le double par les routes tortueuses. Une contrée déjà plus arabe que turque. Mais Vartan aurait retrouvé sa famille bien avant : les convois de déportés devaient progresser à pas de tortue. Selon Ibrahim, les Arméniens de Sivas avaient été répartis en plusieurs colonnes qui suivaient des chemins différents; toutes cependant convergeaient vers Malatia où se trouvait un camp de contrôle. C'est là qu'il se rendrait pour les intercepter. En poussant un cheval au maximum, il y serait en quatre jours.

Après le repas du soir, les minutes parurent s'éterniser, les heures ne passaient plus. Assis dans le noir, Vartan rongeait son frein. Enfin, des pas se firent entendre et la porte s'ouvrit. Un jeune sergent en uniforme de la calaverie s'avança dans la cellule. La lumière du couloir révéla ses traits tendus. Il passa la langue sur sa moustache en brosse:

– Major Balian? demanda-t-il à voix basse.

– Oui.

Vartan s'approcha ; l'homme avait les mains vides. L'uniforme promis ? Les papiers et l'arme ? Voyant que le prisonnier allait parler, le sergent lui mit la main sur la bouche :

– Pas un mot. Suivez-moi et faites ce que je vous dirai.

Les couloirs vides sentaient le désinfectant. Ils descendirent un escalier et se dirigèrent vers l'arrière du bâtiment. Le jeune officier était nerveux et il eut peine à introduire la grosse clé de bronze dans la serrure d'une porte métallique qui donnait sur la cour d'une écurie. Il sortit inspecter les lieux avant de faire signe à Vartan de le rejoindre. Un canasson était attelé à une charrette chargée de foin.

– Vous allez vous y cacher. Deux hommes la conduiront à l'extérieur de la ville et l'abandonneront. Ils ne sont au courant de rien et obéissent aux ordres sans poser de questions. Ne vous faites pas voir d'eux et attendez qu'ils soient repartis avant de quitter votre cachette.

Ce départ ne ressemblait en rien à ce à quoi Vartan s'attendait. Pas de papiers d'identité, pas de cheval. Quelque chose avait dû mal tourner. Il jugea préférable de ne pas mentionner à son guide le nom d'Ibrahim Alizadé. Tant pis ! L'essentiel était de recouvrer la liberté. Pour le reste, il se débrouillerait.

– Merci, sergent, dit-il en se glissant dans le foin.

L'officier le recouvrit et s'en fut sans rien dire. La poussière et le pollen donnaient à Vartan envie d'éternuer. Il écarta quelque peu les brindilles pour respirer plus à son aise et épier l'extérieur. Une bonne demi-heure s'écoula avant que deux soldats ne s'amènent. Ils avaient bu et parlaient fort. Ces idiots pouvaient tout faire rater ! La voiture s'ébranla, longea les murs de la prison, suivit une ruelle obscure et s'engagea finalement dans une rue où les restaurants et les cafés étaient encore ouverts. Des passants regardaient avec étonnement cette charrette de foin qui circulait si tard le soir. Vartan fulminait : comme sortie discrète, c'était réussi ! Il se prépara à sauter par terre et à prendre ses jambes à son cou à la moindre anicroche.

Rien de fâcheux ne survint. Ils dépassèrent bientôt la masse sombre des remparts en ruine.

– Où allez-vous comme ça ? lança une voix avec autorité.

La voiture s'immobilisa, les soldats en faction à la sortie de la ville s'approchèrent. Vartan s'enfonça un peu plus dans le foin. Un des gardes était le cousin du conducteur, et il demanda, en riant :

– Alors, Fikret, tu voles l'armée ?

– Pas moi, mais un officier supérieur.

– Il t'en fait profiter, j'espère bien ?

– Crois-tu que je me baladerais en pleine nuit pour ses beaux yeux ?

Les deux soldats qui menaient la charrette descendirent et partagèrent avec leurs collègues la moitié d'une bouteille de raki. Ils allumèrent des cigarettes et entreprirent une longue conversation émaillée de plaisanteries. Enfin la voiture repartit et tourna à droite avant d'arriver au pont. C'était la route de Tokat et, ultimement, de Samsoun. Il était temps! Vartan étouffait, la gorge pleine de poussières. Il passa la tête au-dehors. La ville s'éloignait peu à peu, la rivière Halys murmurait en contrebas du chemin. Au-delà s'étalait une plaine noyée d'ombre. Vartan se sentait revivre.

Un quart d'heure plus tard, la charrette stoppa de nouveau. Les deux soldats repartaient en ville à pied, le fusil en bandoulière. Au bout d'une vingtaine de pas, ils s'arrêtèrent pour rouler des cigarettes. Vartan les observait en rongeant son frein. La flamme du briquet éclaira leurs visages.

– T'as vu? s'écria l'un d'eux d'une voix énervée.

– Oui!

Ils chargèrent leurs mausers. Ils avaient aperçu leur passager ou bien il s'agissait d'un guet-apens. Vartan se faufila à l'avant de la voiture. Deux coups de feu retentirent, suivis d'un troisième. Le cheval se cabra et prit le mors aux dents. Les soldats n'essayèrent pas de le retenir, s'intéressant plutôt à l'énorme serpent qu'ils venaient de tuer.

Vartan ne put saisir les guides, qui avaient glissé par terre. La charrette cahotait et louvoyait. Il eut tout juste le temps de sauter sur la route lorsqu'elle versa dans le fossé. Le cheval se dégagea des brancards rompus et trotta en direction de la ville. Vartan se releva et enleva les brindilles qu'il avait dans le cou. Il était libre!

– Psitt! Vartan!

La voix d'Ibrahim. Vartan chercha du regard d'où provenait l'appel. Plus en avant, une forme sortit d'une plantation de noyers et s'avança sur la route. Vartan courut rejoindre le colonel, le prit par les épaules et le secoua.

– Ibrahim! Ibrahim! dit-il en riant. Tu m'as sauvé la vie, et tu me rends la liberté!

– Tu aurais fait la même chose pour moi.

La voix du colonel trahissait une certaine nervosité. Il coupa court aux effusions et entraîna Vartan au milieu des arbres. Deux chevaux sellés y étaient attachés. Ibrahim alluma une bougie qu'il enfonça dans le sol.

– Le plus vite tu prendras le large, le mieux ce sera.

– Quelque chose ne va pas? demanda Vartan, soucieux.

– Non. Je ne sais pas, un pressentiment.

Ibrahim voulut effacer par un rire le malaise qu'il venait de provoquer.

– Mélek, ma première femme, m'a rappelé que nous sommes aujourd'hui mardi.

– Et puis?

– C'est le mardi qu'Allah a créé les ténèbres. Un jour néfaste pour les entreprises humaines.

Ce n'était que ça! Vartan était soulagé. Il se fit rassurant :

– Sûrement pas pour les actes charitables.

– C'est ce que j'ai répondu à Mélek. L'entreprise qui a échoué, c'est ton exécution.

Tout en parlant, Ibrahim avait décroché un ballot de la selle d'un cheval. Il le défit et tendit des vêtements à son ami. Vartan endossa l'uniforme et boucla le ceinturon auquel était suspendu l'étui du pistolet. Il enfila les bottes, qui semblaient neuves.

– Ton livret militaire, dit Ibrahim. Tu es le lieutenant Chakir Ismaël. L'ordre de mission signé par Halit Pacha. Une bourse bien garnie.

Chaque fois que Vartan prenait l'objet annoncé, sa main effleurait celle du colonel, qu'il trouva moite.

– La route mène à la mer Noire.

– Ce n'est pas ma direction, répliqua Vartan d'un ton décidé.

Ibrahim eut un air entendu :

– Je n'ai pas choisi cet endroit sans raison : nous sommes juste en face d'un gué. Mais... tu sais que l'ordre de mission stipule que tu te diriges vers Constantinople, pas vers le sud?

– Oui, répondit Vartan. Au besoin, je peux toujours prétendre que je vais prendre le Taurus-Express à Alep.

– Tu as ce qu'il faut pour un long voyage, dit Ibrahim en tapotant la sacoche de selle. Nourriture, tabac, cartouches, rasoir, boussole et carte. De l'eau pour deux jours.

– C'est ton cheval! s'exclama Vartan.

– Je te le donne. Avec lui, tu iras loin.

– Je refuse; tout autre me conviendra aussi bien.

Vartan savait que le colonel tenait à cette bête comme à la prunelle de ses yeux. Ce cheval au pelage noir et lustré n'avait pas son pareil pour les courses de longue distance. Ibrahim insista :

– On ne refuse pas le cadeau d'un ami sans le vexer. Je serai plus rassuré à ton sujet si je sais que tu montes Yildiz [1]. Je lui ai mis la bride aux ornements de bronze : comme ça, tu impressionneras les gendarmes.

– Merci, Ibrahim. J'en prendrai grand soin.

Une fois sur la route, ils s'embrassèrent avec émotion. Ils ne se reverraient jamais et cela les privait de mots. Vartan grimpa en selle. Sentant qu'il ne portait pas son cavalier habituel, Yildiz renâcla et piaffa. Ibrahim lui caressa le chanfrein et lui dit :

– Nos chemins se séparent ici, mon ami. J'ai eu beaucoup de bonheur à te connaître, et j'ai autant de peine à me séparer de toi. Je ne t'oublierai jamais. Va, accomplis ton destin.

Ces paroles s'adressaient bien plus à Vartan qu'au cheval.

– Adieu, répondit-il simplement, la gorge nouée.

Il tourna bride et descendit au pas le talus qui menait à la rivière. Après une légère hésitation, la bête entra dans l'eau vive. Jupiter brillait d'un éclat bleuté au-dessus de l'horizon sud et semblait indiquer la voie.

1. Étoile. (Turc.)

***

La caverne s'était remplie. Jusqu'à la nuit tombée, les gendarmes avaient ratissé la vallée et les collines pour capturer les déportés encore en liberté. Ces derniers, blessés pour la plupart, devaient enjamber les gens déjà installés avant de trouver place où s'asseoir. La voûte amplifiait les gémissements et les pleurs. Rendue folle par la perte de l'espoir qui l'avait un moment habitée, une femme se lamentait sans discontinuer. Sa voix de crécelle aux accents lugubres devenait horripilante. Quelqu'un lui cria de se taire. Peine perdue. Un vieil homme récita une prière à voix haute et le tumulte s'apaisa progressivement.

Les gendarmes veillaient autour d'un feu allumé devant la grotte. Ils discutaient avec animation du combat de l'après-midi, de ce qu'ils devaient faire de leurs morts, et de la possibilité d'une nouvelle attaque des fedayin. Ils étaient tendus et survoltés. Les Arméniens redoutèrent les représailles qu'ils ne manqueraient pas d'exercer. Puis il y eut des remous parmi les gardes. On entendit approcher des chevaux et des voitures. Lancée par les déportés qui se trouvaient près de l'entrée, une nouvelle circula jusqu'au fond : des officiers supérieurs de l'armée venaient d'arriver. Chacun se mit à supputer la signification de cet événement. On se raccrocha à l'idée que ces hauts gradés empêcheraient les gendarmes de se conduire de façon inhumaine, que l'on aurait enfin à boire et à manger. Cela se révéla en partie vrai : s'il n'y eut pas distribution d'eau et de vivres, du moins les gardes ne s'en prirent pas à leurs prisonniers.

Tomas dormait contre sa grand-mère. Maro tombait de fatigue, mais elle s'éveillait en sursaut à tout moment afin de surveiller l'état de sa mère. Azniv Hanim n'avait pas repris conscience depuis son arrivée. Sa fièvre diminuait, mais sa respiration sifflante et son pouls faible et lent inquiétaient Maro, qui lui souffla dans l'oreille à plusieurs reprises :

– Mayrig ! Mayrig !

Azniv Hanim n'eut aucune réaction. Elle entendait peut-être ? Maro pressa sa joue contre celle de sa mère et lui caressa les cheveux. Elle murmura :

– Je suis là, mayrig, je veille. Reposez-vous et demain matin vous irez mieux. Vous verrez, nous allons vous soigner. Vous guérirez.

Avec l'aube, une pénombre grisâtre s'installa dans la grotte. Maro constata que les pieds et les mains d'Azniv Hanim étaient enflés et noirâtres, son visage exsangue, ses lèvres violacées. Elle n'avait plus de fièvre ; au contraire, son front était froid. Non ! Elle n'allait pas mourir ! Maro lutta contre le désespoir qui l'envahissait. Trouver un moyen, n'importe lequel ! Il y avait peut-être un médecin parmi les officiers arrivés cette nuit ; sinon, ils possédaient sans doute des médicaments. Confiant sa mère et son fils à la garde de la vieille qui priait à côté d'elle, Maro se fraya un chemin vers l'extérieur.

Le garde à l'entrée tournait le dos à la caverne, observant plusieurs de ses camarades qui creusaient des fosses. Les autres dormaient par terre, enroulés dans une couverture. Une grande tente et une plus petite étaient montées à une centaine de pas, entre une charrette bâchée et une calèche. Deux hommes en blanc, ample vêtement et turban à la mode arabe, surveillaient les voitures et les tentes. Près d'eux, un garçon cuisinait sur un réchaud à alcool. Maro se précipita dans leur direction.

– Halte! hurla le garde.

Elle accéléra. Les gendarmes abandonnèrent pioches et pelles et se lancèrent à sa poursuite. Elle zigzagua pour échapper aux mains qui tentaient de l'attraper, et cria à l'adresse des hommes devant la tente :

– Je veux voir un officier!

Ils demeurèrent impassibles. Les gendarmes se dispersaient, quelques-uns prenaient de l'avance pour couper la route à Maro. Cela devenait pour eux un jeu, ils riaient et lâchaient des obscénités. Elle fit un crochet pour contourner un zaptiyé; il agrippa sa jupe qui se déchira. Les vêtements qui composaient son faux ventre tombèrent, ce qui déclencha l'hilarité des gendarmes.

– Elle est prête pour un autre enfant! dit celui qui était sur ses talons.

Il la saisit par un bras, la renversa et roula par terre avec elle. Elle lutta farouchement, lui mordit la main. Les autres accouraient et se jetaient sur elle. Elle griffa des visages; on lui immobilisa les bras, mais elle ruait pour repousser ceux qui voulaient la prendre. Son corsage fut déchiré et la vue des seins nus excita encore plus les hommes. Des dizaines de mains palpaient avec rudesse le corps de Maro. Elle se débattait vainement et s'égosillait :

– Lâchez-moi! Lâchez-moi! Je veux voir un officier!

Deux cavaliers s'étaient rapprochés et observaient la scène du haut de leur monture. Le plus jeune souriait encore, amusé par le subterfuge du ventre postiche et par la fougue avec laquelle la femme se défendait. Maro croisa le regard de cet homme; ses yeux luisants de colère se firent suppliants. Il perdit son sourire. Elle s'adressa à lui, tandis qu'on dénudait ses cuisses :

– Je veux parler au chef!

Une main arracha son voile, l'épaisse chevelure croula autour de sa tête. En voyant ce visage, le cavalier éprouva un choc : cette beauté lui était familière!

– Lâchez-la, commanda-t-il.

Les gendarmes ne l'avaient pas entendu. Il fit un signe au colosse qui l'accompagnait. L'homme sauta en bas de son cheval et repoussa les assaillants à coups de pied et de cravache.

– Vous n'avez pas compris le mudur [1], fils de putes?

Il cognait dur. Un gendarme se retourna pour protester : un direct l'expédia au sol; sa braguette ouverte laissait voir son érection. Les autres décampèrent sans demander leur reste.

Le cavalier mit pied à terre, un homme en burnous blanc accourut pour tenir la bride de sa monture. Le mudur s'approcha de Maro qui couvrait sa poitrine et ramenait les lambeaux de sa jupe sur ses cuisses. Il portait une veste olive cintrée à la taille et une culotte de cheval beige. Il considéra Maro d'un air intrigué. Les cheveux argentés sur les tempes, les sourcils épais et très noirs, il avait un visage lisse et mince aux pommettes saillantes. Il offrit la main à la femme pour l'aider à se relever.

– Tu veux me parler?

Il avait la voix calme et assurée de celui qui a l'habitude d'être obéi. Maintenant qu'elle avait retenu son attention, Maro devait piquer sa curiosité.

– Je ne devrais pas être dans ce convoi. C'est une erreur.

La surprise se lut dans les yeux gris-vert de l'homme; il l'interrompit d'un geste de la main.

– Viens me voir dans ma tente dans cinq minutes.

Dans sa tente? Maro ne pouvait se permettre le luxe de la méfiance et acquiesça. Elle montra le baquet d'eau qui se trouvait près du réchaud :

– Puis-je, effendi?

– Bien sûr, répondit-il en claquant ses doigts. Abdullah! Occupe-toi de madame.

L'adolescent lâcha ses casseroles et vint jusqu'à Maro. Il s'inclina devant elle :

– Si vous voulez me suivre, hanim.

Agé de treize ou quatorze ans, il souriait en exhibant des dents très blanches. Sa tignasse noire était bouclée telle la toison d'un agneau caracul. Maro plongea les mains dans l'eau et but avec avidité, puis elle débarbouilla son visage et arrangea sa robe du mieux qu'elle put. Elle aurait l'occasion unique de s'adresser à quelqu'un qui semblait détenir l'autorité. Il ne fallait pas la gâcher. La vie de sa mère était en jeu, la survie de Tomas et la sienne. S'il le fallait, elle jouerait de ses charmes.

Bédri suivit son chef dans la tente. Massif et corpulent, les mains velues et le cou épais, il avait l'allure d'un taureau. Une épaisse moustache retombante accentuait encore la grossièreté de ses traits. Ayant dépassé la cinquantaine, il était de dix ans l'aîné de son patron, Riza Bey. Ses manières étaient frustres et contrastaient fort avec le raffinement et la prestance de Riza. Un monde séparait les deux hommes, mais chacun était indispensable à l'autre. Bédri demanda, de sa voix grasseyante :

– Pourquoi perdez-vous votre temps avec cette femme, Riza Bey? Nous devons partir.

1. Directeur. (Turc.)

– Nous partirons quand il me plaira ! dit Riza Bey, cinglant. Il se calma aussitôt et une expression mélancolique passa sur son visage.

– Vois-tu, Bédri, j'ai fait un rêve la nuit dernière.

Bédri se détourna et leva les yeux au ciel en signe d'agacement. Il n'y avait rien à répondre à cet argument de Riza. En dépit de son immense richesse et de son éducation poussée – il avait étudié la théologie à La Mecque et même fréquenté durant deux ans l'université à Paris ! –, son supérieur était plus superstitieux qu'une vieille femme. Bédri sortit en disant d'un ton bourru :

– Je vous envoie l'Arménienne.

– Qu'Abdullah prépare du café.

Bédri retrouva l'adolescent près du réchaud et lui transmit l'ordre sans cesser de toiser Maro d'un regard méprisant. Du pouce, il lui fit signe d'entrer sous la tente. Un lit de camp occupait un côté ; une malle de métal, l'autre. Cette disposition ménageait un couloir assez large au centre. Riza Bey se tenait debout devant une table pliante où s'étalait une carte géographique. Il invita d'un geste sa visiteuse à s'asseoir sur la malle. Pour ce faire, elle dut repousser un livre et un panier de pêches rosées et de dattes sèches dont la vue aiguisa son appétit.

Abdullah apporta sur un plateau deux petites tasses fumantes qui reposaient sur des soucoupes. Il servit d'abord son maître avant d'offrir une tasse à Maro. Du café ! Du sucre ! Elle se brûla les lèvres tant sa précipitation était grande. Elle songea à sa mère qui adorait le café et n'en avait pas goûté depuis longtemps. Peut-être parce qu'elle n'avait pas mis son voile, Riza Bey ne la quittait pas des yeux. Son regard un peu flou lui donnait un air méditatif. La politesse exigeait que Maro le laisse parler en premier.

– C'est étrange, dit-il d'une voix grave et mélodieuse. La nuit dernière, j'ai fait un rêve qui m'intrigue encore. Je galopais dans une plaine quand une tornade violente m'arracha de selle et m'emporta dans les airs. Je survolais de très hautes montagnes. Et brusquement le vent cessa. Je tombai longtemps en tournoyant, le souffle coupé. J'atterris dans les eaux tumultueuses de l'Euphrate. Incapable de lutter contre le courant, j'étais charroyé vers une chute qui grondait plus loin. J'avalai de l'eau, je sombrai. Mais une main me tira sur la rive. Quand je repris conscience, une femme était agenouillée à côté de moi.

Il s'arrêta pour boire son café. L'étonnement de Maro était sans bornes. Quelle absurdité ! Tandis qu'à côté des centaines de personnes souffraient, cet homme de qui dépendait leur sort racontait calmement un rêve ! Pendant qu'elle écoutait pareils enfantillages en sirotant un café, Azniv Hanim se mourait. Maro prit sur elle, sentant qu'il convenait de ne pas le contrarier.

– Le plus troublant, reprit-il, c'est que cette femme qui m'a sauvé te ressemblait !

– Une coïncidence.
– Le hasard n'existe pas! La plus infime goutte de pluie tombe exactement à l'endroit et au moment choisis par Allah.
Ne sachant que dire, Maro approuva d'un mouvement de la tête.
– Les rêves sont des messages. Sais-tu interpréter les songes?
– Non, répondit-elle.
Elle regretta immédiatement sa réponse. Elle aurait pu donner à ce rêve une signification qui aurait mis Riza Bey dans de bonnes dispositions à son égard.
– Que voulais-tu me dire?
Son ton était redevenu froid. Maro jugea préférable de ne pas parler d'abord de sa mère. Elle répondit, d'une voix ferme et confiante :
– Je suis la femme d'un officier de l'armée ottomane. On n'aurait pas dû m'emmener dans ce convoi avec mon fils et ma mère.
– Ton époux?
Elle se garda bien de parler de l'arrestation de Vartan.
– Il est major, officier médical. Il sert au front, je n'ai pu le faire prévenir.
Elle retira de son cou un pendentif ovale qu'elle ouvrit avant de lui donner. Dans un des couvercles du boîtier d'argent se trouvait la photographie de Vartan en uniforme.
– Voyez.
Riza Bey examinait plutôt l'autre photographie, celle de Maro prise à Paris. Son regard allait de Maro au médaillon, comme s'il voulait se convaincre que cette déportée en haillons était bien la même que cette élégante habillée à l'occidentale. Il referma le boîtier et le lui rendit en disant, d'un ton indéfinissable :
– C'est un bel homme...
– Le commissaire de Sivas m'avait dit que nous resterions chez nous. Mais les zaptiyés nous ont fait partir de force.
Il hochait lentement la tête en peignant sa fine moustache du pouce et de l'index.
– Et maintenant, continua Maro d'une voix émouvante, ma mère se meurt.
– C'est regrettable...
– Il lui faudrait d'urgence un médecin ou des médicaments.
– Nous n'avons rien de tout ça ici, répondit-il avec une moue dépitée.
Il retourna sa tasse dans la soucoupe, la fit tourner et la tendit à Maro :
– Tu lis dans le marc?
Juste comme elle lui parlait de sa mère agonisante! Cet homme n'avait donc pas de cœur? Maro lui aurait volontiers lancé la tasse au visage, mais il guettait sa réponse avec un regard anxieux, presque enfantin. Cette fois, elle n'allait pas perdre l'occasion de profiter de sa crédulité. Elle mentit sans sourciller :

– Oui, j'ai l'habitude.

Elle scruta attentivement les formes dessinées par le café. Une idée, vite! La première pensée qui lui vint fut celle de sa maison à Sivas. Oui! D'ailleurs, un agrégat de marc juste sur le bord évoquait vaguement des murs et un toit.

– Je vois une grande maison... tout au bout d'une route. Il y a beaucoup de gens... Ils sont heureux... on dirait qu'ils célèbrent un événement... un retour triomphal. Il y a des arbres tout autour et juste à côté, le clo...

Elle allait dire « le clocher d'une église »; elle se reprit :

– ... le minaret d'une mosquée.

Le visage de Riza Bey rayonnait. Il lui offrit une pièce de monnaie qu'elle refusa. Il s'étonna :

– Il faut toujours payer, sinon la prédiction ne se réalise pas. Tu devrais le savoir!

Elle rusa et montra le panier posé à côté d'elle :

– Des fruits seraient pour moi plus précieux que de l'or.

– Prends ce qui te plaît, répondit-il, de bonne humeur.

Maro cacha trois pêches et une poignée de dattes dans le tcharchaf replié sur ses genoux. Son geste fit tomber par terre le livre qui se trouvait au bord du coffre. Elle s'empressa de le ramasser en s'excusant. Elle eut un frisson en touchant le marocain. Un livre! En un éclair, l'image de la bibliothèque de Vartan traversa son esprit.

– *Beauté et Amour*, de Ghalib Dédé, un grand poète mort il y a plus d'un siècle, dit Riza Bey en prenant le volume pour le déposer sur la table.

Maro demanda à brûle-pourpoint :

– Permettez-moi de repartir pour Sivas, je trouverai bien quelqu'un pour soigner ma mère.

– Impossible! Tu aurais besoin d'une escorte importante pour y arriver en vie. Et puis, ta mère n'est-elle pas trop malade pour entreprendre un tel voyage?

– J'ai de la famille à Constantinople, plaida Maro.

– Stamboul est loin, répondit-il d'un air songeur. Laisse-moi réfléchir.

Cette Arménienne lui plaisait par la distinction de ses manières et l'aisance de son discours. Par sa détermination aussi. On devinait une femme cultivée et sa beauté crevait les yeux bien qu'elle fût amaigrie et cernée, décoiffée et vêtue de haillons. Riza Bey prisait plus que tout la beauté. En lui remettant sa photographie, il avait éprouvé un sentiment de perte. Qu'est-ce que ce serait de la voir s'éloigner à jamais? Il la voulait, et ce qu'il voulait, il le prenait. Plus important encore : son rêve. C'était bien cette femme qui l'avait sauvé des eaux. Même regard, même bouche. Cela signifiait qu'elle était appelée à jouer un rôle dans sa vie. Et cette grande maison au bout de la route, les gens, les arbres, la mosquée : elle avait décrit le konak qu'il habitait à Aintab [1]! Tous ces signes ne mentaient pas. Mais comment fallait-il interpréter le retour triomphal? Il l'apprendrait peut-être la prochaine fois qu'elle lirait dans sa tasse.

– Ta place n'est pas avec les... personnes déplacées. Je te prends sous ma protection. Nous partons tout à l'heure.

Les larmes vinrent aux yeux de Maro, mais son ton fut celui de l'ultimatum :

– Avec ma mère et mon fils.

Riza Bey se sentait trop heureux pour rien lui refuser.

– Nous passerons par Darendé; là, on soignera ta mère. Quel âge a ton fils?

– Six ans.

– Comment s'appelle-t-il?

– Tomas.

– Et toi?

– Maro Balian.

– Le prénom suffit. Maro... J'aime la sonorité.

– Et vous, effendi, quel est votre nom?

– Riza Bey.

Maro se leva et s'inclina. Elle proposa de lui donner de l'or, la ceinture lestée de pièces que portait sa mère. Il refusa d'un air offusqué.

– Ne me remercie pas. J'accomplis simplement le devoir de charité du vrai croyant.

Maro saisit la perche qu'il lui tendait inconsciemment.

– Les gens meurent de soif et de faim dans la caverne.

Une brève contraction des joues de Riza révéla son déplaisir. Sans le savoir, Maro venait de toucher un point sensible. Ce qu'il avait vu durant la semaine passée à inspecter la région le hantait. Cette cruauté et ces morts inutiles! Il en portait une part de responsabilité. Riza avait accepté de superviser la déportation dans le sud du pays sans vraiment en mesurer les conséquences. C'était une chose de transmettre les ordres de la capitale aux gouverneurs et aux maires, de décider du début des déportations dans telle ville, de tracer sur papier des itinéraires, de pointer sur une carte le lieu où établir les camps de contrôle. C'en était une autre de constater de visu l'effet de ces mesures sur des êtres humains!

Le pantouranisme répugnait Riza Bey qui, au contraire de la plupart de ses compatriotes, appréciait les Arabes pour avoir vécu en intimité avec eux. Il en employait un grand nombre dans les plantations familiales de coton. Appliquer le pantouranisme, c'était exclure les Arabes de l'Empire et se couper du reste du monde musulman. Il fallait au contraire réunir les peuples différents sous la bannière de l'islam. Exterminer les chrétiens était une erreur; l'islam commandait plutôt de les convertir, par la per-

1. Aujourd'hui Gaziantep.

suasion ou par l'intimidation, à la vraie foi. C'est ce que Riza avait fait avec ses régisseurs et ouvriers arméniens, s'assurant ainsi le salut éternel... en plus de ne pas se priver des services de travailleurs honnêtes et qualifiés !

Riza avait l'intime conviction que le gouvernement des Jeunes-Turcs s'était récemment engagé sur la mauvaise voie. Et la part que lui-même prenait dans leur action allait à l'encontre de ses convictions religieuses. Il devait assumer cette contradiction. Tel était le prix à payer pour obtenir éventuellement un poste important dans l'administration. En sa qualité d'aîné, Riza s'était jusque-là employé à gérer et à accroître la fortune familiale. Son grand-père et son père avaient ajouté à un patrimoine déjà important de vastes plantations de coton aux environs d'Aintab ; lui-même avait acquis des vergers d'agrumes dans la région d'Antalia. À quarante-six ans, il était temps qu'il songe à la vie publique : depuis d'innombrables générations, sa famille avait fourni au sultan des gouverneurs, des ministres et même un grand vizir.

Bédri pénétra dans la tente. Son regard implacable et ses yeux cruels donnèrent froid dans le dos à Maro. Elle répéta à Riza Bey, d'une voix suppliante :

– Les gens ont soif et faim.

Il lui sourit, le visage empreint d'une grande humanité.

– J'ai déjà donné des ordres à cet effet. N'est-ce pas, Bédri ?

– Oui, répondit ce dernier qui n'aurait pas osé contredire son patron.

Riza Bey dit à Maro :

– Retourne auprès de ta mère. Je t'enverrai chercher.

Elle mit la main sur sa poitrine :

– Je vous remercie du fond du cœur, Riza Bey.

Quand Maro fut partie, Bédri s'exclama :

– Quels ordres ?

– Tu m'as entendu : qu'on donne à boire et à manger à ces pauvres gens.

Bédri sursauta devant ce ton compatissant. Riza, qu'il connaissait depuis sa naissance, le surprendrait toujours. Imprévisible, changeant : un agneau qui, la seconde d'après, se transformait en lion. Leurs sorts étaient liés depuis longtemps. Bédri était un ami du père de Riza. Travaillant pour la police secrète du sultan Abdul Hamid, il avait appris que se tramait l'assassinat de Riza, membre des Jeunes-Turcs. Bédri l'avait prévenu et Riza avait pu fuir à Médine, puis à Paris. Quand il y eut la révolution des Jeunes-Turcs, ce fut au tour de Riza de sauver la vie de Bédri en usant de son influence et de ses relations pour lui épargner la pendaison. Et il avait pris Bédri à son service comme adjoint et homme de confiance ; à lui revenaient les sales besognes.

– Qu'est-ce qui se passe, Riza Bey ? demanda Bédri en se voulant amical. Je ne comprends pas.

– En quoi as-tu besoin de comprendre ? répliqua sèchement Riza. Tu n'as qu'à obéir !

Bédri ne pouvait qu'acquiescer.

– Pour l'eau, ça va. Mais la nourriture...

– Fais des réquisitions dans les fermes environnantes.

Bédri fut incapable de retenir une exclamation de contrariété :

– Prendre la nourriture à nos paysans pour la donner à des chrétiens !

Le regard colérique de Riza lui fit regretter son emportement. Bédri courba l'échine.

– C'est vous qui commandez. Sachez toutefois que cela demandera des heures.

– Nous retarderons notre départ, répondit Riza Bey avec un geste de la main signifiant que la chose importait peu.

***

Devant les preuves que lui soumirent les envoyés du gouverneur de Sivas, le général Fakri Pacha, commandant militaire de la région, n'eut d'autre choix que d'ordonner l'arrestation du colonel Ibrahim Alizadé et de le remettre aux mains de la justice civile. Son meilleur officier ! Un ami intime, de surcroît ! Tout général qu'il était, il ne pouvait plus rien pour Ibrahim, bien qu'il approuvât sa conduite. Comme la plupart des officiels de haut rang, Fakri Pacha avait un agent de l'Ittihad attaché à sa personne, un ange gardien chargé de surveiller sa fidélité aux politiques pantouranistes décrétées par le gouvernement.

Le colonel Ibrahim fut conduit directement au sous-sol du commissariat, dans la pièce où avait eu lieu le procès de son ami Vartan. On le déshabilla et on le coucha sur un banc étroit auquel on l'attacha solidement. Les gendarmes se retirèrent et le laissèrent seul avec deux hommes qui exerçaient le métier de bourreau. Sans se presser, les tortionnaires déballèrent leurs instruments qu'ils étalèrent sur une table. Puis ils retirèrent leurs chemises et allumèrent des cigarettes. Ils discutaient paisiblement de l'achat d'un âne que l'un d'eux comptait faire.

Ibrahim fixait la lampe suspendue au plafond et essayait de ne pas penser à ce qui l'attendait. Vingt minutes plus tard, Mustafa Rahmi fit son entrée. Ses nouvelles fonctions de gouverneur le comblaient de joie, mais il retrouvait avec une certaine émotion les murs du commissariat où il avait régné en maître durant tant d'années. Il aurait préféré y revenir dans d'autres circonstances. Gani Bey se mettrait en colère en apprenant l'évasion de ce Balian de malheur, et il risquait d'en tenir Mustafa responsable. Il s'approcha du banc en contemplant le corps svelte et musclé du prisonnier, puis cracha au visage du colonel.

– Chien galeux !

Mustafa fit craquer ses jointures et se calma.

– Le lieutenant de gendarmerie Yilmaz nous a raconté comment tu as soustrait le condamné Vartan Balian à la peine de mort prononcée contre lui. Le nies-tu ?

Ibrahim savait qu'il était bon pour la corde ou le peloton d'exécution, mais il souhaitait éviter la torture. Mustafa voulait qu'il parle, il parlerait!

– Non, je l'ai fait.

– Pour quelles raisons?

– Par amitié. Sa condamnation était injuste.

– Tu avais des complices?

Incriminer Halit Pacha ne changerait rien à son sort.

– J'étais seul.

– Qu'as-tu fait du dénommé Balian?

– Je lui ai donné une mule et l'ai conduit hors de la ville.

– Où est-il allé?

– Vers la côte.

Ibrahim mentait avec beaucoup de conviction; peu lui importait de passer pour un lâche aux yeux de Mustafa.

– Connais-tu ses intentions?

– Je crois qu'il veut passer en Russie.

– Il allait y rejoindre quelqu'un en particulier?

– Je l'ignore.

– Était-il armé?

– Oui, un pistolet.

– Comment était-il vêtu?

– En paysan.

– Tu lui as donné des papiers?

– Oui. Je les ai achetés à un Kurde.

– À quel nom, les papiers?

– Alioglu Izzettin.

– Qu'as-tu d'autre à dire?

– Rien. C'est tout ce que je sais.

– Bien, fit Mustafa en s'éloignant.

Ibrahim pensa qu'il venait de s'épargner bien des désagréments, mais Mustafa Rahmi revint en brandissant un bâton. Ses yeux plissés brillaient d'une lueur inquiétante. Il ricana :

– Tu parles trop facilement à mon goût!

La bastonnade sur la plante des pieds commença. Ibrahim serrait les dents pour ne pas crier mais la douleur devint intenable. Elle fulgurait le long des jambes pour arriver droit au cœur qui tressautait. Ibrahim fut incapable de retenir ses cris.

– Attendez! J'ai autre chose à dire.

– Quand on t'interrogera, rugit Mustafa.

Il frappa de plus belle jusqu'à ce que les pieds soient réduits à l'état de masses sanguinolentes. Mustafa essuya son front couvert de sueur et dit :

– Maintenant, parle!

Ibrahim n'avait plus l'intention de le faire. Ses souffrances étaient si grandes que de nouveaux sévices n'y ajouteraient pas. Il se trompait.

– Les ongles, ordonna Mustafa aux tortionnaires.

On lui arracha un à un les ongles, puis ses doigts furent brisés à coups de marteau. Ibrahim donna de nouveaux détails. Avec son habitude de ce genre d'interrogatoire, Mustafa détectait les réponses fausses et s'acharnait sur la victime. À la fin, Ibrahim avait tout dit. Le visage crispé, il hoquetait. Il souffrait comme il ne savait pas que l'on pouvait souffrir. Son cœur cognait fort dans sa poitrine et ne parvenait pas à retrouver un rythme normal. Ibrahim redoutait par-dessus tout que la torture reprenne.

Mustafa Rahmi triomphait. Il avait l'information qu'il voulait : lieutenant Chakir Ismaël, en route vers Alep. Il ne restait plus qu'à prévenir Gani Bey par télégramme et à diffuser dans tout le pays un avis de recherche. Il approcha son visage de celui du prisonnier :

– J'aurais cru que tu résisterais plus longtemps. Comme on peut se tromper sur un homme!

Il encercla la gorge d'Ibrahim de ses mains épaisses et se mit à serrer très fort jusqu'à ce que le cœur du colonel cesse de battre.

***

En rentrant dans la caverne, Maro eut un haut-le-cœur. Les odeurs emmêlées d'urine, d'excréments et de corps malpropres rendaient l'air infect. Sa légère euphorie à l'idée de quitter le convoi s'évanouit brusquement devant le spectacle de cette souffrance. Elle se sentit coupable d'abandonner les autres à leur sort.

– Mayrig! s'écria Tomas qui guettait son retour près de l'entrée. Grand-mère s'est réveillée.

– Dieu soit loué!

Elle rejoignit son fils et eut un choc en le voyant. Le visage amaigri de Tomas faisait paraître démesurément grands ses yeux où toute vivacité s'était éteinte. Encore une semaine et il ressemblerait aux enfants squelettiques qui venaient d'Erzindjan. Le sauver, tel était le devoir de Maro. Elle n'avait pas à avoir honte de prendre les moyens pour y parvenir. Pas question d'annoncer ici la bonne nouvelle à Tomas : tous les visages se tournaient vers elle, visages auxquels une profonde hébétude enlevait toute expression.

– Ils vont nous donner de l'eau! annonça-t-elle d'une voix forte.

– De l'eau... de l'eau...

Le mot magique fut repris à la ronde.

– Où étais-tu, mayrig? demanda Tomas en observant ses vêtements déchirés. Les zaptiyés t'ont fait du mal?

– Non, mon chéri, tout va bien.

Elle se hâtait de gagner le fond de la grotte, mais elle n'avançait pas vite à cause de tous ces corps à contourner ou à enjamber. Maro luttait contre l'inquiétude que lui causait l'état d'Azniv Hanim.

– Grand-mère a parlé? Elle semble aller mieux?

– Elle va mourir, répondit l'enfant d'une voix frémissante.

– Ne dis pas de telles sottises.
– C'est les guérisseuses qui l'ont dit.
Elle lui souffla à l'oreille :
– Ne t'inquiète pas, Tomas. Nous l'emmènerons chez un médecin.
Deux vieilles s'affairaient au chevet d'Azniv Hanim. Elles la maintenaient assises et psalmodiaient des prières. L'une lui massait le dos; l'autre enflamma une feuille séchée d'olivier avec laquelle elle traça des croix autour de la tête et du corps de la malade.
– Cela va te guérir. Cette feuille a été bénie à l'église le dimanche des Rameaux. Sa fumée chasse les mauvais esprits.
Azniv Hanim avait les yeux fermés. Reconnaissant la veuve Kaloustian qui jetait la feuille consumée, Maro la prit par les épaules pour l'écarter de sa mère :
– Que lui avez-vous fait?
Elle songeait à la fiole de poison dans la main d'Araksi.
– Rien que des prières et des onctions, répondit la veuve Kaloustian.
Elle baissa la voix :
– Ta mère n'en a plus pour longtemps.
– Laissez-nous! ordonna Maro.
Elle étendit Azniv Hanim dont la poitrine battait très fort; il ne passait toutefois qu'un mince filet d'air entre ses lèvres fendillées. Du corsage entrouvert montait une odeur de camphre.
– Grand-mère va mourir, dit Tomas, atterré.
– Tais-toi! répliqua Maro avec impatience.
Elle donna à l'enfant une pêche et des dattes qu'il regarda avec incrédulité. Il les mit contre son ventre en les cachant de ses mains et promena un regard craintif autour de lui. Personne n'avait vu ses fruits. Il s'accroupit par terre, face à la paroi, et dévora la nourriture avec voracité.
Aux appels répétés de Maro, Azniv Hanim répondit finalement par de faibles mouvements des doigts. Maro arracha avec ses dents un morceaux de pêche dont elle lui frotta les lèvres. Cela déclencha un réflexe de déglutition. La bouche s'entrouvrit. Maro y fit couler le jus du fruit qu'elle écrasait dans sa main. Les paupières d'Azniv Hanim s'entrouvrirent, elle soupira et parla d'une voix entrecoupée de râles :
– Maro...
– Je suis là, mayrig, je suis là.
– Maro... je... je...
– J'ai vu un officier. Il va nous emmener à Darendé où il y a un médecin.
– Trop tard.
– Non! Vous y arriverez.
– ... fatiguée... plus bouger...
– Ne parlez pas, reposez-vous.

À bout de souffle, Azniv Hanim ferma les yeux et s'endormit. Des heures durant, Maro la veilla en lui tenant la main. Quand donc allaient-ils partir ? Affecté par le spectacle de sa grand-mère à l'agonie, Tomas restait dans son coin et regardait le sol à ses pieds. Il fit la sourde oreille quand Maro l'invita à venir prier. Lorsque, à la surprise générale, les gardes distribuèrent de la nourriture devant la caverne, Tomas s'y précipita. Il lutta farouchement avec les autres pour obtenir sa part, et un peu plus. Il était comme un petit animal prêt à tout pour survivre. Il ramena à sa mère un morceau de pain, une tomate, deux abricots et une gourde d'eau. Maro réussit à faire boire Azniv Hanim, qui sembla revenir à la vie. Les yeux de la vieille femme étaient enfoncés dans leurs orbites et la peau de ses joues presque translucide. Elle regarda son petit-fils à genoux près d'elle.

– Il faut manger, grand-mère. Prendre des forces.

– Je te donne ma part, Tomas.

Il l'embrassa sur les deux joues :

– Ne mourez pas, grand-mère ! Vous n'avez pas le droit.

– Tu t'occuperas bien de ta mère.

Sa voix baissait. Elle fixa sa fille dans les yeux :

– Maro... C'est la fin.

– Non, répondit Maro en effleurant la joue de sa mère, vous allez mieux, vous parlez.

– Une grâce que Dieu me fait.

Elle essaya de soulever sa main :

– Aide-moi.

Maro soutint son bras et Azniv Hanim traça du pouce une croix sur le front de son petit-fils et sur celui de sa fille.

– Dieu vous bénisse.

Tomas éclata en sanglots.

– Ne nous quittez pas, grand-mère.

– Prends ma main, prie avec moi.

Il obéit. Azniv Hanim remuait les lèvres en silence. Quant à Tomas, les mots avaient peine à sortir de sa gorge serrée :

– Hayr mer vor hergines [1]...

Maro joignit sa voix à celle de son fils sans trop s'en rendre compte. Elle ne pouvait concevoir la mort de celle qui l'avait portée, nourrie, aimée, protégée jusqu'à ce qu'elle devienne adulte. Il fallait que sa mère vive, qu'elle continue de respirer jusqu'à la prochaine ville, puis jusqu'à l'étape suivante, et ainsi de suite jusqu'à leur arrivée en un lieu sûr. Elle ne pouvait pas abandonner maintenant que les choses allaient s'arranger.

Les lèvres d'Azniv Hanim s'immobilisèrent, elle serra la main de sa fille. Maro l'embrassa sur la bouche et la souleva ; elle la tenait très fort, pour l'empêcher de glisser dans l'autre monde.

1. Notre Père qui êtes aux cieux... (Arménien.)

– Mayrig! Mayrig! supplia-t-elle d'une voix venue de son enfance. Mayrig!

Azniv Hanim ne respirait plus. Maro la berça en lui caressant les cheveux et le visage. Elle pleurait tout bas. Tomas se sentait délaissé et coucha son visage sur les cuisses de sa mère dont il enserra la taille. Indifférents aux gens agenouillés autour d'eux pour réciter la prière des morts, Maro et son fils vivaient chacun leur peine dans le recueillement.

– Viens! ordonna une voix rauque.

Les prières se turent. Maro leva la tête. La silhouette de Bédri dominait la foule à genoux.

– Ma mère est morte.

– Riza Bey t'attend.

– Ma mère est morte, répéta-t-elle. Il faut que je l'ensevelisse.

– Reste avec elle si tu veux. Riza Bey s'en va.

Il tourna les talons et se dirigea vers la sortie.

En un éclair Maro comprit qu'elle laissait filer sa dernière chance. Elle posa la tête de sa mère sur le sol, lui joignit les mains et l'embrassa une ultime fois.

– Viens, dit-elle en attrapant Tomas par le bras.

Et elle courut derrière Bédri.

7

Bédri chevauchait devant la calèche où Riza Bey avait pris place avec Maro et son fils. Suivaient le chariot bâché conduit par Abdullah et les dix cavaliers arabes qui constituaient la garde personnelle du mudur. Ces hommes, fils d'ouvriers au service de sa famille depuis des générations, étaient tout dévoués à Riza qu'ils considéraient comme leur cheik.

Endormi par le balancement de la voiture, Tomas avait la tête posée sur les cuisses de sa mère. Maro gardait les yeux baissés et se plongeait dans les souvenirs d'Azniv Artinian. Ce n'était pas la vieille femme morte dans la caverne qu'elle retrouvait, mais une Azniv plus jeune au bras de son mari Hagop. Il ne subsistait plus trace en Maro des querelles et des prises de bec qui l'avaient opposée à sa mère. Elle était pleine de tous les gestes et les paroles d'amour, des soins et des attentions qu'Azniv lui avait prodigués depuis vingt-huit ans. L'en avait-elle remerciée suffisamment? Azniv Hanim avait déjà répondu : « C'est l'amour que j'ai reçu de ma mère; la seule façon de régler cette dette, c'est en s'oubliant pour ses propres enfants. » Maro n'était plus seule avec sa douleur; dans le geste de sa main qui protégeait du soleil le visage de son fils revivaient toutes les femmes de cette lignée dont elle était l'aboutissement, ces mères qui depuis la nuit des temps donnaient la vie et pleuraient les morts.

Sur la banquette en face de Maro, Riza Bey faisait mine de s'absorber dans la lecture d'un recueil de ghazal [1] du poète mystique Mevlana [2], le fondateur de la secte des derviches. Discrètement, il observait cette femme dont le chagrin rendait la beauté plus éclatante. Au désir de la posséder se mêlait une compassion sincère. Tout en elle avait le don de l'émouvoir, et il lui prêtait une grandeur d'âme peu commune. La prendre ne lui suffirait pas; il faudrait qu'elle se donne.

1. Courts poèmes lyriques. (Persan.)
2. Mevlâna ou Mawlana, surnom de Djalal al-Din Rumi (1210-1273).

Au bout de quelques heures en direction du sud, les voitures s'immobilisèrent au sommet d'une côte. Maro leva les yeux. S'étalait à leurs pieds une vallée luxuriante baignée par une rivière aux eaux écumeuses. Après tant de jours au milieu des collines brûlées, Maro avait oublié que la terre pouvait être si belle. La paix et la douceur de ces lieux la troublèrent. Alors que résonnaient encore en elle les gémissements des déportés et les cris des gardes brutaux, elle entendait ici des trilles d'oiseaux et les exclamations joyeuses de jeunes enfants. Des hommes et des femmes occupés aux moissons se mouvaient avec lenteur dans les champs. De petites maisons sans fenêtres s'éparpillaient le long de la route, leurs toits plats dorés par les abricots qu'on y avait mis à sécher. Devant l'embrasure des portes pendaient des kilims [1] rouge et noir.

Entourée d'arbres et de vergers, Darendé dominait la plaine. Ses bâtiments blancs s'entassaient au pied d'une falaise orangée par la lumière de cette fin d'après-midi.

– C'est là que nous coucherons, annonça Riza Bey. Nous y resterons trois nuits.

Trois nuits! Maro espérait que leur voyage serait plus rapide. Elle cacha sa déception.

– Bédri! appela-t-il. Va réserver des chambres à l'auberge.

Revenant à Maro, il demanda :

– Me feras-tu l'honneur de dîner avec moi? J'aimerais te connaître un peu mieux.

Elle n'en croyait pas ses oreilles. Il savait ce qu'elle venait de vivre : la mort de sa mère, ces semaines d'horreur... Comment pouvait-il s'attendre qu'elle accepte de bon gré ce tête-à-tête?

– Si vous n'y voyez pas d'inconvénient, je préférerais rester seule avec mon fils, manger dans ma chambre et dormir tout de suite après. Je suis épuisée et très affectée par le décès de ma mère.

– Bien sûr.

Le ton était neutre, mais la légère contraction de sa joue n'échappa pas à Maro. Elle se hâta d'ajouter :

– Demain je me sentirai beaucoup mieux et il me fera plaisir d'accepter votre charmante invitation.

– Demain et après-demain, fit Riza Bey, réjoui. Nous n'arriverons pas à Aintab avant plusieurs jours. Je dois d'abord passer par Malatia.

– Aintab, demanda Maro, le regard brillant d'espoir, c'est tout près du chemin de fer qui mène à Constantinople?

Durant quelques secondes, elle eut les yeux d'une petite fille qui s'émerveille devant un cadeau. Riza était touché.

– Oui, le Taurus-Express.

Maro suggéra :

1. Minces tapis d'Anatolie aux dessins géométriques. (Turc.)

– Si je pouvais prendre ce train... Je vous ai dit que ma famille vit dans la capitale?

– Il me semble. Mais... tes parents y sont-ils encore? Nombre d'Arméniens ont gagné d'autres villes : Jérusalem, Bagdad.

– Le télégraphe nous renseignerait. J'ai de quoi payer, vous savez.

Il sourit et dit d'un ton paternaliste :

– Sois sans inquiétude, je me charge de tout. Toi et ton fils n'avez plus rien à craindre de personne.

Elle parvenait mal à croire que les choses s'arrangeraient si facilement. Ce matin encore...

– Vous êtes magnanime, Riza Bey, et je ne pourrai jamais assez vous remercier. Je loue Dieu de vous avoir mis sur ma route.

– Telle était en effet la volonté d'Allah, approuva-t-il d'un air convaincu.

Bédri n'avait retenu que deux chambres, préférant coucher à l'écurie afin de surveiller le chariot bâché, qu'il n'osait laisser à la seule garde de ses hommes. Il y avait là, en plus des provisions, des vêtements et des ustensiles de cuisine, une malle qui appartenait en propre à Bédri. Elle renfermait des objets précieux, des bijoux et de l'argent soustraits aux déportés. À l'insu de son patron, Bédri prélevait sa part des rapines effectuées par les gendarmes.

L'auberge consistait en une vaste maison de bois nu qui formait un angle avec une grande écurie. Les deux propriétaires de l'établissement accueillirent Riza Bey avec une déférence qui devint de la servilité lorsqu'il exigea de consulter le registre. Il s'agissait sans doute de frères, car leur ressemblance était remarquable. La cinquantaine, bedonnants et le front dégarni, ils se tenaient raides et inquiets en face de Riza qui feuilletait leur livre. Il n'y avait que trois autres clients, des officiers allemands attablés devant une bouteille de schnaps. Pointant du doigt chacun des aubergistes, Riza Bey leur ordonna à tour de rôle :

– Conduis hanim à sa chambre et sers-lui ensuite le dîner. Quant à toi, apporte-moi un verre à la table de nos amis allemands.

Sa voix se radoucit quand il s'adressa à Maro :

– Bonne nuit, hanim.

Il passa la main dans les cheveux de Tomas, qui secoua la tête et recula. Maro le gronda :

– Sois plus poli envers notre hôte!

Elle avait parlé vite et en turc, consciente que Tomas ne comprendrait sans doute pas. Elle le faisait avant tout pour que Riza Bey ne soit pas froissé.

– Excusez-le, c'est un enfant et il a été très éprouvé ces dernières semaines.

Dans la pénombre, les yeux de Riza viraient au gris et ses pommettes devenaient moins marquées, ce qui atténuait l'impression de sévérité de son visage. Les pointes de sa moustache s'arrondirent vers le haut en suivant les lèvres qui souriaient. Il dit, avec indulgence :

– Cela se comprend. Je connais bien les enfants : j'en ai huit.

– Oh! C'est magnifique. Quel âge ont-ils?

Il se rengorgea :

– Mon fils aîné a dix-huit ans, la plus jeune en a tout juste trois.

Maro s'inclina :

– Bonne nuit, Riza Bey.

Elle suivit l'aubergiste à l'étage. Le confort de la chambre était rudimentaire : un lit au drap douteux, un pot de chambre ébréché et une table basse posée sur un kilim élimé. Cependant, une agréable fraîcheur régnait entre les murs chaulés, et la fenêtre donnait sur le jardin d'une propriété voisine. Maro examina le lit, qui se résumait à une paillasse sur un sommier en cordes tressées.

– Je vais faire changer le drap, s'empressa de dire l'aubergiste. Ce soir, nous avons un excellent pilaf [1].

– C'est parfait. Apportez aussi de l'eau pour mon fils et du thé pour moi.

– Bien, hanim.

Essoufflé par l'escalier, l'homme épongea son front et son crâne couvert de touffes éparses de cheveux poivre et sel. Il parlait avec un accent que Maro connaissait bien. Après une brève hésitation, elle lui demanda, cette fois en arménien :

– Vous êtes arménien, n'est-ce pas?

– Non! Je suis musulman, répondit-il vivement dans la même langue que Maro, se rendant compte trop tard qu'il se trahissait de la sorte.

Il rougit et baissa les yeux. Au même moment, l'appel à la prière du soir retentit à l'extérieur. L'homme songea au coq chantant juste après que l'apôtre Pierre eut renié le Christ. Ses yeux se mouillèrent, et il murmura, d'un ton contrit :

– Nous n'avons pas eu le choix. C'était la conversion ou la mort. Ils nous ont pris l'auberge, mon frère et moi n'en sommes plus que les gérants. Il a fallu signer un acte d'apostasie et adopter un nom turc ; nous n'avons le droit de parler que le turc. Mais au fond de notre cœur, nous restons arméniens.

Il fit une pause et adopta un ton agressif :

– C'est plus intelligent que de crever sur le bord de la route! Dieu n'exige pas que nous devenions des martyrs, que je sache! Et vous? Avec un dignitaire ottoman... Ce n'est guère mieux.

Elle rougit.

– Cela ne vous concerne pas! répliqua-t-elle d'un ton vif avant de se radoucir. Je ne vous fais aucun reproche, chacun agit selon sa conscience. Entre compatriotes, nous pouvons...

1. Plat de riz bouilli au beurre. (Turc.)

Il lui coupa la parole, revenant au turc :

– Nous ne pouvons rien! Sinon faire oublier que nous sommes chrétiens. De grâce, ne me parlez plus jamais dans notre langue.

Il était dans tous ses états et Maro en eut pitié. Lui aussi n'était motivé que par le désir de survivre.

– N'ayez crainte, je ne voudrais pas vous causer d'ennuis.

Il parut rassuré et redevint affable :

– Que désirez-vous d'autre?

– Après le repas, faites-moi monter de l'eau chaude et des serviettes, s'il vous plaît. Vous avez du savon?

– Oui, hanim. Vous aurez tout ce que vous désirez.

Il salua très bas et sortit.

Appuyé à la fenêtre, Tomas regardait dehors. Depuis qu'ils avaient quitté la caverne, il gardait un mutisme obstiné qui inquiétait sa mère. Elle s'approcha de lui.

– Tomas, mon chéri.

Sans bouger, il lâcha, d'une voix tremblante :

– Pourquoi grand-mère est morte?

Maro contint son émotion pour répondre :

– Elle était très malade. Dieu l'a rappelée près de Lui.

Il ronchonna avec rancœur :

– On ne l'a pas enterrée!

– J'ai donné de l'argent à un zaptiyé qui l'a fait après notre départ. Nous avions une chance de fuir : c'est ce que ta grand-mère aurait voulu.

Elle lui toucha l'épaule; il tourna vers elle un visage mouillé de larmes.

– Je m'ennuie de papa! dit-il en se jetant dans les bras de sa mère.

– Nous serons bientôt avec lui.

Elle était soulagée qu'il pleure et ne fit rien pour calmer ses sanglots. Elle pressa contre son cœur la tête de son fils et ferma les yeux. Se pouvait-il que le cauchemar ait pris fin? Malgré le désir de Maro de le croire, une sourde angoisse l'en empêchait. La grotte n'était encore qu'à une demi-journée de route, les caravanes de la mort passaient sans doute non loin de Darendé. Elle frémit en revoyant les visages empreints de désespoir de ses compagnons d'infortune promis à une mort lente. Non! elle n'avait pas à se sentir coupable. Qu'elle demeure avec eux n'aurait rien changé à leur sort.

On frappa à la porte. Trois jeunes servantes voilées, que Maro devinait être arméniennes, déployèrent une nappe rouge à motifs floraux jaunes sur laquelle elles déposèrent un petit samovar fumant et un plateau de cuivre contenant le pilaf. Le dîner comprenait également une salade de tomates, du pain, du yaourt et une compote d'abricots pour accompagner le riz.

Les servantes s'étaient à peine retirées que Tomas se précipita sur la table et s'empiffra de riz. Maro l'attrapa par le col et l'écarta du plat en s'exclamant :

– Qu'est-ce que c'est que ce comportement ? Et d'abord, on se lave les mains.

– J'ai faim !

Une des servantes avait apporté un bassin et un broc d'eau. Maro frotta les mains de son fils, et sa voix se fit plus tendre :

– Tu ne dois pas oublier les bonnes manières que je t'ai apprises. Qu'est-ce que dirait ta grand-mère, elle qui était si fière de la bonne éducation de son petit-fils ?

– Elle est au ciel ! répliqua l'enfant.

– Mais de là-haut, elle t'observe. Elle veille sur nous, comme ton parrain le capitaine Armène. C'est sans doute grâce à leur intercession que Riza Bey nous a emmenés.

– Lui, je ne l'aime pas !

– Il ne faut pas le montrer. Au contraire, il faut être poli et aimable avec lui.

– Pourquoi ?

– Il représente notre seule planche de salut. Tu comprends cela ?

Pour toute réponse, il grogna en se dirigeant vers la table. Ils s'accroupirent sur le tapis. Maro récita le bénédicité ; Tomas croisa les mains et ferma les yeux mais resta bouche cousue.

– Nous allons manger lentement, en gens civilisés, comme si nous n'avions pas souffert de la faim.

Tomas calqua ses gestes sur ceux de sa mère. Au bout de quelques minutes, il demanda :

– C'est quoi, une planche de salut ?

– Eh bien... Un moyen de sauver notre vie. Comme si nous étions tombés à l'eau et que nous ayons un bout de bois auquel nous raccrocher.

Tomas se rappela que son parrain comparait la déportation à un voyage en mer. Il hocha la tête. Sa mère continua :

– Riza Bey nous a tirés du convoi et il va nous donner le moyen de partir.

– Pourquoi il fait ça ?

Maro avait son idée sur la question et préférait que Tomas l'ignore. Les mots de l'aubergiste lui revenaient : « Vous... Avec un dignitaire ottoman. » Chacun prenait les moyens qu'il pouvait pour survivre. Elle répondit à son fils :

– Par bonté, je crois. Par charité.

– Pourquoi il n'a pas emmené tout le monde, alors ?

– Sans doute parce qu'il n'avait pas assez de place. Il nous a choisis parce que ton père est un officier dans l'armée.

Les yeux de Tomas s'illuminèrent.

– Est-ce qu'il connaît papa ?

– Non. Et s'il t'interroge, ne lui dis jamais que ton père a été mis en prison. Tu diras qu'il est à la guerre.

– Pourquoi? s'étonna Tomas.

Comment lui faire entrevoir leur condition nouvelle? Maro avait pourtant besoin que son fils coopère. Elle déposa sa fourchette.

– Vois-tu, Tomas, nous ne sommes plus dans le convoi de déportés, mais notre situation demeure encore précaire. Je t'ai toujours dit que le mensonge est une chose détestable. Cependant, il y a des exceptions : les mensonges pieux.

Tomas plissait le front et ne semblait pas saisir le sens des paroles de sa mère.

– La seule chose qui compte pour l'instant, c'est que toi et moi demeurions en bonne santé. Pour survivre, nous devons être patients et rusés, ne pas hésiter à mentir, à faire semblant.

– Faire semblant de quoi?

– Par exemple, si Riza Bey te caresse les cheveux, souris au lieu de réagir comme tout à l'heure. Faire semblant, ce sera aussi être aimable avec quelqu'un que nous détestons, ne pas montrer notre chagrin, ne pas mentionner les atrocités que nous avons vues ces dernières semaines, ne pas parler notre langue en public, ne prier Dieu qu'en cachette, et même nous faire passer pour des Turcs, s'il le faut.

– Les Turcs sont des méchants!

– Certains, oui. Mais nous ne sommes pas en mesure de choisir ceux que nous fréquentons. Nous n'avons pas à décider qui est bon et qui ne l'est pas, il ne faut penser qu'à rester vivants pour revoir ton père.

Tomas recueillait les derniers grains de riz dans le plateau.

– Tu comprends tout ce que je te dis?

Il fit oui de la tête.

– Seras-tu capable de faire semblant?

Il regarda sa mère et hésita quelques secondes avant de répondre :

– Oui, mayrig.

Ce qu'elle venait de dire à son fils s'appliquait aussi à elle-même car ce ne serait pas facile de fraterniser avec ce Riza Bey qui semblait jouer un rôle dans la déportation des Arméniens. D'autant plus qu'elle ne comprenait pas les motivations de cet homme étrange. S'il la désirait, il aurait pu la prendre dans sa tente, puis la renvoyer dans le convoi ou la garder comme esclave. Pourquoi l'amenait-il, en compagnie de Tomas de surcroît, en la traitant avec égard? Maro avait remarqué qu'il ne la lâchait pas des yeux, et son intuition lui disait que la charité ou le fait qu'elle était l'épouse d'un officier ottoman entraient bien peu en ligne de compte dans la décision de Riza Bey de la prendre sous sa protection. Il était sensible à sa beauté et à son charme. Ruser, elle n'avait pas d'autre choix.

– Ce n'est qu'une question de jours, dit-elle, autant pour encourager Tomas que pour se rassurer elle-même. Ensuite, nous prendrons le train pour nous rendre à Constantinople, une belle grande ville très loin d'ici.

– Papa y sera?

– Je ne sais pas. Peut-être qu'il nous y attend ou qu'il a donné de ses nouvelles à l'oncle Mesrop. S'il n'y est pas encore, nous habiterons avec nos parents, et ce sera facile à ton père de nous retrouver.

Elle repoussa cette pensée qui la hantait parfois : on l'avait pendu! L'idée que Vartan soit mort lui était intolérable, surtout qu'elle n'aurait pas eu la pauvre consolation de tenir une dernière fois son corps. Jamais elle n'accepterait de croire à son décès à moins d'en avoir la preuve. Elle vivrait dans l'attente.

Tomas déclara, d'une voix larmoyante :

– J'ai hâte de le revoir, mayrig.

– Moi aussi, mon chéri. J'y pense constamment.

Les servantes apportèrent un tub de fer-blanc, des brocs d'eau tiède, des serviettes et un pain de savon gris. Dès qu'elles eurent desservi la table et changé le lit, Maro donna un bain à Tomas. La crasse était tenace et il fallut le frotter vigoureusement avec une pierre ponce; il endura sans se plaindre. Il considérait d'un œil médusé toute cette eau dans laquelle il était assis; avec ça, on aurait pu donner à boire à des dizaines et des dizaines de personnes. Ce matin encore, quelques gorgées du précieux liquide lui avaient procuré un bonheur ineffable. Il se mit à pleurer en silence.

– Je te fais mal? demanda sa mère avec sollicitude.

– Non, répondit-il en reniflant. C'est l'eau.

Elle savait ce qu'il voulait dire. Elle aussi pensait à la soif qu'elle avait connue, que connaîtraient encore les Arméniens restés dans le convoi.

Les servantes vidèrent le bassin pour le remplir de nouveau d'eau propre. Une autre jeune fille arriva, les bras chargés de vêtements pliés et d'un sac en tapisserie. Il y avait une chemise en coton fin, des babouches, une robe noire et un féradjé de soie mauve pour Maro, une culotte courte, une blouse et des bottines pour Tomas.

– C'est de la part du bey, et ça, dit la servante en tendant le sac, un cadeau de mes patrons.

Le cabas contenait une brosse à cheveux, un coffret de khôl, un miroir à main et un mouchoir. Ce présent de ses compatriotes aubergistes fit chaud au cœur de Maro. Elle remercia les jeunes filles et les congédia. Enveloppé dans une serviette, Tomas était assis sur le bord du lit et fixait le plancher. Maro n'eut pas à lui demander à quoi il pensait : la peur se lisait dans ses yeux.

– Va à la fenêtre, dit-elle, et regarde dehors pendant que je fais ma toilette.

Il obéit.

– Décris-moi ce que tu vois.

Il ne répondit pas.

– Tomas? demanda encore Maro.

– Rien.

– Le ciel, tu vois bien le ciel? Quelle couleur est-il?

– Comme du sang, fit-il d'un ton morne.

– Il y a des oiseaux?

– Oui.

– De quelle espèce?

– Des vautours.

– Ici? Tu te trompes certainement. Ils sont blancs avec du noir sur les ailes? Ils ont un long cou, de longues pattes, un long bec?

– Peut-être.

– Ce sont des cigognes. Tu te rappelles? Elles nichaient au sommet de notre cheminée à Sivas. Quand elles s'envolaient, Sassoun levait le nez en l'air et jappait.

Elle entendit que son fils reniflait tout bas.

– Il y a des fleurs dans le jardin. Tu en reconnais? Armène t'apprenait leur nom quand tu l'aidais à s'occuper de nos plates-bandes.

La voix brisée, Tomas énuméra les plantes qu'il reconnaissait. Il finit en disant :

– Il y a une fille qui cueille des roses; elle ressemble à Djémila.

Maro enfila sa chemise et s'assit sur l'appui de la fenêtre pour démêler ses cheveux et les coiffer. Les premières étoiles s'allumaient au-dessus de la falaise; des roucoulements venaient d'un pigeonnier voisin. Au-delà du jardin, où un chat grimpait sur une araba brisée, de petites maisons de pierre aux fenêtres grillagées étaient appuyées les unes contre les autres. Des jeunes filles au visage dévoilé revenaient de la fontaine, conscientes des regards que portaient sur elles les hommes qui fumaient, adossés à un mur. Maro se sentit soudain prise d'une grande fatigue.

– Nous allons dire nos prières en regardant le ciel. Fais ton signe de croix et annonce à Dieu pour qui nous allons prier.

– Papa, grand-mère, mon parrain, tante Araksi, toi, moi, et tous les autres. On peut prier aussi pour un chien?

Maro fit oui de la tête.

– Et Sassoun, ajouta Tomas.

Blotti dans les bras de Maro, Tomas sombra aussitôt dans un sommeil profond. Elle songeait à sa mère. Son décès ne remontait qu'à quelques heures et pourtant l'événement semblait déjà lointain. Peut-être les dernières semaines avaient-elles épuisé les réserves émotives de Maro : sa douleur de la perte de sa mère était celle d'un deuil ancien. Un monde séparait cette chambre de la grotte où elle avait passé la nuit précédente, un monde qui avait nom espoir. Elle s'endormit, l'esprit ébloui par l'image de Vartan.

Mais durant la nuit, Maro fut la proie de cauchemars qui lui faisaient revivre les marches forcées sous un soleil de feu et, en s'éveillant au matin, elle se crut toujours dans la grotte. Elle entendait les râles, ressentait encore la soif, la faim, l'épuisement et la peur. Il s'écoula quelques secondes avant qu'elle réalise qu'elle était dans un lit, sous un toit.

Elle comprit que longtemps encore la déportation la rattraperait la nuit venue, et que chaque jour il faudrait recommencer à s'en éloigner. Elle était déterminée à y parvenir.

***

La lune luisait sur le gravier de la route. Après avoir franchi un col, Vartan aperçut aussi son miroitement sur les eaux de l'Euphrate. Sa monture prenait plaisir à cette promenade nocturne et il devait la retenir afin qu'elle ne s'épuise pas. Il ne la laissait galoper que pour de brèves périodes. Depuis trois jours, les étapes avaient été longues. Afin d'arriver au plus vite à Malatia, Vartan avait coupé à travers les montagnes. Il n'avait pas rencontré de convois de déportés, mais il avait vu des cadavres abandonnés dans des ravins ou au bord des routes et des villages arméniens complètement rasés.

Il dépassa l'embranchement d'un chemin secondaire qui menait à Kharpout, l'ancienne place forte arménienne de Khartapert, traversa un village endormi et se rapprocha du fleuve, dont la route épousait de loin les méandres. Le grondement assourdi du courant se mêlait au bruissement des feuillages de la rive, et la brise humide portait une odeur sucrée rappelant celle des bourgeons de peuplier lorsqu'ils éclatent au printemps. À l'approche du but, Vartan ressentait une grande exaltation et une certaine appréhension.

Une lumière brillait devant : un campement en bordure de la route. Vartan mit son cheval au pas et avança avec circonspection. Des chevaux hennirent, Yildiz leur répondit. Ceux du campement savaient maintenant que quelqu'un approchait. Un grand feu dansait près d'un ruisseau. Vartan compta une vingtaine de silhouettes dont plusieurs se plantèrent en travers du chemin. Il défit la courroie de sécurité de l'étui afin de pouvoir dégainer vite son revolver. Il s'agissait de civils, des Kurdes d'après leurs costumes et les cheveux blonds de quelques-uns. Barbus et arborant de longues tignasses, ils étaient tous armés, certains d'antiques fusils aux canons damasquinés, les autres de mausers tout neufs. Il les salua :

– Selâmunaleykum [1].

– Aleykumselâm, répondit un homme qui continua dans un turc teinté d'un fort accent kurde. Où vas-tu comme ça?

– Où l'exige le service du sultan, le Commandeur des croyants. Laissez-moi passer.

1. Que la paix de Dieu soit avec toi. (Arabe.)

Son interlocuteur, dont la barbe et les cheveux grisonnaient, mit les pouces dans sa ceinture qui retenait deux pistolets et un long couteau. Il consulta ses compagnons du regard et reprit, d'un ton onctueux :

– Nous n'avons pas l'intention de t'empêcher de remplir ta mission... qui doit être importante pour que tu chevauches ainsi la nuit. Ton cheval est en nage; bois avec nous du lait de lion [1], le temps que ta monture se repose.

Vartan n'avait pas d'autre choix que d'accepter leur hospitalité. Tenter de forcer le barrage, c'était à coup sûr se voir transformer en passoire. Ils avaient tous des mines de coupe-jarrets et Vartan se dit qu'il devait faire preuve de diplomatie. Il mit pied à terre et attacha son cheval à un buisson. Les hommes firent cercle autour de lui.

– Une belle bête que tu as là! dit leur chef.

– Oui. Et j'ai déjà tué un homme qui voulait me la dérober.

C'était le genre de réponse qui plaisait à ces rustres, et ils firent des hochements de tête approbateurs. Le chef prit Vartan par l'épaule et le guida vers le feu :

– Un homme qui ne sait pas défendre son bien ne mérite pas de le posséder.

Vartan vit, à la lisière de la zone éclairée par le feu, une demi-douzaine de charrettes où s'entassaient des effets hétéroclites : meubles, ballots de vêtements, casseroles, harnais et couffins fermés par des cordes. Il avait affaire à des voleurs de grand chemin originaires de ces villages de montagne où l'on considérait le brigandage comme une profession respectable. Sorte de pirates terrestres, leurs ancêtres attaquaient les riches caravanes venues de Perse, d'Arabie et d'Asie; eux continuaient la tradition dans un contexte différent. Montrant les voitures chargées, Vartan déclara, d'un ton qu'il voulait admiratif :

– Vous m'avez l'air de fameux kabadayis [2]!

Ses hôtes s'estimèrent flattés, et leur chef s'exclama :

– Par Allah! Tu es toi aussi un homme de qualité. Tu es au milieu d'amis, tu repartiras sans qu'il te soit fait de mal.

– Ce n'était pas ton intention première? demanda Vartan en souriant malicieusement.

Avec une moue d'enfant penaud, le colosse fit non de la tête puis éclata d'un rire tonitruant.

– Je m'appelle Osman Agha.

– Moi, c'est Chakir Ismaël.

Ils prirent place devant le foyer où grillaient des morceaux de viande de chèvre piqués sur des broches plantées verticalement dans le sol. Des bouteilles de raki de fabrication domestique circulèrent avec des cruches d'eau; chacun buvait à même le goulot. Vartan demanda à son hôte :

1. Raki. Allusion à la couleur blanchâtre qu'il prend mêlé à de l'eau.
2. Des durs. (Turcs.)

– Agha... Tu es donc chef de tribu?

– Oui. Nos troupeaux paissent dans les monts du Dersim.

Cette chaîne de montagnes s'élevait au sud d'Erzindjian.

– Qu'est-ce qui t'amène si loin de chez toi?

– Le Turc a besoin de véritables guerriers, il nous a engagés pour aider ses zaptiyés. Mais nous rentrons.

– Le travail ne vous plaisait pas?

Visiblement mal à l'aise, Osman Agha regarda son invité avec méfiance et but une gorgée d'alcool plutôt que de répondre. Vartan pencha la tête vers lui et dit à voix basse :

– Je vais te confier un secret : je ne suis pas turc mais circassien. Je sers dans l'armée ottomane parce que je n'ai pas le choix.

Les traits du chef se détendirent mais sa voix gronda de colère :

– Tuer des hommes désarmés, des vieillards, des femmes et des enfants, ce n'est pas un travail digne de guerriers qui se respectent. Je sais qu'il y a des Kurdes qui acceptent de faire la sale besogne du gouvernement, honte sur eux!

– Tu parles des massacres d'Arméniens?

– Quoi d'autre? Ce sont des chrétiens, d'accord, mais chez nous, nous avons toujours vécu en bons termes avec eux. Le Turc veut tout le pays pour lui seul. Aujourd'hui les Arméniens, demain les Kurdes.

Ses hommes levèrent le poing en hurlant des insultes à l'adresse du sultan. Leur chef les calma et reprit :

– Personne ne nous fera la loi dans nos montagnes. Les fusils que nous donne le sultan, nous les tournerons contre lui quand le moment sera venu.

Mains en cornet autour de la bouche, les hommes poussèrent des cris modulés.

En reconduisant Vartan à son cheval, Osman Agha l'embrassa et l'appela « mon frère ». Loin de la fumée du feu, l'air reprenait cette odeur sucrée qui intriguait Vartan.

– Quelle est donc cette odeur? demanda-t-il.

– On dirait le parfum de miel qui coule au printemps des pentes fleuries du Dersim, n'est-ce pas?

– Je ne connais pas ta montagne. Il s'agit donc de fleurs?

– Cette odeur, mon frère, est celle de la mort. Si tu t'approchais du fleuve, elle perdrait son côté agréable et tu ne sentirais plus que les miasmes de la pourriture. L'Euphrate roule des cadavres gonflés comme des outres, qui éclatent sur les roches et répandent leurs tripes.

Ils se séparèrent sur des souhaits mutuels de bonne route et Vartan reprit sa chevauchée dans l'obscurité. Le chemin descendait en pente douce vers une plaine. À l'aube, Vartan avançait au milieu de riches vignobles et de vergers auxquels succédèrent des champs de tabac, de coton et de cultures maraîchères. À la jonction de la route qui venait de Sivas par Hassan-Tchélébi, les gendarmes avaient établi un poste de garde. Un officier et deux hommes dormaient à côté de braises encore fumantes. Un seul homme veillait, assis sur une pierre. Il ne demanda pas à voir les papiers de Vartan qui s'arrêta pour lui parler. L'homme tombait de fatigue et répondit d'une voix pâteuse aux salutations.

– Sais-tu s'il est passé un convoi de prisonniers en provenance de Sivas ?

– Depuis un mois, ça défile sans arrêt. Comment savoir d'où ils viennent ? On les rassemble dans un camp, juste au sud de Malatia. Là, on pourra peut-être vous renseigner.

Alors que Vartan arrivait en vue de la ville, il croisa une vingtaine d'arabas. Conduites par des femmes voilées, elles transportaient des enfants, garçons et filles de moins de douze ans qui avaient un air effrayé ou absent. Vartan stoppa les voitures ; croyant à un contrôle, la femme qui était en tête lui tendit une feuille froissée, un laissez-passer signé par le kaymakam [1] de la province. Il apprit qu'elles étaient veuves de soldats tombés sur le front de l'Est ; au lieu de leur verser une pension, les autorités donnaient à chacune des enfants. Cette pratique intrigua Vartan.

– Que comptez-vous faire d'eux ?

– Les vendre à des familles à qui Allah n'a pas fait la grâce d'une progéniture nombreuse.

Les vendre ! Vartan comprit qu'il s'agissait de jeunes Arméniens ! Son cœur se serra.

– Ce sont des... giaours ?

– On les convertira ! Tu en veux un ? Regarde-les : ils sont beaux et déjà capables de travailler aux champs. Un peu maigres, peut-être, mais à cet âge-là ils engraissent vite. Un garçon ? Une fille ? Choisis, je te ferai un bon prix.

Vartan refusa d'un mouvement de tête et fit signe à la femme de passer. Il aurait emmené tous ces enfants avec lui s'il en avait eu la possibilité. Sa réaction première fut de lancer son cheval au galop et de détourner la tête, mais il ne le put. Il fallait qu'il regarde, qu'il soit témoin. Une autre raison, qu'il n'osait s'avouer, le poussait également à scruter chacun de ces visages : Tomas aurait pu être du nombre ! La rage succéda à la douleur ; après avoir arraché ces enfants à leurs parents, on les obligerait à oublier leur foi, leur langue et leur culture. Vartan imaginait sans peine leurs sentiments, ressentait la détresse qu'il lisait dans leurs yeux. Ils défilèrent lentement devant lui ; la même sensation de déchirement se produisit chaque fois qu'un de ces petits visages sortait pour toujours de son champ de vision. Le sentiment d'une perte irrémédiable. Il ne pouvait rien pour eux, et pourtant il n'avait pas le droit de rester sans rien faire. Il les regarda s'éloigner, puis éperonna brutalement son cheval.

Vartan traversa Malatia par le quartier arménien, ou plutôt ce

1. Gouverneur. (Turc.)

qui l'avait été. Les échoppes avaient été pillées. Beaucoup de maisons étaient vides, les autres occupées par des familles musulmanes. Une église dont on avait fait disparaître les croix servait maintenant d'entrepôt. L'image des enfants revint hanter Vartan. La mort d'un peuple, le sien!

***

Au moment où Vartan quittait Malatia par le sud, l'équipage de Riza Bey entrait en ville du côté ouest, par la route de Césarée.

Depuis trois jours que Maro voyageait avec Riza Bey, il s'était toujours montré correct avec elle, patient avec Tomas qui ne répondait jamais plus que par oui ou non aux questions de leur hôte. Cependant, Riza Bey lui manifestait un intérêt de plus en plus grand. Il voulait tout savoir d'elle, l'interrogeait sur sa vie, ses origines et son enfance. Maro évoquait pour lui sa jeunesse à Constantinople, parlait de ses parents, de ses voyages et de Vartan, surtout de Vartan, afin de rappeler à son interlocuteur qu'elle était la femme d'un autre homme. Car la sollicitude de Riza Bey devenait par moments envahissante. Maro manœuvrait avec prudence; il s'agissait pour elle de décourager toute familiarité sans pour autant indisposer son protecteur. Elle sentait que le temps jouait contre elle.

Encadrée par son escorte, la voiture se fraya un passage dans une artère encombrée. À l'ombre des auvents, les boutiquiers interpellaient les passants et chaque vente devenait l'occasion d'un marchandage passionné. Un réservoir cylindrique à l'épaule, les gobelets dans un panier à la ceinture, des marchands ambulants d'eau citronnée ajoutaient leurs cris au brouhaha des conversations. Aux terrasses des cafés, des hommes buvaient et fumaient des narghilés sans que ces activités ne les distraient de leurs discussions animées. On était la veille du ramadan, le neuvième mois du calendrier musulman, période durant laquelle il faudrait de l'aube jusqu'à la nuit observer un jeûne total et même s'abstenir de fumer ou de faire l'amour.

Tomas regardait cette ville avec une curiosité mêlée de tristesse : elle lui rappelait le quartier du bazar à Sivas, où il aimait tant aller. Il se leva pour mieux voir un spectacle nouveau pour lui. Des badauds faisaient cercle autour d'un montreur d'ours venu des rives de la mer Noire. Dressée sur ses pattes de derrière, la bête au pelage brun dansait au son d'un tambourin et d'une zourna, sorte de flûte orientale. Les enfants poussaient de petits cris excités chaque fois que l'ours passait près d'eux. Des mères serraient craintivement leurs rejetons contre elles, des jeunes hommes hilares faisaient mine de bondir sur l'animal.

La guerre, comme le sort des Arméniens, semblait la dernière préoccupation des habitants de cette Malatia où le rythme de la vie demeurait inchangé depuis des siècles. L'apparition d'une automobile à la capote baissée qui transportait des officiers allemands parut incongrue.

– Maman, une automobile! s'exclama Tomas, ébloui.

– Tu en verras d'autres, mon garçon, dit Riza Bey. Et si tu en as envie, je te ferai monter dans une telle voiture.

– Oui, répondit Tomas par simple politesse.

Sa voix n'avait aucune expression et il détourna son regard de l'automobile. Malgré les recommandations de sa mère, l'enfant parvenait mal à dissimuler l'antipathie que lui inspirait leur hôte.

On avait réservé à Riza Bey une aile du palais du kaymakam et mis des serviteurs à sa disposition. Sous prétexte de fatigue, il déclina l'invitation à déjeuner du gouverneur, qu'il méprisait. De toute façon, cet Ali Bey serait destitué de ses fonctions; Riza Bey l'avait appris la veille par un télégramme de Gani Bey qui lui donnait rendez-vous à Malatia.

Ils mangèrent donc dans un appartement de la suite. Le repas n'eut pas le charme dont Riza Bey avait rêvé. Il y avait bien quelques musiciens, comme il l'avait demandé, mais la présence de Bédri, qui manquait de raffinement, et celle de l'enfant, qui ne cessait de le dévisager avec froideur, le gênaient. Il avait hâte de se trouver en tête à tête avec Maro et de commencer sa cour. Pour en avoir l'occasion, il avait décidé de laisser Bédri régler certains problèmes à Malatia; quant à lui, il ne rentrerait pas directement à Aintab. Il effectuerait plutôt un long détour par Diarbékir et Ourfa, en prétendant poursuivre son inspection.

Après le repas, Riza se changea avec l'aide d'Abdullah. Bédri l'avait suivi afin de prendre ses ordres. Le camp de Malatia constituait un élément clé du réseau de déportation, un des points de contrôle par où passaient les colonnes en provenance du nord-est de l'Anatolie. La situation laissait à désirer : s'y entassaient déjà une quinzaine de milliers d'Arméniens, et de nombreux convois arriveraient au cours des prochains jours.

– Il faut m'évacuer tous ces gens, dit Riza Bey à son second tandis qu'Abdullah attachait son faux col. Tu expédieras ce beau monde dans le désert syrien.

– Nous manquons d'hommes pour garder les caravanes.

– Va à la prison locale et choisis ceux qui font ton affaire.

– Ce porc de gouverneur ne voudra pas les libérer. Vous le connaissez, toujours à nous mettre des bâtons dans les roues! C'est un ami des Arméniens.

Riza Bey, qui enfilait un veston noir, s'esclaffa.

– Ne t'en fais pas : ce soir même, il ne vaudra guère mieux qu'un paysan sans terre.

– Allah est grand!

– Je repars cet après-midi afin de voir comment les choses se passent à Diarbékir. Je compte sur toi pour tout mettre en ordre ici. Il y a au palais un certain Gani Bey, un adjoint du ministre de l'Intérieur. C'est en quelque sorte mon supérieur, et par conséquent le tien. Il t'accordera l'aide dont tu peux avoir besoin. Mais attention : c'est un homme susceptible qui s'emporte facilement. Quand ta tâche à Malatia sera terminée, tu me retrouveras à Aintab.

– Il en sera fait selon vos ordres, répondit Bédri en prenant congé.

Quelques minutes plus tard, Riza Bey se dirigeait vers l'aile du palais où s'était installé Gani Bey. Il allait d'une démarche souple en même temps qu'altière, le complet taillé sur mesure épousant chacun de ses mouvements. Sa mère lui répétait souvent qu'il ressemblait à un prince, et parfois il n'était pas loin de la croire.

Dans un couloir, il croisa Maro qui tenait son fils par la main. Dès qu'elle n'était plus en public, elle retirait son voile. Riza Bey trouva qu'elle avait déjà meilleure mine. Son teint avait perdu cette couleur terreuse, ses yeux leur aspect fiévreux. Sa beauté refleurissait ainsi qu'une plante reprend vie sous l'ondée. Il l'avait emmenée sans se demander combien de temps il la garderait, ni ce qu'il ferait d'elle. Elle n'était à ce moment-là qu'un caprice, un objet précieux dont il pouvait se lasser. Après seulement trois jours, il se sentait déjà attaché à cet être fascinant.

Maro lui demanda, avec un fin sourire :

– Suis-je votre prisonnière, Riza Bey?

– Que vas-tu croire là ! s'étonna-t-il. Qu'est-ce qui t'a donné cette idée saugrenue?

– Quand j'ai voulu me promener en ville, un de vos gardes me l'a interdit.

– J'en avais donné l'ordre. Pour ta propre sécurité. Tant que toi et ton fils êtes avec moi, vous n'avez rien à craindre, mais seuls... Tu es libre, et si tu veux absolument sortir, Abdullah et deux hommes t'accompagneront.

Maro comptait se rendre au collège américain, devant lequel ils étaient passés à leur arrivée. Le directeur aurait peut-être pu transmettre un message à l'oncle Mesrop à Constantinople. Elle voulait cependant que cette démarche se fasse à l'insu de Riza Bey. Ce dernier reprit :

– Tu peux sortir, mais est-ce bien la peine? Nous repartons dans deux ou trois heures, après ma rencontre avec Gani Bey.

En entendant ce nom, Maro frémit intérieurement. Gani Bey ! Celui qui avait fait arrêter Vartan et qui s'était moqué d'elle. Il ne fallait surtout pas qu'il la voie et la reconnaisse. Elle cacha son émoi et répondit :

– Dans ce cas, je vais attendre dans ma chambre.

– Voilà qui est sage, déclara Riza Bey d'un ton satisfait.

Il interprétait les dernières paroles de Maro comme un désir de lui être agréable. Il s'approcha d'elle en relevant le menton :

– Ma cravate est-elle bien droite?

Par pur réflexe, Maro tendit les mains vers la cravate afin de la rectifier mais elle interrompit aussitôt le geste à peine esquissé. Elle s'en voulut de cette réaction involontaire.

– Elle est droite, fit-elle d'une voix tout juste audible.

– Et mon complet? Suis-je présentable?

Il la piégeait! Que pouvait-elle faire d'autre que d'admettre son indéniable élégance? C'était un homme racé, et conscient de sa beauté. Les yeux plissés, ce qui lui donnait l'air taquin, il guettait sa réponse.

– Vous êtes très bien.

– Tu me vois flatté, dit-il en ébouriffant les cheveux de Tomas qui se laissa faire sans maugréer.

Maro le salua d'un bref hochement de tête et s'en fut, la rage au cœur, en tirant son fils derrière elle. Riza Bey la regarda s'éloigner en lissant sa fine moustache. Qu'elle était belle! Cette rougeur qui avait soudain enflammé ses joues... La démarche nerveuse d'une bête rétive. Quel corps se cachait sous la robe ample? Riza Bey sentit le désir monter en lui. Il soupira et reprit sa route.

Avant de pénétrer dans les quartiers de Gani Bey, il s'arrêta devant une fenêtre dont la vitre lui renvoyait son reflet. Et il se trouva « très bien ». Le complet noir le faisait paraître encore plus élancé.

Il frappa à la porte de l'antichambre. Un jeune serviteur, un adolescent d'une grande beauté que Gani Bey avait pris à son service à Sivas, lui ouvrit et alla l'annoncer. Riza ne pouvait s'empêcher de ressentir une certaine anxiété. Il avait rencontré Gani Bey par deux fois dans la capitale, d'abord lors d'une réunion de l'Ittihad et ensuite dans une soirée mondaine dans le palais de Dolma Bahtché, sur le rivage du Bosphore. C'était avant que Riza soit chargé d'une mission officielle. Aujourd'hui, Gani Bey était son chef et venait juger sur place du travail de son subalterne.

Toujours aussi énorme, Gani Bey était assis sur un divan bas, devant une arcade qui s'ouvrait sur une cour intérieure ombragée où chantait le jet d'eau d'une fontaine. Afin de bien marquer la hiérarchie, le haut fonctionnaire n'avait pas pris la peine de mettre un faux col ni de passer un veston. Il ne se leva pas mais fit toutefois à son visiteur un sourire qui eut pour effet de gonfler un peu plus ses bajoues.

– Quelle joie de vous voir en nos régions, dit Riza Bey en s'inclinant.

– J'ai grand plaisir à retrouver un homme que j'estime.

Gani Bey invita Riza à prendre place en face de lui et lui offrit une cigarette d'un paquet de « Cercle d'Orient ». L'adolescent servit des rafraîchissements et se retira.

– Vous avez fait bon voyage?

– Les routes sont détestables et la chaleur accablante, répondit Gani Bey en secouant la cendre de sa cigarette par terre. Sans oublier la puanteur qui règne en certains lieux!

Connaissant un peu la tournure d'esprit de son supérieur, Riza Bey savait qu'il convenait de minimiser ses propres réussites et de faire ressortir les lacunes de son action. Il prit un ton piteux :

– Je sais... J'avais donné ordre que les convois évitent les routes principales et qu'on dispose des cadavres en des endroits reculés. Aussi bien demander à un âne de réciter le Coran ! Comme exécutants, je dois me contenter de la lie : des brigands et des brutes obtuses. Les choses iraient mieux si j'avais de vrais soldats.

Ainsi que Riza Bey l'avait prévu, son supérieur protesta :

– Vous n'avez pas à vous défendre, Riza Bey, vous faites un excellent travail avec les moyens dont vous disposez. Vos rapports ont fortement impressionné notre ministre, et ce que j'ai vu depuis mon débarquement à Samsoun confirme votre efficacité.

– Merci, Gani Bey. Cependant, je ne trouve pas souhaitable que des charniers s'offrent à la vue des étrangers qui circulent en Anatolie.

D'un geste de la main, Gani Bey balaya l'objection.

– Qu'importe ! Avec la guerre qui fait rage, le monde a bien d'autres préoccupations que quelques cadavres en Anatolie. L'essentiel est de vider le plus vite possible le Nord et l'Est des éléments indésirables. Une fois que ce sera réalisé, nous nettoyerons les dégâts.

– Cela ne devrait pas tarder. Selon mes estimations, le plus gros des déplacements sera fini au début de l'hiver ; ensuite nous procéderons à un ratissage pour rattraper les quelques individus qui nous ont échappé.

– Bien ! Vous êtes un des rares à avoir compris le sens véritable de cette opération : éliminer tous les sujets susceptibles de perpétuer cette race, convertir les enfants afin de grossir nos rangs. Que leurs jeunes femmes, données à des Turcs, portent de petits Turcs !

– L'adoption marche bien, surtout avec cette allocation de trente livres par mois que le gouvernement verse aux familles démunies pour chaque enfant arménien qu'elles accueillent. Toutefois, les missionnaires étrangers contrecarrent notre programme avec leurs orphelinats. Et nombre de gouverneurs sont plus empressés de collaborer avec eux qu'avec nous.

– Régler ce problème est l'un des buts de mon voyage. J'ai fait ici comme ailleurs : j'ai remplacé Ali Bey par un homme à nous. J'ai encore à me débarrasser du gouverneur d'Aintab.

– À la bonne heure ! s'exclama Riza Bey.

– C'est là que vous habitez. Je veux vous nommer gouverneur de cette province.

Riza Bey ne put cacher sa joie. Sa surprise était réelle : il espérait cette récompense, mais pas si tôt.

– Ce sera un honneur pour moi, Gani Bey. Qu'Allah vous comble de ses bénédictions !

Gani Bey accueillit les remerciements d'un hochement de tête et alluma une nouvelle cigarette. Il reprit :

– J'y mets une condition : vous continuerez quand même à organiser les déportations.

– Ce ne sera pas bien compliqué puisque la plupart des déportés arrivent maintenant dans la région.

– Vous superviserez également les gouverneurs des provinces environnantes.

– Il en sera fait comme vous le désirez, et vous n'aurez pas à regretter cette marque de confiance.

– J'en suis d'avance persuadé. Autre chose. En plus des rapports véritables en code que vous envoyez déjà, vous nous ferez parvenir des documents en clair. Pour la galerie. Vous déplorerez la situation des déportés, les misères dont ils souffrent, suggérerez au gouvernement des mesures pour améliorer leur sort.

Riza Bey fit un sourire entendu :

– Il s'agit d'une relocalisation des Arméniens loin des zones de guerre ; le gouvernement construit des villages pour ces gens et les nourrit.

– Tout à fait ! s'exclama Gani Bey, ravi que son interlocuteur ait saisi aussi vite sa pensée.

Riza Bey connaissait un grand bonheur. Sa carrière dans l'administration nationale s'annonçait plus fulgurante que prévu. Il avait donc bien fait de souscrire aux politiques de l'Ittihad, avec lesquelles il était pourtant en désaccord ! Comme toujours il avait eu le nez fin et avait estimé correctement d'où soufflait le vent. Gouverneur ! Et un jour, ministre. Il télégraphierait vite la bonne nouvelle à sa mère, Buyuk Hanim [1], qui serait heureuse et fière de lui. L'accueil qu'elle lui ferait ! Tout à coup, la prédiction de Maro revint à l'esprit de Riza Bey. Le retour triomphal qu'elle avait vu dans le marc de café, voilà qu'il se réaliserait. Cette Arménienne possédait de véritables dons de voyance. Béni le jour où il l'avait sauvée !

***

De part et d'autre de la montagne du Bey, les sommets d'un gris orangé de l'Anti-Taurus se succédaient selon un axe est-ouest au sud de Malatia. Le camp se nichait à leur pied, dans un vallon poussiéreux. La fumée des feux et les formes trapues des tentes le signalaient de loin. Avant d'y parvenir, Vartan dut passer non loin d'un immense bûcher d'où émanait l'odeur nauséabonde de la chair brûlée. Sous les regards indifférents de gendarmes désœuvrés, des civils incinéraient des cadavres.

Les tentes kaki étaient celles des gardes. Les déportés, quant à eux, logeaient en plein air, quelques-uns s'abritant du soleil sous un écran confectionné à l'aide de vieux chiffons. Le camp couvrait plusieurs hectares et Vartan y pénétra sans qu'aucune des sen-

1. Littéralement : la grande dame. (Turc.)

tinelles ne lui prête attention. Une intense émotion l'oppressait. Un silence étrange planait sur cette multitude, rompu seulement par des pleurs de nourrissons et des quintes de toux. Il n'existait aucune installation sanitaire, et la brise ne parvenait pas à chasser les relents d'excréments, d'urine et de corps crasseux.

Une allée centrale presque rectiligne menait à un puits gardé en permanence par des zaptiyés. De part et d'autre, les réfugiés s'agglutinaient en petits groupes, et l'espace libre entre eux formait un réseau de sentiers étroits et tortueux. Pas d'hommes, hormis quelques vieillards et de très jeunes adolescents. Des femmes et des enfants, maigres et décharnés, à demi nus. Sur ces visages déshumanisés par la soif, la faim et l'épuisement, défigurés par la maladie ou des blessures, ravinés par le soleil et le vent, se voyait un désespoir total, la résignation de celui qui n'attend plus que la délivrance de la mort. La pensée que Maro, Tomas et Azniv Hanim étaient du nombre de ces pauvres épaves provoqua chez Vartan une espèce de vertige, un sentiment proche de l'effroi.

Cette vision cauchemardesque, il la contemplait sans pouvoir y croire. Jusque-là, la déportation avait été pour lui une idée sans représentation bien précise et n'ayant rien de commun avec la misère étalée devant ses yeux. Lui qui n'avait jamais vu un malade sans qu'une pulsion l'incite à le soigner, il se trouvait en présence de milliers de corps souffrants, incapable de venir en aide à un seul. Sa rage atteignait un paroxysme. Comment des êtres civilisés pouvaient-ils se comporter avec tant d'inhumanité, tant de cruauté envers leurs semblables?

Vartan serra les mâchoires et s'avança lentement, partagé entre l'espoir de découvrir les siens et l'appréhension de les trouver plus morts que vifs. D'abord à cheval, puis à pied, menant sa monture par la bride, il arpenta le camp en tous sens, ralentit ou s'arrêta près de chaque groupe. Des heures durant, il examina ces têtes transfigurées par la souffrance, essayant de reconnaître des traits qui lui fussent familiers. Parfois, la vue d'une silhouette accélérait les battements de son cœur, mais il était chaque fois déçu. À mesure que le temps passait, il cessa de se faire des illusions : dénicher sa famille dans le premier lieu où il la cherchait relèverait du prodige. Si seulement il pouvait mettre la main sur un indice, le début d'une piste! Ceux à qui il demandait s'ils avaient rencontré des gens de Sivas le regardaient avec des yeux vides ou répondaient par un haussement d'épaules.

Un vagissement attira son attention. Cinq vieilles agenouillées s'affairaient autour d'une forme étendue sur le sol. Vartan s'approcha. Une femme squelettique venait d'accoucher d'un bébé en tout point normal et vigoureux; il s'était nourri aux dépens de l'organisme de sa mère. Elle n'aurait sans doute pas de lait, et maintenant cet innocent connaîtrait la faim.

Les vieilles femmes sacrifièrent quelques gouttes d'eau pour baptiser le nouveau-né. L'une d'elles tira une fiole minuscule de son corsage et fit des onctions rituelles sur le visage, les mains et les pieds du bébé.

– C'est l'huile médicamentée pour soigner mon arthrite, dit-elle en rangeant la bouteille. Mais le bon Dieu en a vu d'autres...

Cette voix! Vartan l'avait déjà entendue. Il s'avança et toucha l'épaule de la femme, qui sursauta et se retourna. Elle prit un air méfiant tandis que les autres vieilles s'éloignaient et que la mère serrait son enfant contre elle. Le visage décharné était méconnaissable, mais le regard vif et intelligent demeurait inchangé. Il s'agissait bien de la veuve Kaloustian, une guérisseuse qui tenait une boutique d'herbes médicinales à Sivas. Quand il achetait chez elle des tisanes pour Azniv Hanim, la veuve prétendait en blaguant qu'il venait lui voler ses secrets.

– Que veux-tu? demanda-t-elle sèchement en turc.

Il répondit en arménien.

– C'est moi que vous accusiez de nuire à votre commerce avec mes poisons chimiques.

Elle étudia durant quelques secondes les traits de son interlocuteur, puis elle lui prit les mains et les appuya sur ses joues. Elle pleurait.

– Vartan Balian! Vartan Balian! Je rêve...

– Pas si fort, répondit Vartan en jetant un regard autour d'eux.

– Comment est-ce possible?

– Peu importe. Dites-moi, avez-vous vu ma femme? mon fils? ma belle-mère? Ils sont ici?

– Si tu savais ce que nous avons vécu! Acun mot ne saurait décrire...

– Ma famille? insista Vartan en la secouant légèrement.

– Ta belle-mère est morte d'épuisement il y a quelques jours.

Atterré, Vartan hocha la tête. Il s'inquiéta :

– Ma femme et mon fils?

– Je ne les ai plus revus depuis. Un homme les a emmenés.

– Emmenés comment? De force? Avec d'autres déportés?

– Ils étaient seuls avec lui dans son araba. Je pense qu'il les a sauvés parce que tu es un officier.

– Qu'est-ce qui vous fait dire ça?

– S'il avait voulu ta femme comme maîtresse, il ne se serait pas embarrassé de l'enfant.

Vartan laissa échapper un soupir de soulagement en sachant Maro et Tomas toujours en vie, soustraits à la misère des convois. Celui qui les avait recueillis était peut-être un officier de ses amis.

– Cet homme, il s'appelait comment?

– Je ne sais pas. C'est la seule fois qu'on l'a vu.

– Il portait un uniforme?

– Non. C'était un civil.

– Quelqu'un ici connaît son identité?

– Je ne crois pas.

– À part vous, je n'ai rencontré personne de Sivas. Armène? Araksi?

– Morts. Tous les hommes ont été tués. Il y a encore quelques Arméniens de Sivas ici, des femmes et des enfants, que tu ne connais sans doute pas. Les autres sont tombés en route, ont été vendus comme esclaves ou emmenés dans d'autres convois. C'est terrible ce...

Elle s'interrompit net et désigna du menton un homme qui approchait d'un pas vif en dépit de sa corpulence. Le fez planté de guingois, il fronça les sourcils et toisa Vartan, qui l'observa de la même façon. Avant que l'autre n'ait eut le temps d'ouvrir la bouche, Vartan demanda avec assurance :

– Que me veux-tu?

– Ici, c'est moi qui pose les questions. Ton nom?

– Lieutenant Chakir Ismaël.

– L'espion! s'exclama Bédri en dégainant son revolver.

Sans se poser de questions, Vartan se précipita sur l'homme. Il le frappa d'un coup de tête dans l'estomac et lui empoigna la main qui sortait l'arme de son étui. De son bras libre, Bédri encercla le cou de son adversaire. Ils luttèrent. Vartan ressentit soudain une brûlure dans la cuisse gauche en même temps qu'un coup de feu l'assourdit. Fouetté par la douleur, il eut un sursaut d'énergie et parvint à renverser Bédri. Il le suivit dans sa chute, lui décocha un coup de genou dans le bas-ventre. La prise autour de sa gorge se relâcha. D'une main, Vartan maintint cloué au sol le bras qui tenait l'arme; il s'empara d'un gros caillou et frappa Bédri à la tempe. Du sang gicla. Il frappa de nouveau. Son ennemi perdit conscience.

Vartan jeta un coup d'œil aux alentours. La détonation n'avait attiré personne, aucun garde ne semblait avoir eu connaissance du bref combat. Il se releva prestement, sauta en selle et trotta entre les îlots de réfugiés pour atteindre l'allée centrale. Fuir en rase campagne? Son cheval était fatigué par une nuit de marche; il serait vite rejoint par les cavaliers qu'on ne manquerait pas de lancer à ses trousses. La ville! Qui penserait à l'y chercher? Là, il pourrait facilement se fondre dans la foule. Vartan passa près d'un groupe de gendarmes occupés à jouer aux osselets, les salua de la main, puis lança son cheval au galop.

Sa blessure n'était que superficielle mais la douleur était cuisante. La balle, tirée à bout portant, avait labouré la cuisse et la poudre avait brûlé la peau alentour. Vartan pressa un mouchoir dessus afin d'absorber le sang. « L'espion », avait dit cet homme. Qu'est-ce que cela signifiait? Était-ce Vartan Balian que l'on recherchait ou l'individu dont il avait emprunté l'identité? Ibrahim avait bien dit que les papiers étaient faux. Il n'y avait jamais eu de Chakir Ismaël. Alors, sa fuite était connue... Que s'était-il donc passé à Sivas après son départ? Ibrahim? Halit Pacha? Pourvu qu'ils n'aient pas eu d'ennuis à cause de lui.

Plutôt que de s'interroger vainement au sujet de ses amis, Vartan évalua sa situation. Il avait au moins la certitude que Maro et

Tomas vivaient et que quelqu'un les avait pris en charge. Pourquoi et dans quelles conditions? Cela ne pouvait pas être pire que la déportation.

Le problème le plus urgent était sa propre sécurité. Sa nouvelle identité était connue, il devenait impossible de circuler librement. Bien sûr, il pouvait toujours voyager par les collines et les lieux déserts afin d'éviter d'être capturé, mais qu'est-ce que cela lui donnerait? Pour retrouver Maro et Tomas, il devait au contraire parcourir les villes et les villages, se mêler aux Turcs, fréquenter leurs maisons, ouvrir l'oreille, poser des questions. Qu'allait-il faire?

Comme il approchait de la ville, une idée lui vint. Le collège américain! Là, on l'aiderait certainement à obtenir de faux papiers. Au moins pourrait-on le cacher quelques jours, le temps qu'il soigne sa blessure et que les gendarmes l'oublient un peu.

***

Quand Bédri reprit connaissance, il éprouva d'abord la sensation qu'un étau enserrait sa tête; ensuite, la douleur lui parut plus vive du côté gauche. Il porta la main à sa tempe et la retira toute rouge. Encore étourdi, il s'assit par terre et rassembla ses idées. L'espion Chakir Ismaël! Celui que décrivait un avis de recherche que Bédri avait eu en main quelques heures plus tôt. Il se releva avec peine, gueulant en même temps pour appeler les gardes. Des hommes accoururent de toutes parts. Ceux qui étaient en poste du côté nord avaient bien vu un lieutenant quitter précipitamment le camp une demi-heure plus tôt. Bédri dépêcha une douzaine de cavaliers à sa recherche, en promettant cinquante livres à celui qui le capturerait, vivant de préférence.

Il ne lui restait plus qu'à attendre, en souhaitant que les autres aient plus de chance que lui. Il rageait. Dire qu'il l'avait là, juste devant lui! Cette capture lui aurait valu considération et estime de la part des autorités, en plus d'une prime substantielle. Il se rappela soudain que l'espion conversait avec une vieille. Elle était toujours là, à proximité d'une femme étendue qui serrait un bébé dans ses bras. Il s'approcha et la pointa du doigt.

– Qui était cet homme qui parlait avec toi quand je suis arrivé?

– Un soldat, répondit la veuve Kaloustian.

– Il s'appelle bien Chakir Ismaël?

La femme marqua une courte hésitation :

– Comme vous le dites.

– Que voulait-il?

– Que je lui donne mon argent et mes bijoux. Je lui ai dit qu'on me les avait déjà volés.

Il la gifla du revers de la main; elle s'affala sur le sol.

– Tu mens, vieille sorcière! C'est un Arménien comme toi.

La veuve Kaloustian se rassit et regarda l'homme en face. Un filet de sang coulait de sa lèvre inférieure. Bédri insista :

– Tu le connaissais, c'était évident. Qu'est-ce qu'il voulait?

– Je te l'ai dit : mon argent.

Bédri la frappa de nouveau. Cette fois, elle avait vu venir le coup et l'encaissa sans s'écrouler.

– Tu parleras. Autant le faire tout de suite et t'éviter des désagréments.

Elle eut un sourire narquois.

– Qu'est-ce que j'ai à perdre? Tu peux me tuer; ce serait une délivrance. Tu ne sauras rien.

Bédri fulminait et la coupure sur sa tête se mit à élancer. Il connaissait assez les êtres pour comprendre que cette vieille ne parlerait pas, même sous la torture. Alors, sourd aux protestations de la mère, il s'empara du bébé qu'il balança à bout de bras en le tenant par les pieds. Le nourrisson pleurait. Bédri sortit un couteau et promena la lame près du petit corps secoué de soubresauts. Mains tendues, la mère suppliait qu'on lui rende son enfant. La veuve Kaloustian grimaça. Bédri eut un rire de triomphe :

– Alors? Qu'est-ce qu'il voulait?

– Des nouvelles de sa famille.

– Et puis?

– Ils sont tous morts.

– Que sais-tu d'autre?

– Rien.

– D'où venait-il? Où allait-il?

– Je l'ignore. J'ai tout dit, je le jure.

Bédri laissa tomber le bébé sur sa mère, qui l'attrapa de justesse. Il ramassa son revolver et logea une balle dans la poitrine de la veuve Kaloustian, qui s'effondra sans un cri.

– Te voilà délivrée! s'exclama-t-il avant de s'éloigner.

Une heure plus tard, le sergent qui dirigeait la patrouille vint à la tente de Bédri faire son rapport.

– Rien. Même pas de traces.

– Incapable! hurla Bédri en décochant un coup de poing qui envoya le sergent rouler par terre devant la tente.

Il sauta sur son cheval et fila au palais du gouverneur.

***

Sur une carte déployée à leurs pieds, Riza Bey résumait à son supérieur les opérations en cours. Tous les convois convergeaient vers Alep et Ourfa.

– Et de là? s'enquit Gani Bey.

– Ras-el-Aïn, Raqqa, Deïr-el-Zor. Terminus : le sable du désert ou les eaux de l'Euphrate.

– Bien, bien, fit Gani Bey en se rasseyant au fond du divan.

Le jeune serviteur entra et s'inclina devant son maître.

– Bey effendi. Il y a un homme appelé Bédri qui demande à vous voir. Il dit que c'est urgent.

Gani Bey parut intrigué. Riza lui expliqua :
– C'est mon second.
– Fais-le entrer, dit Gani Bey à l'adolescent.
Cette irruption de Bédri déplut à Riza Bey. Qu'est-ce qui n'allait pas encore? Gani se pencha vers lui :
– Votre second... Si je ne m'abuse, cet homme a été très actif sous le régime d'Abdul Hamid, n'est-ce pas?
– Oui, mais il se rachète par son dévouement à la cause de l'Ittihad. Il ne recule devant rien quand il s'agit d'exécuter un ordre. Je l'ai bien en main et j'en réponds.
– Cette assurance me suffit, répondit Gani Bey avec un sourire complice. Qui n'a pas ses petits péchés de jeunesse?
Bédri arrivait à ce moment précis dans la pièce. Intimidé, il vint se planter au garde-à-vous devant les deux hommes assis. À qui devait-il s'adresser d'abord?
– Eh bien? fit Riza, impatient.
Bédri lâcha d'un coup :
– L'espion que l'on recherche, je l'ai vu!
Riza ne comprenait pas de quoi il parlait, mais Gani Bey devint livide et explosa :
– Quoi? Ici, à Malatia? Je le croyais en route pour la capitale ou pour la Russie. C'était bien lui, tu en es sûr?
– Il portait un uniforme de lieutenant et m'a dit s'appeler Chakir Ismaël. Le même nom que sur l'avis de recherche. J'ai essayé de l'arrêter. Voyez!
Il pencha la tête de côté pour montrer sa blessure. À la demande de Gani Bey, Bédri relata son combat avec Vartan, dont il décrivit l'apparence.
À mesure que les détails s'accumulaient, le visage de celui qu'il avait voulu faire exécuter se dessinait dans l'esprit de Gani Bey. Qu'il regrettait de ne pas avoir permis au commissaire Mustafa de liquider le prisonnier sous ses propres yeux! Il avait plutôt écouté ce traître de colonel Ibrahim. Cet Arménien jouissait donc de complicités au sein de l'armée. Talaat Pacha avait alors raison de craindre que des officiers supérieurs préparent un coup d'État. Balian... Il le croyait innocent, ne représentant, comme tant d'autres notables arméniens, qu'un danger potentiel qu'il convenait d'éliminer par simple prudence. Quelle erreur! Il avait sûrement partie liée avec les rebelles, sans doute avec des éléments subversifs de l'armée, peut-être était-il à la solde de l'ennemi. Et un tel homme se promenait en liberté!
– Dommage que tu l'aies laissé filer! déclara Gani Bey d'un ton rageur. J'aurais donné cher pour avoir sa tête. Que faisait-il dans un camp de déportés?
– Il cherchait sa famille.
– Évidemment, fit le haut fonctionnaire, songeur. Les siens étaient-ils là?
– Non, il semble qu'ils soient tous morts.

– As-tu donné l'alerte à tous les postes de gendarmerie de la région ?

– Oui, répondit Bédri.

Gani se leva en prenant appui sur la table basse devant lui et se mit à marcher de long en large de sa démarche roulante. Il se frottait les mains et parlait pour lui-même.

– L'armée possède sûrement une photographie de lui ; je vais faire imprimer une affiche qui sera distribuée dans tout l'Empire. Il faut que tous les hommes disponibles se lancent à ses trousses, je veux qu'on ratisse chaque colline, qu'on interroge toutes les personnes qui circulent sur les routes, qu'on fouille chaque maison du moindre village.

Il s'arrêta devant Bédri et ordonna :

– Va dire au nouveau gouverneur qu'il vienne ici au pas de course.

Riza Bey se leva avec l'intention de prendre congé.

– Vous semblez extrêmement contrarié, Gani Bey ? Puis-je vous être utile ?

Dans son énervement, Gani Bey avait oublié la présence de Riza. Il le regarda durant une seconde avec un peu d'étonnement.

– Oui, vous veillerez à ce que les recherches ne s'arrêtent pas avant la capture de cet homme.

– J'ai cru entendre qu'il s'agit d'un espion ?

– Espion, rebelle, je ne sais trop. C'est un Arménien que j'avais fait condamner à mort à Sivas. Balian, Vartan Balian.

L'époux de Maro ! La stupeur de Riza parut sur son visage.

– Vous le connaissez ? demanda Gani, intrigué.

– Non ! répondit Riza qui avait repris le contrôle de lui-même. Et pourtant, ce nom a pour moi une consonance familière.

– C'est possible. Il a été député à Constantinople dans le premier gouvernement de l'Ittihad. Et il a ensuite beaucoup calomnié l'Empire dans la presse étrangère.

Riza Bey fit mine de réfléchir.

– Balian... Ça me revient ! J'ai eu dans le temps un ouvrier agricole de ce nom.

– Ce n'est sûrement pas le même, dit Gani Bey, qui prêta foi au mensonge de son interlocuteur. Celui que l'on recherche est un intellectuel.

– Dangereux ?

– Je ne le pensais pas, mais il faut se rendre à l'évidence. Ah ! Si nous avions sa famille comme appât !

Riza Bey avala sa salive et dit :

– Je vais offrir une prime substantielle pour la capture de cet homme. Rassurez-vous, Gani Bey, il ne courra pas bien longtemps.

En se séparant, ils convinrent de se retrouver à Aintab dans une dizaine de jours.

Riza ne se sentait plus en sécurité à Malatia. Le mari de Maro était à la recherche de sa femme et de son fils. Peut-être avait-il trouvé une piste qui le conduirait jusqu'à Riza? Il n'était plus question d'un détour par Ourfa. Il regagnerait au plus vite sa propriété d'Aintab; il faudrait prendre des précautions et veiller à ce que Maro n'apprenne pas que son mari vivait toujours et se trouvait dans les parages. Elle avait donc menti en prétendant qu'il combattait au front! C'était de bonne guerre de ne pas se présenter comme l'épouse d'un condamné à mort. Encore une preuve de son intelligence et de sa finesse. Riza ne permettrait pas qu'on la lui enlève!

***

Après s'être égaré dans un labyrinthe de ruelles, Vartan déboucha dans une large rue bordée de platanes et trouva le collège américain. Deux sentinelles montaient la garde devant la grille; dans le jardin, des soldats portant des casques à pointe buvaient à l'ombre d'un pistachier. Une sentinelle le renseigna : les Américains étaient partis pour Alexandrette et une compagnie d'artilleurs allemands occupait le bâtiment.

Déçu, car il escomptait trouver de l'aide auprès des Américains, Vartan continua sa route. Un peu plus loin, une plaque de cuivre sur un mur d'enceinte annonçait une mission protestante suisse. L'édifice rectangulaire de pierre grise ressemblait à une école avec ses grandes fenêtres alignées sur deux étages. Vartan n'avait rien à perdre à tenter sa chance auprès des missionnaires suisses. Il mit pied à terre; la douleur le fit grincer des dents lorsqu'il s'appuya sur sa jambe blessée. Il sonna à plusieurs reprises.

Une femme habillée d'une robe blanche sortit enfin sur le perron. C'était une Européenne plutôt forte de hanches et de buste. Elle s'approcha d'une démarche presque militaire. La quarantaine, le visage carré et ingrat, les cheveux blonds, elle avait de petits yeux d'un bleu très pâle pleins de détermination. Elle était essoufflée et chaque respiration soulevait la croix dorée qu'elle portait en sautoir. Elle regarda son visiteur avec sévérité.

– Qu'est-ce que vous voulez encore? s'enquit-elle dans un turc pénible. Nous sommes en règle.

– Je ne suis pas ce que vous croyez, répondit Vartan en français. Je voudrais parler à la personne en charge ici.

Elle marqua un moment de surprise, puis reprit, en français elle aussi :

– C'est moi. Qui êtes-vous? Que voulez-vous?

– Pouvons-nous parler dans un endroit plus discret?

Il jetait de fréquents coups d'œil derrière lui et la missionnaire le sentit nerveux. Elle remarqua la blessure qu'il cachait tant bien que mal avec sa main et demanda, perplexe :

– Vous n'êtes pas turc, n'est-ce pas?

– Arménien.
Elle se méfiait.
– Vous avez des papiers d'identité?
– Ils sont faux.
– On vous recherche?
Il répondit affirmativement. Elle le détailla de la tête aux pieds, puis le fixa droit dans les yeux. Elle lui trouva un visage ouvert et un regard franc. Il ne pouvait s'agir d'un piège des autorités ottomanes : on n'aurait pas envoyé un homme en uniforme. Après un moment d'hésitation, la missionnaire s'assura que personne ne le verrait entrer et ouvrit la grille.
– Venez mettre votre cheval à l'écurie. Vite!
Il la suivit en menant Yildiz par la bride. La missionnaire marchait d'un pas pressé, désireuse de soustraire son visiteur tout autant à la vue de ses petits pensionnaires qu'à celle d'éventuels passants. L'uniforme aurait effrayé les enfants. Vartan avait peine à ne pas se laisser distancer car chaque pas provoquait des élancements violents dans sa cuisse.
L'écurie, qui n'avait pas été nettoyée depuis plusieurs jours, n'abritait qu'un seul cheval, une vieille bête cagneuse.
– L'armée a réquisitionné les autres, expliqua-t-elle en désignant une stalle vide où Vartan attacha sa monture.
Elle l'attendait dans l'embrasure de la porte car l'atmosphère était suffocante à l'intérieur. Elle pointa du doigt l'uniforme déchiré sur la cuisse :
– Votre blessure?
– Superficielle. Elle peut attendre.
– Je m'appelle Deborah Langlet, dit-elle en lui tendant la main.
Il aurait préféré taire son nom, mais il devait mettre la missionnaire en confiance.
– Vartan Balian, de Sivas.
– Que puis-je pour vous?
– Je suis à la recherche de ma femme et de mon fils qui faisaient partie d'un convoi de déportés.
Elle fit une moue attristée et répondit, d'un ton compatissant :
– Vous avez toute ma sympathie, monsieur Balian.
– Y a-t-il ici des gens qui viennent de Sivas?
Elle réfléchit en plissant le front.
– Difficile à dire. Les orphelins que nous hébergeons arrivent de partout; plusieurs sont trop jeunes pour connaître le nom de leur lieu d'origine.
Vartan lui raconta brièvement son histoire. Deborah Langlet ignorait l'identité de l'homme qui avait emmené Maro et Tomas.
– Ça peut être n'importe qui.
Elle lui toucha le bras et dit, d'une voix compatissante :
– Croyez-moi, c'est ce qui pouvait leur arriver de mieux.
– Façon de parler! lâcha-t-il d'un ton emporté.
– Non, répliqua-t-elle avec douceur, tout est encore préférable

aux convois. C'est une chance que certaines familles musulmanes recueillent des déportés, particulièrement des enfants.

– Recueillent? s'exclama Vartan. J'ai vu ce matin des enfants qu'on allait vendre comme du bétail.

– C'est terrible, je sais. Dites-vous qu'au moins ceux-là survivront. Les missionnaires suisses, américains et allemands abritent ceux qu'ils peuvent mais ne suffisent pas à la tâche. La maison ici est pleine d'orphelins arméniens. À cause de la guerre, l'argent arrive difficilement d'Europe, nous manquons même de l'essentiel. Et à tout moment les gendarmes peuvent venir prendre nos enfants. Le gouverneur Ali Bey nous protège, mais des rumeurs veulent qu'il soit limogé incessamment. L'avenir m'inquiète.

Vartan repensa à ces enfants aperçus dans les charrettes, aux pauvres êtres qui se mouraient dans le camp d'où il arrivait, à ces hommes de Sivas que l'on avait pendus. Les mêmes scènes devaient se répéter dans toute l'Anatolie. L'Arménie agonisait.

– Le monde sait-il ce qui se passe ici?

– Plus ou moins. Moins que plus, j'imagine : quelques échos dans des journaux ici et là. Les communications sont difficiles. La guerre retient toute l'attention des Européens.

– Que font les diplomates?

– L'ambassadeur suisse, comme ceux d'autres pays, intervient auprès du gouvernement de Constantinople. Mais les Ottomans parlent de déplacements organisés dans des conditions humanitaires, admettent tout au plus quelques explosions de violence populaire vite réprimées par la gendarmerie.

– C'est un mensonge éhonté!

– Bien sûr... Si vous saviez les histoires horribles que m'ont rapportées des déportés! J'ai aussi entendu des témoignages de voyageurs, notamment d'officiers allemands qui étaient encore bouleversés par ce qu'ils avaient vu. Pourtant, les militaires ne sont pas très impressionnables de nature.

– Il faut que tout cela soit connu du monde entier, qu'on en appelle à la conscience des gens. Ils obligeront les gouvernements à agir. Il faut que...

La missionnaire l'interrompit et eut un geste d'impuissance :

– Oui, il faudrait. Mais comment?

– C'est peut-être faisable, mais j'aurais besoin de votre aide. Vous est-il possible de faire sortir du pays, par des missionnaires ou par voie consulaire, des lettres et des documents?

Deborah Langlet se mit à marcher de long en large en s'éventant de la main. Elle voyait en gros où il voulait en venir. Elle ne doutait pas de trouver des gens sûrs qui accepteraient, en dépit des risques, de transporter le courrier de cet homme. Si elle hésitait, c'était à cause de son orphelinat, de la sécurité des petits enfants confiés à sa charge. D'un autre côté, pouvait-on rester sans rien faire devant les crimes inhumains qui se perpétraient en Asie Mineure? Elle s'immobilisa devant Vartan, mit ses mains dans son dos et s'étira; son corset craqua.

– Que comptez-vous faire au juste?

– Je suis journaliste politique. Avec ce que vous me raconterez et ce que j'ai vu moi-même, je me fais fort d'écrire quelques articles percutants qui seront publiés à l'étranger. J'enverrai aussi un rapport détaillé à quelques personnes influentes en Europe et en Amérique.

– C'est d'accord.

– Je pourrai aussi interroger les enfants?

– Sans votre uniforme, qui leur ferait peur. Je vous donnerai des vêtements qui appartenaient à notre jardinier. Il ne faudra pas trop insister : plusieurs sont en état de choc, certains ne savent plus ou ne veulent plus parler ; tous ont les yeux encore pleins des atrocités dont ils ont été témoins.

Les traits crispés, Vartan fixait une penture à moitié arrachée. Quel regard avait maintenant Tomas? La missionnaire prit une voix douce :

– Quel âge a votre fils?

– Six ans.

– Il est avec sa mère, c'est déjà ça. Il faut garder espoir en la divine providence.

– Je les retrouverai! affirma Vartan d'un ton décidé.

La missionnaire eut pitié de lui et garda pour elle ses réflexions. Vartan devina ce qu'elle pensait et ajouta :

– S'il le faut, je fouillerai chaque maison de l'Anatolie!

– Soyez réaliste, monsieur, fit-elle ; survivre vous sera déjà bien assez difficile. Vous êtes recherché et blessé. Malheureusement, je ne connais personne à Malatia qui serait en mesure de vous procurer de nouvelles pièces d'identité. Quant à vous cacher, je ne pourrai le faire plus de quelques jours sans mettre en péril mon orphelinat.

– Trois jours, je n'en demande pas plus. Bien sûr, je défraierai le coût de mon entretien.

– Vous devrez vous contenter de l'écurie. Chaque recoin de la maison est utilisé pour loger les enfants, j'ai même déménagé mon bureau dans le hall d'entrée!

– Cela me convient parfaitement, mademoiselle Langlet. Je me ferai discret. Vous avez toute ma gratitude et...

Elle l'interrompit d'un geste impératif, ne voulant pas entendre ses remerciements. Deborah Langlet détestait que les autres se sentent débiteurs envers elle, encore plus qu'ils vantent son dévouement et sa charité. Il lui semblait au contraire qu'elle n'en faisait jamais assez, qu'elle n'était pas à la hauteur de ce que sa vocation exigeait d'elle. Pourtant, depuis douze ans, elle se dépensait sans compter pour soulager la misère et répandre la foi dans le Christ.

Vartan ouvrit sa bourse et donna quatre pièces d'or à la missionnaire.

– C'est beaucoup trop! protesta-t-elle.

– Vous disiez manquer de l'essentiel. Si je pouvais faire plus... Savez-vous si le docteur Black dirige toujours le collège américain de Césarée?

– Je le crois.

– L'institution n'a pas été fermée?

– Aux dernières nouvelles, non.

Le docteur Black avait été l'un des professeurs de mathématiques de Vartan au Robert College et ils n'avaient jamais cessé de correspondre jusqu'à tout récemment. C'était un homme débrouillard qui entretenait des relations dans tous les milieux. Il saurait dénicher de faux papiers grâce auxquels Vartan pourrait voyager sans être inquiété. Césarée se trouvait à plus de trois cent cinquante kilomètres; Vartan s'éloignerait de la région où se trouvaient sans doute sa femme et son fils, mais il n'avait pas le choix.

Deborah Langlet lui apporta des vêtements, du thé, des galettes et de quoi panser sa blessure.

– Rejoignez-moi à la maison lorsque vous serez prêt. Je vous présenterai les enfants.

Vartan retira son uniforme. La balle avait creusé un sillon long de six centimètres dont les bords noircis bâillaient. Par chance, seules de petites veines avaient été sectionnées. Il nettoya la plaie à grande eau et la désinfecta avec de l'iode. Il avait l'esprit ailleurs. À qui écrirait-il? D'abord à son frère Noubar et à son cousin Diran afin de les mettre au courant de sa situation; peut-être avaient-ils reçus des nouvelles de Maro. Si elle en était capable, elle chercherait certainement refuge chez l'oncle Mesrop, à Constantinople. À tout hasard, il lui enverrait une lettre à elle aussi.

Son rapport sur le sort fait aux Arméniens en Anatolie, Vartan l'adresserait à Lord Bryce, un politicien britannique sensible à toute injustice et déjà au fait de la question arménienne, et à son ancien correspondant, Anatole France. Ces deux hommes jouissaient d'une large audience et sauraient ameuter l'opinion internationale. Une autre copie irait à son cousin Barkev qui vivait à New York; ce serait à lui et aux Arméniens des États-Unis de faire en sorte que le président Wilson prenne connaissance de ce rapport. Le gouvernement américain était le seul à pouvoir exercer des pressions sur l'Empire ottoman et sur son allié, le Kaiser allemand, avec quelque chance de succès.

Ses missives auraient-elles un impact significatif? Des nouvelles d'Anatolie filtraient déjà à l'extérieur par les diplomates et les missionnaires. Sa voix ne serait qu'une parmi d'autres, peut-être ne serait-elle pas plus écoutée que les autres, mais au moins il aurait fait son devoir. Les communautés arméniennes de Perse, d'Égypte, d'Europe et des États-Unis ne devaient pas non plus rester inactives. Tout comme leurs compatriotes de l'Arménie russe. Pourvu que leurs efforts à tous donnent des résultats rapides!

L'idée de reprendre la plume exaltait Vartan. Des phrases cinglantes se formaient dans sa tête. Il voyait déjà les articles qu'il pondrait pour des journaux de New York, de Genève, de Paris et de Londres auxquels il avait collaboré dans le passé. L'écrit pouvait parfois s'avérer une arme aussi efficace que les canons. Le ministre de l'Intérieur avait raison de vouloir l'éliminer; il avait échoué, il entendrait de nouveau parler de Vartan Balian!

Yildiz se mit à hennir et à piaffer. Vartan s'approcha prudemment de la porte. De nombreux cavaliers passaient à vive allure dans la rue. Des Arabes, à en juger par leur habillement. Il rentra vite la tête.

Riza Bey avait troqué sa calèche contre une voiture fermée. Il paraissait contrarié et impatient de quitter la ville. Pour passer sa nervosité, il égrenait sans arrêt un tezbih. Son regard d'habitude chaleureux était froid et dur. Au moment du départ, il avait répondu avec brusquerie à sa passagère qui s'informait de la durée du voyage. Cette attitude ne lui ressemblait pas et inquiétait Maro. Il était assis juste en face d'elle, leurs genoux se touchaient presque et, à moins de garder les yeux baissés, elle ne pouvait s'empêcher de le voir. Elle écarta le store d'étoffe de la portière et regarda défiler les façades des maisons. Une femme en blanc sortait d'un austère bâtiment gris; des enfants jouaient en silence dans la cour. Maro eut un pincement au cœur en remarquant la croix gravée sur la plaque de cuivre qui identifiait une mission protestante suisse. La vision de ce havre s'évanouit; la voiture emportait Maro et son fils vers l'inconnu.

8

En cette fin de juillet 1915, les choses allaient de mal en pis pour les Arméniens d'Asie Mineure. Enver Pacha, le ministre de la Guerre du gouvernement de Constantinople, lançait une offensive contre les positions russes. Onze divisions d'infanterie et de cavalerie fonçaient dans la vallée d'Alashkert, en direction du mont Ararat, et menaçaient Erevan, la ville principale de l'Arménie russe. Pour aller bloquer l'avance ennemie, l'armée russe et les régiments de volontaires arméniens abandonnaient Van et sa région immédiate.

Des centaines de milliers de civils étaient laissés sans défense. Craignant des représailles sanglantes de la part des troupes ottomanes, ces gens fuirent en pleine panique de l'autre côté de la frontière. Déjà affectée par les rationnements du temps de guerre, l'Arménie russe se voyait envahie par de nouveaux flots de réfugiés qui grossissaient le nombre de ceux qu'elle avait déjà accueillis. Des épidémies sévissaient, les vivres manquaient. Il fallait songer à loger ces sans-abri avant l'arrivée de l'hiver, terrible à ces hautes altitudes. Aussi les émissaires du catholicos, Sa Sainteté Kévork V, s'occupaient-ils de recueillir des fonds auprès des Arméniens vivant en Europe, en Amérique et au Caire. Le patriarche suprême multipliait également les appels auprès des dirigeants alliés, du roi d'Italie et du président américain afin qu'ils interviennent en faveur des Arméniens victimes de la politique d'extermination du gouvernement ottoman. Prévoyant déjà la défaite de l'Empire ottoman, le catholicos avait dépêché une délégation qui faisait la navette entre le Quai d'Orsay et le Foreign Office. Elle avait mission de promouvoir auprès des gouvernements français et britannique l'idée d'une Arménie indépendante qui inclurait la Cilicie.

En Anatolie, les déportations battaient leur plein. Après les habitants du Nord et de l'Est, c'était maintenant à ceux des rivages de la Cilicie et du Sud-Est d'être chassés de leurs foyers. Restaient encore les villes du Centre et de l'Ouest, notamment Konia, Angora et Brousse, qui n'allaient pas tarder à connaître le même sort. À Moussa Dagh, en bordure de la Méditerranée, quelques milliers d'Arméniens s'étaient retranchés dans les hauteurs dominant leurs villages ; au prix de sacrifices héroïques, ils tenaient tête à l'armée ottomane depuis le 21 juillet et ne semblaient pas sur le point de céder.

Depuis des semaines, les Arméniens d'Aintab voyaient passer leurs compatriotes par convois entiers qui se dirigeaient vers Alep. Des cordons de police les empêchaient de venir en aide à ces femmes et à ces enfants qui marchaient parfois depuis plus d'un mois, même seulement de leur donner à boire. En dépit des déclarations officielles voulant que seuls les Arméniens des zones de guerre près de la frontière russe soient « déplacés », les Aintabis n'étaient pas rassurés. Une cinquantaine de familles n'avaient-elles pas été expulsées de la ville ? Et l'évêque arménien ne cessait de mettre ses ouailles en garde. Quelques Arméniens aisés, qui comptaient des amis dans l'administration ottomane, avaient pu se procurer des laissez-passer et gagnaient Bagdad, Amman ou Jérusalem, en espérant ne pas y être inquiétés. Les autres n'avaient pas le choix et continuaient de vivre en essayant de maintenir un semblant de normalité.

Située au sud de l'Anti-Taurus et des hauts plateaux anatoliens, la ville d'Aintab se dressait dans une contrée doucement vallonnée qui s'ouvrait sur le désert syrien et la Mésopotamie. Bien que la Méditerranée ne fût distante que d'une centaine de kilomètres, les monts Amanus bloquaient l'influence maritime, et Aintab connaissait des étés torrides et secs. Baignée par la rivière Indjirli, un affluent de l'Euphrate, la ville englobait trois collines presque parfaitement alignées. Une forteresse bâtie par Justinien mais reconstruite au XIe siècle par les Turcs seldjoukides couronnait l'un des sommets.

Les nombreuses carrières situées à proximité fournissaient à bon compte un matériau excellent, ce qui expliquait que tous les bâtiments fussent en pierre de taille. D'innombrables jardins occupaient les rives de la rivière et formaient un arc de verdure qui cernait Aintab au nord et à l'est. On y trouvait des cimetières musulman, arménien et juif, car la ville, qui autrefois se situait au point de rencontre de plusieurs civilisations, comptait une population très diversifiée : Turcs, Arméniens, Kurdes, Arabes, Assyriens, juifs et Grecs.

La plaine environnante était riche, plantée de vignes, d'oliviers et de figuiers, et les champs de blé et de coton s'étendaient à perte de vue. Le domaine de Riza Bey se trouvait près de la route de Marach, quelques kilomètres après le pont de la rivière Indjirli. Les maisons de pierre sèche ou de brique crue des ouvriers agricoles bordaient le chemin qui serpentait au milieu des pistachiers qui avaient fait la fortune des ancêtres de Riza Bey. L'immense konak de deux étages, la mosquée à coupole et le minaret se voyaient de loin au-dessus de plantations d'arbustes. Les pauvres de la ville connaissaient bien le chemin qui menait à la mosquée, construite par le grand-père de Riza : la nourriture y était distribuée avec générosité aux nécessiteux.

Le manoir en blocs de calcaire blanc s'ornait de pilastres, de bossages et de frises en marbre verdâtre finement sculpté d'entrelacs imitant la végétation. Son architecture dénotait une forte influence arabe. Deux ailes, perpendiculaires au corps du bâtiment, formaient les côtés d'une cour intérieure; elles abritaient le sélamlik [1], les cuisines, les resserres et le quartier des domestiques. Une muraille percée d'un portail fermait la cour dallée, où un escalier double menait à l'entrée principale logée sous un portique à colonnes torsadées. À l'arrière, l'édifice se prolongeait par un vaste jardin rectangulaire protégé par un haut mur auquel s'appuyaient d'un côté la mosquée et ses dépendances. À quelque distance derrière le konak, cachés par un rideau d'amandiers, se trouvaient les entrepôts, les écuries, les bergeries, les granges et les petites demeures à toit plat des fermiers.

Cet après-midi-là, une grande animation s'empara de la maisonnée. Buyuk Hanim avait reçu un télégramme de son fils qui lui annonçait, en même temps que son retour, sa nomination au poste de gouverneur de la province. « Cette année 1293 sera bénie entre toutes! » s'était-elle écriée en transmettant la nouvelle à ses trois belles-filles. Traditionaliste, Buyuk Hanim utilisait exclusivement le calendrier musulman, qui commençait avec l'hégire, la fuite de Mahomet de La Mecque en l'an 622 de l'ère chrétienne.

Il convenait de célébrer avec faste l'honneur qui était fait à Riza Bey et qui rejaillissait sur toute la famille. Affligée de rhumatismes et d'un mal de dos persistant, Buyuk Hanim se déplaçait lentement; mais l'événement était si important qu'il lui donnait des ailes. Elle était partout et s'occupait de tout, lançait des ordres, talonnait les serviteurs, houspillait ses belles-filles et leurs enfants. Il n'était pas question pour elle de partager avec quelqu'un d'autre la direction des affaires domestiques. Tant qu'elle serait en vie, elle conserverait jalousement le titre de Buyuk Hanim. Safiyé, la première épouse de Riza, devrait attendre son tour!

Le télégraphiste n'avait pu garder sa langue et tout Aintab savait déjà qu'un nouveau vali gouvernait la province. Plusieurs notables envoyèrent des émissaires à Buyuk Hanim afin de s'informer du moment où ils pourraient présenter leurs hommages à Riza Bey. La mère prit sur elle de convier les plus importants à une réception qui aurait lieu à la nuit tombée. Lorsque le garçon qui faisait le guet l'avertit que Riza Bey s'engageait dans le chemin de la propriété, elle fit sortir tout son monde dans la cour pavoisée pour la circonstance.

1. Partie de la maison réservée aux hommes. (Turc.)

La mère s'installa au premier rang, sous une grande ombrelle blanche tenue par une jeune servante. Le visage osseux, maigre de la tête jusqu'à la taille, elle avait des hanches démesurément larges, et lorsqu'elle marchait, le buste penché en avant, on aurait dit que l'arrière-train volumineux avait peine à suivre. Émue et satisfaite, elle répétait intérieurement les mots de bienvenue qu'elle prononcerait. Les trois épouses de Riza Bey et sa vieille nourrice, Eminé, étaient derrière elle avec leurs six enfants. Manquaient les fils aînés, Turan et Ramazan, qui étudiaient dans une académie militaire en Allemagne. Les vingt-trois domestiques s'alignaient de part et d'autre le long de la façade.

Buyuk Hanim avait une passion, qu'elle considérait comme un peu coupable : elle collectionnait les photographies de famille. L'islam interdisait la représentation humaine, certes, mais Buyuk Hanim se disait que la photographie n'avait rien à voir avec la peinture et la sculpture. C'était plutôt comme l'image reflétée par un miroir, et l'usage des miroirs n'était pas défendu par le Prophète. Les possessions les plus précieuses de la vieille femme consistaient en des albums renfermant les photos des êtres qu'elle aimait. Plusieurs montraient Riza avec des personnages de marque, des diplomates, des voyageurs étrangers. Elle considérait comme essentiel de conserver la trace des moments marquants de leur vie ; elle avait donc engagé ce jour-là le photographe d'Aintab, un juif du nom de Naïm Sarfati. Petit et chauve, avec ce sourire qu'il n'abandonnait jamais, il se tenait debout derrière le gros appareil noir monté sur un trépied.

– Prenez notre photo pendant que nous attendons, lui demanda Buyuk Hanim.

Il s'inclina, prépara son appareil et dit :

– Regardez par ici, s'il vous plaît. Ne bougez plus.

– Zehra ! Reste tranquille ! ordonna Buyuk Hanim à sa petite-fille de trois ans qui sautait sur place.

Apeurée, l'enfant se figea et regarda sa mère, Leyla, qui la rassura d'un signe de la main. Riza Bey avait épousé Leyla quatre ans plus tôt, alors qu'elle en avait seize. Elle venait au troisième rang mais se plaisait à penser qu'elle était l'épouse favorite. Et la plus belle ! Elle jeta un coup d'œil discret à ses rivales, voilées comme elle d'un yachmak [1] de soie presque transparente.

Makbulé, la deuxième, une cervelle d'oiseau, mangeait sans arrêt et sa beauté s'était empâtée ; et ses trois grossesses n'avaient pas arrangé les choses : elle faisait plus vieux que ses vingt-neuf ans et n'avait rien pour exciter les ardeurs d'un homme. Quant à la première, Safiyé, elle aurait pu être la mère de Leyla ! Trente-neuf ans ! Sa peau se fripait déjà autour de ses yeux, et, n'eût été du henné dont elle faisait usage, on aurait vu des cheveux blancs à ses tempes. Elle avait déjà donné cinq enfants à Riza mais elle était

1. Voile dissimulant seulement le bas du visage. (Turc.)

sans doute trop vieille pour en porter encore. Rien d'étonnant à ce qu'il la traite plutôt en sœur chérie qu'en amante. Sûre d'elle-même, Leyla ferma les yeux. Cette absence de deux semaines de Riza lui avait paru interminable; il lui tardait d'être de nouveau dans ses bras, de s'abandonner à ses caresses et à ses étreintes.

Safiyé songeait qu'ils auraient dû attendre à l'intérieur. Il soufflait du désert un vent sec et brûlant; la température atteignait quarante-sept degrés. C'était inhumain de se tenir ainsi en plein soleil, surtout qu'à cause du jeûne ils n'avaient pas bu depuis l'aube. Enfin on entendit les chevaux, puis les acclamations des ouvriers et de leurs familles massés devant le portail. L'araba entra dans la cour et s'immobilisa en face de l'escalier.

Riza Bey descendit du côté opposé à la maison et fit le tour de la voiture. Il avait fière allure dans son complet blanc. Buyuk Hanim trouva qu'il ressemblait à son père, en plus élégant. Safiyé s'inquiéta de lui trouver l'air tendu. Makbulé se sentait soulagée; elle redoutait les sautes d'humeur de sa belle-mère, et la présence de Riza Bey dans la maison lui apportait un sentiment de sécurité. En admirant la démarche souple de son homme, Leyla frémit; la chaleur du désir se répandit en elle.

Après avoir souri aux membres de sa famille, Riza Bey rabattit le marchepied et ouvrit la portière de la voiture.

– Qu'est-ce que c'est que ça? murmura Leyla entre ses dents.

Elle avait une voix rauque. Ne comprenant pas l'angoisse de sa voisine, Makbulé répondit tout bas, avec sa spontanéité habituelle :

– Une femme. Tu ne vois donc pas?

Safiyé eut un petit rire sarcastique. À la prévenance dont Riza Bey faisait preuve à l'égard de sa passagère, à sa façon de la regarder et de lui donner la main, Safiyé savait qu'elle ne le laissait pas indifférent. Elle prenait la chose avec philosophie : si son mari avait envie de cette étrangère, pourquoi s'en priverait-il? Il était assez généreux et courtois pour ne pas négliger ses épouses à cause d'une maîtresse. Deux fois déjà Safiyé avait vu une autre femme s'installer dans la maison et elle n'avait pas eu à s'en plaindre. En ce moment précis, elle s'amusait du dépit de Leyla dont elle ne comprenait ni la possessivité ni la jalousie.

Cette dernière plissa les yeux et fit sentir sa hargne à la première épouse avant de fixer son attention sur l'étrangère, qu'elle étudia des pieds à la tête. Quel âge pouvait-elle bien avoir? Le voile noir qui masquait ses traits mettait en évidence des yeux immenses et d'un brun velouté, dont le regard quelque peu effarouché parut à Leyla faussement pudique et réservé, et même calculateur et sournois. Elle se dit qu'un homme devait s'y laisser prendre et trouver ce regard ensorceleur. Malgré l'ampleur de la longue robe violette, on devinait un corps svelte et pourtant épanoui là où cela compte, aux seins et aux hanches que le drapé du tissu souple révélait au moindre mouvement. Même la finesse de la taille se percevait à la façon dont la robe tombait, et Leyla constata que les poignets et les chevilles étaient délicats, les mains étroites et les doigts effilés, autres indices qui ne trompaient pas. Point n'était besoin de voir son visage pour savoir à quoi s'en tenir ! Cette façon de garder la tête haute et les épaules légèrement rejetées en arrière ainsi que cette démarche lente et gracieuse dénotaient une femme depuis toujours consciente de sa beauté et de son pouvoir sur les hommes. Sans se rendre compte qu'elle projetait sur la nouvelle venue ses propres attitudes et son comportement, Leyla se sentit menacée par son arrivée.

Buyuk Hanim regarda avec froideur s'approcher son fils que suivaient Maro et Tomas. Comment Riza osait-il amener une femme à la maison sans en avoir d'abord parlé à sa mère ? Il venait de gâcher sa joie et, du coup, Buyuk Hanim oublia le mot de bienvenue qu'elle avait préparé. Riza embrassa la main de sa mère et la porta à son front.

– Mon bonheur est grand de vous retrouver, annédjiim [1].

– J'ai à te parler, répondit-elle sèchement.

Il s'attendait à cette réaction et ne perdit rien de son assurance. Il témoigna son respect à Eminé, sa vieille nourrice, de la même manière qu'à Buyuk Hanim. Elle rayonnait, aussi heureuse qu'une mère qui revoit son fils.

– Je suis fière de toi, Riza Bey.

Il embrassa ses femmes, en commençant par Safiyé pour terminer par Leyla ; ensuite, ses enfants vinrent le saluer l'un après l'autre, posant leurs lèvres sur sa main avant d'y appuyer leur front. D'abord les garçons : Altan, Kénan et Arif, qui avaient respectivement treize, sept et quatre ans. Puis les filles : Chahané, âgée de seize ans, Emel, sept ans, et enfin la petite Zehra. Il les retrouvait avec un grand bonheur et murmura à chacun une parole affectueuse.

La gorge nouée, Tomas observait la scène. Il enviait ces enfants. Il songeait à son père et se rappelait sa joie lorsqu'il rentrait en fin d'après-midi. Il ne voulait surtout pas pleurer, ni seulement montrer sa peine, et il enfonça la main dans sa poche afin de serrer la boîte contenant le cachet au nom de Vartan Balian. Il vit avec un certain étonnement le planeur de bois que tenait à la main un garçonnet de son âge. Tomas avait oublié jusqu'au mot « jouer ». L'enfant dévisagea Tomas, puis cacha son jouet derrière son dos.

Intimidée par tous ces yeux tournés vers elle et où elle lisait de la curiosité, de l'indifférence ou carrément de l'antipathie, Maro attendait avec patience que prenne fin l'interminable séance de retrouvailles. La présence de ces femmes et de ces enfants la rassurait jusqu'à un certain point car elle avait par moments douté de la parole de Riza Bey, craint qu'il ne la conduise en quelque lieu discret où il la séquestrerait, ou encore qu'il change d'idée et

1. Ma chère mère. (Turc.)

l'abandonne en route. Mais tout était conforme aux dires de son sauveur : le konak, sa mère, ses trois épouses, ses enfants. Maro pouvait donc espérer se retrouver bientôt dans un train à destination de la capitale. Ici, dans cette demeure régie par des règles, au sein d'une véritable famille, elle n'avait plus à redouter l'arbitraire. Tomas et elle pourraient refaire leurs forces avant le long et inconfortable voyage vers Constantinople.

Riza Bey fit approcher Maro.

– Voici notre invitée, Maro, et son fils, Tomas, dit-il avant de présenter les membres de sa famille.

Maro s'inclina devant la mère :

– Je vous suis infiniment reconnaissante de nous recevoir sous votre toit, Buyuk Hanim.

La vieille femme répondit d'un bref hochement de tête. Malgré le turc sans accent de la nouvelle venue, la consonance de son nom trahissait son origine arménienne. Leyla fusillait l'étrangère d'un regard chargé de haine et de mépris. Makbulé battit simplement des paupières avant d'incliner la tête. Tout autant pour être agréable à son époux que pour s'affirmer devant sa belle-mère et narguer Leyla, la première femme lança, d'une voix chaleureuse :

– Sois la bienvenue chez nous.

Riza Bey vit dans ces paroles une nouvelle preuve de l'amitié qui les liait, lui et Safiyé, et de cette compréhension mutuelle qu'ils avaient développée en vingt ans de mariage. Après lui avoir signifié sa gratitude par un signe de tête, il se tourna vers les domestiques. Pour réaffirmer leur loyauté, ils le saluèrent par le temenna, la main droite remontant vers le cœur, puis les lèvres et le front. Réjoui, Riza dit à sa mère :

– Que l'on abatte des agneaux et que l'on distribue du raki afin que nos gens puissent fêter cette nuit.

Désignant Maro, il ajouta pour Eminé :

– Veille au confort de notre invitée. Donne-lui une chambre à l'étage. Celle du centre, avec le balcon qui surplombe le jardin.

En entendant ces mots, Buyuk Hanim se raidit ; Leyla s'empourpra. Le premier étage était celui du harem, les appartements réservés aux femmes de la maison et où les étrangers n'avaient pas le droit de pénétrer. Riza Bey était le chef de la famille ; Buyuk Hanim ne pouvait pas protester en public, mais il saurait ce qu'elle pensait de tout ça.

– Une photographie ? demanda Naïm Sarfati.

Buyuk Hanim ne réagit pas. Riza répondit à sa place :

– Bien sûr !

Et il plaça Maro et Tomas au milieu des siens. Cette photographie-là, Buyuk Hanim n'avait pas l'intention de la conserver dans un de ses albums. Quand la séance de pose fut terminée, Riza Bey donna le bras à sa mère et ils pénétrèrent dans la maison. Les autres leur emboîtèrent le pas.

***

La lumière du soleil couchant traversait des panneaux de verre coloré et posait de grandes taches bleues ou violettes sur un mur couvert de photographies encadrées. Buyuk Hanim s'assit dans son fauteuil vert à accoudoirs, juste à côté d'un lutrin de cyprès en forme de colombe aux ailes ouvertes, où reposait un épais volume à fermoir d'argent. D'autres albums étaient étalés sur des tables. Dans ce petit salon adjacent à sa chambre, Buyuk Hanim se recueillait durant des heures ; grâce à ses photographies chéries, elle retrouvait ses frères et sœurs, tant morts que vivants, ses cinq enfants et ses petits-enfants, à tous les âges de leur vie. Par les daguerréotypes de métal et les épreuves de papier, elle revivait l'histoire de sa famille.

Dédaignant le sedir encombré de coussins, Riza Bey resta debout devant sa mère. Elle s'informa d'abord de son voyage et résuma ce qui s'était passé à Aintab durant son absence.

– J'ai invité ce soir en ton nom quelques notables qui veulent t'honorer.

– C'est très bien.

Après ce détour, Buyuk Hanim amena lentement la conversation vers le point qui lui tenait à cœur.

– Tu as encore apporté à tes femmes des cadeaux pour encourager leurs vices ?

Riza Bey se contenta de sourire. Sa mère donna elle-même la réponse.

– Un livre pour cette rêveuse de Safiyé, quelque mets rare pour flatter la gourmandise de Makbulé, une parure pour la coquette Leyla. C'est bien ça ?

Il éclata de rire.

– Et un album pour vous, dit-il en tirant de sa mallette une reliure de maroquin frappée en or fin au nom de Buyuk Hanim.

Riza Bey l'avait commandé à un artisan d'Aintab le jour de son départ. Le visage ridé de la mère s'épanouit. Elle feuilleta d'un index tremblant les pages noires et rêva du moment où elle y insérerait des photographies au moyen de cornières de papier argenté.

– Merci, dit-elle en attirant Riza près d'elle pour l'embrasser sur le front. Tu sais toujours comment me faire plaisir.

Elle allait ajouter que de tous ses enfants il était le préféré, mais s'en abstint. Elle posa l'album sur ses cuisses et le tapota en disant :

– Celui-là sera consacré exclusivement à la carrière du gouverneur Riza Bey.

Il savait qu'il n'avait pas désarmé sa mère ; et, en effet, elle abandonna vite son air ravi.

– À ce que j'ai vu, à toi aussi tu ramènes un cadeau.

Il joua la surprise :

– Que voulez-vous dire?

– Une maîtresse... Avec un fils, en plus!

En secouant la main, il protesta :

– Ce n'est pas ce que vous croyez, annédjiim.

– Tu ne t'es pas vu agir avec elle! Tes femmes aussi ont tout de suite compris. Tu es un homme amoureux, Riza.

Il plissa le front. L'intérêt qu'il portait à Maro était donc si évident? Mais de là à être amoureux!

– Qui est-ce au juste? demanda encore Buyuk Hanim, comme s'il s'agissait d'une question sans importance.

Pourtant elle avait très bien compris que Maro n'était pas turque, Riza le savait. Il joua le jeu de sa mère.

– Une Arménienne à qui j'ai épargné la mort.

Elle leva les bras au ciel et s'écria, outrée :

– Une chrétienne! Une chrétienne! Tu n'as pas réfléchi, mon fils? Toi, le gouverneur! Il faut qu'elle parte d'ici.

Riza se redressa et répondit, d'un ton qui n'admettait pas de réplique :

– Quand le moment sera venu, pas avant!

Buyuk Hanim soupira. Lorsque son fils prenait cette voix autoritaire, il devenait futile de s'opposer à ses exigences. Désireux de ne pas blesser sa mère, il s'expliqua :

– Elle et son fils ont beaucoup souffert lors des déplacements. Ils sont venus à pied de Sivas. La charité...

Saisissant l'occasion, la mère revint à la charge.

– La charité! s'exclama-t-elle avec ironie. Ne me prends pas pour une sotte. J'ai des yeux pour voir. Cette femme est très belle malgré les privations qu'elle a subies. C'est sa beauté qui t'a séduit?

Visage fermé, Riza demeurait imperturbable. Afin de ne pas semer d'inquiétudes au sujet de l'avenir, il préférait taire le rêve où l'Arménienne le sauvait de la mort. Il reprit son attitude de chef de famille dont l'autorité ne peut être contestée.

– Mes raisons d'agir ne concernent que moi.

– Comme tu veux... Mais qu'elle loge avec les domestiques, pas sur le même étage que moi, juste à côté de tes femmes.

– C'est une dame de qualité, elle aura sa chambre dans le harem.

Buyuk Hanim répliqua d'un ton bourru :

– Ne compte pas que je lui adresse la parole!

Riza se fit intransigeant :

– J'exige qu'on la considère comme un membre de la famille et que son fils soit traité à l'égal des miens. Vous y veillerez.

La mère n'avait pas d'autre choix que d'accéder aux volontés de Riza. Elle signifia sa soumission par une phrase qui lui évitait de perdre la face :

– Cette chaleur m'épuise. Laisse-moi me reposer maintenant.

***

Une moustiquaire de gaze suspendue au plafond entourait le lit qui occupait un coin de la grande chambre aux murs blancs. Une commode laquée, un coffre bombé et une table incrustée de nacre complétaient l'ameublement.

– Tu verras, cette pièce est très confortable, dit Eminé en s'effaçant pour laisser passer Maro et son fils.

La lumière pénétrait par une fenêtre au grillage de bois et surtout par la porte s'ouvrant sur un balcon de fer forgé. Eminé posa le sac de tapisserie de Maro sur la table. Elle se déplaçait en traînant les pieds et ses babouches chuintaient sur le tapis. Sa petite taille accentuait son obésité; son visage était rond et si gras que la peau tendue ne portait aucune ride. Sa bouche en cœur souriait en permanence, ses yeux pétillaient et l'on devinait chez elle une joie de vivre inaltérable. Elle avait soixante-trois ans, quatre de moins que Buyuk Hanim. Elle était arrivée dans cette famille en 1870, comme esclave, pour s'occuper d'un bébé naissant, Riza. Bien qu'elle n'eût jamais été affranchie, elle était devenue un membre de la famille et Riza aimait à l'égal d'une seconde mère cette femme qui l'avait élevé et de qui il tenait ses croyances superstitieuses et une générosité qui dépassait les obligations de partage faites au croyant.

La chambre communiquait avec une deuxième pièce, un petit salon qui comportait un divan, un fauteuil de velours vert, deux tables basses de marqueterie et un tapis de prière.

– Ton fils dormira ici, dit Eminé. Je ferai installer une moustiquaire. La nuit, les insectes sont féroces!

Tomas tira la main de sa mère et se plaignit:

– J'ai soif, mayrig. J'ai faim!

Maro lui souffla:

– Rappelle-toi: c'est le ramadan, les gens de cette maison jeûnent. Nous devons faire comme eux. Patience, mon chéri, le jour s'achève.

– Il a faim, c'est bien ça? s'enquit Eminé qui s'approcha et posa une main sur l'épaule de Tomas.

Dès qu'elle avait aperçu l'enfant descendant de la voiture, elle avait été frappée par ses joues creuses, la maigreur de ses bras et de ses jambes, et l'expression de désenchantement de son regard qui aurait pu être celui d'un adulte. Elle avait alors refréné son impulsion d'aller vers lui et de le prendre dans ses bras. La voix plaintive de Tomas avait fait renaître l'émotion d'Eminé et, dans l'intimité de la chambre, elle donna libre cours à son élan naturel, le serra contre elle et lui caressa le visage. Il se laissa faire car la vieille femme avait un air de bonté et des gestes aussi doux que sa voix.

– Tu comprends l'arménien? demanda Maro à la nourrice.

– Quelques mots. Il y a des servantes de ta race ici. Et beaucoup de nos fournisseurs le sont aussi. Qu'as-tu dit à ton fils?

– Que nous devons jeûner jusqu'à la nuit.

– Pas les enfants! s'exclama Eminé en levant les bras d'une manière exagérée. Pauvre petit! Nous allons servir le dîner aux enfants de Riza Bey, ton fils mangera avec eux.

Tomas saisit en gros ce que disait la nourrice et il fit à sa mère des signes de dénégation. Maro dit à Eminé :

– Je crois que Tomas est trop intimidé. Ne pourrions-nous pas l'accompagner à la cuisine?

– Nous lui donnerons son repas ici.

Elle sortit dans le couloir et claqua des mains. Une jeune servante qui attendait en haut de l'escalier accourut. Elle n'avait pas plus de treize ans et montrait une grande nervosité.

– Apporte à boire. De l'eau et du cherbète [1]. Et demande qu'on monte le repas de l'enfant. Tu as compris?

– Oui, hanim, répondit la fillette en s'inclinant.

Eminé expliqua à Maro :

– Elle est ici depuis peu; c'est une Arménienne comme toi.

Elle referma la porte et ajouta :

– Lorsque tu désires quelque chose, tu n'as qu'à appeler ainsi que je l'ai fait. Il y a toujours une servante en poste dans le couloir.

Les deux femmes rejoignirent Tomas sur le balcon. Le vaste rectangle du jardin prenait des allures de jungle sur le pourtour : ficus, arbousiers et lauriers-roses constituaient d'épais taillis d'où jaillissaient les troncs élancés d'eucalyptus et de quelques palmiers dont plusieurs frondes avaient été jaunies par un gel l'hiver précédent. Un bassin circulaire miroitait à l'autre extrémité, juste à côté d'un pavillon à moitié recouvert par des rosiers grimpants. Une allée de gravier bordée de pelouses et de plates-bandes coupait le jardin par le milieu dans le sens de la longueur. Deux enfants y jouaient. Le garçon lançait son planeur en direction de sa sœur qui courait pour suivre le vol capricieux de l'appareil. Voyant l'intérêt que Tomas manifestait, Eminé se pencha vers lui :

– Le garçon se nomme Kénan; sa sœur, Emel. Je suis certaine qu'ils aimeraient jouer avec toi.

Tomas resta de glace. Croyant qu'il n'avait pas compris, Eminé répéta sa phrase plus lentement et en détachant bien les mots. Il ne réagit toujours pas. Ces enfants étaient des Turcs, comme les zaptiyés qui avaient arrêté son père, les avaient chassés de Sivas, les avaient fait marcher des jours et des jours jusqu'à ce qu'Armène, Araksi et Azniv Hanim meurent. Devant ces enfants de son âge, Tomas songeait aux amis qu'il avait perdus et surtout au petit garçon tué par les soldats devant le monastère. Comment pourrait-il encore jouer? Surtout avec ces enfants! Tomas était bien prêt à se montrer poli avec ces gens, mais rien de plus.

Maro fit signe à la nourrice de ne pas insister. Celle-ci lui demanda, d'une voix émue :

1. Jus de fruit très sucré. (Turc.)

– Tu as connu un sort cruel, n'est-ce pas?
– Je préfère ne pas en parler.
– Tu as raison. Il faut oublier. Maintenant que tu es ici, tes malheurs sont terminés. Tu verras : la maison de Riza est un lieu de paix et de bonheur.

Maro contemplait l'horizon par-delà le mur ouest du jardin; le soleil venait de descendre derrière la chaîne de l'Amanus. Là commençait la Méditerranée. Le port d'Alexandrette s'y trouvait, à quelques jours de navigation de Constantinople. Tournant la tête vers la droite, Maro voyait d'autres montagnes plus impressionnantes encore : l'Anatolie d'où elle venait. Plein nord, c'était Sivas. De l'autre côté, le minaret et la coupole de la mosquée bouchaient la vue. Maro se sentit encerclée par la pierre des murs et des montagnes. Elle venait de pénétrer dans un univers où son sort dépendait de la volonté d'un seul homme.

– Quelle sorte d'homme est Riza Bey?
– Il est juste et affectueux. Même en colère, il demeure bon : il n'a jamais battu aucune de ses femmes, ni levé la main sur ses enfants! Quel homme peut en dire autant?

Eminé pressa les mains sur son cœur et sembla une mère qui se rengorge d'orgueil à propos d'un fils bien-aimé :

– C'est un être comme on en fait peu. Tu as vu sa beauté, la profondeur de son regard? Malgré sa force, il est tendre.

Elle baissa le ton pour ajouter, admirative :

– Et viril, à part ça!
– Tient-il parole?

La question surprit la nourrice dont les sourcils s'arquèrent. Elle mit quelques secondes à répondre :

– Il fait ce qu'il dit. Mais une femme ne demande jamais à un homme de donner sa parole, ce serait l'insulter! Une femme se contente d'obéir.

À voix basse, Eminé ajouta, d'un air entendu :

– Mais si elle est habile, elle obtient souvent ce qu'elle veut.

Des servantes apportèrent le dîner de Tomas, qu'elles disposèrent sur une table dans le salon. Avant de se retirer, la nourrice toucha le bras de Maro et se fit maternelle :

– Si tu as un problème ou un souhait, n'hésite pas à m'en faire part. Je ferai tout ce que je peux pour toi.

Un peu étonnée par tant de gentillesse, Maro la remercia chaleureusement.

Elle trouva Tomas agenouillé devant la table, qui mangeait avec voracité. Il prit les devants et dit, la bouche pleine :

– Je me suis lavé les mains et j'ai récité le bénédicité.

Maro sourit et s'assit sur un coussin. De voir son fils manger de si bon appétit lui fit chaud au cœur. Elle voulait qu'il ne connaisse plus jamais la faim. Ni la soif ni la peur. Cet unique but dicterait sa conduite.

Elle but d'affilée trois verres d'eau.

– Tu ne jeûnes pas? s'enquit Tomas.

– Pas en privé. Si je fais semblant, c'est pour respecter les coutumes de nos hôtes.

Aux yeux plissés de son fils, elle vit qu'il s'amusait à la taquiner, et cette attitude la réjouit.

– C'est bon?

– Oui! J'ai fini le potage aux légumes.

Tomas se remit à manger la salade d'aubergines et le hachis de bœuf sans quitter sa mère du regard.

– Est-ce que nous allons rester ici longtemps, mayrig?

– Je l'ignore, mon chéri. Tout ce qui compte, c'est que nous sommes en sécurité.

– Est-ce qu'il va falloir que l'on mange avec les autres?

– Nous ne pourrons pas rester enfermés dans cette chambre. Ce serait impoli pour ces gens qui nous accueillent.

Tomas grimaça :

– Je devrai jouer avec les enfants?

– Non, si tu n'en as pas envie. Mais tu ne pourras pas les éviter. Ils ont l'air gentils.

– Ce ne sont pas des Arméniens! ronchonna Tomas.

Ses yeux parlaient avec éloquence et Maro devina ce qu'il sous-entendait. Elle lui caressa la joue.

– Les enfants ne sont pas responsables de ce que font les zaptiyés. Tu n'as pas à leur en vouloir. Essaie de ne plus penser à ce que nous avons vécu.

Tomas eut un regard chaviré.

– J'essaie, mayrig. Mais j'en rêve chaque nuit.

Maro lui ouvrit les bras; il vint s'y blottir. Il tremblait. Elle fredonna une berceuse qu'elle lui chantait lorsqu'il était encore un bébé. Vartan l'accompagnait alors en sourdine avec son oud et les couvait d'un regard amoureux.

* * *

Deux gros bouquets de roses parfumaient le salon où Safiyé attendait, dans une sorte de recueillement, la visite de son époux. Elle avait passé ses cheveux au henné et teint ses lèvres en rouge. Sa peau couleur vieil ivoire en paraissait plus lumineuse. Elle avait un visage plutôt carré, aux traits réguliers et aux yeux noisette, un beau visage calme et pensif. La sérénité qu'on prêtait à Safiyé n'était qu'une illusion. Depuis toujours elle vibrait intérieurement d'une fébrilité dont elle ignorait la cause et qu'avec les années elle avait réussi à contrôler, jamais à faire disparaître.

Un livre ouvert sur les genoux, elle fixait le tapis de soie suspendu au mur et rêvait. Une rêverie constituée d'une suite d'images sans rapport les unes avec les autres. Elle sentait son esprit léger, qui flottait telle une feuille emportée par le vent. Son regard quitta le dessin du tapis et se promena sur les lithographies encadrées, des chromos qui montraient des vues de Constantinople, de Bagdad, de Médine, du Caire et de quelques villes d'Europe. Une vague nostalgie la fit soupirer.

Originaire d'Ourfa, à quelque cent cinquante kilomètres à l'est d'Aintab, Safiyé n'avait quitté le toit paternel que pour s'enfermer dans la maison de Riza Bey. Son horizon s'était toujours limité aux collines mornes et à la plaine caillouteuse de la région. Et pourtant elle aurait tellement aimé connaître le monde! Elle imaginait qu'il commençait tout près, juste de l'autre côté des montagnes. Sa curiosité très vive n'avait jamais été nourrie et Safiyé se désolait en silence de tout ce qu'elle ignorerait à jamais. Son éducation n'avait eu pour but que d'en faire l'épouse oisive d'un homme à l'aise : musique, chant, broderie, art de la conversation et bonnes manières. La lecture? L'écriture? De quelle utilité cela serait-il pour une femme?

Ce n'est qu'une fois mariée qu'elle avait appris à lire, avec l'aide et les encouragements de Riza. De cela, elle lui était chaque jour reconnaissante. Enfin elle avait accès aux livres! Et elle avait lu tous ceux en langue arabe que contenait la bibliothèque de son mari : poésie, ouvrages mystiques (dont la portée la dépassait quelque peu) et anciens récits de voyage. Les autres, rédigés en français, lui demeuraient incompréhensibles et elle ne pouvait qu'en admirer les gravures, obligée souvent d'en supputer le sens.

Combien de jours, de semaines, n'avait-elle pas été absente en esprit du konak d'Aintab sans que personne ne le soupçonne? À dos de chameau, de cheval ou d'éléphant, en boutre, en jonque ou à pied, elle accompagnait Ibn Battuta, « le voyageur de l'islam », qui explorait l'Afrique, l'Arabie, la Perse, la Russie, les steppes d'Asie, l'Inde et la Chine. Elle s'émerveillait aux descriptions de peuples aux mœurs étranges, tremblait lorsque des brigands ou des pirates menaçaient la vie de son héros, se réjouissait de l'estime que lui accordaient sultans, khans, princes et empereurs, s'émouvait des bonnes fortunes amoureuses que lui réservaient des villes aux noms fantastiques. Et dire qu'il était passé par Alep!

Ces lectures ne faisaient qu'aiguiser encore plus sa soif de connaissances et son envie de départ. En dépit de sa finesse et de sa sensibilité, Riza Bey n'avait jamais détecté chez sa première épouse ce besoin de dépaysement, ni même perçu à quel point le rêve occupait une place prépondérante dans sa vie. Après que le feu de sa passion de nouveau marié se fut calmé, elle était devenue pour lui une compagne intelligente et sage, une amie de bon conseil. Comme les autres, il se laissait berner par l'image qu'elle projetait; par peur de le décevoir, jamais Safiyé n'aurait osé le détromper en lui ouvrant son âme. Il partait en voyage sans savoir à quel point elle aurait aimé l'accompagner. Son désir le plus cher était de voir, au moins une fois, Stamboul ou Bagdad!

Elle reconnut la façon particulière de son époux de frapper à la porte et se leva avec précipitation. Le livre ouvert tomba sur le tapis.

– Entre.

Riza avait endossé une ample robe de lin blanc à la mode arabe. Safiyé s'avança vers lui, lentement afin de l'admirer tout à son aise. Il l'embrassa avec tendresse.

– Mon ami, murmura-t-elle. Comme le temps m'a semblé long en ton absence!

Il prit les mains de sa femme dans les siennes :

– Ma colombe, ton doux roucoulement m'a manqué cruellement. Combien de fois me suis-je endormi en imaginant ta voix me récitant des poèmes...

Elle promena ses lèvres sur les doigts de Riza, puis caressa ses joues, effleura ses paupières. Elle s'inquiétait :

– Tu me sembles épuisé ou tendu. Y a-t-il quelque chose qui chagrine ton cœur, ô mon ami?

– Ce n'est que la fatigue de la route.

Elle l'entraîna vers le divan.

– Je ne peux rien t'offrir à boire; mais du moins assieds-toi, étends les jambes.

Elle s'agenouilla par terre devant lui, le déchaussa et lui massa les pieds.

– Dis-moi, Riza, qu'as-tu vu dans ton périple?

Il rit.

– Des pierres, il n'y avait à voir que des pierres! Des steppes à l'herbe jaunie, des ravins, des rivières à l'étiage. Qu'imaginais-tu?

– Il y a bien des villes par là?

– Semblables à Ourfa ou Aintab.

Safiyé refusait de le croire. Le regard de Riza ne devait plus savoir s'émerveiller. Elle, elle aurait perçu les différences, même subtiles, dans les paysages et chez les gens.

– Et toi, ma douce, qu'as-tu lu en mon absence?

Elle rougit et baissa les yeux pour avouer :

– Fouzouli... *Leyla et Medjnoun* [1].

– Encore une fois! s'exclama Riza Bey d'un ton taquin.

Elle battit des paupières.

– Je trouve qu'ils nous ressemblent. Les amoureux sont tous parents.

– Tu as raison, fit-il en l'attirant près de lui.

Il lui tendit un livre qu'elle reçut avec une surprise feinte mais un bonheur bien réel. Elle promena son index sous la calligraphie dorée du titre :

– *Beauté et Amour*. Ghalib Dédé.

Pressant le volume contre sa poitrine, elle enserra la main de Riza et se confondit en remerciements. Soudain, sa voix s'infléchit :

– Aurons-nous le temps de lire ces poèmes ensemble?

– Mais bien sûr, répondit Riza.

1. Ouvrage datant de 1535. Les Roméo et Juliette d'Orient.

– Tu étais déjà tellement occupé. Maintenant que te voilà gouverneur... Et puis, ta nouvelle femme te réclamera.

C'était dit sans amertume ni jalousie. Safiyé craignait seulement d'avoir moins souvent l'occasion de tête-à-tête avec son époux. Les seuls moments où pour elle le rêve et la réalité se rejoignaient.

– Comment pourrais-je me priver de nos conversations, douce Safiyé? Et tu te trompes : Maro n'est pas ma nouvelle femme. Je dirais plutôt que c'est une amie. Du moins, je voudrais qu'elle le devienne.

Le visage de Safiyé s'assombrit. Une maîtresse, passe encore, mais une amie! Cette fois, elle se sentait directement menacée. Riza lui caressa la joue.

– On peut avoir plusieurs amies, de la même façon qu'on peut posséder plusieurs épouses. Chacune a toujours quelque chose de particulier; chaque rapport est unique. Qui pourrait jamais m'apporter la paix que je trouve avec toi? Quelle âme pourrait comme ton âme communier avec la mienne? Quelle autre voix que celle de ma Safiyé saurait m'entraîner sur les chemins du rêve? Ta niche est creusée dans mon cœur, et personne ne t'en délogera jamais.

Ces paroles calmèrent les peurs de Safiyé. Longtemps elle s'abîma dans la contemplation des yeux couleur de miel de Riza. Elle se sentait fondre, son corps s'ouvrait de lui-même. S'il la cueillait à l'instant, peut-être parviendrait-il cette fois à éveiller la passion d'une chair qui s'était toujours offerte par devoir plutôt que par désir. Mais l'homme ne bougea pas et les sens de Safiyé reprirent leur coutumière apathie. Après coup, elle s'en trouvait soulagée. Ce moment d'abandon total et de dépossession, dont les femmes se faisaient confidence au hammam, la terrorisait plus que tout car elle avait l'intime conviction qu'elle n'en reviendrait pas entière.

Elle sourit.

– Comment est-elle, cette... Arménienne?

Un remords lui vint de cette question.

– Je ne voudrais pas forcer tes secrets.

– Au contraire, j'aimerais t'en parler. Mais je la connais si peu encore. C'est une femme cultivée, qui a étudié et voyagé. En plus de sa langue et de la nôtre, elle parle le français. Elle m'a dit jouer du piano.

Le regard de Safiyé brillait. Elle demanda avec empressement :

– Quel est son caractère?

– Décidée et ferme, elle sait ce qu'elle veut.

– Est-elle douce? Amicale?

– Je le crois, dit Riza en se levant pour l'embrasser. Excuse-moi, mon âme, je dois voir les autres et ensuite me préparer à recevoir mes invités.

Elle le retint par la manche. Son regard quémandait presque. Riza la connaissait si bien qu'il comprit ce qu'elle attendait.

– Maro sera dépaysée et s'ennuiera les premiers jours. Aurais-tu la bonté de t'occuper un peu d'elle?

Un large sourire éclaira le visage de Safiyé.

– Tes souhaits sont des ordres, Riza mon ami.

En quittant sa première épouse, Riza Bey se dirigea vers la chambre de Makbulé. Dans un fauteuil près d'une fenêtre, elle brodait en profitant des dernières lueurs du jour. L'aiguille occupait ses doigts qui autrement auraient été tentés par le geste si coutumier de porter de la nourriture à la bouche. Et il fallait jeûner! Le plus difficile n'était pas de sauter les repas, mais bien de rester des heures et des heures sans croquer de friandises, de fruits secs et de noix.

Leyla faisait preuve d'injustice en jugeant que Makbulé n'était plus attirante pour un homme. Son corps potelé n'enlevait rien à sa beauté, les charmes de sa féminité s'en trouvaient au contraire accentués. Sa peau, couleur de lait de chèvre, possédait une étrange luminosité qui semblait provenir des profondeurs de la chair. Elle était lisse de partout, les sourcils presque invisibles, et ses cheveux avaient la finesse d'un duvet.

Son corps appelait les caresses, et ces caresses s'avéraient nécessaires pour dissiper la timidité presque maladive de Makbulé. Mais, une fois vaincue cette gêne, elle perdait toute retenue et faire l'amour avec elle devenait un jeu plein de mises en scène, d'éclats de rire et de propos grivois. Elle s'excitait à appeler les choses du sexe et les parties du corps par les mots les plus vulgaires qui se puissent trouver. C'étaient les seules occasions où elle abandonnait le vouvoiement. Lorsque le désir n'enflammait pas son esprit, elle se comportait plutôt en fillette craintive et farouche, avide de protection.

Et c'est ainsi qu'elle reçut Riza Bey, se blottissant dans ses bras, tremblante et frileuse.

– Serrez-moi, mon époux, gardez-moi près de vous.

Comme chaque fois, cette confiance absolue, proche de celle d'un petit animal, toucha Riza Bey. Depuis que sa passion pour elle s'était assoupie après deux années de mariage, il voyait en Makbulé plus une enfant qu'une épouse, et l'amour qu'il lui portait avait quelque chose de paternel.

– J'aimerais être toute petite afin que vous me preniez dans vos bras et me berciez.

C'était presque un rituel. Un bras autour de sa taille, l'autre sous sa croupe rebondie, il la souleva. Elle lâcha un cri de surprise et s'agrippa à son cou. Il marcha en la balançant. Elle appuya sa tête sur l'épaule de son homme et ferma les yeux. Qu'il lui était bon de se sentir enlevée, de s'abandonner à la puissance de Riza! Lorsqu'il la désirait, il la portait jusqu'au lit où elle restait étendue et le laissait la dévêtir. Autrement, il la déposait dans son fauteuil. C'est ce qu'il fit. Cette démonstration de force procurait à Makbulé un sentiment de sécurité. Tant de choses lui faisaient peur, à commencer par sa belle-mère!

Riza Bey lui pinça la taille. Elle se tortilla et lança son rire en cascade.

– Tu respectes bien le jeûne du ramadan?

– Oh oui!

– C'est difficile? demanda-t-il, mi-narquois, mi-compatissant.

Elle soupira profondément.

– D'année en année, c'est pire! Tout le jour, je dresse le menu de ce que je mangerai à la nuit tombée. Et vingt fois j'en change.

Riza cessa de rire : pour une gourmande telle que Makbulé, le jeûne devait être une épreuve terrible.

– Essaie d'occuper ton esprit autrement, d'oublier la nourriture.

– Je n'y parviens pas! Des images d'aliments dansent devant mes yeux. Comme un mirage qui trompe le voyageur du désert.

Il lui tapota la main et l'encouragea :

– Tu n'en as que plus de mérite aux yeux d'Allah.

L'air qu'elle fit montra qu'il s'agissait pour elle d'une piètre consolation. Riza Bey lui offrit une boîte d'où s'échappait une odeur affriolante. Elle la déballa avec célérité et s'émerveilla, n'ayant jamais vu de confiseries de cette sorte.

– Qu'est-ce que c'est?

– Du nougat.

Elle promena son nez dans la boîte, résistant avec difficulté à l'envie de goûter aux friandises, juste du bout de la langue.

– Tu sauras patienter jusqu'à la nuit?

Elle jeta un coup d'œil sur le ciel qui prenait une teinte outremer.

– Oui! répondit-elle avec conviction en refermant la boîte. Merci, mon cher époux. Oh! je suis tout excitée à l'idée que je vais déguster quelque chose d'inconnu!

Elle le regarda avec cet air mutin qu'elle prenait durant l'amour, et elle se hissa sur la pointe des pieds pour lui souffler à l'oreille la dernière histoire salace qu'elle avait entendue aux cuisines. Riza la quitta en riant aux éclats.

Un grand nombre de bougies disposées sur une table éblouirent Riza Bey quand il pénétra dans le salon de Leyla. La fumée de l'encens embaumait la pièce. La jeune femme se cachait dans la pénombre d'une encoignure. Elle lui reprocha d'une voix boudeuse :

– Comme toujours, je passe en dernier.

– Approche, petite capricieuse, viens que je te voie.

– Assieds-toi d'abord, maître.

Se demandant ce qu'elle allait cette fois inventer, Riza prit place sur un sedir. Leyla avança de sa démarche féline. Les clochettes à ses chevilles et les nombreux bracelets cerclant ses poignets sonnaient. La lumière la montra habillée de voiles légers qui laissaient voir son corps par transparence. D'épais traits de khôl soulignaient ses paupières et allongeaient les sourcils qu'elle avait minces. Ses mains et ses pieds étaient teints au henné. Elle portait un diadème de brillants, de grandes boucles d'oreilles et plusieurs colliers.

Ses pieds nus frappèrent le sol en carreaux de faïence, et le cliquetis des bijoux scanda un rythme. Elle renversa la tête en arrière, ce qui mettait en valeur son nez étroit et légèrement retroussé, ses pommettes saillantes et son menton pointu. Dans ce visage mince, la bouche paraissait démesurément large. Le corps menu ondula, les hanches se balancèrent. La fragilité de Leyla n'était qu'une apparence trompeuse. Toute en muscles et en nerfs, elle était aussi résistante qu'entêtée.

Elle transformait l'amour en lutte. Lorsqu'elle avait bien émoustillé son homme, elle faisait des manières. Riza la poursuivait; agile et vive, elle lui filait entre les doigts. Et le jeu durait jusqu'à ce que, son désir exacerbé, Riza use de sa force pour la clouer sur le lit. Elle se débattait encore un moment, puis s'abandonnait à l'étreinte, rugissante et feulante. Leyla tenait à ce que les deux autres épouses entendent les échos de ses ébats.

Riza Bey avait eu un véritable coup de foudre dès qu'il l'avait entrevue. Elle avait seize ans. Son père, un musulman chiite, s'était opposé au mariage, jurant qu'il préférerait donner sa fille à un chrétien plutôt qu'à un sunnite. Il n'était pourtant pas riche et une alliance avec Riza Bey représentait une chance inespérée pour sa fille. Toutes les démarches pour fléchir le père s'avérèrent vaines, et plus les mois passaient, plus la passion dévorait Riza, qui en perdait le sommeil et l'appétit. Il avait finalement trouvé un moyen : acquérir les terres situées au-dessus de celle du père de Leyla et retenir par un barrage la source dont le trop-plein irriguait les champs du bonhomme. Menacé d'une ruine imminente, le père avait cédé.

Leyla frappa son tambourin et se déhancha devant son époux.

– Maître cruel qui m'as fait languir d'amour durant deux semaines! À toi maintenant de souffrir! Je retirai mes voiles un à un. Ta faim se transformera en douleur et tu me supplieras à genoux d'éteindre le feu de tes reins.

Riza adorait qu'elle danse pour lui; elle avait un style et une souplesse que lui auraient enviés bien des danseuses professionnelles. Mais aujourd'hui, il n'était pas d'humeur.

– Une autre fois, dit-il. Ce soir, je suis pressé.

Elle jeta le tambourin, s'accroupit devant lui et fouilla entre ses cuisses.

– Dans ce cas, prends-moi vite, là par terre.

Il lui retira les mains de son sexe et la tint par les poignets.

– C'est le ramadan. On ne fait pas l'amour durant le jour.

Elle poussa un râle de déception. Il lui prit le menton et l'embrassa pour la consoler.

– Que m'apportes-tu? demanda-t-elle. Un bijou? Une soierie?

Il lui donna une paire de babouches lamées de fil d'or; sur le dessus de chacune, des perles formaient les pétales d'une fleur. Leyla s'extasia comme une enfant. Elle essayait les babouches quand un coup de canon tiré à Aintab annonça la suspension du jeûne pour la nuit.

– Le canon! s'écria-t-elle en se laissant choir sur le dos. Prends-moi!

Elle arracha ses voiles pour libérer ses seins aux mamelons d'un noir verdâtre et dénuder son ventre dont le pubis était épilé de frais.

– Leyla... fit Riza qui cachait mal son exaspération. Je t'ai dit que je n'avais pas le temps. Buyuk Hanim nous attend au jardin.

Elle se montra ahurie. C'était la première fois en quatre ans qu'il refusait ses avances! Elle mit quelques secondes à réagir, puis bondit sur ses pieds.

– Je ne te plais plus? demanda-t-elle d'un ton agressif.

– Mais si.

– Tu ne veux plus de moi, c'est ça?

– Pas en ce moment précis, c'est tout.

Il la refusait! Elle ne pouvait imaginer pareille chose. Elle perdit la tête et explosa :

– Tu as baisé ton Arménienne et tu es repu!

– Tais-toi! fit-il d'un ton sec.

En tout autre temps, elle aurait obéi, mais la rage et le dépit l'aveuglaient. Poings sur les hanches, elle ironisa :

– On sait bien : il n'y a pas de ramadan pour une chrétienne! Est-ce qu'elle fait ça aussi bien que moi? Tu as eu du plaisir, au moins?

Même s'il comprenait l'état d'esprit de son épouse, Riza Bey perdait patience. Il répéta d'une voix ferme :

– Leyla! Je t'ai dit de te taire.

– Si tu crois que je vais me laisser déloger par une giaour.

– Ça suffit! hurla-t-il.

Elle courba l'échine et se mit à pleurnicher. Il cherchait par quelles paroles lui faire entendre raison. D'une voix larmoyante, Leyla lui adressa des reproches :

– Pour m'avoir, tu as ruiné mon père, presque fait mourir de faim ma mère, mes frères et mes sœurs. Et maintenant tu me rejettes! Eh bien, répudie-moi! Je ne deviendrai pas une vieille mule ratatinée comme Safiyé ou une grosse oie comme Makbulé.

Livide, Riza Bey l'attrapa par un bras qu'il serra :

– Retire ces paroles.

Grinçant des dents, Leyla gardait le silence. Son mari accentua sa prise. Elle endura encore un peu la douleur avant de marmonner, à regret :

– Je... Je ne pensais pas ce que j'ai dit.

Il la relâcha. Sa voix frémissait de colère :

– Je te défends de même seulement *penser* de telles choses à propos de Safiyé et de Makbulé. Ne leur manque jamais de respect, tu as beaucoup à apprendre d'elles. Quant à mon invitée, tu lui souriras et tu lui feras goûter l'hospitalité de notre maison. C'est compris?

Leyla pleurait en frottant son bras. Son orgueil blessé lui faisait encore plus mal. Elle embrassa tout de même la main de Riza en implorant son pardon. Il s'attendrit et essuya les larmes qui délayaient le khôl.

– Petite imprudente... Je ne saurai peut-être pas toujours garder mon sang-froid ainsi que je l'ai fait. Ne me pousse plus à bout.

Elle demanda, l'air piteux :

– Tu m'aimes toujours?

– Bien sûr, dit-il en l'embrassant.

Leyla attendit que les pas de Riza se fussent éteints dans le couloir avant de lancer d'un geste rageur les babouches dorées contre la porte.

***

Tomas avait posé la casquette de marin de son parrain sur un tabouret, à côté du divan où il était couché. Il prenait ainsi possession de la pièce. Assise près de son fils, Maro attendait qu'on vienne la chercher. Un peu plus tôt, Eminé l'avait prévenue qu'elle dînerait avec toute la famille sous l'asma alti [1] du jardin. La perspective de ce repas déplaisait à Maro qui se rappelait l'accueil glacial de Buyuk Hanim. Aucun moyen d'éviter cette corvée sans commettre un impair. Il faudrait donc sourire, faire des simagrées, feindre de s'intéresser à la conversation. Feindre... Encore!

Elle finissait de réciter les prières avec Tomas lorsqu'on frappa à la porte. Elle ouvrit à Riza Bey, qui lui fit le baisemain.

– Tu es ravissante.

– Merci, dit-elle en baissant les yeux.

Elle portait la robe de soie blanche très légère qu'il lui avait fait donner par la nourrice. Brodée de fil d'or sur le pourtour, la tunique retenue à la taille par un ceinturon vert descendait jusqu'aux chevilles de Maro. Elle avait maquillé ses yeux et coiffé ses cheveux en chignon, ce qui mettait en valeur l'ovale parfait de son visage. Cette vision de grâce et d'harmonie transporta Riza et les mots de sa mère lui revinrent à l'esprit. Amoureux, lui? Peut-être. Il ne s'était pas encore posé la question sous cet angle.

Dans la lumière de la lampe à pétrole, les lèvres minces de Riza Bey semblaient humides. Au-dessus des pommettes qu'un peu d'ombre rendait plus saillantes, ses prunelles prenaient une teinte franchement verte. Fier et sûr de lui, il regardait Maro avec une intensité qui la mit mal à l'aise. Elle ne pouvait pas se cacher la

1. Tonnelle. Littéralement : « sous les vignes grimpantes ». (Turc.)

vérité; le visage de Riza Bey disait sans ambages ses sentiments : le désir et, plus grave encore, l'amour ou quelque chose qui s'en rapprochait.

– Ta chambre est confortable? dit-il en entrant.

– Oui, bien sûr.

Il balaya la pièce d'un large geste du bras :

– Considère que tu es chez toi dans cette demeure. Nous sommes tous heureux de t'avoir parmi nous avec ton fils.

– Tous, vraiment? insinua-t-elle. Il m'a pourtant semblé...

Il secoua la main en l'air comme s'il chassait quelque moustique importun.

– Ne te fie pas à cette première impression. Ce n'était que l'effet de la surprise : ma mère ignorait ta venue.

– Vous lui avez dit que mon séjour serait bref?

Plutôt que de répondre, il marcha vers la porte du balcon d'une allure désinvolte. Maro le suivit et reprit, d'un ton qu'elle voulait détaché :

– Oh! Je vais vous donner l'adresse de mon oncle Mesrop à Constantinople afin que vous lui télégraphiiez. Ainsi, je pourrai repartir avant d'abuser indûment de votre hospitalité, à vous et à votre mère.

L'idée qu'elle pourrait disparaître de sa vie fit mal à Riza. L'agréable sensation de bien-être qu'il ressentait s'évanouit. Il tenait sa réponse : oui, il était amoureux! En fixant la nuit, il jongla quelques instants avec le mot « amour ». C'était donc ça qui expliquait ce renouveau de jeunesse qui lui était venu ces derniers jours. Une nouvelle passion à quarante-six ans! Le sourire naissant s'effaça de ses lèvres. Comment, sans la garder prisonnière, inciter Maro à demeurer ici assez longtemps pour qu'il fasse sa conquête? Lui dire que son mari avait été pendu? Que son oncle n'habitait plus Stamboul? Non, ce serait trop facile, et, ensuite, il aurait toujours un doute, celui qu'elle soit restée par nécessité. Il voulait qu'elle le choisisse aux dépens du reste, qu'elle l'aime et abandonne tout pour lui.

Il se retourna pour lui faire face, l'air songeur.

– Les choses ne sont pas si simples que ça, dit-il avec un geste d'impuissance. L'armée contrôle le télégraphe, qui est essentiellement réservé aux questions d'intérêt national. Même chose pour le train. De plus, il faudrait voyager avec la troupe, des hommes grossiers, et faire un bout de route à pied car la ligne s'interrompt au Taurus, où le tunnel est encore en construction.

– J'ai connu pire... murmura Maro.

– Ce ne sera pas facile à organiser, même pour moi qui suis gouverneur.

Compte tenu des sentiments qu'elle avait devinés à Riza Bey, cette réponse n'étonna pas vraiment Maro. Cependant, elle montra sa déception, l'amplifiant même un peu. Cela eut l'effet escompté. Riza Bey se hâta d'ajouter :

– Comprends-moi bien : je ne dis pas que c'est impossible, seulement difficile. Laisse-moi tout ça entre les mains et sois patiente. Je te répète que tu es ici chez toi ; repose-toi, goûte la paix de cette maison.

Il lui prit les mains, qu'elle n'osa pas retirer :

– Tu as confiance en moi, n'est-ce pas ?

Toujours ces questions piégées ! Elle dut se résoudre à répondre par un signe de tête affirmatif. Il s'approcha un peu plus et déclara, d'une voix grave :

– C'est la guerre, et le pays autour de nous est bouleversé par de terribles événements, ceux-là mêmes dont tu as eu à souffrir. Ta pauvre mère...

Maro eut un sursaut et arracha ses mains à l'emprise de celles de l'homme. Ses joues frémissaient et elle dominait avec peine la colère qui montait en elle. La voix de Riza Bey se fit plus vibrante encore.

– Malgré ce que tu pourrais croire, je n'ai rien à voir avec ceux qui veulent la disparition de ton peuple. Le gouvernement a décidé, et comme les autres je n'ai pas d'autre choix que d'obéir. Pourtant, j'aime les Arméniens, je respecte leur foi.

Ces arguments calmèrent un peu Maro. L'homme poursuivit, d'un ton de confidence :

– J'ai pris sept ou huit jeunes Arméniennes en tant que domestiques, et des familles entières vivent en sécurité sur mes terres. J'ai fait tout ce que je pouvais pour mes amis de ta race. À présent que je suis gouverneur, je serai en mesure de venir en aide à plus d'Arméniens encore. Mais comprends que mes moyens sont limités : si j'en fais trop, on me retirera mon poste, qui ira peut-être à un homme cruel et sans foi.

Ébranlée par ces paroles, Maro ne savait plus trop que penser. Riza lui reprit les mains ; il implora presque :

– De grâce, ne me confonds pas avec tes ennemis, Maro. Vois plutôt en moi un allié qui te protège, un parent qui t'ouvre sa demeure. Les murs de ma maison sont un rempart, la tourmente qui sévit à l'extérieur ne pourra pas t'atteindre.

Il lui montrait un visage ouvert que la chaleur du regard rendait encore plus beau. Mais il y avait aussi dans ces yeux une insistance, une attente, une faim qui insécurisèrent Maro. Elle se défendit par une question où elle laissait percer sa méfiance :

– Pourquoi tant de sollicitude à mon égard ?

Il feignit de ne pas comprendre et elle répéta sa question. Riza Bey lui lâcha les mains et haussa les épaules. Il souriait, tel un enfant intimidé. Il se mit à marcher et souligna ses paroles par de grands gestes :

– Pourquoi vouloir toujours tout nommer ? Le ruisseau se demande-t-il pourquoi il descend vers la plaine ? Le nuage s'inquiète-t-il de l'origine du vent ? J'obéis aux mouvements de mon âme sans m'interroger sur les intentions divines. Apprends à t'abandonner aux desseins de Dieu.

– Nous avons un dicton : Aide-toi, et le ciel t'aidera.

Il sourit malicieusement :

– Encore faut-il savoir quand cesser de lutter pour s'en remettre à Dieu.

Les pas de Riza Bey l'avaient amené à la porte du salon, où une deuxième lampe était allumée. Il vit que Tomas ne dormait pas et il s'approcha du divan.

– Je t'empêche de dormir avec mes discours ? demanda-t-il d'une voix attendrie.

– Non.

Riza parlait lentement afin que l'enfant, qui connaissait à peine le turc, le comprenne.

– Tu as bien mangé ?

– Oui !

L'homme s'assit au bord du divan, écarta la moustiquaire et effleura la joue de Tomas du revers des doigts.

– Je disais à ta mère que vous êtes chez des amis. Plus personne ne peut vous faire du mal.

– Oui, répondit Tomas qui restait sur ses gardes.

– J'ai cru remarquer que tu t'intéresses aux chevaux ?

Tomas demeura muet, mais ses yeux témoignèrent de son intérêt soudain.

– Tu sais monter ?

– Oui.

La précipitation de la réponse amusa Riza Bey.

– Je possède une grande écurie. Si tu le désires, tu pourras accompagner mes fils à cheval.

Spontanément, Tomas opina de la tête. Riza lui ébouriffa les cheveux et murmura, d'une voix affectueuse :

– Bonne nuit, mon garçon.

– Bonne nuit.

Satisfait que l'enfant ne lui témoigne plus d'antipathie, Riza Bey retourna dans la chambre. Maro alla embrasser son fils. Riza l'attendait dans le couloir illuminé par des lampes à pétrole accrochées au mur. Quand elle arriva près de lui, il tendit un collier d'émeraudes.

– Pour toi.

Maro eut un mouvement de recul.

– Mais non !

– Je te l'offre.

– Je ne peux accepter.

Il insista :

– Pour me faire plaisir...

– Je vous remercie, Riza Bey, mais je refuse.

– Refuser un cadeau, ça ne se fait pas.

Elle restait intraitable. Il la fixa droit dans les yeux et son sourire devint narquois :

– As-tu peur que j'attende quelque chose en retour ?

Elle resta interdite. Il prit un visage navré et sa voix s'émut :

– Si je te veux parée, c'est pour oublier la première image que je conserve de toi. Tu étais sale et misérable, couchée sur le sol, entourée d'hommes qui s'apprêtaient à te violenter.

Maro grimaça involontairement à cette évocation. Riza poursuivit :

– À moi aussi ce souvenir répugne! Il y avait une telle détresse dans ton regard; j'en frémis encore. Efface cela de ma mémoire, fais-toi belle.

Il passa le collier autour du cou de Maro et attacha le fermoir. Elle le laissa faire mais déclara avec conviction :

– Il est entendu que je vous le rendrai en repartant d'ici.

Pour toute réponse, Riza Bey l'invita d'un geste à le suivre. Au fond du couloir, près des appartements de Buyuk Hanim, un escalier en spirale descendait au jardin. Par là, les femmes pouvaient sortir prendre l'air sans avoir à mettre leur voile ainsi qu'elles auraient dû le faire pour passer par le rez-de-chaussée.

Le vent était tombé et l'odeur des fleurs stagnait sous les frondaisons, lourde et capiteuse. L'air résonnait des échos assourdis des fêtes qui se donnaient un peu partout. Si l'on ne pouvait absorber ni aliments ni boissons durant le jour, il en allait tout autrement à la nuit tombée, et les libations, la musique et la danse dureraient jusqu'à l'aube. La guerre et le rationnement étaient oubliés.

Des torches résineuses fichées dans le sol éclairaient l'allée jusqu'au bassin. De part et d'autre, des statues de marbre surgissaient de l'ombre des bosquets. La tonnelle s'adossait au mur de la maison. La lumière des chandeliers s'échappait à travers le feuillage des vignes et ocellait le sol de taches brillantes. Autour d'une grande table circulaire, six femmes prenaient place. Buyuk Hanim et Eminé étaient en noir, mais les autres portaient des soieries pâles, citron, bleues ou roses. Maro voyait pour la première fois le visage des trois épouses de Riza Bey, trois beautés qu'elle reconnut chacune à son regard. Il y avait aussi Chahané, la fille aîné de Safiyé, qui avait hérité du beau visage rectangulaire de sa mère et des yeux gris-vert de son père. Elle devait se marier le printemps précédent; l'on avait dû reporter la noce car son fiancé, un colonel d'artillerie, servait sur le front mésopotamien contre l'armée anglaise.

À l'arrivée de Riza Bey, toutes les femmes, excepté Buyuk Hanim, se levèrent dans le froufrou de la soie et le tintement des bijoux. Elles s'étaient parées à l'extrême de bagues, de bracelets et de colliers qui scintillaient. Le parfum vanillé de l'héliotrope embaumait la tonnelle. Buyuk Hanim sourit à Maro, qui lui embrassa la main.

– Agréez mes respects, Buyuk Hanim. Et soyez mille fois bénie pour votre hospitalité.

– Ta présence honore notre table, ma fille, répondit la vieille femme avec une politesse un peu guindée.

Ce changement d'attitude surprit Maro, dont la nervosité diminua. L'accueil des épouses, de la nourrice et de Chahané fut plus chaleureux. Jusqu'à Leyla qui se montra charmante, même si en secret elle jaugeait la beauté de celle en qui elle voyait une rivale et la comparait à la sienne. Après les remontrances de son époux, Leyla avait décidé d'opter pour une autre tactique ; elle n'afficherait plus sa jalousie mais userait de tous ses charmes afin de reconquérir le cœur de son homme.

– Assieds-toi près de moi, dit-elle à Maro en désignant la chaise qu'elle lui avait réservée à sa gauche.

Ainsi, Riza ne pourrait pas admirer l'Arménienne sans voir en même temps Leyla, qui était persuadée que sa jeunesse lui donnait l'avantage.

Un peu en retrait, une musicienne attendait, un saz [1] dans les bras. Sur un signe de Riza Bey, elle se mit à jouer des airs folkloriques. Des servantes apportaient de la cuisine mézés [2], viandes séchées parfumées à l'ail, légumes marinés, feuilles de vigne farcies, poissons secs à l'huile d'olive, aubergines farcies. À mesure qu'un plat se vidait, un autre le remplaçait. Les convives mangeaient sans se presser, goûtant à ceci, prenant un peu de cela, se ménageant car le repas durerait des heures. Le bonheur d'être ensemble et le plaisir de la conversation importaient autant que la nourriture, sauf pour Makbulé qui avait horriblement souffert de la faim toute la journée. Riza Bey trônait au milieu des femmes de sa maison comme un seigneur entouré de sa cour. Il parlait d'abondance, le verbe haut et le geste large, spirituel et charmeur.

Maro se sentait à l'écart bien que les autres fissent tout leur possible pour l'intégrer à la conversation. Riza Bey, qui connaissait déjà beaucoup de choses d'elle, lui posait les questions qu'il fallait pour lui donner l'occasion de briller. Maro se gardait bien d'entrer dans ce jeu. Ses réponses brèves ne décevaient pas tant Riza Bey que Safiyé. La première épouse guettait chaque geste de Maro et buvait ses moindres paroles avec une attention et une curiosité qui intriguaient cette dernière. Profitant d'un des rares moments de silence, Safiyé se pencha vers Maro :

– Dis-moi, toi qui as beaucoup voyagé, lorsqu'on franchit de grandes distances, est-ce que l'on s'aperçoit que la Terre est ronde ?

Les deux autres épouses et Chahané pouffèrent de rire. Safiyé confia à Maro, l'air dépité :

– Riza Bey a eu la même réaction quand je lui ai posé cette question.

– Tu as la curiosité naïve d'un enfant, lui reprocha Buyuk Hanim.

Safiyé attendait que Maro se prononce.

– Où qu'on aille, la Terre donne toujours l'impression d'un disque plat surmonté d'un dôme.

1. Instrument de musique oriental dont on pince les cordes. (Turc.)
2. Hors-d'œuvre. (Turc.)

La déception de la première épouse désola Maro; elle se rappela alors une leçon de la religieuse qui lui avait enseigné la géographie et elle ajouta :

– Sauf au bord de la mer. Quand un navire approche de la côte, on voit d'abord la fumée, puis les cheminées et les mâts, et finalement la coque. C'est une preuve de la rondeur de la Terre.

À l'aide d'une pêche et d'une datte sèche, l'une figurant la terre, l'autre le navire, elle illustra le phénomène. Safiyé rayonnait.

– Ah! fit-elle en dévisageant ses compagnes d'un air triomphal, je ne suis pas si naïve qu'on croit!

Buyuk Hanim haussa les épaules :

– Tu es bien avancée maintenant! Une chose inutile de plus qui te farcit l'esprit.

Safiyé était si heureuse qu'elle rit de la remarque acerbe de sa belle-mère. Et elle fit à Maro un clin d'œil complice.

La conversation prit un autre tour et Maro s'en désintéressa. Bientôt les voix lui parurent lointaines. Que faisait-elle sous cette toiture de vignes, parmi ces gens avec qui elle n'avait rien en commun? Un sentiment d'étrangeté s'empara d'elle, tout devenait irréel. Elle baissa les paupières et revit le visage de sa mère à l'agonie. Elle chassa cette image; d'autres se mirent à défiler à toute vitesse dans sa tête : Vartan, leur maison de Sivas, son père dans une rue de Constantinople, Araksi morte sur la tombe d'Armène, et encore la caverne bourdonnante de râles. Prise de vertige, elle rouvrit les yeux.

Soucieux, Riza Bey observait Maro. Elle sourit pour indiquer que tout allait bien.

La lune s'était levée et le minaret voisin se détachait sur le ciel étoilé. Entre les branches des arbres, on distinguait maintenant le mur d'enceinte du jardin. Des murailles protectrices ainsi que le prétendait Riza Bey? Maro ne parvenait pas à y voir autre chose qu'une prison. Des bribes de la conversation qu'elle avait eue plus tôt avec Riza lui revenaient. Il avait évité de s'engager clairement à organiser son départ vers la capitale, et la position de Maro ne lui permettait pas d'exiger quoi que ce soit. Chose certaine, Tomas et elle se trouvaient pour l'instant à l'abri des déportations, et il convenait de ne pas compromettre cette sécurité. L'attrait qu'elle exerçait sur Riza Bey était une autre donnée dont il fallait tenir compte. Il n'avait sans doute pas envie de la voir s'en aller mais il ne voudrait pas non plus lui déplaire. Elle songea aux paroles d'Eminé : « Une femme habile obtient ce qu'elle veut. » L'idée d'utiliser les sentiments que Riza Bey lui portait répugnait à Maro. Un jeu risqué, en outre.

Une servante avertit le maître de la maison que ses invités arrivaient. Il quitta la table pour aller rejoindre dans le sélamlik les hommes avec qui il festoierait une partie de la nuit. Buyuk Hanim se leva peu après en annonçant qu'elle montait dans sa chambre. Maro attendit encore quelques minutes et demanda aux autres de l'excuser. Safiyé insista pour qu'elle reste un peu plus longtemps ; Leyla lui prit la main :

– Oui, veille avec nous.

– On va servir les plats principaux, ajouta Makbulé.

Eminé vint à la rescousse de Maro :

– Laissez-la. Vous voyez bien que le voyage l'a épuisée.

Safiyé manifesta son désappointement :

– Juste comme nous nous retrouvons entre nous...

Maro n'avait surtout pas envie d'être seule avec les trois épouses de Riza Bey. Elle leur souhaita la bonne nuit et rentra.

***

Une heure avant l'aube, un grondement lointain, comme celui du tonnerre lorsque l'orage n'est encore qu'à l'horizon, se fit entendre en direction d'Aintab. Aussitôt lui répondit le roulement d'un tambour dans la cour de la maison de Riza Bey. Partout l'on réveillait les gens afin qu'ils puissent manger avant le début d'une autre journée de jeûne. Maro essaya de se rendormir mais, quelques minutes plus tard, une servante frappait à sa porte. Sous les nattes noires, de grands yeux au regard sombre.

– Bonjour, hanim. Voulez-vous... descendre à la salle à manger ou... vous servir ici ?

Elle cherchait ses mots et les prononçait avec gaucherie. C'était la fillette dont Eminé avait dit qu'elle était arménienne.

– Comment t'appelles-tu ?

– Ayla.

– Ton vrai nom ? demanda Maro dans sa langue natale.

Le petit visage pointu s'empourpra. La fillettte jeta un regard effarouché par-dessus son épaule. Maro la prit par le bras et l'attira à l'intérieur de la chambre.

– Tu n'as rien à craindre, je suis arménienne comme toi.

– Je sais, répondit tout bas la jeune fille. Mais...

Sa peur transparaissait ; elle se sentit coupable en murmurant :

– Vartouhi.

Maro eut pité et ne poussa pas plus avant l'interrogatoire.

– Apporte-moi à manger.

La servante revint au bout d'un quart d'heure et posa le plateau sur la table basse près de la fenêtre.

– Assieds-toi, Vartouhi, dit Maro en s'accroupissant elle-même sur un coussin.

Elle parlait à voix basse en arménien et la servante parut terrorisée.

– Je ne peux pas, diguine.

– Personne ne le saura.

Maro insista et Vartouhi obéit à regret. Maro l'invita à se servir dans les plats, ce qu'elle ne fit qu'après s'être fait longuement prier.

– De quoi as-tu peur?

– Je ne veux pas que l'on me chasse. Ici, je mange et j'ai un coin pour dormir.

– D'où viens-tu?

– De Palou.

– Où est-ce?

– Très loin, à l'est de Kharpout. J'ai perdu toute ma famille.

Point n'était besoin d'en dire plus. Maro imaginait sans peine les malheurs que la fillette avait connus. Elles échangèrent un long regard où l'émotion devint de plus en plus vive. Vartouhi se mit à trembler et mordit ses lèvres; elle résista lorsque Maro voulut l'attirer dans ses bras. Pourtant elle brûlait d'envie de redevenir la petite fille qu'une mère réconforte. Ce temps était révolu. Derrière elle, il n'y avait que mort et désolation. Elle avait appris déjà qu'elle devait enfouir son passé au plus profond de sa mémoire et faire oublier ses origines chrétiennes.

– Puis-je partir? On va s'inquiéter de moi aux cuisines.

– Oui. Merci... Ayla.

Le fait que la femme revienne au turc et utilise son nouveau prénom soulagea la fillette.

Maro sortit sur le balcon. Le soleil n'était pas levé et déjà la chaleur était incommodante. L'air qu'on respirait desséchait la gorge et réchauffait l'intérieur. Dans les champs, la brise soulevait des nuages de poussière roussâtre. Encore troublée par le regard de Vartouhi, Maro eut une pensée pour tous les malheureux que les gendarmes obligeraient ce jour-là à marcher jusqu'à l'épuisement. Elle pria.

Un mouvement sur sa gauche attira son attention. C'était le muezzin qui débouchait sur la galerie étroite ceignant le minaret, juste sous le toit conique. Maro distinguait sa longue barbe aussi blanche que son turban. Il se plaça face à l'est pour guetter le premier rayon du soleil. Les mains sur les oreilles, il psalmodia d'une voix nasillarde l'appel à la prière, qu'il répéta aux autres points cardinaux. Suivit un silence étrange, puis les bruits de la campagne reprirent. Le chant harmonieux résonna longtemps encore dans l'âme de Maro. Mais nulle sérénité dans son recueillement. Au contraire de Vartouhi, elle ne parvenait pas à se détourner des morts innombrables qu'elle portait. Et l'avenir s'annonçait tellement incertain. Vartan... Constantinople...

Plus tard, Tomas la tira de sa rêverie.

– Mayrig?

– Sur le balcon, mon chéri.

Il arriva en se frottant les yeux. Il souriait!

– J'ai vu papa en rêve, confia-t-il à sa mère avant de l'embrasser. Il montait Hour-Grag et galopait vers nous. Il m'a dit de l'attendre.

Plissant les yeux, Tomas scruta le regard de sa mère qui s'efforçait de sourire elle aussi.

– Maman, est-ce que c'est vrai, les rêves?

Qu'elle aurait aimé croire, comme tant de gens, à commencer par leur hôte, qu'il s'agissait de messages ou de présages!

– Je suis certaine que le tien va se réaliser.

– Quand?

– Je ne sais pas. Soyons patients.

Maro accompagna Tomas dans la salle à manger, où l'on servait le petit déjeuner aux enfants de Riza Bey. Ils étaient déjà assis, regroupés à une extrémité de la grande table de bois lustré. Sur un signe d'Eminé, qui surveillait le déroulement du repas, ils se levèrent tous les cinq pour saluer Maro. Tomas prit place à quelque distance des autres et mangea, le nez dans son assiette. La nourrice restait debout, un peu en retrait, et elle accueillit Maro par une démonstration de joie. Pendant qu'elles parlaient de la chaleur qui avait quelque peu gâché leur sommeil, la petite Zehra se laissa glisser en bas de sa chaise, contourna la table, s'approcha de Tomas et lui tapa la cuisse en disant, d'une voix fluette et chantante :

– Giaour!

Elle s'éloigna prestement et rit en mettant la main devant sa bouche. Tomas serra les mâchoires mais ne réagit pas. Altan, le garçon de treize ans qui était au bout de la table, s'esclaffa; ses frères et sœurs le regardèrent, interdits.

– Zehra! s'écria Eminé en faisant signe à l'enfant d'approcher.

Devant la colère de la nourrice, Zehra désigna son frère :

– C'est Altan!

Eminé ordonna à la petite fille de ne plus jamais répéter ce mot et la renvoya à sa place. Elle s'adressa au garçon :

– Honte sur toi! Tu vas présenter des excuses.

Il toisa Eminé d'un air de défi. Lui, un homme, s'en laisser imposer par une femme? Une domestique! Depuis sa circoncision qui remontait à trois ans, Altan se considérait supérieur à toutes les femmes. Ne travaillait-il pas déjà? À son âge, il lui était possible de jouer à l'adulte quand cela faisait son affaire, et de se laisser traiter en enfant lorsqu'il y voyait un avantage : se soustraire au jeûne du ramadan, par exemple. Il n'avait aucun goût pour les études, mais le travail de la terre le passionnait; aussi s'initiait-il auprès de l'intendant à l'art de gérer un domaine et de diriger les ouvriers.

Eminé répéta son ordre; comme il refusait d'obéir, elle déclara :

– Nous verrons bien ce qu'en dira ton père.

À ces mots, Altan blêmit. Il voulait tellement que Riza Bey soit fier de lui! La fortune familiale reviendrait un jour à l'aîné, Turan, mais Altan avait bon espoir que son père lui confie la gestion d'une plantation. Pour cela, il devait faire montre de sérieux et surtout ne pas lui déplaire. Rageant intérieurement, il se leva avec brusquerie et se tourna vers Tomas pour dire, sans conviction :

– Je te demande de m'excuser.

Tomas leva la tête; le regard qu'il croisa était on ne peut plus hostile. La moue d'Altan exprimait un souverain mépris. Ses cheveux coupés au ras du crâne, ses oreilles décollées et son nez épaté accentuaient son air obtus. Sans rien ajouter, il quitta la pièce en claquant la porte.

Eminé regarda à tour de rôle Emel, Zehra, Arif et Kénan.

– Que cela vous serve de leçon.

Ils hochèrent tous la tête. Alors que les autres se remettaient à manger, Zehra demanda, avec l'innocence de ses trois ans :

– Eminé... Ça veut dire quoi, « giaour »?

La nourrice exaspérée leva les bras au ciel; Maro lui souffla :

– Sa curiosité est normale. Tu devrais lui expliquer.

Rougissante, Eminé réfléchit un moment avant de répondre :

– Ça veut dire « quelqu'un qui a une autre religion ».

– Quelle religion? dit encore l'enfant, qui ne comprenait pas le sens de ce mot.

Levant l'index comme il le faisait souvent à l'école coranique, Kénan s'empressa de répondre :

– Je le sais! Issa [1]. C'est un prophète.

Fier de lui-même, il sourit de toutes ses dents dont la blancheur éclatait au milieu d'un visage au teint bistre. Les cheveux très fins comme ceux de sa mère, Makbulé, les cheveux bruns, pâlis par le soleil, Kénan avait des yeux pétillants d'intelligence. Tomas l'observa en s'étonnant qu'il connaisse Issa, ainsi que les musulmans appelaient Jésus. Il fut sur le point de lui dire qu'il se trompait, que Jésus était un dieu et non un prophète, mais il s'en abstint, tout autant par timidité que pour ne pas donner tort au garçon. Et puis sa mère lui avait bien recommandé de ne pas parler de leur religion.

Zehra fixa Tomas :

– C'est vrai?

– Oui.

Il baissa ensuite la tête, non sans avoir eu le temps d'entrevoir le regard de Kénan qui semblait amical.

Chaque matin, il y avait un va-et-vient d'ânes, de mules et de chameaux dans la cour de la maison de Riza Bey. Des paysans proposaient légumes et fruits frais, des marchands livraient le charbon de bois pour la cuisson, le pétrole pour les lampes, de l'eau de source, du sel, du sucre, enfin tout ce qui était nécessaire pour une maison de cette importance. Buyuk Hanim supervisait la moindre transaction, discutait âprement des prix et des quantités. Elle décidait ensuite du menu des repas, distribuait le travail aux servantes et se retirait dans son salon où elle retrouvait la compagnie de ses chères photographies. Elle confiait à Eminé le soin de veiller à ce que ses ordres soient suivis à la lettre.

1. Jésus. (Turc.)

Des nourrices s'occupaient des enfants, ce qui laissait les trois épouses dans une totale oisiveté qu'elles s'efforçaient de meubler de leur mieux. En dehors du mois du ramadan, elles allaient chaque semaine au hammam où elles demeuraient toute la journée en compagnies d'autres femmes d'Aintab. Autrement, leur vie était une vie de recluses. On faisait bien venir au konak des musiciens, des jongleurs, des montreurs d'ours et un maître du karageuz, ce théâtre d'ombres dont les femmes raffolaient à l'égal des enfants, mais ces divertissements ne suffisaient pas à remplir les interminables heures de la journée.

Maro se retrouvait comme elles, désœuvrée, et elle fut heureuse lorsque Safiyé lui demanda de l'accompagner au jardin. Suivies de Tomas, elles marchaient côte à côte dans l'allée au gravier brûlant et agitaient un éventail devant leur visage. Des statues au marbre usé par les ans, amputées le plus souvent des bras ou de la tête, s'alignaient de chaque côté. Grecques ou romaines, ces sculptures dataient de l'Antiquité. Maro s'étonna devant Safiyé de trouver des représentations humaines dans le jardin d'un musulman. Cette dernière expliqua :

– Ça ne compte pas : elles sont plus anciennes que le Prophète.

La plupart provenaient de la côte méditerranéenne, quelques-unes avaient été trouvées dans les environs.

– Les charrues déterrent parfois des objets très anciens, ajouta encore Safiyé. Qui sait quelles merveilles sont enfouies sous nos pieds? On dit que des peuples mystérieux ont vécu ici autrefois.

– On sait au moins leurs noms : Hittites, Assyriens, Perses, Grecs, Romains.

– Il y a tant de choses que j'ignore et que j'aimerais connaître, soupira Safiyé.

Elles approchaient du bassin de pierre où s'ébattaient les quatre plus jeunes enfants de Riza Bey. Assise dans le pavillon circulaire, une coupole posée sur de frêles colonnes auxquelles s'appuyaient des treillis couverts de rosiers grimpants, Eminé s'éventait en gardant les petits à l'œil.

– Cette chaleur me fera mourir avant mon temps, se plaignit-elle. J'ai la poitrine en feu. Quel malheur lorsque le ramadan tombe en été!

Maro et Safiyé s'assirent près d'elle. Debout à côté d'une colonne, Tomas épiait du coin de l'œil les enfants dans le bassin.

– Tu ne veux pas y aller toi aussi? demanda Maro à son fils.

– Non.

– Emel! appela Safiyé. Viens un peu ici.

Une fillette de sept ans les rejoignit. Ses cheveux plaqués sur son front et sa nuque dégoulinaient sur son corps nu. Des taches de rousseur mouchetaient son nez et ses pommettes. Safiyé lui dit :

– Tomas peut-il jouer avec vous?

La bouche largement fendue d'Emel s'agrandit encore en un sourire. Elle fit signe à Tomas :

– Viens !

Mal à l'aise, car il voyait pour la première fois la nudité d'une fille, il porta son regard sur sa mère.

– Vas-y, l'encouragea cette dernière. Tu en meurs d'envie.

Il hésita en songeant qu'il devrait se dénuder. Comme Emel insistait, il tourna le dos aux femmes et se déshabilla. Conservant son caleçon, il suivit la fillette d'un pas incertain. Dans le bassin, les jeux qui avaient cessé à l'arrivée de Tomas reprirent peu à peu avec un entrain grandissant.

– Ils s'arrangeront bien entre eux, dit Eminé dont toute la vie avait été consacrée aux enfants.

Safiyé attira l'attention de Maro et revint sur le sujet qui lui tenait à cœur :

– À propos de ces peuples anciens... J'aimerais tellement que tu m'apprennes ce que tu sais.

– J'en connais peu de choses. C'était dans des livres que j'ai étudiés à l'école.

Le visage de Safiyé s'éclaira :

– Des livres ? La bibliothèque de Riza est bien garnie. Il possède des ouvrages en français qu'il a rapportés de Paris. Tu saurais les lire. Nous pourrions... Si tu le veux...

La phrase aux allures de supplique resta en suspens. Le regard quémandait. Maro perçut la faim insatiable de connaissances de cette femme et acquiesça à sa demande. Safiyé lui serra le bras et manifesta sa joie :

– Que tu me fais plaisir ! Tu ne peux pas savoir comment. Nous passerons des heures merveilleuses ensemble.

Enchantée elle aussi, Eminé pressa la première épouse :

– Parle-lui du gros livre aux gravures étranges ! Celui avec des bêtes fabuleuses et des monstres inquiétants.

– Comment veux-tu que j'en parle ? se défendit Safiyé en rougissant car ce bouquin contenait des images de croix chrétiennes. Je me demande encore ce qu'il raconte.

Maro ne les écoutait plus ; elle tendait l'oreille vers le bassin où les enfants se poursuivaient et s'aspergeaient. Oui ! C'était bien le rire de Tomas qu'elle percevait au milieu des cris et des exclamations. Un rire franc et clair, un son qu'elle n'avait pas entendu depuis si longtemps ! La dernière fois remontait à plus d'un mois : le soir de son anniversaire, lorsqu'il avait monté son poney. Le rire éclata de nouveau, bouleversant Maro dont les prunelles s'embuèrent. Les deux autres femmes regardèrent les enfants et comprirent l'émoi de Maro. Safiyé lui caressa la joue et essuya ses larmes.

– La vie est plus forte que tout ! décréta la nourrice que le spectacle réjouissait.

***

Dans la grande maison en banlieue d'Aintab, la vie se déroulait selon un rythme en apparence immuable. Les jours s'écoulaient lentement, identiques.

Tomas s'apprivoisait aux enfants, se liant d'amitié avec Kénan et Emel, le garçon et la fille qui étaient à peu près du même âge que lui. Riza Bey lui donna un cheval afin qu'il puisse accompagner ses deux amis lors de randonnées guidées par Abdullah dans les champs de la propriété. Dans l'esprit de l'enfant, ce petit cheval pie faisait en quelque sorte le pont avec son poney Gaydzag et lui permettait de jeter un voile d'oubli sur la période entre les deux. Tomas avait rêvé une nouvelle fois de Vartan, un songe où son père lui répétait de l'attendre, et il en tirait une foi inébranlable en l'avenir. Fort de cette certitude, il vivait ses journées consacrées au jeu avec l'insouciance dont seuls les enfants savent faire preuve.

Maro encourageait cette attitude de son fils, même si cela accroissait son impression d'isolement. Elle se retrouvait seule à entretenir le désir de gagner au plus vite la capitale. Les démarches nécessaires dépendaient entièrement de Riza Bey car, partageant le sort des épouses, Maro ne pouvait pas plus qu'elles sortir à sa guise de la maison. Accaparé par ses fonctions de gouverneur, Riza Bey négligeait de télégraphier à l'oncle Mesrop. Et lorsqu'elle évoquait la question, Maro se faisait répondre :

– Fais-moi confiance. Je n'attends que le moment propice. Prends exemple sur ton fils, Maro, et profite pleinement de l'hospitalité de ma maison. Qui sait de quoi demain sera fait?

Sauf lorsqu'il s'absentait d'Aintab, Riza ne passait pas une journée sans s'entretenir quelques heures avec Maro. Il multipliait les cadeaux, qu'elle n'avait pas la possibilité de refuser, et se montrait attentif et empressé. De plus en plus empressé. Et, un soir qu'il l'avait invitée pour une promenade, ce qu'elle tentait d'empêcher par tous les moyens à sa disposition se produisit.

– Je vais te montrer l'endroit où j'allais rêver quand j'étais jeune, lui avait-il dit.

C'était la première fois que Maro quittait le konak depuis son arrivée. Une fois franchi le portail que gardaient deux hommes armés, ils tournèrent à droite et passèrent devant la mosquée. Le vent du désert était tombé et l'air perdait peu à peu sa chaleur d'étuve. La pleine lune argentait le feuillage des oliviers et dessinait des ombres bleutées à leurs pieds. Riza Bey guida Maro dans un sentier qui coupait à travers une plantation de pistachiers. Il expliqua que sa famille cultivait ces arbres depuis plus de deux cents ans et exportait des pistaches dans toute l'Asie Mineure.

Le sol devint plus rocailleux et Riza Bey offrit le bras à sa compagne de route; Maro fit mine de ne pas voir son geste et accéléra le pas. Après un quart d'heure de marche, ils atteignirent la crête d'une colline où se dressait un pin tordu qui s'appuyait à un bloc de roche de la hauteur d'un homme. Une anfractuosité dans la pierre ménageait une place pour s'asseoir.

– Je croyais autrefois qu'il s'agissait d'un trône ayant appartenu à un roi très ancien. Regarde, tout y est : le haut dossier, les accoudoirs, le socle pour reposer les pieds.

Il frappa le tronc du pin du plat de la main :

– J'ai planté cet arbre il y a près de quarante ans. Tu sais, je n'ai jamais montré cet endroit à personne. C'était mon coin secret.

Riza Bey semblait attacher tant d'importance à ce lieu que, pour ne pas le décevoir, Maro examina le rocher du bout des doigts.

– Assieds-toi sur le trône, tu verras la vue qu'on y a.

Elle s'installa sur la pierre encore tiède. L'odeur de térébenthine du résineux descendait sur elle. Une plaine d'ombre s'étendait plus bas, traversée par la rivière Indjirli dont les méandres scintillaient sous la lune. Vers la gauche, les trois collines d'Aintab ; des lumières brillaient dans les maisons, où l'on célébrait la suspension du jeûne. De loin en loin, des chiens se répondaient.

Les vêtements blancs de Riza Bey faisaient une tache pâle sur la masse sombre du pin. Il confia tout bas :

– Enfant, j'imaginais que je deviendrais roi le jour où je remplirais parfaitement le siège du trône. Toutes les terres devant moi m'appartiendraient.

Il balaya l'horizon du bras et rit :

– Pour que mon père se réalise, je les ai achetées ! Tout ce que tu vois d'ici à la rivière est à moi.

– C'est beau de pouvoir vivre ses rêves, répondit distraitement Maro qui se relevait.

Il l'arrêta d'un geste :

– Reste assise, je t'en prie. Pose les bras sur les accoudoirs, appuie ta tête. Là... Ce trône te convient à merveille. Ne bouge plus.

Riza Bey s'approcha et lui enleva son féradjé. Il sortit de sa veste un diadème dont il couronna la tête de Maro, et il se recula pour juger de l'effet. À contrecœur elle se prêta à ce jeu ; lèvres pincées, elle fixait l'horizon. La lumière froide donnait une couleur de marbre au visage de la jeune femme et allumait le feu des pierreries sur son front.

– Une reine ! s'extasia Riza Bey. Une véritable reine.

Il posa un genou par terre devant elle et porta à ses lèvres un pied dont il embrassa le dessus.

– *Ma* reine...

Maro retira vivement son pied. Riza se mit debout et déclara :

– Je t'aime, Maro. Je t'aime depuis le premier jour où je t'ai vue.

– Non ! fit-elle en essayant de partir.

Il la repoussa délicatement sur le siège.

– Écoute-moi, Maro.

– Je ne veux rien entendre.

– Laisse-moi parler, dit-il avec fermeté.

Elle haussa le ton :

– Riza Bey ! Vous savez que j'appartiens à un autre homme.

– Cela ne change rien au fait que je t'aime et que je veux ton bonheur.

– Mon bonheur n'est possible qu'avec Vartan.

– Tu ne peux m'empêcher de t'aimer.

Il écarta les bras en un geste d'impuissance et se plaignit :

– Je suis fou de toi et nul remède ne saurait me guérir de cette maladie !

– Il en existe un : faites-moi partir au plus tôt.

Riza Bey se détourna et s'éloigna de quelques pas pour contempler la vallée. Sa haute silhouette masqua une partie du paysage ; son fin profil se découpait sur les lumières d'Aintab ainsi qu'une figure d'un théâtre d'ombres. Maro était secouée. Depuis plusieurs jours, elle redoutait ce moment et s'y préparait, mais il n'était pas facile pour autant d'éconduire un homme à qui elle et son fils devaient d'avoir la vie sauve. Il importait avant tout de ménager son amour-propre.

– Comprenez-moi bien, Riza Bey. Cela n'a rien à voir avec vous. Mon cœur est déjà pris.

Il revint vers elle et murmura, d'une voix vibrante :

– Je le sais, aussi je ne demande pas ton amour. Laisse-moi simplement t'aimer, Maro, t'aimer en sachant que mes sentiments ne seront jamais payés de retour. Laisse-moi te chérir et te combler.

– Riza Bey, insista-t-elle avec douceur, vous me mettez dans une situation impossible. Je saurais que je fais souffrir l'homme généreux qui m'a sauvé d'une mort certaine.

La main sur le cœur, il se pencha vers elle. Il se tenait dos à la lune et elle distinguait mal ses traits ; cependant, son haleine arrivait en plein visage de Maro.

– Comment pourrais-je souffrir alors que je n'attends rien de toi ? Un peu d'amitié, un peu de tendresse, un peu d'affection. Quelques jours, quelques semaines... C'est si peu pour toi en regard de toutes les années de ta vie, et c'est tellement pour moi qui t'aimerai jusqu'à la fin de mon existence. Tu n'aurais pas la cruauté de me refuser quelques miettes de bonheur ?

Devant la voix implorante, Maro ne sut que répondre. Alors qu'elle cherchait ses mots, Riza reprit, avec un lyrisme tout oriental :

– Ne dis rien, tu briserais mon rêve, je le sens. Que ta voix suave, divine houri, ne détruise pas la joie qui gonfle mon cœur. Pour le plus grand ravissement de mon âme, offre à mon regard ta beauté muette.

Elle baissait les yeux, un peu affolée par la situation.

– Rentrons, voulez-vous ? suggéra-t-elle.

Il répondit « pas encore » lorsqu'elle voulut rendre le diadème. Satisfait qu'elle ne proteste plus, il lui tendit la main et l'aida à se relever.

– Rentrons, puisque tel est ton souhait. En silence, afin de savourer la magie de cette nuit.

Sans relâcher sa main, il la guida sur le chemin du retour. Les stridulations et les bourdonnements de milliers d'insectes et le chuintement des herbes sèches composaient un fond sonore qui devenait assourdissant lorsqu'on lui prêtait attention. Un lapin détalait, un hibou hululait, un arbre craquait. Une perdrix réveillée par le passage des promeneurs gloussa dans un fourré.

Riza Bey exultait. Enfin il s'était ouvert à Maro et dorénavant il pourrait exprimer ses sentiments en toute liberté. Peut-être à cause du lieu, chargé pour lui de souvenirs, et de la nature de son inclination pour cette femme, un amour teinté d'admiration, Riza Bey avait l'impression de renouer avec l'adolescent romantique qu'il avait été. Les années s'évanouissaient, il vivait un recommencement. Avec elle, il n'hésiterait pas à se révéler tel qu'il était, à abandonner dans l'intimité cette façade de dureté et d'intransigeance qu'il s'était composée pour devenir un meneur d'hommes.

Alors que Maro le précédait dans le sentier devenu étroit, un désir tout-puissant envahit Riza Bey. Il se vit en animal mâle qui piste la femelle. Il posa les mains sur la taille de Maro qui tenta de se dégager; il la ceignit d'un bras et l'attira contre lui. Lutte silencieuse et inégale; chaque mouvement qu'elle faisait pour se libérer incitait l'homme à resserrer son étreinte, à la plaquer plus fortement contre lui.

– Riza Bey... supplia-t-elle.

Sourd à cette prière, il releva sa chevelure et l'embrassa sur la nuque, la mordilla dans le cou. Il respirait fort et vite, ses mains fébriles couraient sur le corps de Maro. Elle se débattait encore mais ne pouvait rien contre la force de Riza. Il lui tourna la tête et sa bouche chercha les lèvres de la femme. La résistance de Maro excitait sa fougue, fouettait son désir; il la souleva et la coucha sur le sol raboteux, l'immobilisa sous son poids. Dans sa hâte de la dénuder, il déchira un pan de la robe. Jugeant toute lutte vaine, elle se laissa faire. En la pénétrant, il laissa échapper un long soupir qui sonna comme un râle. Une fois en elle, il s'étendit sur son corps et resta longtemps sans bouger. Il lui tenait les poignets et l'embrassait en chuchotant des mots d'amour d'une voix fiévreuse. Peu à peu les muscles de Maro se détendirent; alors, les reins de Riza se mirent à remuer lentement.

– Abandonne-toi, dit-il d'un souffle rauque. Tu me désires, le corps ne ment pas.

Elle tourna la tête de côté, le nez dans une touffe de thym qu'ils avaient écrasée. Étourdie par l'odeur obsédante, elle pleurait tout bas.

9

La silhouette trapue d'un volcan au sommet arasé se dressait devant Vartan. Une couronne de neige s'effilochait en pointes sur les flancs; on aurait dit des coulées de lave blanche débordant du cratère. Le mont Argée [1]. Il avait réussi! Césarée se trouvait au nord de cette montagne, à une vingtaine de kilomètres à peine. Qu'est-ce que c'était en regard des trois cent cinquante qu'il venait de parcourir?

D'après la hauteur du soleil, on devait être au milieu de l'après-midi. Vartan s'assit à l'ombre d'un rocher. Trempé de sueur, il claquait des dents. Des accès de fièvre, qui duraient une ou deux heures et le laissaient ensuite affaibli et assoiffé, le prenaient régulièrement. Cette fièvre venait de sa blessure à la cuisse. Elle ne guérissait pas et l'infection gagnait tout le corps. Il fallait espérer qu'Anthony Black, le directeur du collège américain de Césarée, dispose de médicaments. À supposer qu'il n'ait pas été forcé de quitter cette ville...

Un certain découragement habitait Vartan. Au quatrième jour du voyage, son cheval Yildiz s'était cassé une patte; il avait dû l'abattre et continuer à pied. Presque trois semaines de marche, trois semaines à s'éloigner de la région où se trouvaient sans doute Maro et Tomas! En raison du temps écoulé, la distance qui le séparait d'eux paraissait à Vartan plus grande qu'elle ne l'était en réalité, et c'était cela, bien plus que l'épuisement, la faim et la soif, qui l'abattait.

Après trois jours à l'orphelinat suisse, il avait quitté Malatia de nuit, confiant à Miss Langlet le soin d'expédier les lettres et les articles qu'il avait rédigés. La surveillance s'était relâchée dans la ville et ses environs immédiats, mais les gendarmes et l'armée contrôlaient toutes les routes, aussi Vartan avait-il cheminé sur le haut plateau qui prolonge au nord le massif du Taurus.

1. Appelé aujourd'hui Erciyas.

Ponctuée de montagnes aux cols aisément praticables, entrecoupées de vallées encastrées, la steppe déroulait des paysages majestueux que survolaient des aigles solitaires. Les rares ruisseaux coulaient vers la Méditerranée; parfois des troupeaux de moutons mouchetaient une pente. Vers le sud-ouest, les montagnes s'empilaient à l'infini, tels des gradins géants, et leur couleur d'un rouge mordoré de vert s'estompait avec l'éloignement, passait du rose au lilas pour en venir à se confondre avec le bleu du ciel.

Calé contre la pierre, Vartan scruta la plaine doucement vallonnée qui s'étirait devant lui. Des vignes sur un coteau, des pommiers dans une coulée, des alignements de peupliers de Lombardie et le petit rectangle d'or d'un champ d'orge témoignaient que les lieux étaient habités. Il cherchait un toit, une ferme où il demanderait l'hospitalité. Sale, la barbe longue et l'uniforme déchiré, Vartan éveillerait la suspicion à Césarée et se ferait sûrement interpeller. Il convenait de se rendre d'abord un peu plus présentable. Il ne vit pas d'habitation mais un mouvement au loin attira son attention : un paysan labourait.

Il se remit en marche, en boitant à cause de sa jambe blessée où chaque pas provoquait des élancements. Une demi-heure plus tard, il arriva en bordure de la planche de sillons où un homme tenait l'unique mancheron d'une charrue en bois que deux bœufs efflanqués tiraient d'une allure paresseuse. Il portait le costume habituel des paysans d'Anatolie : blouse rose, pantalon bouffant de coton décoloré et des sandales de cuir, les tchariks. Un garçon d'une douzaine d'années marchait le long des bêtes dont il cinglait parfois la croupe avec une longue branche. L'enfant aperçut le visiteur et avertit le laboureur qui stoppa son attelage.

– Eyvallah hemchéri [1]! cria-t-il.

– Je te salue, mon ami, répondit Vartan en s'approchant.

Trapu et massif, le paysan essuya ses mains velues sur son pantalon. Une ancienne cicatrice aux lèvres inégales balafrait la joue gauche de cet homme d'une quarantaine d'années. La repousse d'une barbe drue bleuissait son menton, une épaisse moustache masquait à demi sa bouche. Il se méfia en voyant de plus près l'aspect dépenaillé de Vartan.

– Tu es blessé?

– Oui. Et je marche depuis des jours.

Sous les sourcils noirs et broussailleux, le regard donnait une impression de sournoiserie.

– Que fais-tu par ici?

– Ma compagnie a été attaquée par des infidèles dans les montagnes, moi seul ai réussi à m'échapper.

Le paysan demeurait suspicieux; il se gratta le ventre, geste qui amena sa main près de la crosse du pistolet passé dans sa ceinture. Vartan voulut le mettre en confiance et montra ses galons :

1. Salut, compatriote. (Turc.)

– Rassure-toi, je ne suis pas un déserteur. Je suis le lieutenant Akdar. Je retourne faire rapport à mon colonel à Césarée.

– As-tu quelque chose qui prouve ton identité?

Vartan tendit son ordre de mission, que le laboureur déplia, examina en le tenant à l'envers et rendit en disant :

– Je ne sais pas lire.

C'était bien ce que Vartan avait escompté, car le papier portait le nom de Chakir Ismaël. Il indiqua une ligne de caractères arabes et la marque du sceau d'Halit Pacha.

– Regarde. Voici le nom du sultan.

– Comment s'appelle-t-il?

– Tu ne le sais pas? fit Vartan, surpris.

Craignant que le lieutenant ne lui reproche son ignorance à propos du sultan, le paysan s'excusa en riant aux éclats.

– Je n'ai pas de mémoire. J'oublie même le nom de mes enfants.

– Tu en as beaucoup?

L'homme montra neuf doigts, en se rengorgeant de fierté.

– Combien d'épouses?

– Deux, répondit le paysan qui connaissait ce chiffre. Et toi?

– Quatre, comme le permet le Prophète.

Ce nombre impressionna son interlocuteur. Il fallait être un homme riche pour entretenir tant de femmes!

– Je m'appelle Suleiman Karabiyik [1]. Viens te reposer chez moi.

– Volontiers. Dieu te bénisse, Suleiman.

Le fils du fermier était allé chercher une cruche sous un buisson épineux. Au lieu de boire, le paysan versa de l'eau sur sa tête et s'aspergea le visage, comportement que Vartan trouva étrange.

– Elle n'est pas potable? Je ne peux pas en boire? demanda-t-il quand Suleiman lui donna la cruche.

Ce dernier sursauta et plissa le front, de nouveau sur ses gardes.

– Boire? Mais c'est le ramadan!

Vartan corrigea en toute hâte sa bévue :

– Je croyais qu'il était terminé. Je t'ai dit que j'étais égaré. J'ai perdu le compte des jours.

Cette réponse satisfit le paysan. Malgré sa gorge parcheminée, Vartan se contenta de se rafraîchir le front et la nuque. Suleiman confia les bœufs à son fils et conduisit son visiteur à la ferme. En cours de route, il remarqua que Vartan frissonnait.

– Tu trembles?

– Un peu de fièvre.

– Sûrement la malaria.

– Cela vient d'une blessure à la cuisse.

– Non, non! C'est la malaria. Je connais ça, j'en ai souffert. Un de mes fils aussi. Ma deuxième épouse est la seule de la région qui sache guérir la malaria. Tu ne pouvais pas mieux tomber. C'est sûrement Allah qui t'a guidé jusqu'à moi!

1. Moustache-Noire. En l'absence de patronyme, on accolait au prénom un surnom en rapport avec un trait physique, une qualité ou un métier.

Vartan jugea préférable de ne pas le contredire au sujet de sa maladie. Tant mieux si le paysan était persuadé que leur rencontre tenait à la volonté divine. D'ailleurs, son attitude changea dès ce moment, il mit la main sur l'épaule du lieutenant et prit une voix amicale :

– Tu aurais dû boire, tout à l'heure. Les malades n'ont pas à jeûner. Dès que nous arriverons, tu boiras et mangeras à ta faim.

– J'aimerais aussi me raser et me laver. Si tu as du fil et une aiguille, je réparerai mon uniforme. Regarde de quoi j'ai l'air, moi, un lieutenant de l'armée ottomane ! Je sentirais mon honneur à jamais bafoué si je me présentais ainsi devant mes supérieurs. J'ai de l'argent pour te dédommager.

– De l'argent ! s'exclama le paysan, outré. L'hospitalité de Suleiman Karabiyik ne se monnaie pas, il la prodigue comme l'enseigne le prophète.

– Pardonne-moi, je ne voulais pas t'offenser.

Suleiman sourit largement et fit signe que c'était oublié.

Ils passaient devant un champ où des femmes et des enfants coupaient le blé à la faucille.

– Ça m'appartient, déclara Suleiman en désignant du même geste le petit champ et les gens qui y travaillaient.

La voix toujours vibrante d'orgueil, il indiqua aussi un pré pierreux mais vert, une oliveraie, un champ de maïs et un jardin irrigué. Il se frappa la poitrine :

– Je ne les loue pas d'un agha. C'est à moi et à mon frère, Nazim.

Il énuméra les animaux qu'ils possédaient : deux bœufs, une génisse, une ânesse et son petit, et un nombre indéterminé de moutons, de chèvres et de poules. Selon les critères de l'Anatolie, Suleiman était un paysan à l'aise. La ferme comprenait une étable, derrière laquelle s'alignaient trois hautes meules de foin, et deux maisons en pisé, voisines l'une de l'autre. Suleiman montra celle de gauche aux minuscules fenêtres obstruées par un grillage en bois.

– C'est le harem où demeurent mes femmes et celles de mon frère.

Deux enfants de moins de trois ans jouaient devant la porte du harem à côté des poules qui somnolaient, couchées dans les nids qu'elles avaient creusés dans le sol poussiéreux. Dans l'ombre de l'étable, l'ânesse haletait en fixant le large des champs, son petit entre ses pattes. Un parfum de pain qui cuit flottait dans l'air, emmêlé à l'odeur du fumier.

Suleiman poussa Vartan dans l'habitation de droite, qui ne comportait qu'une seule grande pièce. Des paillasses et des couvertures de selle couvraient les deux tiers du plancher de terre battue. Les murs maintenaient une fraîcheur relative à l'intérieur. Encore dans l'encadrement de la porte, le paysan cria, en direction de la deuxième maison :

– Aycha! Aycha!

Il fit asseoir son hôte et lui servit du raki dans une petite tasse de fer-blanc. Il aurait donné beaucoup pour s'offrir lui aussi une rasade d'alcool qu'il aurait fait suivre d'une ou deux cigarettes, mais il résisterait à la tentation et attendrait la fin du jour.

– Que ta vie soit longue et ta progéniture nombreuse, dit Vartan en guise de toast.

– Merci.

Une femme entra, vêtue d'une courte robe vert pâle portée sur un chalvar rose, sorte de pyjama noué aux chevilles, et chaussée de babouches en peau de mouton. Un féradjé blanc couvrait sa tête et son visage. Les yeux en amande, les épais sourcils et les longs cils dénotaient une ascendance circassienne. Elle observa Vartan à la dérobée avec curiosité.

– Apporte à boire et à manger à mon invité.

Hésitante, elle regarda son mari; elle avait mal compris. Et le ramadan?

– Le lieutenant est malade, expliqua Suleiman, il n'a pas à jeûner. Tu vas le soigner. Examine-le: je suis certain que c'est la malaria.

Elle s'approcha du visiteur et se pencha sur lui. Sa main teinte avec de la cannelle se posa sur le front de Vartan et y demeura un moment. Il sentit que la paume moite tremblait légèrement. Puis, du pouce et de l'index, la femme lui écarta les paupières, mais plutôt que d'étudier le blanc des yeux, ainsi qu'elle prétendait le faire, elle balayait du regard tout le visage de Vartan avec un sans-gêne qui le mit mal à l'aise.

– C'est bien la malaria, affirma-t-elle à son mari. Je lui ferai le traitement.

Elle repartit et Suleiman s'exclama, rayonnant:

– Des gens viennent de partout pour qu'elle les guérisse!

– Pourrait-elle soigner ma blessure? s'enquit Vartan en touchant sa cuisse endolorie.

– Non. Le don d'Aycha ne vaut que pour la malaria. Mais tu verras: dans trois jours, tu auras recouvré toute ta force.

– Je repartirai ce soir même.

Suleiman sursauta:

– Il n'en est pas question! Tu te reposeras quelque temps chez moi. Il ne sera pas dit que j'aurai laissé un de nos vaillants officiers reprendre la route alors qu'il était malade.

Les petits yeux vifs de Suleiman scrutaient ceux de son invité. Cet homme était bien plus finaud qu'il ne le paraissait de prime abord; Vartan ne pouvait refuser son hospitalité, et le traitement inutile, sans déplaire à son hôte et éveiller sa suspicion.

– Ta générosité me touche, Suleiman, dit Vartan en tirant quelques pièces de sa poche. Puisque tu ne veux pas de mon argent, j'aimerais que tu fasses une offrande en mon nom à la mosquée.

Le paysan sourit de toutes ses dents jaunies par le tabac et empocha la pièce. Ce lieutenant était vraiment un homme de qualité.

Aycha apporta un plateau de cuivre chargé de pain encore chaud et d'abricots secs, et un pot de grès contenant de l'ayran. Elle se retira avec son mari. Vartan mangeait de bon appétit lorsque Suleiman revint avec un rasoir, un petit morceau de savon gris et un pichet d'eau. Il portait sur son bras replié un pantalon et une chemise.

– Enlève ton uniforme, les femmes s'occuperont de le nettoyer et de le réparer. Coudre n'est pas un travail d'homme.

Vartan se dévêtit et Suleiman grimaça en voyant la plaque noirâtre sur sa cuisse droite.

– Cela paraît pire que c'est, déclara Vartan d'un ton détaché. En vérité, l'état de sa blessure l'inquiétait. Les lèvres violettes de la plaie bâillaient et, soulevée par le pus, l'escarre s'arrachait par morceaux. Toute la jambe enflait, au point que le pied se trouvait à l'étroit dans la botte. Il aurait fallu curer la plaie et utiliser ensuite un désinfectant avant de la panser.

– As-tu de l'alcool?

Suleiman désigna la bouteille de raki posée par terre.

– Je veux dire de l'alcool comme on en brûle dans les réchauds.

– Non. Veux-tu que je fasse venir le devin du village? Il confectionnera une amulette.

– Ce n'est pas nécessaire. Quand j'arriverai à Césarée, le chirurgien de l'armée m'arrangera ça en un rien de temps.

– Tu le sais mieux que moi, répondit le paysan. Je retourne aux champs, repose-toi jusqu'à la prière du soir. Je reçois des invités pour rompre le jeûne, j'aimerais que tu te joignes à nous.

– J'en serais flatté.

Suleiman s'en alla. Une fois rasé et lavé, Vartan s'étendit en caleçon sur une paillasse au fond de la pièce. Il ferma les yeux mais les rouvrit presque aussitôt en entendant un pas léger. C'était Aycha. Vartan tendit la main vers le pantalon étalé près de lui.

– Ne vous donnez pas cette peine, dit Aycha. Je n'en ai pas pour longtemps. Restez étendu.

Elle s'approcha d'un pas vif et s'agenouilla à côté de Vartan. Posé négligemment sur sa tête, le voile glissa sur ses épaules, laissant son visage à découvert. Sa bouche aux lèvres charnues fit une moue et elle haussa les épaules, comme si elle répondait à une objection qu'elle se faisait intérieurement. Elle ne se recouvrit pas. Tant de liberté chez une musulmane étonna Vartan.

Aycha avait tout juste vingt ans. Très consciente de sa beauté, elle détestait devoir la dissimuler depuis son mariage, il y avait maintenant quatre ans. Elle regrettait les regards de convoitise qu'elle faisait naître autrefois chez les hommes et elle s'ennuyait dans cette ferme isolée dont elle sortait trop peu souvent, pour de courtes visites au marché du village. Drapée dans un tcharchaf, elle se confondait alors aux autres paysannes, formes sombres et silencieuses qui suivaient docilement leur mari.

Comme lui manquaient les fêtes et l'animation du village de montagne où elle était née, les amies qu'elle retrouvait au puits! Chez son père, il y avait toujours de la musique et des rires, souvent des danses, tandis qu'ici, dans cette plaine brûlée de soleil, on ne parlait que des récoltes et des bêtes, on ne pensait qu'aux travaux de la terre et aux aliments à emmagasiner en prévision de l'hiver. Une vie d'ennui! Porter des enfants, soigner les bêtes, peiner aux champs, cuisiner, filer la laine, tisser. Enfermée dans une maison sombre et enfumée six mois par année; le reste du temps à se faner sous le soleil. Aycha se sentait vieille déjà. Suleiman ne la voyait plus. Pour lui, elle n'était qu'un objet, ni plus ni moins qu'une des bêtes de son troupeau. Qu'elle travaille et qu'elle enfante, il n'en demandait pas plus.

Si jamais il apprenait qu'elle s'était dévoilée devant un étranger, il la battrait jusqu'à ce qu'elle crache ses dents. Tant pis, elle courait le risque. Elle avait tellement besoin de se sentir encore une fois belle dans le regard d'un homme. Ce lieutenant, d'une tout autre trempe que les lourdauds du coin, lui offrait l'occasion rêvée. Elle n'attendait pas grand-chose : constater qu'il la trouvait désirable, peut-être aussi un compliment à propos duquel elle feindrait de rougir.

– Voilà le remède contre la malaria, dit-elle en exhibant un œuf frais.

Elle incisa la coquille avec l'ongle de son index et la retira par petits fragments. Sa dextérité était telle qu'Aycha parvint à peler l'œuf sans briser la fragile membrane qui retenait le blanc et le jaune. Elle y perça un trou et fit couler les humeurs dans un plat, puis l'enveloppe vide trempa un moment dans du jus de citron. En tant que pharmacien, Vartan était curieux des remèdes populaires et il observa l'opération d'un œil amusé. Durant ce temps, la jeune femme ne cessait de le questionner : où était-il né? où habitait-il? était-il marié? Vartan inventa à mesure la biographie du lieutenant Salahaddin Akdar.

– Donnez-moi votre main gauche, dit-elle.

Elle en effleura la paume et s'étonna. Elle n'avait jamais vu une main d'homme qui ne fût point épaisse de callosités, et celle du lieutenant avait une peau lisse, presque douce, signe qu'il ne s'astreignait jamais au travail manuel. Une main de riche! Que pensait-il d'elle? Remarquait-il sa beauté? Aycha ne pouvait rien lire sur son visage impénétrable. Elle enroula la membrane de l'œuf autour du petit doigt.

– Voilà, fit-elle sans relâcher sa main.

– C'est tout?

– Oui. Laissez-le sécher en place. Cela fera mal mais vous serez guéri.

– Merci, hanim, dit Vartan en retirant sa main qu'il posa sur ses cuisses.

– Désirez-vous autre chose, lieutenant?

Il répondit par la négative. La jeune femme ne se décida à partir que lorsqu'il annonça qu'il allait dormir, et il s'endormit effectivement après qu'elle eut quitté la maison en se voilant.

Ce fut la douleur qui le réveilla, une heure plus tard. La membrane avait durci et serrait son petit doigt aussi fortement qu'un étau. La main en était engourdie et la souffrance se diffusait dans tout son corps. Il tenta d'arracher la peau sèche qui emprisonnait son doigt.

– Non! cria la voix d'Aycha.

Ignorant la présence de la jeune femme, il sursauta. Elle prit la main de Vartan; trop tard, il avait brisé la membrane avec ses ongles. Elle fit un reproche :

– Vous n'auriez pas dû faire ça! Pour guérir, il faut attendre que la membrane craque et tombe toute seule.

Accroupie près de Vartan, elle avait encore le visage à découvert et le regardait avec un sourire énigmatique qui rendait arrogante la beauté de sa jeunesse. Inquiet, Vartan jeta un coup d'œil furtif vers la porte.

– Ils sont tous aux champs, murmura Aycha pour le rassurer.

– Tu es là depuis longtemps?

– Je surveillais votre sommeil. Il était si profond!

Sous prétexte de prendre sa température, elle mit la paume sur le front de Vartan. Ce toucher lui fit l'effet d'une caresse et il repoussa la main de la femme en s'asseyant.

– Je vais mieux, dit-il d'un ton plutôt froid. Je t'en remercie.

– Vous êtes toujours malade. Il faudra reprendre le traitement demain.

Il n'avait pas envie de renouveler l'expérience douloureuse.

– Ce ne sera pas nécessaire, hanim.

– Suleiman se mettra en colère si je ne vous guéris pas de la malaria.

La voix de la jeune femme laissait percer sa peur, mais on y décelait également une nuance d'ironie. Vartan la soupçonna de savoir qu'il n'était pas atteint de la malaria. Elle le regardait intensément, avec une curieuse expression qu'il ne parvenait pas à définir, et la familiarité de son attitude déplut à Vartan, car Suleiman devait être très pointilleux en ce qui concernait l'honneur de ses femmes.

Vartan voulut enfiler le pantalon que lui avait prêté son hôte. Il remarqua un emplâtre brun sur sa cuisse.

– Qu'est-ce que c'est?

– De la boue et du crottin de chèvre, répondit Aycha. Cela guérit les blessures.

Il grimaça en songeant au danger du tétanos, se leva pour faire tomber le mélange de terre et d'excréments, et rinça sa plaie avec l'eau qui restait dans le pichet. Son sommeil avait été de plomb pour qu'il ne s'éveille pas lors de la pose de l'emplâtre. Un bouton de son caleçon était défait. Se pouvait-il que... Il leva vivement la tête vers Aycha qui venait de se masquer du féradjé et ne montrait plus que ses yeux en amande aux paupières mi-closes. Elle s'inclina et partit.

Cette femme risquait de lui attirer des ennuis; Vartan avait intérêt à quitter la ferme le plus tôt possible. Il s'habilla et s'assit devant la porte pour attendre le retour de Suleiman.

Des ombres s'étiraient dans la cour. L'uniforme de Vartan séchait, accroché aux ridelles d'une charrette de blé sous laquelle picoraient des poules. Au loin dans un champ, quatre femmes et une douzaine d'enfants transportaient des gerbes qu'ils empilaient en petites meules. L'ânesse et son petit tournèrent le coin de la maison, se rendirent jusqu'au puits et se mirent à braire avec force jusqu'à ce qu'au bout de quelques minutes Aycha vienne leur donner à boire. Un nourrisson dans les bras, elle s'acquitta de sa tâche sans quitter Vartan des yeux.

Les femmes rentrèrent des champs et, s'interrogeant sur la présence de cet étranger, elles s'empressèrent de rejoindre Aycha dans le harem afin d'en savoir plus long. Les enfants se chamaillèrent autour du puits et burent en s'éclaboussant. Il y avait sept filles et six garçons dont l'âge s'échelonnait de quatre à treize ans. Les joues barbouillées et les mains sales, ils allaient tous pieds nus. Pendant que les mères cuisinaient le repas, ils jouèrent dans la cour, jeux qui n'étaient qu'un prétexte pour observer le visiteur. Bientôt, n'y tenant plus, un garçon de sept ou huit ans, qui louchait un peu, s'approcha et désigna l'uniforme qui séchait :

– Tu es un soldat?

– Oui, un officier.

– Connais-tu mon frère aîné? Il se bat dans l'armée.

– Non. Il y a tellement de soldats.

Toute la marmaille s'agglutina autour de Vartan et le bombarda de questions. D'où venait-il? Où allait-il? Avait-il des enfants?

Cette dernière question rejoignit les pensées de Vartan. L'un des garçonnets lui rappelait Tomas tant par l'âge que par la stature. Il aurait donné cher pour que son fils possède encore l'insouciance de ces enfants! En cachant mal son émotion, il leur parla de Constantinople, de la mosquée Bleue, du port où de grands navires arrivaient de pays lointains. Ils s'assirent autour de lui et restèrent à l'écouter jusqu'à ce qu'une femme les appelle pour le repas.

Le soleil touchait l'horizon lorsque Suleiman revint en compagnie d'un homme taillé sur le même gabarit que lui et qu'il présenta comme son frère Nazim. Ce dernier examina Vartan d'un regard circonspect et se montra plutôt réservé. Peu après arrivaient trois garçons, des adolescents de quatorze à seize ans. Le soir tomba, et dans l'air calme la voix à peine audible du muezzin se fit entendre depuis le village voisin. Vartan savait qu'elle disait : « Allahu Akbar – Dieu est le plus grand. Allahu

Akbar. Je témoigne qu'il n'y a pas d'autre Dieu qu'Allah. Venez prier. Venez prier. Venez prier. Allahu Akbar. Allahu Akbar. Allahu Akbar. » Même pour une oreille chrétienne, ce message très noble évoquait la présence de Dieu. L'appel puissant invitait toutes les âmes à communier à la mystérieuse source de la vie, et Vartan n'eut pas l'impression de jouer un jeu quand il se tourna avec les autres vers La Mecque et imita leurs gestes en priant intérieurement.

À la nuit tombée, des paillasses furent étalées sur le gravier de la cour, en un cercle irrégulier au centre duquel fut allumé un petit feu. Les invités arrivèrent, que Suleiman et Nazim accueillirent avec des embrassades et des échanges de vœux. Suleiman leur présenta Vartan en y mettant beaucoup de manières. Il y avait Burhanettin, un chaudronnier ; Tek-goz Sedat, le boulanger dont le surnom rappelait qu'il n'avait qu'un œil; Osman, un muletier qui transportait du charbon de village en village; le beau-frère de Nazim et deux fermiers des environs, Sarilik Sitki et Beli Kirik Rahmi [1]. Ils se ressemblaient tous avec leurs moustaches d'un noir corbeau, leurs visages cuits par le soleil, leurs fez en équilibre sur leurs crânes rasés et leurs chemises de toile blanche serrées à la taille par une large ceinture de laine. Le dernier invité, le chantre coranique Hafiz Chevfik, était chauve et presque aveugle. Sa barbe blanche était jaunie autour des lèvres par la fumée des cigarettes qu'il roulait à une vitesse remarquable sans perdre un brin de tabac.

Ils s'allongèrent tandis que les femmes apportaient des bouteilles de raki, des pichets d'eau et des plats. Suleiman et son frère avaient fait les choses en grand; il y avait de l'agneau grillé, des aubergines frites, du pilaf, des tomates et des poivrons farcis, et du yaourt parfumé à l'ail.

Sur l'insistance de Suleiman, Vartan dut raconter en détail l'attaque de sa compagnie par des rebelles, comment, seul survivant, il avait feint d'être mort pour fuir ensuite durant des jours et des jours dans la steppe avec pour toute nourriture les racines et les bulbes qu'il déterrait. Son récit émerveilla ces hommes aussi avides de contes que des enfants, et ils y allèrent de quelques commentaires acerbes sur « la guerre du sultan » dont ils ne comprenaient pas grand-chose sinon qu'à cause d'elle l'armée procédait régulièrement à des réquisitions. Ils revinrent vite aux considérations sur le prix des denrées et aux histoires paillardes qui composaient l'essentiel de leurs discussions coutumières.

À présent silencieux, Vartan suivait distraitement les conversations qui s'entrecroisaient. Le repas s'anima. Les convives buvaient et mangeaient tout en parlant. Ces hommes, sûrement illettrés et ignorants du monde à l'extérieur de leur vallée, vivaient dans une inconscience qui fit envie à Vartan.

1. Littéralement : « Jaunisse » Sitki et « Tour-de-Reins » Rahmi.

Quand la nuit fut profonde, les trois adolescents quittèrent le banquet et revinrent de l'étable, une ceinture de cartouches en travers de la poitrine, le fusil en bandoulière. Ils saluèrent les invités et disparurent dans la nuit. En réponse à la question de Vartan, Suleiman expliqua :

– Ils surveillent la ferme jusqu'à l'aube et tirent à vue sur les rôdeurs. Nous avons subi quelques attaques récemment.

– Des attaques ?

– Oui, par des déserteurs ou des infidèles qui volent du bétail.

– C'est arrivé chez moi aussi, renchérit l'un des fermiers. Et ils ont...

Nazim lui coupa la parole et leva son verre :

– Buvons ! Demain, les choses sérieuses.

Les autres l'imitèrent, et la fête reprit avec entrain. La présence des garçons armés dans les champs fit perdre à Vartan l'idée qu'il avait de s'esquiver lorsque ses hôtes seraient endormis.

Suleiman regarda ses amis qui s'amusaient ferme et il se sentit débordant d'orgueil : beaucoup à boire et à manger. Il songea à ses terres portant de riches moissons, à ses femmes dans le harem, à ses enfants qui deviendraient forts, à la tunique et au fez neufs qu'il avait achetés récemment, au pèlerinage à La Mecque qu'il entreprendrait après la guerre. Il exulta :

– Allah ! Nous vivons dans un paradis rempli de tes bénédictions. Chante pour nous, hafiz [1], chante-nous une longue chanson.

Le vieillard but une rasade d'eau, essuya sa bouche sur sa manche et respira profondément à plusieurs reprises. Sa voix se fit entendre, profonde et pure. Les hommes s'arrêtèrent de manger et fixèrent le feu. De temps à autre, on entendait « Aman, aman », exclamation de joie murmurée par celui dont le cœur était ému par la mélodie. Une grande nostalgie envahit Vartan. Le vieillard, qu'on aurait dit en transe, chanta avec piété, d'abord en arabe, puis en turc. Nazim lui apporta un oud ; Hafiz Chevfik reposa l'instrument par terre et s'excusa :

– J'ai les doigts gourds d'avoir travaillé toute la journée dans mon jardin.

– Donnez-le-moi, je vais essayer, dit Vartan.

Perplexe, Nazim lui tendit l'oud que Vartan coucha sur ses genoux pour en vérifier les cordes et gratter quelques accords. Il se mit à jouer un long taksim [2]. Très vite, il oublia le lieu et l'heure, sa douleur, ses malheurs passés, son avenir incertain. Les notes s'envolaient au-dessus des champs et par-delà les montagnes, l'emportant avec lui.

Aucun des convives n'avait jamais encore entendu jouer de cet instrument avec une telle virtuosité. Quand l'oud se tut, Hafiz Chevfik recommença de chanter. Et lorsque plus tard il s'arrêta pour reprendre son souffle, il fit signe à Vartan de le relayer. Pen-

1. Celui qui a mémorisé les versets du Coran. (Turc.)
2. Une improvisation instrumentale. (Turc.)

dant un certain temps, musique et chant alternèrent, comme si les deux musiciens apprenaient à se connaître. Puis, sans s'être concertés, ils unirent leurs talents, l'oud accompagnant en sourdine le chantre. Leur musique emplit la nuit de douceur. Les hommes retenaient leur souffle, l'âme touchée par la grâce. Derrière les fenêtres à treillis du harem, les yeux des femmes reflétaient les lueurs du feu.

Quand la fête fut terminée, Hafiz Chevfik félicita Vartan.

– Où avez-vous appris à jouer aussi bien, lieutenant Salahaddin ?

– Oudi Tatar m'a donné des leçons.

– Je comprends maintenant ! C'est le plus grand.

– Vous avez chanté divinement, hafiz.

– Merci. Mais c'est votre oud qui a fait tout le travail.

Après le départ des convives, Suleiman et Nazim exprimèrent leurs remerciements à Vartan d'avoir ainsi charmé leurs invités.

– Tu resteras avec nous tant qu'il te plaira, s'exclama Suleiman en lui donnant l'accolade. J'aimerais te garder pour les fêtes de la fin du ramadan.

Les deux frères disparurent dans la maison des femmes et Vartan resta dehors à regarder mourir les braises. La nuit, encore courte en cette mi-août, pâlissait déjà. Écrasé de fatigue et de nouveau fiévreux, il ne se sentait aucune envie de dormir car il venait de vivre un moment d'humanité qu'il souhaitait prolonger. La ferme perdue au milieu des collines lui semblait un havre de paix. Une détonation lointaine le ramena à la réalité : un fugitif ne pouvait se bercer de pareilles illusions. Il rentra se coucher. Enjambant les enfants étendus en désordre par terre, il trouva une place libre sur une couverture à côté d'un petit garçon. L'enfant se blottit contre lui et Vartan revit le visage de son fils.

***

– Debout, paresseux ! s'écria Suleiman en riant. Le soleil est déjà au zénith.

Vartan ouvrit les yeux. Ce n'était pas à lui que s'adressait le fermier mais aux trois adolescents qui avaient monté la garde toute la nuit autour de la ferme. Ils se levèrent en bâillant et s'étirèrent. Suleiman lui-même avait encore les paupières lourdes de sommeil. C'était la coutume de dormir le plus longtemps possible durant le ramadan afin que la journée de jeûne paraisse moins longue ; cependant, il fallait bien accomplir les tâches qui ne pouvaient souffrir de retard.

Vartan se mit debout. Sa tête tournait, il était faible et brûlant de fièvre.

– Recouche-toi, lui dit Suleiman. Aycha m'a dit que tu as enlevé la peau de l'œuf avant le temps. Elle va refaire le traitement.

– Je vais prendre l'air, répondit Vartan.

Une raideur dans sa jambe blessée lui rendait la marche pénible; on aurait dit que les muscles demeuraient contractés autour de la plaie et les quelques pas que Vartan fit jusqu'à la porte l'épuisèrent. Il s'assit dans l'embrasure où il y avait de l'ombre. Suleiman se pencha vers lui et l'examina, la mine inquiète. Il ne fallait pas que cet officier meure chez lui. Il demanda :

– Veux-tu que je prévienne l'armée pour qu'elle envoie une voiture te chercher?

– Ne te donne pas cette peine, se hâta de dire Vartan. Ce n'est qu'une poussée de fièvre. La malaria. Sans doute que la fête de la nuit dernière m'a un peu fatigué. Après le traitement que me fera ton épouse, j'irai beaucoup mieux.

Suleiman dodelina de la tête :

– Sûrement... Ah! Quelle fête ça a été! Mes amis en reparleront longtemps.

Les enfants s'étaient rapprochés, espérant que Vartan leur raconte de nouvelles histoires. Suleiman les chassa :

– Laissez notre invité se reposer. Et puis, il faut se mettre au travail.

Déçus, ils rejoignirent les quatre femmes qui les attendaient devant l'autre maison et s'en allèrent avec elles par un sentier pierreux. Nazim et les trois adolescents sortaient de l'étable en transportant un lourd traîneau de bois qu'ils déposèrent au milieu de la cour. Fusil à l'épaule et faucille à la main, un des garçons partit à la suite des femmes; Nazim et les deux autres s'en furent dans la direction opposée en guidant les bœufs attelés à une charrette.

Suleiman et son frère avaient au total dix-neuf enfants, en comptant l'aîné qui servait dans l'armée, et, avec leurs cinq épouses, ils disposaient d'une main-d'œuvre suffisante pour ne pas devoir engager d'ouvriers au moment de la récolte. Tous travaillaient aux champs, à l'exception d'Aycha qui allaitait un bébé de trois mois; elle entretenait donc les maisons, préparait les repas et gardait deux marmots trop jeunes pour être d'une utilité quelconque dans les prés.

Aycha arriva et, sous l'œil admiratif de son mari, elle pela un œuf dont elle enroula la membrane autour du petit doigt du malade. En présence de son époux, elle faisait preuve d'une froide réserve. Vartan rageait intérieurement de ne pas avoir trouvé de moyen d'échapper à ces soins inutiles et douloureux, d'autant plus que la jeune femme, qui tournait le dos à Suleiman, décocha une œillade de connivence à son malade.

– Tu es bien certaine qu'il s'agit de la malaria? demanda le paysan.

– Mais oui, répondit-elle sans sourciller.

Rassuré, il rigola en menaçant Vartan de l'index :

– Cette fois, tu n'arraches pas la peau de l'œuf. On va voir jusqu'à quel point nos officiers sont endurants!

Vartan avait les lèvres gercées et la gorge sèche. Aycha lui apporta de l'eau et retourna dans le harem. Suleiman réparait le traîneau qui servait à battre les céréales, un long rectangle de bois recourbé à l'extrémité où était fixé le timon. On y attelait des bœufs et on promenait l'appareil sur les céréales étendues sur le sol; des éclats de pierre fichés dans la surface inférieure séparaient le grain de la paille. À l'aide d'un maillet, Suleiman enfonça les cailloux qui avaient du jeu, remplaça ceux qui manquaient. Il s'interrompait de temps à autre pour jeter un regard à Vartan et lancer à voix haute des phrases lapidaires qui résumaient sa philosophie de la vie :

– La terre donne à ceux qui l'aiment.

Ou :

– On fait ce qu'on peut : Allah s'occupe du reste.

Et encore :

– Du bois, de la pierre et de la sueur : c'est avec ça qu'on fait le pain.

Vartan étendit la main au soleil afin de hâter la dessication de la peau de l'œuf. Elle se rétracta de plus en plus, et bientôt apparut cette sensation d'écrasement qui engourdit toute sa main. La douleur devint de plus en plus vive, Vartan serra les mâchoires pour ne pas se plaindre et transpira d'abondance.

– Alors, on tient le coup? cria Suleiman d'un ton goguenard.

– On tient! répondit Vartan entre ses dents.

Quand l'autre ne regardait pas, il remuait sa main et tentait de plier son petit doigt pour faire craquer la membrane. Des fissures se produisirent à la surface mais mirent un temps fou à traverser toute l'épaisseur. Enfin l'étreinte se relâcha et Vartan poussa un soupir si puissant que le paysan l'entendit.

– Bravo! dit Suleiman qui se dirigeait vers le puits. Il y en a parfois qui s'évanouissent.

Il puisa un seau d'eau qu'il renversa sur sa tête dans le but de se rafraîchir avant de s'en aller aux champs. Les vêtements mouillés, il vint jusqu'à Vartan.

– Tu devrais dormir pour que le traitement fasse effet.

Il l'aida à se relever et le guida à l'intérieur.

– Suleiman, tu es un homme bon.

Le paysan lui tapota l'épaule :

– C'est un honneur de t'avoir chez moi.

Avant de sortir, il ajouta :

– Si tu es assez bien ce soir, tu joueras encore de l'oud. Sinon, demain ou le jour d'après.

De toute évidence, son hôte souhaitait l'héberger encore longtemps, mais Vartan se rendait compte que le repos et la nourriture n'amélioraient pas son état. L'infection faisait des progrès et ses forces diminuaient. Plus il attendrait, moins il serait en mesure de reprendre la route. Déjà il se voyait mal franchir à pied les vingt ou trente kilomètres qui le séparaient de Césarée. Il demanderait à Suleiman de lui trouver un cocher.

Malgré la chaleur étouffante, Vartan s'endormit. Un peu plus tard, une pression sur sa joue le réveilla en sursaut. Penchée sur lui, Aycha caressait son visage. Il eut l'air tellement ahuri qu'elle retira sa main avec précipitation. Devant le regard sévère de Vartan, le visage découvert de la jeune femme s'assombrit un court instant, puis elle se remit à sourire et dit, en tendant un verre :

– Je vous ai préparé du tilleul.

Vartan s'assit et accepta le verre en la remerciant d'un air distant. Il restait sur ses gardes. Sans un mot, elle porta à la bouche de Vartan un morceau de sucre et le poussa entre ses lèvres. Cette précieuse denrée, Suleiman la réservait pour les grandes occasions. Tandis que Vartan buvait à petites gorgées le liquide fumant, Aycha le dévorait des yeux. Elle respirait vite et ses narines frémissaient. Elle lâcha soudain, d'une voix éraillée :

– Tu es beau...

Il s'étouffa presque et recracha le liquide par terre. Elle continua à le tutoyer :

– Et toi, lieutenant, comment me trouves-tu?

Vartan protesta en la vouvoyant :

– Hanim! Vous devriez vous retirer.

Elle tourna la tête et releva sa chevelure.

– Regarde mon cou. En as-tu déjà vu d'aussi fin?

D'un geste un peu théâtral, elle ouvrit son corsage, exhibant des seins arrondis et fermes aux mamelons gonflés.

– Regarde! Regarde ce que je t'offre.

Vartan voulut se lever mais elle se jeta sur lui de tout son poids. Le verre de tilleul se renversa. Le visage à quelques centimètres de celui de l'homme, elle implora :

– Dis-moi que je suis belle!

– Tu es belle! répliqua-t-il, impatient et agressif. Laisse-moi, maintenant.

Il essaya de la repousser, elle se cramponnait à lui :

– Prends-moi, beau lieutenant. Nous avons le temps, les petits dorment, les autres ne rentreront pas avant le soir.

– Non! Ton époux m'a accueilli avec générosité sous son toit.

– Suleiman est un balourd qui me néglige, fit-elle d'une voix pleine de dépit. J'espérais une autre vie...

Vartan constata à son ton et à son air qu'elle était malheureuse. Il lui prit les poignets, la repoussa sans brusquerie et dit, avec douceur :

– Je t'en prie, Aycha, n'insiste pas. J'en suis incapable.

Elle plissa les yeux et eut un sourire ironique :

– Tu n'as pas à craindre que je découvre que tu n'es pas musulman. C'est déjà fait!

La phrase prit Vartan tellement au dépourvu qu'il laissa voir sa stupeur. La jeune femme s'esclaffa en rougissant :

– Hier, quand tu dormais... j'ai vu que ton pénis n'est pas circoncis.

– Ce n'est pas ce que tu crois! protesta Vartan qui cherchait une explication qui pourrait paraître plausible.

Le regard triomphant, elle murmura :

– Je ne le dirai à personne que tu es un infidèle. Ce sera un secret entre nous.

La menace sous-entendue était claire et Vartan se demanda si par prudence il ne devrait pas répondre à ses avances. Il devina qu'ensuite elle n'hésiterait pas à se livrer au chantage et il dissimula son inquiétude par un sourire narquois :

– Et comment expliquerais-tu à Suleiman que tu as vu mon pénis?

Durant quelques secondes, elle demeura perplexe, puis elle haussa les épaules :

– Je trouverai bien! C'est un nigaud, il croira tout ce que je lui dirai.

Elle passa une jambe par-dessus Vartan et s'assit sur son ventre. Toute pudeur disparue, elle secoua les épaules pour faire bouger ses seins et rit aux éclats. Jamais elle n'aurait cru qu'elle pourrait désirer un homme à ce point, et le fait qu'il était un giaour augmentait son excitation. Le danger aussi.

– Tu n'as pas le choix, dit-elle d'un ton décidé.

– Je suis malade et blessé.

– Tu n'as pas la malaria! Ta fièvre, ça vient de ce que tu n'as pas eu de femme depuis longtemps. J'ai bien vu le désir dans tes yeux quand tu me regardais.

– Tu rêves! s'écria Vartan. Tu mens.

Elle blêmit et dit d'un ton colérique.

– Quoi! Tu veux dire que je ne suis pas désirable? Je ne suis pas assez bien pour toi?

Ses yeux bridés lançaient des flammes et elle se mordait les lèvres. Vartan comprit qu'il devait éviter de la braquer contre lui, mais au contraire la flatter. Il lui prit la main.

– Ce n'est pas ce que j'ai voulu dire, Aycha. Tu es très belle et désirable. Tu as tout ce qu'un homme peut souhaiter.

Calmée, elle approcha ses lèvres de celles de Vartan, qui l'embrassa longuement en lui mordillant la langue.

Elle releva la tête.

– On ne m'a jamais fait ça!

Elle avait un regard vitreux. Il lui caressa la joue, le cou, l'épaule et la poitrine. Bouche entrouverte, elle haletait.

– Belle Aycha, je voudrais bien t'honorer, mais dans mon état j'en suis incapable. Mon corps n'obéirait pas à mon désir.

Elle palpa le sexe de Vartan à travers le caleçon. Convaincue qu'il disait la vérité, elle soupira de déception.

– Embrasse-moi encore.

Après le baiser, elle se releva et referma son corsage. Elle déclara avec assurance :

– Nous recommencerons. Il y aura d'autres occasions dans les jours qui viennent.

Vartan s'assit sur la paillasse et fit un signe d'approbation. Il n'avait pas intérêt à la détromper.

– Je serai à toi tant que tu le veux, dit-elle d'une voix langoureuse en lui envoyant un baiser du bout des lèvres.

Aussitôt qu'il fut seul, Vartan retira la chemise et le pantalon prêtés par Suleiman et décrocha l'uniforme suspendu à une cheville de bois fichée dans le mur. Les déchirures avaient été proprement reprisées. Il ne pourrait pas marcher bien longtemps, mais il devait s'éloigner de cette ferme au plus tôt, quitte à faire halte pour la nuit à seulement un ou deux kilomètres. Surtout ne pas attendre le retour de Suleiman, qui insisterait pour le retenir. Demain ou le jour d'après, Aycha le harcèlerait de nouveau; il ne pourrait pas toujours se défiler si facilement. Et avec ce qu'elle savait de lui...

Poussée par son intuition, Aycha revint en catimini et se hissa sur la pointe des pieds afin de regarder par la fenêtre. Le dos à la porte, Vartan enfilait le pantalon de son uniforme. Il la quittait! Il l'abandonnait! Il s'était joué d'elle. Sa joue frémit de rage, elle eut envie de crier. Durant plusieurs minutes, elle resta figée, en proie à un combat intérieur. Son corps lui faisait mal à l'idée de ne plus jamais revoir cet homme, de le perdre avant même qu'il ne l'ait aimée. Une occasion pareille ne se représenterait plus. Mais qu'avait-elle espéré au juste? Elle était prisonnière à jamais de cette vallée sans horizons. Ses épaules retombèrent et elle s'éloigna à pas furtifs.

Le simple fait de s'habiller avait essoufflé Vartan. En nage, il s'adossa un long moment au mur. Enfiler ses bottes ne fut pas plus aisé, surtout avec l'enflure du pied droit. En passant la besace à son épaule, il la trouva trop légère. La gourde y était toujours, de même que sa bourse, son poignard et ses papiers, mais l'étui du revolver était vide! Sans doute Suleiman l'avait-il mis en lieu sûr, hors de portée des enfants. Tant pis! Il glissa la bourse et les papiers dans une poche de sa vareuse et sortit ensuite de la maison. Aycha n'était pas en vue; elle devait s'occuper des jeunes enfants ou cuisiner le repas du soir. Le soleil était à mi-chemin entre le zénith et l'horizon, il était près de cinq heures.

Sans faire de bruit, Vartan se rendit au puits, tira un seau d'eau et but à satiété avant de remplir sa gourde. Au moment où il revissait le bouchon, un coup de feu retentit. Une balle siffla au-dessus de sa tête. Suleiman courait dans sa direction et le tenait en joue avec un pistolet.

– Ne bouge pas! cria-t-il.

Aucun moyen de fuir! Le paysan s'arrêta près de l'étable, pantelant et le visage congestionné. Il dit, sarcastique:

– On s'en va... mon lieutenant? Comme un voleur... sans dire au revoir!

– Justement, j'allais te prévenir que...
– Silence! hurla Suleiman. Fils de pute!
Il avait le visage empourpré et les tendons du cou saillants. Sans quitter Vartan de l'œil, il s'assit dans la bande d'ombre qui longeait le mur et rugit :
– Jette ton sac par terre et approche, chien d'infidèle.
Vartan obéit.
– Écoute, ce n'est pas ce que tu crois, dit-il en avançant.
– Ferme-la!
Il ordonna à Vartan d'arrêter à une quinzaine de pas de lui et de s'asseoir par terre en plein soleil. Il regardait son prisonnier d'un œil injecté de sang et cracha dans sa direction.
– Sale porc! Tu as déshonoré ma maison, tu vas me le payer.
Suleiman jouait avec son arme et Vartan s'attendait à tout moment à ce qu'il l'abatte.
– Je devrais te tuer, comme tu as tué l'officier à qui tu as volé cet uniforme.
– C'est faux!
– Je t'ai dit de te taire! Ménage ta salive pour l'interrogatoire. Tu es un rebelle, et c'est pour ça que je vais te livrer à l'armée. Ils te feront parler, tu donneras le nom de tes complices.
Ces paroles rassurèrent Vartan sur son sort immédiat. Le soleil tapait fort; inutile de demander au paysan la permission de se mettre à l'ombre. Du coin de l'œil, Vartan vit la silhouette d'Aycha qui regagnait la maison. La garce!
Ils restèrent longtemps à se dévisager en silence. Vartan tentait vainement de trouver une histoire qui expliquerait qu'il ne fût pas circoncis.
– Mon fils aîné risque la mort en se battant contre des giaours de ton espèce.
Suleiman avait parlé d'une voix où la colère le cédait à une espèce d'abattement. Il s'en voulait d'avoir gaspillé son amitié pour cet homme, mais il était surtout troublé de n'avoir pas fait la différence entre un croyant et un infidèle. Hafiz Chevfik lui-même s'était laissé berner!
– Quand je pense que je t'ai reçu comme un frère! se désola Suleiman.
Ce ton laissa croire à Vartan que tout n'était pas encore perdu. Il tendit les mains vers son gardien :
– Il y a une explication. Accepte de m'écouter et tu décideras ensuite.
– Trop tard! s'exclama Suleiman en se levant.
Son frère Nazim et deux fils arrivaient, le fusil à la main, en compagnie de trois gendarmes. Vartan se mit péniblement sur ses pieds. Nazim lui cracha au visage et se retourna vers les gendarmes :
– Je ne vous avais pas menti. Le voici.
Suleiman recula en dehors du cercle qui se formait autour du

prisonnier. Il estimait être la victime dans toute cette histoire mais, curieusement, il n'avait pas cette soif de vengeance qui lui aurait été naturelle en d'autres temps. Cet homme, qui avait failli être son ami, lui faisait presque pitié. Il aurait dû le tuer tout à l'heure, près du puits, quand sa colère était entière. À présent, il observait la scène avec un certain détachement.

Le sergent, un homme d'une quarantaine d'années qui avait eu l'œil gauche crevé lors d'une rixe, fixa le prisonnier avec une moue qui exprimait sa perplexité. Vartan le salua et déclara d'un ton autoritaire :

– Il y a une méprise, sergent.

– Menteur ! hurla Nazim en pointant son fusil sur lui.

Sans se troubler, Vartan sortit son carnet militaire qu'il montra au gendarme sans toutefois le lui donner :

– Je suis lieutenant de l'armée ottomane. Conduis-moi à tes supérieurs.

– C'est ce que nous allons faire, mon lieutenant, répondit le sergent impressionné par l'assurance du prisonnier.

Nazim attrapa le gendarme par l'épaule et le fit pivoter.

– Quoi ! explosa-t-il. Tu l'appelles « mon lieutenant » ? C'est un imposteur, un infidèle.

Le sergent repoussa sa main d'un coup d'épaule.

– Ne me touche pas ! C'est moi qui suis l'autorité ici, et je dis que nous allons l'emmener au capitaine, qui décidera.

– Au diable ton capitaine ! clama Nazim. Je n'ai besoin de personne pour prouver que c'est un giaour.

Preste comme l'éclair, il se jeta sur le prisonnier, qu'il terrassa. Ce dernier lutta avec l'énergie du désespoir, mais Nazim était fort et solide, et ses fils se joignirent à lui pour l'immobiliser. Nazim dégaina son poignard, coupa le ceinturon militaire, baissa le caleçon du prisonnier et indiqua le pénis en gueulant :

– Regardez-moi ça, et osez me dire que ce n'est pas un chrétien !

Le sergent et ses hommes constatèrent que Vartan n'était pas circoncis.

– Vous êtes convaincus, maintenant ? C'est un rebelle ou un saboteur.

– Raison de plus pour que le capitaine l'interroge. Remets-le-nous.

Les deux garçons maintenaient toujours les épaules du prisonnier rivées au sol ; Nazim lui écrasait les jambes de tout son poids et brandissait son couteau.

– Je le veux vivant ! s'écria le sergent.

Avant que les gendarmes ne puissent intervenir, Nazim se pencha, étira de la main gauche le prépuce et, tandis que Vartan criait, le trancha en deux mouvements précis. Le sang gicla et les trois bourreaux éclatèrent de rire. Nazim se releva, triomphant, et brandit son trophée sous le nez du sous-officier dont l'œil valide clignait rapidement.

– Mange-le, si tu n'es pas encore convaincu!

Enragés par cette arrogance, deux gendarmes menacèrent Nazim de leurs fusils. Les garçons relâchèrent Vartan, qui porta les mains à son sexe en grimaçant de douleur.

– Ça suffit! ordonna le sergent, qui avait ramassé le livret militaire tombé par terre et en déchiffrait péniblement les caractères.

Chakir Ismaël... Ce nom ne lui était pas inconnu. Mais oui! L'affiche au poste. Cet homme était recherché. On offrait une grosse récompense pour sa capture! Il fallait que ces paysans continuent de l'ignorer sinon ils prétendraient avoir droit à une part de la prime. Il glissa le carnet dans sa poche et donna un coup de pied dans le côté du prisonnier.

– Debout!

– Attendez, supplia Vartan encore sous le choc de la circoncision sauvage.

Il déchira un pan de sa chemise et improvisa un pansement autour de son sexe qu'il replaça délicatement dans le caleçon. Il se leva avec peine, sous les quolibets de Nazim et de ses fils. Le sergent le poussa en direction d'un sentier, des traces de roues qui serpentaient vers l'ouest à travers un champ de maïs. Pour manifester sa joie, Nazim tira des coups de feu en l'air, bientôt imité par les deux adolescents. Suleiman regardait son « invité » s'éloigner en claudiquant; pour se décharger de son amertume, il rejoignit Aycha dans le harem et lui flanqua une raclée.

Vartan chancelait et chaque pas lui arrachait une plainte étouffée. La douleur du sexe mutilé était cuisante et le pansement le protégeait mal de la pression et du frottement qu'exerçait le pantalon.

– Plus vite! dit l'un des gardes, un jeunot à fine moustache qui joignit le geste à la parole.

En recevant le coup de crosse dans le dos, Vartan roula par terre. Le sergent se rendit compte qu'il était sérieusement mal en point.

– Aide-le à se relever, commanda-t-il à celui qui avait fait trébucher Vartan.

L'homme s'exécuta en maugréant. Un peu plus loin, Vartan n'eut plus la force de marcher et il fallut l'encadrer et le soutenir. Ils progressaient lentement et n'atteignirent qu'au bout d'une demi-heure l'endroit où les ornières aboutissaient à un mauvais chemin. Fatigués, les gendarmes laissèrent choir le prisonnier sur le sol. Un grand maigre aux cheveux grisonnants, le plus vieux des trois, s'exclama :

– On ne va tout de même pas le porter jusqu'au village!

Le sergent les prit à l'écart et leur parla de la prime offerte pour la capture de leur prisonnier. Leurs visages s'illuminèrent, mais aussitôt le plus vieux dit au sergent, d'une voix désabusée :

– Nous ne verrons pas la couleur de cet argent! Le capitaine aura la prime et la gloire. Nous, une tape sur l'épaule.

– C'est vrai, renchérit le deuxième. Ça s'est déjà produit, rappelle-toi.

Le sergent frotta son œil crevé où il ressentait une démangeaison chaque fois que survenait une contrariété. Il se souvenait fort bien de cette injustice qu'évoquait son subalterne. D'ailleurs cette pensée lui était venue depuis quelques minutes. Il retira son fez pour essuyer son crâne rasé.

Vartan avait entendu leur conversation. Dominant sa souffrance, il joua son va-tout, sortit sa bourse et la fit sonner dans sa main. Les gendarmes accoururent.

– C'est de l'or, dit Vartan. Abandonnez-moi ici, et il est à vous.

De l'or! Les prunelles brillèrent de convoitise. Le sergent eut un rire finaud :

– Nous n'avons qu'à le prendre et à t'amener quand même au poste.

– Alors, je le dirai à votre capitaine, qui saisira l'argent et le gardera pour lui.

L'embarras se lut sur les visages.

– Faisons comme il dit, proposa le jeunot.

Le sergent hésitait encore. Vartan rajouta :

– En plus, je ne suis pas celui que l'on recherche. Cet uniforme, je l'ai volé. Personne n'aura de récompense.

Le deuxième gendarme fit valoir à son chef que le prisonnier était blessé et qu'il mourrait sans aucun doute.

– C'est d'accord! dit le sergent en acceptant la bourse.

Il la vida dans sa main et poussa une exclamation en voyant les pièces jaunes qui luisaient au soleil. Il en compta six.

– Deux à chacun!

Une fois qu'ils eurent empochés l'argent, le sous-officier devint songeur. Il indiqua Vartan du menton :

– Si on le trouve et qu'il nous dénonce?

Vartan protesta de toutes ses forces, mais la voix du grand maigre couvrit la sienne.

– Tuons-le!

Et il arma son mauser. Le sergent l'arrêta.

– Pas de coup de feu! Des gens pourraient venir sur la route.

Ils se mirent tous les trois à frapper leur prisonnier avec la crosse de leurs fusils. Vartan se protégea de ses bras mais un coup à la tempe lui fit perdre conscience. Ils continuèrent de cogner, visant la tête et la poitrine.

– Il a son compte.

Vartan gisait inerte et ensanglanté. Ils lui retirèrent ses bottes et son uniforme avec l'intention de s'en débarrasser plus loin. Si l'on trouvait le cadavre, on ne pourrait savoir de qui il s'agissait.

– On ne devrait pas le cacher sous des pierres?

– Les chiens et les vautours se chargeront de lui! conclut le sergent en faisant signe à ses hommes de le suivre.

Ils prirent la route du village en examinant les pièces d'or, qui représentaient pour eux une véritable fortune. Chacun rêvait de ce qu'il ferait avec cette somme.

– Il avait une dent en or, se rappela soudain le plus jeune, qui stoppa.

– Laisse, dit le sous-officier en le tirant par le bras.

Il était pressé de s'éloigner.

Vers le soir, un couple qui poussait un âne devant lui passa sur la route. La femme vit le corps dans le fossé et s'en approcha avec son compagnon. L'homme posa sa main sur la poitrine de Vartan.

– Vit-il encore? demanda la femme d'une voix tremblante.

***

– Vous allez voir la veuve, monsieur?

À cette question lancée d'une voix taquine par Mémo, un garçon de neuf ans qui n'avait pas la langue dans sa poche, les huit enfants qui entouraient Kérim rigolèrent.

L'instituteur, un célibataire de trente ans, ne put s'empêcher de sourire. Il avait l'habitude de cette plaisanterie. Tout Urgup le soupçonnait d'entretenir une liaison avec Halidé, que l'on surnommait « la veuve » parce qu'elle refusait toutes les demandes en mariage depuis la mort de son mari, il y avait de ça trois ans. Kérim se retourna et claqua des mains :

– Déguerpissez! Allez, ouste! petits monstres!

Les enfants, qui l'adoraient, ne furent pas dupes de sa voix sévère et de ses sourcils froncés. Ils connaissaient sa douceur et sa patience, sa générosité aussi. Fils et filles de paysans pauvres, ils fréquentaient les cours dispensés par Kérim sans qu'il leur en coûte un sou. La petite école laïque logée dans l'arrière-salle d'un café vivait grâce aux frais de scolarité payés pour leurs enfants par des marchands grecs, nombreux dans la région, et des artisans arméniens. C'était avant que les autorités ne chassent brutalement ces derniers...

Kérim considérait ce malheur national comme un échec personnel. En réunissant dans la même classe musulmans et chrétiens, pauvres et riches, il donnait depuis des années l'exemple de la tolérance et du respect mutuel. En vain, semblait-il! Renaissaient l'ostracisme et la persécution, qu'il avait lui-même subis dans son enfance jusqu'à ce que ses parents, Tatars musulmans, fuient leur Crimée natale envahie par le tsar de Russie et trouvent refuge en Anatolie un peu avant le début du siècle.

À l'orée du bourg, ses élèves le quittèrent après l'avoir salué avec respect. En courant et en criant, ils prirent la direction du piton volcanique creusé d'habitations troglodytiques au pied duquel s'entassaient les maisons à toits plats de la petite ville d'Urgup. Kérim s'engagea sur la route qui menait au village voisin, Sinanos. Sa frêle silhouette penchée comme s'il luttait contre le vent, il avançait à grands pas élastiques en balançant les bras. L'air était pourtant calme en cette chaude journée de fin d'été. Il portait des vêtements à l'européenne, pantalon noir et chemise blanche aux manches roulées jusqu'aux coudes. Son visage anguleux, au nez droit et aux yeux mélancoliques, prit un air contrarié. Il savait maintenant qui était cet homme qu'ils avaient trouvé, Halidé et lui, à demi mort en contrebas de la route. À son pénis fraîchement circoncis, ils avaient compris qu'il s'agissait d'un chrétien, et Kérim avait insisté en vain pour qu'on le cache ailleurs que chez Halidé. Mais quand elle avait une idée en tête!

En retrait du chemin, la petite maison en pierres des champs de Halidé s'élevait du côté ensoleillé d'une butte de tuf. Une caverne, creusée de main d'homme dans la pierre volcanique tendre, servait d'étable et de resserre. C'était autrefois la forge où le défunt mari de la jeune femme pratiquait son métier de maréchal-ferrant. Halidé y avait construit un four pour cuire les poteries dont la vente assurait sa subsistance. Elle complétait ses revenus en tissant des tapis de soie pour de riches familles de Césarée.

Grimpée sur le toit, la jeune femme remplissait deux paniers des abricots qui avaient séché au soleil. Craignant que l'orage ne la prenne de vitesse, elle levait fréquemment la tête pour examiner le ciel couvert. Les premières pluies d'automne s'annonçaient enfin. Kourt [1], un gros chien de berger au poil raide et hirsute, aboya en direction de la route. Halidé reconnut Kérim à sa démarche; elle se redressa et le salua de la main. Toute vêtue de noir ainsi que le voulait la tradition pour une veuve, elle mit les poings sur les hanches qu'elle avait amples. Son regard embrassait toute sa propriété dont elle était si fière: le potager clôturé aux rangs bien droits, le puits ombragé par un grand micocoulier, les quatre abricotiers, les deux pommiers, la rangée de vignes, la meule de foin, le petit pré où cohabitaient un âne, des poules, des dindons, quelques moutons et deux chèvres avec leurs petits.

– Descends, il faut que je te parle, dit Kérim lorsqu'il fut au pied de l'échelle.

– Viens plutôt m'aider à rentrer mes abricots avant qu'il pleuve.

Il grimpa; elle constata qu'il semblait nerveux.

– Quelque chose de grave?

– Mettons d'abord ta récolte à l'abri.

Un panier sur l'épaule, il redescendit les barreaux et fila jusqu'à l'étable. Le temps qu'il revienne, Halidé avait fini de remplir le deuxième récipient.

– Comment va-t-il? s'informa Kérim.

– Il n'a pas encore ouvert les yeux, mais les blessures se cicatrisent bien.

L'assurance de sa voix flûtée témoignait de l'optimisme inné de

1. Loup. (Turc.)

la jeune femme de vingt-quatre ans. Rien ne lui semblait jamais impossible et il en fallait beaucoup pour la décourager. Une fois sur le sol, elle coucha l'échelle le long du mur. Elle rejeta le fichu sur ses épaules. Ses cheveux d'un noir luisant frisottaient sur son front; tirés vers l'arrière par une natte qui descendait sur les épaules, ils couvraient la tête d'ondulations serrées. Elle avait la peau d'un brun cuivré. Le visage étroit aux joues creuses et le cou mince donnaient une impression de fragilité qui n'avait rien de réel. Les épaules carrées, le corps solidement charpenté, Halidé ne rechignait pas devant les travaux pénibles.

Elle rejoignit Kérim devant l'étable. Il l'embrassa sur les joues. Il la dépassait d'une bonne tête.

– Qu'y a-t-il?

Il scruta les environs. Sa chemise entrouverte laissait voir une épaisse toison noire qui montait un peu plus haut que la base de son cou. Il en sortit un papier épais plié en huit. Une petite affiche. Halidé ne savait pas lire les caractères arabes, mais la photo d'un officier retint son attention. Elle approcha l'affiche pour vérifier si le grain de beauté qu'on distinguait sur une paupière n'était qu'une tache d'encre due à une mauvaise impression. Leur blessé avait une marque semblable à l'œil. La forme de la tête... les oreilles... les lèvres... la fossette verticale du menton...

– C'est lui! s'exclama-t-elle.

– Oui.

Halidé trouva que l'homme avait sur cette image une beauté que son visage tuméfié et amaigri ne permettait pas de deviner.

– Qu'est-ce qui est écrit?

– C'est un Arménien condamné à mort. On le recherche comme rebelle et traître. Il a de faux papiers au nom du lieutenant Chakir Ismaël. En réalité, il s'appelle Vartan Balian. Un major.

– Un major! fit Halidé, un peu incrédule.

Elle souriait. Le fait qu'il s'agisse d'un homme traqué donnait encore de plus de valeur au geste qu'ils avaient fait en le sauvant.

– Je ne vois pas ce qui te réjouit, maugréa Kérim en repliant nerveusement la feuille de papier. J'avais raison de ne pas vouloir l'amener ici!

Elle se récria :

– Le laisser dans le fossé?

– Non, bien sûr. Mais il fallait le cacher dans l'église souterraine, près de Gorémé. Comme les autres.

– Qui l'aurait soigné? Il y serait mort.

Kérim dut admettre qu'elle avait raison.

– On ne pouvait pas savoir, c'est vrai. Mais à présent... Il faut le changer d'endroit.

– Il n'en est pas question! fit-elle d'un ton qui n'admettait pas de réplique. Il ne s'est pas encore réveillé, il a beaucoup de fièvre.

Kérim insista :

– La charité a des limites, Halidé. Comprends-moi : c'est trop dangereux.

Le regard de la jeune femme devint farouche.
– C'est mon affaire. Après tout, c'est chez moi ici.
– Si on le trouve, je serai soupçonné moi aussi. Et tout ce que nous essayons de faire sera compromis. Par moments, tu es d'une inconscience, Halidé!
Elle rit doucement et lui frappa l'épaule du plat de la main.
– Et toi, tu es trop nerveux, mon cher Kérim. Personne ne saura qu'il est ici. Les gens du village me tiennent à l'écart, tu sais pourquoi. Qui penserait à venir le chercher ici?
– Qui? Les gendarmes!
– S'ils se présentaient, je dirais que c'est mon mari et je montrerais les papiers de mon défunt. Ce major est méconnaissable avec sa barbe de deux semaines.
Kérim haussa les épaules en soupirant. Inutile d'insister, avec sa présence d'esprit habituelle, Halidé avait réponse à tout. Kérim se fit la réflexion qu'il était dommage qu'une femme si intelligente n'ait pas eu la chance de s'instruire. Mais... serait-elle plus heureuse pour autant? Il en doutait. Elle acceptait son sort avec philosophie et semblait trouver joie et contentement dans son existence quotidienne. Tout instruit qu'il était, Kérim ne pouvait en dire autant. Il vivait dans une constante insatisfaction dont il ne connaissait pas la source. Comme s'il attendait quelque chose, sans savoir quoi.
Halidé observait Kérim. Il avait ce regard absent qu'il prenait assez souvent. À quoi pouvait-il bien penser? Depuis deux ans qu'ils se voyaient plusieurs fois par semaine, elle ne le connaissait toujours pas. Elle devinait qu'une grande part de cet homme timide lui resterait à jamais incompréhensible. Ses sentiments, par exemple. Il était tendre avec elle, chaleureux et intime, mais il la considérait comme une sœur. Jamais d'avances. Le seul de qui elle eût agréé une demande en mariage... qui n'était jamais venue.
Halidé lui prit la main :
– Reste à dîner.
Il la suivit dans la maison. Une seule pièce, un carré parfait percé de deux fenêtres qui donnaient sur le sud. À gauche, un métier à tisser vertical s'appuyait au mur; à droite, une plateforme surélevée en argile servait de lit. Une forme y était étendue sous des peaux de chèvre. Des jarres en poterie s'alignaient à la base des murs, où des chevilles de bois retenaient les ustensiles de cuisine et des vêtements. Une tablette supportait de la vaisselle et des pots de grès. Des tresses d'oignons et des filets de fruits secs pendaient aux poutres grossières du plafond. L'ameublement se réduisait à une table basse et à un coffre de bois ferré de fabrication artisanale.
– C'est chaud comme au hammam, chez toi! s'exclama Kérim.
– Pas si fort, murmura Halidé en regardant en direction du lit. Il faut le faire suer pour que le mal sorte.

Au centre du plancher de terre battue, un foyer creusé dans le sol, le tandir, rougeoyait. Contrairement aux paysans, qui y brûlaient de la bouse séchée, Halidé utilisait le charbon de bois qu'elle achetait pour cuire ses poteries. Juste à côté de la fosse, un broc d'eau tiédissait; au-dessus, une marmite suspendue à un trépied de fer laissait échapper une vapeur parfumée aux herbes.

– J'ai fait bouillir une poule. Du bouillon, c'est tout ce qu'il peut absorber.

Kérim déchira l'affiche et la jeta dans le foyer; une flamme s'éleva, qui noircit la base du chaudron de cuivre.

Assise au bord de la plate-forme, Halidé humectait les lèvres gercées du malade. Kérim se pencha par-dessus son épaule afin de contempler le visage émacié et luisant de sueur. C'était vrai qu'on pouvait difficilement faire le rapport entre cet homme alité et le major de l'affiche.

– A-t-il parlé?

– Parfois il délire. Des marmonnements dénués de sens.

– Il nous entend peut-être.

– Je ne crois pas, répondit Halidé.

Lorsque la jeune femme se releva, Kérim approcha sa bouche de l'oreille du malade.

– Vous êtes chez des amis, murmura-t-il. Vous n'avez rien à craindre, reposez-vous.

Ce geste de Kérim attendrit Halidé. Gêné, il se défendit :

– On ne sait jamais.

Halidé rabaissa la peau de chèvre, puis une épaisse couverture de feutre. Il y avait encore un drap.

– Il va étouffer, là-dessous.

– C'est pour qu'il transpire, dit-elle en retirant le drap humide qu'elle donna à son ami. Va l'étendre sur la clôture du jardin.

Lorsque Kérim revint, Halidé lavait délicatement Vartan avec un chiffon. Dans la pénombre, le corps pâle paraissait très grand. En raison d'une fracture de la clavicule, le bras droit était solidement immobilisé en travers de la poitrine par des bandes d'étoffe. Un pansement enserrait la cuisse.

– C'est un corps d'athlète, fit tout bas l'instituteur, d'un ton admiratif.

Il roula une cigarette en observant Halidé qui s'acquittait de sa tâche avec un bonheur évident. Ses gestes étaient très maternels.

– Tu n'aurais pas aimé avoir des enfants?

– Oh oui! J'en ai perdu un déjà. Puis Yachar est mort.

Elle le regarda droit dans les yeux et ajouta :

– Pour en avoir aujourd'hui, il faudrait que je me remarie...

Kérim saisit l'allusion mais ne le montra pas. Qui comprendrait qu'il avait délibérément opté pour le célibat afin de se consacrer corps et âme à sa tâche d'enseignant, une occupation qui ne lui permettrait jamais de faire vivre une famille?

Halidé avait lavé le malade de la tête aux pieds. Elle retira le bandage qui enserrait la cuisse. La peau autour de la blessure avait perdu sa vilaine teinte noirâtre, mais les lèvres de la plaie demeuraient soulevées et violettes. Du pus suintait. Halidé le fit sortir en pressant la chair et l'essuya avec un bout de tissu qu'elle jeta en direction du foyer; il tomba par terre et Kérim alla le mettre dans le feu. Elle baigna ensuite la plaie d'alcool.

– Es-tu sûre de faire ce qu'il faut? demanda Kérim.

Agacée qu'il mette en doute ses compétences, elle répondit sèchement :

– J'obéis au médecin.

Ils avaient appelé au chevet du blessé le docteur Léonidas, un médecin grec en qui ils pouvaient avoir confiance. Habitant Césarée, il n'était venu que deux fois, à cause de la distance et surtout pour ne pas éveiller les soupçons des gens d'Urgup.

– Apporte-moi les toiles d'araignée. Elles sont sur la tablette, à côté des tasses.

Kérim lui remit un paquet de papier brun. Elle en sortit une matière d'un blanc nacré qu'elle déploya avec habileté et étala sur la blessure. Elle refit le pansement. Les vertus antiseptiques des toiles d'araignée étaient connues de tous. Encore fallait-il pouvoir s'en procurer. C'est Kérim qui s'en chargeait avec l'aide de ses élèves pour qui cela devenait un jeu.

– Il m'en faudra d'autres, lui dit Halidé.

Il rigola :

– Toutes les araignées d'Urgup suffisent à peine à la tâche! Et puis cela me fait mal voir des voisins.

Il faisait allusion au fait que la plupart des gens respectaient beaucoup les araignées, qui, selon une légende, avaient sauvé le Prophète en tissant leurs toiles dans l'entrée de la caverne où il s'était caché de ses poursuivants.

Après avoir désinfecté l'entaille autour du prépuce, Halidé l'habilla de toiles d'araignée.

– Le drap doit être sec, fit-elle.

En sortant, Kérim jeta son mégot dans le foyer.

Une fois sa toilette terminée, ils recouvrirent le blessé. Glissant un bras dans son dos, Halidé lui souleva le buste et la tête sans effort apparent. Elle écarta les lèvres de l'homme avec le bord du gobelet d'étain et versa un peu de bouillon dans sa bouche. Du pouce, elle frotta sa gorge afin de l'inciter à déglutir. Elle répéta le manège jusqu'à ce qu'il ait bu le contenu de deux gobelets. Avec d'infinies précautions, elle reposa sa tête sur la couche, essuya sa bouche et sa barbe. Du bout des doigts, elle le recoiffa.

– Il dort comme un ange, s'extasia-t-elle en se redressant, satisfaite d'elle-même. Regarde, Kérim, on dirait un enfant fragile.

L'instituteur se rappelait son grand corps musclé et le trouvait plutôt d'une virilité remarquable.

***

Une dizaine de gendarmes encerclaient Vartan, le menaçant de leurs baïonnettes. Attaché, il tentait en vain de leur échapper. Les lames s'enfonçaient dans son corps. Il tombait par terre, le sang giclait de ses blessures mais il ne mourait pas. Un soldat sautait sur lui et d'un coup de couteau l'émasculait.

Vartan émergea dans un sursaut de ce cauchemar. Il avait froid, pourtant il transpirait. Il était ligoté. Il ouvrit les paupières et la lumière l'éblouit. Sa tête bourdonnait. Comme dans un brouillard, il distingua vaguement l'intérieur d'une maison et une femme habillée en noir. Il se crut revenu dans la maison du fermier, sous la garde d'Aycha. Sur cette vision, il replongea dans l'inconscience, un sommeil meublé de visions effrayantes, de scènes atroces. Durant une semaine encore, il eut de ces brefs réveils, à l'instar d'un homme qui se noie et, à quelques reprises, refait surface durant une seconde. Puis les rêves l'emportaient dans leurs remous.

Enfin, un matin, il s'éveilla l'esprit lucide. Où était-il? Il conservait le souvenir très flou de visages se penchant sur lui, tantôt Maro, tantôt sa mère qui fredonnait une berceuse. Son corps lui faisait mal. Tout lui revint d'un coup : la marche vers Césarée, la circoncision, les trois gendarmes qui tentèrent de le tuer. Il voulut porter la main droite à sa tête mais son bras était attaché. Le gauche était libre. Il palpa son visage. Une barbe épaisse. Il tourna la tête. Une femme en noir, qu'il voyait de dos, tissait.

L'appel qu'il voulait vigoureux fut à peine un râle. La femme se leva prestement et vint vers lui d'une démarche dansante. Les grands yeux noirs souriaient au milieu d'un visage basané.

– Dieu soit béni! s'exclama-t-elle en ramassant au passage un pichet et un gobelet.

Vartan fut incapable de se relever.

– Ne bouge pas! Tu es encore très faible.

– Où suis-je?

– Près d'Urgup.

– Urgup?

– Non loin de Césarée. Ne parle plus, tu vas te fatiguer.

Elle s'assit sur le lit, glissa sa main gauche sous les épaules de Vartan et l'aida à s'asseoir, lui appuyant la tête sur son épaule. Il se sentait étourdi.

– Bois, dit-elle en portant à ses lèvres un gobelet de lait de chèvre.

Il but. Elle pressa sa main sur le front de Vartan et déclara d'une voix enthousiaste :

– Presque plus de fièvre!

Il s'étonnait de la trouver avec lui d'une telle familiarité.

– Depuis combien de temps suis-je ici?

– Trois semaines.

Trois semaines ! On devait être en septembre. Mille questions lui brûlaient les lèvres, mais une douleur aiguë aux tempes l'empêchait de parler, même seulement de penser. Il s'étendit, ferma les yeux et se reposa un long moment en silence. Quand il rouvrit les paupières, la jeune femme était toujours à côté de lui, qui l'observait avec une espèce de tendresse. Il n'était pas rassuré pour autant et promena un regard méfiant sur la pièce. Devinant son état d'esprit, Halidé déclara :

– Tu n'as rien à craindre. Je sais qui tu es, major.

Stupéfait, il ne montra pourtant aucune réaction.

– Et vous, qui êtes-vous ?

– Une femme qui déteste la violence et l'injustice, répondit-elle d'un ton évasif. Tu parles trop, ne gaspille pas tes forces à mesure qu'elles reviennent.

Il y avait une certaine sagesse dans ces paroles mais la curiosité torturait Vartan. Il tâta son crâne couvert de nombreuses cicatrices.

– Le bras immobilisé ?

– Ordre du médecin. Tu as un os cassé, là.

Elle indiquait la clavicule.

– Un médecin ? s'inquiéta Vartan.

– Un ami. Un Grec.

– Beaucoup de gens savent que je suis ici ?

– Il y a aussi Kérim. J'étais avec lui quand je t'ai trouvé.

Vartan s'essoufflait à parler ainsi ; il respira de longues minutes, la bouche grande ouverte, avant de reprendre :

– Qui est ce Kérim ? Un Grec lui aussi ?

– Un Tatar de Crimée. C'est l'instituteur du village.

– Il connaît mon identité ?

– C'est lui qui a vu l'affiche. Considère-le comme un ami très sûr.

Elle expliqua à Vartan que sa photo était sur les murs des postes de police, des marchés et des cafés, et que sa tête était mise à prix.

– Ce serait préférable que tu gardes ta barbe, conclut-elle.

– Tes voisins ?

– Le village est loin. On continuera d'ignorer ta présence ici.

Il soupira profondément. Il n'avait pas le choix, il devait s'en remettre aux soins de cette femme dont il ignorait jusqu'au nom. Il avait les paupières lourdes et brûlantes.

– Tu devrais dormir, dit la femme avant de s'éloigner avec le pichet.

Vartan voulait faire le point mais se rendormit aussitôt. Les cauchemars habituels ne revinrent pas et il dormit d'un sommeil paisible. Ce fut une odeur d'oignons frits qui le réveilla ; l'eau lui vint à la bouche. Il avait faim. Penchée au-dessus du tandir, la jeune femme cuisinait. Des rayons de soleil pénétraient en diagonale par les deux fenêtres ; l'après-midi tirait à sa fin.

Voyant que son malade avait ouvert les yeux, Halidé lui apporta à boire.

– Je ne t'ai pas encore remerciée. Ce que tu as fait...

Elle posa l'index sur sa bouche pour qu'il se taise. Il reprit :

– Il m'est impossible de te dédommager. Pour l'instant du moins.

– Dieu me le remettra au centuple, répondit-elle avec une assurance toute sincère.

– Si je me tire d'affaire et que je survis à cette guerre, tu n'auras pas à attendre si longtemps ta récompense.

Elle rit à gorge déployée.

– Ne dis pas de sottises. Tu m'as remerciée, ça suffit. N'en parlons plus.

Elle retourna à ses chaudrons et fredonna tout bas.

De la main gauche, Vartan explora son corps qu'il trouva d'une maigreur effrayante. Son pénis était encore sensible lorsqu'il y touchait, mais rien de plus. La blessure de sa cuisse était cicatrisée. Il ferma les yeux et se détendit. Pour quels motifs cette Turque courait-elle des risques en l'hébergeant ? Et ce Kérim ? Leur comportement demeurait inexplicable, et l'inconnu déplaisait à Vartan. Septembre ! Que devenaient Maro et Tomas ? Nul doute qu'ils le croyaient mort. Il ne pourrait partir à leur recherche avant longtemps. Les chercher ? Où et comment ?

Absorbé dans ces pensées qui l'attristaient, il sursauta lorsque Halidé déclara :

– Kérim sera heureux de te savoir conscient. Nous avons craint que tu ne te remettes pas de tes blessures. Même le médecin avait peu d'espoir. Tu es un homme solide !

Elle goûta à un plat avant de poursuivre :

– Kérim viendra dîner ce soir. Nous aurons de l'agneau. Ce serait mieux que toi tu te contentes de potage et de riz. Ton estomac n'a rien pris de consistant depuis trop longtemps.

Tout semblait très simple pour elle, comme allant de soi. Elle se comportait comme si elle le connaissait intimement depuis longtemps, alors que pour lui elle demeurait une parfaite étrangère.

– Je ne sais même pas ton nom, dit Vartan.

– Halidé.

Il repoussait les peaux de chèvre et la couverture de feutre. Elle vint l'aider.

– Tu as chaud ? Fais attention aux refroidissements.

– Il faudrait que je sorte.

– Tu es trop faible, répondit-elle en se penchant pour prendre par terre un pot de chambre. Peux-tu y arriver seul ?

Il s'étonna de cette question, puis songea que durant quelques semaines il avait été comme un bébé entre les mains d'une mère. Cet état de dépendance l'agaçait.

– J'y arriverai, dit-il en prenant le vase.

Il se coucha sur le côté gauche, dos à la jeune femme, et soulagea sa vessie. Il aurait souhaité que Halidé s'éloigne mais elle resta plantée à côté du lit. Depuis le temps, elle connaissait le corps de cet homme sous toutes ses coutures, et les fonctions naturelles n'avaient rien de honteux pour la paysanne qu'elle était. Il en allait tout autrement pour Vartan, qui se désolait de ne pas avoir un linge pour couvrir le pot avant de le lui remettre.

L'effort l'avait épuisé. Il demanda, d'une voix haletante :

– Pourquoi?

– Quoi?

– Cette bonté et cette sollicitude que tu témoignes envers un inconnu.

Halidé perçut la méfiance dans la voix de Vartan et fut peinée qu'il doute de son désintéressement. Elle cria, en direction de la porte qui était ouverte :

– Kourt! Kourt!

Quelques secondes plus tard, un gros chien entra et s'assit à ses pieds, reniflant le lit. Elle caressa la tête de l'animal.

– Il y a deux ans, je l'ai trouvé dans la neige, à moitié déchiqueté par les loups. Je l'ai soigné et guéri. Il ne m'a jamais demandé pourquoi!

Vartan ne put s'empêcher de sourire :

– Je ne voulais pas te blesser, Halidé. Je trouve ton geste d'une générosité sans bornes, mais...

– Mais?

– Si on me découvrait chez toi...

Elle secoua les épaules pour signifier que cette perspective ne l'effrayait aucunement. Vartan se demanda si la jeune femme ne faisait pas preuve d'une totale inconscience. Elle savait pourtant qu'il était recherché.

– Personne ne vient ici? Les villageois se rendent beaucoup visite, il me semble.

– La plus proche maison se trouve à deux kilomètres. Je me tiens à l'écart des autres.

– Ton mari est à la guerre?

– Je suis veuve.

– Tes parents?

– Je n'ai plus de famille.

Ses réponses sèches firent comprendre à Vartan qu'elle ne désirait pas parler d'elle-même. Son regard s'était voilé; sans doute que l'évocation de son passé lui était désagréable. Il n'insista pas.

– Je vais au jardin, dit-elle en sortant en compagnie du chien.

Kérim arriva peu avant la tombée de la nuit. Il se réjouit en apprenant que le blessé avait repris conscience. Ses épaules tombantes, son dos voûté et son front dégarni le vieillissaient; cependant, son regard franc et clair s'emplissait d'une ingénuité juvénile. On ne pouvait pas dire qu'il était beau mais il inspirait sur-le-champ la sympathie. Vartan lui serra la main en le remerciant avec chaleur.

– C'est Halidé qui a tout fait, répondit-il avec modestie.

– Pourquoi?

Halidé, agenouillée près du foyer, leva les yeux au ciel et secoua la tête. Encore cette question! Elle avait remplacé son vêtement noir par une robe paysanne de couleur orange, brodée de motifs floraux bleus et verts.

Kérim se mit les mains dans le dos ainsi qu'il le faisait durant les leçons.

– Pourquoi? répéta-t-il d'une voix qui s'emflamma. Parce que vous êtes arménien. Il se commet à l'heure actuelle un crime odieux dans notre pays et je ne veux pas y avoir part. Je veux me démarquer du gouvernement et de tous ceux qui lui obéissent en pliant l'échine. Je préférerais encore que l'on me juge comme traître!

– Un jour, ce seront les autres qu'on jugera comme traîtres, dit Vartan. Quant à vous, on vous considérera comme un héros.

– Je n'en demande pas tant, répliqua Kérim avec un rire intimidé. Être en paix avec ma conscience me suffit amplement.

Il respira à fond afin que disparaisse la rougeur qu'il savait lui être venue aux joues, puis il se frappa les mains :

– L'ignorance! L'ignorance est la cause de tout. Ce pays ne progressera jamais tant que...

Halidé l'interrompit et le gronda doucement.

– Kérim! Tu ne vas pas nous servir tes grands discours? Pas ce soir. Le major s'éveille à peine.

L'instituteur sourit piteusement au blessé.

– Halidé a raison, comme toujours. Excusez-moi.

Vartan vola au secours de l'instituteur.

– Vos idées m'intéressent, Kérim. J'aimerais les entendre quand j'aurai le cerveau moins embrumé.

– Ce sera avec plaisir, répondit l'homme dont le visage rayonnait. L'occasion se présentera.

Pour le repas, on assit Vartan sur le lit, adossé aux peaux de chèvre repliées. Halidé voulut le faire manger mais il insista pour se débrouiller seul avec sa main gauche. Elle et son invité approchèrent la table basse et prirent place sur des tapis. Deux lampes d'argile qui brûlaient de l'huile d'olive répandaient une odeur forte et éclairaient la pièce avec parcimonie, laissant les coins dans l'ombre. La conversation tourna autour de sujets banals, la pauvreté des récoltes qui laissait présager des pénuries durant l'hiver, les ragots du village. Vartan demanda à Kérim :

– Connaissez-vous le docteur Black qui dirige le collège américain de Césarée?

– De réputation. Le gouvernement a fermé l'institution et il est parti.

Vartan laissa échapper un grognement de dépit. S'envolait cet espoir auquel il se rattachait.

– Il y a eu des déportations?

– Malheureusement, répondit l'instituteur en baissant la tête.

Halidé se mordit les lèvres. Sa mine défaite n'échappa pas au regard de Vartan. Pourtant, elle reprit aussitôt, d'un ton anodin :

– L'hiver sera rude. Les oignons multiplient leurs pelures.

Les hommes comprirent qu'elle désirait donner un autre tour à la conversation et respectèrent son souhait. Après le dîner, la jeune femme servit du thé. Kérim roula une cigarette et l'offrit à Vartan qui accepta. Halidé l'alluma à la flamme d'une lampe. Il n'avait pas goûté au tabac depuis fort longtemps, et la première bouffée le fit tousser. La deuxième lui fit tourner la tête, ensuite un immense bien-être s'installa en lui. Il regardait les murs blancs, où dansaient les reflets des lampes, et ses hôtes qui lui souriaient. Sentiment irrationnel : il eut la conviction qu'il pouvait avoir une confiance absolue en ces deux êtres.

Plutôt que d'apporter l'oubli, cette ambiance d'amitié ravivait les souvenirs de Vartan. Sans y avoir été convié, il raconta son histoire, en omettant toutefois les noms. Halidé et Kérim l'écoutaient dans un silence religieux. Il parlait d'une voix éteinte. Il parlait malgré l'épuisement qui lui venait, malgré la douleur que provoquaient ses mots. Besoin de partager, de se libérer un peu du poids qui écrasait son cœur.

Quand il se tut, on n'entendit plus que la plainte d'un chevreau qui appelait sa mère. Des larmes coulaient sur le visage de la femme.

– Je me mets à la place de ton épouse et de ton fils, murmura-t-elle en regardant fixement le mur.

On aurait dit qu'elle contemplait une image ou un paysage dont la vision la faisait souffrir. Atterré, Kérim serra la main de Vartan. S'il n'avait pas été aussi intimidé, il l'aurait embrassé sur les joues. Il salua Halidé d'un signe de la main et partit sans rien dire. La jeune femme aida Vartan à se coucher ; son visage avait retrouvé un semblant de sérénité, mais ses yeux étaient encore rouges.

– Tu as raison de garder espoir. Je suis certaine que tu les retrouveras.

Elle s'étendit sur un tapis près du foyer et s'enroula dans une couverture de feutre. Elle ne trouva pas le sommeil et, plus tard dans la nuit, ses sanglots éveillèrent Vartan. Il ne comprenait pas qu'elle soit à ce point affectée par son récit.

***

Dans son bureau somptueusement meublé de l'édifice principal du gouvernement à Aintab, Riza Bey fulminait. Il finissait de décoder un long télégramme envoyé depuis Stamboul par Gani Bey. Des reproches ! Des reproches dont aucun n'était mérité.

C'était vrai qu'un bon nombre d'Arméniens vivaient toujours à Aintab : ceux de confession protestante, protégés par les missionnaires américains et allemands, et tous les artisans spécialisés, dont les travailleurs de l'usine de munitions. La décision de ne pas déporter ces gens, que Riza avait présentée à Maro comme de la mansuétude, était avant tout dictée par l'intérêt du pays. Et il était prêt à la défendre devant son supérieur. Mais le reste!

Était-ce de sa faute si un croiseur français avait pris à son bord les quatre mille Arméniens qui résistaient depuis juillet à Moussa Dagh et les avait transportés à Port-Saïd, en Égypte? Et comment aurait-il pu empêcher les informations de sortir du pays? Gani Bey se montrait bien injuste à son égard! Riza relut un passage du télégramme.

« Les services de renseignements allemands ont communiqué au ministre de l'Intérieur certains faits qu'il juge inadmissibles. Le 4 octobre, un organisme appelé Comité d'enquête américain a rendu public un rapport détaillé sur le sort fait aux Arméniens en Anatolie. Deux jours plus tard, un certain Lord Bryce a prononcé à Londres, devant la Chambre des lords, un discours bien documenté sur le même sujet. Il m'apparaît évident qu'ils sont en rapport avec des gens vivant en Anatolie, en particulier dans votre région. Vous veillerez donc à limiter le plus possible la circulation des étrangers, missionnaires et diplomates, et à prendre toutes les mesures nécessaires pour contrer l'envoi hors de l'Empire de témoignages accablants pour notre gouvernement. »

Des mesures! Des mesures! Il en avait de bonnes, Gani Bey.

– S'il n'est pas satisfait, qu'il me relève de mes fonctions, maugréa Riza Bey. Et je m'occuperai de mes terres. Je vais lui répondre, moi!

La sonnerie du téléphone retentit. Deux longs coups, deux brefs. On appelait chez le général. Installé depuis peu à Aintab, le service téléphonique ne comptait encore qu'une vingtaine d'abonnés et se limitait à la ville.

Riza Bey revint au télégramme, dont il jugeait une autre partie plus inquiétante pour lui.

« La presse étrangère a publié certains articles qui, j'ai tout lieu de le croire, sont de la main de ce Vartan Balian que nous recherchons. Il y avait notamment une description du camp de Malatia où votre second a surpris l'homme en question. Il est impératif de le mettre hors d'état de nuire. Intensifiez les recherches. Le ministre n'étant pas au courant de cette histoire, vous éviterez d'y faire allusion et de mentionner le nom de ce Balian dans votre correspondance officielle. »

Furieux, le gouverneur froissa la feuille de papier et la fit brûler dans un cendrier. Il tira un cigare de la boîte dont lui avait fait cadeau un officier allemand. L'époux de Maro... Il l'avait oublié, celui-là! Nulle crainte chez Riza : Balian ne pouvait rien contre lui et, de toute façon, il ignorait sûrement où se trouvaient sa femme et son fils. L'inquiétude de Riza était plutôt que Maro apprenne que son époux vivait. Elle semblait s'apprivoiser peu à peu à l'idée de demeurer à Aintab avec son fils qui, lui, s'habituait vite à sa nouvelle vie. Bien sûr, elle espérait toujours que Riza l'aide à gagner la capitale; elle n'en parlait pas, sinon à mots couverts, mais il lisait dans ses yeux une prière muette. Encore un peu de temps, et l'amour de Riza aurait raison de ses dernières résistances; elle perdrait toute velléité de départ, elle s'abandonnerait au bonheur.

Fermant les yeux, il revit le merveilleux visage de Maro, ses yeux pétillants d'intelligence, ses lèvres voluptueuses, et il l'imagina qui lui disait pour la première fois « je t'aime ». Sa joie fut de courte durée : les traits du mari lui revinrent à l'esprit. Non pas le portrait un peu flou de l'avis de recherche dont, par prudence, Riza avait interdit l'affichage à Aintab, mais le visage souriant de cette photographie que Maro conservait dans un pendentif.

Il ressentit la morsure de la jalousie. Toutes les femmes qu'il avait possédées étaient neuves en amour. La pensée que Maro avait appartenu à un autre homme lui faisait mal; celle qu'elle aimait toujours cet homme lui était intolérable. Il la voyait riant avec son mari, l'embrassant, gémissant dans ses bras. Elle lui avait même donné un fils! Quel que soit l'avenir de Riza avec Maro, il y aurait toujours l'ombre du passé entre eux.

Il se leva brusquement; les pattes du fauteuil de maroquin vert crissèrent sur le marbre du plancher. Il se planta devant la grande carte murale de l'Anatolie dessinée par des cartographes allemands. Des zones ombrées créaient l'illusion du relief montagneux. Le regard de Riza suivit le cours des rivières, s'arrêta aux noms de villes et de villages, scruta les vallées et parcourut les plateaux, comme s'il risquait d'apercevoir l'homme en fuite.

– Où peut-il bien se terrer?

Seul, recherché par la gendarmerie et l'armée, ce Balian ne représentait pas un bien grand danger pour l'Empire. Ni pour Riza. Mais sa seule existence l'enrageait. Riza se moquait éperdument de la teneur des articles que Gani Bey lui attribuait. Il y voyait cependant un défi que lui lançait Balian : Je suis toujours vivant! Et un rappel : La femme que tu aimes est mienne!

Il posa le bout humide du cigare sur le papier et traça un itinéraire depuis Malatia jusqu'à la frontière russe. Un autre vers la Perse. Un troisième en direction de Bagdad et de la partie de la Mésopotamie aux mains des Britanniques. C'était ce que ferait tout homme raisonnable dans la même situation que Balian. Oui! Il avait sûrement quitté l'Anatolie pour trouver refuge auprès des Russes ou des Anglais. À moins qu'il se soit mêlé aux convois de déportés, auquel cas il finirait dans le désert syrien. Restait encore la possibilité qu'il ait gagné Alep où des milliers d'Arméniens s'étaient mêlés à la population arabe. Alep! À peine plus d'une centaine de kilomètres d'Aintab.

Alors qu'il jonglait avec cette dernière idée, trois coups furent frappés à la porte, qui s'ouvrit avant même qu'il réponde. Croyant à l'arrivée de son secrétaire ou de quelque fonctionnaire, Riza cria sans se retourner :

– J'avais demandé que l'on ne me dérange pas!

– Excusez-moi, Riza Bey, c'est important.

Bédri s'avança vers son patron, qui lui fit face et demanda, d'un ton impatient :

– Qu'y a-t-il encore?

Bédri passa l'index à l'intérieur du faux col qui lui serrait le cou et essaya de l'agrandir. Il avait le visage congestionné. Avec la nomination de Riza Bey au poste de gouverneur, il avait vu sa propre autorité et son prestige s'accroître, les notables de la ville le traitaient avec déférence et respect. À présent, il s'habillait d'un complet noir et portait la cravate, en dépit de l'inconfort qu'il trouvait à ces vêtements. Mal taillé, le costume lui donnait l'allure d'un lourdaud.

– On a retrouvé la trace de l'espion! s'exclama-t-il joyeusement en brandissant un télégramme.

Le gouverneur bondit :

– Où ça?

– À Césarée.

Riza se tourna vers la carte. Césarée! Cela ne concordait pas avec ses suppositions. Que diable Balian faisait-il là?

– On l'a arrêté?

– Non. Son livret militaire au nom de Chakir Ismaël est parvenu à la préfecture de Césarée. Il a été apporté par un soldat qui le tenait d'un marchand; ce dernier l'aurait trouvé en bordure d'une route secondaire.

Bédri jeta un coup d'œil au télégramme pour s'assurer qu'il n'avait omis aucun détail.

– C'est tout ce qu'on sait.

Les yeux plissés, il guettait la réaction de son patron. Soulagé que Balian ne soit plus dans la région immédiate, Riza continuait de fixer le nom de Césarée sur la carte. Il mordillait nerveusement son cigare. Cette nouvelle, juste comme il songeait à cet homme! La coïncidence le troublait au plus haut point. Il n'aurait jamais la paix de l'esprit tant que cet homme serait en vie. Il se tourna vers Bédri qui s'étonna intérieurement de son air soucieux.

– Que penses-tu de cette histoire?

Bédri frotta sa nuque rougie par le col empesé; il avait déjà soupesé la question mais se donna quand même l'air de réfléchir.

– Il s'est débarrassé du carnet militaire. Sans doute qu'il a adopté une autre fausse identité.

– Mais pourquoi Césarée?

– Pourquoi pas? répondit Bédri en haussant les épaules, ce qui fit tirebouchonner ses manches.

Songeur, Riza Bey marcha jusqu'à son bureau, ralluma le cigare et se planta devant une fenêtre qui donnait sur une cour dallée où quelques soldats parlaient entre eux. Il revint à son second.

– Est-ce que l'on fouille la région?

– J'imagine.
– Tu imagines! s'écria Riza, irrité, en secouant la cendre du cigare par terre. Il faut retourner chaque pierre, interroger chaque habitant.
– Il n'est sans doute plus dans ce coin, répliqua Bédri qui ne comprenait pas l'intérêt que son chef prenait à l'affaire. À mon avis, il se dirigeait vers la capitale.
– Ton avis ne me suffit pas! Tu vas te rendre là-bas et diriger les recherches.
Les joues de Bédri frémirent. La perspective de ce long voyage lui déplut. Il détestait s'éloigner d'Aintab car il se privait alors du pouvoir nouveau dont il y jouissait.
– L'armée et la gendarmerie se débrouilleront bien toutes seules. Qu'est-ce que ça donnerait de plus que j'y aille?
Furieux que son second questionne ainsi ses ordres, Riza lui dit, avec un sourire entendu :
– Tu as fait partie de la police secrète d'Abdul Hamid... Ton expérience va nous servir.
À cette mention d'un épisode de son passé qui était une tare aux yeux des dirigeants actuels, Bédri devint blême. Il s'empressa d'acquiescer. Riza montra le cendrier débordant de papier calciné :
– Gani Bey tient absolument à ce qu'on mette cet homme hors d'état de nuire. Tu disposeras de l'assistance nécessaire. Quand tu arriveras à Césarée, les autorités auront reçu des ordres à cet effet de Constantinople. Organise les recherches, mais toi, pendant ce temps, mène une véritable enquête!
Bédri semblait ne pas comprendre cette dernière phrase. Riza s'écria, exaspéré :
– Cet homme n'est pas invisible! Il marchait sur la route, quelqu'un a dû le croiser. Il fallait bien qu'il mange, donc qu'il se procure des aliments auprès d'un marchand ou d'un fermier. Tu as le livret militaire, remonte cette piste. Ne ménage pas ta peine.
Se grattant le menton, Bédri dodelina de la tête.
– Oui... Bien sûr... Mais j'ai l'intuition qu'il a déjà décampé.
– Je m'en moque! Tu apprendras où il se dirigeait et nous le suivrons à la trace. Cela te prendra tout l'hiver s'il le faut, mais ne reviens pas bredouille!
Cachant son déplaisir, Bédri s'inclina :
– À vos ordres, Riza Bey.
– Prépare-toi à partir aujourd'hui même. Je vais te donner des ordres écrits.
Bédri salua son patron par le temenna et s'éloigna, les épaules affaissées. Avant de refermer la porte, il demanda :
– Et si je le trouve?
Riza passa son index devant sa gorge en claquant la langue.
– Ce sera avec plaisir! ricana Bédri d'une voix colérique.
Une fois seul, Riza s'assit à son bureau afin de rédiger un ordre

de mission. La plume en l'air, il se mit à rêver. Quelle joie si Bédri parvenait à le débarrasser de Balian! Plus rien ne menacerait son bonheur. Le désir de Maro lui vint brusquement, impérieux. Il avait hâte de la retrouver et de l'étreindre pour l'arracher un peu plus à sa vie passée. Envie de la gâter. Qu'est-ce qui pourrait la surprendre et la réjouir? Un bijou? Une robe? Trop commun, ordinaire... Et puis, elle protesterait encore. Un piano! Oui, un piano. Elle lui avait dit en jouer. Des pianos, il y en avait de superbes dans les meubles confisqués aux déportés. Il allait lui offrir un piano et elle jouerait pour lui seul.

Buyuk Hanim dirait qu'il s'agit d'un instrument et d'une musique « d'infidèle » et se mettrait en colère. Ça ne ferait jamais qu'une fois de plus! Pressé de rentrer chez lui, Riza Bey commença à écrire.

***

Octobre tirait à sa fin. Les jours raccourcissaient et les nuits s'allongeaient d'autant, de plus en plus froides. Les pluies d'automne, d'abord bues avec avidité par le sol craquelé par de longs mois de sécheresse, ruisselaient maintenant en surface, creusaient des rigoles dans les champs et ravinaient la route. Aux averses torrentielles succédaient des périodes de bruine, et le ciel demeurait gris et bas.

Assis sur la plate-forme qui lui servait de lit, Vartan taillait sa barbe. Sa main tremblait trop, il déposa les ciseaux. Le petit miroir circulaire lui montrait un visage qu'il reconnaissait à peine, pas tant à cause de la barbe épaisse que des joues creuses et des cernes autour des yeux. Ses traits s'étaient durcis, des pattes-d'oie s'approfondissaient au coin de ses paupières et deux rides barraient son front. Ses tempes s'argentaient un peu plus et des poils blancs formaient des taches pâles de part et d'autre du menton. Il se trouva vieilli, de plus en plus ressemblant à son père.

Il se dirigea vers une fenêtre en prenant appui au mur. Il marchait en claudiquant, mais du moins pouvait-il se servir de nouveau de son bras droit libéré de l'écharpe. La fièvre avait disparu, mais pas son état de faiblesse; il s'épuisait vite et alors survenaient de violentes migraines qui créaient la sensation qu'un tambour battait dans sa tête qu'enserrait un étau.

L'ouverture donnait sur le sud-est: des champs, désertés en cette saison, rectangles rouille ou bruns selon qu'ils portaient des chaumes ou avaient subi le labour. Vartan passait de longs moments à cette fenêtre, le regard perdu dans le lointain. Il franchissait en esprit les centaines de kilomètres de montagnes qui le séparaient des villes où Maro et Tomas avaient peut-être été emmenés. Alep, Alexandrette, Aintab, Adana: ces noms acquéraient à son oreille une résonance mythique. Où étaient les siens? Comment survivaient-ils? Il ne parvenait pas à imaginer leur sort, leurs conditions de vie, et cette incapacité de se les représenter le mettait hors de lui. Il espérait alors que sa femme soit parvenue à gagner Constantinople; il la voyait avec Tomas dans le salon de l'oncle Mesrop, en compagnie de la tante Arpiné, de la cousine Lucie et du cousin Diran. Sa rationalité reprenait vite le dessus, les images réconfortantes s'évanouissaient et il envisageait la réalité en face : il ignorait tout à leur propos. Ils pouvaient tout aussi bien être morts...

Il fallait qu'il retourne à Malatia et, de là, entreprenne une quête patiente. Miss Langlet avait peut-être obtenu des nouvelles de Maro par d'autres missionnaires. Il se pouvait aussi qu'une réponse de son cousin Diran l'attende à l'orphelinat suisse de Malatia. Combien de temps avant qu'il ne soit en état d'effectuer le voyage? Et surtout, comment s'y prendrait-il? Le docteur Black parti, Vartan ne voyait pas qui pourrait lui fournir une nouvelle identité. Se rendre à Constantinople? Là, il avait des parents, des amis. L'idée de s'éloigner encore plus de la région où il avait perdu la trace de Maro et de Tomas lui répugnait car il avait la crainte irraisonnée que ce faisant il les perdrait à jamais.

Halidé s'arrêta dans l'embrasure de la porte et observa Vartan qui ne l'avait pas entendue arriver. Il était encore à la fenêtre! Il songeait sans doute à sa femme et à son fils. Il n'en parlait pas, mais Halidé devinait à son air mélancolique qu'il pensait constamment à eux. Il s'enfermait parfois des heures durant dans un silence profond qu'elle n'osait pas troubler. Elle sentait qu'il souffrait et elle aurait voulu trouver des mots pour apaiser son tourment; il l'impressionnait trop et elle se contentait de partager en secret sa peine. Qu'aurait-elle pu dire à cet homme instruit, un pharmacien et un major, qu'il ne savait déjà? Surtout qu'au fond d'elle-même, Halidé jugeait totalement déraisonnable l'espoir de Vartan de rejoindre sa famille.

– Tu devrais te ménager, dit-elle en pénétrant dans la pièce.

Il se retourna lentement.

– Au contraire, il faut que j'exerce mes muscles.

Elle secoua le châle mouillé et l'accrocha au mur près de la porte.

– Tu luttes trop. Laisse faire le temps, c'est le seul remède.

– Le temps est mon ennemi, répondit-il d'une voix triste en esquissant un pas vers le lit.

– Attends, je t'aide.

Il obéit. Refuser cette aide provoquerait des hauts cris : la jeune femme n'aimait pas que l'on refrène ses élans charitables. Elle lui ceignit la taille d'un bras.

– Appuie-toi à mon épaule.

La pluie avait traversé son châle et sa robe était trempée. Halidé sentait la sueur fraîche et le parfum de santal.

– Ne marche pas trop vite, dit-elle d'un ton affectueux.

En fait, elle souhaitait prolonger le contact physique. Elle aimait le poids de cette large main sur son épaule, le jeu des muscles du dos de Vartan contre son bras. Elle aimait surtout que cet homme, fort et puissant en d'autres temps, dépende d'elle. Halidé regrettait de ne plus devoir le laver et le changer comme au début. Elle ne le touchait plus que du regard et cela lui donnait le sentiment qu'ils s'éloignaient l'un de l'autre après avoir été très intimes. Ce n'était évidemment que dans sa tête.

En s'asseyant sur le lit, Vartan la remercia de nouveau de tout ce qu'elle faisait pour lui et ajouta :

– Je partirai dès que j'en serai capable.

Halidé se détourna sans répondre et alla fermer la porte.

– Il fait humide ici.

Elle sortit un paquet de sa pèlerine.

– J'ai acheté du café. J'en prépare.

Vartan l'observa qui allumait du charbon de bois dans le tandir. Du café! Où prenait-elle l'argent pour acquérir ce produit de luxe dans un pays en guerre? La vente de poteries et de tapis ne devait pas lui rapporter tant que ça. Un élément de plus à ajouter à tout ce qui l'intriguait déjà chez Halidé. Ces dernières semaines, elle avait fait provision d'une quantité de nourriture dépassant de beaucoup les besoins d'une ou même de deux personnes pour un hiver. Du blé, qui constituait la base de l'alimentation des paysans d'Anatolie, mais aussi des pièces de mouton séché qu'elle avait suspendues aux poutres du plafond, de l'huile d'olive, des noisettes de la mer Noire, des pistaches, des amandes, du sucre, du sel et du thé. Sans compter ce qu'elle rapportait du marché et rangeait dans l'étable.

Il y avait aussi ces absences que Vartan s'expliquait mal. Au moins une fois par semaine, Kérim venait chercher la jeune femme à la nuit tombée et ne la reconduisait qu'au matin, parfois même le soir suivant. Au début, Vartan croyait qu'ils entretenaient une liaison et que sa présence dans la maison les obligeait à vivre ailleurs leurs amours. Cette explication ne tenait pas. Pourquoi auraient-ils chaque fois tiré derrière eux l'âne chargé de gros paniers? Les frontières étaient trop loin pour qu'il s'agisse de contrebande. Mais quoi? Vartan n'en avait pas la moindre idée. Si les activités de ses amis étaient illégales, ainsi que le donnait à penser leur mutisme à ce sujet, elles risquaient d'attirer éventuellement sur eux l'attention des gendarmes. Cela accentuait le sentiment d'insécurité de Vartan.

Lorsqu'elle partait en expédition, Halidé ne fournissait aucune justification. Elle annonçait simplement :

– Je sors. Je serai de retour demain matin.

Et quand elle rentrait, fourbue et les traits fatigués, elle reprenait sa vie quotidienne comme si de rien n'était. Elle s'occupait des animaux, vaquait aux soins de la maison, cuisinait les repas, filait la laine et tissait, à l'instar de toutes les paysannes. Heureuse et insouciante, elle chantonnait ces mélopées interminables que prisaient tant les habitants de l'Anatolie. Jamais la moindre allusion à ses sorties nocturnes. Kérim, qui venait presque chaque jour converser un moment avec Vartan, se montrait d'une pareille discrétion.

L'eau bouillait. Halidé délaya le café et le servit dans des demi-tasses. Ses yeux noirs, si luisants qu'on les aurait dit laqués, souriaient lorsqu'ils se posaient sur Vartan, et son visage mince paraissait alors celui d'une adolescente. Ils burent le café en silence et ensuite la femme s'installa au métier à tisser.

Sur la barre supérieure reposait un carton sur lequel la tisserande avait dessiné le motif du tapis dont la confection l'occuperait durant de longs mois. Des écheveaux de fil de soie de toutes couleurs pendaient du mur, à portée de la main. Chaque fois qu'elle changeait de fil, Halidé tournait légèrement la tête et jetait un coup d'œil à Vartan. Assis sur le lit, il la regardait tisser mais ne la voyait pas, elle le sentait bien. Il était absent, comme cela lui arrivait si fréquemment. Elle aurait aimé qu'il parle tandis qu'elle travaillait. Un homme si instruit devait en savoir, des choses! Sans doute estimait-il qu'une paysanne ne serait pas en mesure de le comprendre? Qu'importe! Sa seule présence réjouissait Halidé. Durant ses trois années de veuvage, elle avait oublié à quel point une maison était vide sans un homme. Elle se mit à chanter tout bas en balançant le buste pour marquer le rythme. Sans s'en rendre compte, Vartan fredonna cet air ancien qu'il connaissait bien.

Kourt aboya à plusieurs reprises et se tut. Halidé se précipita à la fenêtre.

– C'est Kérim, fit-elle, soulagée.

Il entra, dégoulinant de pluie. Hors d'haleine, il était surexcité.

– Des soldats... Ils fouillent toutes les maisons du village!

Il tourna la tête vers Vartan et ajouta :

– Ils te cherchent.

Vartan descendit du lit.

– Ils savent que je suis à Urgup?

– Non. Les recherches se font aussi à Césarée et dans toute la province.

– Ils viendront ici, dit Vartan en dissimulant mal sa nervosité.

Halidé demeurait d'un calme surprenant et son regard décidé enleva toute apparence juvénile à son visage. Elle décrocha son châle et s'approcha de Vartan.

– Ils ne te trouveront pas. Viens.

– Je vais l'aider, dit Kérim.

– Apporte plutôt la couverture et les peaux de chèvre.

Vartan posa son bras sur les épaules de la jeune femme et elle couvrit leurs têtes du châle. Kérim sortit en premier, afin de s'assurer que la voie était libre, et les précéda à l'étable. L'air était frais et la pluie tombait dru. Les babouches de Vartan glissaient sur le sol détrempé; il se raccrocha plus fermement à Halidé. Il aurait souhaité pouvoir reprendre la route; les gendarmes fouilleraient l'étable et il serait coincé comme dans une souricière.

– Je ne voudrais pas que tu aies des ennuis à cause de moi.

Halidé rit tout bas. Vartan reprit :

– Il serait préférable de me transporter à l'écart, dans les collines. Si l'on m'y trouvait, toi et Kérim ne seriez pas inquiétés.

– Laisse-moi faire, ils ne te reprendront pas, dit-elle avec assurance.

La caverne qui servait d'étable avait été excavée plus d'un siècle auparavant. La pierre friable, blanchâtre à l'origine, avait pris une patine gris foncé sur les parois; la fumée, de la forge autrefois et maintenant du four de potier, avait noirci le plafond. L'odeur prégnante des animaux, surtout celle ammoniacale des excréments de la volaille, saisissait dès qu'on franchissait la porte.

Tout au fond, l'âne tourna la tête vers les humains et poussa un cri qui ressemblait à une quinte de toux; dans leur enclos, les chèvres et les moutons continuèrent de ruminer. À droite, juste en entrant, se dressait le four en forme de ruche; des poches de charbon de bois s'empilaient à côté d'un tas d'argile sèche. Près de la paroi de gauche, de grosses pierres plates fermaient les puits à grains creusés dans le sol. Kérim détacha l'âne et le sortit de sa stalle. Il retira ensuite la mangeoire, qui cachait un trou dans le mur du fond. Halidé alluma une lanterne et se glissa par l'ouverture, qui avait moins d'un mètre de hauteur. Kérim lui passa les couvertures.

– Si tu n'as plus besoin de moi, je retourne à Urgup.

La voix de la femme leur parvint, étouffée :

– Ça va. Tiens-moi au courant de ce qui se passe.

L'instituteur serra le bras de Vartan.

– Tout ira bien.

– Merci, Kérim. Sois sans crainte, si l'on m'arrête je tairai ton nom.

Vartan se mit à quatre pattes pour rejoindre Halidé. Le court boyau débouchait dans une pièce rectangulaire de trois mètres sur quatre, assez haute pour s'y tenir debout. Des jarres et des paniers de provisions s'entassaient à une extrémité; dans le coin opposé, un tas de foin formait une couche. Halidé y disposa la couverture et les peaux de chèvre.

– Tu seras confortablement installé. Et ce n'est que pour quelques jours, pas plus.

– C'est mille fois mieux que d'être repris. Mais dis-moi...

Elle lui coupa la parole.

– Attends. Je reviens.

Elle disparut prestement à l'extérieur, et, à la lueur de la lanterne, Vartan examina les lieux. La pierre n'avait pas perdu sa blancheur et les marques du pic s'y distinguaient encore; de toute évidence, cette pièce était un agrandissement récent. La litière tassée laissait croire que quelqu'un avait déjà séjourné ici. Une lampe à l'huile d'olive reposait dans une niche, à côté d'un briquet.

Halidé rapporta de la maison le pot de chambre, un pichet d'eau, du pain, des noix et des dattes. Elle glissa derrière les jarres un paquet enveloppé dans un linge.

– Quand il n'y aura pas de danger, je t'apporterai à manger. Et la nuit, tu pourras sortir un peu. N'aie pas peur d'étouffer : il arrive de l'air frais sous la mangeoire.

Elle repartait ; Vartan la retint par le bras.

– Explique-moi, dit-il en désignant le réduit où ils se trouvaient.

– Une cachette, c'est toujours utile, répondit-elle d'un air évasif.

Vartan ne la relâcha pas et insista :

– Cette cachette... tes escapades nocturnes... Qu'est-ce que ça signifie ?

Après une hésitation, elle dit :

– J'aide mes pareils, c'est tout.

La réponse ne fit que piquer un peu plus la curiosité de Vartan, qui la regarda droit dans les yeux et essaya de lire en elle.

– Qui es-tu donc ?

Constatant qu'il n'abandonnerait pas la partie avant d'en avoir le cœur net, Halidé reprit à regret le paquet dissimulé derrière les jarres et déroula le tissu, qui enveloppait une icône de la Vierge et de l'Enfant, une croix arménienne en métal argenté et un portrait de famille.

– Tu es arménienne !

– J'ai épousé un musulman. Avant, mon prénom était Aroussiag.

10

– Je, tu, il... Nous, vous, ils.

Dans un boudoir du rez-de-chaussée transformé en salle de classe, les six élèves de Maro répétaient en chœur les pronoms personnels en s'accompagnant de gestes pour montrer la ou les personnes qu'ils désignaient. C'était à la demande de Riza Bey que depuis deux mois, depuis le début d'octobre plus précisément, elle enseignait le français à ses enfants auxquels se joignait Tomas. Il ne manquait que le fils de treize ans, Altan, qui étudiait déjà l'allemand auprès d'un précepteur et avait obtenu d'être dispensé d'apprendre une deuxième langue étrangère. Maro préférait cela, car Altan manifestait à son égard et à celui de Tomas une vive antipathie et un mépris non moins aigu.

Elle se tenait debout devant un planisphère aux couleurs délavées et penchait la tête pour regarder les enfants assis par terre sur des coussins. Tomas était au milieu d'eux, encadré par ses amis Emel et Kénan à qui il soufflait parfois les bonnes réponses. Il souriait, fier de sa mère que les gens jugeaient savante, et retrouvait le plaisir qu'il avait à côtoyer d'autres élèves dans leur maison de Sivas. Derrière les enfants, Safiyé, sa fille Chahané et Eminé prenaient place dans des fauteuils. La nourrice tricotait en berçant Zehra, la jeune enfant de la troisième épouse, qui dormait, recroquevillée dans son giron. Chahané n'écoutait pas, songeant plutôt à son fiancé qui combattait toujours en Mésopotamie et dont elle était sans nouvelles depuis plusieurs semaines.

Quant à Safiyé, assise sur le bout de son siège, elle suivait la leçon avec intérêt et mêlait sa voix à celle des enfants. Curieuse de tout, la première épouse ne manquait jamais un cours, qu'il fût de français, de calcul ou de géographie. Ces deux dernières matières, Maro avait pris l'initiative de les enseigner aux filles et à Tomas pendant que les fils de la maison fréquentaient l'école coranique. Buyuk Hanim s'était opposée à cet enseignement dispensé, selon elle, en pure perte à des filles, mais, à l'instigation de Safiyé, Riza Bey avait tenu tête à sa mère et autorisé ces cours.

– Je suis, tu es, il est, nous sommes, vous êtes, ils sont.

L'enseignement meublait les journées de Maro, qui autrement lui auraient paru longues et vides de sens; toutefois, elle regrettait d'avoir accepté cette tâche, se rendant compte trop tard qu'elle jouait à présent un rôle dans la maison de Riza Bey et de ce fait perdait son statut d'invitée de passage.

La leçon prit fin et les enfants se dispersèrent. Safiyé fit un signe de connivence à la nourrice qui emportait la petite fille endormie et elle entraîna Maro dans le jardin.

– Nous avons encore plus de trois heures avant le dîner.

Maro savait ce que la première épouse avait en tête et elle sourit légèrement en lui donnant le bras. Son air morose n'échappa pas à Safiyé, qui demanda, soucieuse :

– Quelque chose ne va pas? Tu me sembles lasse, ma sœur.

Elles débouchaient dans le jardin où deux jardiniers ratissaient l'allée. Ramenant le voile devant son visage, la première épouse leur ordonna de partir et, lorsque ce fut fait, elle laissa le pan du féradjé retomber sur sa poitrine.

– Tu peux te confier à moi, murmura-t-elle en prenant sa compagne par la taille.

– Je voudrais partir pour rejoindre ma famille à Constantinople, lâcha Maro en fixant l'autre femme d'un regard implorant.

Les joues de Safiyé s'empourprèrent, elle détourna la tête et continua d'avancer en silence, contemplant sans les voir les rosiers auxquels les récentes pluies avaient redonné de la luxuriance. Cette réaction rappela à Maro ce qu'elle savait déjà : elle ne pouvait pas espérer que Safiyé intercède en faveur de son départ. Tout au contraire, l'amitié sincère que lui portait la première épouse était une entrave de plus qui enchaînait Maro à cette maison. Et pourtant, elle n'arrivait pas à en tenir rigueur à Safiyé.

Elles approchaient du bassin dont l'eau croupissait en raison de toutes les feuilles mortes qui flottaient à la surface ou tapissaient le fond. L'air était doux, chargé de l'odeur de fermentation du sous-bois humide.

Vérifiant qu'il n'y avait dans le pavillon personne qui puisse l'entendre, la première épouse s'enquit :

– Riza se serait-il montré dur ou injuste à ton égard?

– Non.

– Moins tendre, moins affectueux?

Ce fut au tour de Maro de rougir avant de répondre par un signe de tête négatif. Safiyé parut rassurée.

– Cela m'aurait étonnée car il t'aime beaucoup.

– Mais moi je ne l'aime pas! s'écria Maro.

– Vraiment? dit, un peu surprise, l'autre femme, qui l'étudia durant quelques secondes. Cela viendra.

Maro lui serra fortement le bras et marmonna entre les dents :

– Je ne veux pas! Je suis déjà mariée.

Safiyé lui tapota la main dans le but de la calmer. Elle ne

comprenait pas l'attitude de l'Arménienne, car tout permettait de croire que son époux était mort, ni son entêtement à résister aux sentiments de Riza Bey, qui était on ne peut plus digne d'être aimé. Au bord de la crise de nerfs, Maro garda le silence jusqu'à ce qu'elle ait repris le contrôle d'elle-même. Elles pénétrèrent dans le pavillon et s'assirent après avoir balayé du revers de la main les feuilles qui couvraient le banc. Maro essayait de percer la psychologie de sa compagne, seule façon de trouver éventuellement un moyen de l'amener à l'aider à partir.

– Dis-moi, Safiyé, est-ce que tu aimes Riza?

– Oh oui! Du plus profond de mon âme.

– Comment acceptes-tu alors de le partager avec deux autres femmes? Même trois...

Safiyé sourit.

– Cette question pourrait venir de Leyla, qui est possessive et jalouse.

– Je suis comme elle, j'accepterais mal que l'homme que j'aime appartienne également à d'autres.

Safiyé devint songeuse et replaça une mèche de cheveux qui avait glissé sur son front. Elle ne savait que répondre pour expliquer sa façon de concevoir la relation entre une épouse et son mari. Elle haussa les épaules :

– Je n'ai jamais vu les choses sous cet angle. Une femme ne peut pas avoir la prétention de satisfaire à elle seule tous les besoins d'un homme.

– Mais tu crois que l'inverse est possible?

– Sans doute la femme est-elle faite autrement, répondit Safiyé que cette conversation rendait de plus en plus mal à l'aise car elle craignait de baisser dans l'estime de Maro.

Cette dernière vit l'embarras de son amie et la rassura :

– Je ne juge pas ta conduite, Safiyé. Je sais que la tradition et la loi obligent l'épouse à se soumettre à la volonté de son mari et qu'il est impossible de s'élever contre la loi. Moi, je viens d'une religion qui interdit d'avoir plus d'un conjoint, et je voudrais savoir ce que tu ressens intérieurement.

Ce ton affectueux calma les appréhensions de Safiyé, qui dit :

– Que Riza ait deux autres épouses ne m'a rien enlevé et n'a pas diminué son amour pour moi.

– C'est ce que tu penses aujourd'hui, mais quand tu as vu arriver Makbulé, puis Leyla?

– Je savais depuis le début que cela se produirait, et chaque fois j'ai été heureuse en espérant trouver dans la nouvelle épouse une sœur et une amie. Cela ne s'est malheureusement pas produit avec Makbulé ou Leyla. Mais avec toi...

Maro n'eut pas le temps de protester qu'elle n'était pas une quatrième épouse, car la nourrice s'en venait dans leur direction en courant et en gesticulant. Safiyé se leva en pressant les mains sur sa poitrine.

– Il est arrivé quelque malheur! s'exclama-t-elle avant de crier à Eminé: Il s'agit des enfants? de Riza Bey?

Trop essoufflée pour répondre, la nourrice fit des signes de dénégation et ralentit le pas. Maro entoura l'épaule de Safiyé:

– Calme-toi, tu sais qu'elle réagit toujours de façon exagérée.

Eminé se laissa choir sur un banc du pavillon, hors d'haleine, et s'éventa de la main.

– Qu'y a-t-il? demanda la première épouse, toujours inquiète.

– Le livre, répondit la nourrice d'une voix haletante.

Agacée qu'il s'agisse d'un sujet aussi banal, Safiyé ajouta, avec un peu de brusquerie:

– Eh bien, qu'est-ce qu'il a, le livre?

– Il a disparu.

– Impossible, il était dans ma chambre. Tu as bien regardé partout?

– Oui. Et je suis allée... voir dans la bibliothèque... de Riza Bey.

Le livre en question était celui dont les gravures fascinaient Safiyé depuis des années. *La Divine Comédie* de Dante, illustrée par Gustave Doré et publiée à Paris en 1868 par L. Hachette et Cie. Depuis plusieurs semaines, Maro racontait le long poème à Safiyé et à Eminé, le traduisant à mesure en turc et expliquant longuement chaque illustration.

– Il ne peut pas s'être envolé, déclara Maro. Ne t'en fais pas, Eminé, nous le retrouverons bien.

La première épouse prenait l'événement plus au sérieux.

– Je l'ai feuilleté ce matin et je me souviens très bien de l'avoir déposé sur la table de nuit près de mon lit. Qui a bien pu pénétrer dans ma chambre?

Maro tenta de minimiser la portée de l'incident:

– Makbulé ou Leyla l'auront emprunté. Ou une domestique l'aura déplacé en faisant le ménage.

On entendit un bruit de pieds nus sur le gravier. C'était une jeune servante qui accourait, ses fines nattes noires volant autour de sa tête. Maro reconnut Vartouhi, la jeune Arménienne qui s'appelait maintenant Ayla. Une fois dans le pavillon, elle s'inclina devant la première épouse puis devant la nourrice avant de s'arrêter à Maro. Son turc s'améliorait:

– La maîtresse. Elle veut vous parler. Dans ses appartements.

– Buyuk Hanim? demanda Maro.

– Oui, hanim.

Safiyé laissa voir sa perplexité.

– C'est très inhabituel qu'elle convoque une de ses belles-filles.

– Mauvais signe, renchérit Eminé.

Maro demeura imperturbable. Elle s'attendait depuis un moment à cet affrontement.

– Je ne suis pas fâchée d'avoir l'occasion de lui dire deux mots.

– Elle est très... commença Eminé qui s'interrompit et fit signe à la petite servante de rentrer. Je disais que Buyuk Hanim est susceptible. Ménage son orgueil, sois polie et pleine de déférence.

– Le livre! s'exclama Safiyé en se frappant les mains. Je parie que c'est elle qui l'a.

– Nous verrons bien, répondit Maro d'un ton neutre en s'éloignant.

***

Ayla attendait devant la porte du salon de Buyuk Hanim et annonça Maro. La vieille femme trônait dans un fauteuil vert, les pieds posés sur un coussin, et Maro respecta la coutume en lui embrassant la main.

– Apporte-nous du thé, dit la mère de Riza à la servante, avant d'inviter sa visiteuse à s'asseoir en face d'elle sur une chaise basse couverte d'une tapisserie fleurie.

Elle prisa une pincée de tabac cueillie dans une tabatière d'or et éternua dans un mouchoir de dentelle, ce qui émut Maro qui revit sa propre mère, Azniv Hanim, prisant à longueur de jour.

– Que votre santé soit bonne, dit-elle en réponse à l'éternuement.

– Merci. Et toi, comment te portes-tu?

– Très bien, Buyuk Hanim.

– Tu es ici depuis quatre mois, n'est-ce pas?

– Oui, et je profite de l'occasion pour vous dire ma gratitude de m'avoir accueillie sous votre toit avec mon fils.

Buyuk Hanim garda les mains croisées sur ses cuisses et opina de la tête. D'autres formules de politesse furent échangées, ce qui donna à chacune le temps d'étudier et de jauger l'autre. Le jeu dura jusqu'au moment où Ayla revint avec un plateau et servit le thé. Portant le verre à ses lèvres, Buyuk Hanim regarda Maro avec insistance :

– Tu es vraiment d'une grande beauté, constata-t-elle d'une voix atone.

– Vous me faites rougir, dit Maro.

Au milieu du visage ridé de la vieille femme, les yeux semblaient tapis derrière les paupières mi-closes, tels des fauves qui épient leur proie avant de passer à l'attaque. Tant de choses chez cette Arménienne demeuraient incompréhensibles pour Buyuk Hanim, à commencer par cette confiance en soi et cette désinvolture que ne parvenaient pas à dissimuler complètement la modestie et la réserve qu'elle affichait. Cette jeune femme, dont elle ne pouvait imaginer la vie passée, avait dû connaître une grande liberté; et comme une jument que l'on a longtemps laissée courir sans entraves, elle avait du mal à s'habituer au licou.

La bienséance exigeait que Maro laisse Buyuk Hanim s'exprimer en premier, et elle subissait l'examen sans sourciller car elle se savait en sécurité dans cette demeure, protégée qu'elle était par l'amour que lui portait Riza Bey. Elle était consciente d'avoir déplu à Buyuk Hanim par ses manières et son comportement, d'avoir perturbé l'ordre établi par elle dans le konak, d'avoir bousculé certaines habitudes, la plupart du temps sans y penser, parfois volontairement. Non pas tant par esprit de révolte que pour marquer sa différence, mettre en lumière sa qualité d'étrangère et tenir tête à Riza Bey qui la prenait pour acquise.

Ce calme de Maro et surtout le regard qu'elle fixait avec impudence sur son aînée, alors qu'elle aurait dû garder les yeux baissés, agacèrent Buyuk Hanim et lui rappelèrent qu'elle en avait gros sur le cœur. Elle se demanda par quoi elle allait commencer. Une chose concrète. Elle prit le livre de Dante, qu'elle avait caché sous l'album de photos ouvert sur le lutrin, et le montra à la jeune femme.

– J'ai appris **que tu** lis ce livre à tes compagnes et à Eminé.

– Oui, répondit Maro sans se troubler. Voudriez-vous que je le fasse pour vous aussi?

Buyuk Hanim ne fut pas dupe de l'air déférent. Cette Arménienne lui tenait tête avec effronterie! Elle claqua sa paume sur la couverture et haussa le ton :

– C'est un livre d'infidèle!

– Nous l'avons pris dans la bibliothèque de Riza Bey, répondit Maro d'une voix mielleuse.

– Qu'importe! Mon fils n'a pas toujours agi avec discernement. Tu prêches ta religion aux femmes et à la nourrice de Riza Bey!

– Malgré le respect que je vous dois, permettez-moi de vous dire que vous faites erreur, Buyuk Hanim.

– Ah! s'écria la vieille femme courroucée, en ouvrant le livre à une page qu'elle avait cornée d'avance. Ça, ce n'est pas une image chrétienne, peut-être?

Elle montrait le Christ en croix entouré d'une multitude d'anges, une gravure qui illustrait le quatorzième chant du *Paradis.*

– Oui, admit Maro, mais ce livre n'en est pas un de religion ou de prières. C'est un poème, un conte si vous voulez, un voyage imaginaire dans l'au-delà par le poète qui...

– Suffit! coupa Buyuk Hanim. Je ne veux rien savoir.

Maro acquiesça d'un hochement de tête et baissa les yeux en signe de soumission.

– Nous allons brûler cet ouvrage satanique!

– Non! protesta Maro dans un cri du cœur qu'elle regretta ensuite. C'est un ouvrage précieux, rare sans doute de nos jours.

Buyuk Hanim la fusilla du regard; hors d'elle-même, elle respirait vite et fort. De la poussière de tabac collée au bord de ses narines fut inspirée et elle éternua, ce qui lui fit retrouver son calme. Elle posa le livre par terre.

– J'en référerai à Riza qui décidera du sort de ce volume. Mais il n'est plus question que tu lises ce livre à Safiyé, ni même seulement que tu lui en reparles. C'est compris?

– Oui, hanim, je ferai comme en décidera Riza Bey.

– J'espère que tu n'enseignes pas ta religion aux enfants lorsque tu leur fais la classe?

– Jamais, protesta Maro avec véhémence. Safiyé pourra en témoigner, elle est toujours présente.

– Safiyé... répondit Buyuk Hanim avec une moue qui indiquait qu'elle n'avait pas confiance. Elle est tellement folle de tout ce qui est nouveau!

– Vous avez ma parole, Buyuk Hanim, je n'enseigne que l'écriture arabe et le français parlé.

– Tu oublies le calcul et la géographie... À des filles! Ce serait plus profitable qu'elles apprennent la couture et la broderie.

– Toutes ces connaissances peuvent leur être utiles. Avec le calcul, par exemple, elles géreront encore mieux la maison de leur mari.

Voyant qu'elle n'aurait pas le dessus dans une argumentation sur ce sujet, Buyuk Hanim signifia d'un geste de la main qu'il était clos. Elle tendit son verre :

– Sers-moi du thé.

Devant cette réaction, Maro se remémora la façon dont sa propre mère faisait dévier la conversation lorsque la discussion tournait à son désavantage. Par certains côtés, les deux femmes se ressemblaient et Maro se voyait encline, un peu malgré elle, à l'indulgence envers Buyuk Hanim. Elle lui versa du thé, en reprit elle-même, et elles burent en silence. Du coin de l'œil, Maro contemplait la pièce, intriguée par le nombre d'albums photographiques qu'elle renfermait.

– Et ce piano de malheur! lâcha Buyuk Hanim en déposant son verre.

– Je ne comprends pas, répondit Maro.

– Passe encore que tu en joues pour Riza Bey ou tes compagnes dans la soirée, mais tes répétitions après le déjeuner, juste au moment où je fais ma sieste!

– Votre sieste? s'étonna Maro qui s'abstint alors de se défendre qu'elle ne répétait pas, donnant plutôt des leçons à la troisième épouse, Leyla, à la demande expresse de cette dernière.

– Oui. Je dors très peu et très mal la nuit. Cette sieste l'après-midi est essentielle à mon confort. Tout le monde est au courant dans la maison.

– On ne m'en a pas avertie.

Maro comprit que Leyla, dont l'insistance à apprendre le piano l'avait surprise, avait choisi exprès cette heure du jour pour ses leçons. Son affabilité et ses minauderies n'étaient qu'hypocrisie. Sans doute était-ce elle qui avait remis à sa belle-mère l'exemplaire de *La Divine Comédie*! Il faudrait se méfier d'elle.

– Je suis vraiment navrée d'avoir troublé votre sieste, Buyuk Hanim. Cela ne se reproduira plus. D'ailleurs, il n'y aura plus de... répétitions.

– À la bonne heure, répondit la vieille femme ravie de cette preuve de bonne volonté. J'espérais bien qu'il n'y ait pas là méchanceté de ta part, mais plutôt inconscience, ignorance des usages de cette maison. C'est comme pour ton manque de retenue.

– Manque de retenue? demanda Maro en feignant l'étonnement.

– Tu oublies souvent de te voiler au rez-de-chaussée, tu es trop familière avec les domestiques. Tu as même parlé par deux fois au précepteur, Herr Muller. Qu'as-tu dit à cet homme?

– Je l'ai simplement salué avec civilité, Buyuk Hanim, comme le demande la politesse.

À la vérité, elle avait tenté de lui exposer sa situation, mais l'Allemand n'avait rien voulu entendre.

– Cela ne se fait pas! Tu es dans une maison musulmane et les femmes de cette maison n'adressent pas la parole aux étrangers, à plus forte raison le visage à découvert.

Maro respira à fond, comme si elle se préparait à plonger dans l'eau. Ce qu'elle allait dire, elle l'avait mûrement réfléchi et elle en avait soupesé toutes les conséquences. Abandonnant l'attitude conciliante qu'elle affichait depuis le début de leur tête-à-tête, elle déclara, d'une voix posée où s'entendait la détermination :

– Buyuk Hanim, je ne suis pas une femme de cette maison! Je suis d'une autre religion, je respecte d'autres traditions, j'appartiens à un autre monde et je voudrais y retourner.

La vieille dame fut estomaquée par ces mots et ne put que bégayer :

– Mais... mais...

– Votre fils a eu la bonté de sauver ma vie et celle de mon fils et de nous mettre à l'abri ici, au milieu de sa famille. C'était un acte de grande charité qui a sûrement plu à Allah. À présent, je voudrais rejoindre mes parents dans la capitale et Riza Bey ne fait rien pour rendre mon départ possible. Vos remarques de tout à l'heure montrent que vous voyez, vous la maîtresse de cette maison, que je n'en fais pas partie, que je n'en ferai jamais partie. Aussi, je vous prie, Buyuk Hanim, de convaincre votre fils de m'envoyer dans la capitale.

Au cours de son plaidoyer, la voix de Maro s'était peu à peu enflammée; tenant ses mains jointes afin que leur léger tremblement ne soit pas perceptible, elle dévisageait Buyuk Hanim d'un regard chargé d'espoir. L'attente lui parut interminable car la vieille femme ouvrit sa tabatière et prisa pour se donner le temps de réfléchir. Buyuk Hanim montra un album qui était sur une table basse :

– Apporte-le-moi.

Quand elle l'eut en main, elle en sortit une grande photographie qui était glissée entre la couverture et la première page, et elle la donna à Maro. Cette dernière reconnut le cliché tiré par Naïm Sarfati le jour de son arrivée à Aintab.

– Regarde vers la droite, tu t'y verras avec ton fils Tomas.

– Oui, répondit Maro qui ne comprenait pas où l'autre voulait en venir.

– Ce portrait, continua Buyuk Hanim en reprenant la photographie, est celui de la famille de Riza Bey. Toi et ton fils en faites partie.

– Non! s'écria Maro. Je suis mariée, j'appartiens à un autre homme.

Buyuk Hanim garda à la main la photographie que, venait-elle de décider, elle fixerait dans une page de l'album. Elle décréta, d'une voix sentencieuse :

– Toute femme qui ravit le cœur de Riza Bey appartient à la maison de Riza Bey.

Les yeux humides, Maro courba la tête. Sa déception était très grande.

– Si vous le permettez, je vais me retirer.

Buyuk Hanim prit une voix douce :

– J'ai encore des choses à dire... ma fille. Il serait souhaitable que tu te convertisses à la vraie foi et que Tomas fréquente l'école coranique avec les autres fils de Riza.

Maro releva vivement la tête et répliqua, d'un ton de défi :

– Il n'en est pas question!

– Nous avons le temps, répondit Buyuk Hanim, imperturtable. Pour l'heure, j'aimerais que tu surveilles tes propos, que tu ne montes pas les autres épouses contre la tradition et que tu ne leur emplisses pas la tête de folles idées venues de pays infidèles.

Sans dire un mot, Maro se leva, fit un léger salut de la tête et se dirigea vers la porte d'un pas vif.

– Tu peux te retirer! lui lança Buyuk Hanim d'une voix cinglante.

* * *

Lorsqu'elle reçut l'invitation de Riza Bey à prendre le café dans ses appartements privés après le dîner, Maro comprit que Buyuk Hanim lui avait fait part de leur conversation. Tant mieux, il savait dorénavant à quoi s'en tenir! Chaque fois qu'elle essayait d'aborder la question de son éventuel départ, il trouvait moyen d'esquiver le sujet par des digressions habiles ou en faisant mine de ne pas entendre ses arguments. Elle aurait dû insister bien avant, elle avait fait montre de beaucoup trop de patience, une patience que Riza avait sans doute interprétée comme une acceptation tacite de la situation.

À l'issue du repas pris en compagnie des autres femmes, Maro monta à sa chambre, où elle se retrouva seule, ayant permis à Tomas de coucher ce soir-là avec son ami Kénan. Elle retira sa robe verte pour en passer une noire, plus sévère, et se dépouilla de ses bijoux. Le miroir lui renvoya l'image d'un visage tendu, dont les lèvres rougies et les yeux soulignés de khôl accentuaient la pâleur. En attendant l'heure fixée, elle arpenta la pièce d'un pas nerveux et se prépara mentalement à une discussion qu'elle prévoyait orageuse. Elle était prête à courir le risque de déplaire à son hôte, même de le froisser, car elle avait la certitude qu'il l'aimait trop pour la renvoyer dans un convoi de déportés.

Elle sortit sur le balcon et contempla le jardin noyé d'ombre. Une brise qui soufflait du nord agitait le feuillage des eucalyptus et cette rumeur rappela soudain à Maro le roulement ininterrompu des chariots à bœuf. Une série d'images traversèrent son esprit avec la fulgurance d'un éclair : les plateaux brûlés de soleil, la soif, le corps d'Armène étendu sur l'herbe, sa mère qui expirait dans ses bras. En fermant les yeux, elle se revit avec Vartan dans la chambre de leur maison, à Sivas. Le torse nu, il se rasait, interrompant parfois son geste pour la regarder par le miroir de la commode. Il se forçait à sourire et la rassurait sur leur avenir... Le soir même, il était arrêté! Vartan... Qu'était-il advenu de lui? Ce matin-là à Sivas, Maro pensait qu'elle ne pourrait jamais vivre sans lui. Il y avait cinq mois de cela, et elle vivait toujours!

Elle frissonna et des larmes lui vinrent aux yeux; ce n'était pas le moment! Serrant fortement le métal froid de la balustrade, elle respira à fond afin de redevenir maîtresse d'elle-même. Une domestique frappa à la porte; l'heure était venue. Avant de sortir, Maro s'arrêta de nouveau devant la glace et essuya le khôl délayé par les larmes; ses lèvres lui parurent trop colorées et elle les tamponna avec un mouchoir pour enlever un peu de rouge.

Les appartements de Riza, que Maro connaissait bien, se trouvaient au bout du couloir et occupaient tout le côté nord de l'étage du konak. On y pénétrait par une antichambre meublée simplement d'un secrétaire en bois de rose aux tiroirs munis de poignées dorées et d'une étagère vitrée renfermant des livres et des papiers enroulés, plans ou cartes.

Riza Bey l'accueillit avec un sourire charmeur qui ne permettait pas de supposer qu'il fût le moindrement contrarié. Sa blouse blanche à l'encolure échancrée dégageait son cou à la pomme d'Adam proéminente, et les manches roulées jusqu'aux coudes laissaient voir ses avant-bras musclés dont les veines saillaient. Trouvant à Maro un air désemparé, il réfréna son élan qui était de l'enlacer, et il se contenta d'un baisemain.

– Mon âme, murmura-t-il.

Elle inclina la tête et répondit, d'une voix polie sans plus :

– Bonsoir, Riza Bey.

La tenant toujours par la main, il la guida vers la pièce voisine. Agacé par le fait qu'elle ne se fût pas parée, il se garda bien de le montrer et, tout au contraire, se préoccupa de son état de santé :

– Tu ne te sens pas malade, au moins?

– Non.

– Quelque chose te chagrine?

– Oui.

Riza ne s'attendait pas à une réponse si franche, contraire aux règles de bienséance ottomanes, et ne sut que répliquer. Il s'effaça devant Maro qui le précéda dans le salon, grande pièce rectangulaire qui abritait une collection hétéroclite de meubles précieux de styles variés. Une profusion de riches tapis contribuait avec les fougères en pot à créer une atmosphère feutrée. Dans un coin se côtoyaient un superbe brasero d'argent coiffé d'un couvercle conique et un gramophone qui jouait un nocturne de Chopin à peine reconnaissable tant l'usure du cylindre était grande. Des vases pansus de cuivre ou d'argent de fabrication locale voisinaient avec des porcelaines et des cristaux importés d'Europe.

Sur une console Empire étaient posés un réchaud à alcool et le nécessaire pour préparer le café. Riza prit place sur un divan drapé de velours rouge devant lequel une table incrustée de nacre portait un plateau de confiseries. Sachant que ce rôle lui revenait, Maro délaya le café dans l'eau qu'elle mit à chauffer, puis elle versa la mixture épaisse dans deux demi-tasses. Lorsqu'elle servit Riza Bey, il se déplaça, comptant qu'elle s'assiérait à côté de lui sur le divan, mais elle opta plutôt pour un fauteuil.

En dépit du sourire qu'il affichait, la légère contraction des mâchoires de Riza et un froncement de sourcils à peine visible témoignaient de son déplaisir. Manquant une nouvelle fois aux coutumes, Maro commença à parler :

– J'ai eu un entretien avec votre mère, cet après-midi.

– Je sais.

– Il semble que je lui déplais sur beaucoup de points.

– Ce n'est pas ainsi qu'elle m'a présenté les choses, répondit-il en déposant sa tasse.

En bout de course, l'aiguille du gramophone resta accrochée au dernier sillon et, sur un signe de Riza, Maro arrêta l'appareil.

– Ma mère est une personne très conservatrice, continua-t-il lorsqu'elle se rassit en face de lui, et je désire que l'on ne brusque pas trop ses habitudes.

– Si je l'ai fait, c'est involontairement.

– Je le crois.

– Et puis, il m'est impossible de me changer radicalement.

– Personne ne te le demande, fit-il d'un ton conciliant. Il suffira de tempérer quelque peu tes réactions, de garder pour toi certaines réflexions qui, bien qu'anodines à tes yeux, font craindre à ma mère que tu n'exerces une influence néfaste sur les autres femmes de la maison.

– Avec le poème de Dante et des leçons de géographie? demanda Maro, sarcastique.

– Il ne s'agit pas de cela, répondit Riza en manifestant une certaine impatience. Je suis le maître de cette maison, et moi seul décide de ce qui est admissible ou non sous mon toit. J'ai autorisé ces leçons et elles continueront.

Riza Bey s'interrompit pour boire une gorgée de café, puis reprit, plus accommodant :

– Avec un peu de tact, on peut amener Buyuk Hanim à accepter des choses nouvelles. Mère est sensible aux signes extérieurs ; fais attention à des détails comme le port du voile, la distance qu'il convient de maintenir avec les servantes, et l'abstention de contacts avec les étrangers.

Il voulait minimiser toute l'histoire, mais il se trouvait coincé. S'il soutenait Maro devant sa mère, il s'accordait néanmoins avec cette dernière sur le fait que l'attitude de sa maîtresse perturbait ou du moins remettait en cause les règles qui régissaient la vie du konak. La liberté d'esprit de Maro, sa franchise sans détour et sa tendance à défendre ses idées, que l'on pouvait confondre avec un mépris des traditions, venaient de son éducation à l'occidentale. Et ces traits, qui dérangeaient parfois Riza Bey, faisaient en même temps le charme de la jeune femme.

Maro n'avait aucunement envie de discuter de ces vétilles et tracasseries du quotidien, et elle demanda à brûle-pourpoint :

– Votre mère vous a-t-elle fait part de mon désir de partir ?

Les traits de Riza se crispèrent et il répondit sèchement :

– Oui. Et j'aurais préféré que tu m'en parles d'abord.

Elle s'esclaffa :

– Que je vous en parle, Riza Bey ? Mais voyons ! J'ai essayé vingt fois : vous ne m'écoutiez pas.

Il la dévisagea d'un regard sévère mais, plutôt que de répondre, il lui tendit sa tasse vide en demandant du café.

– Vous voyez ? dit-elle. C'est encore la même chose !

Il soupira et son visage s'attrista :

– Est-ce que je n'ai pas tout fait pour rendre ton séjour agréable ?

– Oui, admit-elle.

– Est-ce que je ne traite pas ton fils à l'égal de mes propres fils ?

– Oui.

Il leva les bras au ciel et fit mine d'être confondu :

– Alors, quoi ? Tu vis dans un palais, je t'aime comme personne ne saurait t'aimer. Que te faut-il de plus ?

– La liberté ! s'écria Maro. La liberté, Riza Bey. Votre palais, c'est une cage aux barreaux d'or.

– Tu me surprends... Tu jouis pourtant de la même autonomie que mes épouses.

Elle se mit debout et se frotta les mains, rageant devant la mauvaise foi évidente dont il faisait preuve.

– Parlons-en, de votre liberté : ne franchir les murs que pour se rendre au hammam dans une voiture fermée et sous bonne garde. Voyons les choses en face, Riza Bey, je suis votre prisonnière !

Elle s'attendait à une réaction vive, un emportement ; il se montra plutôt abattu et se plaignit :

– Ces paroles me peinent, moi qui t'aime plus que tout au monde.

Elle se raidit et rétorqua d'un ton cinglant :

– Si vous m'aimiez autant que vous le prétendez, vous auriez depuis longtemps communiqué avec ma famille à Constantinople.

– Je n'ai pas pu.

Maro se radoucit :

– Vous m'aviez pourtant promis de m'envoyer dans la capitale.

Il trancha d'une voix catégorique :

– Non! J'ai dit que je verrais ce qu'il était possible de faire. Et ton départ est impossible.

– Pour quelles raisons?

– Le typhus ravage le pays. Nous sommes en guerre et les voyages sont limités. Tout est contrôlé et en même temps l'anarchie règne. Écrire à ta parenté aurait pu compromettre ma propre sécurité.

– Je n'en crois rien! Vous êtes très puissant, Riza Bey. Je sais que vous avez autorité sur les gouverneurs des provinces avoisinantes.

Maro avait appris cela en écoutant les conversations des femmes de la ville au hammam. Décontenancé, Riza s'empourpra et frappa son poing dans sa main en disant d'une voix autoritaire :

– Je te défends de mettre ma parole en doute!

Craintive, Maro marmonna quand même :

– Comment pourrait-il en être autrement? Tout me confirme que vous...

Voyant qu'il se braquait encore plus, elle changea de tactique et le supplia en joignant les mains :

– Faites-moi partir, Riza Bey.

– Pour te perdre? Jamais! se récria-t-il.

Maro se laissa choir dans le fauteuil, abattue :

– La voilà, la vérité.

Tête baissée, elle regardait d'un air absent ses mains croisées sur ses cuisses. Riza se leva et contourna la table pour se planter à côté d'elle. Il dit avec douceur :

– Comment une femme aussi intelligente que toi peut-elle croire qu'un homme passionnément amoureux accepterait de perdre l'objet de son amour?

Elle demeura silencieuse et sans réaction, et il posa sa main sur son épaule.

– Je t'aime, Maro, tu es tout pour moi.

– Et si moi je ne vous aime pas? fit-elle en gardant l'échine courbée.

– Cet intérêt que tu portes à tout ce que je fais, ce n'est pas de l'amour, ça?

– De la politesse.

– Et l'affection que je sens en toi?

– De la gratitude et de l'amitié.

– À présent, c'est toi qui mens, Maro! Il y a des choses qui ne trompent pas.

Elle haussa les épaules :

– Qu'est-ce que vous connaissez des femmes? Leur corps.

Il serra un peu plus sa prise sur l'épaule de Maro.

– Tu te montres injuste et cruelle envers moi, mais je ne t'en tiens pas rigueur. Tu apprendras à m'aimer comme je le mérite.

Elle renifla. Riza lui prit le menton et la força à relever la tête et à le regarder. Elle pleurait.

– Je veux faire de toi mon épouse, de Tomas mon fils. Je t'apporte la sécurité, la richesse, le confort.

– Non! répondit Maro d'une voix rauque. Je ne vous épouserai pas et mon fils ne deviendra pas vôtre. Je serai la maîtresse du gouverneur Riza Bey, puisque je n'ai pas le choix, mais n'en attendez pas plus de moi.

Il la souleva du fauteuil, la mit debout et la pressa contre lui.

– Cela me suffit pour le moment, murmura-t-il. Le reste viendra en son temps.

Il lui entoura la taille d'un bras solide et l'entraîna vers la portière qui masquait la porte de la chambre à coucher.

– Pas ce soir, je vous en prie, dit-elle.

L'étreinte de Riza se fit plus insistante.

– Nous dormirons comme frère et sœur. J'ai envie de ta présence, ma colombe.

***

Assis en travers de la selle de la grosse moto noire à side-car de fabrication allemande avec laquelle il avait voyagé depuis Aintab, Bédri écoutait les frères Suleiman et Nazim raconter qu'ils avaient hébergé et soigné un soldat qui s'était présenté à eux sous le nom du lieutenant Akdar. De nombreux enfants les entouraient à bonne distance, fascinés par ce véhicule à trois roues qu'ils voyaient pour la première fois. Des femmes voilées les observaient par les fenêtres grillagées. Une troupe de vingt soldats aux ordres de Bédri attendait près de l'étable, le fusil en bandoulière.

Depuis qu'il avait reconnu le visage du rebelle sur une affiche que lui avaient montrée des gendarmes, Suleiman avait relaté son histoire des dizaines de fois, d'abord à des hauts gradés de l'armée venus expressément de Césarée pour l'interroger, puis aux voisins et aux villageois. Il ne se faisait pas prier, parlait en se rengorgeant et rajoutait chaque fois de petits détails qui donnaient du piquant à son aventure. Car c'en était une, et elle lui conférait une certaine notoriété dans la région.

Nazim prit le relais et Bédri écouta en ricanant le récit de la circoncision du rebelle. Inquiet, le sergent qui avait procédé à l'arrestation de Vartan se tenait derrière Bédri et jouait nerveusement avec la boucle métallique de son ceinturon. Il regarda d'un œil sévère les deux hommes qu'il avait emmenés pour corroborer ses dires et souhaita qu'ils se souviennent de la leçon qu'il leur avait apprise. Il se mit au garde-à-vous lorsque Bédri se tourna vers lui pour le détailler d'un regard froid et suspicieux.

– Toi! Quand ces braves gens t'ont remis le rebelle, tu savais qu'il s'agissait d'un homme recherché?

– Non, effendim[1]. Je n'avais pas encore vu l'affiche.

– Mais tu savais que c'était un giaour. Et tu as vu son livret militaire au nom de Chakir Ismaël, alors qu'il avait prétendu s'appeler Akdar.

– Oui, effendim. Le prisonnier a avoué être un Arménien et avoir volé l'uniforme avec les papiers qu'il contenait. Tout ça m'a semblé bizarre et c'est pour ça que je l'ai emmené au poste pour que le colonel l'interroge.

– Mais il n'y est jamais arrivé....

Le sergent rougit et baissa piteusement la tête.

– Non.

– Pourquoi?

– Voyez-vous, il pouvait à peine marcher. Mes hommes, ici, l'ont porté. En arrivant à la route, nous étions fatigués et nous avons fait une halte pour pisser. Pendant que nous avions le dos tourné, le prisonnier a tenté de fuir.

– Il a tenté de fuir! s'exclama Bédri avec un sourire narquois. Un homme que vous deviez porter?

Le sergent grattait le sol du bout de son pied.

– Bien, disons qu'il rampait pour se cacher derrière les rochers.

– Admettons... Et alors?

– Cela nous a mis en colère, nous l'avons rattrapé et battu avec la crosse de nos fusils.

Il s'interrompit, penaud, et haussa les épaules pour signifier son impuissance :

– Nous y sommes allés un peu fort. Le prisonnier était mort.

– Tu es certain de ça?

– Bien... On aurait dit. Il avait la tête fendue et saignait. Nous sommes allés chercher un chariot au village.

– Sans laisser un homme pour le surveiller?

Bédri ne semblait pas prêter foi à ses réponses, ce qui insécurisait le sergent qui se défendait de plus en plus mal.

– Nous le croyions mort, bey effendi.

– Le livret militaire qu'un marchand a retrouvé?

– Je l'avais pris avec moi pour le montrer au colonel. Avant d'arriver au village, je me suis aperçu que je l'avais perdu. Alors, nous sommes retournés pour le chercher. Nous ne l'avons pas trouvé et le corps du prisonnier avait disparu.

Bédri fronça les sourcils :

– Pourquoi n'as-tu rien dit quand tu as appris que le prisonnier que tu avais... *égaré* était celui que l'on recherchait? Il a fallu que ce soit Suleiman qui donne ton nom!

Le sergent courba les épaules et dit, d'un air contrit :

– Je n'ai pas cru que c'était important.

1. Mon maître. (Turc.)

– Tu mériterais de perdre ton grade, fulmina Bédri.

Il interrogea les deux gendarmes, qui s'empressèrent d'abonder dans le même sens que leur sous-officier, puis il descendit de la moto et fit quelques pas, mains dans le dos, en réfléchissant. Le sergent respirait un peu mieux, soulagé que l'enquêteur prête foi à son rapport. Il s'en tirerait avec la volée d'injures déjà reçue de son colonel.

Vif comme l'éclair, Bédri attrapa le sergent par le col et le souleva presque de terre.

– Me prends-tu pour un idiot? gueula-t-il, l'œil injecté de sang, les tendons du cou saillants.

Ce brusque revirement prit le sergent de court et il demeura muet. Bédri le secouait :

– Je ne crois pas un mot de ton histoire.

– C'est... c'est pourtant la vérité.

Le sergent mentait mal. Bédri le lança par terre et se planta au-dessus de lui en le menaçant de l'index :

– C'est ta dernière chance. Raconte-moi tout, sinon je t'emmène au quartier général pour interrogatoire. J'ignore dans quel état tu en reviendras... si tu en reviens.

Tremblant de tous ses membres, le sergent expliqua qu'ils avaient voulu tuer le prisonnier pour le voler et qu'ils avaient ensuite jeté son livret militaire. Il prit bien soin de ne pas révéler qu'il savait à ce moment-là que le prisonnier était recherché.

– Vous pensez bien, bey effendi, conclut-il, que j'aurais voulu toucher la prime.

Cet argument et la voix larmoyante convainquirent Bédri que cette fois l'homme disait vrai. Il se fit conduire à l'endroit exact où Chakir Ismaël, de son vrai nom Vartan Balian, avait été laissé pour mort. La pluie avait effacé toute trace de sang ou de pas.

– Ici, indiqua le sergent. Il était étendu ici. S'il n'était pas mort, il n'a pas pu se rendre loin avant de crever. Peut-être que les charognards...

– On trouverait des restes, grommela Bédri.

Il fit ratisser la vallée et les collines dans un rayon de cinq kilomètres, ce qui demanda deux jours et ne produisit aucun résultat. Le troisième jour, Bédri revint au même endroit, seul cette fois. Il fit pivoter lentement sa moto sur la route, promenant en même temps son regard sur le paysage dont une bruine glaciale augmentait la désolation. Balian ne s'y trouvait pas, il en avait la certitude. Mort? Aucune trace d'inhumation dans les environs. Qui donc se serait donné la peine d'emporter le cadavre autrement que pour toucher la récompense? Balian n'ayant pu s'éloigner par ses propres moyens, quelqu'un avait dû l'emmener. Où? Et pourquoi? Qui pouvait être assez désintéressé pour venir en aide à un blessé sans le sou? Quelque religieux musulman? Un missionnaire chrétien? Il faudrait explorer cette piste. Puisqu'il était à moitié mort, on ne pouvait pas le transporter bien loin et il fallait un médecin pour le soigner : une autre piste à ne pas négliger.

La pluie ruisselait dans le dos de Bédri qui frissonna et voulut se réchauffer avec la bouteille de cognac qu'il conservait dans le side-car. Vide! D'un geste rageur, il la lança sur un rocher où elle se brisa. Il en avait ras le bol de cette histoire et fut tenté de rentrer à Aintab en affirmant que Balian était mort et enterré. Non! S'il fallait que contre toute probabilité l'autre se manifeste un jour, Riza Bey ne lui pardonnerait jamais de l'avoir trompé. Mais pourquoi son patron attachait-il tant d'importance à la capture de cet homme? Des Arméniens en fuite et des rebelles, le pays en regorgeait et on n'en faisait pas tout un plat!

Il déploya une carte d'état-major au-dessus de laquelle il se pencha afin de la protéger de la pluie. De l'index, il suivit la route jusqu'à une distance de cinquante kilomètres. Voilà ce qu'il fallait faire, dans toutes les directions et en ne négligeant aucune bifurcation ni aucun sentier. S'arrêter à chaque ferme, fouiller les maisons, les étables et les bergeries déjà fouillées à deux reprises, interroger les habitants, même les enfants. Balian ne pouvait pas s'être volatilisé. Quelqu'un quelque part savait quelque chose!

Bédri replia la carte humide et la mit dans son ciré qu'il sangla et boutonna jusqu'au cou. Avant d'abaisser les lunettes protectrices devant ses yeux, il regarda le ciel. Pourvu que le froid ne s'y mette pas! Il n'avait aucune envie que la neige le bloque si loin d'Aintab!

À l'aide d'une fourche de bois, Vartan donnait du fourrage aux moutons et aux chèvres tandis que Halidé, ou plutôt Aroussiag comme il préférait l'appeler, répandait du grain dans l'enclos des volailles. Malgré l'insistance de la jeune femme à vouloir qu'il se ménage, il ne manquait aucune occasion d'exercer ses muscles ramollis par la maladie et une longue période de repos.

Après la visite des gendarmes, Vartan avait abandonné la cachette au fond de l'étable pour retourner vivre dans la maison, mais, une semaine plus tard, une deuxième fouille avait eu lieu, à laquelle il avait échappé de justesse. Depuis, il ne quittait l'étable qu'à la nuit tombée et y retournait avant l'aube. En dépit de l'optimisme d'Aroussiag qui jugeait la chose improbable, voire même impossible, Vartan avait la désagréable sensation que l'étau se resserrait autour de lui.

– Tu es trop méfiant, disait-elle en lui serrant le bras, tu ne fais pas confiance à la divine providence.

– La méfiance, c'est ce qui fait que je suis encore en vie.

– Ces amis qui t'ont sauvé de la potence, cette missionnaire qui t'a hébergé, Kérim et moi qui t'avons ramassé dans le fossé : tout ça, c'est grâce à ta méfiance?

Jusqu'à un certain point, elle avait raison, et il le concéda avec le sourire. Elle avait la même attitude vis-à-vis de l'hiver.

– Quand vient la neige, nous sommes souvent bloqués durant des jours. Les gens d'ici voient toujours arriver l'hiver avec une sorte de terreur, en se demandant s'ils tiendront jusqu'au printemps avec le froid et les disettes.

Mais cette angoisse de la mauvaise saison qu'elle évoquait, Aroussiag ne semblait pas la partager. Elle parlait de l'isolement et des épreuves de l'hiver avec des éclats de joie dans la voix, et Vartan se disait que sa présence y était pour quelque chose. La jeune femme montrait déjà de l'attachement pour lui et elle exprimait sa tendresse et son affection de plus en plus ouvertement, bien qu'il ne l'encourageât d'aucune façon, gardant au contraire ses distances. Il ne pouvait toutefois empêcher la chaleur et la familiarité d'Aroussiag de donner le ton à leurs rapports, ni cacher son attirance pour cette femme qui avait tant fait pour lui.

Vartan posa soudain la fourche, s'approcha de la porte de l'étable et fit signe à Aroussiag de cesser de racler la paille du plancher.

– Écoute!

Une pétarade lointaine. Aroussiag le rejoignit, tendit l'oreille un moment et s'exclama:

– Une automobile? Par ici?

Ils échangèrent un regard soucieux. Le bruit du moteur à explosion se rapprochait.

– Ne prenons pas dc risque, dit Vartan en se dirigeant vers la cachette.

Aroussiag replaça la mangeoire devant l'ouverture et attacha l'âne dans la stalle. Elle retourna dans l'embrasure de la porte, voila son visage et appela Kourt qui vint s'asseoir à ses pieds. Une motocyclette approcha en patinant sur la route détrempée, ralentit et s'engagea dans le sentier qui conduisait à la maison. Retenant par le collier le chien qui aboyait et voulait s'élancer à la rencontre de l'intrus, Aroussiag passa la tête à l'extérieur et fit signe au conducteur de la motocyclette. Il vint jusqu'à l'étable, coupa le moteur et mit pied à terre. Avec le casque de cuir qui enserrait sa tête et cachait ses oreilles, la mentonnière qui créait des bajoues et les grosses lunettes aux verres circulaires qui semblaient s'appuyer sur l'épaisse moustache, la tête de l'homme était du plus comique effet. Mais Aroussiag était trop inquiète pour s'attacher à ces détails.

– J'enquête pour le gouvernement, annonça-t-il d'une voix autoritaire. J'ai des questions à vous poser.

Sans laisser voir son émotion, elle répondit avec une politesse un peu affectée:

– Ne restez pas sous la pluie, bey effendi. Et mettez votre machine à l'abri.

Elle recula pour qu'il pousse sa moto dans l'étable. Une désagréable odeur d'huile brûlée chassa celle du fumier. Montrant ses crocs, Kourt surveillait chaque mouvement de l'homme et grondait sourdement.

– Très aimable à vous, fit le visiteur d'une voix rauque en retirant ses lunettes embuées.

Il ouvrit son ciré sans se presser, examinant durant ce temps l'intérieur de l'étable avec attention, puis il sortit une affiche qu'il déplia.

– Avez-vous déjà vu cet homme?

Aroussiag n'y jeta qu'un bref coup d'œil et répondit d'un air indifférent.

– Non, je l'ai dit déjà aux gendarmes qui sont venus deux fois. Ils ont regardé partout dans l'étable et la maison, même dans les meules de foin.

– Tu en es bien certaine?

– Oui, effendim.

Bédri se tourna vers l'extérieur et désigna la route :

– Il passe beaucoup de monde?

– Très peu. Des paysans, des marchands ambulants, parfois un hodja qui prêche de village en village.

– Tu ne te souviens pas d'avoir vu un voyageur un peu particulier, il y a environ trois mois?

– C'est loin, répondit Aroussiag en faisant mine de réfléchir, et je ne vois pas trop ce que vous voulez dire.

Bédri eut un geste d'impatience :

– Je ne sais pas! Un missionnaire chrétien? Des voyageurs européens?

– Non, effendim. Cela m'aurait frappée.

– Une voiture qui transportait un blessé?

– Non.

Lâchant un profond soupir, Bédri s'absorba dans la contemplation de la pluie et roula une cigarette.

– Tu connais tout le monde à Urgup? demanda-t-il sans se détourner.

– Oui.

– Sais-tu si quelqu'un héberge un visiteur, un étranger? Dans les petites villes, tout se sait.

– Quelques familles ont pris des enfants arméniens comme domestiques. À part ça, pas de figures nouvelles.

Bédri secoua son mégot. Aroussiag s'approcha de lui et se montra curieuse :

– Cet homme pourrait être à Urgup?

Il haussa les épaules et répondit d'un ton fatigué :

– Là, ailleurs... La dernière fois qu'il a été aperçu, c'était à une quinzaine de kilomètres d'ici.

– Ce doit être un homme important pour que les soldats et les gendarmes veuillent tellement le reprendre?

– Même pas! Je me demande bien d'ailleurs...

Il s'arrêta, tout à coup conscient qu'il allait confier ses doutes et sa rancœur à une paysanne, se ressaisit et redevint celui qui pose les questions :

– Où est ton mari?

– Il sert dans l'armée.

– Tu vis seule ici? C'est isolé. Tu n'as pas peur?

Elle indiqua son chien qui avait toujours les crocs au clair et ajouta :

– Et j'ai un fusil chargé dans la maison.

Il sourit, amusé par la voix décidée, et mit la main sur le guidon de sa moto.

– Vous êtes trempé, dit Aroussiag avec prévenance, voulez-vous boire quelque chose de chaud? Je peux vous préparer du tilleul.

Il grimaça.

– J'accepterais volontiers un verre d'alcool.

– Venez à la maison, mon mari a laissé une bouteille de raki.

Ils sortirent de l'étable.

Accroupi dans l'ouverture du réduit, Vartan avait suivi la conversation en essayant d'apercevoir le visage du motocycliste par les interstices de la mangeoire. L'âne lui bloquant la vue, il n'avait distingué que les bottes maculées de boue. Cette voix grasseyante ne lui était pas inconnue, mais il ne parvenait pas à se rappeler où il l'avait déjà entendue. Sans doute une ressemblance fortuite. Il admira le cran de la jeune femme, qui s'était montrée d'un naturel désarmant.

L'homme revint en compagnie d'Aroussiag une dizaine de minutes plus tard, la remercia et poussa son véhicule à l'extérieur. Le moteur se fit prier pour démarrer et Bédri lança une série de jurons que couvrirent finalement des détonations qui se muèrent en un ronflement assourdissant. La motocyclette s'éloigna en direction d'Urgup. Aroussiag fit sortir Vartan de sa cachette.

– Bravo, lui dit-il, tu as été parfaite.

Flattée, elle sourit :

– Et j'ai appris des choses! Les gendarmes ont cessé de fouiller la région. Le policier achève son enquête; il pense que tu es sans doute mort, et il a la certitude que si tu vis, tu n'es plus dans la région.

– Tu sais autre chose sur lui?

– Il vient d'Aintab, où il compte retourner dans quelques jours.

Vartan se frappa les mains et s'exclama :

– Aintab... C'est l'homme qui m'a blessé à Malatia!

Aroussiag lui serra le bras et dit, une intonation presque joyeuse dans la voix :

– Tant que tu restes ici, tu n'as rien à craindre. D'autant plus que la neige va bientôt fermer les routes.

***

Maro avait écarté le rideau de la berline qui la ramenait du hammam et, le front appuyé sur la glace de la portière, elle regardait défiler les maisons d'Aintab. Ses compagnes, Chahané, Safiyé et la nourrice, gardaient le silence, épuisées par cette longue journée aux bains publics, ravies d'avoir rencontré leurs amies, presque saoules d'avoir tant parlé. Comme cela se produisait chaque fois qu'elles rentraient de leur sortie hebdomadaire, leur joie se teintait du regret que ces quelques heures hors de la maison fussent déjà écoulées.

Maro n'entretenait pas de tels sentiments. Cette activité, qui au début lui semblait une évasion, était devenue pour elle une véritable corvée : une journée à entendre la rumeur de conversations insipides et les cris des enfants qui couraient au milieu des femmes demi-nues! Les clientes connaissaient toutes l'origine de Maro et sa condition de maîtresse du gouverneur de la province, et elles l'évitaient, tant par mépris que par méfiance, sans doute aussi par envie. Maro se serait volontiers passée de la visite au hammam, n'eût été du trajet à l'aller et au retour alors que la voiture traversait la ville et qu'elle observait ce qui lui paraissait être la « vraie vie ».

La voiture dépassa le marché de Balikli et Maro entrevit un moment l'immeuble du Y.M.C.A. où se trouvaient sans doute encore des Américains. Si seulement elle avait eu la possibilité de leur confier une lettre!

Depuis cette conversation où Riza Bey avait mis cartes sur table, Maro ne se faisait plus d'illusions sur son sort et portait en elle un désespoir profond qu'elle camouflait de son mieux afin de ne pas le communiquer à Tomas. Elle ne pouvait toutefois empêcher sa mélancolie de transparaître sur son visage. Rien ne parvenait à l'égayer et elle ne connaissait de moments d'oubli que lorsqu'elle enseignait aux enfants, jouait du piano ou lisait pour Safiyé *Madame Bovary*, traduisant le roman en turc paragraphe par paragraphe.

Cette lecture rappelait à Maro qu'il existait d'autres réalités que ce konak aux allures de cloître. Elle se sentait coupée du monde, dont il ne filtrait jusqu'à elle que de faibles échos : les ragots que colportaient les femmes au hammam et les bribes de nouvelles que Vartouhi, devenue sa servante attitrée, rapportait du marché. Aucun journal n'entrait dans la maison et les nombreux étrangers qui visitaient le gouverneur, militaires allemands, missionnaires et diplomates, n'avaient aucun contact avec ses femmes, même lorsqu'ils étaient reçus à dîner, car ces réceptions se déroulaient dans le sélamlik et ne réunissaient que des hommes. Quand Maro demandait à Riza Bey ce qui se passait ailleurs, ce qu'il savait de la guerre, elle se faisait répondre que partout régnait le chaos et qu'elle devait laisser les hommes se débrouiller avec leurs problèmes.

L'année 1916 commençait et rien ne laissait présager qu'elle différerait un tant soit peu des derniers mois que Maro avait connus. Elle ne voyait pas de terme à sa réclusion et l'avenir lui apparaissait ainsi que la répétition à l'infini de la même journée.

Le boulevard décrivait une large boucle puis filait en ligne droite vers la sortie de la ville, où il devenait la route de Kilis.

Après le monastère latin se dressait la mosquée Ak Yol, devant laquelle une foule s'était massée autour d'un homme qui vendait le journal à la criée en récitant à tue-tête les grands titres. Maro ordonna au cocher de stopper.

– C'est Givili Ammi, le marchand de journaux, expliqua Safiyé qui s'était approchée de la glace.

Aussi curieuse que Maro, la première épouse entrouvrit la portière pour écouter les nouvelles parues dans le *Milli Ajans* [1], le journal publié par des membres de l'Ittihad.

– La bataille de Chanakkalé [2] tire à sa fin, s'égosillait Givili Ammi. Grâce à la bravoure de nos soldats, l'ennemi bat en retraite. Les Anglais et les Français rembarquent sur leurs navires après avoir subi de lourdes pertes. La capitale n'est plus menacée et l'Empire ottoman est encore une fois victorieux.

Des hourras et des cris s'élevèrent. Safiyé dit au cocher de se remettre en route car la première voiture, où prenaient place Buyuk Hanim, les autres épouses et les plus jeunes enfants, s'était arrêtée à quelque distance pour les attendre. Maro se demanda à voix haute si cette nouvelle n'était que de la propagande.

– Certainement pas ! répondit joyeusement Safiyé comme le véhicule s'ébranlait. Une épouse d'Ahmed Djemal Pacha, le commandant de la Troisième Armée, m'a confié la même chose au hammam. Il va y avoir de grandes fêtes à Aintab pour célébrer la victoire.

Maro s'absorba de nouveau dans la contemplation de la rue. Les Alliés repartaient ! Elle n'arrivait pas à croire que l'armée ottomane avait tenu tête avec succès à la puissance de la France et de la Grande-Bretagne. S'il était vrai, comme le prétendaient les informations officielles, que les Russes étaient bloqués à leur frontière et que les Britanniques piétinaient au sud de la Mésopotamie, l'effondrement de l'Empire ottoman, que tous les Arméniens appelaient secrètement de leurs vœux, n'aurait pas lieu de sitôt, les déportations et les massacres de chrétiens se poursuivraient. Les Arméniennes enfermées dans les harems et leurs enfants élevés comme des musulmans devraient donc en remercier Dieu ? En regard de ses compatriotes qui souffraient sur le chemin de l'exil et mouraient dans des camps au milieu du désert, en regard même de ceux qui survivaient précairement, cachés sous de fausses identités ou en se prétendant convertis à l'islam, Maro faisait figure de privilégiée. Elle eut tout à coup honte de sa robe de soie noire et de ses bracelets d'or fin.

Et comme pour faire écho à ces pensées, son regard se posa à ce moment précis sur l'école arménienne Guiliguia [3], qui avait été vidée de ses élèves pour loger des soldats allemands. Maro laissa retomber le rideau, baissa la tête et ferma les yeux. La première

1. Agence nationale. (Turc.)
2. Détroit des Dardanelles. (Turc.) [Bataille de Gallipoli.]
3. Cilicie. (Arménien.)

épouse et la nourrice échangèrent un regard intrigué mais ne dirent rien. Les voitures tournèrent à droite et s'engagèrent sur la route de Marach. Après qu'elles eurent franchi le pont, le conducteur appela :

– Safiyé Hanim! Safiyé Hanim!

Elle remonta le voile devant son visage avant de sortir la tête pour voir de quoi il s'agissait, puis ouvrit complètement la portière et se retourna vers les autres passagères en déclarant, d'une voix riante :

– Regardez qui vient!

Cinq cavaliers galopaient à travers un vignoble dans leur direction. Kénan et Tomas chevauchaient devant, précédant d'une dizaine de mètres Riza Bey et son serviteur Abdullah qui retenaient leurs montures. Au trot allongé, Altan les suivait de loin. Maro s'inquiéta d'abord que son fils pousse son cheval à telle allure, mais se rassura vite en constatant qu'il en avait un contrôle total. Qu'il avait grandi en six mois! Ses traits avaient vieilli et, lorsqu'il fut plus près, elle trouva qu'il ressemblait de plus en plus à son père. Même regard perçant, mêmes pommettes saillantes, même maintien. Jusqu'à son assurance qui rappelait celle de Vartan.

Les voitures stoppèrent et Riza Bey se rendit à la première pour présenter ses respects à Buyuk Hanim. Tomas et Kénan s'arrêtèrent à la seconde, tous deux en nage comme leurs chevaux.

– Tu as vu comment je galope, maman? demanda Tomas d'une voix exaltée.

– Oui, mon chéri, répondit Maro en souriant.

– C'est nous deux les plus rapides, ajouta Kénan avec orgueil.

Les garçons se regardèrent d'un air complice et rirent aux éclats. Durant une seconde, l'image de Tomas épuisé et amaigri par des semaines de marche forcée et de privations revint à l'esprit de Maro.

– Regarde, maman, dit-il en faisant exécuter à sa monture deux pas de côté. Comme papa avec Hour-Grag!

Maro eut un pincement au cœur en entendant ces mots, mais elle hocha la tête d'un air approbateur. Tomas était à présent le portrait même du bonheur, et Maro se dit qu'elle n'avait pas le droit de compromettre son existence sans souci. Riza Bey s'approcha et embrassa les deux garçons d'un même regard empreint de fierté.

– Ce sont déjà deux cavaliers émérites, s'exclama-t-il. J'en ferai des hommes forts et courageux. Des chefs!

Flattés par ces paroles, les deux enfants au visage rayonnant bombèrent le torse et se redressèrent sur la selle. Altan, qui les avait rejoints, eut une moue dépitée qui n'échappa pas à Safiyé, sa mère.

– Je serai général, déclara Kénan.

– Et moi major, comme mon père, renchérit Tomas.

Regardant Riza Bey avec insistance, Safiyé demanda à son fils :
– Et toi, Altan, que veux-tu devenir plus tard ?

Le garçon, qui avait fait une chute lors d'une course l'opposant aux deux plus jeunes, baissa la tête et secoua les épaules. Comprenant l'appel de sa première épouse, Riza Bey décréta :

– Altan sera un meneur d'hommes. Il dirigera des domaines d'une poigne de fer.

Altan n'en croyait pas ses oreilles. Ses yeux s'illuminèrent et il dit :

– Vous verrez, père, vous serez fier de moi.

Il fit pivoter son cheval, l'éperonna et s'élança sur la route en poussant un hululement strident. Kénan et Tomas partirent à sa poursuite en imitant son cri et les cochers eurent peine à retenir leurs bêtes énervées par ce tapage.

– Accompagne-les, ordonna Riza au jeune Arabe qui se tenait un peu en retrait.

– Bey effendi, je peux crier moi aussi ? demanda Abdullah.

Riza fit un geste pour signifier que la chose lui importait peu, puis il dit au cocher de se remettre en route. Il chevaucha près de la voiture dont les glaces demeurèrent ouvertes.

– Je te remercie pour Altan, fit Safiyé avec un salut de la tête.

– J'aime tous mes fils. Altan fait son possible pour apprendre et pour me plaire, et je sais toujours reconnaître la bonne volonté.

Ce disant, il fixa avec insistance Maro qui comprit que ces derniers mots s'appliquaient également à elle.

***

Accoudée à la balustrade du balcon de sa chambre, Maro contemplait le jardin illuminé des mille feux qu'allumait le soleil dans les gouttes accrochées aux feuilles et dans les flaques d'eau qui subsistaient de l'orage de la nuit précédente. L'hiver était doux et pluvieux à Aintab, et parfois une brise qui soufflait du sud-ouest apportait de la Méditerranée un peu de fraîcheur où Maro se plaisait à imaginer des effluves marins, ce qui exacerbait son désir de départ.

On frappa à sa porte et elle cria d'entrer. Vartouhi s'approcha de son pas léger et rapide, et rejoignit sa maîtresse sur le balcon. Elle avait acquis un peu plus de confiance en elle depuis qu'elle était affectée au service de Maro car les autres domestiques avaient cessé de la prendre comme souffre-douleur.

– Qu'y a-t-il, Vartouhi... Ayla ?

Maro s'oubliait souvent et utilisait le nom arménien de la fillette, que cela rendait mal à l'aise.

– J'accompagne Eminé et Buyuk Hanim au bazar. Je serai de retour cet après-midi.

Maro la prit par le bras et l'entraîna dans la chambre.

– Je voudrais que tu me rendes un service.

– Oui, hanim, répondit Ayla en souriant.

– Quand tu vas en ville, est-ce qu'il t'arrive d'être seule un moment?

La fillette ne comprenait pas, Maro se fit plus précise :

– Te serait-il possible de te rendre au collège américain ou au Y.M.C.A. sans que personne ne le sache?

Cette fois, Ayla vit où Maro voulait en venir et ses yeux s'agrandirent de frayeur.

– Non, hanim, je reste toujours à côté de Buyuk Hanim ou des autres domestiques.

– Parmi les marchands que tu rencontres, il y a des Arméniens ou des juifs?

– Oui, répondit la fillette après un moment d'hésitation.

Maro ouvrit un tiroir de la commode et en sortit une enveloppe et un bracelet d'or.

– Je voudrais que tu remettes discrètement cette lettre à un marchand afin qu'il la fasse parvenir à Constantinople. Le bracelet le dédommagera de sa peine.

Ayla cacha ses mains derrière son dos et dit d'une voix tremblante :

– Je ne peux pas, hanim! Je ne peux pas!

Maro lui prit l'épaule et insista avec douceur :

– Si tu choisis le bon moment, personne ne te verra faire.

– Je ne peux pas.

– Je sais que c'est dangereux, mais tu es la seule sur qui je puisse compter, Vartouhi.

– Maîtresse... geignit la servante.

– Je te promets qu'il ne t'arrivera rien de fâcheux. Tu sais que j'ai beaucoup d'influence sur Riza Bey. Si jamais tu es prise en faute, je te protégerai. Je dirai que je t'ai ordonné de le faire, et si quelqu'un doit être puni, ce sera moi.

Ayla fit de nouveaux signes de dénégation, mais, devant le regard implorant de Maro, elle ne put qu'acquiescer. Elle glissa la lettre et le bracelet dans son corsage. Maro l'embrassa sur les joues et dit à voix basse :

– Quand je partirai d'ici, Vartouhi, je t'emmènerai avec moi.

Une fois dans le couloir, la fillette palpa la lettre et le bracelet sur sa poitrine et des larmes lui vinrent aux yeux. Elle descendit au rez-de-chaussée et fila dans l'aile du sélamlik où Riza Bey avait un bureau pour recevoir des gens. Un paysan accompagné d'un jeune soldat amputé d'un bras, son fils sans doute, et une vieille femme qui marmonnait tout bas attendaient dans l'antichambre. Au fond de la pièce, juste à côté de la porte donnant dans le bureau du gouverneur, Bédri était assis derrière une table et s'absorbait dans la vérification d'un livre de comptes du domaine.

– Qu'est-ce qu'il y a? demanda-t-il d'une voix rude en apercevant la petite domestique.

– Je veux voir le maître, répondit-elle, mal assurée.

– Qu'est-ce que tu lui veux?

Elle rougit.

– C'est... confidentiel.

– Confidentiel! s'esclaffa Bédri. Voyez-vous ça!

Elle insista :

– Le maître m'a dit de venir vite le voir.

Perplexe, Bédri la considéra un instant, puis il se leva en maugréant.

– Ton nom?

– Ayla.

Il pénétra dans le bureau et en ressortit aussitôt en faisant signe à la fillette d'entrer. Intimidée, elle s'avança dans la pièce aux murs décorés de calligraphies de versets du Coran. Riza Bey, qui se tenait derrière un bureau imposant couvert de paperasse, leva les yeux et eut un sourire engageant.

– Approche, n'aie pas peur.

Elle tremblait de tous ses membres et ses yeux se mouillèrent.

– Tu n'as pas à te sentir coupable, dit Riza Bey, tu ne fais qu'obéir à ton maître.

Elle hocha la tête, plongea la main dans le corsage de sa robe et remit l'enveloppe et le bracelet à Riza Bey, qui dit :

– C'est très bien. Je savais que je pouvais compter sur toi.

Bouleversée par la trahison qu'elle commettait, Ayla joignit les mains et supplia, la voix brisée de sanglots :

– Je vous en prie, effendi, ne punissez pas Maro Hanim.

Il rit doucement :

– Brave petite. Ne crains rien pour ta maîtresse.

Riza Bey examina l'enveloppe, adressée en caractères arabes à Mesrop Mesropian, 38/8, rue Chahin Bey, Harbiyé, Stamboul, et la décacheta. Comme il le prévoyait, la lettre était rédigée en arménien; il la tendit à la domestique :

– Tu sais lire ta langue?

– Oui, effendi.

– Eh bien, lis!

A contrecœur, elle prit la feuille et se mit à déchiffrer la fine écriture de Maro, la traduisant en même temps :

– « Le 5 janvier 1916. Cher oncle Mesrop, chère tante Arpiné. Je prie pour que cette lettre vous rejoigne et vous trouve toujours vivants et en bonne santé. Nous avons été chassés de Sivas au début de juillet. Vartan était en prison, condamné à la pendaison, et je suis sans nouvelles de lui depuis. Pourtant je ne puis me résoudre à le croire mort, mon cœur et ma chair me disent qu'il vit toujours. Par malheur, ma mère, Azniv, est décédée durant la déportation. Tomas et moi sommes en bonne santé et en sécurité. Le gouverneur d'Aintab, Riza Bey, nous a pris sous sa protection. J'ignore quand il nous sera possible de gagner Constantinople.

» Qu'en est-il de vous, de ma cousine Lucie, des cousins Diran et Barkev? On m'a dit que dans la capitale la situation des Arméniens était acceptable; j'espère que c'est vrai! Si par miracle Vartan communiquait avec vous, rassurez-le à notre sujet et dites-lui où nous sommes. Je ne sais quand il nous sera possible de vous rejoindre. Tomas et moi vous embrassons et nous prions le Seigneur qu'il nous réunisse tous bientôt. Maro. »

Ayla déposa la feuille sur le coin du bureau et Riza Bey s'en empara pour la faire brûler dans un cendrier.

– Maro Hanim ne doit pas savoir que tu m'as remis cette lettre. Que devais-tu en faire?

– La confier à un marchand.

– Tu lui diras que tu l'as fait, c'est compris?

– Oui, effendim, répondit la fillette, désemparée.

Riza Bey eut pitié de son désarroi et dit, d'un ton amical :

– Tu viens d'agir dans l'intérêt de ta maîtresse. Cette lettre aurait pu tomber dans les mains de la police ou de l'armée et causer des malheurs à ses parents. Sans compter les troubles que nous aurions eus ici. Peut-être même que je n'aurais pas pu éviter qu'on l'arrête! Maro Hanim ne sait pas encore ce qui est mieux pour elle et pour son fils; il faut donc que tu m'aides à l'empêcher de faire des bêtises.

Ayla voulait se convaincre que Riza Bey disait la vérité et qu'elle avait bien agi, mais elle n'y parvint pas complètement. De toute façon, elle n'avait pas le choix. En la congédiant, le gouverneur ajouta :

– Tu ne resteras pas servante toute ta vie. Quand tu seras en âge de te marier, je te trouverai un bon époux. Entre-temps, continue de me tenir informé.

Elle s'inclina profondément et sortit rejoindre Buyuk Hanim dont la voiture venait d'être avancée dans la cour.

Cet après-midi-là, Tomas croisa dans la salle à manger Maro qui rentrait du jardin.

– Maman, dit-il tout excité, est-ce que je pourrais aller à l'école coranique avec Kénan?

Ces cours de religion étaient donnés dans la mosquée adjacente au konak par Piri Hodja, le vieillard de soixante-treize ans qui faisait office de muezzin et dirigeait la prière du vendredi. Comme Eminé et Makbulé se trouvaient tout près, Maro dissimula son étonnement et sa contrariété, et prit la main de son fils.

– Viens, nous allons en parler.

Elle l'emmena dans sa chambre où se trouvait déjà Ayla qui rangeait les bijoux et les produits de maquillage sur la commode. Maro s'empressa d'interroger la fillette.

– As-tu rencontré le marchand que tu voulais voir au marché?

– Oui, hanim, répondit-elle en baissant les yeux.

– Et tout s'est bien passé?

Ayla secoua la tête d'une manière affirmative.

– Merci, ma chérie, dit Maro avec soulagement.

Elle lui demanda de rapporter de la cuisine un goûter copieux et du thé, en précisant :

– Prends suffisamment de pâtisseries pour nous trois.

Quand elle fut seule avec Tomas, Maro s'assit sur le bord du lit et lui parla en arménien.

– Qu'est-ce que tu me demandais tout à l'heure?

– Je voudrais aller à l'école de Piri Hodja.

Maro grimaça.

– C'est Riza Bey qui t'a mis cette idée en tête?

– Non. J'aimerais faire comme Kénan.

– Tu ne peux pas, dit Maro avec douceur.

L'enfant eut l'air chagriné :

– Pourquoi?

Sa mère l'attira près d'elle et lui caressa les cheveux.

– À la mosquée, Kénan apprend le Coran, le livre de sa religion. Toi, tu as une autre religion, celle de Jésus.

– Mais, maman, je pourrais étudier le Coran et continuer d'aimer Jésus.

– Non, répondit Maro avec fermeté. Tu en viendrais à confondre les choses. C'est bien de te lier d'amitié avec les enfants de Riza Bey et d'apprendre le turc, mais tu ne dois pas oublier que tu es arménien. Aujourd'hui, nous sommes forcés de vivre comme eux, mais un jour nous retrouverons notre famille et nous recommencerons à vivre selon nos traditions, dans notre foi et notre langue.

Tomas avait pris un visage sérieux et opinait de la tête à chaque phrase de sa mère.

– Ta religion, continua-t-elle, fait partie de ton héritage. C'est celle de ton père, de ta grand-mère, de ton parrain et du père de ton père, dont tu portes le prénom. Chaque fois que tu pries, tu reprends les mots qu'ils ont dits mille fois, et c'est un peu comme s'ils continuaient de prier avec ta voix. Tu te souviens des prières que t'enseignait ton parrain Armène?

A la mention de ces noms, Tomas avala bruyamment sa salive et fit un effort pour retenir ses larmes. Bien sûr qu'il se souvenait! Il essayait de ne jamais repenser à Azniv Hanim, Armène et Araksi, d'oublier le convoi de déportés, l'enfant mort devant le monastère, la caverne, et s'il y parvenait, c'était en sachant que ces souvenirs n'étaient pas bien loin dans sa mémoire. Un peu comme lorsqu'on regarde droit devant soi et qu'alors on a une vision brouillée de ce qui se trouve de chaque côté.

D'une voix émue, il se mit à réciter :

– Hayr mer vor herguines...

Maro enchaîna et ils dirent ensemble le « Notre Père ». Ils terminaient tout juste quand Ayla revint en compagnie d'une autre servante, une grosse fille d'une trentaine d'années aux cheveux bouclés, qui portait elle aussi un plateau. Elles disposèrent les aliments sur la table basse près de la fenêtre, puis la servante se retira.

– Tu vas te joindre à nous, Vartouhi, dit Maro en arménien. Aujourd'hui, c'est une fête : nous sommes le 5 janvier.

Vartouhi, qui avait vu cette date sur la lettre de Maro, se troubla. Elle se sentait coupable et se jurait bien de ne plus trahir les secrets de cette femme qui la traitait d'une façon si maternelle. Ils s'assirent par terre autour de la table. Tomas se montra intrigué :

– Quelle fête, mayrig?

– Nous sommes la veille de Dznount [1]!

– Dznount... répéta, un peu incrédule, l'enfant pour qui ce mot avait une sonorité presque magique.

– Rappelle-toi le Noël de l'an dernier.

Tomas se souvenait des cadeaux qu'il avait reçus le 31 décembre, mais le souvenir de la fête de la Nativité était plus vague et dans son esprit se confondait quelque peu avec ceux d'autres célébrations religieuses. Il laissa voir son incertitude.

– Et toi, Vartouhi, tu te le rappelles?

– Oui, murmura la servante d'une voix étranglée.

Elle revoyait ses parents, ses frères et sœurs, ses oncles, leurs épouses et leurs enfants qui s'étaient tous réunis l'année précédente pour célébrer Noël dans la joie. Ils étaient plus d'une quarantaine, entassés dans la maison de ses parents qui se dressait à l'ombre de l'église du village. Aujourd'hui, elle seule survivait.

– Quand j'étais petite, raconta Maro, je trouvais la journée très longue, la veille de Noël. Il fallait jeûner afin de communier lors de l'interminable grand-messe qui avait lieu en fin d'après-midi. Toi, Tomas, tu t'étais endormi durant cette messe l'an dernier!

– Cette année, je suis plus vieux. Je resterais éveillé.

– Sans doute, et tu aurais jeûné comme un grand, ce qui aurait rendu ton père très fier.

Elle retint un soupir et poursuivit l'évocation de son enfance :

– Après la messe, nous nous retrouvions chez mon grand-père, où un banquet avait été préparé. C'était un homme de petite taille et dont les yeux plissés donnaient l'impression qu'il riait tout le temps. Avec mes cousins et mes cousines, nous allions, en portant des chandelles, chanter devant les maisons du voisinage.

– Moi aussi je l'ai fait! s'exclama Vartouhi, qui jeta un coup d'œil à la porte et se mit à fredonner : « Krisdos dznav yev haydnetsav/Tsez yev mez medz avedis [2]... » Ensuite nous frappions chez les gens, qui nous donnaient des pièces de monnaie, des fruits ou d'autres cadeaux.

– Tout juste, approuva Maro.

– Ce devait être amusant, dit Tomas, déçu de ne pas avoir vécu cette expérience.

– Chez nous, nous mangions du anoush abour à Noël, commenta Vartouhi d'un air rêveur.

1. Noël. (Arménien.)
2. Le Christ est né et révélé/Grande nouvelle pour nous et pour vous. (Arménien.)

– De la soupe sucrée? s'étonna Tomas. Qu'est-ce que c'est?

– Une sorte de pudding de blé et de fruits secs, répondit Maro. Ta grand-mère en préparait chaque année et tu aimais bien cela.

Tomas sembla contrarié de l'avoir oublié. Maro entreprit de relater aux deux enfants, qui l'écoutaient en retenant leur souffle, les légendes entourant la naissance du Christ dans une étable. Ils étaient penchés au-dessus de la table, tels des conspirateurs. Elle leur enseigna ensuite un cantique qu'elle chanta de sa voix grave, les mains croisées et en balançant la tête pour marquer le rythme :

Khorhourt medz yev zkantchéli
Vor aïs avour haydnetsav
Hovivkn yerken int hrechdag
Dan avédis achkhari
Dznav nor arkah
I Betléhem kaghaki [1].

Complètement absorbés par les paroles de Maro, Tomas et Vartouhi en oubliaient les pâtisseries. Le thé avait refroidi depuis un moment déjà.

1. Mystère grand et merveilleux/Qui, en ce jour, se révèle/Bergères et anges en chantant/Annoncent à l'univers la bonne nouvelle/Un roi nous est né/Dans la ville de Bethléem. (Arménien.)

11

La première tempête de neige de l'hiver s'abattait sur la Cappadoce, et la maison d'Aroussiag geignait sous les coups de boutoir du vent. Le papier huilé qui tenait lieu de vitre aux fenêtres vibrait comme la peau d'un tambourin frappé par les doigts d'une danseuse. S'entendaient parfois les longs hurlements d'un animal blessé : le vent encore, qui se déchirait aux arêtes du piton rocheux dominant le village d'Urgup. Depuis midi, la neige tourbillonnait et s'accumulait au sol, formant des congères autour des obstacles. La nuit était venue plus tôt que d'habitude sans que l'on s'en aperçoive.

Dans le foyer creusé à même le sol de terre battue rougeoyait un lit de charbons ardents d'où fusait de temps à autre une flamme aussi petite qu'éphémère. Assis sur un tapis, au sein du cocon de chaleur et de lumière qui enveloppait le tandir, Vartan et Aroussiag dégustaient le anoush abour avec une espèce de recueillement. Elle avait maquillé ses yeux de khôl et coiffé en chignon ses cheveux si noirs qu'ils en avaient des reflets outremer. Vartan portait un tricot de laine beige confectionné par Aroussiag, sur lequel se découpait sa longue barbe. La jeune femme avait préparé des plats traditionnels à base d'agneau, de volaille et de riz en vue d'une célébration joyeuse de la Noël, mais l'occasion rappelait à chacun des souvenirs qui le rendaient nostalgique et l'incitaient au silence.

Aroussiag avait posé la photographie de sa famille sur un coffre, entre une croix et l'icône de la Vierge, et elle y jetait de fréquents coups d'œil. Lui revenaient alors des images très nettes du village à flanc de montagne où elle était née et d'où l'on voyait dans le lointain l'étendue gris-bleu de la mer Noire. À ce moment-là, la jeune femme percevait dans les plaintes du vent la voix de basse de son père ou celle chantante de sa mère ou encore les cris et les rires aigus de ses jeunes frères et sœurs. Puis tout cela se fondait en lamentations lugubres et Aroussiag imaginait les malheurs de ses proches sur la route de l'exil.

À la fréquence des regards de la jeune femme vers la photographie et à sa mine déconfite, Vartan devina ses pensées.

– Pourquoi envisager le pire? dit-il en lui touchant la main avec tendresse. Ils se sont peut-être enfuis par la mer ou bien se sont cachés dans les montagnes.

Elle tourna vers lui un regard chaviré et répondit d'une voix brisée :

– Non... J'ai appris que le village avait été rasé, les hommes égorgés et tous les autres habitants emmenés.

Elle n'avait pas communiqué avec sa famille depuis plus de cinq ans. Ses parents s'étaient opposés à son mariage avec un musulman du nom de Yachar, un apprenti maréchal-ferrant qui avait comme elle dix-huit ans. Maudite par son père, Aroussiag s'était enfuie avec son amoureux qu'elle avait épousé lorsqu'ils s'étaient fixés à Urgup. Il avait été plus simple pour eux qu'elle prenne un nom turc et passe pour une musulmane, mais elle avait continué de pratiquer en secret sa religion avec l'accord de Yachar.

– Tu n'as pas à te sentir coupable, affirma Vartan avec conviction. Tu n'aurais rien pu empêcher.

– J'aurais été avec eux, je les aurais aidés et soutenus.

– Tu te tortures inutilement, ta présence là-bas n'aurait rien changé.

Prenant en main la photographie, elle l'examina et murmura d'un ton rêveur :

– Mon père était un homme calme et laborieux, toujours inquiet. Au contraire, ma mère avait confiance en la miséricorde de Dieu ; elle nous couvait et nous gâtait. Regarde ces enfants, Vartan, ils avaient toute la vie devant eux!

– Ils vivent sans doute encore.

Elle secoua vivement la tête et sa voix se durcit :

– Je préfère les croire morts. Au moins, ils sont avec le Seigneur et ne souffrent plus.

Fixant Vartan droit dans les yeux, elle ajouta :

– Mieux vaut se faire une raison!

Il savait qu'elle faisait allusion à son projet de partir à la recherche de sa famille, projet qu'elle trouvait insensé. Il aurait pu argumenter qu'il avait la quasi-certitude que sa femme et son fils n'étaient pas morts, mais cela lui sembla déplacé dans les circonstances. Elle reprit, d'un ton éploré :

– Tu ne peux pas savoir ce que j'ai vécu lorsque les autorités ont chassé les Arméniens d'Urgup. Je me suis sentie comme Judas, lâche et traîtresse. J'ai même eu peur que quelqu'un au village se souvienne que je n'étais pas musulmane et me dénonce. Je crois que j'aurais nié!

Honteuse, elle enfouit son visage dans ses mains. Vartan tenta de la déculpabiliser :

– Cela aurait été absurde de prendre la route avec les autres quand tu pouvais l'éviter. Absurde et peut-être même suicidaire aux yeux de Dieu.

– Tu le penses vraiment?

– Oui. Si tu étais partie, je serais mort à l'heure qu'il est. Et d'autres aussi.

Elle n'avait jamais considéré les choses sous cet angle. Un peu plus sereine, elle baissa les mains et découvrit son visage.

– À combien de tes compatriotes es-tu venue en aide? demanda-t-il encore.

D'un haussement d'épaules, elle signifia qu'elle l'ignorait, et elle voulut minimiser l'importance de la chose :

– C'est si peu...

Pourtant, c'était par dizaines que se comptaient les Arméniens qu'elle avait cachés durant l'été et l'automne dans les anciennes églises souterraines du vallon de Gorémé, et qu'elle avait nourris, consolés ou soignés avec l'assistance de Kérim. Il s'agissait parfois de rebelles ou de résistants en fuite, mais la plupart du temps d'innocentes victimes ayant échappé de justesse aux massacres et aux déportations. Des femmes et surtout des enfants, qu'elle confiait ensuite à des familles grecques ou à un missionnaire américain. Par le biais de ce dernier, elle recevait des fonds en provenance du Comité de secours américain pour le Proche-Orient et des communautés arméniennes établies un peu partout dans le monde. L'hiver, qui fermait les routes, avait mis momentanément en veilleuse les activités charitables d'Aroussiag.

Une brusque saute de vent poussa un nuage de flocons de neige par l'ouverture qui, au sommet du mur de façade, servait à évacuer la fumée. Les braises s'avivèrent, la flamme de la lampe à huile vacilla et un courant d'air froid coula sur la nuque d'Aroussiag qui ne parvint pas à réprimer un frisson. Elle lança une poignée de charbon de bois dans le tandir.

– Je prépare du thé?

– Pas pour moi, merci, répondit Vartan.

Elle eut envie de se rapprocher de lui mais n'osa pas. Elle aurait aimé qu'il lui décrive une nouvelle fois Constantinople ou qu'il lui parle encore de sa vie de pharmacien à Sivas, de sa grande maison de bois blanc avec sa salle à manger et sa bibliothèque. Un piano, des chevaux! Il s'agissait d'un monde inconnu pour elle et dont l'évocation enflammait son imagination. Cependant, Vartan n'avait pas en ce moment précis le goût de se tourner vers le passé; seuls lui importaient l'avenir et la possibilité de retrouvailles éventuelles avec Maro et Tomas.

Il étira le bras pour attraper son oud, un vieil instrument déniché par Kérim chez un brocanteur et que Vartan avait patiemment rafistolé. Il chercha quelque chant du folklore arménien susceptible d'égayer l'atmosphère mais ne lui vinrent à l'esprit que des airs nostalgiques. Une mélodie s'imposa à lui, obsédante.

– Sais-tu ce qu'est une grue? demanda-t-il en accordant son oud.

– Une sorte d'oiseau? fit Aroussiag, surprise par la question.

– Un bel échassier au long cou. Quand il émigre, il vole très haut, en files ondulantes. Son appel rauque qui annonce l'hiver nous semble déchirant; au contraire, quand il revient au printemps, on trouve au même appel une sonorité joyeuse.

Vartan pinça les cordes et chanta les paroles qu'il connaissait depuis sa tendre enfance mais qui ne prenaient tout leur sens qu'aujourd'hui :

Grounk ousdi goukas
Dzara yem tsaïnit
Grounk mer achkharits/ khabrig me tchounis
Mi vazer yeramit/ choudov gahasnis [1]...

Sur un air lancinant, les couplets reprenaient le même thème et la chanson mélancolique disait l'espoir que l'oiseau ramène de sa migration des nouvelles du pays natal. Les larmes aux yeux, car cette chanson était la préférée de sa mère, Aroussiag contemplait Vartan qui jouait, l'air rêveur, et devina que son esprit vagabondait dans cette contrée au nord du désert syrien, ce pays si lointain où il croyait pouvoir rejoindre sa femme et son fils. Une folle idée qui l'empêchait d'accepter la réalité, de s'accommoder de ce que la vie lui offrait de concret! Aroussiag se sentit abandonnée et en souffrit; la maison lui parut froide, le bruit du vent couvrit durant quelques secondes la voix absente du chanteur.

Quand Vartan allait-il ouvrir les yeux et s'apercevoir qu'elle était éperdument amoureuse de lui? Se pouvait-il qu'il l'ignore encore? Elle ne lui plaisait pas? Un moment, elle songea à lui crier que Constantinople et Sivas, c'était fini; qu'il n'était plus pharmacien et major, ni écrivain, mais un homme traqué à qui ne pouvait convenir que l'anonymat d'une petite maison de pisé; qu'il devait oublier ce qu'il avait été, ne pas se bercer d'illusions sur l'avenir et s'estimer heureux de sa nouvelle situation.

Elle se sentit aussitôt coupable d'avoir pareilles pensées. La tendresse qu'elle ressentait pour ce bel homme blessé par le destin, le besoin qu'elle éprouvait de l'envelopper de soins et d'amour, tout cela revint en force avec le désir de lui appartenir, et ces émotions confondues donnèrent au visage d'Aroussiag un air désemparé. Elle se sentait tout à la fois petite fille et femme faite, et ne savait plus quelle conduite adopter.

Alors que Vartan déposait l'oud, elle céda à une brusque impulsion, se glissa jusqu'à lui et se nicha contre sa poitrine où elle demeura sans bouger. Pris au dépourvu, il mit quelques instants à réagir, puis il passa le bras autour de ses épaules. Elle frissonnait de la tête aux pieds, et pourtant le foyer répandait une bonne chaleur. Sans doute la chanson avait-elle inspiré à Aroussiag, comme

1. Grue, d'où viens-tu? / Je suis le serviteur de ta voix / Grue, tu n'as pas une bribe de nouvelle de mon pays? / Ne cours pas vers ta volée, tu la rattraperas... (Arménien.)

à lui-même, un sentiment de solitude et d'isolement qu'accentuait encore la tempête qui faisait rage autour d'eux. Abandonnant la réserve dont il avait fait montre jusque-là, il l'enserra afin de la réconforter; lui aussi avait besoin d'un contact, de chaleur humaine, d'affection. La respiration d'Aroussiag devint de plus en plus saccadée, et elle leva vers Vartan un visage tendu dont les yeux quémandaient. Il comprit soudain la nature du mouvement qui avait poussé Aroussiag dans ses bras, mesura l'ampleur du désir qu'elle laissait voir sans aucune retenue, et il fut pris de vertige. Ils roulèrent par terre, emportés par la passion.

Aroussiag se réveilla avec l'aube dans la maison devenue glaciale et humide. Elle resta encore longtemps au lit, blottie contre le corps brûlant de Vartan, et ne se leva qu'à regret, parce qu'elle entendait l'appel plaintif des bêtes dans l'étable. Attentive à ne pas déranger le sommeil de l'homme, elle remonta sur lui la peau de chèvre, s'habilla et alluma le feu. Un bonheur indicible l'habitait, qui la rendait légère même si pourtant elle avait la sensation que son corps avait gagné en plénitude.

Elle s'immobilisa sur le seuil de la porte, éblouie. Il ne neigeait plus et tout était blanc. Le monde paraissait neuf, comme au commencement, et Aroussiag y vit l'image de la vie nouvelle qui débutait pour elle. Un corbeau perché sur la plus haute branche d'un pommier s'envola en croassant, et ce cri fit écho au cri de bonheur qui restait emprisonné dans la gorge d'Aroussiag.

***

Lorsque Vartan voulut parler avec Aroussiag de ce qui était survenu la nuit de Noël, elle le pria instamment de n'en rien faire, craignant qu'il n'exprime des regrets, ne cherche à minimiser les conséquences de leur acte, à lui enlever toute signification amoureuse. Il lui dirait qu'il était marié et chérissait son épouse, qu'il repartirait, qu'elle ne devait pas se faire d'illusions, toutes choses qu'Aroussiag refusait d'entendre, et ensuite il rétablirait la distance qui existait entre eux avant cette nuit d'amour. Tout plutôt que ça! Des illusions? Aroussiag s'en contenterait. Chaque jour lui apportait son lot de joies, chaque nuit, des étreintes éperdues, et elle n'en demandait pas plus, évitant de penser à ce que pourrait être l'avenir.

– Ne dis rien, avait-elle murmuré en mettant la main sur la bouche de Vartan. Quand le moment sera venu, tu feras ce que tu auras à faire, et je ne chercherai pas à te retenir. Je n'attends rien de toi.

C'était faux! Mais Aroussiag croyait que le moment en question ne viendrait jamais. Chaque jour qui passerait les souderait plus intimement l'un à l'autre, et Vartan oublierait peu à peu son intention de retourner à Malatia.

En vertu de l'accord tacite consécutif aux paroles d'Aroussiag s'installa donc entre eux un silence sur leurs sentiments, une marge où pouvaient s'épanouir les rêves les plus beaux de la jeune femme. Elle ne prononçait jamais les mots « je t'aime » afin de ne pas provoquer de réaction négative chez Vartan, néanmoins chacun de ses regards et chacun de ses gestes constituait une déclaration d'amour. Et elle interprétait en ce sens la moindre attention de Vartan, la plus petite marque d'affection qu'il lui prodiguait.

Les journées glaciales de janvier les condamnaient à demeurer à l'intérieur et les heures s'écoulaient, douces et paisibles. Les jambes croisées sous elle, Aroussiag travaillait au métier vertical appuyé au mur. Assis non loin, Vartan improvisait sur son oud en observant le ballet étourdissant des doigts qui croisaient et décroisaient les brins de soie, les démêlaient et les nouaient. Il avait retrouvé toutes ses capacités physiques, l'inactivité lui pesait de plus en plus et il attendait avec impatience la fonte des neiges qui libérerait les routes. Il souffrait d'avance de la peine et de la déception qu'il causerait à cette femme qui avait eu le malheur de s'amouracher d'un étranger de passage. Et force lui était d'admettre que lui aussi s'était attaché et qu'il aurait du chagrin à la quitter.

Lui qui faisait de la musique, elle qui tissait, la soupe qui mijotait sur le foyer tandis qu'au-dehors le vent sifflait : c'était pour Aroussiag l'image du plus parfait bonheur, et, au fil des semaines, elle en vint à se convaincre de la véracité de ses rêves, aidée en cela par l'attitude de Kérim qui les considérait désormais comme formant un couple. L'instituteur avait constaté dès le jour de Noël une transformation radicale chez Aroussiag et il avait tout de suite su à quoi l'attribuer. Il fut heureux de la tournure des événements, surtout qu'il estimait fort Vartan. Puisque les deux amoureux ne parlaient pas de leur liaison, Kérim s'abstint d'aborder le sujet.

Neige ou grésil, froid cinglant ou redoux qui dégelait les fondrières, quel que fût le temps, l'instituteur venait chaque jour pour écouter son ami jouer de l'oud, converser et dépouiller avec lui les rares journaux de la capitale sur lesquels il pouvait mettre la main. En retrait, occupée au tissage d'un tapis ou à la préparation du repas, Aroussiag suivait leurs discussions avec émerveillement, s'enorgueillissant du savoir de son « amoureux » et de l'aisance de son élocution.

Un après-midi de la mi-février, alors que Vartan était adossé à la clôture du jardin, une houppelande de feutre écru sur les épaules, et qu'il fumait en surveillant les moutons et les chèvres qui broutaient la base de la meule, Kérim arriva d'un pas pressé. Le chien Kourt l'accueillit par des aboiements répétés. Coiffé d'un kalpak [1] d'astrakan qui écrasait ses oreilles et les écartait de son crâne, et

1. Toque de fourrure de style russe. (Turc.)

emmitouflé dans un paletot sombre que gonflaient les nombreux tricots qu'il portait dessous, l'instituteur avait la silhouette d'un ours. Encore sur la route, il cria joyeusement :

– Tu joues les bergers ?

Il clignait des yeux à cause de la réverbération du soleil sur la neige granuleuse et paraissait excité. Vartan le serra dans ses bras et le taquina :

– Comment parviens-tu à marcher avec tant d'épaisseurs de vêtements ?

– Je suis d'un naturel frileux, s'excusa Kérim en frottant son nez rougi.

Il tapota les feuilles imprimées qui dépassaient de la poche de son manteau et ajouta, d'un ton exalté :

– Je viens de Césarée, j'ai des journaux ! On y parle des Arméniens.

– Allons à l'intérieur, fit Vartan, vivement intéressé. Kourt ! Garde les bêtes.

Le chien se dirigea vers la meule et Vartan conduisit Kérim à la maison. Pendant qu'Aroussiag préparait du café, les deux hommes s'assirent sur un tapis et Kérim déploya un quotidien qu'il commença à parcourir.

– On continue à commenter la victoire de l'Empire sur les Alliés à Gallipoli, constata-t-il en tournant la première page. On dit aussi que la situation est stable sur le front russe.

– Rien d'étonnant ! Avec la neige qu'il y a là-bas, difficile de faire des mouvements de troupes. Au sujet des Arméniens ?

– C'est plus loin, répondit Kérim en continuant de scruter attentivement chaque page. En Europe, les Allemands bombardent sans arrêt les lignes franco-anglaises et on s'attend à une offensive prochaine.

Vartan résistait mal à l'envie de lui arracher le journal des mains. Percevant son exaspération, Aroussiag lui offrit une tasse de café et, d'un sourire entendu, l'incita à la patience car Kérim prenait un grand plaisir à faire la lecture à haute voix. L'instituteur arriva enfin à l'article dont il avait fait mention et se racla la gorge :

– « La presse étrangère, surtout dans les pays ennemis, fait largement écho ces temps-ci aux manœuvres des Arméniens pour discréditer le gouvernement de l'Empire ottoman. Les nécessaires mesures de relocalisation des civils loin des zones de guerre sont présentées par ces gens comme des brimades envers leur peuple. Pourtant, des ressortissants de pays neutres qui voyagent en Anatolie ont pu témoigner du souci humanitaire manifesté par le gouvernement à l'occasion de ces déplacements de population. »

– Humanitaire ! rugit Vartan. Ils ne manquent pas de culot !

Kérim approuva d'un air triste et but une gorgée de café.

– Propagande, soupira-t-il.

– Des mensonges ! répliqua d'un ton vexé Aroussiag qui n'était pas sûre du sens du mot « propagande ». Qu'est-ce qu'on dit d'autre?

Kérim reprit sa lecture :

– « Manœuvrés depuis la Russie, des Arméniens manigancent à Paris et à Londres, même à Washington, en faveur de l'idée d'une Arménie autonome constituée aux dépens de l'Empire. Ils n'exigent pas moins que les six provinces orientales de l'Anatolie, Sivas, Erzeroum, Kharpout, Diarbékir, Bitlis et Van, habitées *majoritairement* par des citoyens ottomans de langue turque et de religion musulmane... »

Aroussiag interrompit Kérim pour demander à Vartan

– C'est vrai, cette histoire de majorité turque dans l'Est?

– Non. Ce territoire est depuis la nuit des temps une contrée arménienne. Mais si le rythme des massacres se poursuit, les Arméniens n'y seront bientôt même plus une minorité!

Il fit signe à Kérim de continuer.

– « Leur plan insensé inclurait également une partie de la Cilicie (de riches terres agricoles!) afin d'avoir un débouché sur la Méditerranée. Pour arriver à leurs fins, ces Arméniens, des *citoyens russes* dont les organisations subversives fomentent des soulèvements de leurs coreligionnaires ottomans, répandent mensonges et calomnies, inventent de toutes pièces de soi-disant massacres de chrétiens. Il faut évidemment voir derrière tout cela le désir de la Russie d'annexer de nouveaux territoires.

» D'ailleurs, nos services secrets font état de tractations entre les puissances ennemies au sujet d'un démantèlement de l'Empire à l'issue de la guerre. La Grande-Bretagne s'octroierait la Mésopotamie et la Palestine; la France obtiendrait la Cilicie et la Syrie; quant à la Russie, c'est une bonne partie de l'Anatolie et le détroit du Bosphore, donc Constantinople, qu'elle aurait en partage. Il est ironique que cette volonté d'impérialisme européen se manifeste au moment même où l'Empire ottoman et ses alliés allemand et autrichien volent de victoire en victoire! »

Kérim déposa le journal et vida sa tasse à petites gorgées. Vartan caressait sa longue barbe en songeant à ce qu'il fallait lire entre les lignes.

– Qu'est-ce qui te fait sourire? lui demanda Aroussiag qui s'étonnait qu'il se réjouisse de la sorte.

– Pour qu'un journal de la capitale réagisse ainsi, il faut que beaucoup d'informations sur les massacres aient filtré à l'étranger. À l'heure actuelle, informer l'opinion publique internationale est l'unique moyen de forcer l'Ittihad à mettre un terme aux atrocités. Ça, ou bien que la guerre prenne fin rapidement avec la défaite de la Sublime Porte [1].

Kérim parut agacé. S'il détestait les dirigeants de l'Ittihad et se montrait extrêmement critique à l'égard du gouvernement, il

1. Empire ottoman. Référence à l'édifice (Babiâli – Sublime Porte) où siégeait le gouvernement.

n'allait quand même pas jusqu'à souhaiter une victoire des Alliés sur son pays d'adoption. Il déclara :

– Il faut espérer un armistice rapide avant l'effondrement de l'un ou l'autre camp.

– N'y compte pas trop, répondit Vartan. Le conflit risque plutôt de s'éterniser.

Il prit la carte géographique que lui tendait Aroussiag et la déplia. De l'index, il montra les traits rouges que Kérim et lui avaient déjà tracés pour indiquer les lignes des parties adverses :

– D'Ypres à Mulhouse, les Français et les Allemands sont solidement retranchés. Tout mouvement coûtera très cher en hommes et ne permcttra pas de percée décisive. Selon les dernières nouvelles, le front russe et le front serbe sont aussi stabilisés. Rien ne bouge non plus en Mésopotamie et au canal de Suez.

Kérim laissa échapper un profond soupir et offrit sa blague de tabac à Vartan, puis il cueillit avec les pincettes un charbon incandescent avec lequel il alluma la cigarette qu'il venait de rouler. Son regard offrait un curieux mélange de naïveté et de cette lucidité que l'on trouve d'habitude chez ceux qui ont beaucoup vécu et souffert. Il passa la main dans ses cheveux ras.

– Je n'arrive pas à imaginer que l'on démembre l'Empire, dit-il d'une voix grave.

– C'est inévitable. L'Empire a perdu bien des territoires depuis trente ans et ce mouvement se poursuivra quelle que soit l'issue de la guerre. Songe seulement aux Arabes, dont la révolte dure depuis des années !

Kérim approuva d'un hochement, Vartan reprit :

– C'est inévitable, et c'est tant mieux. Dis-toi bien, Kérim, que tes beaux projets de modernisation de l'Anatolie ne se réaliseront pas autrement.

– Le sultan pourrait chasser l'Ittihad et mettre en place un nouveau gouvernement, plus modéré, moins raciste.

– Mehmed V est un homme de paille. Ce sont les Jeunes-Turcs qui l'ont mis sur le trône et qui le contrôlent. Il faudra le cataclysme de la défaite ou une révolution pour transformer ce pays !

Kérim fixa ses mains et fit craquer ses jointures. Il se souvint des discours qu'il avait tenus à Vartan : ses sorties contre l'incompétence du gouvernement et de ses représentants locaux, ses injures à l'adresse des fonctionnaires religieux qui attisent la violence au lieu de prêcher la tolérance, son désir que tombent les structures moyenâgeuses.

» Le pays ne progressera jamais tant que les paysans seront exploités, répétait-il souvent. Ils n'ont aucune chance d'améliorer leur sort car on les maintient dans l'ignorance pour mieux les manipuler et les voler. Les méthodes de culture sont archaïques, le manque d'hygiène débilite, la peur règne. Parce qu'ils n'ont pas les moyens d'acheter du charbon, les paysans se chauffent avec le fumier au lieu de s'en servir pour engraisser le sol. Les terres appartiennent toutes à des effendis qui n'ont en vue que leur profit. Une fois que les paysans ont payé le propriétaire, acquitté les taxes et subi les réquisitions des fonctionnaires et de l'armée, ils n'ont pas de quoi vivre d'une récolte à l'autre. »

Et Kérim poursuivait généralement par sa théorie selon laquelle seule l'instruction permettrait de briser le cercle infernal de la pauvreté. Instruits, les enfants ne seraient plus comme leurs parents, écrasés par le poids des traditions et le fatalisme de la religion.

Vartan, qui observait l'instituteur du coin de l'œil, avait l'impression de pouvoir suivre sa pensée sur son visage. Il dit :

– Ce n'est pas l'instruction qui engendrera une redistribution des terres.

Kérim sursauta, se demandant s'il n'avait pas réfléchi tout haut. Il n'avait pas envie de s'embarquer dans une discussion sur son sujet favori car il percevait bien la faille que comportait son raisonnement. Il fallait qu'il revoie tout cela à tête reposée.

– Une révolution... murmura-t-il avec une moue de dégoût.

Aroussiag, qui sentait chez Kérim une inquiétude proche du désarroi, fit comprendre à Vartan de ne pas insister. Ce dernier replia soigneusement la carte. Après avoir chassé du bout de la langue un morceau de papier à cigarette resté collé à sa lèvre inférieure, l'instituteur demanda, d'une voix hésitante :

– Dis-moi, Vartan, tu crois que la création d'une Arménie indépendante est possible ?

Arroussiag guetta avec intérêt la réponse de Vartan, qui respira d'abord profondément.

– Dans l'état actuel des choses, c'est difficile.

Kérim déclina l'invitation d'Aroussiag qui lui proposait de partager avec eux le potage aux lentilles et il retourna au village avant que ne tombe la nuit. Vartan lui fit un bout de conduite par la route, qui portait uniquement trace d'une araba tirée par une paire de bœufs. Le soleil couchant rosissait les aspérités du paysage enneigé, laissant les creux pleins d'une ombre violette. Vartan posa la main sur l'épaule de l'instituteur.

– J'ai peur de m'être mal exprimé et que mes paroles aient pu se prêter à une mauvaise interprétation.

– Je ne comprends pas.

– Quand j'ai dit qu'il faudrait une véritable révolution pour changer l'ordre des choses, je ne voulais surtout pas minimiser ton action auprès des enfants. C'est important que tu leur enseignes à lire, à écrire et à compter. À défaut de transformer le pays, tu permettras à quelques individus d'améliorer leur sort.

Kérim sourit malicieusement :

– Je n'ai pas douté un seul instant de la justesse de la mission que je me suis donnée, seulement de sa portée. Mais à bien y penser, ta révolution, il faut qu'elle commence quelque part, et rien ne dit qu'elle sera d'abord politique ou qu'elle se fera par les armes.

– Très juste! Ton enseignement, c'est un début de révolution. Chaque action compe. Ah! Si je pouvais en faire autant pour mon peuple...

– Qu'entends-tu par là?

– J'aimerais pouvoir voyager à travers l'Anatolie et envoyer à l'étranger des articles décrivant la situation des Arméniens. Bien sûr, cela ne ferait pas cesser les déportations, mais au moins j'aurais fait ma part, si minime soit-elle. Un peu comme toi avec ta classe.

– Oui, approuva Kérim, l'air songeur.

– J'ai un sentiment d'inutilité qui m'empoisonne la vie.

Pour toute réponse, l'instituteur fit l'accolade à son ami et ils se séparèrent.

Avant de rentrer, Vartan finit de déblayer le sentier jusqu'au puits et puisa un seau d'eau. Aroussiag, qui faisait chauffer la soupe sur le tandir, se leva prestement à son arrivée et l'accueillit par une question posée d'un ton presque agressif :

– Tu ne crois pas à une Arménie indépendante?

Cette attitude inaccoutumée de la jeune femme l'intrigua. Elle avait un regard enflammé et ses yeux noirs brillaient.

– Je n'ai jamais dit ça! se défendit-il en accrochant sa houppelande au mur près de la porte.

– Pourtant, tout à l'heure...

– J'ai précisé « actuellement ». Ce pays, j'aspire de tout mon cœur à sa création. Le territoire en question est pour la plus grande partie un champ de bataille. Il faudra attendre la fin de la guerre pour voir ce qu'il nous est possible de faire pour réaliser notre rêve.

Ces paroles la calmèrent quelque peu.

– Nous l'aurons, notre pays! affirma-t-elle d'une voix décidée en retournant à son chaudron. Et il n'y aura plus de citoyens russes et de citoyens ottomans, que des Arméniens libres qui se gouverneront eux-mêmes.

Il la considéra avec surprise car il ne lui connaissait pas cet intérêt pour la politique.

– Je parle peu, mais j'écoute beaucoup, dit-elle avec un sourire.

Prenant deux bols et deux cuillers sur la tablette, il les posa sur la table basse et demanda :

– Tu iras vivre dans cette contrée lointaine dont tu ignores tout?

– J'ai bien quitté la mer Noire pour m'établir ici!

Une ombre passa sur le visage étroit de la jeune femme.

– Et toi, Vartan, tu hésiterais?

– N'oublie pas que j'habitais Sivas; cette ville serait en Arménie.

Jugeant la réponse évasive, Aroussiag insista :

– Tu irais ou non?

– Certainement. J'ignore cependant en quoi mon avenir consistera, tant d'inconnues demeurent...

– Notre pays aura besoin d'hommes instruits comme toi, s'écria-t-elle avec fougue pour ne pas penser que les interrogations de Vartan sur son futur concernaient sa femme et son fils.

Il eut un sourire piteux.

– Soyons réalistes, Aroussiag. Il peut s'écouler quelques années avant que ne se réalise l'autonomie de l'Arménie.

– Tu as entendu ce qu'ils disaient dans le journal, plaida-t-elle. Le Comité national arménien et des envoyés du catholicos négocient avec les Français et les Anglais. Les puissances européennes nous donneront notre indépendance!

De plus en plus intrigué, Vartan songea que le journal mentionnait « des Arméniens », sans donner plus de précisions. Comment Aroussiag savait-elle qu'ils faisaient partie d'un comité national ou qu'ils étaient mandatés par le chef de l'Église arménienne? Il la provoqua par une réplique débitée d'un ton sceptique :

– Il faudrait d'abord que les Ottomans évacuent le territoire.

– Les Russes les repousseront en dehors des provinces arméniennes!

– Et si ensuite le tsar ne veut pas nous les remettre?

Elle se rebiffa :

– La France et l'Angleterre l'obligeront à le faire. Et puis... qui sait combien de temps encore le tsar conservera le pouvoir en Russie?

Cette idée, il l'avait déjà entendu formuler en des termes presque identiques par le rebelle Chirag Tévonian! Sans quitter du regard la jeune femme, qui servait le potage aux lentilles, il s'assit par terre devant la table.

– Tu en sais, des choses! s'exclama-t-il finalement en ayant l'air impressionné.

Aroussiag se troubla, faillit renverser la marmite qu'elle déposait à côté du foyer et ses joues s'empourprèrent. Quand elle vint s'asseoir près de Vartan, elle avait repris sa contenance.

– La soupe est délicieuse, déclara-t-il en déchiquetant un morceau de pain au-dessus de son bol.

Croyant qu'il signifiait ainsi que le sujet était clos, elle le remercia du compliment et annonça qu'elle irait le lendemain à Urgup. Vartan lui coupa la parole et demanda à brûle-pourpoint :

– Tu fréquentes des résistants?

– Non! lâcha-t-elle avec précipitation.

– Tu te méfies de moi!

Vartan s'était arrêté de manger, le silence s'alourdit. Au bout de plusieurs secondes, Aroussiag le regarda droit dans les yeux et dit, d'une voix déterminée :

– Si tu veux le savoir, oui, j'ai connu des résistants.

– Tu pourrais me mettre en contact avec eux?

– Difficile. Jusqu'au printemps dernier, j'en voyais souvent. Ils faisaient halte ici et je relayais leurs messages. Mais depuis les déportations, plusieurs ont été exécutés et les autres ont gagné le front pour se battre aux côtés des Russes.

– Tu n'en as revu aucun?

Elle hésita :

– Heu... J'en ai caché deux ou trois qui étaient recherchés.

Vartan avait le sentiment qu'elle en savait beaucoup plus qu'elle le prétendait.

– Je n'en demande pas plus, dit-il, agitant la main comme s'il refusait une offre. Tu as raison : avec ces choses-là, moins il y a de gens au courant, moins il y a de risques de fuite.

Craignant de l'avoir blessé, Aroussiag se récria :

– Ce n'est pas ça, j'ai confiance en toi!

Au même moment, elle comprit que c'était l'espoir d'obtenir un moyen de reprendre la route qui motivait la curiosité de Vartan, et elle voulut le désillusionner sans tarder.

– Les réseaux ont été totalement désorganisés par les massacres. Il y a encore des sympathisants, comme moi, qui vivent ici et là, des gens qui n'ont pas été chassés parce qu'ils ont fait semblant de se convertir ou parce que le gouvernement avait besoin de leur savoir-faire. Mais nous n'avons plus aucun moyen de communiquer entre nous.

– Vraiment aucun? demanda Vartan qui cachait mal sa déception.

– Avant de s'enfuir dans les montagnes, un fedai m'a remis un message en septembre dernier et je n'ai jamais pu le transmettre!

– Ce missionnaire américain à qui tu as confié des orphelins?

– Le révérend Matthews nous aide de plusieurs façons, mais il n'accepterait pas de se compromettre avec les résistants, de peur d'être chassé du pays par le gouvernement.

Vartan se remit à manger avec des gestes mécaniques, l'esprit absorbé par le problème, insoluble selon toute apparence, que posait son retour à Malatia. Un pli vertical barrait son front. Aroussiag étendit le bras et lui serra fortement la cuisse juste au-dessus du genou, pour lui rappeler qu'il n'était plus seul.

***

Accroupi sur le lit, une planchette posée en travers de ses jambes croisées, Vartan écrivait depuis plus d'une heure. Cet article en anglais, où il démontrait la nécessité économique pour la future Arménie d'inclure une partie de la Cilicie, l'« Arménie Mineure » du temps des croisades, n'était qu'un exercice, une gymnastique du cerveau, car il ne disposait d'aucun moyen de l'envoyer à quelque journal que ce soit. Le révérend Matthews aurait peut-être pu s'en charger, mais il ne reviendrait pas dans la région avant le printemps. Au moins Vartan le traduirait-il pour Aroussiag afin de constater l'effet de ses phrases sur un lecteur.

Le soleil entrait à pleines fenêtres et par la porte laissée ouverte en cette chaude matinée du début de mars. On entendait distinctement le floc sonore des gouttes qui tombaient des longs glaçons pendant au rebord du toit. Une brise du sud fondait la neige et annonçait un dégel précoce.

Aroussiag regardait fréquemment Vartan à la dérobée sans pour autant ralentir le rythme du tissage. Cet homme ne ressemblait en rien à son défunt mari. Quand ses mains n'étaient pas occupées à forger un soc de charrue, à ferrer une bête ou à retourner le sol, Yachar s'asseyait avec une tasse de café et fumait. Il rêvassait durant des heures, mais Aroussiag ne se sentait pas abandonnée car elle devinait que les songes de son époux ne l'éloignaient jamais d'elle, de la maison, des champs et du village.

Avec Vartan, c'était tout autre chose. La lecture et l'écriture l'emportaient ailleurs, et quand il rêvait, c'était de mondes dont Aroussiag croyait n'avoir aucune idée. Il était différent d'elle, différent de tous les hommes qu'elle avait connus, et sans doute était-ce ce qui le rendait si fascinant. La barrière qui existait entre eux ne venait pas de son instruction poussée et de sa vaste culture, car ce savoir il le partageait volontiers et, grâce à sa vivacité d'esprit, Aroussiag apprenait vite. Non, ce qui les séparait, c'étaient les souvenirs et les sentiments, anciens mais entretenus vivants par Vartan, auxquels elle n'aurait jamais accès. Aussi était-ce à l'occasion de ses longs silences qu'elle le sentait totalement étranger à son univers à elle.

Le bruit de la plume d'acier qui grattait le papier en vint à agacer la jeune femme et, pour ne plus l'entendre, elle fredonna une complainte qui disait la beauté et la rudesse du pays, ses neiges et ses blizzards, parlait des loups qui rôdent autour des troupeaux, des torrents rugissant en mai alors que les fleurs tapissent les pentes, des cigognes qui reviennent nicher, de la canicule et de la musique d'une fontaine tapie sous les peupliers, de la terre engraissée de la sueur des hommes et qui donne ses fruits comme un ventre femelle fait des petits.

Vartan s'était arrêté d'écrire, subjugué par la voix aux accents mélodieux, mais ce n'était pas Aroussiag qu'il entendait. La chanson le reportait huit mois plus tôt, dans le salon de sa maison de Sivas, où Maro chantait, quelques heures avant le moment prévu pour leur fuite vers la mer Noire. Le temps s'abolit, Vartan se vit dans le cadre familier, croyant même percevoir le parfum des roses du jardin. Maro était assise à côté de lui sur le sedir et, les yeux fermés, mêlait sa voix aux accords de l'oud. Tomas, les vêtements imprégnés de l'odeur de son poney, fixait sa mère d'un regard amoureux. Azniv Hanim, Armène et Araksi écoutaient, leurs visages empreints d'une même angoisse.

Accompagné de Kourt qui était venu à sa rencontre sur la route, Kérim s'arrêta dans l'embrasure de la porte et observa la scène, mal à l'aise de surprendre sans le vouloir un moment d'intimité de ses amis. Cette chanson de la jeune femme sonnait comme une déclaration d'amour et Kérim prit la fixité de Vartan pour du ravissement. L'instant lui parut fragile et il retint son souffle pour les regarder à tour de rôle. Le bonheur avait fait s'épanouir la beauté d'Aroussiag et, peut-être qu'elle pouvait à présent se reposer sur un homme pour les choses du quotidien, tout dans son attitude parlait d'abandon. Même ses gestes étaient moins saccadés, plus amples et coulants. L'instituteur se demanda s'il ne devrait pas taire la nouvelle qu'il apportait. Percevant tout à coup une présence, Vartan tourna la tête vers la porte et, l'instant d'un éclair, Kérim vit dans les yeux de son ami une détresse profonde, aussitôt dissimulée. La décision de parler s'imposa d'elle-même.

Après les salutations d'usage et quelques banalités sur le temps, ils s'assirent tous les trois pour prendre le thé. Ayant réprimé un dernier scrupule, Kérim entra dans le vif du sujet :

– Vartan, il existe peut-être pour toi un moyen de voyager en toute sécurité.

Alors que, tout oreilles, Vartan faisait signe à Kérim d'en dire plus, Aroussiag devint livide.

– Le derviche Pachazadé Chahir [1] Mithad, qui est un chanteur et un compositeur de renom, monte une troupe qui partira en tournée dans le sud-est du pays. Ourfa, Alep, peut-être même Hama et Beyrouth.

La jeune femme s'emporta :

– Tu ne voudrais tout de même pas qu'il se fasse religieux dans cette confrérie de fanatiques!

– Aroussiag a raison, dit Vartan, déçu; je n'ai rien d'un mystique et je ne me vois pas virevolter sur moi-même des heures durant.

Ces paroles rassurèrent Aroussiag dont le visage reprit sa teinte cuivrée. Kérim sourit :

– Vous n'y êtes pas. Des derviches tourneurs, Mithad en a de pleins monastères. Ce qu'il cherche, ce sont des musiciens, les meilleurs qui soient, et il engage des laïcs. Je suis persuadé que lorsqu'il t'entendra jouer de l'oud, il te prendra.

– Dans le Sud-Est, dis-tu? demanda Vartan qui réfléchissait. Il voulait éviter de se réjouir trop vite, de crainte d'être encore déçu. Aroussiag prit un ton agressif :

– Complètement loufoque et suicidaire! Vartan est recherché et serait vite découvert.

– Je ne crois pas, répliqua Kérim, un peu mal à l'aise devant la réaction de la jeune femme. Les autorités appuient le projet de Mithad, croyant que cette troupe de musiciens distraira un peu les gens des misères de la guerre et des pénuries. Les musiciens disposeront donc de laissez-passer et de titres de voyage.

– Une couverture rêvée, fit Vartan avec des signes d'approbation. Qui se méfierait d'un pieux derviche?

– Tu serais démasqué avant même d'être engagé! ronchonna Aroussiag.

1. Poète. (Turc.)

– Pas si j'accompagne Vartan à l'audition et s'il se présente avec les papiers de ton défunt mari. Pachazadé Chahir Mithad me connaît bien et n'aura aucune raison de se méfier. Une fois Vartan accepté, on lui donnera un autre nom et un certificat l'attestant.

– Un autre nom? demanda Vartan.

– C'est la coutume. On te nommera en fonction de l'instrument dont tu joues : Oudi. Tu deviendras Oudi Yachar.

– À quand l'audition?

– Il faut que ce soit demain. Mithad se trouve présentement à Césarée et il repart dans deux jours pour le monastère principal de Konia.

– Pourrais-tu me trouver un livre sur les derviches et leur fondateur, Mevlana? Je voudrais l'impressionner pour être sûr qu'il m'engage.

– N'en fais pas trop. Tu seras à ses yeux un simple paysan, un soldat démobilisé en raison de ses blessures. Ton talent de musicien suffira amplement à l'impressionner.

Aroussiag baissait la tête. La décision s'était prise sans qu'elle puisse vraiment intervenir, ne disposant d'aucun argument rationnel. D'un point de vue objectif, la solution semblait idéale pour Vartan. Mais n'empêche que, pour une deuxième fois dans sa courte vie, elle perdrait « son » homme. Après des mois de bonheur, elle ne voyait pas comment elle accepterait le vide affectif, la solitude, ni comment elle pourrait retrouver le détachement résigné dans lequel elle vivait auparavant.

L'état d'esprit d'Aroussiag se lisait sur ses traits ; malgré sa compassion, Vartan ne voulait pas lui donner l'impression qu'elle pouvait infléchir sa volonté de partir.

– La tournée ne durera que sept ou huit mois, dit l'instituteur. Ensuite, la troupe reviendra à Konia et les musiciens seront libres de retourner dans leurs familles.

L'espoir revint à la femme. Vartan lui prit la main et affirma d'une voix tendre :

– Tu me verras revenir avec l'hiver.

L'éclat fiévreux du regard de Vartan démentait l'assurance trompeuse de sa voix : il était déjà parti, et, si sa quête aboutissait, il ne remettrait plus jamais les pieds en Cappadoce. Ce serait encore pire que d'être veuve, car elle saurait qu'il vivrait toujours ailleurs, avec une autre. Elle se mordit les lèvres, se leva et annonça d'une voix neutre :

– Je vais à l'étable. Une brebis est sur le point d'agneler.

Elle sortit avec précipitation, prenant au passage le châle qu'elle jeta sur ses épaules, et s'en fut par l'étroit sentier battu dans la neige, sans s'occuper de Kourt qui bondissait joyeusement autour d'elle. Les deux hommes échangèrent un regard navré.

– Tu n'y es pour rien, dit Vartan à l'instituteur. Laisse-moi m'en charger.

Kérim acquiesça d'un hochement de tête et se prépara à partir.

– J'emprunterai deux chevaux et je viendrai te prendre dès l'aube.

Ils se séparèrent devant la porte et Vartan attendit qu'il soit sur la route avant de rejoindre Aroussiag à l'étable. Ébloui par l'éclat du soleil, il ne la vit pas tout de suite dans la caverne obscure. Un bruit lui fit tourner la tête. Aroussiag pleurait, appuyée sur le four à poteries. Il voulut la prendre dans ses bras, elle le repoussa.

– Aroussiag, murmura-t-il avec douceur.

Elle marmonna :

– Il n'y a rien à dire, tout s'arrange comme tu le voulais!

– Je reviendrai.

Comme si elle n'avait pas entendu, elle continua de pleurer.

– Songe que je pourrai aider la cause de notre peuple. Je serai en mesure d'écrire pour l'étranger des articles sur ce qui se passe en Anatolie. En outre, j'irai de ville en ville et je servirai de messager à la résistance. Tu disais que vous n'aviez aucun moyen de communiquer entre vous. C'est comme ça que je ferai moi aussi ma part.

Les joues luisantes, elle le fixa avec intensité et lâcha d'une voix rauque :

– Avoue que tu pars pour trouver ta femme!

– C'est vrai, admit-il sans se troubler. Depuis mon arrivée ici, je n'ai jamais caché que telle était mon intention.

Ne pouvant pas le contredire, elle argumenta :

– Comment trouver une femme et un enfant dans un pays qui est sens dessus dessous? Une tâche impossible qui va te rendre malheureux. Si tu ne te fais pas tuer avant! Le plus raisonnable serait d'attendre que la guerre...

– Raisonnable! s'emporta Vartan. La raison ne compte pas quand parle le cœur, tu devrais le savoir mieux que personne. Ce n'était pas raisonnable d'abandonner ta famille pour épouser un musulman; pourtant, cela ne t'a pas empêchée d'être heureuse et c'est à cause de ce mariage que tu n'as pas été déportée.

Blessée par ce ton cinglant, elle se détourna et s'éloigna en direction de l'enclos des moutons.

– Et moi dans tout ça? demanda-t-elle d'une voix tremblante d'émotion.

Vartan s'approcha par-derrière et referma les bras sur elle. Il ne savait que répondre. Elle ajouta :

– Qu'est-ce que je suis pour toi?

Avec la perspective d'une séparation imminente, il prenait conscience de l'attachement et de l'affection profonde qu'il avait pour cette femme. Il l'étreignit avec plus de force.

– Pour moi aussi, ce n'est pas facile, souffla-t-il à son oreille. Je m'étais habitué à vivre avec toi. Tu es une femme merveilleuse et tu me manqueras cruellement.

– Cela ne te retient pas... gémit-elle.

– Comprends-moi, Aroussiag, je ne peux pas faire autrement.

Elle ne le comprenait que trop bien; l'accepter était une tout autre affaire.

– Tu m'oublieras...

– Jamais. Et non parce que je serai éternellement en dette envers toi, mais à cause de ce qu'il y a d'unique en toi et que je ne retrouverai jamais chez personne d'autre.

Elle se retourna pour l'embrasser avec passion, et ensuite, agrippée à ses épaules, elle déclara :

– Je prie Dieu que tu retrouves ton épouse et ton fils. Si par malheur cela ne se produisait pas, me reviendrais-tu ?

Il plongea son regard dans les prunelles humides d'Aroussiag et répondit sans hésiter :

– Oui.

L'audition se déroula bien, à ce détail près que le derviche s'étonna qu'un paysan fasse montre d'une virtuosité aussi remarquable. Vartan parla d'un don qu'il possédait depuis l'enfance : il retenait une mélodie après une seule écoute et ses doigts la retrouvaient instinctivement sur les cordes de l'oud. Pachazadé Chahir Mithad conclut que c'était là une grâce prodiguée par Allah, un don qui devait servir à élever l'âme des hommes, et il ne poussa pas plus loin l'interrogatoire. Maintenant qu'il avait entendu un tel joueur d'oud, il aurait été incapable de se contenter de moins pour sa troupe. Il engagea donc Vartan, lui fit délivrer par l'administration de Césarée de nouveaux papiers au nom d'Oudi Yachar et lui donna comme consigne de le rejoindre au monastère de Konia à la fin de la semaine suivante.

Vartan occupa ses derniers jours à Urgup à mémoriser la liste de noms dressée par Aroussiag, une douzaine de personnes qui seraient ses contacts dans autant de villes et de villages, et qui pourraient le référer à d'autres gens sûrs. La plupart étaient des Arméniens, comme cet armurier d'Ourfa dont l'armée jugeait les services essentiels, quelques-uns des juifs ou des missionnaires travaillant avec le pasteur Matthews au sauvetage des enfants arméniens. Par eux, Vartan pourrait faire parvenir des articles aux journaux étrangers.

Kérim avait trouvé des marchands qui emmèneraient Vartan jusqu'à Aksaray ; de là, il se débrouillerait pour le reste du voyage. À Konia, la troupe de musiciens prendrait le train vers l'est, et leur première étape serait Mersin, en bordure de la Méditerranée. Plus tard viendrait Alep, cette ville où l'on disait que des milliers d'Arméniens avaient trouvé refuge.

À cause de son visage radieux, on pouvait croire qu'Aroussiag s'était fait une raison, mais le chagrin la minait intérieurement et elle ne donnait le change qu'au prix d'un effort surhumain. Elle ne vivait que pour ces moments où Vartan lui faisait l'amour et où renaissait l'illusion qu'ils ne formaient plus qu'un. L'éphémère magie se dissipait vite et Aroussiag étreignait alors Vartan avec une fougue qui avait quelque chose de désespéré. Tout ce qu'elle allait perdre! Avec l'arrivée de cet homme, il s'était produit une éclaircie dans sa vie, brève percée de soleil dans un ciel autrement bouché. Il repartait et elle se voyait vieille, blanchie par les ans, encore accroupie devant le métier et tissant le même tapis qu'à vingt ans, seule, irrémédiablement seule avec le souvenir d'un grand amour avorté.

La veille du départ, Aroussiag tua une dinde et cuisina un festin auquel fut confié Kérim. Ils vidèrent deux bouteilles de vin blanc produit par un vigneron grec, voisin et ami de l'instituteur, mais le repas n'eut aucunement l'ambiance d'une fête. L'atmosphère était lourde, les gestes des convives, un peu guindés. Chacun en aurait eu long à dire mais les mots ne passaient pas, trop chargés d'émotion qu'ils étaient. Les silences furent éloquents, les regards encore plus. Quand Kérim l'embrassa devant la porte, Vartan lui dit simplement :

– Veille sur Aroussiag.

– Donne-nous des nouvelles si tu peux... mon ami, mon frère.

Au lit, Aroussiag implora :

– Dis-moi que tu m'aimes, même si ce n'est pas le cas. Dis-moi que tu m'aimes et fais-moi l'amour jusqu'au matin.

– Je serais incapable de prononcer ces mots s'ils n'étaient pas vrais. Je t'aime, Aroussiag.

– Je t'attendrai toujours!

L'aube les surprit, épuisés car ils n'avaient pas fermé l'œil, et enivrés par l'amour. La séparation n'en fut que plus douloureuse. Aroussiag demeura sur le pas de la porte malgré le froid vif, à le regarder s'éloigner dans la lumière plombée d'un ciel neigeux. La besace sur l'épaule, la houppelande blanchâtre flottant de chaque côté de lui, il se retournait pour la saluer de la main, de moins en moins souvent à mesure qu'il s'éloignait. Il emportait son cœur, elle ne serait plus dorénavant qu'un automate vivant dans l'attente. Quand il disparut après un tournant de la route, Aroussiag fut saisie du pressentiment qu'elle ne le reverrait jamais.

***

Juché sur le banc à côté du conducteur de l'araba, sa maigreur squelettique dissimulée par l'ampleur de sa robe blanche de derviche, Pachazadé Chahir Mithad manipulait machinalement son chapelet en bois d'olivier. D'un œil distrait, il contemplait la plaine luxuriante qui s'ouvrait devant eux, la corne occidentale du « Croissant fertile » de l'Antiquité, et il songeait avec satisfaction à la qualité exceptionnelle des six musiciens qu'il avait réunis cette année. Les concerts qu'ils venaient de donner dans les petites localités de la côte, entre Silifké et Mersin, avaient remporté un vif succès. Maintenant rodée, sa troupe était prête à affronter le public plus difficile des grandes villes.

On était maintenant en mai. Après avoir effectué une partie du trajet depuis Konia en train, le groupe voyageait maintenant avec une grande charrette tirée par deux chevaux car les étapes étaient plus courtes. Dans la voiture, les conversations allaient bon train. Kanouni Zeki, qui jouait du kanoun [1] avec une adresse telle que les auditeurs avaient l'impression qu'il faisait parler son instrument, rapportait depuis un quart d'heure les nouvelles de la guerre qu'il avait glanées à Mersin. Cette habitude de colporter ainsi les ragots lui avait valu de la part de ses compagnons le surnom peu flatteur de « Gazette du pauvre »!

– Oiseau de malheur! s'exclama en riant Zournadji [2] Osman, un ancien montreur d'ours qui avait abandonné son métier après que sa bête savante lui eut arraché d'une morsure la moitié de la joue gauche. Quand nous donneras-tu enfin de bonnes nouvelles? Essaie donc un peu d'oublier ce qui arrive ailleurs pour goûter les bienfaits dont Allah nous comble.

– Oui, approuva Kementché [3] Hakki, parlons plutôt de musique, de femmes et d'amour. Oudi Yachar, mon frère, décris-leur la belle Mauresque que nous avons vue danser hier, après une longue soirée à boire. Quels seins elle avait! Et sa taille... j'aurais pu en faire le tour avec mes deux mains!

Vartan, qui était assis au bout de la caisse et balançait ses jambes au-dessus de la route, se tourna vers celui qui l'interpellait :

– Raconte-le plutôt, mon frère, je n'enjolive pas les faits aussi bien que toi!

Hafiz Ismaël, le chanteur solo, et Tambour Vasfi, le joueur de tambourin qui pour le moment menait les chevaux, se joignirent aux autres pour prier Kementché Hakki de tout leur confier à propos de la Mauresque. Le joueur de violon décrivit, d'une façon imagée et avec force détails, la danseuse qui s'était produite sur un plateau de cuivre, retirant un à un ses voiles jusqu'à la nudité totale.

Vartan n'écoutait pas; il regardait s'éloigner le port de Mersin et la Méditerranée aux eaux turquoise. La douceur de l'air, la luminosité du ciel, les palmiers, les bananiers, les cactus, les falaises couronnées de pins et de chênes, les barques dormant devant des petits villages aux toits de tuiles rouges : le contraste était si violent avec le blizzard et le rude paysage de la Cappadoce que Vartan se demandait encore s'il ne rêvait pas. Il foulait une terre qui avait vu fleurir les plus grandes civilisations, passer des conquérants légendaires, histoire dont témoignaient les ruines de splendides monuments éparpillées dans les champs. Et il allait vers Tarse, patrie de saint Paul et ville où Cléopâtre avait ren-

1. Sorte de cithare orientale à soixante-douze cordes. (Turc.)
2. Joueur de zourna, une flûte primitive à deux tuyaux. (Turc.)
3. Petit violon à trois cordes dont on joue comme d'un violoncelle. (Turc.)

contré Marc Antoine! N'être plus un homme traqué, pouvoir circuler dans la foule et s'attabler sans crainte à un café : Vartan arrivait mal à se libérer d'un sentiment d'euphorie qui lui faisait par moments oublier les véritables buts de son voyage. La musique distillait l'oubli, et la joie et l'insouciance de ses compagnons se révélaient contagieuses.

Kementché Hakki lui proposa de marcher et ils sautèrent en bas de la voiture, se laissèrent distancer d'une dizaine de pas. Un dernier ressaut leur cacha définitivement la mer. Hakki possédait une stature de colosse, et, à le voir avancer en roulant les épaules, on l'imaginait plutôt maniant le sabre ou la charrue que jouant du violon. C'était pourtant un musicien d'une grande sensibilité, et son kementché avait été son gagne-pain depuis qu'il s'était enfui de chez ses parents à l'âge de quinze ans. Il en avait maintenant trente-trois. Ses aventures amoureuses et ses conquêtes constituaient son unique sujet de conversation. C'était un bel homme à la mâchoire carrée, d'une apparence très virile en dépit de ses yeux verts qui ressemblaient à ceux d'un enfant perpétuellement émerveillé. Simple et ouvert, il vouait à Vartan une admiration que ce dernier s'expliquait mal, et son amitié devenait parfois envahissante.

Il toucha le bras de Vartan et dit, avec un accent trahissant son origine laze [1] :

– Oudi Yachar, mon aghabey [2], je n'arrive pas à te comprendre. Tu es si secret! Même quand nous jouons devant une foule, on dirait que tu es seul avec ton oud. Et là encore je te vois absent, le regard perdu dans le vide. Dis-moi, à quoi penses-tu en cet instant précis?

Vartan ne pouvait pas avouer qu'il s'émouvait en foulant le sol de la Cilicie, qu'il songeait que c'était autrefois le royaume des dynasties Rubenian et Lusignan, la « Petite Arménie » où ses ancêtres étaient morts en défendant leur liberté, et que cela le renvoyait au drame que vivait aujourd'hui son peuple. Il mentit :

– Je pensais à une femme.

– Une peine d'amour, si je me fie à ton air morose! Crois-en ma vaste expérience, il n'y a qu'un remède à ça : faire l'amour avec sept femmes le même jour.

Vartan s'esclaffa.

– Sept, reprit Hakki d'un air convaincu, le chiffre sacré. Ça m'a déjà guéri, et les maux du cœur n'ont plus prise sur moi.

– Et où avais-tu trouvé sept femmes en un si court laps de temps? s'amusa Vartan.

– J'ai payé. À cette époque, je vendais de l'opium à un trafiquant français de Syrie, j'étais riche.

– Tu ne l'es plus?

1. Lazes : peuple des bords de la mer Noire.

2. Littéralement : frère aîné. Terme de respect envers quelqu'un dont on n'est pas parent. (Turc.)

– J'ai tout dépensé pour faire l'amour, car je suis un bon croyant.

– Quel est le rapport?

– Coucher avec une femme est un acte de charité. La religion dit qu'un homme charitable doit partager ce qu'il possède, et qu'y a-t-il de plus précieux que ça? demanda-t-il en palpant son sexe à travers le pantalon.

Vartan éclata de rire, ce qui ravit Hakki.

– Tu vois combien l'amour est puissant? Seulement en parler, et déjà la joie te revient.

La troupe fit halte dans une plantation de citronniers et d'orangers où, la récolte terminée, des paysans nettoyaient le terrain qui appartenait à un propriétaire de la ville. Les musiciens déjeunèrent sous les arbres, observés par Pachazadé Chahir Mithad qui lui ne mangeait que le matin et le soir. Il était également le seul à porter en permanence la robe blanche et le haut chapeau rouge en tronc de cône, sorte de fez démesuré, qui distinguaient la secte des Mevlevi, les derviches tourneurs. Ses musiciens, tous laïcs, ne revêtaient le costume que lors des concerts.

C'était un dévot et un mystique, capable de réciter par cœur les 25 618 couplets du *Mesnevi*, l'œuvre magistrale du fondateur de l'ordre, Mevlana Djalal al-Din Rumi. Ce qui ne l'empêchait pas de connaître la valeur de l'argent et de vendre des chapelets aux gens qui s'attroupaient sur son passage. Strict pour lui-même et observant à la lettre les règles de vie de son ordre, le derviche se montrait permissif pour ses musiciens, fermait les yeux sur leurs écarts de conduite, feignait de ne pas entendre leurs conversations impies. Tant qu'ils ne jouaient pas faux...

Comme chaque après-midi, il y eut répétition. Pachazadé Chahir Mithad se joignit aux autres avec sa ney, flûte de roseaux au son plaintif utilisée surtout par les membres de sa secte. La musique attira les paysans et les passants, et quand il jugea l'auditoire assez nombreux, le derviche se leva et commença à tourner sur lui-même; c'était la sâma, la cérémonie de la danse sacrée, qui s'effectuait d'habitude en groupe. La jupe s'évasa, la giration s'accéléra, le derviche ouvrit les bras, la main droite tournée vers le ciel, la gauche vers la terre. Le visage transfiguré, les yeux vides, il entra en transe et réalisa par sa danse l'union suprême avec Dieu. Malgré cette apparente absence, il serait quand même en mesure de dire ensuite à quel passage précis un musicien avait fait une fausse note!

Les badauds observaient le spectacle avec une sorte de terreur superstitieuse, conscients qu'ils étaient de se trouver en présence d'un saint homme. Quand la sâma se termina, le derviche n'était ni étourdi ni essoufflé, alors que l'assistance haletait. Hakki fit la quête, et ces pauvres gens qui ne devaient pas toujours manger à leur faim déposèrent dans la sébile tout ce qu'ils avaient en poche.

Pareille exploitation de la crédulité populaire révoltait Vartan. S'il voulait amasser des fonds pour son monastère, Pachazadé Chahir Mithad n'avait qu'à exiger un cachet plus élevé des riches marchands et des magistrats dont la troupe animait les réceptions.

* * *

Alors qu'Adana n'était plus qu'à une heure de route, Vartan aperçut au bord du chemin une fillette qui mendiait, main tendue, sans regarder les rares passants, qui d'ailleurs ne paraissaient pas la voir. Ses cheveux emmêlés pendaient sur ses épaules et encadraient un visage sale, si maigre que les yeux noirs et sans vie semblaient démesuréments grands. Elle était pieds nus et sa robe de toile grossière, déchirée par endroits, laissait voir des jambes et des bras décharnés. Touché par ce spectacle affligeant, Vartan s'approcha et tira une piécette de sa poche. L'enfant n'avait pas plus de huit ou neuf ans mais sa peau grise de poussière et les cernes profonds au-dessus de ses pommettes pointues lui donnaient l'air d'une vieille.

– Merci, marmonna-t-elle d'une voix à peine audible en refermant la main sur la pièce de monnaie.

– Où demeures-tu?

Sans qu'aucune expression ne modifie la fixité de ses traits, elle haussa les épaules. À son accent, Vartan avait compris qu'il s'agissait d'une petite Arménienne mais il l'interrogea cependant en turc. Comme si elle rapportait un événement survenu à quelqu'un d'autre, elle dit sans manifester d'émotion que les paysans chez qui elle travaillait l'avaient mise à la porte parce qu'ils manquaient de nourriture pour eux-mêmes. Il y avait de cela deux ou trois semaines, elle ne le savait pas au juste.

Vartan se sentit remué. Cette enfant en haillons, qui n'avait plus ni famille ni toit et qui survivait misérablement d'un jour à l'autre, était l'image même de son peuple. S'il ne devait rien faire de nature à compromettre sa couverture, Vartan ne pouvait pas non plus poursuivre son chemin en abandonnant la petite mendiante à son sort. La voiture s'était arrêtée non loin et ses compagnons lui faisaient signe de les rejoindre. Il courut jusqu'à Pachazadé Chahir Mithad, qui montrait des signes d'impatience, et il lui demanda :

– Pouvons-nous la prendre avec nous jusqu'à la ville?

Les sourcils noirs et broussailleux du vieillard s'arquèrent et il répondit sèchement :

– Nous sommes nous aussi des mendiants et nous n'avons que faire d'une mendiante.

Vartan lui dit d'un ton entendu :

– Il s'agit d'une jeune chrétienne. Je la remettrai aux autorités, qui se chargeront d'elle.

Le derviche fit tourner entre ses doigts la pointe de sa longue barbe blanche :

– Il serait plus charitable de la laisser où elle est.

Jouant au citoyen zélé, Vartan répliqua avec sévérité :

– Le gouvernement regroupe et déplace les chrétiens. C'est notre devoir d'appuyer sa politique.

Le derviche craignit d'avoir affaire à un membre de l'Ittihad, ou du moins à un sympathisant, et jugea plus prudent d'acquiescer.

– Fais ce que tu estimes être ton devoir.

Et il se détourna en disant au conducteur de repartir. Vartan retourna à la fillette et lui tendit la main. Elle le suivit sans poser de questions ni montrer de surprise et il la souleva dans ses bras pour l'asseoir à l'arrière de la charrette.

– As-tu soif? lui demanda Vartan qui marchait d'un bon pas afin de ne pas se laisser distancer.

Elle fit un signe de tête affirmatif et Kementché Hakki, qui avait observé avec intérêt le comportement de Vartan, prêta sa gourde à la fillette. Elle but avec tant de précipitation que l'eau ruissela sur ses joues et son menton, y traçant des sillons clairs dans la crasse.

– Je parie qu'elle a autant d'appétit qu'un ours affamé, déclara Zournadji Osman à qui le visage mutilé donnait un air hargneux qui n'avait rien à voir avec sa nature bon enfant.

Et, joignant le geste à la parole, il lui remit un morceau de pain qu'elle dévora à belles dents, ce qui provoqua l'hilarité des musiciens. Leurs rires n'avaient rien de moqueur et servaient au contraire à dissimuler les émotions qu'ils ressentaient, car chacun d'eux avait, à un moment ou un autre de sa vie, éprouvé les affres de la faim.

Lorsqu'elle fut rassasiée, après avoir mangé du fromage et des fruits secs, la fillette redevint immobile et son visage se ferma. Kanouni Zeki joua sur sa cithare des airs enlevés dans l'espoir de dérider leur passagère, mais ses efforts se révélèrent inutiles. Elle fixait la route qui défilait à ses pieds, ne levant les yeux que pour jeter un regard furtif à Vartan lorsqu'il avait la tête tournée dans une autre direction.

Une fois à l'auberge d'Adana, où la troupe logerait pour les quatre ou cinq prochains jours, Vartan dut inventer un subterfuge afin de se débarrasser de Hakki qui insistait pour l'accompagner. Il le prit à l'écart et lui expliqua :

– Quand j'aurai reconduit l'enfant au commissariat, j'irai rendre visite à une parente qui habite la ville. Je te retrouverai ici dans deux ou trois heures.

– Ta parente n'aurait pas besoin d'une petite servante? demanda Kementché Hakki en désignant la fillette du menton.

Vartan répondit par une moue signifiant qu'il l'ignorait, puis il prit la main de la fillette et s'éloigna.

Après avoir franchi le fleuve Djeyhan par l'antique pont romain, ils atteignirent le quartier commercial encombré d'une foule compacte et bruyante à travers laquelle dromadaires, ânes et charrettes se frayaient avec difficulté un passage. Des enfants agglutinés autour des marchands ambulants ajoutaient encore à la confusion. Durant un bref instant, Vartan eut l'impression d'être déjà venu dans cette ville, ce qui était faux. Ce sentiment de familiarité venait de ce que tous les marchés des grandes villes d'Anatolie se ressemblaient passablement. Il acheta un verre de citronnade pour la fillette, et comme elle sembla ensuite un peu plus en confiance, il lui demanda son nom. Elle hésita, puis murmura :

– Nayiri.

Il grava ce nom dans sa mémoire. Comme il aurait aimé lui parler dans sa langue, la prendre dans ses bras et la réconforter, mais elle devait continuer de le prendre pour un Turc.

Ils avancèrent dans la rue principale bordée d'échoppes et de vastes hans [1]. Tout au fond, deux fins minarets surmontaient le dôme d'une mosquée de style syrien en blocs de marbre noir et blanc. Midi approchait et, comme on était vendredi, les hommes se rendaient à la prière. En passant devant le portail, Vartan vit dans la cour des fidèles qui se lavaient les pieds à la fontaine aux ablutions et d'autres qui répandaient du grain à l'intention des pigeons, ainsi que l'avait recommandé le Prophète.

À côté de la médressé voisine commençait une étroite allée en cul-de-sac, la rue des joailliers. La plupart des bijouteries étaient vides et fermées, car il ne s'était pas trouvé d'artisans qualifiés pour remplacer leurs propriétaires déportés, des Arméniens dont les noms apparaissaient toujours sur les enseignes. La boutique du juif Joseph Varon était l'avant-dernière. Vartan y pénétra avec Nayiri, s'attirant un regard suspicieux du patron qui discutait avec un officier allemand portant un monocle. En attendant qu'il se libère, Vartan se planta devant deux artisans penchés sur un établi. Le plus jeune montait des rubis sur une broche. L'autre, un vieillard au crâne dégarni, étudiait un caillou qu'il tournait devant la loupe vissée à son œil. Puis il en fit voler un éclat d'un geste précis; Vartan devina qu'il entreprenait la taille d'un diamant. Il prêta l'oreille aux propos de Varon.

– ... sans crainte. Cette boutique fut fondée il y a presque cent ans par mon grand-père et nous sommes reconnus comme les meilleurs lapidaires de la région.

Satisfait, l'Allemand paya, empocha la bague et sortit. Vartan s'approcha du propriétaire, un homme dans la cinquantaine, à l'épaisse moustache poivre et sel comme ses cheveux. Le dos légèrement voûté, il souriait à son visiteur; ses yeux louchaient légèrement, ce qui donnait de l'étrangeté à son regard. Il inclina la tête :

– C'est la première fois que j'ai l'honneur de vous avoir comme client.

– Monsieur Joseph Varon?

– C'est moi.

– Je viens de la part d'une de vos amies.

1. Édifices commerciaux. (Turc.)

Le bijoutier fronça les sourcils et, méfiant, étudia son visiteur de la tête aux pieds. Il murmura :

– Vous êtes costaud pour un musicien. De quel instrument jouez-vous ?

– De l'oud, répondit Vartan, surpris que le bijoutier connaisse son occupation.

– Qui est-ce ?

Le marchand indiquait la fillette, qui était debout en face de ses ouvriers.

– Une orpheline.

Joseph Varon leva les yeux au ciel et soupira avant de recommander à l'enfant :

– Attends-nous ici, et ne touche à rien. Morico, tu t'occupes des clients.

Il prit Vartan par le bras et le guida dans l'arrière-boutique, une pièce obscure où s'empilaient des boîtes et des caisses, puis dans un escalier aux marches branlantes qui menait à l'étage. Il y avait là un salon éclairé par la lumière qui filtrait à travers le grillage des deux fenêtres donnant sur la rue. Sur un mur, à côté d'un fort beau buffet de noyer, s'étalaient des photographies de la nombreuse famille du bijoutier. Au début de la guerre, il avait vendu la maison qu'il habitait près du fleuve et il avait envoyé sa femme et ses enfants habiter à Jérusalem, ne gardant auprès de lui que son fils Maurice, qu'il appelait affectueusement Morico. Le père et le fils logeaient au-dessus de la boutique, dans l'appartement mis autrefois à la disposition des apprentis.

Le bijoutier fit face à Vartan :

– Vous ne m'avez pas encore dit votre nom.

– Oudi Yachar.

– N'en avez-vous pas un autre ?

– Balian, Vartan Balian.

Un large sourire releva les pointes de la moustache de Varon, et il tendit la main à son visiteur.

– Je suis heureux de vous rencontrer, monsieur Balian. Vous comprendrez qu'il faut être sur ses gardes.

– C'est tout naturel, monsieur Varon, nous vivons une époque troublée.

Joseph Varon le fit asseoir sur le divan recouvert d'un tapis qui en cachait l'usure et dit, en même temps qu'il servait du vermouth :

– Dans le temps, j'ai beaucoup aimé votre livre.

– Tiens, vous m'étonnez.

Il constata que l'autre n'avait pas encore abandonné toute méfiance. Cette phrase servait à le mettre à l'épreuve. Il reprit :

– Lequel ? *Le Sort des chrétiens dans l'Empire ottoman* ? Oh non ! Ce doit être plutôt *Un empire, des nations*. J'y évoquais une possible renaissance d'Israël.

– Exact ! répondit Varon en hochant la tête. Et cela avait beaucoup plu au sioniste que je suis. Les temps approchent, je le sens, où Israël existera à nouveau. L'Arménie aussi.

– Votre assurance fait plaisir à entendre, dit Vartan en prenant le verre que son hôte lui donnait. À votre santé, monsieur Varon.

– À la vôtre, monsieur Balian.

Ils burent en s'observant et Vartan s'exclama ensuite, le visage réjoui :

– Je n'ai pas goûté pareil nectar depuis une éternité!

– Je sais.

– Vous êtes bien renseigné... Et vous m'attendiez, à ce qu'il me semble.

– En effet. Le pasteur Matthews m'a rendu visite ces jours derniers; il venait directement de Cappadoce et m'a parlé de vous. Vous le connaissez?

– Pour dire la vérité, je n'ai pas eu l'honneur de rencontrer cet homme qui semble si charitable.

– Il faut que vous le rencontriez, monsieur Balian. C'est un être remarquable qui se consacre à améliorer la vie des minorités dans l'Empire.

– Le travail ne doit pas lui manquer par les temps qui courent! répliqua Vartan d'un ton désabusé.

Joseph Varon regarda le fond de son verre où il faisait tourner le vermouth et approuva par de nombreux hochements de tête.

– C'est un drame affreux. Tous mes collègues et mes amis – des amis d'enfance, monsieur Balian! – ont été emmenés. Vous avez vu la rue? Les trois quarts des magasins sont fermés. Leurs maisons ont été données à des mouhadjirs [1]. Quant aux églises arméniennes, elles sont devenues des entrepôts! Les écoles servent à l'armée. Et c'est la même chose dans toutes les villes.

– Dites-moi, monsieur Varon, avez-vous une idée générale de la situation actuelle des Arméniens dans le Sud-Est?

– À part les enfants dans les orphelinats des missionnaires et ceux qui travaillent en tant que domestiques chez les Turcs, les très jeunes qui ont été adoptés et les femmes que des musulmans ont prises comme épouses ou maîtresses, on ne trouve plus guère d'Arméniens au nord de la Syrie. Selon nos estimations, les morts se chiffrent par centaines de milliers.

– Et en Syrie?

– Combien vivent encore dans les camps établis dans le désert et dans les marais bordant l'Euphrate, Ras-el-Aïn, Raqqa, Deïr-el-Zor, je l'ignore. Par bonheur, plusieurs milliers sont hébergés dans des baraquements à Alep et d'autres ont pu se réfugier plus au sud, à Hama, à Beyrouth et jusqu'à Jérusalem.

Cela n'apprenait rien de neuf à Vartan, confirmant tout au plus ce qu'il soupçonnait déjà. Devant son air abattu, Joseph Varon dit, d'une voix amicale :

1. Immigrants. (Turc.) À l'époque, Turcs qui avaient été évacués des zones européennes perdues par l'Empire ottoman.

– Je suis au courant que vous recherchez les membres de votre famille. Après m'être informé, je suis d'avis qu'ils ne sont pas dans la région immédiate d'Adana. Vos chances sont plus grandes de les trouver à Alep.

– Je fonde beaucoup d'espoirs sur cette ville, tout en ignorant quand je m'y rendrai. Comme vous le savez, je voyage avec une troupe de musiciens, sans pouvoir décider moi-même de l'itinéraire. Il me faut donc m'en remettre au pur hasard.

– Ne désespérez pas, monsieur Balian. Nous entendons des histoires tellement incroyables que l'imagination humaine n'aurait pas été en mesure de les inventer. Une mère et sa fille, séparées depuis des mois, qui se retrouvent mille kilomètres plus loin au détour d'une rue! Le hasard, dites-vous? Ça, et la volonté divine.

– Je ne désespère pas, je me morfonds d'inquiétude et je brûle d'impatience, c'est différent.

La réponse plut au bijoutier dont le visage s'éclaira d'un sourire. Vartan désirait changer de sujet et tira de sa blouse de paysan une enveloppe que lui avait remise Aroussiag.

Joseph Varon fit prestement disparaître l'enveloppe sous le divan et tendit l'oreille vers l'escalier en faisant signe à Vartan d'écouter. Quelqu'un entrait dans la boutique. Lorsqu'il fut persuadé qu'il s'agissait d'un client, le bijoutier demanda, d'un ton plus bas :

– Quelle est votre prochaine destination?

– Marach. Ensuite, Ourfa ou Malatia, ce n'est pas certain.

– J'aurais quelques messages à faire transmettre à des amis, là-bas.

– C'est l'une des raisons de ma visite, dit Vartan avec un signe d'acquiescement. D'autre part, notre amie m'a dit que vous pourriez peut-être faire parvenir des articles à des journaux français et anglais.

– Ce ne sera pas très rapide, mais ils arriveront à bon port, soyez-en assuré.

Vartan ressentit une soudaine satisfaction à l'idée que sa plume pourrait une fois de plus servir la cause.

– Je vous suis reconnaissant, monsieur Varon, de ça et de tout ce que vous faites pour mes compatriotes.

– N'est-ce pas naturel de la part de quelqu'un qui appartient comme moi à une race persécutée? Cela me donne en plus l'impression de venger mes amis disparus.

Lissant sa moustache, il étudia Vartan comme il devait étudier une pierre avant d'en faire l'acquisition. Ses yeux se plissèrent.

– Vous savez, monsieur Balian, nos intérêts à vous et à moi coïncident plus que vous ne le croyez.

– Que voulez-vous dire?

– Les décisions qui seront prises par les Alliés à la fin de la guerre seront cruciales pour mon peuple tout autant que pour le vôtre.

– Israël?

Varon hocha la tête, regarda une nouvelle fois en direction de l'escalier et se rapprocha de son visiteur.

– Je sais de bonne source que les Anglais encouragent la révolte des Arabes, à qui ils promettent l'indépendance. C'en est au point que l'armée du sultan éprouve des difficultés avec ses officiers arabes! Il est également dans le plan des Britanniques d'établir après la guerre un État juif et une patrie arménienne. Vous et moi devons donc aider les Alliés par tous les moyens à notre disposition.

– Qu'attendez-vous de moi au juste?

– Des renseignements.

Vartan ne put s'empêcher de rire:

– Que je joue à l'espion?

– À l'espion, répondit le bijoutier en riant à son tour, n'exagérons rien! Il suffit d'écouter et de regarder. Comme vous êtes appelé à voyager beaucoup et à jouer dans des réceptions où se rencontreront des gens influents, vous pouvez récolter mille petits renseignements utiles. Nos amis anglais s'intéressent aux mouvements et aux concentrations de troupes, aux affectations nouvelles des officiers supérieurs et aux positions des batteries côtières. Comme elle dispose de peu de canons, l'armée ottomane les déplace fréquemment; les marines alliées ont besoin de savoir où ils se trouvent.

– Je veux bien faire ce que je peux. À qui donnerai-je ces renseignements?

– Aux personnes dont notre amie d'Urgup vous a remis la liste. Vous pourrez également leur confier vos articles.

À n'en pas douter, c'était un marché que, mine de rien, Joseph Varon proposait. Les termes en convenaient à Vartan. Les deux hommes discutèrent encore de détails pratiques et Vartan laissa à son hôte les deux articles qu'il avait écrits en cachette de Kementché Hakki dans la chambre d'auberge qu'ils partageaient à Mersin. L'un décrivait un ossuaire entrevu près d'un village détruit, l'autre plaidait en faveur d'une Arménie autonome. Pour la première fois depuis des années, Vartan n'utilisait pas de pseudonyme et les signait de son nom, un défi aux autorités et une façon de faire savoir à ceux qui le connaissaient qu'il vivait toujours.

Sans hésiter, le bijoutier accepta de garder l'orpheline jusqu'à ce qu'il puisse la remettre entre les mains d'un missionnaire, mais quand elle vit que Vartan allait partir, la fillette voulut le suivre. Il se pencha et lui souffla à l'oreille, en arménien:

– Je ne peux pas t'emmener avec moi, Nayiri. Monsieur Varon est un ami et il va t'aider. Désormais, tu ne seras plus seule.

Son étonnement fut si grand d'entendre cet homme parler sa langue qu'elle en resta bouche bée. Vartan l'embrassa sur le front et la poussa vers Joseph Varon, qui dit, d'une voix très douce:

– Viens, mon enfant. On va s'occuper de toi. Tu sais, je suis grand-père.

La mine déconfite, une tristesse sans bornes dans le regard, elle fit un signe de la main à Vartan qui sortait, et elle se mit à pleurer. Il évita de se retourner et s'éloigna d'un pas vif en se répétant, pour ne jamais l'oublier, le nom de cette enfant que le hasard avait mise sur sa route. Le hasard! Comme l'orpheline, Vartan ne pouvait compter que sur le hasard. Il repensa à ce qu'avait raconté Joseph Varon : cette mère et sa fille qui s'étaient retrouvées au coin d'une rue... Chaque fois qu'il traverserait une ville ou un village, chaque fois qu'il pénétrerait dans une demeure musulmane, l'espoir naîtrait. Pour être combien de fois déçu?

12

Dans la salle principale du hammam pleine de vapeur, Tomas, Kénan, Emel, Arif et Zehra jouaient aux soldats qui paradent. Le claquement de leurs socques de bois sur le sol de marbre couvert d'eau savonneuse s'ajoutait au brouhaha des conversations et au gargouillement des fontaines murales. Ils s'attirèrent des regards sévères de la part des tellaks occupées à masser ou à frotter au gant de crin les clientes allongées sur le goebek tachi [1], l'estrade centrale dont la pierre était chauffée par en dessous. Constatant qu'il s'agissait des enfants du gouverneur, les employées n'osèrent les réprimander et se contentèrent de lancer des « chut ! » répétés qui restèrent sans effet. Safiyé, qui était étendue sur le ventre tandis qu'une employée lavait son dos, se souleva sur les coudes et ordonna aux enfants de cesser ce tapage. Ils se mirent au garde-à-vous et firent le salut militaire à la première épouse de Riza Bey, qui ne put s'empêcher de leur sourire. Dans cette position, ses seins pendaient et s'appuyaient sur le marbre recouvert d'une serviette, s'y étalant quelque peu.

– Comme ça, on dirait des figues, murmura Kénan.

– Des figues qui seraient grosses comme des melons, renchérit Tomas.

Les deux plus jeunes ne comprirent pas ces allusions, mais Emel rigola et souffla aux garçons :

– Moi, j'en aurai des semblables à ceux de ma sœur.

– Bah ! fit Kénan, Chahané n'a que des citrons.

– Au moins, ça n'a pas l'air d'outres à moitié vides !

Emel avait prononcé cette phrase d'une voix dégoûtée. Même si elle les faisait siens, les jugements blessants que les deux garçons portaient sur les femmes aux chairs flasques, au ventre proéminent, aux fesses alourdies ou aux cuisses boudinées l'inquiétaient, car elle redoutait de se voir affligée en vieillissant d'une silhouette

1. Littéralement : pierre du nombril. (Turc.)

disgracieuse. Sa propre mère, Makbulé, n'était-elle pas trop grasse de partout?

– Moi, je resterai belle comme Maro, dit-elle à Tomas dont le visage s'empourpra.

S'il observait avec intérêt la nudité des autres femmes qui s'abandonnaient aux mains des masseuses, Tomas évitait de regarder sa mère et, lorsque par hasard il la voyait nue, à l'exception du sexe que cachait le pechtemal [1] noué à sa taille, il se sentait coupable. Peut-être cela venait-il du fait qu'il n'avait pas, comme ses amis, eu l'occasion d'accompagner les femmes au bain depuis sa plus tendre enfance.

– Allons voir maman, proposa Zehra de sa voix flûtée.

Les plus vieux acceptèrent avec empressement car Leyla faisait fi de la pudeur et elle n'avait pas d'objection à ce que les enfants la surprennent dans le plus simple appareil. Au contraire, elle prenait un malin plaisir à observer sur le visage de Kénan et de Tomas l'émoi produit par la vue de sa nudité, et l'espèce d'envie qu'elle percevait chez Emel la flattait.

Toujours à la queue leu leu, mais cette fois guidés par Zehra, les enfants contournèrent l'estrade centrale. Le seul éclairage provenait des alvéoles vitrés qui perçaient la coupole surmontant l'édifice et un chaud brouillard emplissait la pièce. Cette atmosphère moite, imprégnée de l'odeur âcre du zirnik [2] avec lequel les femme épilaient leur pubis, leurs aisselles et leurs jambes, oppressait la respiration, assourdissait les sons et déformait les images à l'instar d'un verre dépoli.

Devant les kournas, bassins muraux surmontés de robinets, des femmes se lavaient et s'aspergeaient avec l'eau qu'elles recueillaient dans des coupelles de cuivre. Des rires fusaient, surtout quand elles parlaient entre elles des hommes et des choses du sexe, croyant que les enfants qui jouaient entre leurs jambes ne pouvaient pas comprendre ces mots. Le hammam était un lieu magique pour Tomas que la présence de tant de femmes dévêtues grisait et, comme son ami Kénan, il avait l'impression qu'elles lui appartenaient toutes, à l'exception de sa mère, bien sûr. Il savait côtoyer le plus grand des mystères, celui de la vie, et espérait d'une semaine à l'autre le percer et enfin tout comprendre. Après chaque visite, Kénan et lui discutaient longuement de la chose sans jamais parvenir à des conclusions qui les satisfassent. Emel se joignait à eux et, dans un coin caché du jardin, ils examinaient leurs sexes sans être plus avancés. La fillette promettait de demander des explications à sa mère, mais elle remettait sans cesse le moment de le faire.

Les épouses de Riza Bey ne se lavaient pas au vu et au su des autres; comme toutes les femmes aisées, elles louaient pour la journée quelques-unes des alcôves situées sur le pourtour de la

1. Grande serviette de tissu mince utilisée au hammam. (Turc.)
2. Orpiment mélangé à du lait de chaux. (Turc.)

salle. Avant même que Zehra écarte la serviette que sa mère avait suspendue en guise de portière devant l'ouverture du réduit, l'odeur du zirnik leur piqua le nez. Leyla avait le corps et les membres badigeonnés de la pâte d'un vert bleuté qui sentait tellement mauvais que les femmes évitaient de l'utiliser chez elles.

– Arrosez-moi, dit-elle aux enfants en les invitant du geste à pénétrer dans le compartiment prévu pour deux personnes.

Ils se disputèrent les coupelles de cuivre, dont héritèrent finalement les plus jeunes. Emel, Kénan et Tomas se contentèrent de leurs mains en coupe pour asperger la femme. Les bras croisés sur la tête, elle tournait lentement sur elle-même et poussait de petits cris aigus ou se plaignait en riant lorsque les gerbes d'eau l'éclaboussaient :

– C'est trop froid! Pas dans le visage!

Peu à peu, le produit nauséabond coulait sur le sol, entraînant avec lui des poils noirs et frisés. Tomas arrosait les aisselles et les bras de la femme, mais en fait il visait les seins aux mamelons pointus et foncés, seins qu'il comparait mentalement à des pamplemousses. D'un regard qui n'échappa pas à Emel, Kénan fit comprendre à Tomas qu'il devrait jeter un coup d'œil plus bas. Lorsque la jeune femme écartait les jambes pour pivoter, sa vulve bâillait très légèrement et les pétales charnus et roses des petites lèvres étaient visibles. Leyla surprit le manège des garçons et un sourire amusé dévoila ses dents blanches. L'eau dégoulinait de ses cheveux et perlait sur sa peau brune, très lisse; ses chairs semblaient aussi fermes que le marbre des statues qui se trouvaient dans le jardin de Riza Bey et dont Tomas et Kénan caressaient parfois les formes rebondies. Les deux garçons auraient aimé que Leyla leur demande de lui frotter le corps avec le gant de crin, au moins de lui savonner le dos!

– Venez au soghouklouk [1], Buyuk Hanim vous attend pour le goûter, annonça Eminé en passant la tête dans l'alcôve.

– Nous arrivons, répondit Leyla.

D'un regard furtif, la nourrice s'assura que les garçons n'étaient pas dans un état d'excitation qu'aurait révélé le caleçon mouillé qui se plaquait à leur peau, car dans ce cas la gérante de l'établissement aurait interdit qu'à l'avenir ils accompagnent leur mère au bain. Ils devraient alors venir avec leur père le soir, alors que le hammam était réservé aux hommes.

– Je vous rejoindrai, dit la voix de Maro qui occupait le compartiment voisin.

Quand elle fut certaine que la nourrice s'était éloignée en compagnie des enfants, Maro poursuivit l'inspection minutieuse de son corps. À n'en pas douter, sa poitrine grossissait, ses hanches prenaient de l'ampleur et, même si cela n'était pas encore bien visible, son ventre s'enflait inexorablement. Le pire s'était produit!

1. Pièce plus tiède qui sert d'antichambre au hammam. (Turc.)

Cela expliquait ces nausées matinales qu'elle éprouvait parfois ces dernières semaines. Depuis la déportation, ses menstruations étaient irrégulières et elle n'avait pas porté attention à leur interruption, il y avait bien... trois ou quatre mois. Enceinte! Sous le choc de la surprise, elle ne parvenait pas à mesurer toutes les conséquences de la catastrophe; sa réaction spontanée était toute de révolte et de refus. « Non! Impossible. Je ne veux pas! » Ces mots tournaient dans son esprit, répétés comme une incantation destinée à écarter le malheur. Pourtant, il fallait bien se rendre à l'évidence.

Maro s'aperçut soudain que Leyla avait écarté le rideau et l'observait avec curiosité. La troisième épouse ne s'était pas fait une raison, mais, afin de ne pas déplaire à Riza Bey qui avait recommencé à l'honorer assidûment, elle cachait son antipathie à l'égard de l'Arménienne sous un masque d'aménité dont Maro n'était pas dupe. Craignant que la jeune femme ne soupçonne son état, Maro déclara, en affectant le cynisme :

– Je constate les ravages des ans...

Ces paroles ne firent qu'intriguer un peu plus Leyla qui estima qu'aucune femme digne de ce nom ne les prononcerait devant une rivale. Faussement compatissante, elle répondit :

– J'imagine que je passerai par là moi aussi un jour... lointain.

Maro se drapa dans son pechtemal blanc rayé de bleu et accompagna Leyla dans le soghouklouk où des divans de cuir recouverts d'épaisses serviettes permettaient aux gens de se reposer avant de quitter le hammam ou de retourner dans l'étuve. Dans un coin que lui avait réservé la gérante, Buyuk Hanim surveillait les deux servantes qui déballaient les paniers contenant le déjeuner composé de boulettes d'agneau frites, de feuilles de vigne farcies, de fromage de chèvre et de friandises. Une employée servait du thé. Comme ses belles-filles et la nourrice, comme toutes les clientes d'ailleurs, la mère du gouverneur était simplement vêtue du pechtemal, ce qui ne diminuait en rien son aura d'autorité.

– Vous voilà enfin! Vous avez bien tardé, reprocha-t-elle à Leyla et à Maro.

Elles n'étaient pas vraiment en retard. Buyuk Hanim cherchait surtout à impressionner ses voisines, et les deux femmes, qui le comprenaient, inclinèrent la tête en répondant à l'unisson, avec respect :

– Veuillez nous excuser, Buyuk Hanim.

Maro mangeait sans appétit. En dépit de ses efforts pour se mêler à la conversation, elle ne pouvait s'empêcher de ruminer la funeste découverte qu'elle venait de faire, et son comportement manquait de naturel. On la sentait tracassée et absente. Comme Leyla la regardait sans arrêt, les sourcils froncés, les autres femmes crurent qu'elles avaient eu une querelle et aucune n'en fit cas. Pour détendre l'atmosphère, Eminé raconta des bons mots que l'on prêtait à Nasrettin Hodja, des anecdotes survenues à ce personnage de légende, paysan qui du haut de son âne jugeait le monde et ridiculisait les travers des hommes.

***

Durant plusieurs jours, Maro chercha à se convaincre qu'elle s'était trompée; cependant, tout lui confirmait qu'elle était bien enceinte, et par moments elle avait l'impression physique de la présence d'un corps étranger en elle. Sûrement une illusion, car elle était au quatrième mois de sa grossesse, tout au plus au début du cinquième.

Cet enfant, elle n'en voulait pas! Il n'était pas à elle! Elle le détestait, comme elle détestait Riza Bey d'avoir créé ce nouveau lien pour la garder captive. Cette grossesse : une maladie qui la frappait et dont elle avait honte! En elle, le désespoir le disputait à la rage. Aucune solution, personne à qui se confier.

Maro vécut une semaine avec son secret qui devenait de plus en plus lourd, puis, n'en pouvant plus, elle décida de s'ouvrir à Eminé qu'elle envoya chercher par Ayla, sa jeune servante arménienne. La nourrice arriva quelques minutes plus tard en portant deux tasses de café sur un plateau.

– Laisse-nous, dit Maro à la servante.

– Tu veux que je lise ton avenir? demanda Eminé ravie, en déposant le plateau sur une petite table octogonale.

– Garde ça pour Riza Bey!

Au ton cinglant, la nourrice constata que quelque chose n'allait pas chez Maro.

– Viens t'asseoir près de moi, dit-elle d'une voix engageante, en s'installant sur un coussin.

Maro s'assit et prit la tasse que lui offrait Eminé. Comme elle ne se décidait pas à parler, la nourrice déclara, à voix basse :

– Je n'ai pas besoin du marc de café pour savoir. Il y a des signes qui ne trompent pas une ancienne sage-femme.

Maro la considéra avec stupeur, puis éclata en sanglots et cacha son visage dans ses mains. Elle se raidit lorsque Eminé essaya de l'attirer contre elle.

– Tu m'étonnes, murmura la nourrice en lui caressant affectueusement le bras. C'est une bonne nouvelle, une bénédiction de la Providence.

– Un malheur, oui! Une terrible épreuve.

La vieille femme ne comprenait pas la réaction de Maro, qu'elle imaginait maintenant habituée à l'idée de vivre le reste de ses jours dans le konak, heureuse de l'amour du gouverneur.

– Riza Bey sera enchanté.

Maro lança avec acrimonie :

– Riza Bey! Si tu savais comme je me fiche de ce qu'il pensera!

– Mais... Sachant que tu portes son enfant, il voudra faire de toi son épouse légitime.

– Jamais je n'accepterai! s'écria Maro en colère. Jamais!

Ce cri du cœur décontenança Eminé.

– Tu ne retrouveras pas un homme comme Riza. Il est beau, riche, puissant, et il t'aime.

Maro laissa échapper un grognement et reprit, en mordant dans les mots :

– Tu ne comprends pas, Eminé. Je le déteste! Il m'a prise de force. Il me garde prisonnière avec mon fils. Comment voudrais-tu que je l'aime?

– Il t'a pourtant sauvée.

– Sauvée des massacres qu'il dirige.

– Non! protesta Eminé, outrée par ces paroles. Riza Bey protège au contraire ceux de ton peuple.

– C'est faux. Dans la région, c'est lui le grand patron. Pourquoi crois-tu qu'il s'absente souvent? Pour organiser le massacre des innocents dans les provinces voisines.

– Tais-toi! Tais-toi! ordonna la nourrice, horrifiée et le visage exsangue. C'est impossible. Je connais Riza depuis sa naissance; il est sévère, mais juste et charitable. Tu n'as pas le droit de dire pareil mensonge. Je te défends même de le penser!

Eminé était profondément blessée. Maro regretta de s'être emportée et d'avoir indisposé la nourrice alors qu'elle avait besoin d'elle. Après un moment de silence, elle toucha le bras de la vieille femme et murmura, l'air penaud :

– Je ne pensais pas ce que j'ai dit. Je n'ai plus ma tête à moi ces jours-ci.

– À cause de l'enfant que tu portes? demanda la nourrice, apaisée par cet aveu.

– Oui. Vois-tu, Eminé, je n'en veux pas.

– Pourquoi? Un bébé, c'est la vie, c'est l'avenir.

– Pas pour moi. J'espère encore que Riza Bey me laissera un jour repartir comme il me l'a promis. Si je lui donne un enfant, il voudra me garder.

Eminé se fit la réflexion qu'une femme changeait de famille en prenant mari, et que la seule famille de Maro était dorénavant celle de Riza Bey.

– Tu n'y peux rien, dit-elle, fataliste, l'enfant est là.

– Non, reprit Maro d'une voix décidée, il n'est pas encore là, et je veux empêcher qu'il arrive. Il existe des moyens pour cela.

La nourrice eut un mouvement de recul, battit des paupières et prit la tasse de café qui trembla dans sa main. Elle but plutôt que de répondre. Maro insinua :

– Ces moyens, tu les connais.

– Je n'en connais aucun, se défendit Eminé avec véhémence.

Elle voulut se lever mais Maro la retint.

– Menteuse! Tu as été sage-femme.

– Ne me demande pas ça!

Maro se rapprocha d'Eminé et lui embrassa la joue, comme le

faisaient les enfants lorsqu'ils voulaient que la vieille femme ne puisse pas leur refuser une faveur, puis elle supplia :

– J'ai besoin que tu m'aides, Eminé. Je t'en prie.

– Non, je ne peux pas détruire l'enfant de Riza Bey.

– Des enfants, il en a déjà huit, et Leyla et Makbulé lui en donneront encore d'autres.

– Non.

– Tu te disais mon amie! lui rappela Maro d'un ton de reproche.

– N'en doute pas. Tu es précieuse à mon cœur, mais ce que tu me demandes... Non, je ne peux pas. Riza Bey est mon maître.

Maro argumenta encore, cherchant par tous les moyens à fléchir la nourrice. Elle échoua et le découragement lui revint, avec plus de force encore. Elle se frappa le ventre du poing à plusieurs reprises et cria :

– Je ne l'aurai pas! Je ne l'aurai pas! Plutôt mourir.

Eminé se mordillait la jointure de l'index droit. Elle avait beaucoup vécu et reconnaissait ce désespoir déjà rencontré chez d'autres, des femmes à qui elle avait évité le déshonneur ou le suicide en leur fournissant une potion abortive. Le désarroi de Maro ne ferait qu'empirer, au point qu'elle n'hésiterait pas à recourir à des moyens extrêmes. Et à ce moment-là, elle-même se sentirait coupable de ne pas être venue en aide à la jeune femme.

– Ta grossesse est avancée, ça pourrait être risqué. S'il t'arrivait un malheur, je ne me le pardonnerais pas.

– Si tu ne fais rien, ce malheur arrivera à coup sûr.

Cette menace confirmait les appréhensions d'Eminé et la décida à intervenir.

– Je ne devrais pas, répliqua-t-elle, résignée; tu me forces la main.

Soulagée, Maro l'étreignit.

– Tu es pour moi plus qu'une amie, Eminé. Une sœur.

Le jour suivant, Eminé se rendait chez une herboriste de sa connaissance à Aintab et se procurait une potion, mélange secret de plantes et de produits qui provoquait la délivrance avant terme. En remettant le bocal de porcelaine à Maro, elle lui dit :

– Tu n'as pas changé d'idée? Cela te rendra malade durant une bonne journée.

– Peu importe, déclara Maro qui avait redouté une volte-face de la nourrice.

– Prends-en la moitié au réveil, le reste à midi. Il faut que tu demeures à jeun, défense même de boire de l'eau. La potion agira la nuit suivante.

Maro se hâta de cacher le pot dans un tiroir sous une pile de vêtements. Maintenant qu'elle possédait le moyen de mettre fin à son état, l'angoisse des jours précédents tomba d'un coup et elle se sentit très lasse.

Elle attendit pour passer à l'action que Riza s'absente, ce qui se produisit dès le lendemain. Il allait inspecter un domaine qu'il venait d'acquérir près d'Osmanié, à environ quatre-vingts kilomètres à l'ouest d'Aintab, et, ainsi qu'il le faisait assez souvent, il emmenait avec lui Tomas et deux de ses fils. Ils seraient absents deux ou trois jours, ce qui donnerait à Maro amplement le temps de se remettre.

Cette nuit-là, elle dormit très mal, hantée par la pensée du geste qu'elle allait oser, geste que la religion considérait comme un crime. Dieu qui lisait dans les âmes ne pourrait pas lui en tenir rigueur au jour du Jugement dernier. Il y avait certes chez elle de l'appréhension, mais elle était surtout anxieuse que l'irrémédiable soit fait. Elle était éveillée depuis longtemps lorsque Piri Hodja, le muezzin, annonça la prière de l'aube. Après avoir agité le flacon, elle avala la moitié de son contenu, en grimaçant à cause de l'amertume du liquide brunâtre qui lui engourdit la bouche et lui râpa la gorge. Son estomac se contracta violemment et elle eut envie de vomir. Ce qu'elle aurait donné pour boire un peu d'eau afin d'apaiser la sensation de brûlure! Elle sortit sur le balcon et, appuyée à la rambarde, inspira à fond. Peu à peu la douleur diminua et Maro réveilla Tomas pour qu'il se prépare à partir. Elle l'accompagna à la salle à manger, où les enfants prenaient leur petit déjeuner en compagnie de leur père. Bédri était attablé à côté de son patron et Maro remonta le voile devant son visage, réflexe qui fut agréable à Riza Bey.

– Tu as bonne mine, lui dit-il en l'invitant à s'asseoir en face de lui.

– Merci du compliment, Riza Bey, répondit-elle en inclinant la tête. Si vous le permettez, je mangerai plus tard car je n'ai pas faim.

– À ta guise.

Bédri leva les yeux et, comme chaque fois qu'il la regardait, elle perçut le profond mépris qu'il avait pour elle.

Maintenant habitué à la coutume qui régissait la conduite des fils à l'égard du maître de la maison, Tomas embrassa la main de Riza Bey et la porta à son front.

– Que ce jour vous soit propice, dit-il machinalement, pour ajouter d'une voix plus vivante : Est-ce que nous partons bientôt?

Riza rit et lui tapota l'épaule.

– Mange d'abord.

– Pourquoi je ne peux pas vous accompagner, père? demanda Emel, d'un ton chagrin.

– Il n'y a de place que pour quatre dans la calèche : Altan, Tomas, Kénan et moi-même.

– Je m'assiérai entre vos pieds.

Agacé par l'insistance de la fillette, Riza Bey coupa court à la discussion :

– La place d'une fille est à la maison, avec sa mère.

Emel baissa la tête et, piteuse, acquiesça.
– S'il y avait de la place, c'est moi qui irais, affirma Arif qui venait tout juste d'avoir cinq ans. Je suis un garçon !
Eminé se tenait debout près de la porte menant aux cuisines et veillait au bon déroulement du service. Un échange de regards avec Maro lui suffit pour savoir que cette dernière avait bu la potion. Alors qu'elles étaient dans la cour avec les plus jeunes enfants à regarder s'éloigner la calèche escortée par six cavaliers arabes, la nourrice souffla une recommandation à l'oreille de Maro :
– N'oublie pas que tu ne dois rien boire ni manger avant la tombée de la nuit. Ne reste pas au soleil car tu vas te déshydrater.
– J'ai connu pire, crâna Maro qui aussitôt pressa ses mains sur son ventre que contractait une crampe subite.
La température dépassait déjà les trente-cinq degrés et, chose fréquente en été à Aintab, un vent desséchant soufflait du désert. L'atmosphère des pièces à l'étage du konak devenait proprement étouffante et les femmes se retrouvèrent au jardin, dans l'ombre du pavillon où le bassin dispensait un peu de fraîcheur. Buyuk Hanim tricotait sans avoir besoin de regarder son ouvrage et elle refaisait pour ses belles-filles l'histoire de la famille, un récit qu'elles avaient entendu à maintes reprises. Makbulé brodait, en prenant soin d'enfiler une longueur de soie suffisante pour lui permettre de cueillir des friandises dans le plateau posé près d'elle sans devoir chaque fois lâcher son aiguille.
Un peu en retrait, Chahané relisait, pour la dixième fois sans doute, la courte lettre que son fiancé lui avait écrite depuis Bagdad. Leyla grattait du bout des doigts les cordes d'un saz, créant une musique de fond pour le soliloque monotone de sa belle-mère, et, les yeux plissés, laissait son regard errer de l'une à l'autre de ses compagnes, s'attardant particulièrement à Maro dont elle jugeait le comportement étrange ces derniers jours. Dodelinant de la tête, Eminé somnolait et des gouttes de sueur tombaient de son front. De la main droite, Safiyé maniait un éventail tandis que l'index de son autre main suivait les caractères qu'elle déchiffrait avec peine dans le livre ouvert sur ses cuisses. Maro était la seule qu'intéressait le discours de Buyuk Hanim.
– ... et c'est ainsi que Bahadir Pacha, le grand-père de Riza Bey, fut appelé à Stamboul par le sultan. À l'époque dont je vous parle, le voyage jusqu'à la capitale n'était pas une petite affaire, et...
Même si elle fixait les lèvres de Buyuk Hanim et hochait parfois la tête, Maro ne l'écoutait pas. Elle se concentrait sur le contrôle des muscles de son visage, ne voulant rien laisser paraître de sa souffrance. Aux douleurs abdominales s'ajoutait la soif qui grandissait de minute en minute, et les pichets de boissons rafraîchissantes qu'une servante renouvelait avec régularité constituaient un véritable supplice de Tantale. Le temps passait avec une lenteur désespérante.

A midi, Maro ingurgita le reste de la potion avec les mêmes haut-le-cœur qu'au matin. L'inconfort augmenta progressivement. Au milieu de l'après-midi, Maro déposa les cartes et interrompit la partie de bésigue, un jeu de cartes qu'elle avait enseigné à Safiyé, s'excusa auprès de cette dernière, prétextant un épuisement causé par la chaleur. Elle quitta en hâte le jardin, gagna sa chambre en vacillant, se jeta sur le lit et réussit à dormir un peu. Plus tard, Eminé vint la voir et la trouva pliée en deux, les vêtements trempés de sueur. Elle palpa le ventre ballonné de Maro et la rassura :

– Tes douleurs sont normales, tout se déroule comme prévu. Tu as été forte aujourd'hui, personne n'a rien soupçonné. Mais arme-toi de courage, le pire est encore à venir.

Maro grimaça. Sa bouche et sa gorge étaient tellement sèches qu'elle articulait à peine.

– Est-ce que je puis boire?

– Quand le soleil sera couché.

– Préviens Buyuk Hanim que je suis légèrement indisposée et demande-lui de m'excuser pour le dîner. N'oublie pas : légèrement. Il ne faut pas qu'elle s'inquiète. Dis à ma servante Ayla que je me repose et que je n'ai pas besoin d'elle avant demain.

La nourrice l'aida à se dévêtir et lui rafraîchit le visage et le corps avec une serviette mouillée. Elle lui serra les mains et l'encouragea :

– Tout ira bien. Demain matin, tu seras libérée.

A la nuit tombée, la soif était devenue intenable et Maro essaya de boire de l'eau, qu'elle régurgita aussitôt. Sur son ventre gonflé, dur comme de la pierre, la peau tendue laissait voir le réseau des veines bleutées. Elle avait la sensation qu'une lame s'enfonçait dans ses boyaux, les tordait et les déchiquetait avant de se planter dans sa colonne vertébrale. Mâchoires serrées, elle endurait stoïquement les spasmes qui devaient annoncer une délivrance prochaine. Puis survinrent des contractions de plus en plus rapprochées et puissantes qui lui rappelèrent celles qui avaient accompagné la naissance de Tomas, et elle revit cette petite masse rouge et grouillante qu'Azniv Hanim avait levée à bout de bras en s'exclamant : « Mantch é! Mantch é [1]! » L'idée s'imposa à elle que c'était un être semblable qu'elle expulsait aujourd'hui de son corps, et lui revint la peine qu'elle avait éprouvée lors de la perte d'un deuxième enfant. Vartan le désirait tellement, ce petit... Ils en avaient tous les deux porté le deuil en secret durant des mois.

Non! Il ne fallait pas penser à cela. Rien n'était comparable et elle ne devait pas regretter sa décision. Les larmes aux yeux, Maro pressa ses paumes sur ses côtes et les descendit vers son bassin en même temps qu'elle poussait de toutes ses forces. Ses reins se cambraient, ses jambes se tendaient et son corps s'arc-boutait. Elle recommença, encore et encore, avec obstination, imaginant

1. C'est un garçon. (Arménien.)

chaque fois que sa matrice s'ouvrait tel le fruit d'un lis qui crache ses graines, et elle se concentra sur cette image pour oublier son mal, chasser des idées qui prenaient la forme de remords troublants.

Peu après l'aube, Eminé vint au chevet de Maro qui gisait inconsciente, les traits tirés, la peau moite et d'une blancheur cadavérique. Le front était brûlant, les lèvres mauves et gercées, et Maro ne répondit pas plus aux appels qu'elle ne réagit aux secousses que la nourrice lui imprimait. Eminé ouvrit les draps souillés : pas de sang. Elle palpa l'abdomen, qui avait repris un volume normal mais était encore secoué de vagues ; le fœtus s'y trouvait toujours. Elle tenta de nouveau de réveiller Maro, qui n'émit qu'une faible plainte, puis elle fit venir Ayla.

– Tu aimes ta maîtresse ? demanda-t-elle à la fillette, encore dans l'embrasure de la porte.

– Oh oui ! s'exclama Ayla en penchant la tête de côté pour tenter d'apercevoir le lit que lui cachait la forte corpulence de la nourrice.

Eminé secoua son index devant le nez de la servante :

– Si tu veux rendre service à Maro, tu ne diras rien à personne de ce que tu vois ici.

Cette mise en garde fit naître de l'inquiétude chez Ayla.

– Maro Hanim est malade ? demanda-t-elle en contournant Eminé pour s'approcher de la couche.

– Oui, très malade.

En aidant Eminé à changer le lit, Ayla montrait beaucoup de réticence à toucher sa maîtresse.

– Tourne-la sur le côté, ordonna la nourrice avec impatience. Ce n'est pas contagieux.

– Qu'est-ce qu'elle a ? s'enquit la fillette que les mots de la nourrice ne rassuraient pas du tout. Elle ne va pas mourir ?

– Ne dis pas pareille chose ! Tu vas appeler le malheur sur nous !

– On dirait une diarrhée, déclara Ayla en repliant le drap souillé qui répandait une odeur répugnante. Ma mère utilisait l'eau de cuisson du riz pour soigner ça.

Enfin une idée concrète à laquelle Eminé pouvait se raccrocher. Elle toucha l'épaule d'Ayla et lui dit, d'une voix radoucie :

– Oui, c'est excellent. Descends les draps et rince-les avant de les donner à la buanderie. Puis tu prépareras de l'eau de riz.

Quand la servante revint un quart d'heure plus tard avec un pichet de liquide laiteux, la nourrice avait baigné le corps de Maro. Elles assirent la malade dans le lit, lui entrouvrirent la bouche et y versèrent l'eau de riz maintenant tiède. Maro eut des nausées, s'étouffa, mais conserva tout de même une partie de la boisson.

– C'est bien, dit Eminé avec satisfaction. Nous recommencerons plus tard.

Ayla s'assit au bord du lit. Elle mouillait le visage de Maro et l'éventait jusqu'à ce qu'il devienne sec, puis recommençait, dans l'espoir de faire ainsi baisser la fièvre. Accroupie par terre, Eminé balançait son buste, frappait ses genoux avec ses paumes et se désolait :

– Qu'est-ce que j'ai fait? Qu'est-ce que j'ai fait? Ô malheur! Ô malheur!

Cette réaction d'Eminé parut étrange à Ayla qui s'en désintéressa bientôt pour murmurer intérieurement en arménien des prières à la Vierge Marie. Transportée d'émotion, elle croyait soigner sa mère, maigre consolation que le sort lui avait refusée : la pauvre femme était tombée le long de la route et, poussée par le fouet des gendarmes, Ayla, qui s'appelait alors Vartouhi, avait été obligée de l'abandonner tandis qu'elle agonisait.

– Tes lèvres remuent en silence, constata Eminé d'un ton presque indifférent.

– Je prie mon Dieu, répondit la fillette d'un air de défi.

– C'est bien, dit la nourrice avant de replonger dans un silence affligé.

Quelques heures plus tard, Buyuk Hanim vint aux nouvelles. Elle se pencha au-dessus du lit et, devant la pâleur de la malade, sa difficulté à respirer, elle devint soucieuse. Elle tendit la main vers le front de Maro mais, se ravisant, elle interrompit son geste et s'éloigna vivement de la couche.

– Ne serait-ce pas le typhus? demanda-t-elle à la nourrice, en imaginant déjà les mesures qu'il faudrait prendre pour préserver le reste de la maisonnée de la contagion. On dit que ce mal court.

– Non! affirma Eminé, ça ne peut pas être le typhus.

Malgré les connaissances médicales qu'elle prêtait à la nourrice, Buyuk Hanim n'était pas convaincue. Elle sortit en disant que Riza Bey prendrait une décision à son retour.

– Prie plus fort, Ayla, demanda Eminé qui redoutait que Riza Bey se doute de quelque chose ou fasse venir un guérisseur qui, lui, saurait vite à quoi s'en tenir.

Dans l'après-midi, Eminé reprit espoir lorsque Maro émergea de son inconscience. Cependant, la jeune femme se réveillait pour souffrir car des spasmes violents la faisaient parfois tressaillir et pousser des plaintes rauques, et la laissaient ensuite épuisée, dans un état proche de la torpeur. La nourrice et la servante se tenaient de chaque côté d'elle, assises sur le lit. Maro ne répondait pas aux appels, mais marmonnait par moments des phrases en arménien qu'Ayla décrivit à Eminé comme incohérentes, ce qui était vrai, et où seuls quelques mots faisaient sens : mayrig, Vartan, hayrig. Cela dura des heures, puis Maro fut la proie d'une série de fortes secousses qui la firent se tordre; ensuite, elle s'immobilisa, pantelante, et ouvrit les yeux.

– C'est terminé? dit-elle d'un souffle à peine audible.

Eminé souleva le drap et, attristée, fit un signe négatif. Maro referma les paupières en poussant un soupir dont on ne pouvait savoir s'il était de dépit ou de soulagement. Les douleurs avaient cessé, mais son état d'épuisement était total.

– J'aimerais dormir.

Eminé ajouta un peu de laudanum à l'eau qu'Ayla fit boire à Maro, dont l'estomac gargouilla mais ne rejeta pas le liquide. La malade s'abandonna bientôt à un sommeil profond et paisible. Eminé se leva :

– Elle ira mieux. Je vais rassurer Buyuk Hanim. S'il se produit quelque chose, fais-moi prévenir.

Ayla continua de veiller sa maîtresse, dont elle se sentait maintenant plus proche, parente, et elle récita cette fois des prières d'action de grâce. Tout à coup, la porte s'ouvrit et la voix rieuse de Tomas lança :

– Mayrig ! C'est moi. J'ai...

Il s'arrêta net en voyant sa mère au lit et Ayla qui lui faisait signe de se taire. Sa mine réjouie fit place à une expression angoissée.

– Qu'est-ce qu'elle a, ma mère ?

– Pas si fort ! Elle dort.

Il s'approcha du lit et frémit en voyant le visage blême de Maro, ses yeux cernés, ses lèvres bleues.

– Qu'est-ce qu'elle a ? répéta-t-il d'une voix larmoyante.

– Elle a été malade, akhparig [1], mais elle est déjà presque guérie.

Il repoussa sans ménagement Ayla qui voulait le serrer dans ses bras, posa un genou sur le bord du lit et prit la main de sa mère. Elle était glacée ! On aurait dit que Maro ne respirait pas, et l'enfant observa un bon moment le mouvement régulier de sa poitrine afin de se convaincre qu'elle n'était pas morte.

– Mayrig, appela-t-il tout bas. Mayrig...

Sa mère continua de dormir comme si elle n'allait jamais plus se réveiller. Tomas trouva que son visage avait maigri, que son nez avait aminci, que ses yeux s'étaient enfoncés. Il fixa les lèvres gercées et peu à peu se superposa à cette vision l'image de la bouche de sa grand-mère expirant dans la caverne. Azniv Hanim était pareillement immobile avant de trépasser.

– Ne meurs pas, mayrig ! pleura-t-il. Ne meurs pas !

– Il n'y a rien à craindre, lui souffla Ayla à l'oreille. Elle se repose.

D'un brusque mouvement du bras, il frappa la fillette, qui jugea plus sage de s'éloigner près de la porte du balcon. Plus il contemplait sa mère, plus Tomas voyait croître en lui la crainte qu'elle meure et l'abandonne. Que ferait-il sans elle ? La vie n'aurait plus de sens. Il serait seul au monde, perdu au milieu d'étrangers... Non, il mourrait avec elle, comme Araksi était morte sur la tombe du parrain Armène.

1. Petit frère. (Arménien.)

Tout ça, c'était la faute de son père qui n'était pas venu les rejoindre! Pourquoi les abandonnait-il? Pourquoi? Depuis si longtemps déjà qu'ils l'attendaient! Son père s'était laissé arrêter le jour de ses six ans, et il venait d'en avoir sept, deux semaines plus tôt. Un été s'était passé, puis un hiver sans neige, et c'était de nouveau l'été. Vartan aurait dû être là depuis longtemps. Une idée venait à Tomas, qu'il repoussait de toutes ses forces, une idée qui lui donnait envie de crier : il ne reverrait jamais son père. Et sa mère allait mourir. Il n'aurait plus personne.

Un gémissement s'échappa d'entre les lèvres de Maro.

– Mayrig! appela-t-il en secouant la main froide. Mayrig!

Elle demeura sans réaction. Tomas sauta en bas du lit, sortit de la chambre et courut vers celle de Riza Bey en hurlant :

– Ma mère va mourir! Ma mère va mourir!

– Qu'est-ce qu'il y a? lança une voix derrière lui.

Tomas stoppa et se retourna. A l'autre bout du corridor, Riza Bey sortait des appartements de Buyuk Hanim. Tomas s'élança dans sa direction en répétant :

– Maman va mourir! Maman va mourir!

Riza Bey vint à sa rencontre d'un pas rapide et ils se rejoignirent vis-à-vis de l'escalier.

– Qu'est-ce que tu racontes?

Tomas lui serra le poignet et l'entraîna, en débitant d'une voix fébrile :

– Maman est très malade! Il faut que vous la sauviez, s'il vous plaît. Je ne veux pas qu'elle meure!

Déjà inquiété par la mention du mot « typhus » par Buyuk Hanim, Riza Bey prit peur et courut en tirant l'enfant par le bras.

Ayla s'inclina devant le maître et dit, rassurante :

– Maro Hanim a été malade, mais elle va mieux.

Sans un regard pour la fillette, il s'approcha du lit et le spectacle qu'il vit confirma ses craintes qui, en retour, faussèrent son jugement : il lui sembla que la maladie avait rendu sa maîtresse méconnaissable. Seul un mal terrible avait pu la changer si radicalement en deux jours. Il poussa Tomas vers la porte :

– Trouve Abdullah et dis-lui de seller immédiatement son cheval.

Tomas disparut en coup de vent.

– A-t-on appelé un guérisseur?

– Non, bey effendi. Eminé s'est occupée de Maro Hanim.

– Que lui avez-vous donné?

– De l'eau de riz.

– Ça ne peut pas faire de mal, conclut-il en retournant au lit.

Il toucha le front de Maro, qu'il trouva chaud et poisseux, puis ses mains et ses pieds dont la fraîcheur avait tout pour inquiéter durant cette canicule.

– Où a-t-elle mal?

– Au ventre, bey effendi.

Il promena sa main sur l'abdomen de Maro, d'abord légèrement, puis en exerçant une pression plus grande, et il sentit une masse dure, ce qui augmenta ses craintes. La phrase de Tomas résonna de nouveau à son oreille : « Ma mère va mourir ! » Non, il ne voulait pas ! Il ne pouvait pas accepter de la perdre. Il caressa les joues exsangues de cette femme qu'il aimait tant, et monta en lui une colère incontrôlable devant son impuissance. On ne pouvait rien demander à Allah puisqu'il avait déjà tout décidé de toute éternité, et encore moins se livrer à un quelconque marchandage ainsi que le faisaient les infidèles avec leur Dieu ; toutefois, le désarroi de Riza était tel qu'il murmura : « Je ferai construire une nouvelle mosquée à Aintab », sans pourtant aller jusqu'à formuler la condition sous-entendue.

***

Buyuk Hanim maugréait intérieurement contre son fils qui avait permis qu'un étranger pénètre dans le harem. La première fois qu'une pareille chose se produisait depuis les quarante-neuf ans qu'elle vivait dans cette maison, sûrement la première aussi depuis la construction du konak par le grand-père de Riza. Elle avait donc ordonné à ses belles-filles de ne point quitter leurs chambres et, en compagnie d'Eminé, voilée elle aussi, elle suivait pas à pas le médecin autrichien, guettait chacun de ses gestes, s'assurait même que les regards qu'il portait sur Maro n'étaient que professionnels !

Le docteur Ernst, médecin attitré des officiers supérieurs de l'armée allemande en poste à Aintab, trouvait curieux d'avoir été appelé chez le gouverneur ottoman de la place, d'autant plus curieux qu'il s'agissait de soigner une femme. Cela n'était pas dans les habitudes des familles musulmanes. Quand il rentrerait au cantonnement, ses compatriotes ne voudraient pas le croire, aussi s'efforçait-il de mémoriser l'apparence des lieux. Il était un peu déçu, car le mot « harem » évoquait dans son esprit un lieu mythique et il n'avait vu qu'un couloir bien ordinaire bordé de chambres. Il devrait enjoliver un peu la vérité afin que ses amis prêtent foi à son histoire ! Cela n'irait pas vraiment à l'encontre de ses habitudes : il enjolivait très souvent les choses pour ses patients, histoire de leur remonter le moral et de hâter la guérison.

– Il faudrait lui enlever cela, dit-il en allemand en désignant le voile que Buyuk Hanim avait posé sur le visage de Maro.

Plutôt que de traduire la demande, Riza Bey dévoila lui-même Maro, ce qui provoqua un mot de mécontentement de la part de sa mère.

– Votre épouse est très belle, déclara le médecin à Riza Bey avec des hochements d'appréciation.

Ce dernier répondit sèchement :

– Elle est malade.

– Je m'en occupe, je m'en occupe, fit Ernst qui réalisait qu'il avait commis un impair.

Il aurait aimé qu'ils s'éloignent tous les trois car il avait l'impression de subir un examen, comme à la faculté.

Maro s'éveilla et sursauta en apercevant cet inconnu penché sur elle. Il avait un visage rectangulaire, un menton traversé d'une fossette verticale, une moustache en croc d'un blond roux, et des yeux gris-bleu, à moitié cachés par des paupières bouffies.

– Allah soit loué, elle revient à elle!

C'était la voix de Riza Bey. Maro tourna la tête et vit qu'il lui souriait. A côté de lui se tenaient Buyuk Hanim, qui de toute évidence déplorait la situation, et la pauvre Eminé, qui redoutait que l'homme de science, un peu sorcier sans doute, découvre la tentative d'avortement.

– Je vais vous examiner, madame.

Le médecin avait parlé d'une voix amicale mais un peu rocailleuse, et Maro, qui ne comprenait pas l'allemand, demanda à Riza :

– Que dit-il?

– Tu n'as pas à lui parler! répliqua Buyuk Hanim d'un ton impératif.

Avançant d'un pas pour s'interposer entre sa mère et sa maîtresse, Riza Bey dit avec douceur :

– Ne te fatigue pas, ma colombe. C'est un médecin, il va te soigner.

Herr Ernst, à qui l'on avait décrit les symptômes de la malade, prit sa température, scruta ses yeux et palpa ses ganglions. Connaissant la susceptibilité des hommes du pays pour tout ce qui concernait l'honneur de leurs femmes, il procédait avec prudence, en affichant un grand détachement, à tel point que ses gestes en devenaient hésitants. Buyuk Hanim manifesta son impatience.

– Il faut bien que je fasse mon travail! protesta le médecin, tendu.

– Prenez votre temps, docteur, répondit Riza Bey. L'important, c'est qu'elle guérisse.

– Pour l'ausculter et examiner son ventre, il faudrait rabattre le drap.

Sans sourciller, Riza baissa le drap jusqu'au nombril de Maro, tandis que sa mère outrée secouait la tête. Maro essayait d'accrocher le regard du médecin, entretenant l'illusion qu'elle pourrait avec ses seuls yeux lui faire comprendre sa situation de captive. Quand il se mit à palper son ventre, la physionomie du médecin se modifia légèrement et Maro sut qu'il venait de découvrir qu'elle était enceinte. Sans doute devinait-il aussi qu'elle avait essayé de s'avorter, car, lorsqu'il releva la tête, c'est un regard de connivence qui croisa celui de Maro.

Buyuk Hanim s'empressa de remonter le drap jusqu'au nez de Maro.

– Un empoisonnement, décréta le médecin en rangeant son stéthoscope.

– Empoisonnement! s'écria Riza Bey, dont les soupçons se portaient déjà sur sa troisième épouse.

Content de son petit effet, le médecin précisa :

– Alimentaire. Empoisonnement alimentaire.

– C'est impossible! La nourriture qu'on sert ici est de première qualité et personne d'autre n'a été malade.

– Oh! vous savez, avec une pareille chaleur, il ne faut pas oublier un aliment bien longtemps pour qu'il fermente. Les mouches... Mais elle se rétablira vite. Beaucoup d'eau additionnée de miel, du lait, de l'ayran, du yaourt, puis, dans quelques jours, retour progressif à une nourriture plus consistante.

– Vous me rassurez, Herr Ernst, dit Riza Bey en lui touchant amicalement l'épaule.

– Il faudra qu'elle mange pour deux, ajouta le médecin avec un air malin. Monsieur le gouverneur, j'ai le plaisir de vous annoncer que votre... épouse est enceinte.

Stupéfait, Riza resta quelques secondes sans réagir, puis il éclata d'un rire nerveux, tourna vers Maro un visage émerveillé et s'exclama :

– Tu vas avoir un enfant, un enfant de moi!

Elle se força à sourire, un sourire qu'elle était seule à savoir piteux, et la nourrice respira un peu mieux, heureuse que Maro accepte de porter l'enfant à naître, mais surtout soulagée car maintenant certaine que personne ne saurait rien au sujet de la maudite potion.

Riza Bey embrassa les mains de Maro et murmura d'une voix émue :

– Ma colombe... ma colombe... Tu fais de moi le plus heureux des hommes.

Il se redressa et serra sa mère dans ses bras.

– Béni soit ce jour! Pour le marquer, je ferai construire une petite mosquée.

Buyuk Hanim repoussa son fils et voulut le raisonner :

– Une mosquée? Tu n'y penses pas, c'est une folie! Passe que ton grand-père...

Il leva la main pour faire taire les objections.

– Ainsi en ai-je décidé, ainsi sera-t-il fait.

La vieille femme s'inclina de mauvaise grâce, vexée d'être ainsi rabrouée devant l'étranger qui ne cachait pas sa curiosité.

– Laissons-la se reposer maintenant, dit-elle en montrant la porte.

Il lui pressait de voir enfin cet homme quitter le harem. Avant de sortir, elle s'approcha de Maro, lui sourit affectueusement et, pour la première fois, l'embrassa sur le front.

– Vous prendrez bien un cognac, Herr Ernst, disait Riza Bey quand Eminé referma la porte.

La nourrice s'assit par terre à côté du lit et se mit à pleurer de joie.

– J'ai eu tellement peur, Maro, tellement peur... que j'ai regretté de t'avoir écoutée. Mais tu guéris, Allah est grand!

– En effet, dit Maro d'une voix faible et d'un ton qui dénotait sa résignation, c'est la volonté de Dieu.

En constatant l'échec de son avortement, Maro avait pensé que Dieu le voulait ainsi et qu'elle devait se soumettre. Ses desseins étaient insondables; cet enfant jouerait peut-être un rôle essentiel dans les plans divins.

Les yeux clos, elle essayait de prendre du repos quand Tomas frappa à la porte. Malgré sa faiblesse extrême, elle s'assit dans le lit avec l'aide d'Eminé.

– Fais-le entrer, et laisse-nous.

L'enfant se jeta sur sa mère et se blottit dans ses bras. Il tremblait de tous ses membres et cacha son visage dans l'épaule de Maro pour sangloter. Du bout des doigts, elle joua avec ses cheveux.

– J'ai pensé que tu allais mourir comme grand-mère, dit-il d'une voix hoquetante.

– Je vais bien, maintenant, mon chéri.

– Dis, mayrig, tu ne me laisseras jamais?

– Jamais, répondit-elle en lui relevant la tête pour l'embrasser.

Elle s'efforçait de sourire afin de le rassurer.

– Tes mains étaient froides.

– J'avais de la fièvre, rien de grave.

– Le docteur t'a guérie?

– Complètement.

Tomas coucha sa joue sur l'épaule de sa mère et resta longtemps sans bouger. Il avait autre chose à dire mais ne savait pas comment l'exprimer, et puis il retardait le moment de le faire aussi parce qu'il pressentait qu'ensuite rien ne serait plus pareil. Goûter encore ce moment où il pouvait se croire unique pour sa mère... Maro se doutait que la nouvelle de sa grossesse avait déjà fait le tour de la maison et que son fils était au courant. Elle ne voulut rien brusquer et attendit que les mots viennent d'eux-mêmes.

L'enfant prit une profonde respiration, puis une deuxième, hésita encore et murmura finalement, sans la regarder:

– C'est vrai que tu vas avoir un bébé?

Elle lui frotta la nuque:

– Oui, Tomas.

– Pourquoi?

– C'est Dieu qui le décide.

– Un garçon?

– Ça aussi, c'est Dieu qui le décide.

Il demeura silencieux et Maro perçut son insécurité. Malgré sa grande fatigue, elle lui expliqua, d'une voix très douce:

– Que j'aie un deuxième enfant, garçon ou fille, ne t'enlèvera rien, Tomas. Tu seras toujours mon fils chéri. Le cœur d'une mère est ainsi fait qu'elle peut aimer dix enfants, sans diviser son amour par dix, en le multipliant plutôt. C'est la même chose pour toi : tu aimes ton père et tu aimes ta mère, pas avec une moitié d'amour mais avec un amour complet pour chacun. Et en plus, tu pouvais aimer ta grand-mère, ton parrain, Araksi, ton chien... Tu le comprends ?

– Oui, mayrig.

Ses craintes apaisées, Tomas s'assit et demanda :

– Quand il va venir, ton enfant ?

– Nous sommes en juillet... Vers le mois de novembre, avec l'hiver.

Il fronça les sourcils, comme s'il réfléchissait à un problème de taille.

– Si papa n'est pas arrivé... qui sera son père, à l'enfant ?

Elle réalisa que son fils n'avait aucune idée de la façon dont se concevaient les enfants et elle trouva que dans les circonstances actuelles c'était mieux ainsi. Et comme elle avait fait bien attention qu'il ne se doute pas de la nature de ses relations avec leur hôte...

Il répéta sa question. Maro chercha une réponse qui respectât la logique de Tomas.

– Son père ? Eh bien... Il n'en aura pas.

– Il faut qu'il ait un père !

– Alors, nous demanderons à Riza Bey de l'être.

Tomas trouva que c'était la meilleure solution. Il demeurerait le seul fils de Vartan, et cet enfant ne serait pas son frère ou sa sœur. À la pensée de son père, Tomas s'assombrit. Il se sentait coupable des idées qui lui étaient venues plus tôt, quand il avait craint que Maro ne meure. Non ! Vartan ne les avait pas abandonnés. S'il ne venait pas, ce n'était pas sa faute, on l'en empêchait. Et surtout, il n'était pas mort. Non, il ne pouvait pas mourir.

Mais Tomas avait beau vouloir se rassurer, il avait perdu foi en l'arrivée toujours imminente de son père. Depuis longtemps, il vivait avec la certitude que c'était pour le lendemain ou le surlendemain, dans une semaine tout au plus, et cela lui permettait d'être quand même heureux, de ne s'ennuyer qu'un jour à la fois. Tout à l'heure, Tomas avait pris conscience de l'énorme période de temps qui s'était écoulée depuis leur séparation à Sivas. Plus d'une année ! Tant de jours qu'ils se confondaient. Et à présent, il envisageait avec effroi la possibilité qu'il se passe encore autant de journées, sinon plus, avant qu'ils ne soient tous réunis. Tomas se rappela un plateau dénudé où ils avaient marché avec sa grand-mère et d'autres Arméniens, marché si longtemps qu'ils avaient tous cru ne jamais en atteindre le bout. Azniv Hanim disait que l'horizon s'éloignait à chaque pas. C'était la même chose aujourd'hui !

Pour ne pas accabler sa mère malade, Tomas garda pour lui ses réflexions et demanda simplement :

– Mayrig... Est-ce qu'on pourrait écrire à papa?

Maro avala sa salive et répondit, en contrôlant son émotion :

– Non, j'ignore où il est. Tout ce que nous pouvons faire, mon chéri, c'est de prier très fort.

***

En cette fin de septembre 1916, Riza Bey rentrait chez lui après une rencontre avec Mourat Pacha, le commandant militaire de la région, et des officiers supérieurs allemands. Les nouvelles qu'il avait apprises étaient de nature à l'inquiéter sur la tournure de la guerre. En avril précédent, des brigades de cosaques transportées par la flotte russe s'étaient emparées de la ville de Trébizonde. Erzeroum était déjà aux mains des Russes et une offensive, lancée dans cette direction en juillet par 282 bataillons d'infanterie ottomans, avait échoué après une percée initiale. Dans leur contre-attaque, les Russes s'étaient rendus maître d'Erzindjan. Devant cette situation critique, Mustafa Kemal, le héros de Gallipoli, avait réorganisé la IIe armée en prélevant des divisions à Diarbékir et à Malatia, mais, en dépit de quelques succès locaux, il avait été incapable de forcer les lignes russes et avait dû se replier. Dans ces combats, l'Empire avait perdu 60 000 hommes de troupe!

Par chance, l'hiver qui s'abattrait incessamment sur cette région montagneuse forcerait les armées à se cantonner sur leurs positions. Un répit de quelques mois qu'il fallait mettre à profit, car, selon les services de renseignements allemands, les Russes prévoyaient pour le printemps une double attaque dans la région de Sivas et dans celle de Kharpout, coordonnée avec les opérations des Anglais en Mésopotamie. Pire encore, la flotte russe de la mer Noire tenterait de prendre le détroit du Bosphore et Constantinople. Tout cela pourrait signifier la fin de l'Empire ottoman, Riza Bey en était conscient, et il se demandait s'il n'avait pas commis une erreur en collaborant si étroitement avec le gouvernement de l'Ittihad. Si l'Empire devait perdre la guerre, nul doute que les vainqueurs exigeraient des comptes à propos des Arméniens.

En homme prudent, Riza Bey décida qu'il devait protéger ses arrières, prévoir une défense contre d'éventuelles accusations d'avoir participé à l'élimination des Arméniens. Déjà, il pourrait citer de nombreux chrétiens qui témoigneraient de la protection qu'il leur avait accordée, des missionnaires étrangers qui parleraient de l'aide qu'il leur avait fournie. Mais il fallait plus que ça : une façon de démontrer son désaccord avec les politiques officielles qu'il devait pourtant appliquer en tant que gouverneur. Ce moyen existait, suggéré par Gani Bey lui-même qui voulait que des messages en clair parlent de mansuétude et de mesures humanitaires alors que les rapports véritables seraient transmis en code.

Dès qu'il arriva chez lui, Riza Bey s'enferma dans son bureau pour jeter sur papier le premier jet d'une lettre au ministre de l'Intérieur.

« Des milliers et des centaines de milliers de femmes, d'enfants et de vieillards errent aujourd'hui, misérables et perplexes, sur les routes et dans les montagnes d'Anatolie. J'attends de l'esprit de justice du gouvernement que ces gens soient, avant l'arrivée de l'hiver, ou ramenés dans leurs foyers ou domiciliés là où ils le désirent. »

Il déposa son stylo et relut son texte. Voilà qui ferait l'affaire! Naturellement, il conserverait dans son coffre une copie de cette missive qu'il pourrait exhiber, avec d'autres semblables, si les circonstances l'exigeaient.

Alors qu'il allait se lever, Riza Bey aperçut, sur la pile de lettres auxquelles il devait répondre, un télégramme arrivé durant sa visite chez Mourat Pacha. Chiffré, il provenait de la capitale, et Riza commença par décoder le nom de l'envoyeur : Talaat Pacha, ministre de l'Intérieur.

– Encore! murmura-t-il en voyant le numéro 854 dans le coin droit. Il n'a que ça à faire, envoyer des télégrammes!

Le message se lisait comme suit : « Au moment où des milliers d'émigrés musulmans et de veuves de martyrs ont besoin de protection et de nourriture, il n'est pas admissible de faire des frais pour nourrir des enfants de *personnes connues*, qui, à l'avenir, ne serviront pas à autre chose qu'à être dangereux. Les renvoyer des préfectures dans les caravanes des déportés [1]. »

Il brûla le télégramme, conformément aux instructions; demain, il en recevrait un autre, en clair cette fois, disant exactement le contraire et dont il ne faudrait pas tenir compte mais qu'il faudrait classer dans les archives. Même le ministre de l'Intérieur préparait sa défense! Toute cette duplicité provoqua un soudain écœurement chez Riza et raviva ses interrogations sur la justesse de la décision, prise deux ans plus tôt, d'accepter de tenir un rôle dans les déportations. Il regrettait le temps où il n'était qu'un riche notable sans position officielle et pouvait à loisir s'occuper de ses terres et de sa famille. Trop tard maintenant pour reculer, il fallait continuer à jouer le jeu, un double jeu : donner d'une main ce qu'il enlevait de l'autre! Convaincre la Sublime Porte qu'il exécutait les directives avec zèle et envoyer des milliers de gens vers une mort certaine, tout en cédant aux pressions des missionnaires et des consuls étrangers, et à ses propres mouvements de compassion, ce qui voulait dire permettre l'existence d'orphelinats européens et américains, fournir des vivres pour les orphelins arméniens.

Il se leva en soupirant, alluma une cigarette et sortit de son bureau. Bédri se mit debout derrière son pupitre et fit le temenna.

– Riza Bey, il faudrait...

– Plus tard, répondit Riza avec un geste d'impatience.

Il continua sans s'arrêter. Il en avait par-dessus la tête des paperasses et des rapports, des récriminations des membres locaux de

1. Selon un document de l'époque.

l'Ittihad qui voulaient toujours plus de faveurs, par-dessus la tête de surveiller l'application du rationnement et d'essayer de circonscrire l'épidémie de typhus avec des moyens de fortune, par-dessus la tête de la guerre. Il allait être père une neuvième fois et cela le dégoûtait de toutes ces morts dans lesquelles il avait sa part de responsabilité. Il aurait aimé se croire encore l'homme juste qu'il se flattait d'être dans un passé récent, âpre au gain mais charitable, sans scrupules en affaires mais respectueux des préceptes du Coran. Il ne pouvait effacer ce qui était.

Avisant une servante qui polissait la table de la salle à manger avec de l'huile de citron, il ordonna :

– Préviens Eminé Hanim qu'elle me rejoigne au salon, et apporte-nous du café.

Sa vieille nourrice trouverait sûrement dans le marc quelque vision d'avenir propre à le réjouir.

Assise dans l'ombre d'un eucalyptus, à côté de Safiyé qui lisait, Maro tricotait une layette pour l'enfant qui naîtrait dans deux mois. Ce petit qu'elle avait accepté comme une fatalité après n'avoir pas réussi à s'en débarrasser, elle s'était mise à l'aimer au fil des semaines et, lorsqu'il remuait, elle lui parlait intérieurement afin qu'il se sente désiré et ne soupçonne pas qu'elle avait voulu l'éliminer. Il n'avait pas demandé à vivre, cet enfant, et il n'avait pas à souffrir du contexte dans lequel il avait été conçu. Azniv Hanim avait coutume de dire que le bébé entendait toutes les pensées de sa mère lorsqu'il était dans son ventre ; sans y croire tout à fait, Maro se laissait quand même guider par cette superstition et, pour que l'enfant ne soit pas confus quant à l'identité de son père, elle évitait d'évoquer le souvenir de Vartan ou de nourrir des sentiments négatifs à l'égard de Riza. Elle souhaitait que l'enfant arrive dans la vie avec toutes les chances de son côté, et elle s'obligeait à vivre sa grossesse dans la sérénité. Il serait toujours temps ensuite de revenir à l'angoissante question de l'avenir, le sien et celui de Tomas, compliqué encore par la présence d'un deuxième enfant.

Tapi au coin de la tonnelle, Tomas observait de loin sa mère et souffrait d'être négligé. Maro s'occupait pourtant de lui avec autant, sinon plus, d'amour et de patience qu'avant d'être enceinte ; toutefois, Tomas se sentait relégué au second plan. L'autre, blotti dans le ventre de Maro, était constamment avec elle, lui parlait sans arrêt, et Tomas n'avait qu'à observer sa mère pour savoir qu'elle l'écoutait, qu'elle lui répondait. Une conversation que lui, comme les autres, ne pouvait pas saisir. Un secret dont il était exclu. Quel besoin avait-elle de faire ce bébé ! Est-ce que son fils ne lui suffisait pas ? Elle semblait plus heureuse depuis qu'elle attendait son nouvel enfant.

Riza Bey s'arrêta dans l'embrasure de la porte et lut le dépit et l'inquiétude sur le visage de Tomas. Cela le chagrina car il aimait ce garçon intelligent et doté de caractère. Mais Tomas s'en remettrait; c'était le lot des premiers-nés que de devoir accepter un jour de n'être plus l'unique objet d'amour de leur mère, et Riza se rappelait très bien cette période malheureuse de sa vie, même s'il n'avait alors que quatre ans. Confier cela à Tomas ne lui serait pas d'un grand secours. Plutôt lui changer les idées.

– Veux-tu venir voir les avions? demanda Riza Bey en s'approchant de l'enfant.

Inconscient qu'on l'épiait, Tomas se retourna vivement, sur la défensive. Riza Bey répéta son offre, que l'enfant accepta avec empressement.

– Va le dire à tes frères et faites seller les chevaux. Je vous rejoins à l'écurie.

– Combien d'avions?

– Trois. Ils sont arrivés à midi.

Tomas s'en fut en courant et Riza Bey se dirigea vers le banc où étaient assises sa première épouse et Maro. Cette amitié des deux femmes qu'il préférait lui faisait chaud au cœur et il oublia ses tracas. Il les embrassa sur le front à tour de rôle, d'abord Safiyé, dont les yeux pétillèrent comme chaque fois que son époux l'approchait, puis Maro, dont le visage épanoui permettait à Riza de croire qu'elle acceptait sans réserve sa nouvelle vie. Il posa sa main sur le ventre rebondi qui tendait le tissu rose de la robe.

– A-t-il bougé récemment?

– Ce matin.

– Pourquoi ce masculin? demanda Safiyé d'un air taquin. C'est peut-être une fille.

– Eminé a vu dans la tasse de café que j'aurais un autre fils, déclara-t-il avec confiance. Nous l'appellerons Nour.

– Pourquoi pas Nourhan? suggéra Maro. Cela sonne si bien!

Ce nom lui plaisait car il était presque identique au prénom arménien de Nouran.

– Nourhan Bey... Nourhan Pacha... fit Riza d'une voix rêveuse. Oui, cela conviendra à merveille.

Quand Riza Bey retrouva les garçons à l'écurie, son cheval était déjà sellé. Il glissa une bouteille de cognac dans la sacoche de selle et assit devant lui son fils Arif. Suivi d'Altan, de Kénan et de Tomas, il prit la route d'Aintab, croisant des chameaux chargés de céréales ou de paniers de fruits qui s'en venaient au konak. Les récoltes battaient leur plein, les champs et les vergers bourdonnaient d'activité, et cette vision pourtant familière inspira à Riza Bey un sentiment nouveau, la certitude réconfortante de la pérennité d'une fortune basée sur le travail de la terre. Les crises politiques et la guerre pouvaient bien bouleverser le monde, le cycle des saisons demeurait immuable, rien n'arrivait jamais qui n'ait été décidé par Allah. S'inquiéter du lendemain était une perte de temps et d'énergie.

Le terrain d'atterrissage se trouvait le long de la rivière, à droite du pont, aménagé sommairement dans un pré que Riza Bey avait loué à l'administration militaire. Y faisaient escale les appareils allemands qui se dirigeaient vers Bagdad pour attaquer les positions anglaises ou patrouillaient le désert afin de débusquer les rebelles arabes qui pillaient les convois de l'armée ottomane. À un bout du terrain, où l'on avait abattu les peupliers qui formaient autrefois un brise-vent, deux grandes tentes blanches logeaient les pilotes et leurs mécaniciens. À l'autre extrémité de la piste, une baraque de planches grises servait de quartier au détachement de gendarmes qui gardait l'aérodrome et le dépôt d'essence, des fûts métalliques dissimulés sous des bâches peintes aux couleurs du sol.

– Ils sont là ! cria Kénan d'une voix excitée. Ils sont là, je les vois.

Dressé dans ses étriers, il pointait du bras trois biplans d'un vert terne, marqués d'une tache rouge vers le milieu de la carlingue et d'une croix noire sur la dérive.

– Des Albatros, précisa Riza Bey. Rappelez-vous : vous ne touchez à rien sans mon consentement.

Un lieutenant de la gendarmerie, qui avait reconnu Riza Bey, courut à leur rencontre et salua en disant, d'une voix essoufflée :

– Mes respects, kaymakam bey [1].

– Nos amis allemands sont ici ou en ville ?

– Ils se reposent.

– Conduis-moi à eux.

Comme Riza Bey et les garçons mettaient pied à terre devant les tentes, en sortit un homme au torse nu à qui le lieutenant expliqua dans un allemand pénible que le gouverneur de la province venait les saluer. L'aviateur, un grand maigre à la poitrine couverte de poils aussi blonds que sa moustache et ses cheveux en brosse, claqua les talons en s'inclinant et remonta ensuite les bretelles qui pendaient sur ses pantalons. Il cherchait dans sa mémoire l'une des formules de politesse en turc qu'on lui avait apprises. Riza Bey le tira d'affaire en s'adressant à lui dans un allemand parfait :

– Soyez le bienvenu chez nous.

L'homme sourit et tendit une main que Riza Bey serra en se présentant :

– Riza Bey.

– Colonel Hauser. C'est un honneur pour moi, monsieur le gouverneur. Excusez ma tenue, je me préparais à faire la sieste.

– C'est plutôt à vous de m'excuser d'arriver ainsi à l'improviste. Mes fils, que voici, sont passionnés pour les avions.

Le colonel sourit aux enfants et leur demanda :

– Je parie que vous aimeriez les voir de plus près !

– Ils ne vous comprennent pas, répondit Riza, mais je peux vous assurer qu'ils en meurent d'envie.

1. Monsieur le gouverneur. (Turc.)

L'aviateur rentra s'habiller en précisant qu'il n'invitait pas son visiteur sous la tente qui était, selon son expression, un véritable foutoir. Riza Bey prit la bouteille de cognac de la sacoche de selle et dit au gendarme de s'occuper des chevaux. L'Allemand revint avec ses cinq compagnons et, ravi du cadeau que leur faisait le gouverneur, il insista pour trinquer avec lui. Ils levèrent leurs gobelets d'étain à la victoire de la Triple-Alliance et Riza convia ensuite les aviateurs à dîner chez lui.

– Aimeriez-vous survoler la ville, monsieur le gouverneur?

– Je n'osais vous le demander, colonel Hauser.

Les garçons examinaient les avions, qu'ils voyaient de près pour la première fois, et ils effleuraient avec des gestes délicats la toile tendue, qu'ils craignaient de défoncer. Ces grands oiseaux semblaient si fragiles! À la dernière minute, Altan prit peur et refusa de voler. Kénan et Tomas, à qui l'on avait attaché tant bien que mal des lunettes autour de la tête, se moquèrent de lui, mais ils furent bien près de reculer eux aussi quand on les hissa jusqu'au cockpit. Le cœur battant d'émotion, ils s'entassèrent sur le siège arrière. Une fois monté à l'avant, le pilote se pencha vers eux et indiqua le manche à balai en secouant l'index :

– Nein! Pas toucher. Nein!

Il prit Tomas par l'épaule et le fit lever en disant : « Nein! nein! », puis il le força à s'asseoir et dit cette fois : « Ya! ya! » Les garçons lui signifièrent qu'ils avaient compris. Riza Bey, qui s'était installé dans un autre appareil avec Arif sur les genoux, les salua de la main. Les mécaniciens firent tourner les hélices de bois pour lancer les moteurs, qui toussotèrent et se mirent à gronder sur une note de plus en plus aiguë. Le vent qui sifflait le long de l'avion donnait déjà une impression de vitesse alors que les appareils commençaient à peine à rouler en cahotant. Kénan serra fortement la main de Tomas et ils se regardèrent, impressionnés et surtout incrédules. Voler! Ils en rêvaient lorsqu'ils jouaient avec leur planeur de balsa et lorsqu'ils couraient, les bras étendus, en imitant avec leurs lèvres tantôt le bruit du moteur, tantôt celui de la mitrailleuse. Et ce rêve, voilà qu'il se réalisait d'une manière si inattendue!

Les doigts toujours emmêlés, ils se détournèrent pour voir les arbres qui défilaient de plus en plus vite. À chaque secousse provoquée par le sol inégal, les ailes ployaient; les roues quittèrent la piste, la frappèrent aussitôt durement, l'avion rebondit et s'envola. Ils virent Altan, les Allemands et les zaptiyés qui rapetissaient; ils dépassèrent le sommet des arbres et furent au-dessus de la rivière. À mesure qu'ils prenaient de l'altitude, la vue portait plus loin. Les gens sur la route devenaient des insectes; les chars à bœufs, des jouets. Kénan essaya de dire quelque chose mais le vacarme du moteur couvrait sa voix; au mouvement de ses lèvres, Tomas crut qu'il prononçait le mot « oiseaux ».

Toute peur évanouie, Tomas se sentait grisé. Comme Maro

serait fière de lui quand elle apprendrait qu'il avait volé! Il aurait aimé que son père le voie! L'avion se dirigeait vers Aintab dont les maisons, même les mosquées aux minarets si élevés, étaient à présent minuscules. Pendant que Kénan rêvait qu'ils allaient attaquer en piqué la citadelle qui couronnait une des trois collines de la ville, Tomas voyait les champs succéder aux champs et songeait qu'avec un avion il pourrait explorer tout le pays pour trouver son père. Il s'agirait de suivre les routes pour l'apercevoir : Tomas n'arrivait pas à imaginer Vartan autrement qu'à cheval, galopant par les chemins à la recherche de sa femme et de son fils. La contrée était si vaste que son père mettrait longtemps à parvenir jusqu'à eux, et le temps pesait à Tomas car, depuis qu'il avait craint de perdre sa mère, il pensait sans arrêt à Vartan.

Après avoir fait deux fois le tour de la ville, ils revinrent en direction de la piste. Tomas toucha l'épaule du pilote et lui montra le konak de Riza Bey en essayant de lui faire comprendre qu'il aurait aimé le survoler. L'Allemand acquiesça d'un signe de tête et, quelques minutes plus tard, ils étaient au-dessus de la grande maison blanche. À la demande de Kénan, le pilote effectua plusieurs passages en rase-mottes, ce qui attira dans la cour des gens auxquels les enfants firent de grands gestes. Leurs mères étaient sans doute du nombre des curieux!

Puis ce fut le retour à l'aéroport et l'atterrissage, qui, étrangement, se fit plus en douceur que le décollage. L'avion s'immobilisa à côté des deux autres et les garçons se laissèrent glisser sur le sol, un peu étourdis. Sur le chemin du retour, ils parlaient tous en même temps de leur expérience, même Riza Bey qui était aussi excité que ses fils. Altan regrettait maintenant de n'avoir pas osé et il chevauchait un peu à l'écart des autres, la mine renfrognée. Riza Bey descendit à la maison afin de donner les ordres pour le dîner, et il confia à ses fils le soin de ramener son cheval à l'écurie. Quand ils y arrivèrent, les garçons d'écurie étaient derrière le bâtiment et on les entendait pousser des exclamations joyeuses. Altan, Tomas et Kénan se joignirent aux employés qui assistaient au spectacle d'un étalon bai saillant une jument blanche dans un enclos.

– Qu'est-ce qu'il fait? demanda Kénan à son frère aîné.

Réjoui par le spectacle, Altan avait perdu son air dépité.

– Il lui fait un poulain, voyons!

– Bah! répliqua Tomas, incrédule.

Altan s'offusqua qu'on mette ses connaissances en doute et lui répondit par un coup de poing dans les côtes.

– Qu'est-ce que tu connais là-dedans, petite tête?

Tomas serra les dents. L'autre rajouta d'une voix amusée :

– Tu vois le membre noir qu'il lui rentre dans le trou? Quand on est un homme comme moi, on en a un pareil et on l'enfonce dans le trou d'une femme pour lui faire un enfant.

Son jeune frère et Tomas n'étant pas convaincus, Altan fit

confirmer ses dires par l'homme qui se trouvait près de lui. L'employé, un bossu d'une trentaine d'années à qui il manquait les dents de devant cassées par une ruade, rit et mima un coït avec ses doigts. Kénan et Tomas échangèrent un regard ahuri : c'était donc ça la réponse à toutes les questions qu'ils se posaient après leurs visites au hammam! Cela semblait logique. Voyant l'occasion de s'amuser aux dépens de Tomas qu'il n'aimait pas, Altan ricana méchamment :

– Regarde bien les chevaux... Mon père monte ta mère de la même manière. Et elle aime ça, comme la jument!

– Non! rétorqua Tomas en décochant un coup de pied qu'Altan évita d'un petit saut de côté.

– Oh oui! Et il lui a fait un enfant!

– Ce n'est pas vrai! cria Tomas de toute la force de ses poumons.

Il s'enfuit en courant. Il ne voulait pas croire les affirmations d'Altan, mais ne parvenait pas à les réfuter. Elles expliquaient si bien l'origine de cet enfant, origine qui l'avait jusqu'ici intrigué. C'était donc Riza Bey le père! Sa mère montée par lui, comme une jument... Tomas revit le membre de l'étalon qui pénétrait dans la vulve de la femelle et il fut saisi d'un haut-le-cœur. Une fois qu'il eut tourné le coin de l'étable, il s'immobilisa et appuya ses deux mains sur le mur. Sa mère avec Riza Bey... Tomas se mit à vomir.

13

Noires silhouettes se découpant sur le ciel orangé du soir, les minarets, les coupoles et l'antique citadelle arabe au sommet d'un tertre annonçaient Alep. Avec ses milliers d'arbres qui se profilaient au-dessus des toits plats, la ville semblait une oasis plantée au centre d'un plateau désertique. Le long d'une route, le sel extrait du lit d'anciennes rivières saumâtres s'empilait en pyramides régulières, sur les flancs desquelles une foule d'ouvriers remplissaient des sacs qu'ils chargeaient sur des chameaux.

Longs coups de sifflet. Un train, dont la haute cheminée évasée crachait un panache noir, entrait en gare dans le vacarme des pistons et des bielles, le crissement des roues qui patinaient sur les rails. Il s'immobilisa, et le mécanicien lâcha la vapeur qui fit comme un puissant soupir. Derrière le tandem où un homme pelletait du charbon, il y avait sept wagons fermés, puis une plateforme pleine de soldats abrités derrière des empilements de sacs de sable d'où dépassait le canon d'une mitrailleuse lourde.

– Un convoi militaire, constata Kementché Hakki, sans penser qu'il s'agissait d'une évidence qui n'échappait à personne. Il doit se diriger vers Jérusalem.

Comme Vartan ne répondait pas, son compagnon lui toucha l'épaule :

– Oudi, mon frère, qu'est-ce qui te tracasse ?

– Rien. Je pensais.

– Moi aussi je pense, mais cela ne me donne pas cette mine d'enterrement.

Vartan eut une moue signifiant qu'il n'y pouvait rien, et Hakki lui entoura les épaules de son bras solide :

– Souvent, je ne te comprends pas, Oudi. Tu es si différent des autres ! Je ne te comprends pas, mais je t'aime bien.

– Ton amitié me fait chaud au cœur, Hakki.

Tiré par deux chevaux trapus, l'araba qui transportait Pachazadé Chahir Mithad et les musiciens se remit à rouler, lentement à cause des curieux qui s'étaient rassemblés pour assister à l'arrivée du train à la gare Bagdad, un édifice sans âme, aux murs mauve et pistache, crénelés à leur sommet. Des mendiants et des chats errants encombraient le quai, et les porteurs désœuvrés ne se gênaient pas pour les bousculer. Tous attendaient le train de passagers qui avait été retardé par le convoi militaire. En ralentissant le pas, des badauds tentaient de parcourir les nouvelles des premières pages jaunies épinglées aux murs extérieurs d'un kiosque à jounaux, pages vieilles d'au moins une semaine et qui toutes, en ce mois de décembre 1916, prédisaient une victoire de l'Empire et de ses alliés pour l'année suivante.

Hakki et son ami suivirent la voiture à pied. Leur dernière halte remontait à plus de quatre heures et la poussière de la route couvrait leurs vêtements, mais Vartan ne ressentait ni fatigue ni soif. L'excitation qui le possédait depuis qu'ils s'étaient mis en route pour Alep, deux jours plus tôt, s'était transformée en un trac fou à l'approche de la ville.

Alep, enfin! Alep par où avaient transité presque tous les déportés et où beaucoup d'Arméniens vivaient, mêlés à la population arabe. Il était donc plausible que l'homme qui avait recueilli Maro et Tomas près de cette caverne où était morte Azniv Hanim les y ait conduits. Au début de ses recherches, Vartan se disait qu'ils pouvaient s'y trouver; à la longue, il en était venu à se convaincre qu'ils *devaient* y être. Une façon de compenser les déceptions qui s'accumulaient depuis le début de ces neuf mois de tournée. Tant de villes et de villages traversés, tant de riches demeures où les derviches avaient été conviés, tant de places publiques où ils avaient joué, et jamais la moindre trace de sa famille. Les Arméniens et les missionnaires avec qui Vartan avait été en contact n'avaient pas été en mesure de lui fournir d'informations à son sujet. Même le réseau de la résistance avait échoué à localiser Maro et Tomas.

Alors qu'ils atteignaient le square Bab El Faraj, Vartan demanda à Hakki :

– Sais-tu où nous logerons?

– À l'auberge Nahiyé Han. Nous y sommes presque.

– Je vous y rejoindrai dans deux ou trois heures.

Et il s'enfonça dans la foule sans répondre à Hakki qui lui proposait de l'accompagner. Marchant vite, il déboucha sur une petite place. Le soir tombait, les boutiquiers baissaient le rideau de fer de leur magasin, des hommes étaient attablés dans un café où l'on allumait les lampes; debout sur le trottoir devant une baraque servant de restaurant, des gens mangeaient avec leurs doigts des keuftés [1], des morceaux de foie et de rognons grillés sur charbon de bois.

Les autorités ottomanes ne parvenaient pas à turquifier Alep,

1. Boulettes de viande hachée, normalement de l'agneau. (Turc.)

qu'une atmosphère de gaieté et son cosmopolitisme démarquaient des villes de l'Anatolie. On entendait dans les rues parler l'arabe plus encore que le turc, mais aussi le kurde, l'assyrien, le chaldéen et le druze. Les Arméniens, les juifs et les Grecs y vivaient en grand nombre. Ce mélange de populations diverses et la présence d'importantes colonies d'Européens, de même que la précarité de son autorité en Syrie, expliquaient pourquoi le gouvernement de Constantinople n'avait pas chassé les Arméniens d'Alep.

L'esprit absent, Vartan avançait vite au milieu d'une foule nonchalante. Le klaxon d'une automobile le ramena à la réalité et il s'écarta avec les autres piétons pour laisser passer la voiture qui transportait un colonel de l'armée ottomane et deux officiers allemands. Il remarqua au centre du square un vendeur de limonade, un vieillard coiffé d'un turban blanc qui portait un réservoir de cuivre sur son dos et criait d'une voix chantonnante :

– Venez, buvez et soyez purifiés.

De chaque côté de lui se tenaient deux garçons d'une dizaine d'années qui présentaient aux passants des verres remplis de liquide rosé. Vartan vida d'un trait le verre qu'on lui offrait et tendit une pièce au vieux.

– Merci, dit-il. Pouvez-vous m'indiquer la direction du quartier arménien ?

L'homme eut l'air embêté et se tourna vers ses assistants. Pendant qu'un garçon lui traduisait la question, l'autre s'approcha de Vartan et dit très vite :

– Notre maître ne parle que l'arabe, mais si vous êtes généreux, je vous dirai où cela se trouve.

Vartan lui remit une piécette ; insatisfait le garçon répondit avec un geste vague :

– Ce n'est pas très loin; le temps de fumer deux cigarettes.

Une deuxième pièce lui délia un peu plus la langue :

– C'est au bout de la rue, derrière un grand bâtiment de brique rouge. Vous voyez cet homme sur un âne ? Suivez-le, il va dans la bonne direction.

Vartan se dépêcha afin de ne pas perdre de vue le paysan qui cravachait sa monture avec une branche. Des odeurs de friture s'échappaient des maisons et, comme répondant à un signal, les enfants qui avaient traîné toute la journée dans la rue retournaient à leur domicile. Parvenu à une intersection déserte, le paysan s'arrêta. Vartan le rejoignit et le salua :

– Selâmunaleykum. Savez-vous où se trouve...

L'air piteux, l'homme au visage cuit par le soleil lui toucha le bras pour l'interrompre et dit :

– Aleykumselâm. Je viens de la campagne, effendi, et j'ai perdu mon chemin.

Vartan comprit que l'assistant du vendeur de limonade s'était payé sa tête. L'obscurité grandissait et il n'y avait personne alentour à qui demander son chemin. Abandonnant le paysan, qui ne parvenait à opter pour une des trois directions qui s'offraient à lui, Vartan continua vers l'est. Il vit finalement l'édifice rouge et, à tout hasard, emprunta l'allée qui le longeait. Il déboucha dans un quartier misérable d'entrepôts et de hangars décrépits séparés par des ruelles tortueuses. La pleine lune éclairait la chaussée. Durant plusieurs minutes, il avança au hasard, sans rencontrer âme qui vive, puis il aperçut une forme recroquevillée dans une encoignure. C'était un mendiant, qui se leva et clopina à sa rencontre. Il tendit la main droite, tandis que de l'autre il grattait la plaie purulente qui couvrait son front et la moitié de son visage.

Tout en cherchant des pièces dans sa poche, Vartan lui demanda si c'était bien le quartier arménien. L'homme, dont il était impossible de deviner l'âge, ne comprenait pas et se contentait de secouer sa main vide avec une grimace de sa bouche édentée. Après avoir répété inutilement sa question. Vartan lui fit l'aumône et repartit. L'aspect désolé des lieux le plongea peu à peu dans la mélancolie et il ressentit la fatigue de sa journée de voyage. Il se défendait mal de la pensée qu'il avait fondé sur Alep un espoir démesuré et irraisonnable. Et puis il aurait dû tempérer son impatience et attendre au lendemain pour entreprendre des recherches.

Il atteignit ce qu'il prit d'abord pour un parc et qui était en fait un cimetière musulman aux stèles étroites couronnées d'une forme arrondie. Au-delà s'étendait un quartier illuminé çà et là par des lanternes à gaz, et Vartan contourna le cimetière pour y arriver. Des bicoques en planche, d'un seul étage et construites de guingois, bordaient les rues de terre. Pas de fenêtre, mais une large ouverture sans porte qui laissait voir l'intérieur éclairé. Des femmes en sous-vêtements de satin, plusieurs aux seins nus, se tenaient accroupies sur le seuil ou adossées contre le mur extérieur. Des affiches en arabe, en allemand, en anglais et en français annonçaient : à louer, à l'heure, à la journée. Des hommes allaient par deux ou par trois, d'un pas nonchalant, contemplaient la marchandise offerte et s'arrêtaient parfois pour s'informer des prix. Vartan avançait comme s'il n'entendait aucune des invites, mais il ralentit lorsqu'on s'exclama en arménien :

– Celui-là, il n'est pas trop moche malgré sa barbe!

– C'est peut-être un hodja! répondit une voix féminine.

Dans une maison au plancher de terre battue rigolaient deux jeunes filles qui attisaient un brasero afin de faire chauffer du thé. Derrière elles, une matrone voilée somnolait sur une chaise. L'une des prostituées portait une chemise de style européen garnie de dentelle, l'autre n'avait qu'un chalvar rose et exposait sa poitrine aux petits seins fermes. Elles n'avaient pas plus de dix-sept ou dix-huit ans. Vartan s'approcha et s'adressa à elles en arménien :

– Bonsoir. Est-ce que je peux vous parler?

Celle dont le buste était dénudé baissa la tête; l'autre rougit mais le dévisagea d'un air décidé et prit un ton méfiant :

– Vous êtes un prêtre?

– Qu'est-ce qu'il dit? s'enquit en turc la matrone qui se réveillait.

– On discute du prix, lui répondit la jeune fille avant de revenir à l'arménien pour parler à Vartan. Qu'est-ce que vous nous voulez?

Il était bien en peine de répondre et sentit ridicule son désir de leur parler; elles voyaient en lui un juge et il ne pouvait que troubler leur relative quiétude. Elles survivaient comme elles le pouvaient. Il regretta de s'être arrêté. Maintenant, il fallait bien qu'il dise quelque chose.

– Quel est ton nom?

– Guluzar.

– Ton vrai nom?

– Ça ne vous concerne pas!

– Qu'est-ce qui se passe? demanda la patronne qui s'impatientait. Parlez pour que je comprenne. S'il n'a pas d'argent, qu'il file!

– Est-ce qu'on vous retient ici? s'enquit Vartan d'un ton compatissant.

Guluzar haussa les épaules. Celle qui n'avait pas encore prononcé un mot posa sur Vartan un regard timide:

– Il faut bien vivre...

La résignation se lisait sur son visage fardé.

– Sais-tu s'il y a des gens de Sivas à Alep?

– Je ne sais pas. Moi, je m'appelle Nektar et je viens de Moush.

Sa compagne la fit taire d'un coup de coude et dit avec brusquerie:

– Voulez-vous baiser? Sinon, partez, car nous aurons des ennuis.

La matrone se leva avec peine et s'approcha en traînant ses savates.

– De grâce, laissez-nous en paix! dit encore Guluzar.

Vartan leur souhaita bonne chance et s'éloigna d'un pas vif. La rue débouchait sur une autre, pavée celle-là, où les maisons en stuc avaient deux étages. Des voix hilares l'interpellèrent:

– Oudi Yachar! Ah, coquin!

– Oudi, mon frère, attends-nous.

Hakki se préparait à entrer dans un bordel en compagnie de Hafiz Ismaël et de Tambour Vasfi. Il prit Vartan par l'épaule.

– C'est donc là que tu étais passé! Tu as raison, il n'y a que le corps d'une femme pour chasser la mélancolie. Mais, mon aghabey, cela ne semble pas t'avoir réussi...

– C'est la fatigue du voyage.

Hakki n'insista pas. Depuis le temps qu'il voyageait avec Vartan, il avait appris à le connaître et respectait son besoin de silence et de recueillement.

– Dans quelle direction se trouve notre auberge?

– Je reviendrai me joindre à vous, dit Hakki aux deux autres musiciens.

Et il donna le bras à Vartan pour le raccompagner. Au bout de quelques pas, il demanda :

– Voudrais-tu que j'aille au restaurant avec toi ? Vasfi et Ismaël peuvent bien se débrouiller sans moi.

– Non, retourne t'amuser, Hakki. Je vais dormir.

– Il y a des fruits, du pain et de l'ayran dans la chambre. J'avais pensé que tu rentrerais tard et aurais peut-être faim.

Vartan s'émerveilla de pareille délicatesse chez un être en apparence si fruste.

***

La répétition qui se déroulait dans la cour arrière de l'auberge dura jusqu'au milieu de l'après-midi, véritable tourment pour Vartan dont l'impatience grandissait. C'était justement par sa faute, à cause de ses distractions, que l'exécution des morceaux ne satisfaisait pas Pachazadé Chahir Mithad. La troupe ne séjournerait que trois jours à Alep, et ensuite elle prendrait le train pour Konia, car le derviche voulait être de retour au monastère pour les grandes fêtes marquant chaque année l'anniversaire du fondateur de son ordre. La tournée serait finie et, si un miracle ne se produisait pas à Alep, Vartan n'aurait d'autre choix que de rejoindre Aroussiag à Urgup. Et s'il trouvait Maro et Tomas, où fuiraient-ils ? Dans une ville du Sud, toujours sous le contrôle des Ottomans ? Gagner une terre d'asile à l'étranger ? Comment ?

Dès qu'il fut libre, Vartan courut jusqu'à la mission protestante américaine dont l'aubergiste lui avait donné l'adresse. Le gardien, un solide garçon d'une vingtaine d'années aux yeux très noirs et ronds comme des billes, détailla longuement le Turc barbu qui se tenait devant lui. Sans abandonner sa méfiance, il répondit que le révérend Matthews était absent pour plusieurs jours.

– C'est que...

Vartan hésita à confier quoi que ce soit à cet homme qui, malgré son accent assyrien, pouvait être un informateur du gouvernement.

– Je voudrais voir la personne qui est en charge durant son absence.

– Mrs Matthews ?

– Oui. Dites-lui simplement que je suis un ami du révérend.

Le gardien revint quelques minutes plus tard et ouvrit la grille à l'aide d'une grosse clef qui pendait à sa ceinture. Un étroit jardin planté de lauriers-roses séparait la maison de la rue. De hautes fenêtres perçaient la façade en pierres d'un gris doré et un escalier monumental menait à la porte principale. Ces demeures étaient fournies aux étrangers par le gouvernement, signe que la guerre n'avait pas diminué les privilèges dont jouissaient les Européens et les Américains en vertu des capitulations signées entre leurs pays et la Sublime Porte.

Mrs Matthews reçut Vartan dans un petit salon tendu de vert qui donnait sur le vestibule. Il retira son fez pour la saluer. La cinquantaine, c'était une femme élégante dont le visage sans rides gardait trace de la beauté remarquable qui avait été sienne dans sa jeunesse. L'argent de ses cheveux bleuissait légèrement au creux des ondulations. Sur sa robe blanche dont le col montait haut, une croix en or était épinglée. Sans se départir de son attitude un peu guindée, elle demanda en turc, d'un ton poli mais froid :

– Que puis-je pour vous, effendi ?

Le gardien étant demeuré dans l'embrasure de la porte du salon pour garder le visiteur à l'œil, Vartan dit en anglais :

– Je vous remercie de m'accueillir, madame. Pourrions-nous discuter en tête à tête ?

Elle laissa voir son étonnement et congédia le garçon d'un signe de la main.

– Qui êtes-vous ?

– Vartan Balian, madame. Je ne crois pas...

– Mais si ! J'ai entendu parler de vous, s'exclama-t-elle d'un ton réjoui en se levant. Et j'ai même lu certains de vos articles avant que Mr Matthews, mon époux, les confie à notre consul.

Un sourire remplaçait l'air intrigué qu'elle avait depuis les premiers mots de Vartan. Elle lui serra la main, l'invita à s'asseoir dans une bergère à la tapisserie fanée et sonna pour qu'on serve du thé.

– Depuis des mois, mon mari s'attend à votre visite. Quel malheur qu'il soit absent !

– Oui, c'est triste car je repars dans deux jours.

– Vous ne repartirez pas bredouille, monsieur Balian.

Il se leva brusquement, le visage illuminé, et s'écria :

– Vous avez des nouvelles de mon épouse et de mon fils !

Dans un mouvement de nervosité, Mrs Matthews se mordit la lèvre. Elle dit, d'une voix triste :

– Malheureusement pour vous, il ne s'agit pas de cela.

Vartan se laissa choir dans le fauteuil, juste au moment où l'on frappait à la porte. La servante déposa le plateau sur une table et se retira aussitôt, à la demande de Mrs Matthews qui entreprit de faire elle-même le service.

– Je suis navrée de vous avoir causé cette fausse joie, fit-elle en lui offrant une tasse. Vraiment navrée. Voulez-vous du sucre ?

– Non, merci.

Vartan cachait mal son dépit. Il secoua la tête, comme quelqu'un qui veut reprendre ses esprits après avoir été assommé.

– Vous n'y êtes pour rien, murmura-t-il, abattu. C'est moi qui...

Il ne termina pas sa phrase. La femme s'assit et garda le silence durant quelques minutes, se désolant de ne pas avoir, comme son mari, le don de trouver sur-le-champ les mots qui réconfortent. Elle imaginait plutôt le drame que ce serait pour elle d'être ainsi séparée d'Allan Matthews, ignorant ce qu'il était advenu de lui. Lorsqu'elle jugea que Vartan s'était fait une raison, elle dit :

– Si mon mari n'a rien appris sur le sort de votre famille proche, croyez-moi, ce n'est pas faute d'avoir multiplié les démarches auprès des missionnaires de toutes confessions et d'avoir interrogé les milliers de déportés avec qui il a été en contact.

– Je n'en doute pas, madame, et je lui en sais gré.

Sa voix était posée et il donnait l'impression d'être maître de lui-même, mais cette surface calme cachait un véritable bouillonnement d'émotions. Une flamme en lui vacillait ; se détendait le ressort qui depuis des mois le poussait à agir. Pourtant Vartan refusait de voir s'éteindre sa détermination. La femme le devina en proie à une sourde lutte intérieure.

– N'abandonnez pas espoir, monsieur Balian. Dieu nous a tous en sa sainte garde. Continuez de chercher les vôtres, le révérend fera de même de son côté.

– Je n'abandonnerai jamais !

– Voilà une parole digne d'un chrétien, se réjouit Mrs Matthews qui avait redouté d'être témoin d'une scène de désespoir. Votre épouse et votre fils... Il a quel âge, au fait ?

– Six ans. Non ! Sept ans et demi.

– L'âge de raison... Je disais donc que les vôtres sont peut-être encore hébergés par cet homme charitable qui les a tirés d'un convoi. Ou bien ils ont trouvé refuge à Beyrouth, à Bagdad ou en Perse.

Elle marqua une pause, le temps de boire une gorgée de thé et de redéposer la tasse dans la soucoupe.

– Ce que j'avais à vous annoncer et qui a occasionné cette regrettable méprise concerne votre frère. Il a gagné Jérusalem avec sa famille avant le début des déportations.

– Dieu soit loué ! Enfin une bonne nouvelle !

Vartan savoura sa joie en silence durant quelques secondes et constata pour lui-même :

– Noubar a toujours été prévoyant, une qualité qu'il tient de notre père.

Devinant que par cette phrase son visiteur se blâmait pour sa propre imprévoyance, Mrs Matthews conclut :

– Chacun agit toujours au meilleur de sa connaissance.

– Serait-ce compliqué de faire suivre une lettre à mon frère ?

– Aucunement. J'ignore cependant le temps que cela prendra.

Elle se servit encore du thé et constata que Vartan n'avait pas touché au sien. Elle sourit, sachant qu'elle allait encore lui faire plaisir.

– Il y a autre chose, monsieur Balian. Mon mari est allé en Cappadoce, le mois dernier. Vos amis vont bien et espèrent vous revoir. Ils ont reçu de Constantinople un message d'un cousin à vous.

– Ça ne peut être que Diran ! Je lui avais écrit. Que disait-il ?

– En gros, que vos parents de là-bas se portent bien. Rien à propos de votre épouse. La lettre vous attend à Urgup.

Elle hésita, se demandant si sa curiosité n'était pas déplacée, puis s'informa quand même :

– Vous comptez bien y retourner, n'est-ce pas?

– Je préférerais demeurer dans la région d'Alep, peut-être me rendre à Jérusalem, mais je n'ai pas tellement le choix. Je suis toujours recherché. Sans ma couverture de musicien d'une troupe de derviches, je n'aurais pas de papiers pour circuler et je risquerais d'être repris. Je rentre donc à Urgup. Toutefois, j'ai déjà accepté de revenir en tournée avec la troupe de Pachazadé Chahir Mithad le printemps prochain.

– C'est très bien. Les informations que vous fournissez nous permettent de localiser de jeunes Arméniens et de les amener dans nos orphelinats, nos écoles et nos hôpitaux. Ainsi, nous leur évitons d'être islamisés.

– C'est ça l'essentiel : qu'ils conservent leur langue et leur religion, qu'ils demeurent arméniens! Tant d'adultes ont été éliminés; nous aurons besoin des enfants pour peupler l'Arménie autonome qui sera créée à la fin de la guerre.

Mrs Matthews ne souhaitait guère entrer dans pareille discussion.

– Mon mari serait en mesure de parler politique avec vous; pour ma part, je n'y entends rien. La seule chose qui m'importe, c'est que les autorités ottomanes n'empêchent pas l'argent et les vivres fournis pour les Arméniens par le Comité de secours américain, la Croix-Rouge et le Fonds du lord-maire de Londres d'arriver jusqu'à nous.

Avant de partir, Vartan écrivit à son frère Noubar une longue lettre dans laquelle il résumait ce qu'il avait vécu depuis un an et demi, et où il lui demandait, si cela lui était possible, de faire rechercher Maro et Tomas à Bagdad, à Damas et à Beyrouth. Comme il sortait, après avoir remercié l'épouse du révérend Matthews, celle-ci lui recommanda :

– Vous devriez allez rencontrer Der Kévork, un prêtre qui travaille très fort pour aider vos compatriotes. Je crois que votre visite lui ferait plaisir. Son église se trouve en bordure du quartier qu'on nomme Barak El Arman [1], dans le nord-est de la ville.

Elle pensait que le curé saurait encourager Vartan Balian qu'elle sentait désespéré sous des dehors calmes.

– Der Kévork, dites-vous? Je lui rendrai visite.

Son ignorance était feinte. Der Kévork servait de relais au réseau arménien et Vartan avait quelques missives à lui remettre.

Il se hâta de rejoindre la troupe, qui se produisait à une réception donnée par le préfet de police. Jamais la musique ne lui fut d'un tel secours. Elle seule pouvait exprimer l'inexprimable et il se laissa emporter par elle, vida son cœur par les cordes de son

1. Baraques des Arméniens. (Arabe.)

oud. Ses compagnons, qui connaissaient sa virtuosité, s'étonnèrent pourtant de la sensibilité de son jeu ce soir-là. Même les invités sentirent que ce joueur d'oud était inspiré et se turent afin de goûter sa musique. À la fin de la soirée, le maître de la maison vint féliciter Vartan et glissa une pièce d'argent dans sa main.

Plutôt que de rejoindre les autres musiciens qui s'éloignaient en direction de l'auberge, Vartan se mêla aux invités qui partaient vers le centre de la ville. Un coin de rue plus loin, il leur faussa compagnie. Leurs rires et leurs éclats de voix s'éteignirent rapidement. Vartan se trouvait dans une grande artère plantée d'arbres où la lune luisait sur les pavés. Il marcha lentement, attentif à ne pas troubler le silence qui régnait sur la ville endormie. Un vide immense en lui. Aucune pensée, aucun sentiment, une étrange paix dont il voulait jouir le plus longtemps possible. Il s'arrêta devant l'hôtel Baron, l'établissement le plus chic de la région, un édifice d'architecture moderne dont la construction ne datait que de 1911. Adossé au tronc d'un platane, il laissa le temps s'écouler, regarda sans la voir la lune qui plongeait derrière les toits. Quand il prit le chemin du retour, c'était déjà le petit matin.

Dans le jardin de l'auberge, Vartan s'arrêta pour rouler une cigarette. Il entendit alors de faibles halètements qui venaient du puits et s'approcha. Une femme étendue par terre s'agrippait aux épaules de l'homme qui s'affairait sur elle. Elle s'aperçut de l'arrivée d'un intrus, laissa échapper un cri étouffé, repoussa son compagnon et s'enfuit en rabaissant ses jupes.

L'homme s'assit par terre. C'était Hakki.

– Tu l'as effrayée, Oudi, mon aghabey, dit-il d'une voix amusée. C'était la fille de l'aubergiste.

– Je suis désolé.

– Je l'avais déjà baisée deux fois!

Il se releva et replaça sa chemise dans son pantalon. Un détail intriguait Vartan qui demanda :

– Comment m'as-tu reconnu dans le noir?

– J'ai vu ton visage. Qu'y a-t-il là de surprenant?

Hakki se rendit compte aussitôt de sa bévue. Il avait confié à Vartan que l'armée l'avait refusé parce qu'il était très myope et ne distinguait rien dans l'obscurité.

– Tu m'as l'air d'avoir la vue aussi perçante qu'un hibou!

– Bien... bien... fit Hakki qui cherchait vainement une explication convaincante. Je t'en prie, aghabey, que ceci reste entre nous.

– Évidemment.

Rassuré, Hakki lui enserra l'épaule et l'entraîna vers l'auberge. Une fois dans la chambre qu'ils partageaient, il prit son petit violon. Vartan protesta pour la forme :

– Tu vas réveiller ceux qui dorment, avec ton kementché!

– Je jouerai en sourdine. Écoute bien, c'est un morceau que j'ai composé pour toi.

L'instrument sur sa cuisse, il frotta doucement l'archet sur les cordes.

– Je veux faire un chant pour célébrer notre amitié, Oudi. L'air m'est venu facilement, mais cela fait des jours que je peine pour trouver les mots. Il faudra que tu m'aides.

– Que veux-tu dire dans ta chanson?

– La joie que j'ai de t'avoir connu. Le plaisir que j'ai à parler avec toi. Je voudrais dire aussi que tu es différent des autres, un peu mystérieux. Et que je t'aime bien.

Vartan sourit tandis que Hakki jouait.

– C'est un très bel air, Hakki, mon ami. Je t'aiderai à y mettre des mots. Maintenant, dormons.

Dès qu'il fut étendu, Hakki se mit à ronfler. Cette conversation avait détruit la paix intérieure de Vartan, qui ne trouva pas le sommeil.

Il avait beau se raisonner, se dire qu'au fond de lui il n'avait jamais eu la conviction de trouver les siens à Alep, il ne pouvait chasser cet atroce sentiment d'échec qui lui faisait juger futiles ses efforts et ses démarches des derniers mois. Toutes les paroles d'encouragement et les exhortations à l'espoir qu'on lui avait servies lui revenaient à l'esprit et, rétroactivement, il percevait la nuance de doute qui affleurait à ce moment-là dans la voix de ses interlocuteurs, les réserves qu'ils n'avaient pas osé exprimer et que de toute façon lui-même n'aurait pas voulu entendre. Seule Aroussiag avait eu le courage de lui dire qu'il s'agissait d'une entreprise impossible. Cependant, elle avait ses raisons de parler de la sorte!

Retourner chez elle? Retourner *à* elle... C'était en quelque sorte faire le deuil de retrouvailles prochaines avec Maro et Tomas. Rejoindre son frère à Jérusalem? La tentation était forte, mais cela signifiait renoncer au moyen de voyager en Anatolie que lui procurait son occupation de musicien d'une troupe derviche. Un abandon définitif de sa quête!

La petite maison d'Aroussiag... Combien de fois depuis le printemps dernier n'y avait-il pas songé comme à un havre? C'était vers ce souvenir qu'il s'était tourné lorsque l'écœurement lui venait à la vue des ossuaires en bordure des routes, que le gouvernement s'affairait encore à faire disparaître, à la vue des quartiers arméniens déserts, des villages brûlés ou occupés par de pauvres mouhadjirs qui transformaient les églises en étables, coupaient les arbres fruitiers pour alimenter leurs feux et laissaient retourner en friche des champs cultivés avec amour par d'innombrables générations d'Arméniens. Écœurement encore à l'audition de ces récits, tellement répétitifs dans leur horreur, qu'on lui rapportait afin qu'il en informe le monde au moyen de ses articles. Ces histoires faisaient désormais partie de lui, alourdissaient sa mémoire au point qu'il avait parfois le sentiment d'avoir vécu lui-même vingt, trente fois la déportation, et il savait que l'oubli ne lui viendrait pas, aussi longtemps qu'il vive.

Il en avait assez des ruines, des morts, des pertes; il aurait voulu mettre un point final, ainsi qu'au bas d'un reportage, et tourner la page. De plus en plus, il aspirait à reconstruire ; raser les ruines, recommencer. Ce désir resterait impossible tant et aussi longtemps qu'il ne serait pas réuni aux siens ou n'aurait pas la certitude de les avoir perdus à jamais.

***

Vartan se leva avec le soleil, maussade à l'idée de cette rencontre inévitable avec Der Kévork. Le curé prêcherait lui aussi l'espoir en la divine providence, puis lui confesserait en détail tous les malheurs dont il avait été témoin. Comment ne pas céder à l'envie de répliquer : « J'en ai assez de me leurrer ! J'en connais assez sur la catastrophe. » Dire qu'il se sentait las et qu'il rêvait d'un bonheur tranquille sonnerait sans doute comme un blasphème aux oreilles du prêtre.

Désireux de s'acquitter au plus vite de cette corvée, Vartan se présenta à une heure sans doute trop matinale à la minuscule église qui se trouvait aux anciennes limites orientales de la ville, pas très loin des souks et d'antiques caravansérails. Au-delà se construisait un nouveau quartier dont la laideur était accentuée par les contrastes violents entre les zones inondées de clarté et les pans d'ombre créés par la lumière rasante. Des sentiers de terre, où la brise levait des nuages de poussière, serpentaient entre les cabanes de vieilles planches et de toile ; ici et là, des maisons de pierres sèches ou de pisé remplaçaient déjà les installations temporaires. L'image de la misère !

Toutefois, certains détails tempérèrent l'impression initiale de Vartan : de petits potagers occupaient l'espace libre, des poulets picoraient devant les portes, un chien aboyait, quelques filets de fumée s'élevaient au-dessus des toits de tôle. Barak El Arman ! Au lieu d'aller voir le prêtre, Vartan s'y serait volontiers promené au milieu de ses compatriotes, sans les aborder, seulement pour les regarder vivre. Et peut-être aurait-il prêté main-forte à un homme qui érigeait le mur de cailloux de sa future demeure.

Il décida d'attendre encore un peu avant de frapper à la porte de Der Kévork et s'assit sur la margelle d'une fontaine. Chose curieuse pour une église arménienne, où tous les éléments architecturaux sont d'habitude regroupés, le clocher se dressait à environ vingt mètres du corps du bâtiment. En examinant le style de la construction, Vartan déduisit que l'église était probablement consacrée autrefois au rite syriaque.

Deux femmes sortirent avec des seaux d'une maison qui avait un rideau en guise de porte et elles se figèrent en apercevant un étranger à la fontaine. Après s'être concertées, elles vinrent à pas lents. Drapées de la tête aux pieds à la mode arabe dans un léger tissu noir, elles échangèrent quelques mots à voix basse en arménien. L'une avait atteint un âge vénérable et le soleil avait donné à sa peau ridée la couleur de la brique; l'autre, peut-être sa fille ou sa belle-fille, devait avoir dans les quarante ans. Vartan se leva et s'écarta de quelques pas afin de les mettre à l'aise. Quand elles arrivèrent à la fontaine, il les salua dans leur langue et offrit de remplir leurs seaux. Après un moment d'hésitation, elles acquiescèrent.

– Devant nous, c'est bien l'église de Der Kévork? demanda Vartan en tenant un seau sous le canon de métal.

– Oui, répondit l'aînée d'une voix aiguë.

Après un silence, elle dit en guise d'excuse :

– Nous vous avions pris pour un Turc.

– Et moi, pour des Arabes!

La plus jeune, au visage maigre et aux yeux fiévreux, rit aux éclats; ses dents montraient de nombreux signes de carie. Ce rire parut aux oreilles de Vartan la plus belle des symphonies. L'aînée garda son ton sévère :

– Par les temps qui courent, vaut mieux faire oublier qui nous sommes.

Vartan lui répondit par un signe de tête entendu.

– Connaissez-vous des gens qui viennent de Sivas?

Les deux femmes s'interrogèrent du regard.

– Je ne crois pas, fit la plus jeune. Ma mère et moi sommes de Kéghi.

À l'évocation de son village natal, une ombre furtive troubla son visage, puis elle ajouta :

– Vous devriez vous informer auprès de Der Kévork. Il connaît tous les Arméniens qui vivent à Alep.

– Où est sa maison?

– Il l'a donnée à une famille et il habite à l'église avec sa yeretsguine.

– Frappez à la porte de la sacristie, dit la vieille qui montra le côté droit de l'église. Derrière le clocher.

– Voulez-vous que je porte votre seau, diguine?

Elle eut un rire roucoulant :

– Ménagez vos forces, jeune homme. J'en ai vu d'autres!

Ils se séparèrent sur des souhaits de bonne chance et Vartan se dirigea vers l'endroit qu'avait indiqué la vieille. Les constructions délimitaient une cour rectangulaire où, nourrie par les récentes pluies d'automne, l'herbe poussait entre les pavés. Sur un banc de pierre, un vieillard vêtu d'une soutane au noir à demi décoloré lisait un journal. En entendant le frottement des sandales sur la pierre, le curé leva la tête. Son œil gauche était crevé et la paupière plane semblait cousue à la joue; toute la vie s'était concentrée dans l'autre œil dont le regard était perçant. L'étroite barbe blanche qui descendait jusqu'au milieu de sa poitrine allongeait son visage osseux, doré et plissé tel un abricot sec. Il s'adressa en turc à son visiteur.

– Quel vent vous amène ici de si bon matin, jeune homme?

– Un vent amical, répondit en arménien Vartan qui retira son fez.

Der Kévork voulut se lever.

– Permettez-moi plutôt de m'asseoir, der hayr [1].

– Faites donc, mon fils.

Ils échangèrent une poignée de main et Vartan prit place à ses côtés sur le banc. La pierre était froide. Le prêtre, qui allait s'enquérir de l'identité de son visiteur, se mit à renifler à petits coups, se demandant s'il imaginait cet extraordinaire parfum qui le faisait saliver.

– C'est bien que ce que vous pensez, dit Vartan en lui remettant un petit paquet au papier brun maculé de taches grasses.

– Du café! s'exclama le prêtre.

Il déchira un coin du paquet et prit entre des doigts aux jointures gonflées une pincée de poudre qu'il approcha de son nez.

– Du café! Et du bon! Je n'en ai pas bu depuis une éternité.

Vartan connaissait cette passion de Der Kévork par l'armurier d'Ourfa, un Arménien à qui sa spécialité avait valu d'échapper au sort réservé à ses concitoyens, et qui lui avait donné des messages destinés au prêtre.

– Loussaper! Loussaper!

Aux appels pressants de son mari, une femme dans la soixantaine sortit avec précipitation de la sacristie. Elle avait un regard triste ou fatigué. On devinait, aux joues flasques et aux fanons qui pendaient à son cou et à ses bras, une ancienne obèse qui avait maigri en un court laps de temps. Elle pressa une main sur sa poitrine et reprocha à son mari de l'avoir inquiétée inutilement.

– Regarde! dit-il avec une voix exaltée. Notre ami nous fait cadeau de café.

Heureuse de la joie de son mari, elle salua Vartan de la tête.

– Soyez le bienvenu, monsieur. Et merci.

– Prépares-en, veux-tu?

– Comment l'aimez-vous, monsieur? demanda la femme à Vartan. Doux ou très sucré?

Vartan protesta :

– Il y en a si peu, gardez-le pour vous.

– Fais-le doux, dit Der Kévork à son épouse avant d'ajouter pour Vartan : Nous le boirons ensemble. C'est un signe des temps!

Vartan ne comprenait pas le sens de ces derniers mots. Il se présenta.

– Je me doutais de votre identité, fit le prêtre en lui frappant l'épaule avec familiarité.

Il était bien plus fort que ne le laissait supposer sa frêle constitution.

– Vous faites d'excellents articles qui servent bien notre cause à l'étranger. J'ai plaisir à vous rencontrer enfin, mon fils.

1. Mon père. (Arménien.)

– Moi de même, der hayr, répondit Vartan en lui donnant la main.

Ne désirant pas s'éterniser, il en vint au but de sa visite :

– Je vous apporte des messages d'Ourfa.

– Tout à l'heure, répondit distraitement le prête qui anticipait le plaisir de déguster le café.

– Vous a-t-on fait savoir que je cherchais à localiser ma famille?

– Deux fois plutôt qu'une! Le réseau d'abord, puis le pasteur Matthews. Vous avez remué ciel et terre, si je ne me trompe?

– En vain, répondit Vartan d'une voix morne. De votre côté?

– Rien, mon fils, je suis désolé. Les vôtres ne sont pas à Alep ni dans la région immédiate, je puis vous l'assurer.

Son œil valide scrutait le visage de son visiteur. Il prit une voix douce :

– Il faut cesser de vous agiter, mon fils.

– Et m'en remettre au Seigneur? demanda Vartan en contenant mal son impatience.

Der Kévork conserva son ton de sollicitude :

– Entre autres choses.

Comme Vartan gardait le silence, le prêtre reprit :

– Il faut recommencer à vivre, mon fils.

– Facile à dire.

Le prêtre regarda en direction de la porte. Pourquoi tardait-elle à apporter le café? L'eau devait bouillir déjà!

– Vous trouver un but. D'après ce que je connais de vous...

– Ah! Écrire encore des articles sur les déportations? Vous allez me raconter ce que vous avez vu. C'est ça, recommencer à vivre?

Le ton cinglant de Vartan ne troubla aucunement le vieux prêtre, qui jeta de nouveau un regard impatient vers la porte.

– Vous avez raison, mon fils. Le temps des lamentations est passé.

Vartan, qui s'attendait à des protestations, considéra son interlocuteur avec perplexité.

– Qu'entendez-vous au juste par là?

Der Kévork lui toucha encore une fois l'épaule et dit, d'un air mystérieux :

– Nous avons longuement à parler, vous et moi. À moins que vous ne soyez pressé?

– Je suis libre jusqu'à midi.

– À la bonne heure.

L'épouse du curé sortit de la sacristie d'un pas incertain, craignant de renverser le précieux liquide. Elle lançait ses jambes l'une après l'autre, par un mouvement de tout le bassin comme au temps où elle avait à déplacer une masse imposante. Elle donna aux deux hommes des demi-tasses pleines à ras bords, des tasses ébréchées car, à l'instar de tous les paroissiens, le ménage vivait dans des conditions proches de l'indigence.

– Que Dieu soit loué pour ses bénédictions, dit le prêtre en approchant la tasse de son nez pour en respirer les vapeurs parfumées.

Il ferma l'œil et goûta le café dans une espèce de recueillement, pour murmurer au bout de quelques secondes :

– On n'apprécie vraiment les choses qu'après en avoir été privé.

Sous le regard attendri de yeretsguine Loussaper, ils burent à petites gorgées. La tasse effleurant à peine ses lèvres, le curé aspirait bruyamment de l'air afin de refroidir le liquide brûlant.

– J'aimerais que nous allions faire un tour dans ma paroisse, Baron Vartan, dit le prêtre en remettant la tasse à son épouse.

– Y a-t-il ici des familles de Sivas?

– Très peu. J'ai déjà interrogé ces gens, ils ne peuvent rien vous apprendre.

Vartan accompagna le couple dans la sacristie. Une paillasse était roulée contre le mur de la pièce que yeretsguine Loussaper avait aménagée tant bien que mal en logis, son époux refusant d'habiter dans la maison de Dieu. La table et ses deux chaises, les casseroles accrochées au mur et le réchaud à charbon encombraient les lieux. Une seule chasuble était suspendue dans l'armoire aux vêtements sacerdotaux, qui servait aussi de garde-manger. Vartan défit une couture de sa veste pour extraire de la doublure de minuscules feuillets couverts d'une écriture tassée, messages que Der Kévork parcourut rapidement avant de les confier à son épouse afin qu'elle les cache.

Une fois dehors, Vartan dit au prêtre :

– Pour ma femme et mon fils, que me conseillez-vous?

En dépit de sa compassion, Der Kévork se sentait dans l'obligation de ne pas lui taire son opinion.

– Je ne veux pas être brutal, mon fils, mais vous ne pouvez rien pour eux! Du moins, pas avant que la guerre prenne fin. Ou bien votre épouse était du nombre de ces malheureux qu'on a envoyés mourir dans le djébel au sud de l'Euphrate, ou bien elle a eu la chance de s'enfuir en Mésopotamie, en Perse, en Palestine, ou bien...

Le curé hésita et garda pour lui la pensée qu'elle pouvait être devenue contre son gré la concubine d'un bey, comme un si grand nombre d'Arméniennes.

– Il y a tant de possibilités! Vous le savez aussi bien que moi. Vous aurez beau vous agiter et vous dépenser, vous n'y pouvez rien changer. Votre sort est le lot de la plupart de nos compatriotes : vous ne pouvez qu'attendre et espérer.

Il guetta la réaction de son visiteur, qui n'en montra aucune. Der Kévork venait de dire tout haut la conclusion vers laquelle tendaient les raisonnements de Vartan, mais qu'il n'osait pas encore formuler. Ce dernier laissa aux mots le temps de l'imprégner.

– Ce que je viens de dire, vous le saviez déjà, constata le prêtre.

– Sans doute...

Vartan avait répondu distraitement, d'une voix tout juste perceptible. Der Kévork ajouta, en lui mettant la main sur l'épaule d'un geste affectueux :

– Chassez de votre cœur cette culpabilité qui n'a aucune raison d'y être.

Passé le puits, ils avancèrent dans la rue poussiéreuse, à vrai dire un sentier un peu large, qui serpentait entre les maisons construites de bric et de broc. Der Kévork donnait le bras à Vartan, non pas qu'il eût besoin d'aide pour marcher – il était venu à pied de Trébizonde ! – mais simplement pour créer entre eux une proximité, une intimité propice aux confidences. Car le vieux prêtre avait des choses à dire, des idées que seul cet homme instruit, qu'il avait le sentiment de connaître par ses écrits, serait en mesure de comprendre. Des doutes aussi, que Vartan, espérait-il, pourrait confirmer ou dissiper.

– Au début, et pendant presque un an, il est arrivé des déportés par dizaines de milliers. Des colonnes innombrables, de pleins wagons. Les Arméniens de la ville n'ont pas été touchés par les mesures et ils ont hébergé tous les compatriotes qu'ils pouvaient. Les autres demeuraient parqués dans les anciens khans [1] ou en plein champ, survivant de peine et de misère. Quand les autorités jugeaient qu'il y en avait trop, elles formaient des convois à destination du désert ou des villes du Sud, ce qui était un moindre mal.

– Je suis déjà au courant, der hayr, fit, d'un ton tout juste poli, Vartan qui ne souhaitait pas aborder ce sujet.

– Vous vous méprenez, mon fils, je n'ai pas l'intention de vous relater ces événements dramatiques. Ce que je veux vous dire, c'est qu'il y a quelques mois à peine nous ne faisions qu'enterrer des morts. Regardez maintenant autour de vous : un nouveau quartier se construit, la vie reprend.

Le prêtre s'arrêta et, avec une satisfaction évidente, balaya l'horizon d'un geste ample. Les baraques étaient misérables, mais au moins elles avaient un toit. On voyait des vieilles qui cultivaient le sol alentour, des enfants qui couraient et criaient.

– Semer, c'est penser au lendemain, mon fils. Ces gens-là vivent ! C'est vrai qu'ils doivent encore compter sur la charité des familles riches d'Alep, les Altounian, les Mazloumanian et d'autres, sur l'aide du consul américain, Mr Jackson, et des missionnaires étrangers. Mais plusieurs occupent de petits emplois en ville, d'autres se remettent à pratiquer leur métier, des femmes tissent.

Les paroles du prêtre rejoignaient les pensées qui étaient venues à Vartan lorsqu'il avait contemplé l'agglomération à son arrivée. Et en pénétrant dans le quartier, il n'eut pas l'impression d'être un journaliste en quête d'un sujet de reportage, encore moins un touriste dans une ville étrangère. Il avait plutôt le sentiment étrange de revenir dans son village.

1. *Han* en turc. Prononcé *khan* en arménien.

– Venez, dit Der Kévork, j'ai à vous montrer quelque chose qui vous réjouira.

Des femmes et des vieillards sortaient des maisons pour saluer leur curé, des enfants les suivaient. Les privations avaient marqué leurs visages, mais leurs yeux brillaient d'un éclat que Vartan reconnut être celui de la vie, pas encore de la joie mais du désir de vivre. Après le traditionnel « asdvadz orhné [1] », le prêtre disait un mot à chacun, en l'appelant par son nom. Vartan se contentait d'un salut de la tête, ému qu'il était de se retrouver, pour la première fois depuis si longtemps, entouré par des gens de son peuple.

Der Kévork s'arrêta devant une maisonnette dont les murs de pisé étaient de construction récente, et il indiqua un petit arbre fraîchement planté.

– Un poirier qui ne produira pas avant plusieurs années, s'émerveilla-t-il. Je vous ai dit que nous n'avions fait qu'enterrer des morts... Hier, un enfant est né.

Il frappa au cadre, qui n'avait pas encore de porte. Une voix féminine répondit d'entrer; le prêtre écarta le tapis qui servait de portière et invita Vartan à le suivre. L'unique pièce au sol de terre battue ne renfermait pour tout mobilier qu'une paillasse. Une femme y était assise, qui tenait dans ses bras un enfant emmailloté. Ses traits étaient tirés, cependant elle sourit au curé.

– Comment vas-tu, ce matin?

– Très bien, der hayr.

– Et le petit?

– Il boit comme un goulu!

Der Kévork présenta Vartan, qui félicita la nouvelle mère, puis il expliqua :

– Annig a vu mourir ses six enfants durant la déportation. A quarante et un ans, elle rebâtit une famille avec son mari, Nazar, qui travaille dans le souk couvert comme bijoutier pour un Syrien.

La femme écoutait les paroles du prêtre sans sourciller et le regard qu'elle posait sur Vartan était à la fois de défiance et de fierté. Le bébé s'éveilla et geignit.

– C'est l'heure de sa tétée, dit la mère en le découvrant.

Les deux hommes approchèrent pour admirer le nourrisson dont la bouche grimaçait, puis ils prirent congé de la femme.

Une fois dehors, Vartan dit au prêtre :

– C'est en effet un spectacle qui réjouit le cœur. Mais, Der Kévork, vous n'avez rien à me prouver, j'ai confiance dans la capacité de notre peuple de reconstruire sur les ruines. L'histoire est éloquente à ce sujet.

– Je ne veux rien prouver, répondit le vieux prêtre à voix basse. Au contraire, j'attends de vous... Mais pas ici, allons ailleurs.

Il prit le bras de Vartan et l'entraîna derrière la maison. Ils tra-

1. Dieu vous bénisse. (Arménien.)

versèrent le damier de courettes et de terrains vagues qui séparaient les cabanes et atteignirent la frontière du quartier. Les ruines d'un khan se dressaient non loin d'un cimetière musulman. Der Kévork s'assit sur un bloc de pierre tombé du sommet d'un mur. Vartan resta debout, juste devant lui, et attendit que le curé reprennent son souffle.

– Beaucoup des nôtres crient vengeance, mon fils, et ce sentiment transpire dans certains de vos articles.

Il y avait une nuance de regret dans la voix du prêtre, presque un reproche. Par respect pour la fonction et le grand âge de son interlocuteur, Vartan répliqua avec douceur :

– J'aimerais vous faire remarquer que dénoncer les criminels qui dirigent le gouvernement, exiger justice pour le peuple arménien, ce n'est pas crier vengeance, mon père.

– Vous en viendrez là, mon fils, dit Der Kévork d'un ton un peu sentencieux. Et ce sera une erreur. Moi, je n'ai pas le temps de penser au désir de vengeance qui, ne l'oubliez pas, va à l'encontre de notre religion. Il y a tous ces gens que vous avez vus, qu'il faut soigner et nourrir, à qui il faut redonner le goût de vivre. Eux, et tous ceux qui croupissent dans des camps. Je vous l'ai dit : nous devons déjà songer à demain.

Vartan hocha la tête :

– Je suis d'accord avec vous, der hayr. Demain, l'Arménie! Nous sommes plusieurs à y songer, à préparer son avènement.

– C'est bien ce qui me tracasse, marmonna Der Kévork.

Il avait la mine d'un enfant pris en faute.

– Vous avez été député, mon fils, vous êtes un écrivain renommé. J'ai confiance en vous, confiance en votre jugement. Accepteriez-vous d'entendre la confession d'un vieil homme rongé par le doute et de ne ne pas le juger?

Un peu étonné, Vartan s'accroupit sur les talons afin d'être à la même hauteur que l'autre.

– Bien sûr, Der Kévork.

– Dites-moi, quelle est cette Arménie dont vous parlez?

– Si vous avez lu mes articles, vous le savez déjà.

– Je les ai lus et relus. Mais redites-le-moi quand même.

– La Cilicie, qui s'appelait autrefois la Petite Arménie; les six provinces arméniennes ottomanes, ou encore Arménie occidentale, et l'Arménie russe ou Arménie orientale. Ce sont les territoires dont nos représentants négocient l'obtention auprès des Alliés.

Il s'arrêta pour observer le prêtre qui jouait distraitement avec un caillou et s'enquit, d'un ton de confidence :

– Vos doutes viennent de là, der hayr?

Der Kévork soupira et opina de la tête :

– Faisons abstraction de l'Arménie russe, où les nôtres sont nombreux et en sécurité. Mais en Anatolie et en Cilicie, y aura-t-il assez d'Arméniens pour nous prétendre une majorité?

– Ça pourrait devenir un problème, admit Vartan. C'est pourquoi nous devrons obtenir des garanties des Alliés et préparer le retour des nôtres. Il s'agit de donner un pays à ce nouveau-né que nous venons de voir.

– Nos gens reviendront-ils?

– Et pourquoi nos compatriotes hésiteraient-ils à regagner leurs terres séculaires?

– Parce qu'ils se souviendront des massacres de 1895 et de ceux de 1915, et qu'ils n'auront pas envie qu'eux-mêmes ou leurs enfants en connaissent de nouveaux.

– Ils n'auront rien à craindre si nous constituons un État sous la protection des puissances européennes.

Le prêtre toucha le bras de Vartan et le regarda fixement.

– Est-ce possible, mon fils?

Il ne demandait qu'à être convaincu. Par honnêteté intellectuelle, Vartan ne put s'empêcher de lui donner une réponse nuancée.

– Possible, oui. Quant à savoir si cela se réalisera, je ne peux pas vous l'assurer.

– Vous avez donc des doutes, vous aussi! s'exclama le prêtre dans un souffle.

– Je n'aime pas ce mot. En politique, on n'est jamais sûr de rien, dit Vartan comme s'il s'excusait. Toutefois, l'incertitude du résultat ne doit pas nous empêcher de travailler très fort pour y parvenir.

Rassuré de constater qu'il n'était pas le seul à se poser des questions, Der Kévork continua d'exposer son point de vue :

– Voyez-vous, mon fils, aujourd'hui beaucoup d'Arméniens forment de petites communautés en Perse, à Chypre, en Égypte et en Europe. Et moi, je ne me vois pas leur disant de revenir dans l'Empire, où leur avenir serait encore douteux.

Vartan se redressa et Der Kévork interpréta ce mouvement de recul comme un désaveu.

– Ne vous méprenez pas, mon fils, ce ne sont pas des propos défaitistes. Je me demande si la prudence ne devrait pas inciter nos frères à s'installer là où ils sont.

– Il est trop tôt pour le dire. La question se poserait si nous échouions à créer l'Arménie autonome. Nous verrons bien.

Der Kévork hésita, puis dit d'une voix incertaine :

– J'ai des doutes, vous n'êtes pas sûr de l'avenir... D'autres doivent se poser les mêmes questions. Il me semble que vous devriez aborder cela dans vos articles, afin de donner le temps à tous de réfléchir à leur avenir.

– Jamais! se récria Vartan d'un ton catégorique. Cela aurait un effet démoralisant pour les Arméniens que soutient l'espérance d'une patrie, cela jetterait la confusion chez nos alliés et donnerait des arguments à nos ennemis.

Le prêtre était confus. Vartan regarda la position du soleil pour connaître l'heure approximative.

– Il faut que je rejoigne la troupe de Pachazadé Chahir Mithad à midi.

– C'était très habile de votre part de vous joindre à ces derviches, murmura Der Kévork, désireux de rentrer dans les bonnes grâces de son interlocuteur.

Il aurait pu se relever seul, mais il tendit la main pour que Vartan l'aide à le faire. Une façon d'abolir le fossé qui les séparait maintenant. Une fois debout, le curé retint le bras du plus jeune.

– Vous avez encore plus d'une heure devant vous, mon fils. Permettez-moi de vous reconduire; en route, nous pourrions nous arrêter dans un orphelinat. J'aimerais vous montrer les enfants.

Vartan devinait que Der Kévork voulait qu'ils se quittent sur une note plus optimiste et il accepta.

Ils firent en silence le chemin qui les mena près des souks et contourna le tertre où se dressait la citadelle. Der Kévork sonna à la grille de l'école allemande qui avait été transformée en orphelinat. À part ses fenêtres ogivales, le long rectangle de pierres grises n'avait rien de remarquable et paraissait morne derrière sa clôture de fer forgé. Un couple, qui prenait l'air dans un jardin où des carrés de légumes avaient délogé les plantes d'ornement, vint accueillir les visiteurs. Édouard Graeter, un homme dans la quarantaine qui ressemblait à un officier avec ses cheveux roux coupés en brosse et sa carrure d'athlète, enseignait les mathématiques, la menuiserie et la mécanique. Brune plutôt jolie ayant tout juste atteint la trentaine, Béatrice Rohner était missionnaire et dirigeait l'établissement. Le prêtre présenta Vartan comme un ami, sans donner plus de détails sur son identité.

– Voulez-vous voir les dortoirs et les cuisines? proposa la jeune femme dans un turc parfait. Vous allez déjeuner avec nous?

– Nous disposons malheureusement de peu de temps, répondit Der Kévork. Pourrions-nous voir les classes?

– C'est que les enfants sont en pleine étude.

– Nous ne jetterons qu'un coup d'œil.

Elle les conduisit à l'intérieur et, au bout d'un couloir au parquet usé, entrouvrit une porte qui donnait sur une grande salle. Une trentaine d'enfants assis par terre, un cahier sur les genoux, suivaient des yeux la craie avec laquelle une institutrice écrivait des chiffres au tableau noir.

– Regardez avec quelle avidité ils apprennent, souffla Der Kévork à l'oreille de Vartan. Regardez ces prunelles où pétille l'intelligence: elles ont pourtant contemplé les pires horreurs.

Quand il s'aperçut qu'il scrutait chaque visage avec l'espoir inconscient de reconnaître Tomas, Vartan se détourna. Il n'avait plus envie de parler aux enfants ni de s'entretenir avec les missionnaires, comme c'était son intention au début.

Ils se retrouvèrent dans la rue et le curé lui fit un bout de conduite. Der Kévork parla d'une voix exaltée:

– Vous avez vu ces petits? C'est la semence de l'avenir et il ne faut pas la gaspiller.

Pensant toujours à son fils, Vartan hocha la tête. L'autre continua du même ton inspiré :

– L'Arménie dont beaucoup des nôtres rêvent, c'est celle de Tigrane le Grand, un puissant État s'étendant de la mer Noire à la Méditerranée, un État qui a survécu par les armes jusqu'à ce qu'un voisin plus puissant impose sa loi. Je crois que cette Arménie-là ne reverra jamais le jour.

– L'avenir nous le dira, répondit Vartan, agacé.

– L'Arménie, la grande Arménie, l'Arménie éternelle ne peut plus vivre qu'en chacun de ses enfants. J'ai eu une vision le mois dernier : un nouveau Moïse guidait notre peuple vers la Terre promise. Et cette terre ne ressemblait pas à l'Anatolie! Peut-être est-ce notre destin d'essaimer de par le monde?

– Je ne peux m'y résoudre. Abandonner sans avoir rien tenté? Non! Je respecte vos vues, der hayr, mais je ne les partage pas. Et il n'est surtout pas question pour moi de les diffuser.

Suivit un silence embarrassé. Le prêtre s'agrippait à son bras avec plus de force et Vartan le sentit quelque peu désemparé, ce qui le peina.

– L'important, der hayr, c'est ce que vous faites pour notre peuple. Votre inlassable dévouement est précieux et irremplaçable. Pour le reste, nous verrons en temps et lieu.

– Vous avez raison, mon fils, répondit le prêtre d'une voix reconnaissante. Foin d'idées! Il faut retrousser les manches et parer au plus pressé.

Il interprétait les paroles de Vartan comme une espèce d'absolution. Au bout de quelques pas, il dit joyeusement :

– S'en remettre à la divine providence, oui. Nous sommes des chiens de berger, mon fils. Vous particulièrement. Vous localisez les agneaux égarés, et nous, avec les missionnaires étrangers, nous essayons de reconstituer le troupeau. Cet orphelinat, comme les dizaines d'autres de la région, ce sont des bergeries. Ce troupeau, nous le conduirons en lieu sûr dès la fin de la guerre.

– Quel que soit ce lieu, fit Vartan avec un sourire taquin.

– Quel qu'il soit, acquiesça le prêtre. Je vous remercie de ne pas me tenir rigueur de mes idées... disons originales. Mettez-les sur le compte de mon grand âge!

– Non, Der Kévork, j'y vois le désir sincère que le passé ne se répète pas. Tous autant que nous sommes, chacun à notre manière, nous rêvons de la même chose : un avenir libre pour les enfants de l'Arménie.

Le muezzin annonçait la prière du midi.

– Soyez béni, mon fils, murmura Der Kévork.

– Dieu vous garde, der hayr.

Vartan serra le vieil homme dans ses bras et s'éloigna rapidement.

***

Les aboiements frénétiques de Kourt alertèrent Aroussiag. Elle entoura ses épaules d'un châle, car il gelait à pierre fendre en ce dernier jour de l'année 1916. Dehors, le givre blanchissait les herbes et le sol nu. Comme son chien, la jeune femme reconnut immédiatement la silhouette qui venait sur la route et son cœur fit un bond dans sa poitrine.

– Vartan! cria-t-elle de toute la force de ses poumons avant de courir à sa rencontre.

Le chien noir la précédait. Vartan! Aroussiag croyait depuis presque un an qu'elle l'avait perdu et voilà que contre toute attente il lui revenait. Un rêve! Elle vivait un rêve. Elle récita intérieurement la phrase qui la concernait dans la courte lettre que Kérim avait reçue de lui quelques mois auparavant. « Salue mon amie, dis-lui que je pense affectueusement à elle, que je la remercie encore de son hospitalité. » Selon Kérim, la discrétion de Vartan s'expliquait par sa crainte de la censure du courrier et il fallait lire entre les lignes. Quels sens variés n'avait-elle pas prêtés à l'expression « je pense affectueusement à elle ».

Ce retour, c'était la preuve qu'il l'aimait! Cette idée s'imposa à elle avec force, lui enlevant ses moyens. Comment retrouveraient-ils l'intimité qui était leur l'hiver précédent? Tant de mois s'étaient écoulés... tant de nuits de solitude... Intimidée, Aroussiag s'arrêta à dix pas de Vartan. Son baluchon à ses pieds, il caressait la tête de Kourt qui s'était mis debout contre lui. Aroussiag le trouva encore plus beau que dans son souvenir, plus grand, plus fort. En elle, le désir se mêlait à l'émotion.

Vartan flattait l'animal d'un geste machinal, retardant le moment de parler afin de contempler à loisir la femme à qui il revenait. Il repoussa finalement le chien et ouvrit les bras. Aroussiag vint s'y blottir.

– Aroussiag, Aroussiag... murmura-t-il d'une voix vibrante en la serrant très fort.

Il lui releva le visage et l'embrassa avec passion. Elle frémissait.

– Tu vas attraper froid, dit-il en reprenant les deux paquets posés à ses pieds. Rentrons vite.

– Donne-moi ton oud.

Elle porta, ainsi que l'on porte un enfant, l'instrument enveloppé dans une couverture. Les mots se bousculaient dans sa gorge mais aucun ne pouvait traduire son bonheur et elle les garda en elle.

– Je n'ai pas pu te prévenir.

– Tu es là, c'est tout ce qui compte!

En arrivant à la maison, Vartan détourna son regard d'elle et le promena sur les champs, s'arrêtant aux meules de foin, aux arbres fruitiers, au puits et à l'étable, comme pour s'assurer que rien n'avait changé. Aroussiag se réjouit en pensant qu'il s'agissait là d'un regard de propriétaire.

– Es-tu passé chez Kérim?

– Non, je suis venu directement ici.

Cette réponse fut une autre cause de joie pour la jeune femme, d'autant plus que Vartan ajouta, en ouvrant la porte de la maison :

– J'ai l'impression de rentrer chez moi.

Il déposa son baluchon sur le sol et accrocha sa pèlerine à une des chevilles de bois plantées dans le mur.

– Assieds-toi, dit Aroussiag en désignant le lit. Je te prépare du tilleul.

Elle s'affaira à attiser les braises sans quitter Vartan des yeux. Lui aussi la fixait. Ils avaient tant à se dire, et en même temps les mots étaient superflus; c'était par le regard qu'ils s'apprivoisaient. Quand elle alla remplir d'eau une casserole en cuivre, Vartan la rejoignit et la souleva dans les airs. Elle rit pour expulser le trop-plein de sa joie. Il l'emporta jusqu'au lit, l'y coucha et se jeta sur elle, la couvrant de baisers et la dévêtant avec fébrilité. Le rire d'Aroussiag avait fait place à un halètement entrecoupé de soupirs plaintifs, et elle défit ses jupes, appelant son homme par des mouvements de hanches. Leur étreinte fut brève et le plaisir presque violent.

Ils demeurèrent étendus, leurs visages si rapprochés que chacun ne voyait de l'autre que ses prunelles. Le soir tomba peu à peu sans qu'ils aient rompu le silence qui les enveloppait. Ils firent encore l'amour, avec lenteur cette fois, mais autant de passion. Et il y eut de ces mots et de ces déclarations qui surgissent d'eux-mêmes sans que les amants les préméditent : des « je t'aime », des « mon amour », des « tu es ma vie ». Ils s'assoupirent sans avoir mangé et dormirent jusqu'à l'aube qui les trouva toujours enlacés. De nouveau ils s'unirent.

Des bêlements et des braiments étouffés venaient de l'étable et il leur fallut sortir du lit pour affronter l'atmosphère glaciale et humide de la pièce. Vartan fouilla dans sa besace et rapporta un objet qu'il cachait derrière son dos.

– Shnhoravor nor dari [1], fit-il en ouvrant la main devant Aroussiag.

Un pendentif d'argent serti d'onyx rose.

– Pour moi? dit-elle, incrédule et ravie. Il ne fallait pas.

Il attacha la chaîne autour de son cou et Aroussiag tressaillit lorsque le métal froid se posa sur sa poitrine nue. Elle s'exclama :

– Il est merveilleux! Mais... moi je n'ai rien à t'offrir.

– Tu m'as déjà tout donné, répondit-il en promenant ses mains sur les épaules et les seins d'Aroussiag.

Elle l'embrassa et le retint contre elle.

– Il ne quittera jamais mon cou.

1. Bonne année. (Arménien.)

Ce bijou prenait pour elle valeur de symbole au même titre qu'un anneau de mariage : Vartan signifiait par là qu'elle était sienne. Elle eut une voix grave :

– Bonne année, mon amour. Je fais le vœu que...

Elle ne continua pas sa phrase et sourit en examinant son cadeau de plus près. Vartan se dégagea, ramassa ses vêtements et entreprit de s'habiller.

– Je vais nourrir les bêtes pendant que tu prépares le petit déjeuner.

Qu'il était rassurant pour Aroussiag de voir Vartan renouer avec les habitudes de vie qu'ils avaient développées l'année précédente, comme si son absence n'avait été qu'un intermède sans conséquence. Ce fut d'ailleurs un peu l'impression qu'éprouva Vartan en pénétrant dans l'étable tiède à l'odeur familière. Vus d'ici, les derniers mois paraissaient légèrement irréels, en marge de la vraie vie. Manier la fourche à foin, puiser l'eau, remplir les abreuvoirs, transporter le fumier : des gestes tellements concrets en regard de son errance et de sa poursuite de chimères. Il repensa au poirier planté devant une masure d'Alep. « Recommencer à vivre », avait dit Der Kévork. Oudi Yachar... Sombrer dans l'anonymat d'une vie de paysan, aimer une femme qui vous aime, regarder passer les saisons et ne s'inquiéter que de la sécheresse ou des gels hâtifs. Mais pourrait-il jamais oublier qu'il avait été Vartan Balian, écrivain et pharmacien, oublier qu'il avait eu femme et enfant, ne plus se préoccuper du devenir de son peuple ? Agacé par la réponse que contenait déjà la question, il sortit de l'étable.

– Vartan !

Le cri de Kérim témoignait en même temps de sa surprise et de sa joie. Il courut à la rencontre de Vartan, de cette allure pataude que lui donnaient les nombreuses épaisseurs de vêtements dont il s'emmitouflait. Sous son bonnet de fourrure, ses yeux bruns d'habitude mélancoliques s'animaient. Ils s'étreignirent longuement et, après les déclarations réciproques d'amitié, l'instituteur s'étonna de n'avoir pas été prévenu.

– Je suis arrivé tard hier soir, s'excusa Vartan qui avait perçu la pointe d'agacement, presque de jalousie, dans la voix de Kérim.

– Tu vas manger avec nous, ajouta-t-il. C'est le nouvel an. Et tes classes ?

En laissant voir sa déception, l'instituteur répondit :

– Oh... Les temps sont durs. Beaucoup de mes élèves n'ont rien à se mettre aux pieds et ne sortent pas de leur maison par ces températures. Comment apprendre, le ventre vide ? La disette sévit ici comme ailleurs. Aroussiag a dû t'en parler.

Vartan eut un geste vague qui ne disait ni oui ni non.

Ils s'assirent tous les trois devant un plat de pois chiches et de viande, et Kérim s'informa des voyages de Vartan. Peut-être dans le but de confronter ses connaissances livresques avec la réalité, il voulait des descriptions de certaines villes et de la géographie des régions traversées. Vartan s'exécuta de bonne grâce, omettant tout détail relatif aux déportations. Aroussiag craignait que Kérim n'interroge Vartan sur sa recherche de son épouse et de son fils. Elle savait, du simple fait de son retour à Urgup, que sa quête avait été vaine, ainsi qu'il était à prévoir, et elle préférait que ce sujet soit évité. Elle-même se refusait à penser à cet échec qui rendait possible son bonheur, partagée qu'elle était entre la compassion qu'elle éprouvait pour Vartan, un certain malaise que son amour se construise sur le malheur d'une femme et d'un enfant, et l'irrépressible joie qu'elle avait à retrouver son homme. Et sans doute que Vartan n'en parlait pas parce qu'il était lui aussi déchiré par des sentiments inconciliables.

Avec sa grande sensibilité, Kérim devina qu'il y avait des choses que ses amis préféraient taire. À la fin du repas, alors qu'il roulait une cigarette, il demanda :

– Et, si je ne suis pas indiscret, cette lettre de ton cousin?

Vartan avait complètement oublié qu'un message de Diran l'attendait! Intérieurement, il mit cela sur le compte de la fatigue du voyage et de l'énervement du retour, sur le fait aussi qu'il connaissait par Mrs Matthews les nouvelles importantes de cette lettre. Il s'efforça de dissimuler cet oubli et, en prenant le sac de tabac et le papier à cigarettes que lui tendait son ami, répondit évasivement :

– Il devait redouter que le courrier ne soit intercepté, car il ne dit pas grand-chose.

Kérim se garda bien d'insister. Il avait envie de discuter de la situation politique du pays, mais il lui parut que cela pouvait bien attendre quelques jours : Vartan et Aroussiag avaient sans doute hâte d'être en tête à tête. En guise de transition avant de prendre congé d'eux, il dit :

– Nous sommes heureux que tu sois là. Aroussiag t'a sûrement expliqué que le travail ne manque pas pour nous cet hiver. Bien des paysans connaissent des conditions proches de la famine et ceux qui avaient pris des enfants arméniens à leur service les renvoient. Ces malheureux mendient dans les villages, errent sur les routes et dorment où ils peuvent.

C'était au tour d'Aroussiag de se sentir prise en faute. Toutefois, elle ne montra aucun trouble et déclara avec assurance :

– Je ne le lui avais pas encore dit. Le voyage l'avait fatigué et il fallait qu'il se repose.

L'instituteur approuva d'un hochement de tête, glissa une remarque sur les réquisitions de plus en plus fréquentes que faisaient les fonctionnaires afin de fournir les troupes en vivres, puis se leva pour partir. Aroussiag s'aperçut qu'au fond Kérim aurait aimé qu'on le retienne, aussi l'invita-t-elle à venir dîner. Il accepta sans hésiter.

Lorsqu'ils furent seuls, elle remit à Vartan la lettre de Constantinople qui l'attendait depuis près de quatre mois. L'enveloppe décachetée était adressée à Kérim et ne portait aucune adresse de retour. Vartan s'approcha de la fenêtre pour lire les deux pages couvertes de l'écriture irrégulière de Diran.

« Cher cousin, nous sommes tous heureux de te savoir encore en vie mais le récit de tes malheurs nous a profondément bouleversés. Pas plus que toi nous n'avons de nouvelles de Maro et de Tomas. Comparés à toi, à tant des nôtres, nous avons ici la vie facile et je n'oserai pas te relater nos tracas, qui te paraîtraient des broutilles. Toute la communauté de Bolis [1] est très affectée par le drame et père a subi une attaque dont il s'est par miracle remis. Mère et Lucie sont en bonne santé. Ton frère s'est réfugié à Jérusalem avec sa famille. Barkev est toujours à New York où il s'occupe de ramasser des fonds pour les victimes des "déplacements". Quant à moi, je fais ce que je peux, mais je dois me cacher de la police (tu connais ça!), ce qui limite grandement mes possibilités d'action. »

Pendant une demi-page, Diran évoquait la nécessaire autonomie de l'Arménie, répondant aux objections à mesure qu'il les soulevait. Il s'en tenait aux généralités et ne donnait aucun nom ni détail qu'aurait pu utiliser le gouvernement, mais il y avait dans sa lettre des références voilées qui étaient claires pour Vartan. Il connaissait tellement Diran qu'il devinait ses pensées et ressentait, malgré la retenue des phrases, la rage, la fougue et l'enthousiasme de son cousin. La missive se terminait sur une invitation à les rejoindre dans la capitale. Vartan froissa les feuilles, avec l'intention de les jeter dans le foyer. Des images de Constantinople lui venaient : l'appartement de l'oncle Mesrop, des lieux qu'il fréquentait, sa pharmacie de la grand-rue de Péra, des visages de parents et d'amis, et surtout Maro encore toute jeune épouse. Constantinople...

Par une déchirure du papier huilé qui bouchait la fenêtre, il vit la silhouette d'Aroussiag qui était sortie durant sa lecture. Appuyée à la clôture, elle gardait la tête tournée vers la maison et ses traits paraissaient tendus.

***

Le 3 janvier, la neige se mit à tomber dru et ne cessa pas durant quarante-huit heures. Aroussiag ouvraient fréquemment la porte pour observer le ciel, le visage inquiet. Puis il y eut une accalmie mais alors le vent se leva et balaya les flocons accumulés au sol. Le blizzard bouchait la vue et Aroussiag devenait de plus en plus nerveuse.

– C'est la tempête? demanda Vartan. Tu dois pourtant en avoir l'habitude.

1. Constantinople. (Arménien.)

– Les enfants...
– Combien y en a-t-il?
– Neuf. Ils sont dans une ancienne église de Goremé. Le pasteur Matthews devait venir les chercher et je crains qu'il n'en soit incapable.
– On peut faire quelque chose?
– Rien pour l'instant. Les enfants ont de la nourriture pour deux jours encore. Il faut attendre des nouvelles du pasteur.

Comme il n'y avait pas d'orphelinat dans la région, Aroussiag rassemblait tous les enfants abandonnés qu'elle trouvait, et, à intervalles plus ou moins réguliers, le révérend Matthews ou un de ses confrères venait les chercher pour les répartir dans divers établissements. Aroussiag et Kérim dénichaient certains de ces petits dans les villes et les villages où ils mendiaient; d'autres encore leur étaient envoyés par des amis grecs qui les avaient recueillis. Et il arrivait parfois que le couple « achète » pour un sac de blé des enfants maltraités ou exploités par des paysans peu scrupuleux.

À l'aube du jour suivant, Kérim reçut un télégramme du pasteur, qui était bloqué par la neige à Aksaray. Dès qu'il aurait trouvé une voiture et des chevaux, il se rendrait jusqu'à Nevchehir. La route ne serait sans doute pas praticable plus loin et il fallait y conduire les enfants.

– Nevchehir! s'exclama Aroussiag, contrariée. C'est à dix kilomètres de Goremé! Avec cette neige... Il faudrait qu'ils marchent!

Kérim eut un geste d'impuissance :
– Nous n'avons pas le choix.
– En sont-ils capables? s'enquit Vartan.
– La plupart sont affaiblis par la malnutrition, quelques-uns malades, dit Aroussiag, le visage soucieux.
– Quel âge?
– Ils ont de trois à douze ans.

Une certaine tension perçait dans la voix d'Aroussiag. Kérim se voulut encourageant :
– Les épreuves subies ont fortifié leur courage.
– Au besoin, nous porterons les plus petits, renchérit Vartan. Et puis nous emmènerons l'âne.

Il fut décidé qu'une fois à Nevchehir ils demeureraient avec les enfants jusqu'à l'arrivée du missionnaire. L'attente pouvant durer plusieurs jours, il était impossible à Kérim de s'absenter aussi longtemps sans provoquer la curiosité des gens d'Urgup. Cela l'attristait. Aroussiag lui assura que Vartan et elle suffiraient à la tâche.
– Je viendrai soigner tes bêtes chaque matin, dit-il.

La jeune femme tira de son coffre des vêtements chauds.
– En nous dépêchant, nous pouvons arriver à Goremé vers midi et à être à Nevchehir avant la nuit. Allez bâter l'âne, je vous rejoindrai à l'étable.

Après avoir endossé sa houppelande de feutre et coiffé son kalpak d'astrakan, Vartan sortit avec Kérim. La description des enfants l'avait ému et cette aventure imprévue l'exaltait.

– À quelle distance se trouve Gorémé?

– Trois heures de marche, répondit l'instituteur. Peut-être quatre avec ce sale temps.

– Et ensuite, une dizaine de kilomètres avec les enfants?

– Oui.

Ils finissaient tout juste de harnacher l'âne lorsque Aroussiag s'approcha, une écharpe enroulée autour du cou et de la tête. Elle portait un pantalon sous la robe de laine noire qui dépassait de son manteau. Ils emplirent deux grands sacs de lainages, de couvertures et de provisions de bouche : boulgour, khavourma, fromages de chèvre, oignons, noix et abricots secs. Aroussiag passa l'anse d'un fanal dans l'une des branches du bât où furent attachés les sacs et un ballot de foin. Dès qu'il eut les pattes dans la neige, l'âne stoppa; il fallut user du bâton pour le convaincre d'avancer.

La jeune femme enferma le chien dans la maison et rapporta le fusil de chasse et des cartouches, qu'elle confia à Vartan. Ils se séparèrent sur la route; Kérim prit la direction du village, les deux autres s'enfoncèrent dans la campagne toute blanche que des rafales chargées de neige masquaient par moments. Aroussiag tirait la bête de somme par la bride, Vartan marchait derrière, le fusil en bandoulière. Une bise glacée sifflait dans les branches, fouettait les visages, coupait le souffle, s'insinuait sous les vêtements. En dépit de la faible visibilité, la jeune femme naviguait sans hésiter dans le dédale des champs irréguliers que séparaient des empilements de roches. Au sommet des collines, le sol était à nu, mais dans le fond des ravins la neige s'entassait en congères épaisses. Ils firent halte au pied d'une falaise qui les abritait du vent. L'âne avait les poils du museau couverts de frimas et Aroussiag le caressa entre les oreilles.

– Brave bête. Ce soir, tu pourras te reposer tout ton saoul.

Indifférent, l'animal se mit à manger de la neige pour étancher sa soif.

– Tu n'as pas froid? demanda Vartan à sa compagne qui se blottissait contre lui.

Elle gardait les yeux plissés car des larmes avaient gelé sur ses cils. Il retira ses gants, entoura le visage d'Aroussiag de ses mains et souffla doucement pour réchauffer les joues et le nez rouges. Elle voulut sourire mais son front demeurait plissé.

– Je pense aux enfants qui ne sont presque pas vêtus, murmura-t-elle.

– Nous avons des lainages, des couvertures. Nous improviserons. Les petits monteront sur l'âne. Je porterai les paquets. Les plus vieux aideront les plus jeunes.

Elle sourit, réconfortée par le ton de Vartan.

– Et puis il y a Aram.

– Aram?

– C'est un garçon de quatorze ans que Kérim a rencontré l'été dernier. Il n'a pas voulu aller dans un orphelinat, et depuis il nous assiste.

– C'est presque un homme, fit Vartan avec un signe d'appréciation. Nous voilà trois!

Ils se remirent en route et, un peu plus tard, pénétrèrent dans une contrée insolite. Cheminées de tuf blanc, noires colonnes basaltiques, cônes aux formes tourmentées, monumentales aiguilles couronnées chacune d'une pierre plate, labyrinthes de défilés et de canyons : un monde minéral, sculpté par l'érosion dans des dépôts volcaniques, paysage irréel où la plainte du vent semblait monter de la pierre. La Cappadoce! Les chrétiens des premiers siècles avaient pris le relais des forces naturelles et creusé dans les collines des églises, des monastères, des villages entiers.

Le vallon de Gorémé s'ouvrit devant eux, couloir où le vent s'engouffrait en sifflant. De part et d'autre, des ouvertures perçaient les falaises d'un blond doré. En dépit de la situation, Vartan ne pouvait empêcher sa curiosité naturelle de faire surface en ces parages presque mythiques, hauts lieux de la chrétienté en Anatolie. Ici, des gens s'étaient terrés dans le but d'échapper aux pillards arabes, émergeant après la tourmente pour reconstruire leurs villages et faire refleurir leurs terres. Et encore aujourd'hui, ces grottes séculaires excavées de main d'homme abritaient des persécutés!

– C'est ici, annonça Aroussiag.

Elle indiquait trois ouvertures parallèles en haut d'un talus à pic. Une silhouette apparut dans celle de droite.

– Kouyrig [1]! cria une voix joyeuse.

– Aram!

Le garçon sauta au-dehors, dévala la pente à toutes jambes et courut au-devant des visiteurs. Il avait pris Vartan pour Kérim et sa méfiance transparut en présence de cet étranger. Il avait les cheveux longs et embroussaillés, le nez légèrement busqué et les lèvres minces. Ses yeux vifs allaient de l'un à l'autre, comme s'il attendait une explication. Aroussiag fit les présentations. Aram étudia Vartan durant quelques secondes avant de lui tendre la main. Il dit d'un ton cérémonieux :

– J'ai grand plaisir à vous rencontrer, Baron Vartan.

– Moi de même, Baron Aram, répondit Vartan sans se départir de son sérieux.

Le tricot noir qu'il portait, trop grand pour lui, donnait une apparence efflanquée au garçon, mais il avait une poigne solide. Le fourreau d'une dague courbe, seul souvenir de son père, était passé dans sa ceinture. Aroussiag lui expliqua ce qui l'amenait.

1. Sœur. Façon à la fois respectueuse et familière de s'adresser à une femme. (Arménien.)

L'annonce du voyage jusqu'à Nevchehir provoqua cette réponse d'Aram :

– J'en ai vu d'autres.

Secrètement jaloux, il souhaitait impressionner Aroussiag qu'il savait amoureuse de Vartan.

– Comment vont les enfants ?

Le visage du garçon s'assombrit :

– La petite Anouch est très malade. Elle ne veut plus rien manger et elle est brûlante de fièvre.

– Nous allons voir ça, dit Vartan en attachant l'âne aux branches d'un buisson épineux.

Aram les précéda dans l'église, une salle voûtée dont les parois s'ornaient de fresques à demi effacées par le temps. Dans la fine couche de neige qui couvrait le plancher, des traces menaient à une ouverture au fond de ce qui avait dû être le chœur. Dans une deuxième salle obscure, dont l'atmosphère humide rappelait l'odeur d'un poulailler, Aram alluma un bout de chandelle ; brillèrent les neuf paires d'yeux des enfants qui s'entassaient autour des braises d'un petit feu ou étaient blottis les uns contre les autres sur la paille qui leur servait de lit.

Une fillette en haillons, d'à peine trois ou quatre ans, s'élança vers les arrivants. Ses pieds nus claquaient sur la pierre. Elle sanglotait et enfouit son visage dans les jupes d'Aroussiag qui la prit dans ses bras.

– Anouch... Anouch... Ne pleure plus, je suis là.

La tête sur l'épaule de la femme, l'enfant fixait Vartan de ses yeux tellement écarquillés que l'iris brun paraissait minuscule sur le globe dont le blanc avait pris une méchante teinte jaune. Il remarqua ses joues creuses, ses pommettes saillantes, ses lèvres bleuies et ses membres décharnés. Elle toussa, une toux profonde et râlante qui restait accrochée. Il lui sourit mais elle détourna vivement la tête.

Les autres enfants firent cercle autour d'eux. Ceux qui connaissaient Aroussiag depuis quelques semaines manifestaient leur joie par des rires nerveux ou parlaient pour attirer son attention. Trois autres, arrivés la semaine précédente, demeuraient un peu à l'écart, silencieux et le regard incertain. Ils observaient Aram, qu'ils considéraient un peu comme un grand frère ou un chef, afin de savoir quelle attitude adopter. Un frisson secoua Vartan : ces garçons et ces filles s'étaient fait dérober leur enfance ! Mais on voyait dans leurs yeux que subsistait toujours en eux le besoin d'être aimés, de faire confiance, d'être pris en charge.

Laissant Aroussiag expliquer aux enfants qu'ils allaient déménager, Vartan retourna décharger l'âne en compagnie d'Aram. En hissant un sac sur son épaule, ce dernier demanda, d'un ton où affleurait une nuance de mépris :

– Vous êtes musicien ambulant, à ce qu'on m'a dit ?

Vartan ne put s'empêcher de sourire, soupçonnant le garçon de juger cette occupation peu virile.

– Mais auparavant j'ai été major dans l'armée.

Aram laissa échapper un sifflement admiratif, toucha le poignard à son côté et déclara d'une voix vibrante :

– C'est un souvenir de mon père. Quand je serai un peu plus vieux, je me ferai fedai pour venger ma famille. Me montrerez-vous à tirer au fusil?

– Ce que tu fais avec Aroussiag est bien plus important que la vengeance, Aram. Tuer des gens ne ramènerait pas les tiens à la vie.

Le garçon préféra ne pas répondre et fila vers l'église.

Aroussiag mit dans les sacs la nourriture qui restait dans la caverne, un chaudron et quelques ustensiles. Vartan et Aram confectionnèrent des chaussons à ceux qui n'avaient pas de chaussures : des rectangles de laine qui enveloppaient le pied et que retenaient sur le mollet quelques tours de corde. Les vêtements en lambeaux protégeraient mal du froid, aussi les enfants se drapèrent-ils dans des couvertures grises qu'il leur fallait retenir d'une main.

Le vent n'avait pas diminué d'intensité et les nuages s'épaississaient.

– Il va encore neiger, dit Aroussiag qui tenait Anouch dans ses bras.

La petite malade ne voulut pas que Vartan l'installe sur l'âne.

– N'insiste pas, dit Aroussiag. Je vais la porter et tu la prendras quand je serai fatiguée.

Il hissa deux des plus jeunes sur la bête. La caravane s'organisa. Aram menait l'âne et traçait un sentier, suivait Aroussiag qui lui indiquait le chemin; Vartan fermait la marche, les sacs sur le dos. Devant lui, les petites formes grises allaient courbées pour lutter contre la bise; on aurait dit des vieilles frileuses sous leurs châles. Entre les pans des couvertures se voyaient les jambes courtes qui multipliaient les enjambées afin de ne pas ralentir l'allure imposée par le chef de file.

Une fois qu'ils eurent quitté le vallon de Gorémé, le vent, qui n'était plus canalisé par les falaises, parut moins violent. La première heure de marche se déroula à un rythme soutenu. Ils firent une pause derrière le pan de mur encore debout d'une ancienne bergerie au toit effondré et s'agglutinèrent afin de se réchauffer mutuellement. Vartan distribua des abricots secs.

– Quand nous arriverons, nous ferons un grand feu, dit Aroussiag qui était au centre du groupe, frottant des mains, dégelant des oreilles. Est-ce que ça va? Tout le monde pourra continuer?

Il y eut un concert de « oui » et Vartan s'émerveilla de l'opiniâtreté de ces enfants qui pourtant claquaient des dents. La marche reprit. À son tour Vartan porta Anouch. Il avait entrouvert le col de son manteau pour qu'elle y enfouisse le visage et les mains, et il lui fredonna à l'oreille une berceuse :

Koun yeghir balas, atchert hkoup ara
Nachkhoun atcherout, koun togh ka vran[1]*...*

Anouch cessa bientôt de frissonner.

Peu à peu le temps s'évanouit. Il n'y avait plus que cette immensité blanche que les pas ne semblaient pas entamer. Épuisés, les enfants traînaient la patte, mais aucun ne se plaignait. Il fallut tout de même leur permettre de nouveau de se reposer. Un peu plus tard, il commença à neiger, des cristaux très légers que des bourrasques poussaient à l'horizontale et dont les arêtes vives râpaient la peau. La progression devenait plus pénible.

Un enfant se laissa tomber dans la neige. Vartan se pencha sur lui et l'incita à se relever; le garçonnet de six ou sept ans refusa de bouger, marmonna qu'il était bien et qu'il voulait dormir là. Confiant Anouch à Aroussiag, Vartan se chargea de porter le garçon qui n'avait plus la force d'avancer. Le nouveau fardeau était plus lourd et il commença à ressentir la fatigue. La transpiration mouillait ses vêtements que le gel raidissait, le vent lui coupait le souffle, mais ce petit être accroché à lui avait le même poids que Tomas, et Vartan se dit qu'il marcherait ainsi jusqu'au bout du monde s'il le fallait. La lumière faiblissait, le jour devenait d'un gris bleuté.

Aroussiag poussa un cri enthousiaste :

– On y est presque. Je vois l'entrée.

Le vent tourbillonnait dans la première salle, dont les ouvertures avaient été agrandies par l'érosion et des éboulements. Des enfants s'assirent par terre.

– Relevez-vous, leur dit Aroussiag qui allumait le fanal. Ici c'est trop froid.

– Où sommes-nous au juste? lui demanda Vartan.

– Un ancien monastère que nous utilisons quelquefois. La route d'Aksaray se trouve de l'autre côté de cette butte en face de nous.

Sa voix traînait, comme si elle avait peine à trouver ses mots, mais elle sourit à Vartan en lui serrant le bras :

– Nous avons réussi!

Aram, qui connaissait les lieux, avait installé l'âne dans une petite pièce adjacente. Aroussiag guida le groupe dans un escalier creusé à même le rocher. Un étage plus bas, ils se retrouvèrent dans une grande caverne au plan en forme de croix, dont les parois s'arrondissaient en voûte. La lumière pâlotte du fanal révéla des fresques représentant des scènes de la vie du Christ et des effigies de saints. Sauf au sommet où courait une bande noirâtre, leurs couleurs demeuraient si vives qu'on aurait pu croire les peintures récentes et non pas vieilles de neuf ou dix siècles.

1. Endors-toi, mon enfant, tes yeux se ferment / Tes beaux yeux, laisse le sommeil se poser sur eux. (Arménien.)

Une ouverture perçait le mur à chaque bout du transept, amorce de couloir s'enfonçant dans le ventre de la colline.

– C'est une véritable ville souterraine, expliqua Aroussiag. N'allez pas vous y perdre!

Les enfants restaient silencieux, hébétés, l'air perdus. Vartan se dit qu'il fallait les sortir de leur torpeur et leur organiser une vie un tant soit peu confortable. Ensuite, il s'occuperait de la petite Anouch.

– Nous allons coucher là, dit Vartan en désignant l'abside à l'extrémité du chœur. Nous allons faire un grand feu et cuire de la soupe.

Aroussiag était perplexe :

– Un feu? Est-ce bien prudent? Nous sommes près de la route.

– Dans la nuit, la fumée ne se verra pas.

– On étoufferait! objecta Aram d'un ton apitoyé.

Vartan lui fit remarquer un cercle de suie sur le plafond de l'abside et une légère dépression noircie dans le plancher.

– On a déjà fait du feu ici. Remarque l'inclinaison de la voûte : la fumée s'échappera à l'extérieur par la cage de l'escalier.

Aram s'étonna secrètement de n'avoir jamais remarqué ces détails lors de ses visites précédentes et il en conçut de l'admiration pour Vartan qui avait observé tout ça d'un seul coup d'œil. Il ne voulait pas être en reste et dit :

– Tout à l'heure, nous sommes passés près d'un peuplier tombé au sol.

– Allons couper des branches, fit Vartan en le prenant par l'épaule.

– Je peux vous accompagner? demanda un garçon d'une dizaine d'années.

Il s'adressait à Aram qu'il voyait comme son chef. Abdiquant l'autorité qu'il exerçait jusque-là sur les autres, ce dernier consulta Vartan du regard.

– Tu es costaud, répondit Vartan en hochant la tête. Viens. Comment t'appelles-tu?

– Arto.

Aroussiag les considéra avec attendrissement alors qu'ils s'éloignaient, puis elle claqua des mains pour obtenir l'attention de ceux qui restaient avec elle.

– Encore un petit effort. Nous allons préparer des lits.

La nuit était tombée et le froid devenu plus mordant. Vartan et ses deux compagnons suivirent les traces que la neige effaçait peu à peu. En moins de cinq minutes, ils trouvèrent l'arbre abattu par le vent. La dague d'Aram se révéla inutile car les branches gelées se cassaient facilement. Ils firent quatre voyages jusqu'à la caverne, amassant une provision de bois suffisante pour quelques jours. Au retour, Vartan montra aux garçons comment effacer à l'aide d'une branche le chemin qu'ils avaient fait dans la neige; le vent finirait le travail.

Les couvertures étaient étendues dans l'abside et plusieurs enfants s'étaient couchés. Aroussiag avait puisé de l'eau dans la citerne qui se trouvait au pied dc l'escalier, deux étages plus bas, et elle procédait à l'inventaire des provisions qu'elle alignait le long d'un mur. Vartan expliqua à ceux qui le regardaient construire le bûcher pourquoi il pelait l'écorce humide et coupait le bois sec en éclisses. Après la combustion de la poignée de foin, le feu s'alanguit et menaça de s'éteindre, d'autant plus que les grosses branches dégoulinaient en dégelant. Mais la flamme triompha et bientôt un feu clair crépitait et remplissait de clarté l'hémicycle de pierre. Aroussiag souffla le fanal afin de ménager le kérosène. Un trépied fut improvisé avec de solides perches et on y suspendit le chaudron plein d'eau.

On réveilla ceux qui dormaient et tous s'assirent en rond autour du foyer, les garçons se regroupant instinctivement autour de Vartan, les filles près d'Aroussiag. La chaleur pénétrait lentement dans les corps qui se détendaient; les prunelles s'allumaient. Vartan observa, à travers la fumée ténue qui montait du brasier, Aroussiag qui tranchait des oignons et pelait des pommes de terre. Ils échangèrent un long regard amoureux. Dans les bras de sa sœur aînée Gulina, qui avait tout juste huit ans, Anouch guettait de ses yeux fiévreux chaque mouvement d'Aroussiag et toussait sans arrêt.

– On a le droit de faire un feu dans une église? demanda un garçon qui indiqua de l'index les fresques que leurs ombres dansantes cachaient à moitié.

– Oui, répondit Vartan, car ce n'est plus une église depuis très, très longtemps.

– Le bon Dieu n'y habite plus?

– Il habite partout, même en chacun de nous.

Une fillette constata avec sérieux :

– C'est drôle, on ne le sent pas.

Les plus vieux rirent, bientôt imités par les petits qui ne comprenaient pourtant pas la raison de cette hilarité. Aroussiag émincait de la viande de mouton qu'elle jetait dans le chaudron dont l'eau additionnée de boulgour frémissait. Elle devinait que ses protégés, vivant entre eux depuis des semaines, avaient besoin d'entendre une voix d'adulte, aussi posa-t-elle à Vartan une question dont elle connaissait la réponse.

– Pourquoi des gens ont-ils creusé ces églises dans la pierre?

Les yeux de la jeune femme étaient éloquents et il s'adressa aux enfants :

– Pour se protéger de leurs ennemis. À cette époque, des bandes de pillards attaquaient la région. Alors les habitants venaient dans leurs villes souterraines, en bloquaient l'entrée avec de grosses roches et y vivaient en paix. Ils avaient des églises, des magasins, des chambres, sans doute aussi des écoles.

Il leur parla longuement de la vie des premiers chrétiens en Cappadoce, de la technique utilisée pour peindre des fresques, même de la pierre qui avait été crachée autrefois par des volcans. Ils écoutaient en silence, fascinés par ces paroles qui évoquaient des réalités si éloignées de l'existence uniquement axée sur la survie qui était la leur depuis des mois et des mois. Vartan reconnut dans leurs yeux la soif d'apprendre qu'il avait vue chez les orphelins d'Alep et cela lui fit chaud au cœur. Lorsqu'il se tut, Aroussiag chanta une complainte que la plupart des enfants avaient déjà entendue et dont certains connaissaient même quelques mots. Ensuite, un garçon à qui la chanson avait rappelé le souvenir de sa mère demanda timidement :

– C'est quoi, un orphelinat ?

Sans ménagement, Aram répondit, d'un ton acerbe :

– Un endroit pour les enfants qui ont perdu leurs parents.

Les yeux du garçon s'emplirent de larmes. Son visage ovale et ses cheveux coupés droit donnaient à sa tête la forme d'un gland de chêne.

– Un orphelinat, corrigea Vartan, c'est une maison où les enfants sont aimés et respectés ; ils dorment dans un lit et mangent à leur faim, ils étudient et préparent leur avenir.

Il décrivit celui qu'il avait brièvement visité à Alep et répondit aux questions qui fusaient de toutes parts. Ce lieu où ils ne connaîtraient plus la faim, le froid et la peur faisaient aux enfants l'effet d'un paradis. Gulina, qui berçait sa petite sœur endormie, prit la parole :

– Est-ce que vous aussi vos parents sont morts ?

– Oui, il y a de ça bien longtemps. Mais j'ai un fils, Tomas, qui a votre âge et dont je n'ai plus de nouvelles depuis presque deux ans. J'aimerais savoir qu'il est dans un orphelinat où l'on s'occupe de lui.

L'émotion de Vartan ne passa pas inaperçue des enfants et un lourd silence s'ensuivit. Pour détendre l'atmosphère, Aroussiag lança d'une voix enjouée :

– À la soupe !

Elle décrocha le récipient dont montait une odeur qui affolait les estomacs. Il n'y avait que deux louches et quatre gobelets de fer-blanc ; on fit donc manger d'abord les plus jeunes. Chacun puisait à même le chaudron le liquide épais où flottaient des morceaux de mouton, et Aroussiag veillait à ce que chacun ait sa part. Les plus vieux et les deux adultes se partagèrent le reste. La bonne humeur régnait et, lorsque quelqu'un laissa échapper un rot, un fou rire général éclata. Aroussiag avait pris Anouch sur elle et la nourrissait à la cuiller ; la petite avalait avec difficulté et s'étouffait lorsque des quintes de toux la secouaient. Aroussiag tourna vers Vartan un regard implorant. Il répondit :

– Nous allons examiner ça.

Aram attribuait à chacun sa place pour dormir, ce qui n'allait pas sans soulever des protestations car un tel voulait coucher à côté de tel autre, plus près du feu ou plus loin de la nef obscure. À l'écart du groupe, Vartan examinait Anouch, toujours dans les bras d'Aroussiag. Relevant la chemise de l'enfant, il posa son oreille sur les côtes saillantes pour écouter sa respiration : des râles crépitants, secs et fins, qui ne présageaient rien de bon, et, lors des profondes inspirations, une espèce de gargouillement, comme si les poumons étaient pleins de liquide. Elle était brûlante de fièvre. Pleurésie? pneumonie? Il ne savait pas au juste. Lorsqu'il lui demanda où elle avait mal, elle indiqua sa tête, sa gorge et sa poitrine. Il lui caressa la joue et lui sourit en disant qu'elle irait mieux.

Aroussiag n'était pas dupe de son optimiste de façade mais préféra attendre d'être seule avec lui pour connaître son verdict. Elle confia l'enfant à sa sœur aînée.

La température était confortable dans l'abside, dont la paroi voûtée renvoyait la chaleur du feu. Enroulés dans des couvertures, souvent deux par deux, les enfants s'endormaient déjà. Aram avait réservé pour lui et les deux adultes des places à l'entrée de la petite pièce, avec l'idée qu'ils formeraient une sorte de rempart contre le froid et l'obscurité.

– Nous allons faire notre prière, annonça Aroussiag à voix haute. Prions pour les absents, remercions Dieu d'avoir mangé, demandons-lui de nous protéger.

Elle se mit à chanter le « Hayr mer », bientôt accompagnée par des voix fluettes et celle de ténor de Vartan.

– Nous avons à parler, Vartan et moi, dit-elle à Aram qui se couchait. Nous ne serons pas absents longtemps.

– Bonne nuit, répondit le garçon qui tombait de sommeil.

Sans emporter le fanal, ils prirent le couloir qui débouchait dans l'aile droite du transept. Très vite, la lueur du feu ne parvint plus jusqu'à eux, et, dans l'obscurité totale, ils se guidèrent en effleurant le mur.

– Je connais bien les lieux, souffla Aroussiag qui allait devant. Nous arrivons à une autre salle.

La paroi disparut soudain sous leurs doigts. Vartan alluma son briquet dont la flamme révéla les yeux brillants d'Arrousiag et, juste derrière elle, ceux ternes d'un saint sur une fresque. Le noir fut ensuite plus profond. La main d'Aroussiag se posa sur l'épaule de Vartan.

– Dis-moi la vérité. Anouch?

– Il faudrait qu'un médecin la voie.

Un gémissement plaintif fit écho à ses paroles.

– Je sais que c'est impossible, reprit-il d'une voix triste. Et puis ça ne servirait sans doute à rien.

– Qu'a-t-elle au juste?

– Une pneumonie, je crois. Dans sa piètre condition physique, elle a peu de chances.

Aroussiag se plaqua contre lui. Il referma un bras sur elle et caressa son visage que mouillaient des larmes.

– Nous ne pouvons rien faire. Sinon prier.

– Et si je l'emmenais chez moi ?

– C'est trop tard.

Elle pleura, blottie contre Vartan qui jouait avec ses cheveux, et elle mit longtemps à retrouver son calme. Finalement, elle murmura :

– Ce n'est pas seulement pour Anouch... C'est dur, Vartan, toujours aussi dur d'une fois à l'autre de me séparer d'eux. Même si je ne les rencontre qu'à quelques reprises, je m'attache à eux. Tu as senti leur besoin d'être aimés ? Je n'arrive pas à me faire une raison. Je voudrais les garder tous avec moi, les aimer, leur redonner le bonheur.

– Je comprends. Mais dis-toi qu'ainsi c'est à des dizaines d'enfants que tu permets de commencer une nouvelle vie.

Le désir d'avoir un enfant de Vartan lui revint, qu'elle n'osa pas plus exprimer que les autres fois. Un petit garçon qui aurait le regard séducteur de son père ou une petite fille en qui elle se reconnaîtrait. Elle avança la tête et, dans le noir, chercha les lèvres de son homme, les trouva, les embrassa avec emportement.

Aram s'éveilla le premier, raviva les braises qui couvaient sous la cendre, mit du bois dans le foyer et partit sans faire de bruit. Il puisa de l'eau qu'il remonta à la surface afin de faire boire l'âne. Le jour était levé, le soleil brillait sur le paysage enneigé et un corbeau traversait le ciel en croassant. Avec cette prudence acquise depuis deux ans de clandestinité, il s'avança au-dehors et scruta attentivement l'étroite vallée et la colline qui barraient l'horizon. Rien ne bougeait. Il retourna en bas.

Vartan avait mis de l'eau à bouillir.

– Bonjour, Aram. Bien dormi ?

– Comme un âne mort ! Il fait doux et le soleil luit. Le révérend Matthews viendra peut-être aujourd'hui.

Dès son réveil, Aroussiag se précipita au chevet d'Anouch. Elle prit l'enfant des bras de sa sœur qui dormait toujours et la porta près du feu pour la montrer à Vartan.

– Regarde ses pommettes rouges ! s'exclama-t-elle joyeusement. C'est bon signe.

Il toucha Anouch : la fièvre empirait. Les râles de sa respiration saccadée étaient encore plus perceptibles. Il dit d'une voix navrée :

– Malheureusement, ces rougeurs confirment la pneumonie. Cela aussi.

Il indiquait les expectorations visqueuses et de couleur rouille qui maculaient le cou et le corsage de la fillette. Atterrée, Aroussiag détourna la tête et serra les mâchoires. Vartan promena sa main dans le dos de la petite malade et constata une contracture de l'épine dorsale et de la nuque, symptômes qui pouvaient annoncer une méningite. Anouch ouvrit les yeux.

– As-tu mal à la tête?

Elle fit un signe affirmatif.

– Plus qu'hier?

C'était encore oui. En toussant faiblement, elle le fixait de ses yeux vitreux et il sut qu'elle avait cessé de lutter, qu'elle s'abandonnait à la maladie. Il était inutile de lui mentir sur son état : de toute évidence, elle sentait d'instinct que ses forces ne reviendraient jamais, que la vie s'éteignait dans son corps. Vartan essaya de faire passer dans son regard toute l'affection qu'elle lui inspirait, et elle dut comprendre car elle tendit le bras pour toucher sa barbe. Il embrassa ses petits doigts osseux et la trouva belle en dépit de sa maigreur et de ses yeux cernés. La rougeur de ses joues prêtait à ses traits l'apparence d'une vitalité que l'organisme ne possédait plus. Une rage sourde venait à Vartan de son impuissance à faire quoi que ce soit pour elle et, afin qu'elle ne le sente pas, il se tourna vers Aram assis de l'autre côté du feu :

– Est-ce que l'eau bout?

Aroussiag avait surpris le dialogue muet entre Vartan et Anouch et en avait saisi le sens. Cette enfant qu'elle serrait sur sa poitrine allait mourir. Elle se mit à prier silencieusement.

Vartan infusa du tilleul et Aroussiag tenta de faire boire Anouch, qui s'étouffa et vomit.

– Elle frissonne, dit Aroussiag.

C'était plus grave : des convulsions.

– Étends-la et reste avec elle. Je vais m'occuper des autres.

Il prépara du boulgour et fit déjeuner les enfants. Ensuite, il les conduisit dans la salle ouverte sur l'extérieur afin qu'ils prennent l'air. Gulina refusa de les suivre, ne voulant pas quitter sa jeune sœur malade.

– Il faut les occuper, dit Vartan à Aram.

Le garçon organisa une partie d'atchgaboug [1] à laquelle il prit lui-même grand plaisir. Vartan se mêla à leurs jeux, puis, lorsqu'ils furent fatigués, il leur posa des devinettes, leur enseigna des charades.

Dans l'après-midi, la paralysie s'empara d'Anouch. La maladie progressait d'une manière plus fulgurante que Vatan ne l'avait prévu. Aroussiag demeurait au chevet de la petite agonisante en compagnie d'une Gulina éplorée.

Ce soir-là, lorsque tout le monde fut endormi, Vartan secoua Aram.

– Pas un mot. Suis-moi.

Le garçon obéit en silence. Une fois dans l'escalier, Vartan alluma le fanal et ils descendirent les marches jusqu'au plus profond de la ville souterraine.

– Qu'y a-t-il, baron?

– La petite va mourir. Il faut que nous creusions une fosse.

1. Colin-maillard. (Arménien.)

Sa voix avait un accent lugubre qui impressionna Aram. Le garçon ne comprenait pas qu'un homme comme lui soit si affecté par le décès d'une enfant qu'il connaissait à peine. Vartan lui serra l'épaule.

– Être véritablement un homme, Aram, c'est être capable de sentiments. La compassion, la pitié, l'amitié, l'amour... Celui que rien n'émeut devient un monstre, au mieux une bête. Comme ceux que tu considères comme tes ennemis! N'oublie jamais ça.

En suivant Vartan qui explorait les salles à la recherche d'un endroit convenable, Aram méditait les mots qu'il venait d'entendre. Il sentait fondre l'armure d'indifférence qu'il s'était forgée depuis deux ans et craignait que les choses ne deviennent ensuite plus difficiles pour lui.

Vartan arrêta son choix sur une petite grotte au bout d'un long couloir. De la pointe de son couteau, il traça sur le sol un rectangle, à peine plus grand que la taille d'Anouch, qu'il se mit à excaver en utilisant la lame comme un pic. Aram ne bougeait pas.

– Tu ne creuses pas?

– Avec quoi?

– Ta dague.

Le garçon parut horrifié. L'arme qu'il tenait de son père!

– La pierre est tendre et s'effrite comme du pain rassis. J'affûterai ta lame ensuite.

À regret, Aram se mit au travail.

– Sache qu'enterrer une personne qu'on aime est bien plus difficile que de tuer un ennemi.

– Vous avez déjà tué quelqu'un, vous, baron?

– Grâce à Dieu, je n'ai jamais eu à le faire.

– Moi, je n'hésiterai pas! Les meurtriers, je les éliminerai tous.

– En devenant toi-même un meurtrier.

– Un justicier, ce n'est pas pareil.

– Les zaptiyés qui ont massacré tant d'Arméniens pensaient eux aussi bien faire.

Aram ne répliqua pas et se mit à frapper la pierre avec rage. Il s'échauffa peu à peu et enleva son tricot.

– D'où viens-tu? demanda Vartan.

– Des environs de Gémérek.

Et sans que Vartan ait à poser d'autre question, il déballa son histoire par phrases hachurées. Il avait été emmené par les gendarmes avec tous les hommes du village, dont ses frères, son père et ses oncles. Une fois dans la montagne, on les avait entassés au pied d'une falaise pour les fusiller. Quand les fusils avaient commencé à tirer, son père l'avait poussé par terre, puis il était tombé sur lui. Seul vivant au milieu des morts, recouvert par le sang de son père et de ses frères, Aram avait attendu la nuit pour s'enfuir. Au matin, il était arrivé en vue de son village pour constater que les femmes et les enfants avaient été emmenés. Des paysans de la région ramassaient les quelques effets que les gendarmes n'avaient pas pu emporter; d'autres au contraire emménageaient avec leur famille dans les maisons désertées.

Il s'était enfui dans les collines, vivant de fruits sauvages et de ce qu'il chapardait autour des fermes. L'hiver venu, il avait aussi mendié dans les villages. Un autre garçon, plus jeune, et sa sœur s'étaient joints à lui. Ils avaient finalement abouti en Cappadoce où ils avaient travaillé aux champs pour des Grecs qui les cachaient. C'est là qu'Aram avait fait la connaissance de Kérim et d'Aroussiag. Depuis, il les aidait à dénicher des orphelins arméniens pour les confier aux missionnaires.

Vartan lui tapota la nuque :

– Ton père serait fier de toi.

Aram détourna la tête afin que l'autre ne voie pas les larmes qu'il sentait venir. Ils creusèrent jusqu'à ce que la fosse ait un mètre de profondeur. Le tas de gravats qui s'empilait à côté servirait à recouvrir le corps.

Revenu dans l'église, Vartan s'approcha de l'endroit où Aroussiag était couchée. Elle ne dormait pas. Sur le côté, la tête sur son bras replié, elle surveillait le sommeil d'Anouch allongée contre elle. Vartan trouva le pouls de l'enfant très faible, sa respiration à peine perceptible. Elle avait sans doute sombré dans le coma.

– Tu devrais essayer de te reposer, souffla Vartan à l'oreille d'Aroussiag. Je veillerai.

– Je ne pourrais pas trouver le sommeil. Dors, toi.

Il s'assit et demeura quelque temps la main sur la tête de la jeune femme, mais, pris de somnolence, il s'étendit finalement. Quelques heures plus tard, Aroussiag le réveillait :

– Vartan, murmura-t-elle. Vartan!

À la voix tremblante et au visage défait, il comprit qu'Anouch était morte. Ils transportèrent dans la nef le corps qu'Aroussiag dévêtit et lava. Elle frottait la peau avec des gestes délicats, empreints de tendresse, avec autant d'amour que s'il se fût agi de son propre enfant. Elle n'avait plus de larmes.

– On dirait un ange.

Un cri soudain les fit sursauter :

– Anouch! Anouch!

Gulina émergeait d'un cauchemar et cherchait sa sœur.

– Amène-la ici, veux-tu? demanda Aroussiag à Vartan.

La fillette éclata en sanglots et se jeta sur le cadavre, l'étreignit, le couvrit de baisers. Gulina venait de perdre le dernier lien qui la rattachait à son passé, à sa famille décimée; elle était dorénavant seule au monde. Aroussiag et Vartan la laissèrent un bon moment donner libre cours à sa douleur, puis la jeune femme l'attira à elle pour la consoler.

– Ne pleure pas Anouch, elle est au paradis. Dorénavant, c'est elle qui veillera sur toi.

– Rappelle-toi comment elle souffrait, dit Vartan. À présent, elle est bienheureuse.

Aroussiag repoussa doucement la fillette :

– Nous allons la rhabiller.

Gulina ravala ses pleurs et aida Aroussiag. En elle résonnaient les dernières paroles de sa mère entraînée au loin par des gendarmes : « Gulina, veille sur ta sœur. Je vous aime. » Elle essuya ses yeux et joignit les mains d'Anouch. Vartan souleva le corps qu'il déposa sur une couverture propre dont il ramena les pans, ne laissant que le visage à découvert. Ils s'agenouillèrent côte à côte pour prier. Ensuite, ils s'assirent. Derrière le dos de la fillette qu'ils encadraient, Vartan et Aroussiag se tenaient la main pour partager leur émotion.

– Elle est belle, dit Gulina. On dirait qu'elle dort.

Elle fit une pause et reprit, d'un ton rêveur :

– Anouch ne se plaignait jamais. Avant qu'elle soit malade, elle riait souvent. Quand nous étions chez le fermier, elle m'aidait dans la cuisine... à soigner les poules... à arroser le jardin.

Encore longtemps elle évoqua, plus pour elle-même que pour les deux adultes, la mémoire de sa sœur. Ils restèrent là jusqu'à l'aube.

En apprenant le décès de leur compagne, les enfants réagirent diversement. Plusieurs pleurèrent, d'autres firent montre d'un certain stoïcisme, peut-être un secret soulagement que la mort les ait eux-mêmes épargnés. Précédé par Aram qui tenait le fanal à bout de bras, et suivi par tous les autres, Vartan porta le corps dans la salle qu'il avait aménagée en crypte. À défaut d'huile, on utilisa de l'eau pour les ablutions rituelles, signes de croix tracés sur le front, les mains et les pieds de la morte, et Aroussiag récita les prières. Quand le corps enveloppé dans une couverture fut déposé au fond de la fosse, Gulina ne put contrôler sa détresse et se mit à hurler ; Aroussiag la reconduisit dans l'église.

Mains jointes, les autres observaient la forme grise dans sa tombe de pierre, incapables de détacher leur regard de ce qui allait disparaître à jamais. Il fallait donner un sens à cette mort. Vartan improvisa.

– Seigneur, Dieu tout-puissant, nous sommes réunis ici, devant Ton regard, pour Te confier notre sœur Anouch. Reçois-la en Ton sein, afin qu'elle vive pour l'éternité, ange parmi Tes anges. Et toi, Anouch, qui es maintenant heureuse d'avoir rejoint tes parents, toi qui ne connaîtras plus jamais la souffrance, la faim, la soif et le froid, mais un bonheur sans bornes, intercède auprès du Christ afin que nous trouvions la paix, la joie et l'amour. Amen.

Il jeta une poignée de gravats dans la fosse, imité par les enfants. Une fois la fosse comblée, il grava une inscription au mur avec son poignard et dit encore :

– Nous avons tous perdu des êtres que nous aimions. Nous ne devons jamais laisser leur souvenir s'éteindre en nous. Et il faut vivre, longtemps, parce que les morts vivent encore à travers nous. N'oubliez jamais la petite Anouch. Quand vous serez tentés par le découragement, songez à elle qui n'a pas eu votre chance de continuer à voir le soleil.

L'épitaphe terminée se lisait ainsi : « Anouch Magarian, ange du Seigneur, 1913-1917. » Vartan avait choisi de façon arbitrairc une date correspondant approximativement à l'âge de la petite morte. Avant de remonter, plusieurs enfants promenèrent leurs doigts sur les caractères ciselés, comme pour bien en fixer le souvenir en eux.

Dans l'église, Vartan trouva Aroussiag en compagnie d'un homme qui était penché pour parler à Gulina.

– Le révérend Matthews, dit Aram.

La soixantaine, le missionnaire était grand et sans doute mince, car son manteau flottait autour de lui. Les rabats du casque de fourrure encadraient un visage rougeaud aux sourcils blancs ou d'un blond très pâle. Ses lèvres finement découpées semblaient sourire et ses yeux gris pâle exprimaient une très grande humanité. Aroussiag le présenta d'abord aux enfants puis le laissa avec Vartan pendant qu'elle organisait le départ.

Après la poignée de main, le missionnaire ne relâcha pas le bras de Vartan et l'entraîna vers l'arrière de l'église.

– Monsieur Balian, vous ne pouvez savoir le plaisir que j'ai à vous rencontrer enfin!

– C'est réciproque, mon révérend.

– Quel dommage que j'aie manqué votre visite à Alep!

– J'en ai été moi aussi chagriné. Puis-je vous préparer une infusion?

– Ne vous donnez pas cette peine. J'ai une bouteille thermos dans l'araba. Et il faut que je reparte sans tarder. Nous n'aurons malheureusement pas l'occasion de faire plus ample connaissance.

Vartan en était navré car un courant de sympathie s'était immédiatement établi entre eux. Rien pour le surprendre : Aroussiag n'avait-elle pas dit qu'ils se ressemblaient sur le plan du caractère?

– Il y aura une autre occasion, mon révérend.

– Sûrement. Soit ici, soit à Alep. Mon épouse m'a dit que vous aviez l'intention de continuer à effectuer des tournées avec la troupe de derviches.

– J'aimerais tellement être encore plus utile.

Le pasteur perçut l'hésitation de Vartan et protesta :

– Vous ne pourriez l'être plus! Vos articles contribuent à secouer les consciences à l'étranger. Et, plus important encore, les renseignements que vous nous fournissez nous permettent de localiser des orphelins. À propos : j'ai des nouvelles de Nayiri, la fillette que vous avez rencontrée à Adana. Elle vit à présent à Beyrouth.

Malgré les mois écoulés, Vartan revit avec netteté la petite mendiante debout au bord du chemin. Il écrirait un article sur elle pour parler de tous les orphelins.

Ils firent demi-tour devant l'escalier et revinrent à pas lents vers l'abside où Aroussiag aidait les jeunes à s'habiller.

– Des nouvelles de la guerre, mon révérend?

– Rien de neuf depuis deux mois. Quelle catastrophe pour le genre humain! Mais rien n'est perdu. Nous rebâtirons le monde. Eux, plutôt.

Il désignait le groupe d'enfants. Vartan répondit :

– Soyez mille fois béni de ce que vous faites pour mon peuple.

– Mon devoir de serviteur de Dieu, monsieur Balian, je ne fais rien d'autre que mon devoir.

– Nous sommes prêts! annonça Aroussiag en guidant les petits à leur rencontre.

– Quelle femme de cœur! murmura le missionnaire.

– En effet...

Devant l'entrée de la caverne une grande voiture à ridelles tirée par deux chevaux attendait. Aram se tenait à côté avec l'âne, qu'il avait bâté et chargé. Après des adieux émouvants, particulièrement à Aram, les enfants s'entassèrent dans la caisse et se couvrirent des peaux de chèvre et des tapis qui s'y trouvaient. Ils avaient le trac de partir ainsi vers l'inconnu, d'abandonner les seules personnes qui les avaient aimés depuis longtemps.

– Vous n'êtes pas seuls, leur dit Vartan. À l'avenir, vous serez des frères et des sœurs les uns pour les autres.

Il songeait aux paroles de Der Kévork : « Nous sommes des chiens de berger. » La voie était toute tracée pour lui; son existence jusqu'à la fin de la guerre serait la même que durant l'année précédente, celle d'un musicien ambulant. Écrire, oui, mais essentiellement venir en aide à des petits Tomas et des jeunes Nayiri.

La voiture fit demi-tour pour se diriger vers l'ouest. Le révérend Matthews les salua une dernière fois. Les larmes aux yeux, Aroussiag cria aux enfants :

– Vous serez tous heureux!

Vartan l'entoura de son bras et la secoua légèrement :

– Grâce à toi, Aroussiag. Et grâce à Aram, un jeune homme qui fait honneur au nom de ses ancêtres.

Le garçon rayonna de fierté et caressa le fourreau de sa dague.

Les enfants firent encore de grands gestes du bras, puis la voiture du pasteur disparut derrière une colline.

– Rentrons à la maison, dit Aroussiag, le cœur gros.

Aram prit les devants avec l'âne, Vartan et sa compagne suivirent en se tenant par la taille.

14

En mars 1917, un corps expéditionnaire britannique commandé par le général Maude remonta le cours du Tigre, repoussa les troupes ottomanes, s'empara de Bagdad et fit sa jonction avec l'armée russe de la mer Caspienne qui occupait le nord de la Perse.

Le plan commun prévoyait une poussée dans le sud de l'Anatolie, combinée avec une offensive russe en direction de Sivas. En même temps, la marine du tsar en mer Noire se dirigerait vers le Bosphore et tenterait de s'emparer de Constantinople. Cependant, les événements prirent une tout autre tournure. La révolution éclatait en Russie et Nicolas II abdiquait. L'armée russe, en position de force partout, se désintégrait; les troupes se rebellaient contre leurs officiers, les soldats désertaient en masse pour retourner dans leurs foyers. À peine libérée, l'Arménie occidentale se voyait peu à peu abandonnée par ses défenseurs.

Riza Bey suivait ces événements avec appréhension, téléphonant chaque jour au quartier général du chef militaire de la province afin de connaître les dernières nouvelles. Si la débandade des forces russes sur le front du Caucase le remplissait d'aise, la présence britannique à Bagdad l'inquiétait au plus haut point. Avec la révolte arabe, le moral des troupes ottomanes en Syrie et en Palestine se détériorait, et une percée des Anglais était à craindre. Il y avait aussi la possibilité d'un débarquement des Alliés dans le golfe d'Alexandrette, à une journée de route à peine d'Aintab. Et lorsqu'en avril les États-Unis déclarèrent la guerre aux empires centraux et à l'Empire ottoman, Riza Bey sut en son for intérieur que ce n'était plus qu'une question de temps; quelques mois, une année tout au plus, et son pays serait vaincu.

Les ordres qui émanaient de Constantinople exigeaient que soient contrariées les activités des missionnaires et que l'on ferme leurs orphelinats. Riza Bey était résolu à n'en rien faire, sachant que le règne des Jeunes-Turcs s'achevait. Il s'agissait donc pour lui de ménager les ressortissants étrangers, les futurs vainqueurs, tout en laissant croire à ses supérieurs de Constantinople que son zèle ne fléchissait pas. Car Riza souhaitait conserver son poste jusqu'à la fin de la guerre; une fois maîtres de la région, les Alliés auraient besoin des hauts fonctionnaires turcs pour l'administrer.

***

Dans l'ombrage épais des vignes couvrant la tonnelle, Maro berçait Nourhan qui dormait ainsi qu'il le faisait après chaque tétée. Du bout des doigts, elle essuyait la sueur qui perlait sur sa tête parfaitement arrondie et recouverte d'une épaisse chevelure marron. Le visage joufflu et rosé de son fils de six mois était celui d'un chérubin et, à la pensée qu'il aurait pu ne jamais naître à cause d'une potion, Maro réprima un frisson. Elle l'embrassa sur la joue; il ouvrit les yeux et gazouilla gaiement selon son habitude. Toute la maisonnée, jusqu'à Buyuk Hanim qui se laissait attendrir par ce nouveau petit-fils, s'accordait à dire que Nourhan était un enfant rieur comme on en voyait rarement. Jamais de pleurs, sinon quelques cris impératifs pour signifier qu'il avait faim. C'était un bébé très éveillé et débordant de vitalité.

Nourhan tourna la tête en entendant les voix des enfants qui traversaient le jardin pour aller écouter les enseignements de Piri Hodja à la mosquée. Tomas se détacha du groupe et rejoignit sa mère sous la tonnelle. Nourhan se mit à frétiller et à babiller des sons inintelligibles en voyant Tomas, à qui Maro fit remarquer :

– Regarde comme ton frère est heureux de te voir!

Tomas eut un léger sourire qui ressemblait plutôt à une moue et il tendit un index que Nourhan agrippa de sa menotte. Il détestait que Maro nomme cet enfant « ton frère ».

– Veux-tu le prendre? demanda-t-elle en recoiffant le toupet de Tomas du bout des doigts.

Il fit un signe de dénégation et s'écarta pour prendre des pistaches sur la table.

Parce qu'il n'en laissait rien paraître, Maro ne devinait pas quel drame Tomas vivait depuis des mois. Ses rares moments de bouderie ou d'impatience, elle les attribuait à une jalousie à l'égard de son demi-frère, la crainte toute naturelle de l'aîné de perdre sa place dans le cœur de sa mère, et elle s'efforçait de le rassurer tant par ses paroles que par son attitude, de lui démontrer qu'il gardait la préséance.

Cette jalousie que lui prêtait sa mère n'affectait pas Tomas car un sentiment autrement plus puissant l'avait reléguée au second plan. La présence de Nourhan constituait avant tout pour lui un rappel constant que Maro avait trahi Vartan. Elle avait cessé d'attendre son père, l'avait pour ainsi dire abandonné, ainsi qu'elle pourrait un jour l'abandonner lui-même. Elle était devenue la femme de Riza Bey et, par moments, il la détestait. Ou du moins essayait-il de la détester. C'était plutôt de la colère qu'il avait contre sa mère, un dépit qui réagissait avec son amour pour elle; incapable de départager ses sentiments contradictoires, il demeurait désemparé. La honte! Honte de ses pensées méchantes à l'égard de sa mère, honte de sa mère. Il aurait eu envie de lui pardonner et d'être pardonné. Parfois toutes ces choses montaient dans sa gorge, l'étouffant presque, et il était sur le point de les crier à Maro, mais les mots ne passaient pas, trop lourds, trop douloureux. Il ne pouvait courir le risque que sa mère cesse tout à fait de l'aimer.

Riza Bey et Safiyé venaient vers la tonnelle; Tomas sortit par l'autre extrémité, marcha en direction du bassin mais s'arrêta à peu de distance, derrière un buisson de fusains.

– Vois comment Nourhan nous suit des yeux, dit avec fierté Riza à sa première épouse alors qu'ils avançaient sous les vignes. Cette curiosité est le signe d'une grande intelligence.

Safiyé prit les mains du bébé qui se souleva en exerçant une traction; elle s'extasia :

– Cette force qu'il a déjà! Il deviendra un homme très viril.

Maro protesta en riant :

– Ne me le montre pas déjà adulte! Ce temps de la petite enfance passe si vite!

Safiyé approuva d'un hochement de tête. L'époque où ses enfants étaient des nourrissons était tellement loin maintenant; il lui semblait qu'elle n'en avait pas assez profité, qu'elle avait laissé filer avec inconscience ces premiers mois d'une intimité impossible à recréer par la suite. Une secrète envie lui venait parfois devant le spectable de Maro et de son fils, sentiment qui relançait son désir de porter de nouveau un enfant. Trop vieille? Elle sentait pourtant que son corps regorgeait toujours de vie, assez pour en donner une part à un petit être.

Riza Bey prit Nourhan et le leva à bout de bras pour le faire virevolter, ensuite il provoqua ses rires en le chatouillant dans le cou avec sa moustache.

– Mon fils, lui demanda-t-il d'un ton de confidence mais assez fort pour que les deux femmes entendent, as-tu réussi à convaincre ta mère de m'épouser?

Ce disant, Riza Bey regarda avec insistance Maro, qui perdit son sourire et fit non de la tête.

Tapis derrière le buisson, Tomas serrait dans la paume de sa main la boîte d'argent renfermant le cachet de son père. La rage au cœur, il rentra précipitamment, traversa la maison, déboucha dans la cour et fila à l'écurie. Mâchoires crispées afin que les garçons d'écurie ne voient pas sa peine, il sella son cheval. Ses gestes étaient saccadés, un peu brusques, et la bête devint nerveuse. Une fois dehors, il monta en selle, s'élança au galop à travers les rangées de pistachiers et ne prit le trot qu'une fois dans l'oliveraie qui dominait la plaine de la rivière Indjirli. Il descendit le long talus, parcourut les champs de Riza Bey en coutournant de loin le terrain d'atterrissage et atteignit la rivière. La frontière du domaine.

Il pleurait sans bruit, quelque peu effrayé par ce qu'il faisait, songea durant une seconde à rebrousser chemin. Il ne fallait pas! Sa mère serait bien punie... Elle se tourmenterait et viendrait à sa recherche. Il lui dirait qu'il voulait rejoindre son père; elle aurait des remords et peut-être qu'elle comprendrait alors ce qu'il ne parvenait pas à lui dire.

Il traversa à gué le cours d'eau déjà à l'étiage. Des jardins occupaient l'autre rive, puis des collines pierreuses s'élevaient. Au-delà commençait le désert.

Maro, qui croyait Tomas avec les enfants de Riza Bey, ne se rendit compte de son absence qu'au dîner. On le chercha dans la maison et aux alentours, pour finalement apprendre par un garçon d'écurie qu'il était parti à cheval. C'était la première fois que Tomas s'absentait ainsi sans demander la permission et Maro en conçut une vive inquiétude.

– Ne t'alarme pas, lui dit Riza Bey d'un ton rassurant. Tomas est bon cavalier et connaît parfaitement le domaine. Il rentrera avant la nuit.

Ils étaient sur le perron de la cour. Maro regarda le ciel où des stratus rosissaient. Le soir viendrait vite.

– Ça ne lui ressemble pas! gémit-elle. Qu'est-ce qui lui a pris?

La voix de Maro trahissait son angoisse; Riza lui toucha le bras.

– Nous allons le trouver. Et je lui tirerai les oreilles, à ce garnement.

– Je vous accompagne, déclara Maro.

– C'est inutile, répondit Riza avec fermeté. Reste à la maison avec Nourhan.

Altan et Kénan, qui revenaient d'interroger les ouvriers, grimpaient l'escalier. Le plus vieux signifia d'un geste des bras que leur démarche n'avait donné aucun résultat; Kénan, affecté par l'absence inexpliquée de son meilleur ami, dit à son père :

– Puis-je aller avec vous?

Riza Bey refusa :

– Non, il fera bientôt nuit et tu risquerais de te perdre. C'est bien assez d'en chercher un! Est-ce que Tomas t'avait fait part de ses intentions?

– Non, père.

– Vous êtes très liés tous les deux... As-tu idée de l'endroit où il aurait pu aller?

Kénan songea aux lieux où ils aimaient jouer, tous situés à une distance trop courte pour s'y rendre à cheval, et répondit par la négative. Avisant Altan qui rentrait dans la maison, son père lui dit :

– Fais seller les chevaux et préviens nos gens de se préparer à partir. Tu viens toi aussi.

Mécontent de manquer le dîner, Altan prit à regret le chemin de l'écurie. Ce Tomas l'embêterait donc toujours!

Riza reconduisit Maro à l'intérieur en lui recommandant de ne pas s'en faire.

– Nous l'aurons vite trouvé.

Ellc tremblait et lâcha d'une voix brisée :

– J'ai le sentiment qu'il lui est arrivé quelque chose.

Il la réprimanda doucement :

– Ne dis pas de sottises, tu vas appeler le malheur sur nous.

– Ramenez-le-moi, Riza Bey, supplia-t-elle en s'accrochant à son bras. Ramenez-le-moi !

Riza Bey indiqua à chacun de ses hommes dans quelle direction mener leurs recherches et ils se séparèrent. Altan avait reçu l'ordre d'explorer les environs de l'aéroport. Les gendarmes qui gardaient le terrain l'accueillirent avec déférence ; ils n'avaient pas vu de cavalier ni d'enfant à pied. Altan vida avec eux un verre de raki et s'attarda à fumer quelques cigarettes.

Plus par crainte de son père que par acquit de conscience, l'adolescent de quinze ans chevaucha le long de la rivière. Dès qu'il serait hors de vue des gendarmes, il ferait une sieste avant de rentrer bredouille au konak. La lumière frisante du soir révéla dans le gravier des empreintes de sabots qui descendaient à l'eau. Le garçon franchit la rivière et retrouva la trace sur l'autre rivage. Elle menait vers les collines et il la suivit, attentif à la faire piétiner par sa monture. Là, dans la pierraille, la piste s'évanouissait. Altan grimpa sur la crête aux rochers rougis par le soleil couchant. L'étendue désertique qui s'offrait à sa vue était déjà plongée dans la pénombre et le ciel à l'horizon prenait une teinte outremer. Cet idiot de Tomas était allé se perdre dans le djebel... Il y resterait ! Altan poussa un long éclat de rire avant de reprendre la direction du konak, déterminé à garder le secret sur sa découverte.

Incapable de demeurer en place, Maro avait confié Nourhan aux soins d'Eminé et faisait les cent pas dans le hall. Safiyé avait tout essayé pour lui faire entendre raison et, à court d'arguments, l'observait en silence. Piri Hodja avait annoncé la prière du soir depuis un bon moment déjà lorsque les cavaliers revinrent. Leurs efforts avaient été vains. Maro éclata en sanglots ; Safiyé la prit dans ses bras et se mit elle aussi à pleurer.

– Voyons ! Voyons, mes femmes, dit Riza Bey avec jovialité, ne dramatisez pas.

Au fond de lui-même, il n'était pas rassuré, mais il énuméra les raisons qu'ils avaient de ne pas désespérer.

– Si Tomas était blessé, son cheval serait rentré à l'écurie. Il aura simplement perdu son chemin. Une nuit à la belle étoile, qu'est-ce que c'est pour un garçon de huit ans, costaud et débrouillard ? D'ailleurs, il a sans doute demandé l'hospitalité à des paysans qui nous le ramèneront au matin. Ils auront droit à une belle récompense !

– Vous croyez ? demanda Safiyé.

– Bien sûr.
Maro renifla :
– Vous reprendrez les recherches à l'aube, Riza Bey?
– Oui, ma colombe. Les fermiers ratisseront le domaine à pied; mes cavaliers chercheront plus loin. Et je demanderai la participation de la gendarmerie. Le fils du gouverneur sera vite localisé.
L'assurance de Riza calma un peu les angoisses de Maro, qui demanda la permission de se retirer dans sa chambre. Quand il fut seul avec sa première épouse, il lui dit :
– Fais-lui avaler quelques gouttes de laudanum afin qu'elle puisse se reposer.
– Vous me semblez bien plus tracassé que vous voulez bien le montrer. Est-ce que je me trompe?
– Tu me connais si bien, douce Safiyé! Cette fugue ne me dit rien qui vaille. Mais que cela reste entre nous. Tu m'enverras Eminé; je voudrais qu'elle lise dans le marc de café.

Malgré la teinture d'opium, Maro ne trouvait pas le sommeil. Nourhan dormait à poings fermés dans le lit de sa mère. Pour ne pas le déranger, surtout pour se sentir plus près de son aîné, elle s'étendit dans le lit de Tomas. Quelle idée lui avait traversé l'esprit? Rien ne laissait présager cette escapade. Maro repassait en esprit les jours précédents, remontait même les semaines sans trouver d'événement qui l'aurait mise sur la piste. Elle prit la casquette d'Armène posée sur la table de chevet et l'épousseta machinalement. Presque deux années s'étaient écoulées depuis la déportation et Tomas donnait l'impression d'avoir oublié cet épisode tragique. Du moins n'en portait-il pas de séquelles. Il ne pouvait donc y avoir aucun rapport. Quant au désir de quitter cette maison, elle voyait mal comment son fils l'aurait entretenu puisqu'il ne connaissait rien de l'unique destination possible pour eux : Constantinople. Et ce projet, Maro n'en faisait plus part à Tomas depuis longtemps afin de ne pas troubler sa quiétude. Si elle caressait toujours l'espoir de partir, c'était en secret, et sans savoir comment il se concrétiserait maintenant qu'elle avait Nourhan. La jalousie de Tomas à l'égard de son demi-frère, si jalousie il y avait, ne justifiait pas son coup de tête. Non, il était heureux dans cette maison, avec ses amis Kénan, Emel et Arif, son cheval, ses jouets.
Le regard de Maro erra dans la chambre, s'arrêta au planeur de bois posé sur le rebord de la fenêtre, aux coquillages rapportés de la Méditerranée par Riza, aux soldats de plomb. Tomas se serait lassé d'attendre Vartan et serait parti à sa rencontre? Il était trop raisonnable pour cela! Le soupçon qu'elle n'était pas étrangère à la fugue de son fils lui effleura l'esprit mais elle chassa aussitôt cette idée et sortit sur le balcon. La nuit était tiède, pleine du grésillement des insectes. Au zénith scintillait une grosse étoile qu'on aurait dite juste au-dessus du konak, comme un repère que Tomas aurait pu suivre pour retrouver sa route.
Où était-il? Elle lui parla intérieurement, lui redisant son

amour, le suppliant de revenir, ou plutôt de demeurer où il était et d'attendre Riza Bey qui le ramènerait. Il ne subirait aucune punition ; au contraire, on donnerait une grande fête pour son retour, et Maro lui ferait encore mieux sentir à quel point il comptait pour elle. L'avait-elle négligé ? Avait-il deviné pour elle et Riza ? Jusqu'à l'aube, elle ressassa les mêmes questions, les mêmes regrets, les mêmes peurs.

Avec la lumière du jour, l'espérance revint et Maro s'en fut frapper à la porte des appartements de Riza Bey. Aucune réponse. Sans doute avait-il passé la nuit dans la chambre de Leyla, ainsi que cela lui arrivait souvent depuis quelque temps. Maro descendit aux cuisines, où elle apprit que le maître était dans son bureau et qu'il avait demandé qu'on lui serve le petit déjeuner. Maro lui porta le plateau. Sur une chaise à côté de la porte de l'étude, Abdullah nettoyait ses ongles avec la pointe d'un poignard à lame courbe. Le garçon se leva avec précipitation et, avant d'annoncer Maro, il lui dit avec sollicitude :

– J'ai rêvé cette nuit que c'était moi qui retrouvais votre fils, hanim.

Elle s'efforça de sourire :

– Puisse ton rêve être un présage, Abdullah.

Prévoyant que sa journée serait perdue, Riza Bey expédiait quelques affaires urgentes. Il se leva pour embrasser Maro et lui demanda, même si les yeux cernés et rouges lui donnaient déjà la réponse :

– As-tu dormi un peu ?

Elle hocha la tête.

– J'ai réveillé le commissaire, fit-il d'un ton léger ; je ne suis pas certain qu'il ait apprécié !

Voyant qu'il ne parviendrait pas à la dérider, il reprit :

– Quoi qu'il en soit, tous les postes de police de la région seront prévenus par le télégraphe et les gendarmes se mettront en quête de notre fils. Tout à l'heure, je téléphonerai au pacha pour qu'il place des détachements de soldats à ma disposition.

– J'apprécie ce que vous faites, Riza Bey, dit-elle en lui donnant une tasse de café.

– Sache que je ne ménagerai pas ma peine, Maro. Tomas est un fils pour moi, de la même façon que tu es mon épouse, et je vous veux heureux tous les deux dans cette maison qui est la vôtre.

Maro baissa les yeux et ne le contredit pas.

Les recherches, qui ne donnèrent rien la première journée, s'intensifièrent les jours suivants pour inclure progressivement tous les villages et toutes les villes de la région. Personne n'avait vu l'enfant en question et la prime substantielle offerte par le gouverneur provoqua uniquement l'afflus de renseignements sans valeur. Usant de son influence, Riza Bey fit enquêter dans les provinces voisines, les agglomérations du nord de la Syrie et de la côte. Mais il y avait tant d'enfants abandonnées dans les villes et les campagnes, tant d'autres qui s'entassaient dans les orphelinats, que les chances de retrouver un garçon en particulier s'avéraient bien minces. Ce que personne ne comprenait, c'était que Tomas ne se présente pas à la gendarmerie ou à un poste militaire, qu'il ne se réclame pas du gouverneur d'Aintab. Comme s'il se cachait...

À mesure que le temps passait, l'angoisse de Maro devenait une détresse insondable, et seule la présence de Nourhan, les soins qu'il exigeait, l'empêchaient de sombrer dans une totale prostration. La pensée de Tomas perdu dans un monde en guerre, seul à huit ans dans un pays ravagé par les épidémies, les disettes et la haine, lui causait un tourment atroce, et clle priait Dieu qu'une âme charitable le secoure. Au fil des semaines, l'espoir diminuait et la prière devenait l'unique consolation de Maro, l'unique moyen de supporter le cruel sentiment de culpabilité qui ne la quittait plus. Elle ne voyait qu'une raison expliquant la fuite de Tomas : la relation qu'elle entretenait avec Riza Bey. Dans sa tête d'enfant, il avait sans doute cru qu'elle n'aimait plus Vartan, qu'elle avait refait sa vie avec cet autre homme. Et pourquoi aurait-il pensé autrement? Les apparences ne semblaient-elles pas lui donner raison? Maro se reprochait de n'avoir pas prévu cette réaction de son fils, de n'avoir pas jugé nécessaire de le détromper. Tout était de sa faute!

***

Les feuillets tremblaient dans la main de Riza Bey qui les relisait pour la deuxième fois. L'article, publié aux États-Unis et traduit par les services de renseignements allemands, s'intitulait « Nayiri ». Il portait la signature : « Vartan Balian, quelque part en Anatolie. »

« Sa petite main tendue, une Arménienne de huit ans mendie au bord de la route d'Adana, en Anatolie. Décharnée, sale et en haillons, Nayiri contemple le monde d'un regard d'où l'horreur a drainé l'éclat de la vie. Elle ne comprend pas ce qui lui arrive depuis que les gendarmes ont tué sa famille. Tout ce qu'elle sait, c'est qu'elle ne doit plus parler sa langue, qu'elle doit cacher le fait qu'elle est arménienne, taire jusqu'à son nom.

» Elle ne comprend pas que les siens ont été sacrifiés sur l'autel du pantouranisme. Qui pourrait le comprendre? Quel être civilisé peut concevoir qu'une idéologie raciste engendre le meurtre de centaines de milliers d'innocents?

» Nayiri ignore jusqu'au mot " Ittihad ", comme elle ignore les noms de Talaat, Enver et Djémal, pourtant responsables de ses malheurs. Elle n'a aperçu que le visage des gendarmes qui exécutaient les ordres inhumains des dirigeants de Constantinople. Peut-être a-t-elle vu passer la voiture de Gani Bey, ce haut fonctionnaire du ministère de l'Intérieur venu en Anatolie pour orchestrer l'extermination des Arméniens, la manière choisie par le gouvernement pour régler une fois pour toutes " la question arménienne "?

» L'enfant n'a aucune idée des questions politiques, il lui importe seulement de survivre un jour de plus, ainsi qu'elle a survécu à la mort des siens et à des semaines de marche forcée dans la steppe, comme elle survit depuis deux ans en travaillant de l'aube à la nuit dans des fermes d'où on la chasse une fois les moissons terminées.

» Tant d'épreuves auraient dû éteindre en elle le souffle vital, et pourtant une petite flamme veille encore dans le cœur de la fillette; il suffirait d'un peu d'amour... Le miracle s'est produit. Un missionnaire étranger l'a prise sous sa protection et aujourd'hui, dans un orphelinat, elle redécouvre peu à peu le sens du mot "espoir ".

» Mais ils sont encore des milliers et des milliers d'enfants abandonnés à eux-mêmes comme l'était Nayiri. Devront-ils, pour continuer de vivre, oublier qu'ils sont des enfants de l'Arménie? Leurs petites mains tendues pour quêter un morceau de pain, ce sont autant de doigts accusateurs qui pointent les dirigeants criminels à Constantinople, autant d'appels à la conscience des hommes et des femmes dignes de ce nom : Que faites-vous pour nous? »

Riza Bey replia les feuilles et cria en direction de la porte :

– Bédri!

Abdullah entra et s'inclina.

– J'ai appelé Bédri, fit le gouverneur avec impatience.

– Il est en ville, beyeffendi.

– Qu'il vienne me voir dès son retour. Sers-moi du cognac.

La bouteille et les verres se trouvaient dans un buffet bas. Nerveux, car il sentait son maître au bord de la colère, l'adolescent renversa un peu d'alcool. Riza Bey s'était assis dans un fauteuil face à une fenêtre et ne vit rien de la maladresse de son serviteur. Abdullah essuya le plateau de cuivre avec un doigt qu'il lécha ensuite.

– Puis-je me retirer, Riza Bey? dit-il en présentant le verre.

Riza Bey le renvoya d'un geste de la main. Il alluma une cigarette qu'il écrasa rageusement dans un cendrier après deux bouffées. Encore ce Balian! Toujours lui! Que l'article paru aux États-Unis ait causé un certain remous dans les cercles gouvernementaux de la capitale laissait Riza Bey indifférent. Lui-même n'était pas incriminé, c'était cela qui comptait. La teneur de l'article le dérangeait cependant, car il n'était pas insensible au sort de ces enfants abandonnés, d'autant plus que Tomas, qu'il aimait sincèrement, faisait sans doute partie de leur nombre. Maintenant six mois qu'on demeurait sans nouvelles de lui! Maro était au désespoir et l'atmosphère de toute la maisonnée s'en ressentait, chacun avait l'impression de porter un deuil qui ne finirait jamais.

Il avait bien besoin d'entendre parler de ce maudit Balian à ce moment-ci! Qui sait si l'homme n'avait pas appris où vivait son ancienne épouse? Peut-être avait-il reconnu Tomas et organisé son départ avant de revenir prendre Maro? Balian vivait sûrement sous une fausse identité. Il aurait pu être parmi ces mendiants qui s'attroupaient presque quotidiennement devant le konak. Ce pouvait être un portefaix ou même un ouvrier engagé pour les récoltes.

Riza vida son verre en se disant qu'il divaguait. Toutefois, il ne pouvait s'empêcher d'être inquiet. Les bolcheviks qui avaient pris le pouvoir en Russie négociaient la paix avec l'Empire ottoman, ce qui pouvait amener une fin rapide de la guerre. Alors, Balian serait en mesure de localiser plus facilement son épouse, de venir la réclamer. Certes, le risque était mince qu'il y parvienne, mais Riza ne souhaitait pas l'encourir. Maro, il le sentait depuis le début, ne lui appartiendrait jamais tout à fait et, peut-être à cause de sa religion et son éducation européenne, demeurerait toujours une étrangère dans sa maison. La perte de Tomas l'avait amenée à se rapprocher un peu plus de lui, par besoin de consolation et de tendresse, mais il ignorait ce que serait son attitude si son ancien mari se présentait. Riza devait se débarrasser de cet homme avant l'armistice.

Lorsque Bédri arriva, une demi-heure plus tard, Riza Bey lui traduisit l'article en turc.

– Tu vois, il n'était pas mort comme tu l'as cru.

– Et puis? rétorqua Bédri qui prenait la chose à la légère, qui croira ses mensonges? Gani Bey aurait-il encore exigé sa capture?

– Il ne s'agit pas de ça.

– Alors, je ne vois pas pourquoi vous vous en faites.

Durant quelques secondes, Riza Bey détailla son second en se demandant s'il lui confierait son secret.

– Assieds-toi, dit-il finalement en désignant le fauteuil en face du sien.

Ce ton presque amical, auquel son patron ne l'avait pas habitué, surprit Bédri, qui devina une affaire importante et murmura :

– Vous savez que je vous suis entièrement dévoué, Riza Bey.

– Sers-toi, répondit l'autre en lui montrant l'étui à cigarettes posé sur la table entre eux.

Bédri en prit une, qu'il alluma en soufflant poliment la fumée de côté. Riza parla enfin, d'un ton de confidence.

– Si l'existence de cet homme m'exaspère, c'est qu'il est l'époux de Maro. Je veux en finir avec lui une fois pour toutes.

Le visage de son assistant s'illumina :

– Dans ce cas, utilisons Maro comme appât pour attirer son mari dans un piège.

Riza Bey le fusilla du regard et Bédri rougit. De toute évidence, ce n'était pas une bonne idée aux yeux de son patron. Il craignait sans doute de mettre la vie de sa maîtresse en péril. Devinant les pensées de Bédri, Riza expliqua :

– Elle doit continuer d'ignorer qu'il vit toujours.
– Oh... Dans ce cas, que pouvons-nous faire?

Agacé qu'il ne montre pas plus de finesse, Riza Bey lui dit un peu sèchement :

– Ses articles, il ne va sûrement pas les porter lui-même à l'étranger! Il a des complices : missionnaires, diplomates, je ne sais pas. Il est sans doute en contact avec les quelques Arméniens qui n'ont pas été déportés.

– Sans doute.

Riza Bey se frappa les mains :

– Cherche, toutes affaires cessantes! Trouve!

– Par n'importe quel moyen?

– Cela m'indiffère, pourvu que tu sois discret. Débarrasse-m'en, Bédri, et ta fortune est faite.

Ravi par les derniers mots qui résonnaient encore à ses oreilles, Bédri se leva et s'inclina profondément.

***

À la vue des pinèdes clairsemées qui succédaient peu à peu à la steppe, Vartan sentit qu'il approchait d'Afion Karahissar, la ville où il était né et avait grandi. Cette rivière en contrebas de la voie ferrée : l'Akar, dans laquelle il pêchait, enfant. Il baissa la glace du compartiment et passa la tête au-dehors, cherchant à reconnaître le paysage ou l'odeur de la terre labourée que dans son souvenir il associait à l'automne dans sa région natale.

Il revit son père, monté sur son pur-sang arabe, qui supervisait le travail des ouvriers labourant avec des attelages de mules. Il expliquait à ses jeunes fils, Noubar et Vartan, la succession des travaux et leur confiait ses secrets pour faire produire aux champs de riches récoltes de pavot aux pétales fripés. Vartan avait douze ans et savait déjà qu'il ne passerait pas sa vie sur ce plateau balayé par le vent; depuis qu'il avait rendu visite à ses cousins à Constantinople, il ne rêvait plus que de la capitale et des navires dans le port, qui lui feraient découvrir le monde.

Le vent s'engouffrant dans le compartiment réveilla Hakki que le bruit monotone des boggies sur les rails avait endormi. Les autres musiciens se dégourdissaient les jambes dans le couloir. Constatant qu'ils étaient seuls, Hakki demanda une autre fois, la dizième peut-être depuis qu'il savait Vartan originaire d'Afion Karahissar, la capitale de l'opium :

– Crois-tu que tu pourrais m'avoir de l'opium? Tu n'oublieras pas? C'est pour revendre.

– J'essaierai, Hakki, mais je ne te promets rien. Il y a si longtemps! Je ne connais peut-être plus personne. Surtout que la plupart des champs appartenaient à des Arméniens que l'on a sans doute chassés.

– Avec tous ces soldats européens qui vont nous envahir, je pourrais faire fortune.

– Ça ne te dérange pas plus que ça que ton pays perde la guerre?

– Ce n'était pas ma guerre à moi! Il y en a qui se sont enrichis pendant ce temps-là, c'est mon tour maintenant. Si tu voulais, on travaillerait ensemble et on deviendrait riches. Bientôt, tu n'auras plus à te cacher...

Vartan réprima un mouvement de surprise et feignit de ne pas comprendre.

– Qu'est-ce que tu veux dire?

Hakki souriait en se donnant un air mystérieux; il fit un clin d'œil, vérifia qu'il ne venait personne dans le couloir et murmura :

– Il y a longtemps que j'ai deviné que tu n'es pas qui tu prétends être.

– Et qui suis-je alors?

Hakki haussa les épaules :

– Pour moi, tu es mon aghabey, et cela me suffit.

Le retour de Pachazadé Chahir Mithad mit fin à la conversation. Comme il n'y avait aucune nuance de menace dans le ton de Hakki, mais plutôt de l'amitié complice, Vartan se rassura. Il demanda au derviche :

– Où allons-nous jouer, maître?

– Une fête de circoncision, Oudi Yachar, chez le gouverneur. On m'a dit que beaucoup d'officiers supérieurs y assisteraient, même un général. Il faudra que nous nous surpassions car ils doivent avoir les idées plutôt sombres.

– Pourquoi? demanda Vartan comme s'il ne le devinait pas.

– Je viens d'en avoir la confirmation par un ingénieur allemand : Talaat Pacha a démissionné comme grand vizir et ministre. On a nommé Izzet Pacha à la tête d'un cabinet dont le but est de négocier la paix. C'est un triste moment pour l'Empire.

Vartan se contenta d'approuver de la tête. Il n'était pas surpris; en cette mi-octobre 1918, tout le monde jugeait imminente la défaite de l'armée ottomane. Certes, la démission des dirigeants de Constantinople le réjouissait, mais la nomination d'Izzet Pacha, membre de vieille date de l'Ittihad, signifiait que rien encore n'avait vraiment changé.

On ne pouvait présumer de ce qu'impliquerait la paix pour les Arméniens : les Alliés respecteraient-ils leurs promesses officieuses d'une grande Arménie autonome? Rien n'était moins certain! Les choses se compliquaient avec l'existence, depuis le 28 mai 1918, d'une Arménie indépendante. Cette indépendance, que l'on pouvait considérer comme une première étape vers la grande patrie désirée par tous, réjouissait Vartan mais l'inquiétait aussi, comme elle inquiétait la plupart de ses compatriotes. Ils se retrouvaient avec un territoire réduit : l'ancienne Arménie russe, grugée d'un côté par les Ottomans et de l'autre par les Azéris. Un petit pays enclavé par l'Empire ottoman, la Perse, l'Azerbaïdjan et la Géorgie, qui le coupaient du monde extérieur.

Vartan ne voyait pas ce que ses compatriotes auraient pu faire d'autre, après que les bolcheviks eurent ordonné le retrait de toutes leurs troupes, que de proclamer l'indépendance de cette Arménie amputée des territoires ancestraux de l'Anatolie. Les volontaires avaient défendu vaillamment l'Arménie occidentale désertée par les Russes ; luttant contre un ennemi mieux équipé et très supérieur en nombre, les forces arméniennes avaient dû faire retraite et abandonner Erzindjan, Erzeroum, Trébizonde et Van. L'avance ottomane avait donné lieu à de nouveaux massacres et, poussés dans leurs derniers retranchements, les Arméniens avaient résisté et battu l'adversaire à Gharakilissé et à Sardarabat, lui infligeant des pertes sévères. Ces victoires, qui stimulaient le moral d'un peuple encore sous le choc d'une tentative d'extermination, ne représentaient qu'un répit. L'ennemi traditionnel stationnait aux portes du pays nouvellement indépendant, soumis à des pénuries de toutes sortes alors qu'il fallait nourrir et loger des flots de réfugiés ayant tout perdu.

Le train franchit les remparts en sifflant pour annoncer son entrée en gare. Sous un ciel bas et sombre, les mosquées et les bâtiments prenaient des teintes grises ; sur un tertre dominant l'horizon de toits plats se dressait l'impressionnante silhouette de la vieille forteresse qui avait peut-être valu son nom à la ville [1]. Le cœur de Vartan battait à tout rompre et il scruta la foule massée sur le quai, cherchant une silhouette ou un visage familier. Les bouffées de vapeur exhalées par la locomotive masquèrent la foule.

Durant le déjeuner à l'auberge Anadolou où logeait la troupe, le derviche Pachazadé annonça à ses musiciens qu'ils disposaient librement de l'après-midi. Dans la chambre qu'ils partageaient selon leur habitude, Hakki regarda Vartan se préparer à sortir et lui dit :

– Vu que c'est ta ville natale, j'imagine que tu as encore plus que de coutume besoin d'être seul.

Vartan n'avait personne à contacter pour le compte de la résistance, et il n'espérait pas rencontrer quelqu'un de qui il oserait se faire reconnaître. L'idée de se promener seul dans cette ville peuplée pour lui de fantômes lui déplaisait.

– Au contraire, Hakki, ta présence me serait agréable. À condition que tu respectes mon silence et, surtout, que tu ne me poses pas de questions après coup. C'est peut-être trop demander ?

Hakki montra un visage réjoui :

– Oudi, mon aghabey, tu peux tout me demander, sauf de ne plus baiser les femmes. Je serai muet comme la carpe, et si tu retrouves des gens de ta race ou de ta religion, je m'éloignerai pour que tu leur parles en paix.

1. *Karahissar* : rempart noir. *Afion* signifie opium. (Turc.)

Ainsi, il savait! Vartan voulut protester, mais Hakki lui fit signe de ne rien dire :

– J'ai deviné depuis longtemps! Tu es mon frère, Oudi, tes secrets sont sacrés, et je me ferais hacher menu plutôt que de te trahir.

Ému, Vartan le serra dans ses bras :

– Béni soit le jour où j'ai fait ta connaissance!

– Comment dit-on *ami* dans ta langue?

– *Enguer*. Et tu es le mien, Hakki.

Ils gagnèrent le quartier commercial de la ville, où les artisans et les commerçants se regroupaient selon leur spécialité. Ils traversèrent le secteur des charbonniers, celui des chaudronniers, des tailleurs, des marchands de tapis et soieries, des cordonniers et, enfin, des confiseurs. Ainsi que dans tous les souks de l'Asie Mineure, les marchands à l'œil vif se tenaient devant leurs échoppes, dévisageaient les passants et les invitaient à acheter, toujours prêts à réduire les prix pour une paire de beaux yeux, au nom de l'amitié ou à l'occasion de leur première vente de la journée. Comme ailleurs en Anatolie, les commerces tenus autrefois par des Arméniens avaient tous changé de propriétaires. Plusieurs des marchands grecs avaient également cédé la place à des Turcs et à des Kurdes.

Ils atteignirent le secteur des épiciers, où les sacs de riz, de sucre et de sel, les paniers d'amandes, de pois chiches et de fruits séchés s'empilaient jusque sur la chaussée. Vartan s'arrêta près d'une vieille boutique devant laquelle un garçon d'une dizaine d'années était assis sur un bidon d'huile d'olive.

– Salut! Hamid Effendi est-il là?

– L'épicier est mort depuis plusieurs mois.

– Oh! fit Vartan navré.

– Mon père a racheté la boutique à sa veuve.

Un homme à la moustache grise et aux sourcils presque invisibles sortit; ses yeux en bille allaient de l'un à l'autre des visiteurs. Il se méfiait.

– Qu'est-ce que vous lui vouliez, à Hamid Effendi? Il ne vous devait pas d'argent, au moins?

– Rassurez-vous, répondit Vartan. C'était un vieil ami avec qui je fréquentais l'école coranique. Paix à son âme!

– Nous ne vous aurons pas dérangé en vain, dit Hakki. Combien ces figues sèches?

Sous les châtaigniers de la grande place, des hommes jouaient au tavla et fumaient des narghilés. Hakki regarda avec envie les bouteilles d'alcool, mais il n'osa pas demander à son compagnon de faire halte au café. Après la mosquée, ils avancèrent dans les rues étroites du quartier arménien. À première vue, tout demeurait inchangé depuis la dernière visite de Vartan, neuf ans plus tôt.

Les maisons de bois étaient presque toutes peintes en blanc, mais la peinture de la plupart s'écaillait. Les mauvaises herbes envahissaient plusieurs des jardinets. Le caroubier ombrageait toujours la fontaine et la boulangerie voisine exhalait encore l'arôme du pain tout juste sorti du four. Devant chaque porte, un nom revenait à la mémoire de Vartan, mais à présent des inconnus occupaient ces demeures. Ici, devant l'église de Saint-Stepannos, s'asseyait Aghavni Khatoun avec son petit-fils Souren ; maintenant y prenait place une vieille voilée qui surveillait la bande de gamins jouant sur le parvis.

Vartan poussa le lourd vantail de bois ; une odeur de fumier fermenté l'enveloppa. Les murs résonnaient de caquètements et de bêlements. Il avança vers le chœur au milieu des poules et des agneaux qui fouillaient la paille et le crottin recouvrant le plancher. Les icônes, l'autel et les bancs avaient disparu, on avait badigeonné de chaux les fresques murales, et les vitraux avaient été brisés pour permettre l'aération. Un poulailler ! Voilà ce qu'était devenue l'église où il avait reçu les sacrements.

Soudain, il fut transporté trente ans plus tôt. C'était juste avant la messe du samedi saint. Debout, face à l'autel drapé de noir, Vartan récitait les cantiques qu'il avait appris par cœur. Il savait que ses parents l'écoutaient avec fierté, sa mère dans la travée réservée aux femmes, son père assis de l'autre côté avec les hommes. Puis toutes les lampes s'étaient allumées, faisant chatoyer les ors des ornements et des icônes, et dans la galerie supérieure le chœur avait entonné *Chrisdos hariav i mérélots* – le Christ est ressuscité ! Vartan avait sorti de sa poche un œuf de Pâques coloré, l'avait cassé contre les fonts baptismaux et l'avait gobé avec voracité, rompant ainsi l'interminable carême : un geste prématuré, car il aurait dû rester à jeun jusqu'à la communion ! Le curé avait surpris son geste mais lui avait quand même donné à manger le corps du Christ. Vartan se souvenait avec netteté de la question qui occupait son esprit à ce moment-là : comment le Christ pouvait-il mourir chaque année et ressusciter deux jours plus tard ? Aujourd'hui, il savait que les êtres humains peuvent souffrir mille morts et continuer de vivre.

Il retrouva Hakki sur le perron. Juste à ce moment passait un homme qui détourna vivement la tête afin de ne pas voir l'église. Vartan avait eu le temps de le reconnaître : Parounag Avakian, l'horloger ! Suivi de deux femmes voilées, il se dirigeait vers la rue voisine où les maisons étaient plus vastes et confortables, les jardins plus étendus. Vartan s'informa de son identité auprès d'un gamin.

– C'est Oral Effendi, l'horloger. Ma sœur aînée est devenue sa deuxième épouse. Tu veux que je t'emmène chez lui ? C'est un très bon horloger. Si je suis avec toi, il te fera un prix.

– Une autre fois. Je suis pressé. Merci.

À l'instar de quelques compatriotes, Avakian avait apostasié, renoncé à sa langue et changé son nom afin de survivre. Vartan se refusait à le juger et décida de ne pas troubler sa paix d'esprit, sans doute fragile à en juger par sa réaction à la vue de l'église.

Chaque rue, chaque place et chaque arbre éveillait des souvenirs en Vartan. Il avait l'impression d'avancer en rêve, de parcourir un chemin qu'il n'avait jamais quitté, et chacun de ses pas résonnait d'échos multiples, comme s'il avait été fait des centaines de fois déjà, exactement au même endroit. Ici, à présent déserte, l'école où il avait fait ses premières classes; sa maison natale se dressait à un kilomètre de là. Il récita intérieurement « ayp, pen, kim, ta, yetch, za... », les premières des trente-six lettres de l'alphabet arménien, et se rappela son père qui les lui avait cnseignées quand il avait trois ans. Il lui avait fallu un été pour les mémoriser toutes, et ensuite il les récitait à la première occasion, devant les oncles, les tantes et tous les invités, même aux gens qui venaient traiter des affaires avec son père.

Alors qu'ils quittaient la ville en direction d'une source d'eau minérale célèbre dans la région, Hakki murmura :

– Tu as eu sans doute une enfance heureuse pour t'émouvoir ainsi. Moi, je ne verrais aucun intérêt à retourner dans mon village.

– Ton attitude est sans doute plus sage que la mienne.

Hakki roula des cigarettes et en donna une à son ami. Ils continuèrent en silence durant une quinzaine de minutes; les maisons s'espaçaient puis firent place à des champs. Vartan emprunta un raccourci, un sentier étroit qui dévalait une colline, et soudain il fut en vue des terres familiales. S'étendaient à l'infini des champs séparés par des brise-vent de peupliers d'où s'envolaient des feuilles mortes. Plusieurs étendues autrefois consacrées à la culture du pavot étaient retournées en friche, et ailleurs les labours accusaient un retard marqué. On ne voyait que trois charrues à l'œuvre, alors que du temps des Balian il y en avait souvent trente qui opéraient simultanément.

Vartan se souvint des vibrations et des secousses des mancherons qu'il serrait, de cette impression que la charrue vivait, du sentiment de puissance qu'il éprouvait à ouvrir la terre et du bonheur d'avoir aligné des sillons rectilignes. Son père insistait pour que ses fils deviennent experts dans le travail de la terre, même s'ils n'auraient ensuite qu'à diriger les autres. « Le patron doit être meilleur laboureur que ses ouvriers », disait-il. Et, suivant le rythme des saisons, Noubar et Vartan taillaient les arbres fruitiers et les vignes, semaient, irriguaient, fauchaient, apprenaient l'art d'entailler les capsules de pavot pour en récolter le latex, l'opium. Bien qu'il n'ait jamais eu le désir de se consacrer à la plantation, Vartan avait goûté son apprentissage, et, lorsqu'il étudiait à l'université de Constantinople, il rêvait parfois qu'il moissonnait, balançant la faux en demi-cercle de droite à gauche. Yeux fermés, il retrouva le chuintement des herbes sur la lame, le parfum de la sève et la douleur dans les épaules et les reins.

Vartan se remit en marche.

– Tu es loin, mon frère, dit Hakki en lui emboîtant le pas.

– Très loin.

Ils longèrent une prairie humide en bordure de la rivière. C'est là qu'adolescent il se joignait aux ouvriers kurdes après la journée de travail pour des parties de djirit. Divisés en deux équipes, les cavaliers mimaient des combats de cavalerie, de longs bâtons tenant lieu de lances. Quoique fort et solidement bâti, son frère Noubar n'avait aucune inclination pour les sports et préférait se consacrer à la gestion de la plantation, rêver à de grands projets d'expansion. Il venait toutefois encourager Vartan et tirait orgueil de ses prouesses à cheval.

La maison en pierre de taille apparut derrière un rideau de platanes, imposante avec ses trois étages et son balcon. Vartan sentait le souffle lui manquer. Il s'assit sur un muret qui bordait la route sableuse et observa les murs d'un blanc rosé. Plutôt que d'installer des grillages de bois, le nouvel occupant avait trouvé plus simple de peindre le vitrage des fenêtres en vert, couleur de l'islam. Vartan se rappelait l'agencement du mobilier dans chaque pièce, la vue que l'on avait de chaque fenêtre. Il entendait des voix disparues, des scènes et des images se bousculaient dans son esprit : son père, sa mère, son frère, les cousins qui venaient l'été, Maro qui adorait cette demeure, les fêtes que l'on y avait données. S'il y avait un endroit sur terre où il aurait dû se considérer chez lui, c'était bien ici, et pourtant il s'y sentait étranger.

Un vieillard monté sur un âne venait de la maison. Lorsqu'il fut près de lui, Vartan l'identifia sans erreur possible comme étant Osman, le cuisinier qui était déjà au service de la famille Balian à sa naissance. Son dos s'était courbé ; son visage arborait un air de tristesse. Pieds nus, il portait des vêtements sales et usés. Il regarda ces étrangers en plissant les yeux ; persuadé que le vieillard ne le reconnaîtrait pas, Vartan le salua :

– Allah vous bénisse !

– Qu'il vous bénisse aussi, répondit Osman en tirant sur les rênes.

– À qui appartiennent ces champs ?

– À Ekrem Effendi.

– Le mouhtar ?

– Il n'est plus mouhtar ; on l'a nommé préfet de police. C'est sa maison.

Vartan sentait l'envie d'entendre parler du passé, sans pour autant dévoiler son identité.

– Je suis passé ici il y a très longtemps. On avait arrêté un homme qui avait volé un cochon et les gens voulaient le tabasser. Mais l'agha de cette maison les en avait empêchés.

– Je m'en souviens... dit Osman en fixant le sol. Le maître était un homme bon et juste, très généreux et charitable. Et même s'il était un giaour, Allah le comblait de ses bienfaits. À cette époque, j'étais cuisinier; un bel emploi. Maintenant, je garde les chèvres... À mon âge! Ça ne se serait jamais produit avec les Balian.

– Que leur est-il arrivé?

– Le bey dont je te parle est mort il y a de nombreuses années; sa femme l'a suivi peu après. Ensuite c'est son fils, Noubar Agha, qui a dirigé le domaine. Il était aussi bon que son père. Mais il est parti quand la guerre a commencé.

– Et il a vendu sa propriété à Ekrem Effendi?

– Penses-tu! Il est parti sans prévenir, pressé de sauver sa peau. C'était un homme sage...

Le vieil homme se tut et jeta un regard anxieux vers la maison. Il remit sa monture en marche et ajouta :

– Mais tout ça n'a pas d'intérêt pour des étrangers comme vous. Adieu!

Il avait peur et sans doute regrettait-il de s'être confié.

– Tu as raison, dit Vartan, cette histoire ne nous concerne pas. Bonne route.

Ils lui laissèrent prendre un peu d'avance et retournèrent en ville. Hakki prit Vartan par l'épaule :

– Tu as vécu dans ce château! Moi qui n'ai pas souvent mangé à ma faim, je n'arrive pas à imaginer ce qu'a été ton enfance. Ce doit être terrible de se retrouver sur la route avec un oud pour tout bien!

– Le pire, c'est de perdre le droit de porter son nom.

– Balian, c'est ça?

Vartan acquiesça d'un signe.

– Tu me raconteras, une fois pour toutes?

– Quoi?

– Tout. Ce que vous mangiez, comment étaient tes parents, ce que tu faisais.

Vartan rit doucement.

– Enfant, je ne devais pas être tellement différent de toi. Sans doute que nous serions devenus des amis si nous avions été voisins.

***

Suivant la coutume, et soucieux de remplir le devoir de générosité prescrit par le Coran, Metin Bey, le gouverneur de la province, avait réuni des enfants pauvres afin qu'ils soient circoncis en même temps que son fils. Il trônait au milieu d'une longue table, entouré de ses invités, pour la plupart des officiers ottomans en uniforme d'apparat. Une autre table, un peu en retrait mais aussi richement dressée, accueillait des hommes d'extraction plus modeste, les pères qui n'auraient pas eu les moyens de donner une telle fête pour la circoncision de leurs garçons. Devant les tables s'alignaient douze lits de fer émaillé où étaient allongés des garçons d'une dizaine d'années vêtus de longues chemises de nuit blanches et coiffés de chapeaux en satin bleu perlé. Anxieux, ils attendaient que le barbier-circonciseur accomplisse le geste rituel qui ferait d'eux des hommes et de véritables musulmans.

Les derviches prirent place sur une estrade au bout de la pièce et, en accordant son instrument, Vartan examina les invités. Il vit avec étonnement, à la droite du maître de maison, le visage rondelet de Halit Pacha ! À part ses cheveux qui grisonnaient, le général n'avait pas changé depuis leur rencontre à Sivas lorsqu'il avait sauvé Vartan de la potence. Vartan fixait intensément son ami et manqua le signal de Pachazadé Chahir Mithad, commençant à jouer en retard, ce qui attira sur lui l'attention des invités. Durant quelques secondes, son regard croisa celui du général, qui ne le reconnut pas avec sa barbe et son costume de derviche.

Afin de donner plus de solennité à la cérémonie, Pachazadé exécuta la sâma, chose qu'il ne faisait pas d'habitude quand la troupe jouait chez un particulier. Les garçons, comme leurs pères, étaient bouche bée devant cette performance physique, impressionnés par le visage extatique du religieux qu'ils croyaient en communication avec Dieu. Honoré, le gouverneur remit au derviche une bourse à l'issue de la danse.

La troupe se remit à jouer une musique profane, d'abord légère et gaie, qui s'intensifia et acquit une certaine gravité lorsque le barbier commença à couper les prépuces. Les garçons serraient les mâchoires et demeuraient stoïques ; les pères rayonnaient. Arrivèrent trois danseuses du ventre qui se trémoussèrent devant les garçons, comme pour mettre leur virilité à l'épreuve. Malgré leurs souffrances, les nouveaux circoncis ne pouvaient détacher leurs yeux de ces corps à demi nus, et les hommes s'amusaient de cette curiosité. Le barbier termina son office ; les invités offrirent aux garçons des cadeaux et de l'argent en leur souhaitant longue vie, bonne santé et foi sincère, et en leur recommandant l'humilité, la charité et la modestie.

Un banquet suivit, interminable, que la troupe de musiciens agrémenta en jouant sans discontinuer tandis qu'une nuée de jeunes serviteurs faisaient la navette depuis les cuisines. Alors que les pères des enfants pauvres festoyaient gaiement, l'atmosphère était plus grave à la table d'honneur, où une certaine tension se lisait sur les visages. Des conversations animées se déroulaient à voix feutrée entre l'hôte et les officiers, et l'on semblait solliciter souvent l'opinion de Halit Pacha. Ce dernier affirmait des choses avec autorité, insistait sur des points qu'il soulignait de gestes d'une violence contenue ; Vartan retrouvait dans ses mimiques la passion dont, jeune député, Halit faisait preuve lorsqu'il voulait convaincre ses interlocuteurs. Il était sans doute question de la situation militaire et de l'avenir de l'Empire ottoman. Vartan aurait aimé entendre leurs propos.

Après le repas, les convives s'égaillèrent dans le jardin et les musiciens se précipitèrent sur les plats et les boissons que les serviteurs apportaient à leur intention. Dédaignant la table, Vartan sortit dans le jardin avec l'intention de voir Halit Pacha en aparté. Mais les militaires et le gouverneur, toujours absorbés dans des discussions, formaient un groupe compact dans l'ombre d'une tonnelle et Vartan retourna à l'intérieur en espérant que se présente une occasion plus propice.

Le derviche l'accueillit avec des reproches :

– Tu nous as habitués à mieux, Oudi Yachar ! Où as-tu la tête ? Je ne compte plus les moments où tu as joué faux aujourd'hui !

Vartan eut un geste d'impuissance. Zournadji Osman, que le raki rendait joyeux, s'exclama :

– Et cela a empiré lorsque les danseuses sont entrées !

Sa réplique détendit l'atmosphère et même Pachazadé y alla d'un éclat de rire.

Le soleil déclinait à l'horizon. On pria les musiciens de se rendre sous une vaste tente érigée au fond du jardin. Les invités avaient déjà pris place sur les tapis et les coussins qui recouvraient le sol. Au milieu, une table basse supportait un grand plateau de cuivre. Des serviteurs distribuèrent des bouteilles, des aiguières d'eau et des narghilés. La troupe était tellement coutumière de ce genre de spectacle que Pachazadé Chahir Mithad n'eut pas à préciser à ses musiciens par quelle pièce commencer. Dès les premières mesures, qui servaient de signal, les trois danseuses entrèrent en frétillant, accueillies par les exclamations des hommes. L'une sauta sur le plateau de cuivre, les deux autres firent lentement le tour du cercle des spectateurs, avançant sans presque bouger les pieds. Aux tintements des bracelets à leurs chevilles s'ajoutaient les claquements des zils, petites castagnettes de bronze qu'elles cachaient au creux de leurs mains.

Jambes croisées, accroupis comme s'ils avaient pris racine, les hommes participaient à cette célébration sensuelle par des mouvements de tête accordés aux déhanchements des femmes. Fascinés par la gestuelle complexe, ils rêvaient à l'histoire que racontaient les danseuses avec les mains, les yeux, le nombril et tout le corps. Chaque ondulation, chaque posture avait sa signification propre, le rythme même était porteur de sens. L'alcool aidant, les hommes se montraient plus exigeants et demandaient aux danseuses de se dénuder. Les voiles tombaient, l'invite sexuelle devenait plus explicite ; l'une après l'autre, elles retirèrent le pantalon bouffant et l'espèce de boléro qui cachait leurs seins. Finalement nues, elles laissèrent les spectateurs verser du raki sur leur ventre et lécher ensuite l'alcool qui dégoulinait le long de leurs cuisses.

Halit Pacha suivait le spectacle distraitement et observait à la dérobée ce joueur d'oud dont le regard insistant l'intriguait. Que pouvait donc lui vouloir cet homme ? À la longue, le général en vint à trouver quelque chose de familier à ces yeux dont l'expression lui paraissait amicale. Satisfait d'avoir piqué la curiosité de Halit Pacha, Vartan se détourna afin que son manège ne soit pas remarqué des autres. Un repas fut servi sous la tente et la fête dura jusqu'à l'aube, véritable épreuve d'endurance pour les danseuses et les musiciens.

À la fin de la réception, Halit Pacha profita de ce que le gouverneur s'entretenait avec un colonel pour s'approcher de Vartan. Il lui tendit une pièce en demandant à voix basse :

– Nous serions-nous déjà rencontrés ?

Vartan refusa l'argent :

– Tu m'as déjà donné de l'or à Sivas.

Cette voix ! Les yeux du général s'écarquillèrent.

– Ça alors ! balbutia-t-il. Ça alors !

Son expression d'ahurissement s'évanouit aussitôt et il jeta un coup d'œil en direction du gouverneur qui l'attendait dans l'entrée de la tente. Il dit d'une voix forte, en donnant la pièce de monnaie :

– Tenez, mon brave. Vous boirez à ma santé avec vos compagnons.

Il souffla ensuite :

– À neuf heures, à l'édifice gouvernemental.

Vartan inclina la tête et répondit, pour la galerie :

– Soyez béni pour votre générosité. Que vos jours soient longs et heureux.

Le général lui tourna le dos et rejoignit le gouverneur. Les musiciens firent cercle autour de Vartan.

– Montre, dit Hafiz Ismaël. De l'or !

– Eh bien, allons boire comme nous l'a commandé le pacha, déclara Hakki, que la présence des danseuses avait émoustillé. On doit bien pouvoir trouver un bordel dans cette ville !

***

À neuf heures précises, Halit Pacha attendait Vartan dans le hall de l'édifice gouvernemental et il le conduisit dans un salon retiré où son aide de camp servit du café. Les hautes fenêtres de cette pièce du rez-de-chaussée s'ouvraient sur un jardin public ombragé de pins et la brise qui agitait les tentures fleurait la résine. Quand l'officier d'ordonnance se fut retiré, Vartan et Halit s'étreignirent.

– Tu ne peux savoir le choc que j'ai eu hier en entendant ta voix, Vartan. Quel bonheur de te voir en vie !

– C'est grâce à toi, Halit Pacha, et je t'en remercie encore. Je suis heureux que tu n'aies pas laissé tes os sur le front russe, ainsi que tu le craignais il y a trois ans.

– Il faut croire que mon heure n'était pas venue, mon ami.

Le général le tenait toujours par les épaules et souriait. Des poches très marquées sous ses paupières retombantes faisaient ressembler ses yeux bruns, un peu globuleux, à ceux d'un bon gros chien. Ses traits fatigués donnaient à sa physionomie un air de résignation.

– As-tu retrouvé ta famille ?

– Malheureusement...

Halit Pacha se montra navré. Il estima qu'il était préférable de ne pas dire à Vartan que sa libération avait eu pour conséquence la mort du colonel Ibrahim, et il l'invita à s'asseoir.

– Raconte-moi ce qui t'est arrivé depuis Sivas, demanda-t-il.

Pendant qu'ils prenaient le café, Vartan résuma ce qu'avait été sa vie depuis juillet 1915, sans taire la publication d'articles à l'étranger concernant le sort subi par ses compatriotes.

– Quel beau gâchis notre gouvernement a fait ! s'exclama Halit Pacha. Par chance, la guerre est pratiquement finie. J'ai eu la nouvelle hier de la prise d'Alep ; toute la Syrie est aux mains des Anglais et des Français, et ils progressent vers l'Anatolie. Leurs armées avancent en Thrace aussi et, à l'heure qu'il est, elles ont peut-être déjà investi Constantinople. C'est la fin de l'Empire ottoman.

– On dirait presque que cela te réjouit...

– L'Empire n'était plus viable. Il faut maintenant le remplacer, créer une Turquie avec ce qui nous restera de territoire : Constantinople et l'Anatolie, sans doute rien de plus.

– Une Turquie pour les Turcs, murmura Vartan avec un certain cynisme.

– Non, protesta Halit Pacha. Un État moderne où toutes les races vivront en harmonie.

– Facile à dire maintenant que la minorité arménienne a été pratiquement annihilée.

Les épaules de Halit Pacha s'affaissèrent.

– Sache que je regrette amèrement ce crime monstrueux. Les responsables paieront !

Il tourna la tête vers la porte avant de reprendre à voix basse :

– Les officiers qui sont réunis à Afion préparent la suite. Avec Kemal Pacha, nous voulons déposer le sultan et instaurer une république laïque. Je vais gagner Constantinople, viens avec moi, Vartan, nous reprendrons le combat que nous avons mené jusqu'en 1909. Aujourd'hui, nous réussirons.

– Je ne partage plus cette foi, Halit Pacha. Et je ne pourrai jamais plus me sentir chez moi dans un pays dont le sol est gorgé du sang des miens.

– Mais c'est ton pays, tu n'y peux rien. Tu es d'Afion ! Tu es de Constantinople !

– Je ne suis plus qu'arménien.

Son rêve politique d'une grande Arménie et celui de Halit d'une Turquie anatolienne ne pouvaient se concilier. Les deux États convoiteraient les territoires à l'ouest du Caucase, l'Arménie occidentale et la Cilicie. Le général le savait lui aussi.

– Aurais-tu l'intention d'émigrer en république d'Arménie ? La situation y est désastreuse : une économie en ruine, des centaines de milliers de réfugiés démunis, des épidémies, la famine. Sans compter que les frontières sont floues ; de nouveaux conflits peuvent y éclater à tout moment. Crois-moi, Vartan Balian, l'avenir de cette Arménie demeure très hypothétique.

– Justement, tout est encore possible. Nous arrivons à un moment historique; pour la première fois depuis des siècles, les Arméniens peuvent espérer une patrie. Je ferai tout en mon pouvoir, même si ma part ne peut être que très modeste, afin que cela se réalise.

Halit Pacha se frotta le menton et hocha la tête :

– Je te parle au nom de notre vieille amitié, et...

Soudain, le battant de la porte claqua contre le mur. Dans l'embrasure, un homme brandissait un pistolet.

– Quelle touchante réunion!

Tout d'abord, Vartan ne réalisa pas ce qui se produisait, puis il reconnut celui qui l'avait blessé au camp de déportés à Malatia, le même qui s'était présenté chez Aroussiag, et il se leva prestement de son fauteuil.

– Pas un geste, ordonna l'homme au pistolet en refermant la porte dont il tira le loquet.

– Que signifie cette intrusion? cria Halit Pacha, le visage empourpré. Je te ferai donner la bastonnade puis emprisonner!

– Silence, traître! Un général ottoman qui pactise avec un espion de l'ennemi. C'est à cause de gens comme toi que nous perdons la guerre!

Bédri s'avança en souriant et posa sur Vartan un regard triomphant :

– Enfin, je te tiens!

– Que me voulez-vous? demanda Vartan pour gagner du temps. Je n'ai commis aucun crime.

L'homme, qui s'était arrêté à quelques pas, le dos aux fenêtres, éclata d'un rire gras.

Halit Pacha voulut dégainer son revolver, mais Bédri, plus rapide, lui tira deux balles en pleine poitrine. Au même moment, une forme svelte bondit de derrière une tenture. Une lame brilla et se planta dans le dos de Bédri qui poussa un cri de douleur et lâcha son arme. Son assaillant le frappa une deuxième fois et il s'écroula lourdement au sol. L'action avait duré moins de dix secondes.

– Baron Vartan!

Aram! Le visage déformé par un rictus, le garçon se tenait au-dessus de Bédri qui geignait et tendait le bras pour parer les coups.

– Crève donc! hurla-t-il en poignardant de nouveau son adversaire.

Des gens frappaient à la porte en criant d'ouvrir. Vartan toucha Halit Pacha et constata qu'il était mort. Ému, il lui ferma les yeux. Le temps pressait. Il saisit Aram par la manche de son vêtement et l'empêcha de s'acharner sur Bédri.

– Vite! Il faut filer.

Les fenêtres se trouvaient à moins de deux mètres du sol. Le tapis d'aiguilles assourdit le bruit de leur chute. Les branches basses d'un pin les cachaient. À l'intérieur, Bédri appelait à l'aide et la porte résonnait des coups de crosse ou de botte ferrée.

– Pourquoi m'avez-vous empêché d'achever ce porc? demanda Aram d'un ton hargneux, alors qu'ils couraient vers la rue bordant le jardin.

– Il faut sauver notre peau. Jette ce poignard!

Ils prirent le pas dans la ruelle, se mêlèrent à la foule nonchalante puis s'engouffrèrent dans l'une des nombreuses allées qui s'ouvraient, parfois à peine assez larges pour le passage d'un âne. Vartan connaissait la ville comme le fond de sa poche et, quelques minutes plus tard, ils atteignaient la rive de l'Akar, où un entrepôt désaffecté leur offrait une cachette. Encore sous le choc de la surprise, Vartan demanda avec brusquerie :

– Que fais-tu ici?

Aram répondit, d'une voix brisée :

– Ce type est venu à Urgup. Il avait torturé un Arménien d'Adana pour avoir des renseignements sur le réseau. Il voulait savoir où tu étais. Avec ses hommes, il nous a battus, Aroussiag et moi, mais nous n'avons rien dit. Alors...

Il déroula le linge qui enveloppait sa main gauche et Vartan constata avec horreur que quatre doigts avaient été tranchés à la racine. Du pus suintait des escarres.

– Ils les ont coupés un à un pour faire parler Aroussiag. J'ai perdu connaissance au troisième. Quand je suis revenu à moi, Aroussiag était étendue, ensanglantée. Morte! Ils lui avaient...

Sa voix s'étrangla et Vartan le serra contre lui. Le garçon pleura un moment avant d'être capable de reprendre son récit.

– Les hommes s'en allaient; je les ai entendus dire qu'ils vous rejoindraient à Afion Karahissar. Kérim m'a donné l'argent pour que je vienne vous prévenir.

Un hoquet l'interrompit.

– Tu me raconteras le reste plus tard, dit Vartan qui refoulait son émotion pour réfléchir à ce qu'il devrait faire maintenant.

Mais il était si atterré que les idées ne venaient pas. Aroussiag, si douce, si pleine de vie... La vision d'un corps mutilé effaçait le souvenir du visage radieux de la jeune femme, de sa bouche rieuse et de ses yeux noirs aux regards amoureux. Elle était morte à cause de lui. Vartan chassa cette idée et parvint à recréer dans sa tête le son de sa voix. Il l'entendit qui chantait tandis que ses mains jonglaient avec les fils du métier à tisser.

Au bout d'un moment, Aram le tira de son chagrin; il avait perdu son visage de petit garçon pour reprendre les traits d'un jeune homme de seize ans endurci par des épreuves sans nombre. Il reprocha, d'une voix cinglante :

– Vous n'auriez pas dû m'empêcher de l'achever. J'avais juré de le tuer, ce gros porc!

– Il ne survivra sûrement pas à tes coups, affirma Vartan qui n'en avait pourtant aucune certitude. Aroussiag est vengée, et tu m'as sauvé la vie. Tu es un brave, Aram.

C'était ce que le garçon voulait entendre. L'air grave, il mit la main sur l'épaule de Vartan, qu'il tutoya pour la première fois :

– Je sais où se trouve ta femme. Le gros porc s'en est vanté : « Je veux l'espion, et je l'aurai ; de toute façon, nous retenons sa femme à Aintab. »

Vartan se raidit comme sous un coup de fouet :

– Ce sont bien ses paroles ? Aintab ?

– Oui. L'homme s'appelle Bédri et travaille pour le gouverneur d'Aintab.

– Maro ! Tomas ! fit Vartan qui ne trouvait pas de mots pour exprimer ses sentiments.

Il embrassa Aram sur les joues.

– Aram, mon enfant, mon ami... Que le destin est parfois cruel ! Tu m'apportes en même temps la pire et la meilleure des nouvelles. Ma tristesse et ma joie s'annulent, je ne sais plus que penser.

Le garçon restait froid. Cette dernière semaine, alors qu'il cheminait vers Afion, il s'était longuement demandé s'il annoncerait à Vartan ce qu'il savait à propos de son épouse. Car Aram, qui adorait Aroussiag, jugeait inadmissible que Vartan l'oublie aussitôt pour une autre. Il savait cependant qu'Aroussiag n'aurait pas voulu qu'il garde le secret.

– Il faudrait peut-être penser à te sortir du pétrin ! répliqua Aram d'un ton cynique.

– Nous sommes dans le même bateau.

– Moi, je suis comme mort. Je suis un fedai, j'ai fait le don de ma vie.

Vartan l'empoigna par les cheveux pour lui secouer la tête et le semonça avec rudesse :

– Toi, tu as encore toute ta vie devant toi et tu vas vivre ! L'Arménie aura besoin de la semence de tes couilles. Et de ton courage, et de ton travail. Pas d'un sacrifice inutile. Il y a eu trop de morts déjà.

Son orgueil froissé, Aram se dégagea de l'emprise de Vartan et recoiffa son toupet.

– Je ne suis plus un enfant !

– C'est vrai. Depuis trois ans, tu as fait ce que beaucoup d'hommes n'auraient pu accomplir. Je serais heureux que tu deviennes mon compagnon.

Aram opina vivement de la tête. En dépit de sa bravade, il se sentait plutôt désemparé. Vartan frotta sa barbe.

– Il faut quitter cette ville au plus tôt. Toi, on ne te recherche pas, alors, tu vas te rendre à l'auberge Anadolou et tu demanderas à voir Kementché Hakki.

– C'est un Turc ! protesta Aram. On ne peut pas se fier à lui.

– Il ne faut pas généraliser ainsi. C'est mon meilleur ami, il nous aidera. Dis-lui que son aghabey le réclame. Qu'il m'apporte un rasoir. Sois discret et fais bien attention qu'on ne vous suive pas.

Il s'écoula plus de deux heures avant le retour d'Aram. Il avait dû attendre, pour aborder Hakki, que les gendarmes quittent l'auberge.

– Ils ont interrogé les musiciens à ton sujet, expliqua Hakki, surtout moi qui suis ton ami. Évidemment, je n'ai pas dit que je savais que tu étais un Arménien et un espion.

– Je ne suis pas un espion, protesta Vartan.

– Je m'en moque. Ils t'accusent du meurtre de Halit Pacha et d'une tentative de meurtre sur une autre personne.

– Un mensonge!

– Ça aussi, je m'en moque. Si tu l'as tué, c'est que tu avais une bonne raison. Tu restes mon « enguer ».

Vartan lui serra le bras.

– Je savais que je pouvais compter sur toi. Pourrais-tu me trouver un moyen de fuir?

En souriant, Hakki lui remit un paquet de vêtements usés et rapiécés.

– Avec ça, tu auras l'air d'un paysan alors qu'on cherche un musicien barbu.

Un rasoir droit et une petite glace ronde aux bords ébréchés se trouvaient avec les vêtements; Aram rapporta de la rivière un peu d'eau dans le fond d'une jarre brisée et Vartan rasa sa longue barbe.

– Je vais voir enfin à quoi tu ressembles, dit Hakki qui tenait le miroir.

Une semblable curiosité tenait Vartan et, à mesure que la lame dégageait ses joues et son menton, il pouvait constater que le passage du temps avait marqué ses traits. De part et d'autre du menton, la peau s'était quelque peu relâchée, ce qui donnait une impression d'empâtement alors que pourtant le reste de son visage avait maigri. La blancheur des joues contrastait avec le bronzage des pommettes, du nez et du front, et Vartan se trouva vieilli. Des rides plus profondes, des pattes-d'oie plus nombreuses autour des yeux; même ses cheveux lui semblèrent plus gris.

– Ça te change, dit simplement Hakki.

Vartan frotta la peau nouvellement découverte, qui était sensible à la fraîcheur de l'air. Hakki lui remit une feuille de papier pliée en quatre, jaunie et froissée.

– Ça te sera utile. Il n'y a pas de photo. Ça dit simplement que je m'appelle Hakki Tchélébi, né à Bodroum.

– Merci. Mais toi, que feras-tu sans papiers?

– Je me débrouillerai. Pachazadé peut répondre de moi.

– Si tu passes par Constantinople, demande-moi à la pharmacie centrale, dans la grand-rue, à Péra. Je ne t'oublierai jamais, Hakki, mon frère. Prends soin de mon oud.

Hakki embrassa les joues de Vartan et le regarda dans les yeux, incapable de parler ; puis il s'éloigna d'un pas vif sans se retourner une seule fois.

Vartan attendit la fin de l'après-midi pour quitter sa cachette après avoir sali avec de la terre les parties trop pâles de son visage. Malgré les nombreuses patrouilles de police, Aram et lui purent traverser la ville sans encombre. Le même soir, un fermier et son fils montaient dans un train de marchandises à destination de Constantinople. Après avoir glissé une pièce au chef de train, ils s'installèrent dans un wagon rempli d'agneaux bêlants, et ils ramenèrent de la paille sur eux afin de se protéger du vent qui soufflait par les fentes de la paroi.

Vartan fixait une touffe de laine accrochée à un nœud d'une planche, qui battait ainsi qu'un drapeau en lambeaux. Et durant plusieurs heures il demeura recroquevillé sur lui-même, incapable de prononcer une parole, tout entier plongé dans sa douleur de la perte d'Aroussiag. Et s'il pleura, ce fut sans témoin car Aram dormait, secoué de frissons.

15

Après avoir longé la mer de Marmara, le train s'arrêta à Haydar Pacha, terminus de la ligne de chemin de fer de Bagdad situé dans la partie asiatique de la capitale. À travers une foule bigarrée de voyageurs, de militaires, de marchands ambulants et de portefaix, Vartan et Aram se hâtèrent jusqu'aux quais. Par-delà l'eau gris ardoise, la portion de Constantinople bâtie sur la rive européenne, celle que Vartan considérait comme sa ville, prenait un air de mystère dans l'air brumeux de cette journée d'automne humide.

Constantinople! Combien de fois il en avait rêvé depuis trois ans! Un étrange sentiment s'empara de lui, mélange d'excitation et de regrets, de joie et d'appréhension. Tant de choses étaient survenues en si peu de temps, qu'il n'avait pas encore fini d'encaisser : l'annonce de l'assassinat d'Aroussiag, la nouvelle que Maro et Tomas vivaient toujours, le meurtre de Halit Pacha sous ses yeux. Et aux pensées qui l'habitaient depuis qu'il était monté dans le train à Afion, deux jours plus tôt, s'ajoutait maintenant le bonheur teinté d'anxiété de retrouver ses parents : Diran, l'oncle Mesrop, la tante Arpiné, la cousine Lucie. La guerre était terminée et pourtant Vartan ne parvenait pas à se réjouir de cet événement attendu par des millions d'hommes et de femmes : l'avenir lui paraissait encore incertain. Maro et Tomas étaient « détenus » par le gouverneur d'Aintab, selon les dires du dénommé Bédri, et tant qu'ils ne l'auraient pas rejoint dans la capitale, Vartan ne sentirait pas qu'une vie nouvelle commençait.

– Où allons-nous? demanda Aram en secouant le bras de Vartan afin de le ramener à la réalité.

Le dépaysement du garçon était total et lui aussi songeait à l'avenir avec une certaine angoisse, incapable de deviner ce qu'il lui réservait. Il se sentait égaré, démuni surtout, au milieu d'une foule si grande.

Vartan s'approcha d'un débarcadère où des bateliers attendaient les clients dans leurs caïques ; selon l'achalandage, ils effectuaient plusieurs fois par jour la navette entre les rives européenne et asiatique de Constantinople. Vartan entendait qu'ils discutaient entre eux de l'armistice signé quelques jours plus tôt à Moudros ; les termes de la capitulation les intéressaient moins que l'augmentation des affaires qu'engendrerait la présence de soldats étrangers.

Grâce à ses vêtements de paysan pauvre, Vartan négocia un tarif raisonnable pour la traversée jusqu'à Galata, mais le passeur prudent exigea de voir d'abord l'argent. Ils prirent place dans la barque légère et pointue aux deux bouts, peinte en vert et jaune avec des motifs de dragon aux extrémités. L'homme, un solide gaillard au visage vieilli avant l'âge par les éléments et aux épaules tombantes, soulevait les rames d'un mouvement en apparence nonchalant. Le caïque avançait sans effort en raison de la force du courant. Des cuirassés mouillaient dans la mer de Marmara, tout près de l'entrée du Bosphore, ce détroit stratégique joignant la Méditerranée à la mer Noire. Impressionné par les masses gigantesques hérissées de canons, Aram s'étonna :

– Des bateaux de fer ?

– Des navires de guerre. Vois-tu leurs pavillons ? Celui-là est britannique, celui-là, français ; l'autre là-bas est italien.

L'embarcation se faufila au milieu de cargos et de vapeurs de toutes tailles. Aram plongea sa main dans l'eau et la goûta pour vérifier qu'elle était bien salée ainsi que le disait Vartan. Émerveillé, il n'avait assez d'yeux pour tout voir et son enthousiasme se communiquait à son compagnon. Constantinople s'étalait sur ses sept collines, dressant vers le ciel gris une forêt de minarets. Érigé sur l'une des éminences, le palais de Topkapi dominait une partie de la ville. Un vent frais souffla de la Corne d'Or, chassant le voile de brume, et la vue porta plus loin dans le Bosphore où l'on distinguait la façade de marbre blanc du Dolmabahtché, cet autre palais du sultan. Alentour, des demeures construites à flanc de colline semblaient s'empiler les unes sur les autres.

– Qu'est-ce que c'est ? demanda Aram en désignant de la main le Topkapi niché au milieu d'un parc.

– Le palais du sultan. À sa gauche, invisible à cause de la colline, il y a Sainte-Sophie. Sur la droite, la gare Sirkedji de l'Orient-Express.

Le garçon frémit. Le sultan ! Ce sultan, dont les gens de son village ne prononçaient jamais le nom sans un tremblement dans la voix, ce sultan qui avait pouvoir de vie et de mort sur eux tous, existait donc vraiment ! Aram prit conscience qu'il se trouvait encore plus loin qu'il le pensait de sa région natale. Non pas un autre monde, mais une autre réalité dont il ignorait tout. Son émotion se traduisit par une phrase murmurée d'une voix gutturale :

– Je ne croyais pas qu'une ville pouvait être aussi grande.

L'intonation suffit pour que Vartan soupçonne le désarroi de son jeune compagnon. Il lui prit la main.

– Tu n'as rien à craindre. Je te ferai découvrir Constantinople petit à petit et un jour elle te deviendra aussi familière que la plaine autour de ton village. Tu verras, c'est la ville des mille et un rêves, où tout est possible. Regarde ça!

Il indiquait un petit biplan qui survolait les eaux du détroit. Aram, qui n'avait jamais vu d'avion, l'observa jusqu'à ce qu'il disparaisse en direction des îles des Princes. Après la fascination, cet intermède ne fit qu'accroître son inquiétude.

– Qu'est-ce que je vais devenir? En Cappadoce, je pouvais toujours travailler chez un fermier. Ici...

Vartan lui enserra l'épaule.

– Tu n'es pas seul. Ma famille et moi allons nous occuper de toi.

Le caïque se dirigea vers la Corne d'Or et passa sous le pont de Galata. Parmi les curieux appuyés au garde-fou, on voyait les uniformes de soldats étrangers, vision qui fit chaud au cœur de Vartan. Ils accostèrent et prirent la direction de la tour de Galata. Des automobiles, des voitures à chevaux, des ânes et des piétons, tous indisciplinés, engorgeaient les rues. Au milieu d'un rond-point, un agent de police grimpé sur une plate-forme tentait de régler la circulation avec force gestes et coups de sifflet. Malgré le vacarme, les sirènes des vapeurs s'entendaient encore.

Constantinople demeurait identique à ce qu'elle était lors de la dernière visite de Vartan en 1913. Rien dans l'attitude des gens et l'atmosphère des rues ne laissait deviner qu'une guerre avait sévi, que des massacres avaient été perpétrés en Anatolie. En dépit de la capitulation récente, le négoce et les affaires rythmaient comme à l'accoutumée la vie de Constantinople. « Byzance l'impure », disait-on d'elle des siècles auparavant. Elle s'était toujours accommodée de la présence des conquérants, jusqu'au point de les assimiler. Si le passage des militaires français et anglais provoquait quelques regards malveillants, la plupart des habitants accueillaient avec joie le retour des Occidentaux, qui contribueraient à la prospérité générale.

La capitale était toujours une ville de merveilles et de mystères, la ville des intrigues, des passions, le point de rencontre de l'Occident et de l'Orient, un creuset inopérant où les races et les langues se mélangeaient sans se fondre. « ... Où tout est possible. » Les mots qu'il avait dits un quart d'heure plus tôt à Aram lui revenaient et Vartan sentait l'exaltation reléguer au second plan les sentiments qui étaient siens jusqu'alors.

Ils atteignirent Yuksek Kaldirim, une rue en escalier bordée de boutiques qui les hissa progressivement jusqu'au quartier cossu de Péra, habité surtout par des Arméniens, des Grecs, des juifs et des Européens. La grand-rue, avec ses boîtes de nuit, ses magasins chics, ses restaurants et ses pâtisseries aux affiches polyglottes, constituait le centre nerveux de la capitale. Les élégantes habillées à la dernière mode de Paris y côtoyaient des femmes drapées de tcharchaf, et les chapeaux melons, les feutres mous, les fez et les turbans y faisaient bon ménage. Aram soupira :

– C'est étourdissant. Je ne sais pas si je pourrai m'y habituer.
– Tu t'y feras vite, répondit distraitement Vartan.

C'était le quartier où il vivait autrefois et il ne pouvait s'empêcher de songer que Maro et lui se promenaient presque chaque soir sur ces mêmes trottoirs pour aller manger une pâtisserie au salon de thé Chez Marquise. Il se rappelait avec netteté le poids de la main de Maro sur son bras, le rythme de son pas auquel il accordait le sien, le timbre de sa voix lorsqu'elle faisait tout bas des commentaires sur des gens qu'ils venaient de croiser. Et les rêves d'avenir qu'ils faisaient... Vartan accéléra le pas, comme pour s'éloigner de ces pensées.

Peu après le lycée de Galatasaray, Vartan tourna dans une petite rue transversale et s'arrêta sans hésiter devant le bâtiment où son cousin Diran logeait. Aram préféra attendre en bas; Vartan grimpa l'escalier quatre à quatre et, à la porte de l'appartement, fit résonner trois fois le timbre, selon le code convenu autrefois avec son cousin : un long coup suivi de deux brefs. Un Turc ouvrit et répondit qu'il habitait là depuis quelques mois. Il ignorait où avait déménagé l'ancien locataire. Vartan redescendit, déçu et espérant que Diran n'ait pas été arrêté pour ses activités de résistant. Aram s'était assis sur la première marche et paraissait épuisé. Le voyage dans le wagon à bestiaux avait été long et pénible, et ils venaient de marcher durant plus d'une heure.

– Veux-tu que nous nous reposions? lui demanda Vartan qui ressentait lui aussi la fatigue. Tu as sûrement faim.
– Je peux continuer! affirma le garçon, qui ne voulait pas être un boulet pour son ami.

Un tramway à chevaux les ramena par un itinéraire différent au pont de Galata qu'ils traversèrent pour descendre devant la mosquée, Yéni Djami. L'imprimerie de Mesrop Mesropian, qui voisinait avec la boutique d'un tailleur et un magasin de tapis et de soieries, se trouvait dans une rue étroite, à peu de distance de la mosquée. Vartan revit avec émotion la vitrine qui s'ornait de lettres rouges : « Mesropian et fils, imprimeurs. » Derrière la glace, des exemplaires de travaux d'impression, dont le soleil avait décoloré l'encre et jauni le papier, empêchaient de bien distinguer l'intérieur. Qu'allait-il y trouver? Le cœur battant, il poussa la porte; une clochette annonça son entrée. Le même tintement aigrelet qu'autrefois! Assise derrière un bureau, la cousine Lucie rédigeait des états de compte. Elle leva les yeux et resta bouche bée. Elle avait pris un peu de poids, et son visage autrefois anguleux s'approchait à présent de l'ovale. Elle atteignait trente ans, mais sa coiffure aux bouclettes serrées la faisait paraître plus jeune que les chignons qu'elle affectionnait quelques années auparavant.

– Vartan! s'exclama-t-elle.

La plume lui échappa des mains et tacha le livre de comptes d'un gros pâté bleu. Repoussant bruyamment sa chaise, Lucie courut vers son cousin et se jeta dans ses bras.

– Vartan! Vartan! répétait-elle, riant et pleurant tout à la fois. Quel bonheur, quel bonheur!

Il l'étreignit avec affection et se mit lui aussi à rire nerveusement.

– Oui, c'est une grande joie. J'ai souvent douté que ce moment se produise un jour. Tu embellis, Lucie. Comment va ton père? ta mère? Diran?

– Bien.

– Je suis passé à l'appartement de Diran.

– Il a dû déménager, à cause de la police.

Elle fronça les sourcils et demanda, hésitante:

– Maro et Tomas?

Il s'assombrit.

– Vivants, grâce à Dieu. Je crois maintenant savoir où ils se trouvent. Nous les reverrons bientôt.

La jeune femme poussa un soupir de soulagement même si la voix soudainement grave de son cousin l'intriguait. Elle s'écarta de lui et jeta un coup d'œil au rideau qui séparait le bureau de l'atelier.

– Ne bouge pas, je vais prévenir papa. Il faut le ménager.

– Qu'a-t-il? s'enquit Vartan, soucieux.

– Il a subi deux crises cardiaques depuis le début des... de la guerre. Il se porte mieux mais il ne doit pas s'énerver. Attends ici.

Elle disparut dans l'atelier et Vartan fit un signe de connivence à Aram qui se tenait sagement près de la porte. Au bout de deux minutes, le rideau vola de côté et l'oncle Mesrop entra en maugréant contre sa fille qui le suivait:

– Me ménager! Me ménager! Ce genre d'émotion ne me fait que du bien, c'est le silence qui me ronge le cœur.

L'oncle, qui devait avoir à présent soixante-douze ans, avait beaucoup maigri, perdant cet embonpoint qu'il prétendait être un signe de prospérité, et son crâne s'était presque complètement dégarni. Il ouvrit les bras et étreignit Vartan sans se soucier de son tablier sale et de ses mains tachées d'encre.

– Mon garçon! Mon neveu bien-aimé. Dieu soit loué! Dieu soit mille fois loué! Et Lucie m'a dit que Maro et Tomas nous rejoindront sous peu. Toutes mes prières sont exaucées.

Vartan jugea préférable de ne pas le détromper au sujet du retour éventuel de son épouse et de son fils. L'oncle se recula un peu et retira ses lunettes cerclées d'or afin d'essuyer ses larmes. Vartan remarqua les poches qui se creusaient sous ses yeux et son teint terreux.

– Cesse de m'observer comme un médecin! fit Mesrop en riant. Je suis en meilleure santé que jamais.

– Je vous regarde ainsi pour me convaincre que je ne rêve pas, que je suis bien à Constantinople.

L'oncle enlaça de nouveau son neveu et pleura d'abondance, murmurant à plusieurs reprises:

– Dieu a fait des miracles!

Il demeura de longues minutes à renifler, puis sortit son mouchoir et s'excusa :

– L'âge me rend aussi sensible qu'une femme!

Et il se remit à rire, regardant Vartan de la tête aux pieds.

– Tu n'as pas changé, mon fils. Un peu plus mince, c'est tout. Ce gris sur les tempes t'avantage. N'est-ce pas, Lucie?

Elle l'approuva.

– Cousin Vartan est le plus bel homme de la famille.

Ne se sentant pas concerné par cette scène familiale, Aram s'avança dans la pièce et écarta la portière pour jeter un coup d'œil sur l'atelier. Le cliquetis de la presse s'entendit plus distinctement. Apercevant Aram, Mesrop lui dit d'un ton autoritaire :

– Hé! garçon, ne reste pas à traîner ici.

– C'est mon compagnon, dit Vartan qui alla le chercher et le ramena en le tenant par l'épaule. Mon oncle, je vous présente Aram, que je considère comme un fils. C'est un héros, vous savez : il a contribué à sauver des orphelins comme lui, et je lui dois la vie.

Mesrop Mesropian attira le garçon dans ses bras et lui donna l'accolade :

– Sois le bienvenu, Aram. Nous feras-tu l'honneur de nous considérer dorénavant comme ta famille?

Intimidé, Aram répondit oui de la tête. Il devint écarlate quand Lucie lui serra la main en l'appelant « cousin Aram ».

– Je ferme boutique pour aujourd'hui, annonça l'oncle Mesrop. Nous allons boire et faire la fête. Lucie, va chercher ton frère et rejoignez-nous à la maison.

Ils prirent un taxi, une Citroën d'avant la guerre qui avait perdu ses garde-boue, pour gagner le quartier de Harbiyé où habitaient les Mesropian. La rue en pente comportait des maisons de rapport de construction récente et quelques maisons en bois gris, vieilles d'au moins deux siècles, aux fenêtres à demi masquées par des treillis qui permettaient aux femmes musulmanes de regarder dehors sans être vues. Des familles turques occupaient toujours leurs demeures ancestrales même si le voisinage était devenu majoritairement arménien.

Encore plus boulotte sur ses jambes courtes, les cheveux à présent d'un blanc bleuté uniforme, la tante Arpiné les accueillit avec exubérance. Elle ne ménagea ni les exclamations de joie ni les remerciements au Seigneur et à tous ses saints, mêla les rires et les larmes, posa question sur question sans attendre les réponses, et voulut tout faire en même temps : servir à boire, préparer le dîner, donner des vêtements convenables à Vartan et à son jeune ami. Elle d'habitude si calme, débrouillarde au point de s'accommoder d'invités arrivés à l'improviste comme si leur visite était attendue, paraissait aujourd'hui désorientée. Elle allait de gauche à droite, esquissant des gestes sans les finir, s'éloignant vers la cuisine puis rebroussant chemin pour dire quelque chose qu'elle avait oublié. Mesrop la força à s'arrêter, la poussa vers le divan et alla lui-même chercher une bouteille de cognac et des verres. La vieille femme s'assit à côté de son neveu à qui elle caressa les cheveux et qu'elle embrassa plusieurs fois sur les joues. Puis elle lui enserra les mains dans les siennes et resta à le regarder sans rien dire, le visage transfiguré par un sourire béat.

Vartan promena son regard sur le salon. Les deux divans de velours, les quelques chaises, les étagères de livres, les tables basses couvertes de magazines, le grand tapis persan et les plantes en pot devant les fenêtres : tout était identique au souvenir qu'il conservait de ce salon, et pourtant il éprouvait un désagréable sentiment d'étrangeté, l'impression d'avoir déjà vécu ce moment. Peut-être était-ce de l'avoir tellement attendu et espéré.

– Barkev est toujours à New York? demanda-t-il pour briser le silence qui l'oppressait.

– Il s'est engagé dans la Légion étrangère et a fait la campagne de Syrie avec les Français.

– Des nouvelles de Noubar?

– Ton frère et sa femme sont toujours à Jérusalem. Ils nous ont dit qu'ils reviendraient après Noël.

– J'ai hâte de les revoir, soupira Vartan, songeur.

– Maro et Tomas seront alors avec nous, n'est-ce pas?

L'oncle revenait avec la bouteille, suivi d'Aram qui portait les verres sur un plateau de cristal, et Vartan profita de cette diversion pour se dispenser de fournir une explication. La tante observait son neveu d'un air anxieux, attendant toujours une réponse qui ne venait pas. Mesrop leur servit à boire.

– Je lève mon verre au retour prochain de Maro et de Tomas, dit Arpiné, pour inciter Vartan à parler.

– Au moment où nous serons enfin tous réunis, ajouta Mesrop qui avait entendu la question de son épouse en entrant dans le salon.

Vartan but en silence, puis regarda ses parents l'un après l'autre avant de dire, en dissimulant son émotion :

– Pour être franc... Tout ce que je sais, c'est que Maro et Tomas vivent chez le vali d'Aintab. Dans quelles conditions, je n'en ai pas la moindre idée.

– Ils sont prisonniers! lâcha Aram à qui le cognac déliait la langue.

Sa voix hargneuse surpris tout le monde et les têtes se tournèrent vers le garçon, qui était debout près de la fenêtre. Il comprit, aux regards inquiets du vieil homme et de son épouse et à celui impératif de Vartan, qu'il ferait mieux de taire sa rage. Avec le nom d'Aintab lui étaient revenus le souvenir de Bédri et la vision d'Aroussiag baignant dans son sang. Il se détourna et baissa les yeux vers la rue.

– Aram dit la vérité, admit Vartan. J'ai tout lieu de croire qu'ils sont retenus contre leur gré.

– Cet homme devra les laisser partir! rugit l'oncle Mesrop en frappant son poing sur l'accoudoir de son fauteuil. Maintenant que la guerre est terminée, il sera obligé.

– Oui, et je verrai à ce que cela ne tarde pas.

Vartan avait parlé d'une voix décidée et un long silence fit suite à ses paroles. Chacun songeait à ce qui venait d'être dit et essayait d'imaginer ce que pouvait bien être la situation de Maro et de son fils dans la demeure d'un gouverneur ottoman. Pour relancer la conversation, la tante déclara, avec douceur :

– L'essentiel, c'est qu'ils soient vivants tous les deux, qu'ils aient échappé aux massacres. Peu importe comment...

Elle posa sur son neveu un regard insistant qui en disait long. Il opina de la tête :

– Vous avez raison, tante Arpiné.

Mesrop vida son verre et conclut :

– Dieu a été bon de nous prendre tous sous sa protection durant ces terribles épreuves. Notre famille a été épargnée, c'est un vrai miracle. Seule ta belle-mère...

– Pauvre femme, murmura Vartan qui revit Azniv Hanim dans ses sévères robes noires lui servant le thé chaque matin.

***

Les années avaient passé sur Diran sans lui faire perdre ce côté juvénile qui contribuait à son charme. Quelques rides sur son front donnaient à son visage un air réfléchi et il marchait tête basse, perdu, semblait-il, dans ses pensées. Mais dès qu'il parlait, ses yeux bruns s'animaient et ses mains décrivaient des arabesques autour de lui; lorsqu'il écoutait son interlocuteur, son front se plissait de nouveau et il jouait avec le bout de son nez légèrement busqué.

Du même âge, les deux cousins s'étaient toujours considérés comme des frères et avaient tout partagé : les jeux de l'enfance lors des vacances, les aventures galantes durant leurs études au collège et ensuite l'activisme politique. Ils se revirent avec une émotion si intense qu'elle empêchait toute parole. Sous l'œil attendri des autres, ils s'étreignirent en se frappant dans le dos et en riant aux éclats.

– Mon coquin! lâcha finalement Diran. Depuis le début, je savais qu'ils ne t'auraient pas. Ta lettre... Ah! ta lettre, il y a deux ans! Et puis tes articles! Mais veux-tu bien me dire pourquoi tu les as signés de ton nom?

Maintenant qu'il était lancé, les questions se bousculaient dans l'esprit de Diran. Il brûlait de tout savoir sur ce que Vartan avait vécu.

– Pourquoi pas un de tes pseudonymes habituels? reprit-il.

– Je voulais faire savoir à tous que j'étais toujours en vie.

– Avec moi, ça ne prend pas. Allez, Vartan, avoue que c'était une façon de narguer le gouvernement!

– Je n'avais pas l'esprit à ça. Oh... Il y avait peut-être là un peu de provocation.

– Je le savais, triompha Diran.

Pendant que la tante Arpiné et Lucie préparaient le repas, les hommes vidèrent lentement la bouteille de cognac au salon. Vartan dut expliquer de nouveau ce qu'il en était de Maro et de Tomas. Diran laissa échapper un juron, ce qui lui valut un regard de colère de son père, et il affirma :

– Je t'aiderai à les faire venir à Bolis. Au besoin, je ferai appel à mes amis.

Diran avait lu la plupart des articles écrits depuis trois ans par Vartan et d'innombrables témoignages sur la déportation, mais il désirait que son cousin lui décrive de vive voix ce dont il avait été témoin. Vartan regimba :

– Le moment n'est pas très approprié, tu ne crois pas?

– Diran, tu es incorrigible, dit l'oncle Mesrop d'un ton cinglant. Tu ne sais jamais ce qui est convenable et ce qui ne l'est pas. Aujourd'hui, nous célébrons notre bonheur. Une autre fois, les infamies!

Coutumier de ces reproches, Diran ne sourcilla pas; depuis la maladie de son père, il évitait les prises de bec avec lui.

– C'est vrai, ça peut attendre à demain.

Mais c'était plus fort que lui, et, lorsque Mesrop se dirigea vers la cuisine, il déclara :

– Nous avons du pain sur la planche, Vartan. Les Turcs doivent payer!

– Le gouvernement du sultan, tu veux dire, corrigea Vartan. Il y a plusieurs Turcs à qui je dois d'être ici aujourd'hui.

– Oui, c'est ce que je voulais dire : Talaat et sa bande, répliqua Diran qui détestait être repris. À propos d'aide... Cette femme d'Urgup, que devient-elle?

– Aroussiag... fit Vartan d'une voix tremblante. Elle est morte.

– Quel malheur!

Aram se raidit, livide. Il n'acceptait pas que Vartan évoque ce drame à demi-mot et il s'enflamma :

– Ils l'ont torturée! C'est comme ça qu'elle est morte.

Vartan lui signifia de se taire, mais Aram regardait fixement Diran chez qui il trouvait un auditeur intéressé. Il avait besoin d'exprimer toutes ces choses qui l'étouffaient.

– Je l'ai vengée, avec mon poignard, dit-il en mimant le geste de frapper.

– Raconte-moi, demanda Diran en l'invitant à s'asseoir près de lui.

Vartan se leva et alla faire sa toilette en prévision du dîner. Seul avec Aram, Diran, passionné par le récit de l'adolescent, l'interrogea sur sa famille et sur la façon dont, avec Aroussiag et Kérim, il était venu en aide à des orphelins en Cappadoce. Insatiable, Diran le harcelait de questions; il y avait un soupçon d'envie dans sa voix, une sorte de convoitise dans le regard, car il regrettait de n'avoir pas lui-même participé aussi directement à l'action.

Quand Mesrop revint au salon, Aram parlait en gesticulant et le vieil homme remarqua alors la main gauche bandée que le garçon cachait auparavant dans la poche de son pantalon.

– Tu es blessé? s'inquiéta-t-il.

– Ce n'est rien.

Diran insista pour voir la blessure, qu'Aram lui montra avec réticence. Mesrop et son fils eurent la même grimace horrifiée, comme si cette main amputée de quatre doigts concrétisait toutes les histoires affreuses qui leur avaient été rapportées.

– Il faut te conduire à l'hôpital! s'écria Diran. Il y a de l'infection. Vartan ne s'en est pas aperçu?

Aram prit la défense de son ami.

– Oui, mais il était plus urgent de sauver notre peau.

Il enroula le tissu autour de son poing et crâna :

– C'est déjà vieux, ça peut attendre encore un jour. Je n'ai pas mal, mais je meurs de faim!

Cette réplique fit rire l'oncle Mesrop qui essuyait une larme du bout de son pouce. Il tapota l'épaule du garçon.

– Voilà un homme comme je les aime! Tu vas pouvoir te contenter, mon garçon, mon épouse est une merveilleuse cuisinière.

La table de la salle à manger avait été dressée avec le plus beau couvert. Ils firent le signe de la croix et le maître de maison improvisa une prière spéciale pour les absents. Lucie apporta des brochettes d'espadon aux tomates et aux feuilles de laurier. Aram dévorait comme un ogre, sans souci des bonnes manières, et personne ne songeait à lui en faire reproche. Au contraire, Mesrop lui repassait les plats et l'encourageait à en reprendre; sa femme couvait le garçon du même regard maternel qu'elle portait sur ses enfants et son neveu. L'oncle parlait de son imprimerie où les contrats affluaient de nouveau après des années de quasi-chômage et il donnait des nouvelles des Arméniens du quartier que Vartan connaissait. Son épouse et Lucie faisaient écho à ses propos, Diran évitait d'aborder les sujets politiques qui lui tenaient pourtant à cœur, et la conversation était légère, comme si on ne sortait pas d'une guerre. Il y avait chez eux l'envie d'oublier et de recommencer, un luxe que Vartan ne pouvait pas se permettre.

Ce repas lui rappelait justement que rien n'était encore terminé pour lui, et s'il répondait d'un mot ou d'un signe de tête à ses hôtes, c'était pour cacher le fait qu'il ne les écoutait que d'une oreille distraite. L'absence de Maro, il en avait à ce moment précis une perception presque physique : tant de fois ils avaient mangé ensemble à cette table, elle à la place occupée aujourd'hui par Aram. Malgré son bonheur de partager la nourriture des Mesropian, il ne pouvait s'empêcher d'être ailleurs, dans un autre temps. La salle à manger de Sivas, ce dîner d'anniversaire de Tomas qui avait été à leur insu un dîner d'adieu, la musique du gramophone que personne n'entendait en raison de l'angoisse qu'éprouvait chacun, la merveilleuse voix de Maro qui chantait, le visage radieux de Tomas qui songeait à son poney attaché devant la maison, les yeux chagrins d'Azniv Hanim, d'Armène et d'Araksi...

– À quoi penses-tu, cousin? dit avec tendresse Lucie en lui touchant la main.

Vartan sursauta et leur demanda d'excuser ce moment d'absence.

– Tu tombes de fatigue et nous t'assommons de notre bavardage, renchérit la tante Arpiné. Veux-tu aller t'étendre?

– Pour me priver de votre présence si chère, sans compter votre cuisine remarquable? répondit Vartan en se forçant à rire. Jamais de la vie!

Diran raconta à ses parents et à sa sœur l'exploit d'Aram qui avait attaqué un homme armé d'un pistolet pour sauver Vartan.

– Est-ce Dieu possible! s'exclama Arpiné ahurie. Si jeune!

– J'ai seize ans, protesta Aram, et je suis un fedai!

L'oncle Mesrop blêmit et la fourchette trembla dans sa main. Diran lâcha un sifflement admiratif et dit d'une voix excitée :

– Avec des enfants comme Aram, l'avenir est assuré. Je porte un toast à l'Arménie!

– Diran! protesta sa mère en jetant un coup d'œil à Mesrop qui rongeait son frein. Ce n'est pas le moment.

– Fedai! Fedai! maugréa l'oncle, de mauvaise humeur. La violence n'arrangera rien.

Il expira longuement afin de retrouver son calme, leva son verre, imité par les autres, et continua, d'un ton décidé :

– Oui, je bois à l'Arménie. Mais sachez, mes enfants, que s'en remettre à la violence et aux armes, c'est faire fausse route. Le pays qui triomphe en fin de compte, c'est celui qui possède une élite importante et compétente, pas celui qui a la population la plus nombreuse ou l'armée la plus puissante.

Diran n'était pas d'accord.

– Que faites-vous des victoires récentes des nôtres contre l'armée ottomane sur la frontière russe? Nous étions à un contre cent.

Son père poussa un grognement.

– Et pourquoi un petit groupe d'individus peut-il stopper une grande armée, selon toi? Parce qu'ils ont de meilleures armes? Non! Parce qu'ils sont inspirés! Ces victoires dont tu parles confirment mes dires. Qu'en penses-tu, Vartan?

Ce dernier haussa les épaules. Sa tante Arpiné le supplia du regard d'intervenir. Vartan détestait arbitrer, ainsi que cela s'était souvent produit par le passé, les discussions entre son oncle et son cousin.

– J'avoue nc pas trop comprendre ce qui vous oppose.

Diran repoussa son assiette et, tout en parlant, dessina avec sa fourchette une carte sur la nappe de lin.

– Je dis que nous devons lutter pour conquérir cette grande Arménie dont nous rêvons. Il ne faut pas abandonner les provinces arméniennes de l'Anatolie à ceux qui n'ont aucun droit sur elles. Papa croit au contraire qu'il faut nous contenter de l'Arménie actuelle, l'ancienne Arménie russe, sous prétexte qu'il y a eu suffisamment de sang versé.

L'oncle Mesrop frappa la table de son index à coups répétés.

– Pour la première fois depuis cinq siècles, nous avons enfin un pays que nous pouvons dire à nous. Peu importe qu'il soit petit, il est à nous, et il suffit qu'il existe pour que les Arméniens du monde entier ne soient plus orphelins d'une patrie. Il ne faut pas risquer de tout perdre en essayant de conquérir d'autres territoires.

Il se tut et regarda son neveu en attendant une confirmation de son opinion. Diran aussi guettait la réponse de Vartan. Ce dernier finit sa bouchée et prit une gorgée de vin pour se donner le temps de réfléchir. Il avait le sentiment qu'il les décevrait l'un et l'autre.

– Jusqu'à un certain point, vous avez raison, oncle Mesrop. C'est d'une importance capitale pour notre peuple qu'existe enfin cette Arménie indépendante, une source d'inspiration pour chacun de nous. C'est un acquis encore fragile, qu'il faut consolider, mais rien n'empêche de voir plus grand pour l'avenir. Nous ne devons rien négliger pour que nous soient données les provinces arméniennes d'Anatolie. Peut-être même la Cilicie. Par la négociation avec les Alliés victorieux, bien sûr. Est-ce possible ? Seul l'avenir nous le dira.

– Un jugement à la Salomon, décréta Lucie qui s'amusait de voir son père et Diran renvoyés dos à dos.

Mesrop porta sur son fils un regard qui implorait presque mais il s'adressa à Vartan.

– Diran veut partir là-bas ! J'ai beau lui répéter qu'il y a encore des combats, la famine, des épidémies...

– Chacun doit contribuer à améliorer la situation, répliqua Diran. Moi, je me vois utile là-bas.

Le père dit d'un ton las :

– Il y a beaucoup à faire à Constantinople, il me semble. Obtenir que soient punis les responsables des atrocités, obtenir la libération des femmes et des enfants retenus comme Maro et Tomas, réunir les familles, s'occuper des orphelins, faire restituer leurs biens aux survivants.

– Il y a beaucoup de gens qui s'occupent de cela, hayrig.

Mesrop y alla d'un nouveau plaidoyer :

– Maintenant que l'Empire ottoman est vaincu, nous allons avoir enfin ces réformes que nous avons toujours exigées. Au besoin, les Occidentaux vont les imposer au gouvernement du sultan. L'égalité, la liberté de culte, le respect des minorités, la même justice pour tous les citoyens.

– Je n'y crois pas, conclut Diran. Vous verrez : le nationalisme va remplacer le pantouranisme et rien ne changera pour nous.

Vartan refusait de prendre parti, d'autant plus qu'il trouvait du vrai dans les dires de chacun et manquait d'éléments pour prévoir la tournure que prendrait l'histoire dans les mois et les années à venir. Et puis il savait d'expérience qu'il était inutile de vouloir mettre Mesrop et son fils d'accord. Il suffisait que l'un dise noir pour que l'autre opte pour le blanc. En dépit de l'amour très fort qui les unissait, ils s'étaient toujours opposés sur tout, sans doute parce que leurs caractères se ressemblaient tellement. Pour une rare fois d'accord, ils avaient décidé que le moyen le plus sûr d'éviter les occasions de friction était que Diran prenne un appartement.

– Si nous parlions d'autre chose? suggéra la tante Arpiné. Vartan et son jeune ami arrivent à peine.

Mesrop et Diran acquiescèrent avec un sourire piteux. La conversation fut ensuite menée avec prudence. On parla surtout de la guerre et des bouleversements qui en découleraient à l'échelle mondiale, mais il y avait quelque chose de faux à évoquer la fin de l'Empire ottoman sans aborder la question de l'Arménie.

À l'issue du repas, il fut décidé qu'Aram demeurerait chez les Mesropian où la chambre des garçons était libre. Vartan irait coucher chez Diran.

***

À peine éteintes les dernières rumeurs de la vie nocturne de la grand-rue de Péra, Constantinople se réveillait avec les besogneux, portefaix, artisans et boutiquiers, qui n'auraient pas trop d'une longue journée pour gagner leur pitance. Le bruit de la circulation, composé à la fois du grincement des charrettes et des pétarades des automobiles, de hennissements et de coups de klaxon, tira Vartan du sommeil. Il mit quelques secondes à se rappeler qu'il était dans le nouvel appartement de son cousin, à peine distant de deux rues de l'ancien. Obligé de déménager, Diran n'avait pu se résoudre à s'éloigner de la grand-rue, dont l'animation lui était nécessaire.

Dans la pénombre, une dizaine de paires d'yeux dévisageaient Vartan : des photographies de personnalités arméniennes, chefs militaires, écrivains et penseurs, que son cousin avait accrochées aux murs de son salon. Ces portraits constituaient les seuls décorations de la pièce, sommairement meublée d'un divan, sur lequel Vartan avait dormi, d'une table basse en acajou surchargée de journaux et de trois chaises dépareillées.

Même s'il avait entretenu Diran jusque tard dans la nuit de ses expériences et de ses aventures depuis son arrestation à Sivas, Vartan ne put se rendormir. Il lui tardait d'agir en faveur de Maro et de Tomas. « Détenus »... Quelle était au juste la portée de ce mot ? Les avait-on arrêtés afin de l'atteindre, lui ? Difficile à imaginer. L'explication la plus logique tenait à l'admirable beauté de Maro... Vartan chassa cette pensée et se concentra sur les moyens dont il disposait pour obtenir la libération des siens. Impensable de télégraphier à Maro ; son message ne lui parviendrait pas et ne servirait qu'à donner l'alarme au gouverneur, qui aurait beau jeu de les déplacer et de prétendre ensuite tout ignorer à leur sujet. Il faudrait compter sur des intermédiaires.

Dans la salle à manger attenante à la cuisine minuscule, Diran mettait la table. Vartan le rejoignit. Tandis que son cousin s'offrait un copieux petit déjeuner de pain, de fromage blanc, de confiture et d'olives noires, Vartan se contenta, selon son habitude, de thé. Il fit part à Diran de ses soucis à propos de son épouse et de son fils.

– Malheureusement, aucun de mes amis n'y peut rien, répondit Diran, songeur. La plupart se cachent encore de la police du sultan. Tu devrais voir le doyen des sciences du Robert College, il préside la section de Constantinople du Comité de secours au Proche-Orient et il pourra sans doute t'aider ou au moins te conseiller.

– J'irai le voir aujourd'hui même.

– Ensuite, que comptes-tu faire ?

– Emmener Aram à l'hôpital.

– Ce n'est pas ce que je veux dire, Vartan. Dans les semaines qui viennent ?

– Je ne sais pas encore. Tant que Maro et Tomas ne seront pas ici...

– Nous avons besoin de toi. Tu es une personnalité, Vartan ! Les articles que tu as écrits durant la guerre ont encore accru ton prestige auprès de tous les Arméniens.

– Et sans doute rendu Vartan Balian indésirable aux yeux du gouvernement. Le derviche Oudi Yachar est recherché pour meurtre et j'ignore si la police n'a pas découvert qui se cachait sous ce nom. Je me promène avec les papiers d'identité d'un ami turc. Pour le moment, j'ai intérêt à demeurer discret.

– Il y a d'autres moyens d'aider notre cause.

– Nous verrons cela une autre fois, veux-tu ? Je n'ai pas l'esprit très vif ce matin, et l'idée de retrouver ma femme et mon fils m'obsède.

Aussitôt après le petit déjeuner, Vartan loua une calèche pour conduire Aram à l'hôpital général arménien de Yédikoulé, sur la rive de la mer de Marmara. Ce long trajet plut au garçon, que tout étonnait : la multitude des races, le mélange d'ancien et de moderne, les automobiles, et surtout ces femmes vêtues à l'européenne qui découvraient leurs jambes jusqu'à mi-mollet. Après deux heures d'attente, car les malades et les blessés s'entassaient dans les corridors, un chirurgien cureta et cautérisa les blessures à la main gauche d'Aram. Alors qu'ils se dirigeaient vers la sortie, Vartan rencontra Chant Takvorian, un confrère de l'université devenu médecin.

– Nous manquons de personnel, confia Chant. Un bon pharmacien, entre autres. Es-tu disponible?

Surpris par la proposition, Vartan hésita :

– Faudrait voir...

Débordé de travail, Chant n'avait pas le temps de discuter et ils convinrent de dîner ensemble le lendemain.

Avant de monter dans la calèche, Vartan dit à son jeune compagnon :

– Avec ce bandage immaculé et ton veston, tu as fière allure!

Aram se pavanait comme un paon.

– Tu as remarqué? Diguine Arpiné m'a coupé les cheveux. Elle est très bonne avec moi. Baron Mesrop aussi.

– Et la cousine Lucie, comment la trouves-tu? demanda Vartan pour le taquiner.

Le garçon rougit et se troubla. Il balbutia finalement :

– Eh bien... Elle est... C'est une vraie dame!

Revenus à Constantinople au début de l'après-midi, Vartan et Aram s'embarquèrent à bord d'un petit vapeur à destination de Bébek, autre banlieue, située celle-là le long du Bosphore. Ils accostèrent devant la petite place de Bébek et continuèrent à pied. L'impatience de Vartan s'apaisa à mesure qu'ils approchaient du collège américain. Ce chemin, il l'avait parcouru tant de fois avec Diran pour se rendre aux cours; des bribes de leurs discussions enflammées lui revenaient à l'esprit. Ils étaient à cette époque deux idéalistes qui avaient la certitude qu'ils referaient le monde! À quarante et un ans, Vartan constatait qu'il avait été le jouet des événements bien plus que leur instigateur. Sans doute était-ce le lot de tous : subir, réagir, survivre. Diran ne semblait pas l'admettre encore.

– C'est beau, fit Aram pour attirer l'attention de Vartan qui rêvait.

Mal à l'aise dans ce nouvel environnement, le garçon sentait le besoin d'entendre une voix familière. Par cette journée claire, la vue était imprenable. Vartan indiqua les collines que l'on apercevait au-delà des anciens remparts de la rive anatolienne du détroit.

– Dans cette direction, c'est Afion, Urgup.

Le garçon avala sa salive.

– Loin...

Vartan lui donna un léger coup de poing sur l'épaule.

– Tu verras, tu seras heureux ici.

– L'oncle Mesrop m'a proposé de travailler comme apprenti dans son imprimerie, même si je n'ai qu'une seule bonne main.

– Ça te plairait ?

– Je ne sais pas. Il faut bien gagner sa vie !

Passé le portail du collège américain, ils quittèrent la route en lacet pour emprunter l'escalier de pierre destiné aux piétons. Après une montée ardue, ils aboutirent aux bâtiments disposés autour du terrain de football, qui disparaissaient presque sous des lierres exubérants.

– Robert College ! s'exclama Vartan, essoufflé. J'y ai fait mes études, Aram. Tu n'aimerais pas étudier ?

– J'ai appris à lire et à écrire à l'école de mon village. C'est bien assez !

– Savoir lire et écrire ne suffit pas. Tu es intelligent, avec des études tu pourrais avoir une profession, devenir quelqu'un d'important, épouser une « vraie dame », comme tu les appelles.

Le garçon releva la tête avec fierté.

– Je suis un homme déjà, je n'ai pas envie de passer des années enfermé dans une classe d'école.

Vartan n'insista pas, se promettant toutefois de revenir à la charge. Alors qu'ils attendaient dans l'entrée du Washburn Hall aux boiseries patinées, Aram surveilla avec intérêt les jeunes hommes qui jouaient au football sur le terrain devant le gymnase. Une secrétaire conduisit Vartan, qui s'était présenté sous le nom de Hakki, à l'étage où se trouvait le bureau du doyen McGill.

La pièce, où Vartan avait déjà pénétré à plusieurs reprises, n'avait pratiquement pas changé en vingt ans. Mêmes bibliothèques vitrées en chêne, mêmes fauteuils au cuir usé, même odeur de renfermé. Si l'on avait remplacé les rideaux, on les avait gardés vert bouteille ! Le doyen McGill, un homme dans la cinquantaine, aux cheveux argentés et au visage poupin, accueillit Vartan sans se départir de son air grave. À ses yeux, ce visiteur vêtu d'un complet trois pièces anthracite ne pouvait être qu'un membre de la police secrète ou un haut fonctionnaire.

Sur ses gardes, le doyen salua Vartan en turc ; celui-ci répondit en anglais :

– J'ai fréquenté votre collège autrefois, du temps du docteur Blake. 1896. Hakki Tchélébi est un nom d'emprunt, je suis arménien.

Intrigué, le doyen McGill dit poliment :

– Je suis heureux de recevoir un ancien élève. Que puis-je pour vous, monsieur... ?

– Balian, Vartan Balian.

Un léger froncement des sourcils fit deviner à Vartan que son nom n'était pas tout à fait inconnu au doyen. Cela ne pouvait que le servir. Il continua :

– Vous présidez le Comité de secours au Proche-Orient. Nous apprécions tous l'aide que les Américains apportent aux Arméniens, particulièrement aux orphelins.

– Nos moyens restent limités et les besoins sont infinis, soupira le doyen. Espérons qu'avec la fin de la guerre les choses vont s'arranger!

– Oui, l'espoir peut enfin renaître.

Indiquant d'un geste de la main les documents empilés sur le bureau, Vartan poursuivit :

– Votre temps est précieux, j'irai droit au but. Ma demande est d'ordre personnel. Ma femme et mon fils de neuf ans sont retenus prisonniers par le gouverneur Riza d'Aintab.

– Prisonniers? fit le doyen avec un nouveau froncement des sourcils. Il les a peut-être recueillis pour les sauver de la déportation, auquel cas il les renverrait à Constantinople sur simple réception d'une lettre de votre part. Prisonniers, vous en êtes certain?

– Oui.

McGill se carra dans son fauteuil et regarda le plafond en se frottant le menton. Vartan comprit que sa démarche ne donnerait rien.

– Quelle histoire déplorable! gémit le doyen. Pareils cas existent à des milliers d'exemplaires. Ce sera une tâche longue et difficile que de réunir les familles que la tourmente a dispersées, quand elle ne les a pas carrément décimées. Au moins, les vôtres sont vivants, vous devez en remercier Dieu.

– Je l'ai déjà fait, rétorqua Vartan en cachant mal son impatience. Est-ce trop que de souhaiter maintenant les revoir?

– Bien sûr que non. Mais je vais être franc avec vous, monsieur Balian : notre comité ne peut pas grand-chose. La situation à l'intérieur du pays est complexe et instable, on ne sait pas trop qui détient le pouvoir, qui décide quoi.

– Cela veut dire que votre comité ne fera rien? demanda Vartan, d'un ton un peu sec.

– Pas exactement. Un de nos missionnaires se rendra chez le vali Riza Bey, mais ne fondez pas trop d'espoirs là-dessus. S'il retient votre femme et votre fils, le gouverneur enverra paître notre émissaire.

– Je vous suis infiniment reconnaissant de tenter quelque chose.

Le doyen McGill prit note des noms et des détails, et de l'adresse de l'imprimerie de Mesrop Mesropian.

– Je vous tiendrai informé. Mais armez-vous de patience, les communications sont lentes.

Le doyen se donna la peine de reconduire Vartan jusqu'à la porte de son bureau et dit, en lui serrant la main :

– Si j'étais vous, je verrais les Britanniques; ils occupent la région d'Aintab. Essayez de rencontrer le secrétaire d'ambassade, Mr David Putnam.

– Merci du renseignement, monsieur le doyen.

À peine déçu, car il se doutait bien que faire libérer les siens ne serait pas une mince affaire, Vartan prit congé de McGill après un bref échange sur des sujets anodins. Il retrouva Aram en contemplation devant les portraits à l'huile des fondateurs du collège.

– Qui sont ces hommes?

– À gauche, Mr Robert; à droite, Mr Hamlin. Ils ont créé ce collège pour que des jeunes gens comme toi puissent s'instruire et devenir des chefs.

Aram fit une moue.

– Je serai un révolutionnaire, comme ton cousin Diran.

– C'est lui qui t'a mis cette idée en tête?

– Non.

Le garçon mentait mal et Vartan se promit de faire la leçon à son cousin.

Comme ils s'éloignaient par la terrasse qui dominait un cimetière musulman et les remparts rouméliens, la cloche du beffroi devant le Hamlin Hall annonça la fin des classes.

* * *

Le matin suivant, Vartan se présenta au Inguiliz Sarayi [1], l'ambassade de Grande-Bretagne située non loin du carrefour de Galatasaray. Revenus depuis peu dans la capitale ottomane, les Anglais n'avaient pas encore fini d'emménager et des camions stationnaient dans le jardin, surveillés par des soldats en armes. Des gens, dont plusieurs parlaient arménien, faisaient la queue afin d'obtenir un visa. Vartan vit l'huissier, qui se montra intraitable et insista pour qu'il prenne un rendez-vous au préalable. Il prétendit alors venir de la part du doyen McGill pour une affaire de la plus haute importance. Perplexe, le fonctionnaire décida d'en référer à ses supérieurs. Il revint quelques minutes plus tard, souriant, et guida Vartan dans une antichambre tendue de bleu où était suspendu un portrait de George V.

– Monsieur le secrétaire d'ambassade vous recevra dès qu'il pourra se libérer. Entre-temps, désirez-vous quelque chose? Alcool? Thé? Café?

Vartan déclina l'offre mais le regretta ensuite car son attente dura près de trois quarts d'heure. David Putnam arriva enfin. Les cheveux poivre et sel, coupés en brosse, et la moustache d'un roux prononcé, il avait la démarche et les manières un peu sèches d'un ancien militaire. Le ton cependant était affable, la voix enveloppante. Il fit servir du thé à son visiteur et l'écouta sans sourciller relater son histoire. À la fin, il hocha la tête et manifesta sa sympathie en lâchant un simple :

– *By Jove!*

Il tira ensuite de sa poche un étui en argent où était gravé l'emblème de la Royal Navy :

– Cigarette?

Une fois son briquet rangé, il dit :

– Vous n'avez pas encore formulé de demande, mais j'imagine

1. Palais des Anglais. (Turc.)

que vous comptez sur nous pour obtenir l'élargissement de votre épouse et de votre fils. C'est bien ça?

– Élargissement? s'étonna Vartan. Ce ne sont pas des criminels incarcérés! Ils sont séquestrés.

– C'est ce que je voulais dire, répliqua David Putnam, un peu mal à l'aise. Croyez bien, monsieur Balian, que je compatis à vos malheurs, comme à ceux de tout votre peuple, d'ailleurs.

Vartan lui sourit pour se faire pardonner sa réaction un peu brusque.

– Merci, monsieur Putnam. Vous avez vu juste : j'espère que les hommes de Sa Majesté interviendront auprès du gouverneur d'Aintab.

– Nous le ferons. Mais ce n'est pas si simple que ça. C'est un gouverneur!

Il y avait dans la voix du secrétaire d'ambassade une certaine réticence qui surprit Vartan.

– Votre armée contrôle cette région, non?

– Contrôler, c'est vite dit. Nous nous installons à peine en Cilicie et nos gens là-bas marchent sur des œufs. L'armée du sultan n'a pas encore été démobilisée, les fonctionnaires ottomans sont toujours en place, c'est la pagaille la plus totale. Ce gouverneur Riza est un homme puissant et nous avons besoin de lui.

– Donc, vous allez le ménager!

– Oui, répondit David Putnam avec un fin sourire.

Vartan serra les accoudoirs de son fauteuil afin de se contenir mais ne put empêcher son indignation de transparaître.

– Cet homme a participé à la déportation des Arméniens, qui a donné lieu à tant de massacres. Il était même en charge de son organisation dans sa région. Et vous traitez avec lui?

Le secrétaire fit un geste d'apaisement.

– Nous n'avons pas d'autre choix... pour le moment. Les criminels de guerre seront punis, comme les Alliés en avaient avisé la Sublime Porte dès le début. Quant à savoir si Riza Bey est un de ces criminels, ce sera aux juges d'en décider. Toutefois, selon les premières informations dont nous disposons, cet homme aurait protégé beaucoup de vos compatriotes... à commencer par votre femme et votre fils.

Vartan bouillait intérieurement. Il devait cependant user de diplomatie avec l'homme qui pour le moment était le seul en mesure de l'aider. Il dit avec calme :

– Je ne juge pas Riza Bey, pas plus que je ne reproche aux Anglais de transiger avec lui. La seule chose qui m'importe, c'est de retrouver les miens.

– Souhait tout à fait compréhensible, monsieur Balian, approuva Putnam, heureux que son visiteur se montre si raisonnable et évite tout esclandre. Et je vais voir personnellement à ce qu'il se réalise. Je trouve inadmissible que ce gouverneur garde votre épouse captive dans son harem.

Vartan encaissa sans broncher cette phrase dont le sous-entendu blessait son amour-propre. Le secrétaire continua :

– Le ménager, disais-je. Donc, pas question d'envoyer chez lui un détachement de soldats pour libérer votre famille. Nous devons éviter de lui faire perdre la face vis-à-vis de ses compatriotes.

Vartan approuva de la tête. Il comprenait cette attitude, même si elle l'enrageait. Putnam devina son état d'esprit et dit avec bonhomie :

– Le cœur n'a rien à faire de la raison d'État, c'est vrai, mais convenez avec moi que quelques semaines de plus après une attente de trois ans, ce n'est pas la fin du monde.

– J'en conviens.

Le conseiller d'ambassade se leva et, dans une posture près du garde-à-vous, tendit la main à son visiteur, signifiant par là que l'entrevue prenait fin.

– Faites-nous confiance, monsieur Balian, nous vous rendrons votre famille. Laissez à l'huissier vos coordonnées afin que je puisse entrer en contact avec vous.

Vartan le remercia avec chaleur et dit qu'il se permettrait de téléphoner de temps à autre pour avoir des nouvelles de l'affaire.

– Vous êtes le bienvenu.

Dans le café proche de l'appartement de Diran avec qui il avait rendez-vous, Vartan ne trouva de place libre que le long d'un mur, tout au fond de l'établissement bourdonnant des conversations animées des hommes qui prenaient l'apéritif avant de rentrer chez eux pour le dîner. Il commanda du vermouth et repassa mentalement les propos de David Putnam sans arriver à se rassurer. La raison d'État ! Quel poids avaient une femme et un garçon de neuf ans en regard des nécessités de la diplomatie ? Il ne pouvait s'empêcher de faire un parallèle entre sa situation et celle de son peuple. Qu'adviendrait-il des beaux discours des Alliés en faveur de la grande Arménie autonome lorsque arriverait le moment de régler l'avenir de l'Empire ottoman ? Tant d'intérêts inconciliables seraient en jeu ! La diplomatie, encore...

Son cousin le rejoignit une demi-heure plus tard. Vartan s'ouvrit à lui de ses appréhensions.

– Donne une chance aux Anglais de montrer ce qu'ils peuvent faire, insista Diran.

– J'ai envie d'aller sur place m'occuper de ça moi-même.

– Tu es fou, ma parole ! Autrefois, c'était toi qui me traitais d'inconscient ou d'irréfléchi.

– Maro et Tomas, c'est tout ce que j'ai, Diran.

– Te présenter à Aintab, c'est risquer de les perdre à jamais. Le vali Riza aurait une belle occasion de t'éliminer, et ce n'est pas le gouvernement qui lui en ferait reproche.

Vartan était forcé d'admettre que son cousin avait raison. Celui-ci reprit :

– Laisse agir les Anglais. Et s'ils échouent, j'irai avec toi à Aintab, j'en fais le serment. À nous deux, et avec quelques amis...

Vartan opina du chef. Il devrait prendre son mal en patience.

Ils sortirent peu après pour se rendre dans un restaurant tenu par un Grec que Diran connaissait bien. La foule était toujours aussi nombreuse sur la grand-rue de Péra où les boutiques chics fermaient. Les restaurants se remplissaient, les boîtes de nuit se préparaient à recevoir leurs clients, des prostituées s'installaient aux coins des rues.

Un Turc au regard fureteur qui les suivait dans la rue s'attabla au fond du restaurant.

– Ce type se trouvait au café, dit Vartan, intrigué.

On serait sur sa trace? Les autorités ne pouvaient pas savoir qui il était. De toute façon, il possédait les papiers de Hakki. Néanmoins un peu inquiet, il ajouta :

– J'ai l'impression qu'il nous observe.

Diran éclata de rire.

– L'impression? Il m'est attaché comme mon ombre! C'est un policier ou un agent de la Sécurité d'État.

– Ça ne t'inquiète pas plus que ça?

– Je pense que cet homme me file seulement par habitude! Je ne représente plus de danger pour eux, maintenant qu'ils ont perdu la guerre. Au contraire, je leur suis utile.

– Je ne comprends pas.

– Il y a ici depuis cinq mois une délégation de la République d'Arménie. Je travaille avec eux en liaison avec le conseil mixte arménien de Constantinople. En clair : je négocie avec le gouvernement, qui serait donc malvenu de me faire arrêter par sa police.

– Et ces négociations donnent quelque chose?

– Le nouveau gouvernement montre une certaine souplesse.

– Tu les crois sincères? demanda Vartan qui ne semblait pas convaincu.

– Actuellement oui, mais ils risquent de changer vite d'idée. Il faut donc les prendre à leur jeu et faire participer les Occidentaux au plus tôt.

– Eux aussi peuvent vite changer d'idée.

Vartan confia à son cousin les doutes qui lui étaient venus à l'issue de sa rencontre avec le secrétaire de l'ambassade britannique. Diran argumenta d'abord contre ces propos, qu'il jugeait défaitistes, puis soupira :

– J'y pense moi aussi en secret. La « question arménienne » est à la mode dans les capitales étrangères, mais on va vite nous oublier.

– C'est ma crainte. L'Arménie ne pèsera sans doute pas bien lourd dans les négociations de paix.

– Exact! Il faudrait donc que paraissent dans leurs journaux des articles rappelant aux Occidentaux leurs promesses et leurs engagements. Tu dois te remettre à écrire, Vartan!

– Encore faudrait-il trouver des débouchés pour ces articles.

– J'ai l'homme pour ça. William Dawson, un journaliste américain sympathisant de notre cause. Tiens, tiens ! Je vois tes yeux qui brillent. Ça repart comme il y a dix ans !

– Non, Diran. Je ne peux plus avoir cette foi béate dans le progrès que nous possédions alors.

Diran préféra ne pas répondre. Il leva plutôt le verre de vermouth qu'un garçon venait de leur servir, en murmurant :

– Pour que vive l'Arménie !

Ils trinquèrent plusieurs fois au même toast.

***

Avec les semaines, l'impatience de Vartan croissait. Le Comité de secours au Proche-Orient s'était fait répondre par le gouverneur Riza qu'il n'hébergeait aucune Arménienne, sauf quelques domestiques qui étaient libres de partir si elles le désiraient. Cependant, le missionnaire sur place avait appris par la rumeur publique que le gouverneur avait depuis des années une maîtresse arménienne d'une grande beauté. Pour Vartan, ce ne pouvait être que Maro. La maîtresse du gouverneur ? Agacé, il se dit que les gens avaient toujours tôt fait de sauter aux conclusions. Quant au secrétaire de l'ambassade britannique, à qui Vartan téléphonait tous les deux ou trois jours, il jurait sur ses grands dieux qu'il faisait tout pour accélérer les choses. David Putnam expliquait cette lenteur par la précarité de la situation en Cilicie et les difficultés de communication.

Pour meubler l'attente, Vartan se jetait à corps perdu dans le travail, débordant d'activité du lever au coucher. Dès l'aube, il s'installait à la table qu'il avait placée devant la fenêtre du salon de Diran. À part la photo de ses noces et un bégonia, cadeaux de la tante Arpiné, il n'y avait que des paperasses sur le meuble. Alors que la ville s'éveillait, il écrivait durant deux ou trois heures. Les cris de la rue l'inspiraient en lui rappelant qu'il s'adressait à un large public et non à quelques spécialistes. Ses phrases devaient émouvoir et convaincre, expliquer en mots simples des questions fort complexes.

Le jour, Vartan exerçait sa profession de pharmacien à l'hôpital général arménien, qui manquait de personnel qualifié pour faire face à l'afflux d'orphelins malades ou sous-alimentés qui arrivaient chaque jour de l'intérieur du pays. Grâce à la charité et au bénévolat des Arméniens de Constantinople, plusieurs orphelinats avaient été créés dans la ville et ses banlieues. Désireux de faire sa part, Vartan n'acceptait qu'un salaire symbolique. L'argent ne constituait pas un problème pour le moment car l'oncle Mesrop lui avait remis une somme assez rondelette qui représentait sa part des dernières ventes d'opium effectuées à New York par Barkev juste avant la guerre.

Presque chaque soir, Vartan participait avec Diran à des réunions de divers comités et organisations arméniens. À force de pressions exercées par l'intermédiaire des vainqueurs, ces organisations obtinrent que le nouveau pouvoir ottoman reconnaisse officiellement la culpabilité du gouvernement de l'Ittihad dans les prétendues déportations des Arméniens, promette d'aider à la recherche et au rapatriement des femmes et des enfants que l'on avait obligés à se convertir, et s'engage à rendre les biens saisis aux Arméniens « déplacés » en 1915.

Une commission mixte d'Arméniens, de Turcs, de Grecs et d'Anglais fut formée afin de préparer un projet de loi relatif à la restitution des biens. Puis ce fut la création de la Commission d'instruction de Constantinople chargée d'enquêter sur les suspects de crimes contre les Arméniens. Pour être certains qu'aucun criminel n'échapperait à la justice, Diran et ses amis montaient des dossiers bien étoffés qui seraient soumis aux juges. Il y avait aussi une délégation arménienne qui se préparait en vue des négociations de paix qui devaient s'ouvrir incessamment à Paris. Il s'agissait principalement d'articuler les revendications territoriales de l'Arménie et les garanties de protection demandées aux Alliés.

Vartan s'intéressait de près à tous ces travaux. Mais rendu suspect aux yeux du gouvernement par ses articles parus à l'étranger, il aurait desservi la cause de ses compatriotes en occupant un poste officiel. Pourtant, il aurait aimé œuvrer au grand jour aux tâches complexes qui s'imposaient aux Arméniens. Son expérience d'ancien parlementaire aurait été précieuse dans les négociations. Au lieu de ça, il devait se contenter d'un rôle de conseiller officieux. Quand cette situation l'enrageait trop, il riait de lui-même en se disant que c'était seulement son orgueil qui parlait. Son action en coulisse avait tout autant d'utilité que s'il avait été un quelconque délégué officiel. Le panache en moins !

Il songeait souvent à Aroussiag qui ne verrait jamais cette Arménie où elle souhaitait s'installer, et lui revenait ce rêve qu'elle avait osé lui confier à la faveur de l'obscurité, juste après qu'ils eurent fait l'amour. Elle les imaginait vivant dans une maison près du lac de Van ou au pied du mont Ararat, deux endroits dont elle avait vu des gravures. Une grande demeure pleine de rires d'enfants, leurs enfants. Vartan avait sa pharmacie au rez-de-chaussée, elle tenait la maison et cultivait pour le plaisir un grand jardin. Et elle les voyait vieillir ensemble, heureux et toujours amoureux, entourés d'une famille nombreuse, respectés par leurs concitoyens.

Pauvre Aroussiag qui jusqu'à la fin se serait sacrifiée pour les autres ! Aroussiag, débordante de vitalité et de passion, dispensant son amour pour les êtres et les choses ainsi qu'un peuplier répand ses semences aux quatre vents. Fauchée par la mort absurde, elle ne connaîtrait jamais le bonheur d'être mère. Sa voix s'était éteinte, ses mains s'étaient pour toujours figées. Son cœur... Tout ça parce qu'un jour elle s'était penchée sur un homme à moitié mort dans un fossé. L'avait-il suffisamment aimée? Pas comme elle l'aurait voulu ni mérité. Il se sentait coupable aujourd'hui d'être demeuré silencieux cette nuit-là à Urgup lorsqu'elle avait évoqué son rêve d'une maison en Arménie.

Un jour sur deux, Vartan dînait chez l'oncle Mesrop. Là, il oubliait momentanément la tristesse de l'hôpital et la fébrilité des réunions pour replonger dans une atmosphère familiale. Mais c'était alors l'absence de Maro et de Tomas qu'il devait affronter. Mesrop et son épouse avaient décidé de reprendre leur vie là où elle avait été mise en veilleuse en 1914, de faire comme s'il n'y avait pas eu le hiatus de la guerre. Leur besoin de croire que tout redevenait comme autrefois, Vartan ne le comprenait que trop bien et il se gardait de les désillusionner. Lucie avait elle aussi cette attitude complaisante avec ses parents âgés. Diran en était incapable et préférait ne pas trop fréquenter la maison paternelle; cette situation profitait un peu à Aram qui devenait en quelque sorte un nouveau fils, couvé par la tante et choyé par l'oncle qui voyait déjà en lui un successeur à l'imprimerie.

Ce soir-là, comme il le faisait chaque fois qu'il avait un moment de libre, Vartan se rendit à l'hôtel Tokatlian. Situé sur la grand-rue, à proximité des ambassades, cet hôtel et son concurrent, le Péra Palace, accueillaient tous les étrangers de passage et attiraient une faune hétéroclite. Le portier salua Vartan avec familiarité, privilège qu'il réservait aux seuls habitués.

Avec ses marbres, ses boiseries astiquées, ses lustres et ses palmiers en pots, l'hôtel conservait l'élégance un peu désuète qui faisait sa renommée avant la guerre. Dans le grand hall, quelques personnes isolées lisaient un journal; à l'évidence, des gens qui attendaient quelqu'un ou en surveillaient un autre. On y voyait surtout de petits groupes menant à voix basse des conversations animées. Il y avait encore plus de monde au bar. Employés d'ambassades, officiers de toutes nationalités, agents plus ou moins secrets de tous bords, correspondants de journaux étrangers, journalistes locaux, financiers, industriels, trafiquants et prostituées de luxe : il se brassait plus d'affaires ici en une soirée qu'à la Bourse en une semaine. Les renseignements se monnayaient ou s'échangeaient à un rythme effréné, à tel point que rien ne demeurait confidentiel bien longtemps. Vartan glanait souvent à l'hôtel Tokatlian des informations utiles pour la cause arménienne ou du moins pour ses articles.

La musique d'un petit orchestre qui jouait des valses viennoises venait de la salle à manger. Vartan pénétra dans le bar et chercha du regard William Dawson. Le journaliste américain était facile à repérer, pas tant à cause de sa haute stature que de ses costumes voyants et de son allure débraillée. Usé par l'alcool, il faisait beaucoup plus vieux que ses quarante-six ans. Vartan le trouva accoudé au bar, badinant avec une grande blonde de type nordique, au décolleté généreux.

– Don Quichotte! s'exclama l'Américain en apercevant Vartan.

Dans la bouche de ce cynique, la plaisanterie faisait l'effet d'un compliment. Vartan sourit. Dawson embrassa l'épaule nue de sa voisine et rejoignit son visiteur en lui apportant une fine champagne. Ils prirent place à une table du fond.

– Voici des articles, dit Vartan en lui remettant deux enveloppes.

– Déjà les affaires? Nous n'avons même pas trinqué encore!

– À la santé du roi des paresseux! dit Vartan en levant son verre.

– À la santé du roi des idéalistes!

Dawson examina les enveloppes adressées l'une à Paris, l'autre à New York, et les glissa dans la poche intérieure de son veston.

– Vous savez que vous m'induisez en tentation, comme disent les pasteurs protestants. Parfois, j'ai envie de mettre ma signature à la place de la vôtre. Non mais, Vartan, vous ne faites que ça, écrire?

– Je me lève avec le coq... à l'heure où vous vous couchez.

– Un moine, soupira Dawson amusé, j'ai un moine pour ami!

En dépit de ses constantes taquineries, il admirait Vartan qu'il considérait comme l'un des rares hommes sincères dans un monde pourri. Il tendit un bout de papier :

– Un mandat de mon journal.

Vartan sortit des billets de sa poche.

– Pour vos frais.

– Non! protesta Dawson. Je vous ai déjà dit que c'est ma modeste part pour aider les Arméniens. Offrez-moi un verre, et qu'on n'en parle plus.

Vartan commanda une autre fine champagne pour lui et un double bourbon pour son ami.

– Votre dernier article a eu beaucoup de retentissement; le journal a été inondé de lettres de lecteurs demandant plus de détails. Alors, mon rédacteur en chef voudrait que vous lui pondiez trente ou quarante feuillets. Un historique du problème arménien, qu'il publiera en quatre ou cinq tranches.

– Magnifique! Vous l'aurez dans quelques jours.

– Quelques jours! s'exclama Dawson d'un air ahuri. Vous êtes la honte de la profession, vous nous discréditez tous, nous qui prendrions des semaines pour le faire.

– Pour moi, et pour les miens, il s'agit d'une urgence, répondit Vartan qui ne plaisantait plus.

Dawson devint sérieux et demanda :

– J'espère que vous ne vous faites pas trop d'illusions sur vos chances de réussite.

– Je sais que ce sera difficile.

– Regardez cette salle et ces gens, et dites-moi à quoi cela vous fait penser.

Vartan répondit sans hésiter :

– À une réunion d'héritiers cupides dans l'antichambre d'un notaire avant la lecture du testament.

– Très juste! Les rapaces arrivent de partout pour se partager les dépouilles de l'Empire ottoman. Voyez! Anglais, Français, Italiens, Américains, Allemands, Belges, Grecs, juifs, Arabes, Levantins et même Arméniens : ils sont tous ici parce qu'ils flairent la bonne affaire.

Il désigna deux hommes aux cheveux ras qui offraient le champagne à des dignitaires turcs assis à leur table.

– Jusqu'aux bolcheviks qui s'envoient en l'air avec l'argent du peuple! Soyez assuré qu'ils considèrent chaque verre qu'ils paient comme un investissement et voudront en tirer profit. Quand arrivera le moment des décisions importantes, on ne s'embarrassera plus de principes. Oubliées les belles promesses et les idées généreuses! *Money talks*, ainsi que l'on dit chez nous.

– J'écris dans l'espoir de forcer les hommes politiques à respecter leurs engagements à l'égard des Arméniens et des autres minorités de l'Empire ottoman.

– Croyez-moi, Vartan, les financiers finissent toujours par avoir l'oreille des politiciens au nom de l'intérêt national. C'est ce dont les intellectuels comme vous ne sont jamais conscients.

– La vie et les événements m'ont remis les pieds sur terre depuis longtemps, Bill. Je n'ignore pas que la vague de sympathie dont nous jouissons présentement s'affaissera et que, par conséquent, le temps joue contre nous. Mais rien n'est encore perdu.

– Je le souhaite, Vartan, je le souhaite de tout cœur.

Dawson vida son verre en promenant son regard sur la salle.

– Non mais, regardez-moi ça! lâcha-t-il d'un ton méprisant. Cette racaille vendrait sa mère pour une pièce d'or.

– Ça augure bien pour l'avenir de ce pays!

– Je ne suis pas sûr que ces gens-là gagnent, en fin de compte. Un de ces jours, il faudra que je vous emmène dans un cabaret près de chez moi : il s'y prépare un autre avenir pour la Turquie.

– Les nationalistes?

– Oui. Je parierais une bouteille de bourbon qu'avant cinq ans il y aura ici une guerre civile.

Après avoir commandé d'autres verres, Dawson se racla la gorge et demanda, en ayant l'air de ne pas y attacher d'importance :

– Vos amis travaillent beaucoup en vue de la conférence de paix?

– Oui, répondit Vartan qui se méfiait de la curiosité du journaliste.

– Et ça avance?

Vartan se fit évasif :

– J'avoue ne pas être très au courant.

Dawson sourit de cette attitude prudente qui ne le froissait aucunement. À son avis, les Arméniens avaient raison de se méfier.

– Voulez-vous savoir le fond de ma pensée, Vartan? dit-il en ouvrant un paquet de cigarettes. Votre peuple n'a qu'un seul allié indéfectible : le président Wilson.

– C'est un homme remarquable, en effet.

– Remarquable? Bien plus : un idéaliste comme vous, mon cher!

Dawson prit une gorgée de bourbon puis une bouffée de cigarette sans cesser de secouer son index gauche :

– Un idéaliste qui a du pouvoir!

Il commençait à parler d'une bouche pâteuse, mais conservait toute sa lucidité.

– Croyez-moi, Vartan, si vous voulez vraiment être utile à vos compatriotes, vous irez à Washington. C'est là, pas à Paris, que tout se décidera. Présenter des mémoires au président, rencontrer ses conseillers, témoigner devant les sénateurs : voilà ce qu'il vous faut faire.

Ce n'était pas la première fois que Dawson exprimait cette opinion. Vartan la trouvait plutôt sensée, mais pareil voyage était inconcevable pour lui.

– Qu'est-ce qui vous en empêche? demanda Dawson avant de fournir lui-même la réponse, qu'il accompagna d'une moue contrite. Ah oui! Votre épouse...

Vartan revit cette ville aux trois collines, Aintab, qu'il avait traversée l'année précédente avec la troupe de Pachazadé Chahir Mithad, sans se douter qu'il passait tout près de Maro et de Tomas.

16

Devant la fenêtre, David Putnam regardait tomber la neige mouillée et lourde qui fondait en touchant le sol, un événement rare à Constantinople. Il secouait nerveusement son fume-cigarette d'argent et la cendre s'étalait sur la moquette. Nerveux? Plutôt agacé de devoir jouer le rôle de celui qui annonce une mauvaise nouvelle. L'huissier introduisit un Vartan Balian surexcité qui demanda tout de go :

– J'ai reçu votre message, monsieur Putnam. Et puis?

– Bonjour, monsieur Balian.

Le secrétaire indiqua un fauteuil à son visiteur et prit le temps d'écraser sa cigarette dans un cendrier. Les mains derrière le dos, le corps raide, il regarda le portrait du roi durant quelques secondes et se résolut finalement à parler.

– Je n'irai pas par quatre chemins. Le gouverneur Riza Bey affirme qu'il a épousé légalement votre femme et qu'elle désire demeurer à Aintab.

– Absurde! s'écria Vartan. Impossible!

– Peut-être, rétorqua Putnam en signifiant d'une moue son ignorance. Vous connaissez votre épouse mieux que moi.

– Oui, et ça ne lui ressemble pas!

– Il y a tout de même trois ans et demi qui se sont écoulés...

Ces paroles firent bondir Vartan.

– Monsieur Putnam! Je ne vous permets pas d'insinuer pareille chose!

– Je n'insinue rien, monsieur Balian. J'essaie simplement de comprendre. À part vous, je ne connais aucun des protagonistes de cette histoire.

D'un geste de la main, Vartan lui signifia que c'était oublié.

– Moi aussi, j'essaie de comprendre. Est-ce que votre homme là-bas a parlé directement à mon épouse?

– J'avoue l'ignorer. Je m'en informerai auprès de lui.

Cette réponse rassura quelque peu Vartan.

– Je sais déjà à quoi m'en tenir. Tout s'explique : Maro n'est au courant de rien. C'est bien la preuve qu'elle est prisonnière.

– Vous avez sans doute raison, dit David Putnam en s'asseyant dans un fauteuil en face de Vartan. Ce Riza Bey est un homme habile, à ce qu'il paraît, très chaleureux mais fuyant. Il donne l'impression de jouer sur plusieurs tableaux. Pour le moment, nous avons besoin de lui.

Le secrétaire d'ambassade regarda Vartan droit dans les yeux et ajouta :

– Je suis dans une position inconfortable, monsieur Balian. Vous connaissez suffisamment les aléas de la politique pour comprendre que je ne peux pas compromettre les intérêts de mon gouvernement pour une... affaire privée.

Vartan ne comprenait que trop bien. Le regard perdu dans le vague, il jouait distraitement avec sa moustache en échafaudant des plans. Putnam crut deviner ce qui traversait l'esprit de son visiteur.

– Vous ne pouvez pas, monsieur Balian! Si vous allez faire des histoires là-bas, ne comptez pas sur notre protection. Et puis songez à vos compatriotes qui rentrent d'exil et tentent de refaire leur vie en Cilicie. La région est une véritable poudrière; votre coup, qu'il réussisse ou non, peut tout faire exploser.

Cet argument toucha Vartan. Putnam renchérit :

– Dans votre situation, l'anonymat de la capitale est préférable.

– Que voulez-vous dire? demanda Vartan, surpris.

– Vous vous doutez bien que je ne négocie pas avec quelqu'un sans prendre de renseignements à son sujet. Vos écrits dans les journaux occidentaux... votre condamnation à mort à Sivas, en 1915... Au ministère de l'Intérieur, vous êtes toujours fiché comme rebelle dangereux. Gani Bey...

Vartan explosa, coupant la parole à Putnam :

– Celui-là ! Il est coupable de nombreux crimes contre les Arméniens, et s'il n'en tient qu'à nous, il sera bientôt traduit en justice.

– Je sais. Mais entre-temps, il a encore du pouvoir. Il n'ignore pas votre présence dans la capitale, tout comme il est au courant que vous maintenez des contacts avec nous. Ici, il ne tentera rien contre vous, mais si vous quittez Constantinople pour l'intérieur...

Vartan se sentait coincé, obligé encore de s'en remettre aux Britanniques, qui n'avaient obtenu aucun résultat en deux mois. Il railla :

– Attendre! Toujours attendre! C'est ce que vous allez me recommander, monsieur Putnam?

Malgré ce ton sarcastique, le secrétaire d'ambassade eut un sourire engageant.

– Il y a un développement nouveau, monsieur Balian. Le gouverneur Riza Bey viendra à Constantinople dans moins de deux semaines, plus exactement le 27 janvier. J'irai moi-même l'attendre à la gare Haydar Pacha. Faites-moi confiance, je trouverai les arguments pour le convaincre de libérer votre épouse et votre fils.

Vivement intéressé par l'information, Vartan n'en laissa rien paraître, et il quitta David Putnam en disant qu'il fondait de grands espoirs sur son intervention personnelle. En vérité, cette démarche lui semblait vouée d'avance à l'échec, et durant tout l'après-midi suivant, alors qu'il préparait des ordonnances à l'hôpital, il jongla avec l'idée qui lui était venue : enlever Riza Bey et l'échanger contre Maro et Tomas. C'était risqué, peut-être irréalisable, et il pouvait se retrouver avec tous les policiers de Constantinople sur le dos, mais Vartan ne voyait pas d'autre solution. Et ce qui lui apparaissait fort compliqué au départ devenait d'une simplicité désarmante à mesure qu'il répondait aux objections que lui-même soulevait. La surprise jouerait en sa faveur. Il suffisait de quelques acolytes sûrs et d'une cachette où garder le prisonnier.

Ce soir-là, Vartan resta à l'appartement qu'il partageait avec son cousin et, devant une carte, mit au point les grandes lignes de son plan. Diran rentra un peu après minuit, légèrement guilleret.

– Les procès vont commencer bientôt! Dommage que tu n'aies pas été avec nous pour fêter ça.

Devant le visage soucieux de Vartan, il abandonna son sourire.

– Qu'est-ce qui ne va pas?

– Les Anglais n'arrivent pas à libérer Maro et Tomas. Tu m'as promis ton assistance.

– C'est vrai, fit Diran qui se dégrisa d'un seul coup.

Il approcha une chaise de la table et s'assit à l'envers, accoudé au dossier.

– Je t'écoute.

Vartan lui expliqua ce qu'il avait en tête. Diran ne fit preuve d'aucun enthousiasme, tout au contraire. Il toucha l'épaule de son cousin et demanda, d'un ton amical :

– Dis-moi, Vartan, tu n'as jamais pensé que Maro pourrait ne pas vouloir revenir?

Vartan se dégagea d'un brusque mouvement de l'épaule. Ses yeux luisaient de colère.

– Diran! Tu es ivre!

– Pas du tout. Je te parle en frère, Vartan. Tu m'as répété mille fois qu'il fallait examiner une question sous tous ses angles. Fais-le! As-tu seulement songé à la possibilité que j'évoque?

– Je refuse de l'envisager. Ça ressemblerait à Maro, d'après toi?

– Non, c'est vrai. Mais...

Il eut un geste d'impuissance. Vartan répliqua avec brusquerie :

– Finis ce que tu as commencé.

– Imagine la situation, reprit Diran avec réticence. Cet homme la sauve avec Tomas d'une mort certaine. Il est puissant, il se montre protecteur... Elle est persuadée qu'on t'a pendu... Il s'agissait d'abord pour elle de survivre avec Tomas, mais en trois ans, se croyant veuve... Quel genre d'homme est-ce?

– Je l'ignore et je m'en moque! lança Vartan d'une voix courroucée.

Il se leva pour prendre la blague de tabac et le papier à cigarettes posés sur le divan. Diran s'en fut chercher de l'eau minérale à la cuisine.

Les paroles de son cousin tournoyaient dans la tête de Vartan. Énoncée de la sorte, la chose semblait possible, plausible même pour une autre femme que Maro. Et pourquoi ferait-elle exception? Simplement parce qu'il ne pouvait pas l'imaginer dans les bras d'un autre homme?

Distrait, il roula une cigarette beaucoup plus épaisse à une extrémité qu'à l'autre. Aroussiag, dont il portait en silence le deuil encore douloureux... Ne l'avait-il pas aimée sans pourtant oublier Maro? Si la mort ne lui avait pas brutalement ravi Aroussiag, il aurait dû choisir entre deux amours! Non, il n'était pas en position de reprocher quoi que ce soit à Maro.

Diran retrouva Vartan qui fumait calmement en étudiant la carte étalée sur la table. Il posa devant lui un verre de cognac.

– J'ai pensé que c'était plus approprié que de l'eau minérale. Et puis?

– Quoi?

– S'il s'avérait que Maro...

– Ce sera à elle de décider, répondit Vartan d'une voix ferme et neutre.. Mais il faut qu'elle puisse le faire librement. Et, quoi qu'il arrive, je veux ravoir Tomas. C'est mon fils.

Satisfait de cette attitude, Diran avala une gorgée d'alcool et siffla entre ses dents.

– Enlever un gouverneur, tu n'y vas pas de main morte! Tu as un plan?

– Oui. Il faudra que tu me trouves du matériel et des gens.

Il posa son index sur un point, à l'est de la mer de Marmara.

– Adabazar, à cent cinquante kilomètres d'ici. Le train y fait une halte d'une demi-heure pour remplir son réservoir d'eau et charger des marchandises. À l'arrêt précédent, Eskichéhir, un télégramme préviendra Riza Bey que le ministre de l'Agriculture désire s'entretenir quelques minutes avec lui lors de l'arrêt à Adabazar. Tu seras le ministre, Diran. Nous emmenons Riza Bey à ta voiture et nous partons avec lui.

Diran regardait la carte en secouant la tête d'un air incertain :

– Un peu gros!

– Donc, nous avons toutes les chances de réussir! Comment pourrait-il se méfier?

Diran se gratta la nuque et réfléchit. À bien y penser, Vartan avait raison : le gouverneur se laisserait prendre à ce piège. Mais ni l'un ni l'autre n'avaient l'expérience de telles actions. Vartan continua d'un ton assuré :

– Nous aurons besoin de deux voitures, dont une assez rutilante.

– Tu te rends compte, j'espère, que c'est toute une équipée de se rendre jusque-là ? La route est à peine praticable !

– C'est le dernier arrêt du train avant la capitale. Il faudra aussi trois hommes qui s'ajouteront à nous deux. Et une cachette pour garder le prisonnier. Tu peux me trouver tout ça ?

– Bien sûr !

Diran avait répondu sans hésiter. L'idée de ce coup lui plaisait de plus en plus. Enfin une action concrète !

– Pour les voitures, je demanderai à un ami dévoué qui en possède deux, qu'il loue régulièrement ; comme je le connais, il voudra être lui aussi de la partie. J'aurai aussi deux solides gaillards qui n'ont pas froid aux yeux.

– Ils seront bien payés, dit Vartan.

– Quand ils connaîtront nos raisons d'agir, ils n'accepteront pas un sou. Ils le feront par solidarité... et pour le plaisir ! On prendra des armes, en cas de pépin.

Diran rigolait, emballé par le projet. Vartan le mit en garde :

– Dis bien à tes amis qu'il ne s'agit pas de faire sauter un train ou d'attaquer un commissariat. Je ne veux pas de coup d'éclat ni de bavures ; au contraire, la discrétion la plus totale. Rappelle-toi que c'est la liberté de Maro et de Tomas qui est en jeu. Donc, trouve-nous des hommes aux nerfs solides et maîtres d'eux-mêmes, pas des têtes brûlées !

– Oui, oui, promit Diran. Qu'est-ce que tu dirais de Scutari comme lieu de détention ? C'est du côté asiatique, une banlieue de la capitale, habitée surtout par des Arméniens. Nous y avons de nombreux partisans et plusieurs des nôtres recherchés y ont trouvé refuge ces dernières années. La police fouillera plutôt la région d'Adabazar.

– Excellent, dit Vartan en repliant la carte. Je savais que je pouvais compter sur toi.

– Si tout se passe comme prévu, comment comptes-tu procéder, une fois le gouverneur entre nos mains ? Tu utiliseras les Anglais ?

– Je préfère ne pas m'en remettre à eux. David Putnam a parlé d'une « histoire privée », ça se réglera en privé. Quelqu'un de chez le gouverneur devra amener Maro et Tomas à Constantinople ; nous ferons l'échange dans un lieu discret.

Vartan s'empara du verre de cognac qu'il n'avait pas encore touché, et le leva en regardant son cousin dans les yeux. Il souriait.

Diran s'esclaffa :

– Vartan Balian, chef de bande ! Je n'aurais jamais cru, ça te ressemble si peu !

– Je ne prône toujours pas la violence, Diran. Ce sont les circonstances qui m'obligent à me faire justice moi-même.

– C'est autre chose que d'écrire des articles, Vartan. Tu en es bien conscient ?

– J'ai vainement cherché Maro et Tomas dans toute l'Anatolie pendant trois ans; maintenant que je sais où ils se trouvent, je ne reculerai devant rien.

– Riza Bey voudra se venger. L'enlèvement est un acte criminel et les Occidentaux n'auront aucune raison d'empêcher le gouvernement du sultan de te punir. Vous devrez peut-être vivre tous les trois dans la clandestinité.

Vartan ne parut pas troublé par cette perspective.

– J'ai ma petite idée sur le moyen d'éviter que la police s'en mêle. Si ça ne marche pas, eh bien, je quitterai le pays avec ma famille!

Il scruta le regard de Diran :

– Tu hésites? Préfères-tu t'abstenir? Je le comprendrais.

– J'aimerais mieux me faire couper en quatre! Après tout, il s'agit de Maro et de Tomas.

Vartan le serra dans ses bras et dit :

– Je souhaite ne pas regretter un jour de t'avoir embarqué dans cette histoire.

– Pour rien au monde je ne voudrais me priver de la joie de travailler de nouveau avec toi!

Diran voyait dans cet enlèvement un prolongement des mauvais coups qu'ils pratiquaient lorsqu'ils étaient étudiants. Vartan s'inquiéta un peu que son cousin perçoive l'affaire comme une partie de plaisir et il se dit qu'il devrait la diriger avec fermeté, avoir l'œil à tout. Il eut peine à s'endormir cette nuit-là, repassant en esprit toutes les étapes de son plan, y cherchant des failles, dressant la liste des détails à vérifier. L'exaltation le gagna peu à peu : il avait enfin l'impression de prendre son destin en main.

***

L'auto de Papazian, une Renault du plus récent modèle qui faisait une fort acceptable voiture officielle pour un ministre de l'Agriculture, stoppa à la sortie de la ville, sur la rive asiatique. C'était l'endroit convenu pour le rendez-vous avec la deuxième voiture, qui, à ce moment précis, traversait le Bosphore dans une barge tirée par une mavouna, une barque de pêche motorisée. La Renault avait été transportée de la même façon à la faveur de la nuit par le frère de Papazian, qui exerçait le métier de pêcheur à Koum Kapou, une banlieue située au bord de la mer de Marmara.

Vartan sortit se dégourdir les jambes, imité par Hagop, un ami de Diran qu'il avait choisi pour personnifier un agent de la Sûreté nationale. Un vent froid sifflait dans les branches dénudées des arbres qui bordaient la route, et la mer de Marmara grondait à peu de distance dans l'obscurité. Resté à son volant, Papazian roula une cigarette, puis abaissa la glace pour souffler la fumée à l'extérieur. Il jeta un coup d'œil à ses compagnons qui traversaient les faisceaux des phares et fit un signe d'approbation :

– Vous avez tout à fait l'air d'un ministre et de son garde du corps. Même le sultan s'y laisserait prendre!

Hagop portait un costume noir et un feutre mou, Vartan un complet gris rayé qui lui donnait beaucoup de prestance.

Fixant la mer dont on distinguait les moutons légèrement phosphorescents, Vartan prit de profondes inspirations afin de calmer sa nervosité. Tout était prêt depuis une semaine; chacun de ses hommes connaissait parfaitement son rôle. Diran avait eu la main heureuse. Papazian, un colosse d'une cinquantaine d'années aux épaisses moustaches retombantes, possédait un flegme que rien ne pouvait ébranler et il pilotait sa voiture avec une habileté remarquable. Les autres, Hagop et Avédis, tous deux dans la trentaine, vivaient dans la clandestinité depuis trois ans et les risques ne les rebutaient pas. Trouvant qu'ils avaient plutôt le physique et l'allure de policiers, Vartan avait décidé d'incarner lui-même le ministre; Diran serait son secrétaire et se chargerait d'aller chercher Riza Bey au train pour l'amener jusqu'à la voiture.

Rien n'avait été laissé au hasard. Quelques jours plus tôt, Vartan avait loué un cheval pour reconnaître la route jusqu'à Adabazar et étudier les abords de la gare. Il avait également visité le lieu où serait enfermé le prisonnier. Malgré cela, l'anxiété l'empêchait depuis deux nuits de fermer l'œil. La police filait peut-être ses complices, auquel cas elle ferait avorter leur plan; ou bien le gouverneur pouvait être sous bonne garde ou avoir tout simplement pris un autre train. Vartan savait qu'un échec réduirait à zéro ses chances de retrouver Maro et Tomas.

Hagop lui toucha l'épaule et dit de sa voix de baryton :

– À quoi penses-tu?

– La route est longue et dans un piteux état. Ce serait trop bête qu'une panne...

– Ne t'en fais pas, mon ami, tout se passera bien.

– Je n'ai pas l'habitude, et l'enjeu, ce sont les êtres qui me sont le plus chers, répondit Vartan.

À la lueur de la flamme à laquelle Hagop allumait une cigarette, Vartan vit son visage osseux dont les yeux plissés ne trahissaient aucune émotion. Son compagnon répliqua :

– J'ai participé à quelques coups déjà, beaucoup plus risqués, et je peux te dire qu'on ne s'habitue jamais. La tension nous garde en alerte; c'est comme le trac pour un acteur.

Vartan se rappela qu'avant d'être accaparé par l'action politique Hagop se destinait à une carrière de comédien et qu'il était monté sur scène à quelques reprises.

– Le théâtre ne te manque pas?

L'homme lâcha, avec humour :

– Mon cher, le monde est une scène et la vie, une pièce sans fin. Nous sommes tous des acteurs mais il n'y a aucun public!

L'approche d'une automobile qui ralentissait dispensa Vartan de répondre. La deuxième voiture appartenait aussi à Papazian, qui la louait avec chauffeur à des étrangers séjournant dans la capitale. Vartan s'étonna d'y voir trois hommes; en approchant, il reconnut Aram sous un chapeau trop grand qui s'enfonçait jusqu'aux oreilles. Diran, qui conduisait, sortit et déclara, tout joyeux :

– Nous sommes prêts, allons-y!

En colère, Vartan désigna Aram du pouce :

– Qu'est-ce que ça signifie? Il n'avait jamais été question de l'emmener!

– Bien... J'ai pensé qu'il pourrait nous être utile. Il est rapide, fort et intelligent. Je l'utilise souvent comme messager ou pour des filatures.

Vartan fulminait mais se contint. On ne pouvait pas reconduire le garçon ni l'abandonner le long de la route. Il ouvrit la portière et pointa son index vers Aram assis à l'avant.

– Toi, tu t'assieds derrière et tu ne bouges pas avant que nous soyons revenus à Constantinople. C'est compris?

Penaud, Aram courba les épaules et son manteau noir l'engonça un peu plus.

– Tu as une arme? demanda Vartan en tendant la main.

À regret, le garçon exhiba un Luger d'un noir luisant.

– Très bien, donne-le à Avédis.

Aram protesta :

– Mais... mais... c'est à moi!

– Fais ce que je te dis!

– Et si j'en ai besoin? demanda Aram d'un ton suppliant.

– Compte sur moi pour te défendre, fit Avédis qui s'asseyait derrière le volant.

Il prit le pistolet des mains du garçon, le glissa sous la banquette et fit un sourire amusé à Vartan :

– Aram sera très sage, je m'en porte garant.

Ses yeux verts pétillaient et il était d'un calme étonnant. Il avait taillé ses favoris et ciré sa moustache, comme s'il allait à un bal, et ce détail anodin contribua à détendre Vartan.

– Je ne suis plus un enfant, déclara Aram d'un ton bourru en sortant de la voiture pour rejoindre Hagop sur la banquette arrière.

Vartan lui répondit d'une voix radoucie :

– D'accord. C'est le temps de le montrer.

Après avoir échangé des poignées de main avec ses compagnons, Vartan retrouva Diran dans la Renault. Papazian fixait un petit drapeau ottoman sur le capot.

– Adabazar, monsieur le ministre? demanda-t-il, gouailleur.

Vartan n'était pas d'humeur à rire, mais Diran joua le jeu :

– Allez-y, mon brave. Et tâchez de ne pas trop salir la voiture de Son Excellence.

De profondes ornières creusaient la route détrempée par des pluies récentes et la suspension de la Renault se plaignait. Zigzaguant pour éviter les nids-de-poule, Papazian roulait aussi vite qu'il était possible.

– C'est une mécanique solide! dit-il d'un ton confiant, tout en priant intérieurement pour que rien ne flanche.

C'était plutôt la voiture qui les suivait, plus âgée et conduite par un chauffeur moins expérimenté, qui l'inquiétait. Il jetait de fréquents regards dans le rétroviseur. Avédis se tirait assez bien d'affaire et bientôt Papazian se mit à siffloter.

Vartan consultait souvent sa montre de poche.

– Nous avons encore sept heures avant l'arrivée du train, déclara Diran qui comprenait l'état d'esprit de son cousin.

Papazian se retourna pour affirmer :

– Et nous y serons en moins de cinq.

Dans le petit jour blafard, la mer de Marmara à leur droite reflétait le ciel plombé qui donnait un air morne à la campagne parsemée de masures.

À mi-chemin, la voiture conduite par Avédis creva un pneu qu'il fallut changer. Papazian profita de l'arrêt pour remplir les réservoirs avec un des bidons et vérifier le niveau de l'huile dans les carters. L'incident les avait retardés de plus d'une demi-heure, ce qui accrut la fébrilité qui s'était emparée de chacun depuis un moment déjà, et lorsqu'un peu plus loin un troupeau de chèvres leur bloqua le passage, Papazian éclata. Il se mit à corner avec impatience et sortit la tête pour engueuler les bergers surpris de voir deux voitures sans chevaux.

Vartan lui tapota l'épaule :

– Calmez-vous, Papazian, les dernières bêtes traversent la route.

Visage écarlate, le chauffeur de taxi maugréa tout bas et serra fortement le volant. La voie enfin libre, il embraya avec brusquerie.

À mesure qu'ils approchaient de leur destination, la tension montait chez les passagers des deux voitures, à l'exception de Vartan qui voyait au contraire ses appréhensions s'éteindre. Le sort en était jeté! Devant l'inéluctable, il devenait d'une sérénité qui l'étonnait lui-même, maître de lui mais non pas détaché car il avait encore un nœud à l'estomac.

À l'entrée d'Adabazar, Papazian s'immobilisa à côté d'une fontaine entourée d'amandiers; reconnaissant une voiture officielle, les femmes voilées qui papotaient se dispersèrent. Il restait encore une heure et demie avant l'arrivée du train, à condition, bien entendu, que ce dernier n'ait pas de retard, ce qui était peu probable. Pendant que Papazian et Aram nettoyaient la Renault maculée de boue, Vartan s'entretint avec ses compagnons, autant pour s'assurer que leur détermination ne flanchait pas que pour récapituler une dernière fois le rôle dévolu à chacun.

Petite ville terne entourée de champs pierreux, Adabazar devait sa prospérité toute relative au chemin de fer et à la production de pommes de terre. Ce n'était pas jour de marché et, en cette matinée froide et humide, les rues restaient vides, les hommes se regroupant dans les cafés munis d'un poêle.

Un énorme tas de charbon masquait en partie la gare, un rectangle de planches peintes en vert pistache, couvert d'une toiture de tôle. À l'écart, une vingtaine de soldats sans armes, permissionnaires ou démobilisés rentrant dans leurs foyers, se réchauffaient autour d'un feu alimenté avec le charbon destiné aux locomotives. Là où s'immobiliseraient les wagons de queue, des manœuvres déchargeaient les marchandises apportées par des charrettes à bœufs. Deux employés des chemins de fer fumaient, adossés à la façade de la gare.

Les voitures firent demi-tour et stationnèrent non loin du quai, prêtes à repartir. À bonne distance de la route, ils ne risquaient pas d'être examinés de trop près par les voyageurs et les villageois. Papazian arrêta le moteur de la Renault. L'arrivée des automobiles avait suscité la curiosité des soldats et des charretiers, mais la vue du drapeau sur le capot les incita à ne pas s'en approcher. Vartan baissa la glace; le fil télégraphique qui longeait la voie ferrée vibrait dans la brise. Diran sortit une flasque de cognac qu'il passa aux autres après l'avoir portée à ses lèvres. Ils attendirent en silence. Un peu plus tard arrivèrent trois calèches dont descendirent des voyageurs avec leurs malles. Un gendarme à cheval qui venait de la ville fit un salut militaire en passant à la hauteur de la Renault. Vartan sortit de son veston le pistolet que lui avait procuré son cousin, enleva le cran de sûreté et posa l'arme à côté de lui sur la banquette. Il se retint de consulter sa montre mais son geste à peine esquissé n'avait pas échappé à Diran, qui murmura :

– Plus qu'un quart d'heure.

Quelques badauds arrivaient, des hommes, de jeunes garçons, des fermiers montés sur des ânes.

Le temps passait, trop lentement au gré de Vartan. Le train avait du retard : vingt, trente minutes, bientôt plus d'une heure. Auraient-ils le temps de regagner la capitale avant la nuit?

Enfin, de lointains coups de sifflet retentirent et un panache noir apparut à l'horizon. Restait à espérer que Riza Bey soit dans le train et qu'il ait bien reçu le télégramme qui l'attendait à la station précédente. Diran soupira; il tourna vers Vartan un visage aux traits crispés.

– Songe à Maro et à Tomas, dit Vartan d'une voix égale. Leur liberté dépend de nous.

Diran avala sa salive et se claqua la cuisse.

– C'est passé. Je suis prêt.

Le bruit saccadé des pistons et des bielles devint perceptible. Hagop sortit de la voiture conduite par Avédis et prit position à côté de la porte de la gare, prêt à neutraliser quiconque voudrait s'interposer. Diran le suivit de peu, se plantant sur le quai, au milieu des voyageurs. Le train ralentit, les roues de fer crissèrent longuement sur les rails, la vapeur s'exhala de la locomotive. Vartan évita de tourner la tête vers l'arrière afin que le gouverneur ne voie pas son visage en approchant de la voiture. Papazian surveillait l'action dans le rétroviseur :

– Diran discute avec le chef de gare. Bon, il se dirige vers un wagon.

Le cœur battant à tout rompre, les mains moites, Diran approcha du compartiment que lui avait désigné l'employé. Un jeune Arabe aux cheveux frisés sortit la tête et regarda aux alentours, semblant chercher quelqu'un.

– Est-ce bien le compartiment de Riza Bey ? lui demanda Diran.

Le garçon fit un signe affirmatif et disparut à l'intérieur. La portière s'ouvrit et un homme de grande taille, sanglé dans un complet noir, examina Diran avec un air d'autorité.

– Mes respects, Excellence, fit ce dernier en inclinant la tête.

– Aleykumselâm.

– Je suis le secrétaire de monsieur le ministre. Il vous attend dans sa voiture, Excellence.

– Conduis-moi, répondit le gouverneur qui sauta sur le quai avant même que Diran n'ait eu le temps de rabaisser le marchepied.

Le jeune Arabe se préparait à les suivre mais Riza Bey lui dit de surveiller ses effets. Avec des gestes impératifs, Diran écartait les curieux et les voyageurs pour ouvrir un passage au gouverneur. Du coin de l'œil, il vit que Hagop leur emboîtait le pas. Les secondes étaient cruciales, le moindre incident pouvait tout faire rater. Convenait-il qu'il converse avec le gouverneur ? Vartan avait omis de le lui dire. Ce fut Riza Bey qui lui adressa la parole.

– Savez-vous ce que me veut le ministre ?

La réponse était toute prête.

– Vous saluer, d'abord. Il l'aurait fait à Stamboul, mais il est en tournée d'inspection dans la région. Il veut sans doute aussi s'informer de la production agricole dans votre province. Nous faisons toujours face à de graves pénuries.

– Je ne le sais que trop, répondit Riza Bey d'une voix distraite.

Il regardait l'automobile, dont le modèle lui était inconnu.

– Quelle marque de voiture est-ce ?

– Une Renault, Votre Excellence. Fabriquée en France.

Dans la voiture, Papazian murmura :

– Prépare-toi, ils arrivent.

La main de Vartan se crispa sur la crosse de son pistolet. Diran ouvrit la portière, Riza Bey monta en disant :

– Monsieur le ministre...

Il se tut en voyant le canon de l'arme braquée sur lui, voulut reculer mais en fut empêché par Diran.

– Plus un geste! Pas de cri! ordonna Vartan.

Diran poussa le gouverneur à l'intérieur, monta à son tour et referma derrière lui. Ne comprenant pas ce qui se produisait, Riza Bey protesta :

– Vous commettez une erreur!

– Silence! rétorqua sèchement Diran.

Le gouverneur dévisagea Vartan qui le fouillait pour s'assurer qu'il n'était pas armé; tout à coup ses yeux s'agrandirent de surprise : il venait de reconnaître son ravisseur! Il affecta aussitôt un air impassible et fixa la nuque du chauffeur, mais son expression fugitive n'était pas passée inaperçue de Vartan.

Devant la Renault, Avédis tournait la manivelle pour lancer le moteur. Papazian démarra en trombe; l'autre voiture les suivrait dès qu'Avédis aurait prévenu le serviteur que son maître le gouverneur avait décidé de poursuivre sa route en automobile avec le ministre et l'enverrait chercher avec les bagages à la gare de Haydar Pacha.

Diran lia les mains du prisonnier, qui se laissa faire sans protester. Tout se déroulait comme prévu; toutefois, Vartan n'en demeurait pas moins sur le qui-vive et regardait fréquemment derrière eux. L'autre voiture n'était pas en vue; une fois sorti d'Adabazar, Papazian ralentit afin que leurs compagnons les rejoignent.

Du coin de l'œil, Riza Bey examinait son ravisseur pour établir mentalement une comparaison entre eux qui aimaient la même femme. Vartan aussi étudiait l'autre à la dérobée, en songeant à Maro. Cet homme était d'un physique agréable, il en convenait, et sans doute ses manières comme sa voix savaient-elles séduire. Peut-être avait-il pris Maro de force au début, mais ensuite, au bout de plusieurs mois? d'un an? Le corps s'habitue, et le cœur suit éventuellement. S'était-elle éprise de son geôlier?

Leurs regards se croisèrent. Chez l'un et l'autre, une curiosité nourrie par la jalousie l'emportait sur l'antipathie. Pour la forme, Riza Bey protesta avec véhémence, comme s'il ne savait pas qui l'enlevait.

– Vous n'avez pas le droit! Je suis un gouverneur. Il vous en cuira! La police et l'armée se lanceront à vos trousses. Relâchez-moi ici, sur le bord de la route, et fuyez. Vous avez ma parole que je ne porterai pas plainte. Votre coup insensé ne réussira pas. Alors...

– Alors, répliqua Vartan d'un ton décidé, nous périrons ensemble, vous et moi.

C'était le genre de réponse que Riza Bey aurait formulée s'il avait été à la place de son ravisseur. Le sachant intellectuel et pharmacien, il avait imaginé l'époux de Maro de constitution fluette, quelque peu timoré, et voilà qu'il se trouvait en présence d'un homme au physique d'athlète, un homme décidé et prêt à tout. Puis il se rappela que Vartan avait échappé à Bédri à deux reprises, qu'il avait parcouru durant trois ans une contrée où il était activement recherché. Malgré lui, Riza ne put s'empêcher d'admirer la ténacité de cet homme et l'audace dont il faisait preuve. Inutile de songer à l'impressionner ; Riza userait d'une autre méthode : se montrer amical, poser au sauveur. Peut-être devrait-il, en fin de compte, céder aux exigences de Vartan ; toutefois, la position de ce dernier était plutôt précaire et Riza essaierait d'obtenir certains avantages.

Vartan reprit la parole :

– Inutile de jouer, gouverneur. J'ai vu tout à l'heure à votre mine que vous savez qui je suis.

Riza Bey sourit légèrement.

– Ma réaction était d'étonnement, monsieur Balian. Nous vous pensions mort sur l'échafaud à Sivas.

Vartan n'en croyait pas un mot, et ce « nous », qui englobait évidemment Maro, lui fit mal. Il conserva cependant son ton froid.

– Vous savez également pourquoi je vous enlève. Vous ne retrouverez votre liberté que lorsque mon épouse et mon fils seront libres eux aussi.

– Libres ? fit Riza en feignant d'être froissé. Mais ils l'ont toujours été ! Je les ai ramassés à moitié morts sur la route de l'exil, et depuis je les ai hébergés, traités à l'égal des membres de ma famille. Ils se croyaient seuls au monde. Où vouliez-vous qu'ils aillent dans un pays ravagé par la guerre ?

Nullement dupe des accents de sincérité du gouverneur, Vartan était pourtant bien conscient que grâce à cet homme Maro et Tomas avaient survécu à la déportation et aux années de guerre. Pouvait-il lui tenir rigueur de n'avoir pas répondu aux requêtes des Anglais afin de les garder avec lui ?

Vartan brûlait de s'informer de Maro et de Tomas, mais il répugnait à poser des questions qui le mettraient en état de faiblesse aux yeux de son prisonnier. Riza s'en douta et vit là l'occasion de montrer sa bonne foi. Il déclara, avec gravité :

– Maro se porte très bien. Tomas...

Sa voix s'était brisée et Vartan poussa un cri angoissé :

– Tomas ? Qu'y a-t-il ?

– Il y aura deux ans bientôt... Il a disparu lors d'une randonnée à cheval. Nous ne l'avons jamais revu. Je suis désolé.

Abasourdi, Vartan scrutait le visage de Riza Bey, comme s'il espérait un démenti. Le gouverneur voulait garder Tomas afin de l'utiliser ultérieurement pour un quelconque chantage. Les yeux de son prisonnier convainquaient Vartan de l'improbabilité de cette hypothèse. Une douleur sans nom le déchira et il serra les mâchoires pour ne pas gémir. Craignant que la colère ne s'empare de Vartan et qu'il ne se déchaîne contre lui, Riza Bey ajouta, compatissant :

– J'aimais Tomas comme un fils. Il était heureux chez moi. J'ai fait tout ce qui était possible pour le retrouver, Allah m'en est témoin. J'ai mis l'armée à contribution, j'ai offert une récompense.

Diran regardait défiler le paysage, Papazian fixait la route, mais ils ne manquaient pas un mot de la conversation.

– S'il était heureux, ainsi que vous le prétendez, pourquoi s'est-il enfui? demanda Vartan, cinglant.

– Ce n'est pas une fugue. Il chevauchait en bordure du désert, seul. Je crois qu'il a été emmené par des nomades.

Vartan baissa la tête et s'enferma dans un silence que personne n'osa troubler. Tomas, qu'il croyait sur le point de revoir! Tomas, si jeune, si petit, perdu dans le désert, aux mains de qui? Vartan revit les orphelins dans la caverne de Cappadoce et il songea à cette petite fosse qu'il avait comblée de gravats. Mort, son fils? Non! Il ne pouvait l'admettre, ni seulement le concevoir. Deux ans! Où était-il aujourd'hui? Qu'était-il devenu? Serviteur de quelque paysan brutal? Berger dans les montagnes du Kurdistan? Esclave d'un chamelier? Longtemps ces pensées torturèrent Vartan qui tremblait d'une rage impuissante. Il allait donc retrouver Maro pour vivre avec elle un impossible deuil!

– Il n'est pas mort... murmura-t-il sans se rendre compte qu'il parlait tout haut.

– J'en ai moi aussi la conviction, répondit Riza Bey.

En entendant cette voix, Vartan sursauta et tourna la tête vers son prisonnier, qui reprit :

– Selon moi, Tomas a fini par aboutir dans un orphelinat. J'ai contacté tous les missionnaires de Cilicie et de Syrie. Malheureusement, je n'ai reçu que des réponses négatives.

Vartan perçut ces mots comme une intrusion inadmissible dans son chagrin et il répliqua d'un ton cinglant :

– Et pourquoi les missionnaires auraient-ils remis un jeune Arménien à celui-là même qui est responsable des souffrances et de la mort de tant d'Arméniens?

Riza Bey craignait depuis le début que ses ravisseurs n'abordent ce sujet et il avait préparé ses arguments.

– C'est faux, je vous l'assure!

– Les déportations, vous n'avez rien à y voir, peut-être?

Songeant aux procès de certains membres de l'Ittihad qui débuteraient sous peu à Constantinople, Riza vit dans son enlèvement un moyen de se mettre à l'abri des poursuites. Vartan Balian avait sans doute des relations chez les procureurs. Dans la première phase de sa stratégie, Riza plaida sa cause avec conviction :

– En tant que fonctionnaire, j'obéissais aux ordres du gouvernement. Je ne suis pour rien dans les excès qui sont survenus; au contraire, je suis maintes fois intervenu auprès de la Sublime Porte pour qu'on y mette fin. J'ai encore copie de mes lettres. Et j'ai fait tout mon possible pour que les déplacements de population s'effectuent avec humanité. Des Arméniens que j'ai cachés et protégés, et des missionnaires étrangers, à qui j'ai donné argent et nourriture pour qu'ils assistent les déportés, peuvent en témoigner. Même l'évêque...

– Ça suffit! ordonna Vartan en lui coupant la parole. Vous allez nous faire pleurer avec le récit de vos actions charitables. Et cette jeune femme assassinée il y a quelques mois à Urgup par votre homme, Bédri?

Surpris, Riza s'écria :

– Je n'ai jamais entendu parler de cette affaire! Par Allah, je le jure! Mon second agit souvent de son propre chef, parfois même à l'encontre de mes ordres. Dans ce cas précis, je ne suis au courant de rien, je vous le répète. Je le jure sur la tête de ma mère!

Diran, qui sentait la rage monter chez son cousin, fit signe à Riza Bey de se taire.

– Le bandeau, dit Papazian.

Tirant de sa poche un grand mouchoir, Diran banda les yeux de leur prisonnier dont le calme et les propos l'impressionnaient. Riza Bey ne correspondait nullement au portrait d'une brute grossière et violente, d'un être colérique et imprévisible, portrait que dessinaient les renseignements glanés à gauche et à droite par Vartan alors qu'ils préparaient leur coup. Au contraire, le gouverneur avait tout l'air d'un homme cultivé aux manières civilisées. Diran préférait ses ennemis moins respectables, et il devinait que les allures de gentilhomme de Riza déconcertaient également Vartan.

Le soir tombait et chacun se ressentait de la fatigue de ces heures interminables de route. Il fallut faire halte pour remplir les réservoirs d'essence, puis le voyage se poursuivit à vitesse réduite à cause des fondrières que les phares ne révélaient pas à temps. Vartan ne dit plus un mot jusqu'à leur arrivée à Scutari.

Les voitures s'arrêtèrent devant la grille du collège américain pour filles. Le gardien, un ami de Diran, vint leur ouvrir et les guida, phares éteints, jusqu'à la petite maison de pierre qu'il habitait au fond du parc immense entourant l'école. Un cellier en maçonnerie construit dans la cave, où s'étaient souvent cachés des résistants pourchassés par la police du sultan, servirait de prison au gouverneur. Pour plus de sécurité, Riza Bey fut enchaîné par la cheville à un anneau scellé dans la pierre. Alors seulement on lui retira le bandeau et on détacha ses poignets. Il vit Vartan qui tenait un bougeoir et Diran qui vérifiait de nouveau la solidité de la chaîne; d'un coup d'œil, il inspecta le cellier, dont les commodités se limitaient à une paillasse et à un pot de chambre. Son regard revint aux deux hommes, à qui il dit, sans laisser paraître de crainte ou d'émotion :

– J'ai soif.

– Nous vous apporterons de l'eau, répondit Diran.

Ils refermèrent la porte et installèrent la barre.

Dans la salle à manger, leurs compagnons buvaient un mauvais vin blanc que leur servait Raffi. Chauve, bien qu'il eût à peine cinquante-neuf ans, grand et grassouillet, Raffi vivait en célibataire heureux dans la maison mise à sa disposition par l'administration du collège. Il avait préparé une chaudronnée de soupe aux lentilles et insistait pour garder tout le monde à dîner.

– J'ai aussi du pain, du fromage de chèvre et des olives.

Diran et Avédis étaient pressés de rentrer à Constantinople. Papazian fit valoir que son frère l'attendait pour traverser les voitures sur la rive européenne durant la nuit. Vartan, qui demeurerait avec Hagop afin de surveiller le prisonnier, reconduisit ses amis jusqu'à la grille et les remercia à plusieurs reprises de leur concours.

– Sans entraide, les Arméniens n'ont aucune chance d'aboutir à quoi que ce soit, répondit Papazian en lui serrant la main.

– À charge de revanche, fit Vartan.

– Tu ne préfères pas que je reste avec toi ? demanda Aram, qui avait vécu cette journée comme un grand jeu. Tu as vu : je sais me conduire en homme !

Vartan lui tapota l'épaule :

– C'est vrai. Mais va te reposer, tu l'as bien mérité.

Diran rayonnait.

– L'affaire est dans le sac, Maro sera bientôt avec nous ! dit-il à son cousin qui refermait la grille à clé.

Quand Vartan revint dans la maison où les rideaux étaient tirés, Hagop achevait un deuxième bol de potage.

– Je ne vous ai pas attendu car j'allais tomber d'inanition, s'excusa-t-il en bâillant.

Il lorgnait le divan du salon, sur lequel il dormirait, et il ajouta :

– À vous, je peux bien l'avouer : je n'ai pas fermé l'œil de la nuit. L'énervement... l'excitation.

Vartan lui confia qu'il en avait été de même pour lui. Quand il annonça qu'il allait apporter de l'eau et de la nourriture au prisonnier, Raffi insista pour qu'il mange d'abord.

– Qu'il attende, votre gouverneur ! Ça le rendra plus coopératif.

Vartan prit place à table ; Raffi lui servit une assiette et s'assit devant lui avec un verre de cognac. Hagop termina son repas et alla s'étendre dans le salon. Le gardien observait Vartan en promenant sa langue sur les trois dents en or qui ornaient le devant de sa mâchoire inférieure.

– Raffi... N'avons-nous pas travaillé ensemble, dans le temps ?

– Oui, répondit le gardien, tout heureux que son invité se souvienne de lui.

– Vous étiez en charge du service d'ordre dans les assemblées.

– C'est exact ! Et vous, Baron Vartan, vous faisiez de magnifiques discours.

Raffi eut une moue de dépit, vida son verre et lâcha :

– Voyez où ça nous a menés ! Tout ce travail inutile...

– Qu'en savons-nous, Baron Raffi ? La situation serait peut-être pire si nous n'avions rien fait en 1908.

Le gardien caressa de nouveau ses dents en or du bout de sa langue avant d'admettre qu'on ne pourrait jamais le savoir.

Des ronflements venaient du salon.

– Je vais l'imiter, dit le gardien, car je me lève avec le chant du coq.

Avant de se retirer à l'étage, il indiqua à Vartan la chambre qui lui était réservée, près de la porte menant au sous-sol. Ce dernier prépara un plateau qu'il descendit au prisonnier. Riza Bey, qui était étendu, se leva en entendant glisser la barre qui fermait la porte du cellier. Vartan installa le bougeoir sur une tablette de bois rongée par l'humidité. Riza prit le plateau et, une fois assis sur la paillasse, le posa sur ses genoux, examinant avec plaisir la nourriture qui lui était servie. Il fut particulièrement sensible à la présence d'un verre de cognac. Vartan s'adossa au mur taché de salpêtre et roula une cigarette qu'il alluma à la flamme de la bougie. Riza leva le verre dans sa direction en un toast muet.

Vartan observait Riza Bey qui mangeait d'un bon appétit. Il avait refoulé au plus profond de lui son chagrin de la disparition de Tomas ; pour l'instant, il importait de compléter ce qu'il avait entrepris et de régler les modalités de la libération de Maro. Refoulés aussi tous sentiments qu'aurait pu lui inspirer cet homme, son prisonnier. Il s'efforçait de maintenir une indifférence totale à l'égard de celui qui avait été, qui était, l'amant de sa femme.

– Votre vie contre la liberté de Maro, dit-il d'une voix impérative lorsque son prisonnier eut déposé le plateau par terre.

Ce ton déplut à Riza, qui n'avait pas l'habitude qu'on lui adresse des ultimatums. Tant par orgueil que par calcul, il rétorqua, des sous-entendus dans la voix :

– Pourquoi êtes-vous si certain qu'elle veuille quitter ma demeure pour vous rejoindre ? Elle mène chez moi une vie que vous ne pourrez pas lui offrir.

– Ah ! s'esclaffa Vartan, piqué au vif. La réclusion dans une cage dorée, vous appelez ça une vie ?

– La sécurité, l'aisance, une existence oisive, des serviteurs... Qu'est-ce qu'une femme peut demander de plus ?

– La liberté, l'autonomie. Je connais suffisamment Maro pour savoir qu'elle doit étouffer sous le tcharchaf, s'ennuyer à mourir dans votre harem.

Vartan avait prononcé ces derniers mots avec une intonation volontairement méprisante. Riza Bey se raidit mais conserva son calme. Chacun cherchait à faire trébucher l'autre.

– En quatre ans, elle a changé. Ce n'est plus la femme que vous connaissiez.

– Je n'en crois rien.

– Sans vous oublier tout à fait, elle s'est habituée à vivre sans vous, comme une veuve qui se remarie.

– Cela ne lui ressemble pas. Maro est d'une autre culture que la vôtre, et elle a reçu une éducation à l'européenne. Comment pourriez-vous la comprendre?

Riza Bey s'emporta :

– J'ai étudié en Europe!

Satisfait que l'autre s'énerve, Vartan sourit. Sûr de lui, il déclara :

– C'est Maro qui décidera. Si elle préfère rester à Aintab, je m'inclinerai.

Le visage de Riza s'assombrit et Vartan sut que le gouverneur connaissait déjà la réponse de Maro. Riza Bey admit intérieurement sa défaite. Il continuerait de chercher un moyen de faire échouer en cours de route les plans de Vartan. Toutefois, il acceptait de perdre Maro si cela lui évitait d'avoir à fuir le pays comme les anciens dirigeants de l'Ittihad. Pour cela, il était prêt à toutes les concessions; il importait d'abord de convaincre son geôlier de ses bonnes intentions.

– C'est entendu. De quelle façon allez-vous procéder à l'échange?

– Y a-t-il quelqu'un chez vous qui libérerait Maro sur simple réception d'un télégramme de votre part, quelqu'un qui saurait que l'ordre vient de vous parce que vous y incluriez une information connue seulement de vous deux?

– Ma mère.

– L'ordre spécifiera que la police ne doit pas être mise au courant de l'affaire.

Riza grimaça :

– La censure existe toujours. Les autorités seront informées par le contenu du télégramme.

– Je sais. Les Britanniques semblent tenir à vous. Je suis persuadé qu'afin de sauver votre vie, ils accepteront de transmettre en code le message jusqu'à Aintab et d'en porter une copie en clair à hanim votre mère.

– Sans doute. Toutefois, je ne veux pas être trop endetté envers les Anglais. Je préférerais que le reste de l'affaire se règle entre nous.

– Moi aussi.

– Comment faire?

Vartan fit mine de réfléchir, puis expliqua :

– Quelqu'un de votre maison accompagnera mon épouse jusqu'ici et me la remettra en échange de votre personne.

Riza Bey hocha la tête. Vartan ajouta :

– Je sais que la police sera sur les dents; aussi, je prendrai toutes les précautions nécessaires. Il est préférable pour vous de ne rien tenter.

– Monsieur Balian, s'écria Riza Bey d'un ton grave en posant la main sur sa poitrine, je ne ferais jamais rien qui mette en danger la vie de Maro. Je l'aime de tout mon cœur. La croyant veuve, j'ai voulu l'épouser; elle a refusé et j'ai respecté sa décision.

Convaincu qu'il disait la vérité, Vartan l'interrompit d'un geste de la main. Il préférait changer de sujet :

– Que dois-je mettre dans le message pour l'authentifier aux yeux de votre mère?

– Signez : « Riza, votre agneau de l'aurore. » C'est ainsi qu'elle m'appelait, enfant.

Les événements et les émotions de la journée avaient épuisé Riza Bey, mais il se sentait d'un grand calme. Il n'avait rien à redouter de cet homme qui se penchait pour ramasser le plateau; s'il continuait de manœuvrer avec prudence, il se tirerait sans mal de cette histoire.

– Monsieur Balian, je veux vous proposer un marché.

– Un marché? dit Vartan en se relevant. Tiens donc!

– Ne craignez-vous pas que la police soit à vos trousses après ma libération? Vous et votre épouse n'auriez plus de repos à Stamboul.

– C'est mon problème.

Sans se laisser décourager par la froideur de cette réponse, Riza Bey poursuivit :

– De mon côté, j'ai bien peur d'être appelé à comparaître devant la Commission des crimes de guerre. Je n'ai rien à me reprocher. Cependant, il n'est jamais agréable d'être au banc des accusés et, même acquitté comme je le serais, on voit sa réputation à jamais entachée par le soupçon.

– Je m'arrange pour que votre dossier ne soit pas soumis à la Commission, et, de votre côté, vous ne portez pas plainte contre moi. C'est bien ce que vous proposez?

Riza Bey sourit :

– Vous comprenez vite, monsieur Balian. Puis-je avoir une cigarette?

Vartan lui tendit le paquet de tabac et l'étui de papier.

– Qui vous dit que j'ai un tel pouvoir auprès de vos éventuels juges?

– Si vous, un Arménien connu, prenez ma défense et faites valoir que vous avez les preuves de mon innocence, qui osera m'accuser?

Vartan réfléchit à l'offre avant de murmurer :

– Et si l'on me demande ces preuves?

– Je vous les fournirai sans hésiter. Elles existent, je ne bluffe pas.

La proposition était alléchante, d'autant plus que le moindre doute sur la culpabilité du gouverneur suffirait à le faire acquitter par la Commission.

– Vous allez me donner immédiatement un témoignage de votre bonne volonté : une lettre pour l'ambassade britannique demandant aux Anglais de collaborer avec moi et d'aviser le gouvernement ottoman de les laisser s'occuper eux-mêmes de votre libération.

– Du papier et un stylo : c'est l'affaire de quelques minutes.

Vartan remonta le plateau au rez-de-chaussée et dénicha dans un tiroir du buffet ce qu'il fallait pour écrire. Riza Bey écrasa sa cigarette sur le sol humide et se mit aussitôt en devoir de rédiger le document destiné au secrétaire de l'ambassade.

– Vous tenez tant que cela à la vie? demanda Vartan avec une nuance de sarcasme dans la voix.

– Oui, et je n'en ai pas honte, répondit Riza sans lever les yeux de la feuille de papier. J'ai trois épouses et dix enfants, dont un fils de deux ans et un autre d'un an, une certaine fortune et une bonne santé. Je suis en droit d'espérer une vie longue et heureuse.

Riza lui remit la lettre en disant :

– Nous ne sommes pas des ennemis, monsieur Balian. J'ai autant que vous intérêt à ce que toute cette histoire se règle vite et sans accroc.

– Votre vie, oui.

– Ça, et autre chose.

Vartan soupçonna que cette « autre chose » avait à voir avec Maro et, qui sait, le chagrin que le gouverneur avait peut-être de la perdre. Sans dire un mot, Vartan lui lança la couverture de laine qu'il avait apportée en même temps que l'encre et le papier, et il referma la porte. De l'autre côté, il retrouva le souvenir de Tomas et sa douleur de père.

***

Dès le lendemain, les quotidiens de Constantinople annonçaient à la une l'enlèvement du gouverneur d'Aintab. Dans le bateau qui le ramenait à Constantinople, Vartan lut par-dessus l'épaule d'un voisin les détails que révélait le journal, c'est-à-dire presque rien. Le journaliste spéculait sur les motifs ayant poussé les ravisseurs inconnus à agir et il avançait deux explications possibles ; soit qu'il s'agissait d'opposants au gouvernement motivés par des raisons politiques, soit qu'on était en présence de vulgaires bandits en quête d'une rançon.

Diran était absent de son appartement mais avait laissé un message à l'intention de Vartan : le secrétaire de l'ambassade britannique exigeait de le voir de toute urgence. Après s'être changé et rasé, Vartan se rendit à l'ambassade britannique, où David Putnam le reçut sur-le-champ dans son bureau. S'y trouvait déjà un homme entre deux âges, vêtu d'un complet de tweed ; il tétait une pipe éteinte et se tenait en retrait, comme pour faire oublier sa présence.

David Putnam, qui donnait des signes évidents de nervosité, expédia les présentations :

– M. Vartan Balian, Mr Gregory Milton.

Milton salua d'un hochement de tête ; Vartan lui répondit :

– Enchanté, monsieur Milton. Service des renseignements, je suppose?

L'autre demeura impassible et acquiesça. Sans même offrir à Vartan de s'asseoir, le secrétaire d'ambassade pointa vers lui un index accusateur :

– Le rapt de Riza Bey, c'est vous!

Vartan s'amusait de l'air outré du secrétaire.

– Qu'est-ce qui vous fait croire ça, monsieur Putnam?

– Vous êtes le seul à qui cela peut profiter. Allez, avouez que c'est vous.

– Peut-être...

Putnam leva les yeux au ciel et se frappa les mains :

– Pourquoi n'avoir pas attendu que votre épouse vous soit rendue par nos soins?

Vartan souriait légèrement.

– Monsieur Putnam, vous m'aviez dit que c'était une affaire privée qui ne devait pas compromettre vos efforts diplomatiques. J'ai donc décidé de la régler moi-même.

Mal à l'aise, le secrétaire jeta un regard furtif à Milton qui bourrait sa pipe d'un geste mécanique. Il soupira :

– Vous vous êtes mis dans de beaux draps, monsieur Balian! Et vous nous faites vos complices malgré nous. Le devoir me commanderait de tout révéler aux Ottomans.

– Mais, bien sûr, vous n'en ferez rien, répondit Vartan avec assurance. Le fair-play et, d'autre part, votre intérêt.

– Notre intérêt! s'exclama Putnam, sarcastique. Où le voyez-vous dans cette histoire?

Milton s'approcha et s'assit, invitant les deux autres à faire de même. Vartan prit place dans un fauteuil séparé de ceux de Milton et de Putnam par une petite table ovale.

– Vous nous servirez bien un scotch, monsieur Putnam? dit Milton.

Il avait une voix un peu rocailleuse et s'exprimait avec lenteur. Le secrétaire se raidit, trouvant que la demande de son confrère sonnait presque comme un ordre; depuis des semaines, une sourde lutte de pouvoir se jouait entre eux sous des apparences de civilité.

Pendant que le secrétaire remplissait des verres, Milton fixa Vartan droit dans les yeux :

– Mon collègue vous a posé une question dont la réponse m'intéresse moi aussi. Quel profit pouvons-nous retirer de votre coup?

– Votre intervention vous fera bien voir de la Sublime Porte. Vous obtiendrez surtout la reconnaissance du gouverneur Riza Bey et, par conséquent, un plus grand esprit de collaboration de sa part. Il consent à relâcher mon épouse en échange de sa liberté et il compte sur les représentants de Sa Majesté britannique pour faciliter les formalités.

Vartan sortit une lettre de sa poche et la tendit à Putnam qui venait de déposer trois verres de scotch et un pichet d'eau sur la table entre eux.

– C'est de la main du gouverneur.

Milton s'empara d'office de la missive et plissa les yeux dans son effort pour en déchiffrer les caractères arabes. Il remit ensuite la feuille au secrétaire, en disant :

– C'est vrai. Riza Bey nous demande d'aider M. Balian.

Froissé par la conduite de son collègue des renseignements, Putnam se mordillait la lèvre. Tandis qu'il lisait, Milton demanda à Vartan :

– Qu'attendez-vous de nous au juste ?

– Peu de choses, monsieur Milton. Le gouverneur et moi-même sommes convenus de régler notre différend à l'amiable, sans que les autorités s'en mêlent. J'ai ici un télégramme destiné à la mère de Riza Bey. Il faudrait que vous le fassiez parvenir à vos hommes à Aintab afin qu'ils le transmettent à cette dame et nous renvoient ensuite sa réponse. Tout ça en code, afin que les Ottomans n'aient vent de rien.

– C'est tout ? fit Putnam qui voulait reprendre l'initiative que lui avait enlevée son collègue.

– Presque. Vous devrez aussi communiquer au gouvernement du sultan que les ravisseurs sont entrés en contact avec votre ambassade : de simples brigands qui réclament une rançon.

Le secrétaire secoua la main d'une manière négative :

– Le ministère de l'Intérieur voudra, avec raison, prendre l'affaire en main.

– Pas si vous prétendez que l'Angleterre paiera la rançon parce qu'elle tient à Riza Bey. Comme la guerre a été coûteuse, le gouvernement ottoman vous laissera carte blanche. L'important, c'est que l'on croie à du banditisme et à rien d'autre.

Les deux Anglais se consultèrent du regard. Milton déclara :

– Une fois libre, le gouverneur révélera la vérité.

– Absolument pas, vous avez ma parole.

Le secrétaire haussa les sourcils :

– Vous n'allez pas l'éliminer, tout de même !

– Non. Mais Riza Bey tiendra sa langue, il y va de son avenir. Une fois mon épouse avec moi, il vous sera livré ici même ; vous pourrez alors convoquer la presse et retirer de tout ça un joli profit politique que vous envieront les Français.

À la mine des employés de l'ambassade, Vartan constatait qu'ils jugeaient son offre alléchante. Toutefois, aucun des deux ne se décidait à donner un accord qui engagerait sa seule responsabilité.

– Si vous voulez en discuter entre vous et consulter d'autres collègues, je peux me retirer.

David Putnam répondit avec soulagement :

– Cela s'impose, en effet. Mais ne vous dérangez pas, monsieur Balian, c'est nous qui allons nous retirer. Servez-vous du scotch, si le cœur vous en dit.

Ils sortirent. L'attente, d'une vingtaine de minutes, n'inquiéta pas Vartan : les Anglais avaient trop à gagner pour lui refuser leur concours.

– Nous acceptons de collaborer avec vous, déclara tout de go David Putnam en rentrant. N'est-ce pas, monsieur Milton?

Ce dernier fit signe que oui et proposa de porter un toast à la santé du roi. Ensuite, il alluma enfin la pipe qu'il tripotait depuis longtemps déjà.

– Nous allons collaborer, monsieur Balian, dit-il, mais s'il se produit une anicroche, ne comptez pas sur notre aide. Nous nierons alors avoir été au courant.

Cette position des Britanniques était celle à laquelle Vartan s'attendait. Il opina du chef et sortit de sa poche une feuille pliée en quatre.

– Cela me convient. Voici le texte du télégramme.

***

La nouvelle de l'enlèvement de Riza Bey avait provoqué la consternation à Aintab. Ses trois épouses et sa vieille nourrice Eminé avaient réagi pareillement : cris, larmes et désespoir. Maro s'en désolait sincèrement. Quant aux enfants, après les pleurs du début, ils s'interrogeaient, ne comprenant pas qu'on puisse vouloir du mal à leur père, et posaient aux adultes des questions qui demeuraient sans réponses. Seule Buyuk Hanim avait encaissé la nouvelle sans broncher : elle dirigeait la maison en l'absence de son fils et ne devait pas perdre les commandes en s'abandonnant à la douleur. Souffrant en silence, elle affichait devant ses belles-filles et ses petits-enfants un optimisme que rien ne justifiait, sinon son désir que ce drame se dénoue d'une manière favorable. L'inquiétude l'empêchait de dormir et elle tentait de l'exorciser en répétant :

– Ce n'est rien : on va demander une rançon et libérer Riza Bey dès que nous l'aurons payée.

Ou encore :

– La police va vite le retrouver et les coupables se balanceront au bout d'une corde. C'est un gouverneur, après tout!

Et lorsqu'une de ses belles-filles ou un des enfants se lamentait en sa présence, elle se mettait en colère et lui disait d'aller pleurnicher dans sa chambre. Pour ne pas voir les visages lugubres des autres membres de la famille, Buyuk Hanim s'enferma dans le bureau de Riza, où elle se sentait plus près de lui et pouvait donner libre cours à son chagrin. Par la fenêtre, elle surveillait la cour, espérant de minute en minute voir arriver un messager.

Bédri, qui se remettait encore des blessures infligées par Aram, se tenait dans l'antichambre, à la disposition de Buyuk Hanim. Depuis le début de sa convalescence, trois mois plus tôt, il était chargé par Riza Bey de surveiller Maro et de l'empêcher de communiquer avec l'extérieur, une occupation qui le diminuait à ses propres yeux. S'il avait accompagné son patron à Constantinople, tout ça ne serait pas arrivé, il en avait la conviction.

– Bédri! lança la voix impérative de Buyuk Hanim.

Il la rejoignit dans le bureau surchauffé par un mangal rougeoyant, croyant qu'elle voulait encore qu'il téléphone à la préfecture ou chez le général. Depuis le matin, elle l'appelait ainsi à peu près à chaque heure et pointait du doigt l'appareil de bakélite noire sur le coin du secrétaire de Riza :

– Vois s'ils n'ont rien appris de nouveau!

Cette fois-ci, il s'agissait d'autre chose. Devant la fenêtre, la femme frêle et frileuse montrait des signes d'énervement :

– Qui est-ce?

Elle désignait un cavalier en uniforme de l'armée britannique qui entrait dans la cour. Bédri reconnut le lieutenant Thompson, un militaire qui rendait souvent visite au gouverneur.

– L'officier de liaison des Anglais à Aintab, Buyuk Hanim.

– Va voir ce qu'il veut, fit-elle avec un geste vif de la main.

Bédri courut à la porte d'entrée. À part une douleur dans le dos lorsqu'il remuait son bras gauche, ses blessures n'avaient pas laissé de séquelles. L'Anglais confia son cheval à un serviteur, rejoignit Bédri sur le perron et, dans un turc impeccable, demanda à voir d'urgence Buyuk Hanim.

– Bonne ou mauvaise nouvelle?

– Plutôt bonne, répondit le lieutenant d'un air évasif.

Buyuk Hanim ramena le voile devant son visage pour recevoir son visiteur. Assise derrière le bureau de son fils, elle tremblait intérieurement mais elle affichait extérieurement un air presque détaché. Sa voix prit toutefois un ton plus aigu qu'à l'accoutumée.

– Reste, ordonna-t-elle à Bédri qui se retirait.

Cette marque de confiance le toucha et il vint se placer à la droite de la vieille femme, un peu en retrait.

– Mes respects, hanim, dit le lieutenant en inclinant la tête. La chaleur étouffante de la pièce l'incommodait et une goutte de sueur apparut sur son front. Buyuk Hanim coupa court aux politesses :

– Parlez vite, monsieur!

– Il semble que le gouverneur, votre fils, se porte bien, répondit le lieutenant Thompson en tirant une enveloppe de la poche de son uniforme. Il vous envoie ce message.

Bédri prit l'enveloppe et la remit à la vieille femme. Elle l'ouvrit à l'aide d'un coupe-papier à la poignée nacrée, tout en demandant :

– Comment se fait-il qu'il m'arrive par vous?

– Les ravisseurs sont entrés en contact avec notre ambassade de Constantinople.

Elle regarda tout de suite la signature. Il n'y en avait aucune et l'écriture n'était pas celle de son fils, mais la salutation finale, « votre agneau de l'aurore », ne pouvait qu'avoir été dictée par Riza. Le lieutenant Thompson l'observa qui éloignait et approchait la feuille de papier afin de trouver la distance appropriée à sa vue; à mesure qu'elle lisait, ses yeux prenaient une expression méchante et il devina qu'elle devait être livide sous son voile.

– Cette femme! Cette femme! s'écria-t-elle d'une voix de fausset en claquant sa paume ouverte sur le sous-main. Dès que je l'ai vue, j'ai su qu'elle nous amènerait des malheurs.

Dévoré par la curiosité, Bédri n'osait pas demander d'explication; il regarda Thompson qui conservait son impassibilité. Les yeux vifs de Buyuk Hanim allaient de la lettre déposée devant elle au lieutenant anglais. Elle respirait vite et fort, contenant avec peine sa colère. Elle n'avait pas à réfléchir, car les ordres de Riza étaient on ne peut plus clairs, mais elle voulait trouver pour sa réponse une formulation qui ménagerait son orgueil. Pour gagner du temps, elle commanda à Bédri :

– Lis!

Enfin, il allait savoir de quoi il retournait! Il parcourut rapidement la missive, son visage s'empourprant, la relut une deuxième fois et la reposa sur le bureau. De rage, il serra les mâchoires et ses dents grincèrent. Balian! Ce ne pouvait être que lui. Encore lui!

– Laissez-moi y aller, Buyuk Hanim. Je vous ramènerai Riza Bey.

Sans se donner la peine de lui répondre, elle fixa l'officier anglais et lui demanda :

– À quand le prochain train pour Stamboul?

– Dans deux jours, hanim.

Elle hocha la tête. Thompson reprit :

– Est-ce que cela signifie que vous acceptez les conditions, hanim? Je dois envoyer la réponse à Constantinople.

– Nous n'avons pas le choix. Bédri accompagnera la femme.

Dissimulant mal sa satisfaction, Bédri s'informa auprès de l'Anglais :

– Qu'est-ce que le Tokatlian dont il est fait mention dans le message?

– Un hôtel de la capitale. Vous vous y installerez et vous attendrez que les ravisseurs vous indiquent l'endroit où aura lieu l'échange.

– Je sais lire, répliqua Bédri, cinglant.

Buyuk Hanim demanda :

– Lieutenant, qui est au courant de la teneur de ce message?

– Uniquement des diplomates britanniques. Nous agissons à titre d'intermédiaires car nous estimons le gouverneur Riza Bey et souhaitons le voir vite retrouver sa liberté.

– Merci, fit-elle avec une politesse un peu forcée, nous apprécions votre aide. Mon fils ordonne que ni la police ni les autorités ne soient informées. Il faut qu'il en soit ainsi.

– La discrétion fait partie de notre métier, hanim.

Elle maugréa, d'une voix à peine audible :

– Et je ne veux pas qu'on sache que tout ça arrive à cause d'une infidèle!

Le lieutenant refréna une envie de sourire.

– La version officielle sera celle d'un rapt contre rançon.

Pressé de se retrouver à l'extérieur, car il était à présent en nage, il prétexta un rendez-vous pour refuser le café que Buyuk Hanim lui proposait simplement pour se conformer aux lois de l'hospitalité.

Lorsqu'elle fut seule avec Bédri, elle lui fit ses recommandations :

– Pas un mot de ça à quiconque! Je rassurerai les épouses et les enfants de Riza Bey sans leur dire la vérité. Je désire que Maro ne se doute de rien avant le moment de partir.

– Il en sera fait ainsi, Buyuk Hanim.

– Bédri, dit-elle d'un ton amical qu'elle n'avait jamais utilisé avec lui, tu es au service de Riza Bey depuis des lustres, tu es presque un ami pour lui. Respecte à la lettre ses recommandations. Je compte sur toi.

La main sur le cœur, il s'inclina profondément.

– Vos désirs sont des ordres, Buyuk Hanim.

Elle se cala dans le fauteuil, ferma les yeux et poussa un profond soupir. Bédri se retira sans bruit.

***

Incapables de demeurer seules dans leurs appartements, Safiyé, Makbulé, Leyla et Eminé s'étaient regroupées dans le salon où Maro donnait autrefois des cours aux enfants. Depuis que l'espoir d'un retour prochain de Riza Bey avait remplacé l'angoisse de son enlèvement, elles trouvaient l'attente interminable et aucune activité ne parvenait à calmer leur fébrilité. Elles avaient commenté à l'envi les maigres renseignements fournis par Buyuk Hanim, dit maintes et maintes fois la peur et la douleur qu'elles avaient subies, le soulagement et la joie qu'elles éprouvaient maintenant, mais le silence leur était intolérable. À présent, chacune racontait des bribes de sa vie avec Riza, rapportait certains de ses bons mots, évoquait par sous-entendus son intimité avec leur époux à toutes. Quant à Eminé, elle parlait de l'enfance de Riza, relatait des anecdotes que toutes connaissaient par cœur mais entendaient encore avec ravissement.

Maro les écoutait distraitement. Elle songeait à sa rencontre avec lui à l'extérieur de la caverne où expirait sa mère, Azniv Hanim. C'était tellement loin! Elle vivait dans ce konak depuis si longtemps que ce passé d'avant Riza lui semblait irréel, aussi flou qu'un rêve qui s'estompe peu à peu au réveil. Avait-elle vraiment été cette femme qui s'était mariée à Afion, qui avait vécu avec un pharmacien à Constantinople, qui avait eu de lui un enfant à Sivas ? Avait-elle jamais connu autre chose que cette existence feutrée, en retrait du monde, cette semi-claustration en compagnie de ces femmes devenues des sœurs ?

– Anné [1], regarde !

Nourhan courait vers elle pour lui montrer le caractère arabe qu'il venait de tracer. En levant les yeux, elle éprouva un choc violent. Durant une seconde, elle crut voir Tomas et la conscience de sa vie passée lui revint avec acuité. C'était le présent qui prenait une allure d'irréalité.

– Anné ? dit le bambin qui secouait la feuille de papier devant le regard absent de sa mère.

Maro sursauta et sourit en examinant le dessin exécuté par son fils. Nourhan n'avait encore que deux ans et demi, mais il possédait déjà une habileté étonnante pour reproduire avec exactitude les caractères des inscriptions du Coran peintes sur les murs et même les motifs compliqués des tapis persans. Eminé parlait d'un véritable don.

– C'est très beau, mon chéri, déclara Maro en se penchant pour l'embrasser.

Il retourna s'asseoir par terre et reprit son crayon. Par moments, Nourhan ressemblait d'une manière stupéfiante à Tomas. Peut-être étaient-ce les yeux de Maro qui lui jouaient des tours : tous s'entendaient pour dire que l'enfant était le portrait tout craché de Riza Bey. La blessure toujours ouverte de la perte de Tomas saigna un peu plus. Maro espérait encore malgré toute rationalité, encouragée en cela par Eminé qui voyait dans le marc de café que Tomas était bien portant. Maro se répétait qu'avec la fin de la guerre il deviendrait plus facile de retrouver son fils aîné. Elle aurait aimé parcourir la région à sa recherche, tout au moins contacter les missionnaires et les armées victorieuses pour qu'on tente de le localiser, mais Riza Bey le lui interdisait, se chargeant lui-même de toutes les démarches, car, disait-il, son poste de gouverneur facilitait les choses.

Depuis l'armistice, Maro jouissait de moins de liberté, surveillée qu'elle était en permanence par le détestable Bédri. Elle n'avait pas quitté le konak une seule fois en trois mois. Sous prétexte que les troupes d'occupation créaient un climat d'instabilité en ville, Riza ne permettait plus aux femmes de la maison de fréquenter le hammam. Maro soupçonnait que c'était uniquement pour l'empêcher d'aller en ville.

Un coup de tonnerre claqua tout près. Nourhan abandonna son dessin et se précipita dans les bras de Maro, enfouissant son visage dans sa robe. Elle le prit sur ses genoux et lui caressa affectueusement la nuque.

– N'aie pas peur, mon chéri, lui souffla-t-elle à l'oreille. Je suis là pour te protéger.

1. Mère. (Turc.)

Dès qu'il sentit les bras de sa mère autour de lui, il cessa de trembler. Leyla dit, d'un ton sarcastique :

– Un grand garçon qui a peur du bruit ! Regarde Atilla, ce n'est pas un peureux, lui !

Vexée, Maro eut envie de répliquer qu'à quinze mois Atilla tétait encore comme un nourrisson, mais elle ne voulut pas fournir à Leyla l'occasion de distiller son fiel. Surtout que l'enfant joufflu que la troisième épouse couvait jalousement ne marchait toujours pas et semblait même quelque peu attardé.

– Piri Hodja doit achever sa leçon, les enfants vont bientôt rentrer de la mosquée, déclara Safiyé qui craignait une dispute.

Elle regarda la fenêtre où brilla un éclair ; le fracas du tonnerre suivit de près.

– Cet orage va enfin nous ramener le soleil, ajouta-t-elle.

Depuis une semaine, il tombait une pluie drue et glaciale, et la première épouse s'ennuyait de ses promenades dans le jardin. Eminé fouilla dans la poche intérieure de sa robe et en tira une nouskha, amulette constituée d'un triangle de tissu qui renfermait un papier contenant un passage du Coran. Elle la montra aux autres :

– Avec ça, nous sommes en sécurité.

– Toi et tes superstitions ! railla Makbulé avant de porter une datte à sa bouche.

– N'empêche que mes amulettes nous ont tous préservés du typhus !

La porte s'ouvrit et une servante annonça :

– Maro Hanim, la maîtresse vous réclame.

Maro se leva.

– Où vas-tu, maman ? demanda Nourhan.

– Voir grand-mère, fit Maro en lui ébouriffant les cheveux au passage. Je ne serai pas longue. Reste avec Eminé.

Elle suivit la servante jusque dans le hall d'entrée. Buyuk Hanim était en compagnie de Bédri qui portait un mackintosh.

– Vous m'avez demandée, Buyuk Hanim ?

La vieille femme plissa les yeux et lâcha d'une voix sèche :

– Tu pars.

– Pardon ? fit Maro qui ne comprenait pas.

– Tu quittes cette maison à l'instant même.

Maro était interloquée.

– Mais...

– Tout est dit ! trancha Buyuk Hanim d'un ton acrimonieux. Tu t'en vas à Constantinople, rejoindre ton mari. C'est lui, le fils de chienne, qui a enlevé Riza !

Abasourdie, Maro ne parvenait pas à réaliser la portée de ce qu'elle entendait. Buyuk Hanim fit signe à Ayla qui se tenait dans la porte menant à la salle à manger. La jeune Arménienne, qui servait Maro depuis trois ans et la considérait comme une mère, était en larmes. Elle portait sur le bras gauche un manteau plié et au bout du droit une valise de toile beige dans laquelle elle avait rangé les vêtements et les effets personnels de sa maîtresse.

En voyant les bagages, Maro réagit.

– Nourhan ! s'exclama-t-elle en pointant de la main le couloir qui menait à la salle de classe.

– Il reste ici ! répliqua Buyuk Hanim. C'est le fils de Riza.

– C'est mon enfant ! Mon enfant !

– Ça suffit !

– Je ne pars pas sans lui, protesta Maro avec fougue.

Elle voulut retourner vers Nourhan mais Bédri lui barra la route, la menaçant de sa main levée. Il rugit :

– Habille-toi, nous partons.

Maro se retourna vers Buyuk Hanim et se jeta à ses genoux, suppliante :

– Buyuk Hanim ! Buyuk Hanim ! Vous ne pouvez pas faire ça. Vous êtes mère, vous devez me comprendre. Vous ne pouvez pas m'arracher Nourhan. J'ai déjà perdu Tomas.

Elle essaya vainement de lui prendre les mains. La mère de Riza s'écarta avec dégoût de cette femme qui implorait, et elle dit à Bédri :

– Emmène-la hors d'ici !

Il saisit Maro par la taille; elle se débattit, le frappa et appela d'une voix horrifiée :

– Nourhan ! Nourhan !

Bédri la souleva de terre et l'emporta, hurlante. Buyuk Hanim se dirigea vers la pièce où étaient ses belles-filles afin d'empêcher qu'elles interviennent et surtout pour avoir Nourhan à l'œil.

– Apporte ses affaires, ordonna Bédri à la jeune servante, comme il franchissait la porte.

Il avait toute les peines du monde à retenir sa captive. La cour s'emplit des cris de désespoir de Maro lorsqu'il la transporta jusqu'à la voiture attelée qui attendait sous la pluie battante. Il la jeta à l'intérieur et monta avec elle. Comme elle tentait d'ouvrir la portière de l'autre côté, il la saisit par le bras et la poussa avec rudesse sur la banquette. Elle appelait toujours le nom de Nourhan de toute la force de ses poumons; il la fit taire d'une gifle retentissante qui l'assomma à moitié. Tremblante de rage et de douleur, Ayla lança le manteau et la valise sur le plancher de la voiture et s'enfuit dans la maison. Le cocher fouetta les deux chevaux et la voiture s'ébranla au milieu des éclairs et du fracas du tonnerre.

***

Depuis des jours, le train emportait Maro loin de Nourhan, loin de la région où elle avait la certitude que se trouvait Tomas, et, au lieu de s'apaiser, sa douleur croissait avec chaque tour de roue. Elle n'avait plus de larmes et s'emmurait dans le silence en face d'un Bédri à l'œil goguenard. Le sifflet de la locomotive poussive prenait aux oreilles de Maro une sonorité funeste; elle avait l'impression que ce cri jaillissait de ses entrailles. Qu'avait-elle fait à Dieu pour être ainsi condamnée à toujours perdre les êtres qu'elle aimait? Le sentiment que sa vie n'était qu'une succession d'échecs. Où trouvait-elle la force de continuer? Comment pourrait-elle recommencer comme on s'attendrait qu'elle le fasse?

Recroquevillée au bout de la banquette, dans l'encoignure du compartiment, elle paraissait minuscule dans la robe noire toute simple qui la couvrait du cou jusqu'aux pieds. Le tcharchaf marron dissimulait son visage et la rendait pareille à toutes ces femmes voilées dont on ne pouvait distinguer que les mains et les prunelles. Épuisée, elle ferma les yeux et s'assoupit, souhaitant ne plus jamais se réveiller.

Bédri avait retenu un compartiment pour eux seuls afin de pouvoir surveiller Maro en permanence. Voir souffrir cette femme qu'il méprisait de tout son cœur le réjouissait. Dès qu'elle était entrée sous la tente de Riza Bey, après que ce dernier eut empêché les gendarmes de la violer, Bédri avait conçu pour elle une haine qu'il ne parvenait pas à s'expliquer. Une pute d'Arménienne qui avait ouvert les cuisses pour sauver sa vie et celle de son enfant, qui avait joué de ses charmes pour gagner le cœur de Riza, devenir la maîtresse d'un gouverneur.

Une secousse du train fit bouger la tête de Maro et le tcharchaf glissa, révélant son visage. Sa pâleur cadavérique atténuait à peine son extraordinaire beauté. Elle ne portait pourtant ni maquillage ni bijoux. Bédri l'examina à loisir, ce qu'il avait rarement l'occasion de faire. Ses longs cils recourbés, ses joues pleines qu'on aurait dit veloutées, son nez étroit et légèrement retroussé, et cette bouche aux lèvres qu'on avait envie de mordre. Et Bédri eut mal. La beauté de Maro : voilà pourquoi il la détestait! Cette beauté n'était pas pour lui. Pour l'avoir, il aurait fallu qu'il viole la jeune femme devant la tente de Riza avec les gendarmes. Et depuis des années, la présence de Maro à Aintab constituait un rappel constant du verdict : il ne serait jamais un chef riche et respecté, mais un second, un serviteur qui s'incline devant le maître de qui il tire quelques miettes de pouvoir sur d'autres serviteurs. À Riza les honneurs et la beauté, à lui les tâches serviles et les filles de ferme. Pourtant, il avait sans doute plus que Riza l'âme d'un chef et l'aptitude à commander. La naissance...

Les paupières cernées par la fatigue et les larmes rendaient encore plus insolente la splendeur de cette femme. Dans son sommeil, sa bouche dessinait une moue que Bédri vint à considérer comme un signe de dédain. La rage l'envahit. Il eut envie de la jeter par terre, entre les banquettes du compartiment, et de la soumettre, de la rabaisser à son état de déportée tout juste bonne à satisfaire les passions de gendarmes brutaux. Durant quelques secondes, il jongla avec cette idée qui l'excitait, mais la crainte que

Riza n'apprenne son geste et ne le sanctionne l'empêcha de passer à l'action. Encore une fois, il devait courber l'échine, et sa rancœur à l'égard de Maro n'en devint que plus vive.

Le train stoppa à la gare d'Afion Karahissar pour un arrêt-buffet d'une heure. Penchée à la fenêtre, Maro regardait avec émotion cette ville où elle s'était mariée, il y avait presque douze ans de cela, et elle cherchait à découvrir un visage familier dans la foule qui se pressait sur le quai. Assaillie par les souvenirs, elle rentra la tête et s'adossa au dossier de cuir noir.

Des vendeurs itinérants se précipitèrent vers le train avec leurs paniers de victuailles et, courant de fenêtre en fenêtre, offrirent leurs produits avec insistance. Bédri acheta du pain, du fromage, des fruits et de l'eau minérale. Il était en rogne car cette ville lui rappelait les blessures subies aux mains d'un adolescent et surtout cette occasion manquée de liquider l'époux de Maro.

– Nous ne descendrons pas, déclara-t-il.

– Je dois absolument me rafraîchir, supplia Maro.

Bédri ouvrit son veston pour montrer la crosse du pistolet qui dépassait de sa ceinture :

– Si tu essaies de me fausser compagnie, je t'abats avec plaisir ! Remets ton tcharchaf.

De mauvais gré, il l'accompagna aux toilettes pour femmes et l'attendit devant la porte en grillant un des cigares qu'il avait pris dans le bureau de son patron. Sur le chemin du retour, il acheta du tabac et un journal qu'il entreprit de lire aussitôt revenu au compartiment. Maro refusa de toucher aux aliments mais but plusieurs rasades d'eau gazeuse. Ce goût ! C'était le même que celui de la source qui jaillissait sur les terres des Balian.

Ce voyage ne ressemblait en rien à ce retour vers ses parents de Constantinople, une fuite joyeuse en compagnie de Tomas, dont elle rêvait à son arrivée dans la maison de Riza Bey. Elle éprouvait l'étrange sentiment d'être déportée une seconde fois. Elle laissait presque tout derrière elle : un fils et la mémoire d'un deuxième, un... un homme qui l'aimait. Devant, c'était l'inconnu. Quand le train s'ébranla, Maro frémit en songeant qu'elle avait parcouru plus de la moitié de la distance entre Aintab et la capitale. Elle basculait dans une autre existence, ne retournait pas à un passé où auraient vécu les êtres chers à son cœur, car ce passé avait disparu à jamais dans la tourmente de l'exil et de la guerre, mais entrait plutôt dans un avenir plein d'incertitude.

Après ces années, Vartan ne serait plus le même. Qu'était-il devenu ? Et elle ? Elle était toujours son épouse, bien sûr, mais cette si longue séparation... Maro ne voyait pas comment ils parviendraient à renouer la trame lacérée de leur vie commune et cette pensée l'angoissait. Elle ne pourrait pas faire autrement que de voir les yeux de Vartan tels ceux d'un juge. Elle se présenterait devant lui sans leur fils, désespérée qu'on lui ait arraché l'enfant d'un autre homme, le corps toujours entaché de l'odeur et des caresses de cet homme. Coupable. Et pourtant innocente... Innocente, vraiment? Pour la première fois Maro se demandait si elle n'avait pas aimé Riza, et aucune réponse ne lui venait.

Écrasée par le poids de la vie, elle se tassa dans le coin, du côté opposé aux fenêtres. Elle ne voyait plus clair en elle-même. Au fond, il aurait été plus simple, préférable peut-être pour tout le monde, qu'elle demeure jusqu'à la fin de ses jours dans la maison d'Aintab, où elle pouvait toujours se croire victime. Et elle aurait eu son Nourhan adoré pour continuer de mieux chérir Tomas, d'espérer encore le ravoir. Nourhan, Tomas, pourtant différenciés dans son cœur, qui se confondaient aujourd'hui dans un même amour.

Elle pleura en silence. Bédri, qui buvait au goulot d'une bouteille de raki, éclata de rire.

– C'est de retrouver ton mari ou de perdre Riza Bey?

Maro ne broncha pas.

– Deux époux qui se retrouvent... Ah! Ce sera touchant! Je suis heureux de ne pas manquer ça. La tendre épouse qui a été la maîtresse d'un autre et lui a même donné un enfant! Dis-moi, est-ce que tu prenais du plaisir avec Riza Bey?

Et il rit de nouveau tandis que Maro ramenait le tcharchaf devant ses yeux.

– Si ça peut te consoler, ton mari ne s'est pas privé lui non plus. Il avait une femme à Urgup, une veuve qui se faisait appeler Halidé. C'était une Arménienne comme toi, Aroussiag de son vrai nom. Plus jeune que toi, plus jolie aussi. Beaucoup plus jolie. Souviens-toi : Aroussiag. Un corps de houri!

Toujours hilare, il roula une cigarette.

– Ah! Ce sera beau de vous voir enfin réunis!

***

D'une fenêtre de l'hôtel Tokatlian, Maro observait la grand-rue de Péra avec incrédulité. Elle reconnaissait à peine l'artère dont pourtant les édifices demeuraient inchangés depuis sa dernière visite, en 1913. Cela tenait peut-être au bruit de la circulation automobile, à la profusion de modes à l'européenne, aux affiches bariolées, aux boutiques luxueuses : une modernité qui contrastait violemment avec le quotidien du konak, accordé au rythme du siècle précédent et sous l'emprise de traditions plus anciennes encore. D'où cette impression de rêver dont ne pouvait se défaire Maro. Pour peu, elle se serait crue soudainement transportée ailleurs par magie, ainsi que dans les contes qu'affectionnait tant Safiyé. La voix de Bédri la ramena à la réalité.

– Si ton mari ne nous fait pas signe bientôt, nous devrons dormir dans le même lit, ma belle!

Elle continua de regarder au-dehors sans se donner la peine de répondre. Bédri n'avait retenu qu'une chambre car il ne voulait pas quitter sa captive des yeux un seul instant. Et comme il redoutait quelque coup fourré, il avait fait servir le déjeuner dans la chambre. Les instructions disaient qu'une voiture viendrait les prendre à l'hôtel pour les emmener au lieu où se déroulerait l'échange. Nerveux, Bédri fumait cigarette sur cigarette. Il aurait préféré s'assurer le concours de la police, mais Buyuk Hanim l'avait mis en garde à plusieurs reprises contre une telle initiative. Il faudrait donc qu'il se débrouille seul et improvise selon les circonstances.

À la tombée de la nuit, alors que Bédri commençait à croire que ce serait pour le lendemain, un groom en livrée écarlate frappa à la porte et annonça qu'on les demandait en bas. Bédri vérifia de nouveau son arme avant d'enfiler son imperméable; Maro enroula le tcharchaf autour de sa tête et prit sa valise. En ouvrant la porte, Bédri murmura d'une voix rauque:

– Sois docile comme un agneau, et tout ira bien.

Il lui prit le poignet pour suivre le groom, un jeune adolescent aux grands yeux rieurs qui les conduisit dans le hall jusqu'à un homme adossé à une colonne près de la porte d'entrée. Une fois le garçon parti, Avédis demanda à la femme d'écarter son voile afin de s'assurer qu'il s'agissait bien de Maro, dont Vartan lui avait montré une photographie. Satisfait, il dit:

– Suivez-moi.

– Où allons-nous? fit Bédri.

Sans un mot, Avédis se dirigea vers la porte. Bédri lui emboîta le pas en serrant un peu plus fort le poignet de Maro. Il entrouvrit son manteau, prêt à toute éventualité. Sur le trottroir, Avédis fit signe à une voiture qui attendait non loin. Bédri et son otage prirent place à l'arrière, Avédis s'assit à côté du chauffeur. Papazian démarra aussitôt, remonta la rue à toute vitesse jusqu'au square de Taksim et fila vers le quartier de Harbiyé. Tendu, Bédri s'efforçait de mémoriser la route qu'ils empruntaient.

Harbiyé! Le quartier où habitaient les Mesropian. Un trac fou s'empara de Maro à l'idée de revoir Vartan. Depuis qu'elle avait mis les pieds à Constantinople le matin, son époux occupait tout entier ses pensées, mais l'appréhension l'emportait sur la joie. Dans cette ville qui avait vu naître et s'épanouir leur amour, où ils avaient apprivoisé l'intimité la plus totale, elle avait le sentiment d'aller à la rencontre d'un étranger.

La nuit était tombée et l'humidité stagnait sous les arbres du cimetière arménien de Shishli, à quelques kilomètres au-delà de Harbiyé, à proximité de l'hôpital bulgare. Vartan avait choisi cet endroit perdu au milieu de champs déserts parce qu'il offrait discrétion et sécurité. Le gardien, qui occupait une des constructions flanquant le portail, était une connaissance de Diran.

Protégés de la bise par un tombeau de marbre blanc dont le

fronton s'ornait de statues d'anges aux ailes déployées, Vartan et Riza Bey attendaient dans l'obscurité. La voiture conduite par Hagop stationnait, phares éteints, une dizaine de mètres plus loin dans l'allée centrale. Diran et Aram avaient pris position à quelque distance, derrière des stèles, armés pour parer à toute éventualité.

La musique du vent dans les aiguilles des cyprès alignés le long du mur d'enceinte attira l'attention de Vartan. Une légende de l'époque païenne des Arméniens voulait que ce bruit ait sur les humains un pouvoir surnaturel.

– Puis-je fumer? demanda Riza Bey à voix basse.

Superstitieux, il était impressionné par le décor, qui faisait ressortir le caractère dramatique du moment.

– Faites, répondit Vartan qui n'avait pas jugé nécessaire d'attacher son prisonnier.

Riza Bey prit une cigarette dans son étui et en offrit une à Vartan. Ce dernier l'accepta; après l'avoir allumée, il donna le briquet à Riza.

– Gardez-le, c'est le vôtre. Je vous l'avais retiré à Adabazar.

– Merci, c'est un souvenir.

À l'occasion des deux visites que Vartan avait faites à son prisonnier, une politesse froide, nuancée toutefois de respect mutuel, s'était établie entre eux. Riza Bey n'inspirait à Vartan ni haine ni rancœur, seulement une irrépressible jalousie. Pour Riza, l'action de Vartan était de bonne guerre; mais s'il acceptait avec philosophie de perdre la partie, il souffrait que Maro en fût l'enjeu. Et dans ce cimetière, alors que l'attente s'éternisait, chacun savait que l'autre pensait à la même femme. Riza la verrait, tourmenté à l'idée que c'était pour la dernière fois; Vartan la retrouverait, sans être totalement sûr des sentiments qu'elle avait pour lui.

– Parlez-moi de Tomas, dit-il.

Surpris, Riza mit quelques secondes à répondre.

– J'ai un fils, Kénan, qui a sensiblement le même âge. Ils s'aimaient comme des frères. Tous les deux m'accompagnaient souvent à cheval. J'avais donné un petit pur-sang à Tomas; il est vite devenu un cavalier accompli. C'est un garçon fort, beau et très intelligent. Je suis certain qu'il...

Il s'interrompit car un coup de sifflet déchirait la nuit. Le gardien annonçait ainsi l'approche d'une voiture. On entendit le grincement de la grille de métal, le ronronnement d'un moteur, puis la lumière des phares balaya les stèles, les croix et les tombeaux, formes pâles entre lesquelles s'élevaient les troncs noirs des arbres.

– Ne faites pas d'histoires, dit Vartan en poussant doucement Riza en direction de l'allée.

La voiture s'arrêta à cinquante mètres de la première; Papazian coupa le contact mais laissa les phares allumés pour éclairer l'allée. Pistolet à la main, Bédri descendit en entraînant Maro qui portait sa valise. Un cri s'entendit devant eux :

– Avancez!

Maro reconnut la voix de Vartan et son cœur s'emballa. Elle vit alors deux hommes immobiles à l'extrémité du faisceau lumineux et mit une fraction de seconde à les différencier. Vartan et Riza possédaient des statures identiques; la moustache, la couleur de la peau et des cheveux et leurs vêtements foncés prêtaient à confusion. Voir ces hommes côte à côte donna un choc à Maro qui sentit ses jambes flageoler.

Bédri s'était immobilisé, ceignant Maro du bras gauche pour la maintenir devant lui comme un bouclier. Il braqua le pistolet sur la tempe de la jeune femme. Les cicatrices de son dos le firent souffrir et il attribua cela à l'humidité des lieux. Dans la voiture, Avédis tira le chien de son pistolet, prêt à intervenir. À quelque distance de là, Aram rageait en voyant le profil de celui qui avait tué Aroussiag et que lui-même avait raté. Il aligna les mires du fusil sur la tête de Bédri; son index tremblait sur la détente. De l'autre côté de l'allée, caché derrière une stèle, Diran marmotta entre ses dents :

– Avance, fils de pute!

Et il se demanda si cette forme voilée était bien l'épouse de Vartan.

Le vent geignait avec plus de force dans les cyprès. La tension était grande. Un faux mouvement, un geste trop brusque, et c'était la fusillade.

– Avance! ordonna encore Vartan.

Bédri poussa Maro devant lui. À demi aveuglé par les phares, Vartan ne voyait qu'une silhouette à contre-jour, mais il reconnut la façon que Maro avait de se mouvoir, ce roulement léger des hanches, si léger qu'il était sans doute le seul à le remarquer. Il était encore plus nerveux que lors de l'enlèvement de Riza Bey.

Retenue par Bédri, Maro avançait sur le gravier luisant. Ces deux paires d'yeux fixés sur elle, un regard affligé, l'autre fébrile, l'intimidaient. C'était sa vie qui se jouait, et elle n'avait pas son mot à dire. Tant mieux...

– Ça suffit, lança Vartan d'un ton impératif.

L'arme au bout de son bras pointait vers le sol.

Bédri s'arrêta, le pouce sur le chien du revolver. Il arracha le tcharchaf de son otage et le jeta par terre. Le visage de Maro était d'une telle pâleur qu'il se voyait malgré la pénombre. Vartan sentit le souffle lui manquer : elle était encore plus belle que dans son souvenir.

– Laisse-la aller, dit-il encore. Je libère ton patron.

Bédri s'exécuta. En approchant, Riza Bey masquait Vartan et Maro ne voyait plus que le visage navré de celui qui avait été durant plus de trois ans son protecteur et son amant. La physionomie qu'elle-même pouvait bien avoir, elle n'en avait pas la moindre idée! Oubliées les fois où Riza avait été dur avec elle, oublié qu'elle s'était sentie prisonnière, qu'il l'avait empêchée de communiquer avec sa famille; elle ne gardait que le souvenir de sa tendresse et de l'affection qu'il témoignait à Tomas.

Quand ils furent l'un en face de l'autre, ils ralentirent. Une tristesse infinie se lisait dans le regard de Riza.

Vartan remarqua cette hésitation et sentit sa gorge se serrer. Se parlaient-ils? Il était trop loin pour les entendre. Et à cause de l'éblouissement des phares, il ne pouvait distinguer nettement les traits de Maro. Il eut cependant l'impression qu'elle se mordait les lèvres. Son sang se glaça.

Maro s'immobilisa et souffla d'une voix étranglée :

– Nourhan...

– Il scra ta mémoire vivante, répondit Riza en la fixant dans les yeux.

Incapable de soutenir ce regard tragique, elle se remit en marche. Un pas et c'était fini. Tournant le dos au passé, elle s'avançait vers Vartan dont la nervosité égalait la sienne. Dès qu'elle fut près de lui, il lui entoura l'épaule d'un bras, prit sa valise et l'entraîna vers la voiture derrière eux.

Bédri leva son arme et dit à Riza Bey qui bloquait sa ligne de visée :

– Couchez-vous!

– Non! cria Riza en faisant un pas de côté pour se planter devant Bédri qui s'écartait afin de pouvoir tirer.

Un coup de feu retentit.

Maro laissa échapper un cri bref et se retourna vivement malgré l'effort de Vartan qui voulait l'en empêcher. Touché à la tête par le tir d'Aram, Bédri s'effondrait aux pieds de Riza Bey.

– Il ne lui arrivera rien, à lui, dit Vartan. Viens, ceci ne nous concerne plus.

Il la fit monter à l'arrière et s'assit près d'elle. Maro appuya sa tête sur la poitrine de son époux et ferma les yeux pour ne rien voir. La voiture passa à côté de Riza qu'avaient rejoint Diran, Aram, Avédis et Papazian. À la fois peiné pour Bédri et en colère contre lui, le gouverneur disait à ceux qui l'entouraient de faire disparaître le corps. Vartan fit signe à Hagop de ne pas s'arrêter.

17

Le bruit de la voiture conduite par Hagop brisa la quiétude du quartier de Harbiyé endormi ainsi qu'un gros village.

La nuque de Maro brûlait sous la paume de Vartan. Elle gardait le visage caché dans le creux de l'épaule de son époux. La présence d'une troisième personne leur servait d'excuse pour se taire; de toute façon, l'un et l'autre ne parvenaient pas à trouver les mots qui auraient convenu. La simple caresse de Vartan dans le cou de Maro était déjà plus qu'ils n'en pouvaient supporter, et chacun prenait conscience que leurs retrouvailles se révéleraient encore plus complexes et difficiles qu'ils ne l'avaient imaginé.

La voiture les déposa dans une petite rue, au cœur de Harbiyé, où Vartan avait pris un appartement un mois plus tôt. Après avoir salué et remercié Hagop, ils se retrouvèrent sur le trottoir désert, au centre du cercle de lumière diffusé par un bec de gaz. Ils se voyaient distinctement pour la première fois. Vartan portait la valise de toile. Maro le trouva vieilli, encore plus beau. Ses tempes s'argentaient, des pattes-d'oie rayonnaient au coin de ses yeux dont le gris semblait pâli, la frontière des cheveux avait quelque peu reculé sur son front et la maigreur de son visage accentuait la virilité de ses traits. Son regard possédait à présent une douceur, une humanité qui lui faisait défaut dans sa jeunesse. Pourtant, même pas quatre ans ne s'étaient écoulés! Maro sentit sa gorge se nouer.

– Tomas... commença-t-elle, mal assurée.

– Je suis au courant.

Il avait prononcé ces paroles d'une voix calme, tout en lui signifiant de la main de ne pas continuer. Il voulait encore la regarder sans que les mots ne troublent ses sentiments. Il avait oublié cette apparence de fragilité de Maro, qui donnait envie de la protéger, et il s'étonnait qu'elle ait pu traverser les affres de la déportation auxquelles tant d'hommes et de femmes plus robustes n'avaient pas survécu. La gravité de son regard et la souffrance muette qu'on y lisait rendaient encore plus frappante sa beauté. Vartan eut envie de l'étreindre et de l'embrasser, mais une certaine gêne, tenant peut-être à la réserve qu'il percevait chez Maro, l'en empêchait.

Pour masquer son embarras, il dit :

– J'ai obtenu la liste de tous les orphelinats du Proche-Orient et j'ai commencé à leur écrire au sujet de Tomas.

– Il vit, je le sens dans ma chair ! s'exclama-t-elle, frémissante. Nous le retrouverons.

– Oui, nous le retrouverons.

Il l'invita à le suivre dans l'escalier étroit qui commençait derrière une porte de bois fraîchement vernie. La lumière d'une veilleuse à pétrole vacillait au niveau du palier et laissait dans l'ombre la volée de marches. Maro grimpa d'un pas lourd. L'ample robe à la mode arabe masquait ses formes et la faisait paraître plus petite qu'elle ne l'était en réalité. Une fois sur le palier, Vartan posa sa main sur son épaule et la fit se retourner ; il chercha à prendre ses lèvres, en vain car elle s'était plaquée contre lui, le visage dans son cou.

– J'arrive mal à croire que c'est vrai, murmura-t-elle. C'est bien toi...

Elle allait dire qu'elle reconnaissait son odeur ; elle jugea cela déplacé, trop intime. Du même ton de confidence, elle ajouta :

– J'avais presque perdu espoir.

– Je t'ai cherchée durant tout ce temps, Maro. Je savais par la veuve Kaloustian que Tomas et toi aviez été emmenés par un fonctionnaire.

Elle se raidit et resta sur la défensive, attendant la suite. Vartan perçut cette attitude et la rassura :

– Quelle chance que vous n'ayez pas eu à suivre la caravane jusqu'en Syrie !

Elle sut que Vartan ne lui ferait aucun reproche et elle se détendit.

– Tu dois être morte de fatigue, dit-il encore. Viens.

Posée sur une console, une lampe à pétrole éclairait le couloir qui faisait aussi office de hall d'entrée. Vartan remonta la mèche et l'ajusta afin qu'elle ne fume pas. Les murs de l'appartement avaient été blanchis à la chaux, mais le mobilier se réduisait au strict nécessaire et aucun cadre n'ornait les murs.

– C'est encore sommaire, s'excusa Vartan.

Il empoigna la lampe et indiqua la pièce de devant :

– Le salon.

– Comment vont les Mesropian ? demanda Maro en le suivant.

– Très bien. Ils ont hâte de te revoir.

– J'ai essayé par trois fois de leur faire parvenir une lettre.

– Ils n'en ont reçu aucune.

– Et ton frère ?

– Il s'était réfugié à Jérusalem avec Dirouhi. Ils rentreront sous peu.

Le salon comportait un divan de velours bordeaux, un fauteuil assorti et un pouf sur lequel reposait un oud. Près de la fenêtre, une table à demi couverte de livres et de feuilles de papier servait d'écritoire. Maro s'approcha de l'oud et, l'air rêveur, promena ses doigts sur les cordes qui vibrèrent.

– Tu t'es remis à jouer?

– Ces dernières années, j'ai été musicien dans la troupe itinérante d'un derviche. Dire que j'ai même traversé Aintab!

Elle ne répondit pas et s'écarta de l'instrument. Ils continuèrent la visite. Après la salle à manger contiguë à une cuisine minuscule se trouvait la salle de bains. Plus loin, deux portes. Vartan ouvrit celle de la première chambre, qui renfermait un lit à une place et une commode. Il lâcha d'un ton morne :

– C'était avant que je sache pour Tomas...

Maro prit la valise que portait toujours Vartan et en retira une casquette de marin tout écrasée qu'elle secoua pour lui redonner sa forme.

– Cette casquette! s'étonna Vartan qui tendit la main.

– Oui, c'est celle d'Armène. Tomas la gardait près de son lit. Il la considérait comme une relique précieuse.

Vartan manipulait le couvre-chef avec respect.

– Armène... Comment est-il mort?

– En empêchant un brigand de m'enlever.

Elle fixait la casquette que Vartan tournait et retournait entre ses doigts. D'une voix presque éteinte, elle ajouta :

– Puis il y eut Araksi, puis ma mère... Ce fut affreux, Vartan!

Il promena ses doigts sur la joue de Maro.

– Je n'en doute pas. Tu as été d'une bravoure exemplaire.

Elle songea au drame qu'avait été la perte de Tomas, à la douleur qu'était celle de Nourhan, et elle se dit qu'elle aurait besoin d'encore beaucoup de courage. Vartan attribua son air affligé à l'évocation de la déportation et décida de ne plus jamais aborder de lui-même ce sujet. Il déposa la casquette sur le lit destiné à Tomas et referma la porte.

Leur chambre, une pièce aussi grande que le salon, donnait sur une cour intérieure qui recevait le soleil du matin. Sur l'appui de la fenêtre, un géranium étriqué exhibait une boule de fleurs rouges. Maro alla droit à la table de chevet, sur laquelle trônait leur photographie de mariage.

– C'est celle de tante Arpiné, expliqua Vartan.

Maro prit le cadre en main et s'abîma dans la contemplation de l'image. Dieu qu'ils étaient jeunes! Innocents aussi, ignorants de ce que leur réservait l'avenir. Que n'aurait-elle donné pour se retrouver à cette époque...

– Nous allons reprendre notre vie où elle s'est arrêtée, lui dit Vartan.

Elle hocha la tête d'une manière affirmative tout en se demandant comment ils y parviendraient. Il renchérit :

– Tomas nous sera rendu, et tout sera comme avant.

Le croyait-il vraiment ou cherchait-il plutôt à s'en convaincre? Maro savait qu'elle ne pourrait jamais effacer ce qui avait été, ni même parvenir à l'oublier. Il faudrait donc vivre en faisant semblant? Elle déposa la photographie et s'approcha d'une commode de noyer où se trouvaient un rasoir droit, un blaireau et une tasse de savon à barbe, et, durant une fraction de seconde, elle revit Vartan qui se rasait, le matin précédant son arrestation. Levant les yeux, elle aperçut le reflet de son mari dans la glace et elle se sentit mal à l'aise d'être avec lui dans cette chambre, infiniment plus que lors de leur nuit de noces. Elle avait beau se répéter qu'ils avaient connu huit années d'intimité conjugale, rien n'y faisait : c'était bien un inconnu que cet homme!

Vartan s'était fait discret pour la laisser explorer la pièce, s'y familiariser. Il demanda :

– As-tu faim?

– Non, merci.

– Soif?

– Peut-être.

– De l'alcool? Une tisane?

– Une tisane, s'il te plaît.

– Je ferai chauffer de l'eau pour ta toilette.

Elle détourna la tête afin qu'il ne remarque pas qu'elle avait rougi. Il ouvrit l'armoire et montra des robes suspendues à des cintres :

– Lucie m'a aidé à t'acheter des vêtements et des chaussures. Tu trouveras le reste dans les tiroirs.

Touchée par cette attention, Maro sourit pour la première fois depuis son arrivée.

– C'est gentil à toi.

Pinçant entre le pouce et l'index l'épais tissu noir de sa jupe, elle l'écarta de son corps.

– Je vais retirer ceci.

Vartan devina qu'elle voulait être seule pour se changer et annonça qu'il l'attendrait au salon.

Il raviva les braises dans le fourneau à charbon et, en attendant que l'eau bouille, il passa en revue leur conversation depuis le moment où Maro était montée dans la voiture. Que des phrases banales! Ce n'était pas ainsi qu'il avait imaginé leur rencontre, mais sans doute ne pouvait-il en être autrement. Aussi désemparé que Maro, il se voyait privé de ses moyens, intimidé et gauche. Ces phrases banales, c'étaient de nécessaires barrages aux flots d'émotions brutes et incontrôlables, contradictoires peut-être, qui secouaient chacun. Renouer demanderait beaucoup de patience et de doigté. Il en faudrait, de ces phrases banales, pour meubler l conversation tandis qu'ils se réapprivoiseraient au fil des jours... et des nuits. Maro n'était plus son épouse, mais plutôt une femme qu'il avait aimée, qu'il aimait encore et qu'il devrait reconquérir.

Assis sur le bout du fauteuil, Vartan jouait de l'oud en sourdine quand Maro entra dans le salon, vêtue d'une robe de chambre en crêpe de Chine bleu ciel. Intimidée, elle s'immobilisa dans l'embrasure. Ses cheveux ondulés reposaient sur ses épaules, découpant son visage aux traits si harmonieux. Pour la mettre à l'aise, Vartan regarda les cordes de son instrument. Elle prit place sur le divan, devant le verre de tisane fumante.

– Je travaille à l'hôpital général de Yédikoulé, dit Vartan sans cesser de gratter l'oud, et je fais du bénévolat dans un orphelinat.

Des mots sans conséquence, voilà qui convenait aux circonstances. Indiquant d'un coup de tête la table devant la fenêtre, il ajouta, d'un air presque penaud :

– Et, naturellement, j'écris des articles pour la presse étrangère !

– On aurait besoin de moi dans cet orphelinat ? Je ne veux pas rester désœuvrée en attendant.

– Bien sûr, il y a tant à faire... En attendant quoi ?

– Le retour de Tomas. Tu as écrit partout ? En Syrie ? En Palestine ? En Perse ?

– Et à Chypre et en Égypte. Mais la liste des orphelinats est longue et je n'ai pas encore terminé

– Je t'aiderai. Dès demain, je m'y mets.

– Demain, tante Arpiné et oncle Mesrop nous attendent pour le dîner.

Elle opina de la tête et, après quelques secondes, demanda d'un ton où transpirait le besoin d'être convaincue :

– Notre fils nous reviendra, n'est-ce pas, Vartan ?

– Oui, Maro, notre fils nous reviendra.

Elle se sentait coupable. Il ajouta :

– Ce n'est pas de ta faute, tu ne pouvais pas l'avoir toujours à l'œil.

Elle baissa la tête et ne répondit pas. Il joua plus fort, un air du répertoire classique arménien qu'il lui avait fait connaître durant leurs fréquentations, une mélodie qu'elle aimait et lui demandait souvent d'interpréter autrefois. Il s'abstint de chanter les paroles, trop nostalgiques à son goût. Ils se regardaient, dialogue muet qui leur permettait de se rapprocher sans faire aucun geste. Maro s'habituait peu à peu au regard tendre et amoureux de Vartan, qui l'affolait au début, mais ses yeux à elle étaient encore ceux d'un animal effarouché.

Vartan posa son oud par terre et s'assit à côté de Maro, qu'il serra impulsivement dans ses bras. Il l'embrassa sur la bouche avec passion. Surprise, elle se laissa faire mais ne répondit pas au baiser. Un désir soudain s'emparait de Vartan : la prendre comme il sied à un époux, effacer surtout le souvenir de l'autre. Maro tremblait comme une feuille et, percevant l'espèce de terreur qui s'était emparée d'elle, Vartan refréna ses ardeurs. Il s'écarta en murmurant :

– Je t'aime, Maro.

– Moi aussi, Vartan, répondit-elle d'une voix tout juste audible.

Quand il la rejoignit dans la chambre, elle était au lit, l'édredon remonté jusqu'au cou. En ouvrant le drap pour se glisser à côté d'elle, il constata qu'au lieu d'endosser la chemise de nuit en soie décolletée et garnie de dentelles qu'il avait achetée en vue de cette première nuit, Maro avait plutôt enfilé l'autre, en flanelle pelucheuse, confortable mais peu sensuelle. Le message était clair, surtout qu'elle avait les yeux rougis. Tourné sur le côté, Vartan observait le profil harmonieux de Maro lorsqu'il remarqua le médaillon en argent qu'elle portait autour du cou. Ce médaillon! Il le lui avait offert, dans une boutique de la grand-rue de Péra, peu après leur mariage. Maro ouvrit le fermoir pour montrer leur photographie à chacun. Vartan manipula le bijou en s'émerveillant que cette chose sans valeur autre que sentimentale ait traversé toutes ces années.

– C'est tout ce qui nous reste de Sivas, dit Maro.

– Non. Il y a nous deux. Et Tomas. Nous allons recommencer, Maro, et ce sera encore mieux qu'avant.

Elle hocha la tête en essayant d'avoir l'air convaincue. Il se pencha et l'embrassa du bout des lèvres.

– Dormons, fit-il, la journée a été longue et dure.

Il souffla la lampe et se coucha sur le dos. Soulagée que Vartan n'insiste pas, Maro étendit le bras, lui prit la main et emmêla ses doigts aux siens.

– Bonne nuit, Vartan.

– Bonne nuit, ma chérie.

Il y avait dans la voix de Maro une telle reconnaissance que Vartan eut l'intuition du comportement qu'il devait adopter. Il lui laisserait le choix, ce qu'elle n'avait jamais eu avec Riza; c'était la meilleure façon de se démarquer de lui. Vartan n'avait aucun droit sur elle, sinon celui de l'aimer et de s'en faire aimer. Il attendrait qu'un mouvement de désir vienne d'elle.

Maro retrouvait cette délicatesse qui n'appartenait qu'à Vartan, ce respect de l'autre qu'elle n'avait pas connu depuis longtemps. Elle aurait aimé le lui dire, toutefois les mots ne venaient pas; elle pressa sa main un peu plus fort. Dormait-il? Elle écoutait son souffle régulier en se demandant s'il doutait qu'elle n'ait jamais cessé de l'aimer. La chaleur du corps musclé de son époux lui parvenait à travers l'épaisseur des couvertures. Dans l'obscurité s'installa en elle une paix intérieure qui se transforma en un sentiment de sécurité auquel elle n'osait pas s'abandonner, redoutant qu'il ne s'évanouisse aussitôt. Elle eut la certitude qu'aucun mal ne pouvait lui venir de cet homme; néanmoins, l'habitude de la peur et la méfiance étaient trop bien ancrées pour qu'elle baisse déjà les défenses.

Le souvenir de Riza Bey s'imposa à son esprit. Non pas le visage fier et confiant du gouverneur d'Aintab, ou celui orgueilleux de l'amant qui la soumettait, consentante, à son désir, mais plutôt les traits de l'homme vaincu qu'elle avait croisé dans le cimetière. Elle ne ressentait aucune peine pour lui. Pourtant, elle avait cru sincèrement l'aimer! Voilà qu'il lui devenait presque indifférent; les sentiments complexes qu'elle avait éprouvés pour lui avaient disparu d'un seul coup, à l'instant précis où elle avait cessé d'être en son pouvoir. L'amour? Une passion que Riza avait créée en instaurant des rapports dans lesquels elle perdait tout libre arbitre, et qu'il avait entretenue en imposant les règles du jeu : contraintes et récompenses, tendresse et dureté. Il l'avait enfermée dans une bulle d'irréalité, une bulle qui venait de crever. Maro ne voulait rien renier de ce qui avait été, mais force lui était de constater qu'elle n'avait pas d'histoire avec Riza : depuis le moment où il l'avait prise dans l'oliveraie, elle avait vécu une unique et même journée où tout se confondait. C'était par Tomas, par Nourhan, par Safiyé et les autres épouses, par Eminé, même par Buyuk Hanim, que son séjour à Aintab devenait une histoire étalée sur des années. L'épisode de sa relation avec Riza se situait en dehors, intemporel, et aurait pu aussi bien durer vingt jours que vingt ans.

Maro réalisa avec soulagement qu'elle ne regretterait jamais cet homme. Restait Nourhan...

***

Ainsi que Vartan l'avait prévu, les journaux de la capitale ne tarissaient pas d'éloges pour les diplomates britanniques qui avaient négocié la libération du gouverneur d'Aintab. Riza Bey semblait avoir tenu parole : il n'était partout question que de bandits et de rançon. De plus, aucun article ne mentionnait la mort de son homme lige, Bédri. Vartan pouvait donc supposer que l'histoire finirait là, à moins, bien sûr, que Riza n'ait confié à la police les faits véritables, auquel cas il fallait s'attendre à des ennuis. Il serait vite fixé.

Lorsqu'il rentra de sa journée de travail à l'hôpital, Vartan s'émerveilla au spectacle de Maro dans une robe vert pomme qui lui découvrait la cheville et une partie du mollet. La mode de l'après-guerre, avec sa taille haute et ses lignes droites, lui allait à ravir.

– Tu es magnifique!

Elle esquissa un sourire qui ne parvint pas à cacher sa nervosité. Évanoui le début d'intimité qui s'était installé au matin, avant que Diran ne s'amène pour prendre le petit déjeuner avec eux; ils étaient de nouveau étrangers. Toutefois, malgré sa réserve, une attitude presque distante, Maro se montra heureuse du retour de son époux. En ce premier jour, cela suffisait à Vartan. Il saurait déployer les trésors de patience qu'il savait nécessaires dans les circonstances. Il l'embrassa sur les joues en prenant de ses nouvelles. Elle indiqua la pile d'enveloppes cachetées sur le coin de la table de travail.

– J'ai terminé la liste. Mais je n'ai pas osé sortir pour les poster.

Elle hésita avant d'ajouter, penaude :

– C'est bête, la ville m'effraie.

Il eut un air attendri.

– Nous reprendrons possession de Constantinople ensemble. Demain, je suis en congé. Si tu t'en sens la force, nous irons voir aux diverses ambassades et au Comité de secours arménien s'ils n'auraient pas reçu des nouvelles à propos de Tomas.

– Oh oui !

Quand ils sortirent, Maro s'accrocha fermement au bras de Vartan. Le quartier autrefois familier l'inquiétait. À moins que ce ne fût la liberté, dont elle avait perdu l'habitude. Elle n'arrivait pas à croire qu'elle pouvait dorénavant aller et venir à sa guise, choisir de faire ou de ne pas faire quelque chose.

– Nous sommes en avance, dit-elle. Faisons un détour, veux-tu ?

Vartan se rendit à son désir avec empressement. Le soleil couchant allumait des reflets orange aux fenêtres des étages supérieurs, une bande de pigeons passa dans un bruissement d'ailes au-dessus de la rue. Ils atteignirent le boulevard qui menait au square de Taksim. En face d'eux se dressait l'école militaire, entourée de terrains d'équitation d'où un peloton de cavalerie rentrait aux écuries. Des gens s'agglutinaient autour de la fontaine publique qui desservait le quartier. Des cochers attendaient pour faire boire leurs chevaux.

– L'église de Sourp Hagop n'est pas loin... suggéra Maro.

S'y rendre impliquait un détour, mais Vartan songea que son épouse n'avait sans doute pas mis les pieds dans une église depuis des années. Ils suivirent le boulevard où les calèches et les phaétons roulaient vite. Peu à peu, Maro se détendit, sa démarche devint plus souple, son pas plus assuré, et elle relâcha sa prise sur le bras de Vartan. Ce dernier y vit un signe positif et il ne douta pas qu'elle se fasse très vite à sa nouvelle vie à Constantinople, qu'elle se réhabitue à lui.

– Quand tu en auras envie, Maro, nous irons marcher dans la grand-rue de Péra, et nous arrêterons chez Marquise pour prendre le thé, comme autrefois. Tu te souviens ?

– Oui, fit-elle d'un air rêveur.

Maro avait toujours eu un attachement particulier pour l'église du saint patron de son père, Hagop Artinian, et c'est le cœur gonflé d'émotion qu'elle y pénétra. Les derniers rayons du soleil animaient les vitraux et coloraient le sommet des murs. Le léger parfum d'encens et de cire brûlée réveilla en Maro des souvenirs chers et elle s'agenouilla. Les images du passé lointain s'effacèrent quand elle se mit à implorer Dieu car ses prières n'étaient qu'en faveur de ses deux fils. Elle demeura longtemps prosternée. Assis sur le banc, Vartan l'observait du coin de l'œil, lui enviant cette ferveur qu'il avait perdue. Il ne croyait plus que « du bout de l'âme », mais ne trouvait que le mot « miracle » pour expliquer que son épouse et lui fussent réunis. Peu à peu le profil d'Aroussiag se superposa à celui de Maro. Malgré l'amour qu'il portait à cette dernière, la jeune femme d'Urgup vivrait toujours en lui. À son intention, il récita intérieurement la prière pour les morts.

Avant de quitter l'église, chacun alluma deux cierges qu'il planta dans le bac de sable prévu à cet effet devant une icône de la Vierge; Maro pour Tomas et Nourhan, Vartan pour Tomas et Aroussiag. Et aucun des deux n'osa demander à l'autre à l'intention de qui il demandait des grâces.

Ils repartirent, d'un bon pas afin de ne pas être en retard. Maro était plus sereine, mais lorsqu'ils atteignirent la rue Chahin Bey, où habitaient les Mesropian, sa nervosité lui revint, de plus en plus grande à mesure qu'ils approchaient de leur destination. Hors d'haleine, elle s'immobilisa à quelques pas de la porte. Vartan comprit alors que ce dîner l'angoissait. Il lui caressa la main.

– Ils se font une telle fête de te revoir!

– Moi aussi, mais...

Elle garda pour elle sa crainte de se sentir jugée par ceux qui l'avaient toujours traitée comme une fille de la maison. Vartan voulut la mettre en confiance.

– Tout se passera bien. Je suis avec toi.

Ces derniers mots touchèrent Maro. « Je suis avec toi » voulait dire tellement plus qu'un simple « je t'accompagne »!

La tante Arpiné leva les bras au ciel et, ne parvenant pas à articuler les mots qui auraient traduit sa jubilation, elle se jeta sur Maro en poussant de petits cris d'émoi, l'embrassa sur les joues, sur le front, encore sur les joues, de nouveau sur le front, entrecoupant ses baisers de : « Le Seigneur nous a entendus! Le Seigneur nous a entendus! » Puis, à bout de souffle, elle enlaça sa nièce par alliance et s'abandonna aux larmes. Gagnée par cette chaleur et assurée que sa tante ne portait aucun jugement sur elle, Maro lui rendit les baisers.

– Morak, morak [1], comme je suis heureuse!

Tenant toujours Maro par les épaules, Arpiné recula d'un pas pour la contempler d'un œil aussi admiratif que celui d'une mère :

– Tu n'as pas changé! Tu es même plus belle encore.

Son visage devint grave et sa voix, navrée :

– Pauvre petite!

Vartan jugea préférable de dissiper l'ambiguïté des dernières paroles de sa tante.

– Ne vous en faites pas, tante Arpiné, nous retrouverons Tomas.

1. Abréviation de morakouyr, tante du côté maternel. (Arménien.)

Maro a déjà écrit à tous les orphelinats et à tous les missionnaires qui recueillent de jeunes Arméniens.

Arpiné devina que son neveu lui signifiait ainsi de ne pas parler, même par allusions, des expériences vécues par Maro.

Mesrop venait derrière sa femme. Ses yeux humides, son large sourire et ses bras grands ouverts se voulaient engageants.

– Viens que je t'embrasse, ma fille.

En s'approchant de lui, Maro crut apercevoir dans ses yeux une expression fugace de curiosité et d'incrédulité, comme s'il l'imaginait avec un autre homme que son mari. Sans doute projetait-elle en lui le sentiment de culpabilité qui s'était emparé d'elle à son entrée dans cette maison. Pourtant, l'hésitation quasiment imperceptible qu'il eut avant de l'attirer contre lui, et la froideur de son accolade qu'il tenta de masquer sous une bonhomie joviale, Maro ne les inventa pas. Pour l'oncle, elle était sans doute souillée, en quelque sorte lépreuse. Ravalant sa rancœur, elle s'exclama avec enthousiasme :

– On ne dirait jamais que vous avez été malade, oncle Mesrop. Vous rajeunissez!

Il eut un air ravi que démentirent ses mots sibyllins :

– Les méfaits du mal ne sont pas toujours apparents. Toi aussi, tu as bonne mine.

– Laissez-la-moi! s'exclama Lucie en tirant son père par la manche. Maro, c'est ma sœur.

L'étreinte de Lucie fut franche et sans réserve, et Maro s'y abandonna avec plaisir. Durant quelques minutes, elles n'échangèrent aucune parole mais chacune eut le sentiment de retrouver intacte l'amitié qu'elles partageaient quand Maro vivait à Constantinople.

– Laissons les hommes au salon et allons à la cuisine, déclara Lucie en prenant Maro par le bras.

Vartan s'installa sur le divan. Mesrop exhiba une bouteille de fine champagne, cadeau d'un employé de l'ambassade française pour qui il avait effectué des travaux d'impression.

– Avec le retour des Européens, le travail ne manque pas, dit-il en versant l'eau-de-vie dans des ballons.

Ils trinquèrent. L'oncle s'assit dans son fauteuil préféré, en face de son neveu, et fit suivre la première gorgée d'alcool de claquements de langue approbateurs. Puis, mine de rien, il soupira :

– On dirait que Maro est gênée.

Le sous-entendu était clair pour Vartan qui répliqua d'un ton ferme, cinglant sur les bords :

– Elle a vécu des drames dont vous n'avez pas idée, oncle Mesrop! Peu d'entre nous auraient traversé indemnes ce qu'elle a connu. Son destin se confond avec celui de notre peuple, mon oncle. Peut-être est-elle gênée pour nous qui avons eu la vie relativement plus facile!

Le message était on ne peut plus clair et, fâché qu'on lui fasse la leçon, Mesrop marmotta :

– Moi, ce que j'en disais...

Pour effacer le malaise, Vartan déclara :

– Cette fine est de la plus grande qualité.

– En effet. J'essaierai de t'en avoir une bouteille.

Durant quelques minutes, ils parlèrent de la pluie et du beau temps, mais, mû par la curiosité, Mesrop sollicita les confidences de Vartan.

– J'ai vu les journaux, cet après-midi. Il y avait la photo de cet homme, le gouverneur.

– L'histoire est close.

– C'est donc lui qui...

Vartan lui coupa la parole.

– Oncle Mesrop, j'aimerais qu'il ne soit plus jamais question de cela et je ne veux pas que l'on ravive chez Maro les souvenirs de la déportation. Permettons-lui d'oublier, si elle le peut, les atrocités dont elle fut le témoin involontaire. C'est la moindre des choses, il me semble !

Devant ce ton impératif, Mesrop ne put que s'incliner. Sa générosité naturelle et l'affection qu'il avait toujours éprouvée pour Maro prirent le dessus.

– Pauvre enfant ! dit-il, contrit. Notre amour l'aidera à oublier ses épreuves.

L'odeur de l'oignon frit et du cumin embaumait la cuisine. Maro voulut aider Lucie à finir de préparer les hors-d'œuvre. Arpiné, qui vérifiait ses casseroles sur la cuisinière, refusa :

– Pourquoi n'allez-vous pas papoter dans la chambre de Lucie ? Je m'occupe de tout.

Maro tranchait du basderma, viande séchée à l'ail qui figurait au menu lors des grandes occasions.

– Laissez-moi faire, tante Arpiné. Je n'ai pas mis la main à la pâte depuis si longtemps !

– Il y avait beaucoup de servantes, là-bas ?

– Oui.

– Mayrig ! protesta Lucie. Maro veut sans doute tirer un trait sur ce qui fut, et repartir à neuf. C'est ce que je ferais. Pas vous, mère ?

– Tu as raison, répondit sa mère, dépitée. Je suis bête comme une vieille mule.

Maro lui entoura la taille de ses bras.

– Ne dites pas ça, ma tante. Vous êtes un ange et je vous adore.

– Oh ! j'ai mes défauts comme tout le monde !

Elle se retourna et, le regard attendri, caressa la joue de Maro en songeant qu'elle avait perdu sa mère.

– Moi aussi je t'aime, Maro. Tu es ici chez toi et je serai toujours là quand tu auras besoin de moi.

Hypersensible, Lucie supportait mal les scènes trop émotives, qui la chaviraient.

– Vous n'allez pas vous remettre à pleurnicher, mayrig ! C'est plutôt le moment de chanter !

Connaissant bien sa fille, Arpiné se défendit pour la forme :

– Et les larmes de joie, tu ne sais pas que ça existe?

Elles finirent de préparer le repas en discutant du quotidien. Arpiné parlait du prix des aliments qui grimpait et de ses jambes enflées qui l'importunaient. Lucie décrivait les robes à la toute dernière mode de Paris que l'on pouvait admirer dans les boutiques de la grand-rue; avec un gloussement, elle ajouta qu'on y voyait aussi de beaux officiers de la marine française. Maro aurait pu se croire revenue en 1908! La complicité d'antan se recréait entre elles, et elle se sentit acceptée sans réserve par sa tante et sa cousine. Ces dernières n'avaient besoin d'aucun détail pour deviner ce qu'avait été la vie de Maro ces dernières années, et chacune savait en son for intérieur qu'elle n'aurait sans doute pas agi différemment. Comblée d'aise par leur attitude, Maro accepta d'accompagner Lucie en ville le surlendemain.

En dépit des efforts d'Arpiné et de Lucie pour entretenir dans la salle à manger la même atmosphère détendue que dans la cuisine, un certain malaise régnait autour de la table. Maro s'était refermée ainsi qu'une huître car les regards de l'oncle Mesrop revenaient sans cesse à elle, empreints d'une curiosité qu'elle ressentait comme autant d'intrusions. Il avait beau parler fort, s'esclaffer, raconter des anecdotes survenues à l'imprimerie, dire son bonheur que Dieu ait enfin réuni Vartan et Maro, son souhait qu'il en soit vite de même pour Tomas, éviter toute allusion au passé récent de Maro, le vieil homme ne parvenait pas à donner un timbre naturel à sa voix. Ce n'était pourtant pas faute de le vouloir. Malgré lui, des préjugés hérités de son éducation et d'une conception quelque peu étriquée de l'honneur le hantaient. Même en tenant compte des circonstances qui excusaient Maro, elle demeurait à ses yeux une femme infidèle. La jalousie et la possessivité de Mesrop, qu'Arpiné ne suscitait plus depuis longtemps, qu'elle n'avait d'ailleurs jamais provoquées, lui revenaient et, par une sorte de transfert, il se voyait dans la situation de son neveu. Cela, tous les autres convives le percevaient intuitivement.

Vartan serra la main de Maro sous la table afin qu'elle le sache solidaire. Elle se tourna vers lui et, devant son regard amoureux, l'anxiété s'atténua en elle.

– Diran ne viendra pas dîner? demanda-t-il en s'adressant à son oncle et à sa tante. Et Aram?

Lucie répondit par une raillerie :

– Ils sont occupés à quelque mystérieuse affaire... Comme toujours!

Elle ne prenait pas très au sérieux les activités de son frère, qu'elle voyait comme une excuse pour s'éclipser de l'imprimerie familiale. Mesrop soupira très fort, se tourna vers son neveu et aborda une nouvelle fois la question qui le tracassait.

– Tu sais qu'ils veulent partir pour le Caucase, l'Arménie?

Sa voix avait des accents de dépit.

– Et puis? fit Vartan en haussant les épaules. Vous n'avez pas eu d'objection à ce que Barkev s'en aille à New York.

Mesrop explosa :

– Ça n'a rien à voir! New York, c'est New York! Il n'y avait pas de conflits ni de famines à New York.

Vartan fit un geste d'apaisement.

– Oncle Mesrop... Diran a quarante-trois ans! Il est en âge de décider. Rappelez-vous que l'Arménie est ce pour quoi il s'est toujours battu. Depuis le temps, vous devez bien savoir qu'il ne vous succédera pas à l'imprimerie?

– Qu'est-ce qu'il va advenir de l'imprimerie?

– Vous la vendrez et prendrez votre retraite. Vous pourriez voyager avec tante Arpiné.

Le vieil homme prit un air pitoyable.

– Cette entreprise me vient de mon père! La céder à un étranger? Jamais.

– Ne m'avez-vous pas dit songer à Aram?

Mesrop secoua la tête :

– Ce garçon ne tient pas en place! Il devient semblable à Diran. D'ailleurs, lui aussi veut s'en aller en Arménie.

À court d'arguments, Vartan suggéra, taquin :

– Lucie trouvera bien un jour un parti à son goût! Votre gendre...

La jeune femme ne l'entendait pas ainsi et lâcha d'une voix déterminée :

– Quand je me marierai, ce sera par amour, et non parce qu'il faut un patron à l'imprimerie!

Elle pencha la tête pour fixer son père droit dans les yeux et demanda, d'une voix mielleuse :

– Et pourquoi ce ne serait pas moi la patronne? Je connais tout du métier.

L'oncle s'exclama, ahuri :

– Mesropian et fille! Ah! elle est bonne, celle-là...

– Ce n'est pas une si vilaine idée, rétorqua Arpiné qui réfléchissait. Je verrais bien Lucie en femme d'affaires.

N'en croyant pas ses oreilles, Mesrop regarda son épouse qui semblait tout à fait sérieuse. Il préféra ne pas répondre et se remit à manger sans lever le nez de son assiette.

Arpiné fit aux autres un clin d'œil malicieux.

***

– Anné! Anné! hurlait Nourhan qui courait sous l'orage derrière la voiture emmenant sa mère.

Maro s'éveilla en sursaut, avec la voix de son fils qui résonnait encore dans son oreille. Un cauchemar semblable à celui qui l'avait hantée chaque nuit durant des mois après la disparition de Tomas; lui, il était dans le désert, emporté par une tornade de sable, et criait « mayrig! mayrig! » à sa mère incapable de remuer même la main.

Le mouvement brusque de son épouse tira Vartan du sommeil.

– Qu'y a-t-il, Maro?

– Rien, un mauvais rêve.

Il aurait aimé qu'elle s'explique; elle lui tourna le dos en s'excusant de l'avoir réveillé et en lui souhaitant bonne nuit. Il entendit qu'elle pleurait, discrètement, croyant ses sanglots inaudibles, mais il n'osa pas l'interroger. Elle aurait répondu, comme les autres fois, qu'elle était angoissée sans raison ou encore qu'elle s'en faisait pour Tomas. Vartan devinait qu'il s'agissait de tout autre chose. Quoi? L'autre, bien sûr! Riza Bey qui, même loin, s'interposait entre eux.

Sa certitude des premiers jours que pour eux tout redeviendrait vite comme avant se révélait fausse. La retenue de Maro se muait en embarras, sa réserve en froideur. Il rentrait pour la trouver chaque soir un peu plus distante, de plus en plus absente. Et la patience de Vartan s'usait, la jalousie s'installait à demeure en lui. Le quatrième soir, Maro lui avait signifié qu'elle ne repousserait pas ses avances, et ils avaient fait l'amour. Ou du moins Vartan s'y était essayé. Il avait trouvé dans son lit un véritable glaçon, une femme tendue et immobile, incapable de s'abandonner un seul instant au plaisir, même seulement au désir. Cela ne ressemblait pas à Maro, et Vartan en avait déduit, la mort dans l'âme, qu'il la laissait indifférente.

Depuis, il demeurait avec elle délicat et poli, attentif à des demandes qui ne venaient jamais, mais il avait cessé de lui faire la cour. Il faudrait d'abord que s'écroule ce mur de silence qu'elle érigeait autour de sa peine, que se comble le fossé que les trois années d'absence avaient creusé entre eux. Comment cela se réaliserait, Vartan n'en avait pas la moindre idée! Il attendait, et pour éviter de trop voir le visage fermé de son épouse, son regard vide ou tourné vers un ailleurs, il s'installait à sa table de travail où il écrivait jusqu'au moment de dormir. Étrangement, l'attitude de Maro ravivait chez Vartan le deuil d'Aroussiag, qui devenait comme jamais présente à ses pensées. Et, en contrepartie, le souvenir de cet amour simple et heureux rendait encore plus cruelle l'impossible communication avec son épouse.

Pour fuir l'atmosphère étouffante de la maison, il se remit à assister aux réunions des divers comités arméniens de la capitale, à monter des dossiers contre des criminels de l'Ittihad, à participer aux travaux préparatoires à ces négociations de paix qui se tiendraient éventuellement à Paris. Et lorsqu'il rentrait, tard le soir, il s'informait d'abord des nouvelles apportées par le courrier. L'espoir que Maro et lui entretenaient à propos de Tomas était le seul véritable lien les unissant encore.

Les semaines passaient. À part les réponses, toutes négatives, des orphelinats de la région immédiate de Constantinople, rien ne leur était encore parvenu de Smyrne, de Cilicie, de Syrie, de Chypre ou d'ailleurs. Afin de mettre toutes les chances de leur côté, ils avaient écrit aux Églises protestantes d'Allemagne et de Suisse susceptibles d'avoir envoyé des missionnaires en Anatolie durant la guerre. Là encore, il faudrait compter avec les lenteurs de la poste.

Vartan s'était rendormi. Maro s'étendit sur le dos, fixant au plafond une raie lumineuse qui filtrait par-dessus le store. Peut-être plus que Vartan, elle était accablée par la situation ; elle se désolait de le voir prendre ses distances. Elle savait que l'amour existait toujours entre eux, qui ne demandait qu'à redevenir aussi fort et vivace qu'autrefois. Ils avaient simplement perdu l'usage du langage propre à l'exprimer. Quoi qu'en pensât sans doute Vartan, tout n'était pas de sa faute à elle. Leur ancien rituel amoureux n'avait plus cours, parce que le temps l'avait interrompu, vidé de son sens. Il leur faudrait en inventer un autre. Celui que Maro et Vartan avaient aujourd'hui à élaborer devrait intégrer le passé récent, prendre racine dans cette masse obscure de trois années de séparation, dans ce terreau de souffrance, de peur et d'espérances déçues, sans oublier les joies éphémères et les sentiments illusoires. Les conditions s'y prêtaient mal : il faudrait d'abord crever l'abcès qui empoisonnait leurs relations, et aucun des deux n'en avait pour le moment la force ou le courage.

Vartan se trompait, qui la croyait triste à cause de Riza. Le gouverneur était bien mort pour elle, plus mort encore que Bédri fauché d'une balle en pleine tête. Cette blessure, dont elle ne voyait pas comment elle guérirait, lui venait de Nourhan. Nourhan, que lui rappelait chacun des petits de l'orphelinat où elle travaillait à soulager la misère, où elle s'efforçait de donner un peu d'amour à ces enfants rescapés de l'enfer. Nourhan, que rendait encore plus présent l'espoir de retrouver son demi-frère. Comme pour Tomas dans les semaines ayant suivi son départ du konak, la douleur aurait été moins insoutenable de le savoir mort. Jusqu'à la fin de ses jours, Maro subirait de nouveau chaque matin la perte de ce deuxième enfant plutôt que d'en porter le souvenir. Comme pour Tomas, elle ne finirait jamais de le perdre. Comment, dans une telle situation, réapprendre à aimer un homme ?

Ainsi que le reste de sa famille, Diran se rendait compte que les choses ne tournaient pas rond entre Vartan et Maro. Il était aussi attaché à la jeune femme qu'à son cousin, et le malaise qu'il sentait entre eux l'attristait. Aussi évitait-il de les fréquenter autant qu'il en aurait eu envie. Ce soir-là, une question importante l'amena chez Vartan, et, afin de ne pas être pris entre l'arbre et l'écorce, il se fit accompagner d'Aram.

Maro prépara du café et rejoignit les hommes au salon avec le plateau. Elle servit Diran, qui occupait le fauteuil, et Aram, qui avait approché à côté de son mentor la chaise droite utilisée par Vartan à sa table de travail. Maro prit place à côté de son époux sur le divan.

– Tu te fais rare, dit Vartan à son cousin.

– Il y a à ça de bonnes raisons. Aram et moi sommes devenus à la fois espions et détectives.

Le jeune homme, car Aram s'était développé rapidement au point de n'avoir plus l'air d'un adolescent, redressa la tête de fierté. Un duvet, qu'il accentuait avec de la cire à moustache, marquait sa lèvre supérieure. Diran but du café, prenant plaisir à faire languir son cousin. Déçu que les questions ne fusent pas, il expliqua :

– Nous sommes à la recherche de papiers qui peuvent changer le cours de l'histoire. Il est ressorti de nombreux témoignages entendus par la cour martiale que les minutes des réunions du cabinet, les circulaires du ministère de l'Intérieur, les télégrammes et la correspondance, en fait tous les écrits concernant les déportations, ont disparu. Plusieurs ont été brûlés, les autres volés par les personnes qu'ils incriminaient.

– Je sais, dit Vartan.

– Attends, il y a du nouveau! Nous avons eu vent de rumeurs voulant que certains de ces documents soient à vendre contre forte somme.

– Nous sommes sur leur piste! ajouta Aram. Mais c'est délicat. Beaucoup de gens veulent mettre la main dessus, pour toutes sortes de raisons, et les vendeurs se méfient.

Vartan trouva que le garçon s'exprimait beaucoup mieux à présent; il adoptait des tournures de phrases propres à Diran, parfois même son accent!

– Avec ces documents officiels, reprit Diran, nous prouverons que sous le couvert de déportations le gouvernement des Jeunes-Turcs planifiait l'extermination pure et simple des Arméniens.

Vartan hocha la tête :

– Cela renforcerait grandement notre position auprès des Alliés dans les négociations à venir. Mais plusieurs personnages ont intérêt à ce que ces papiers disparaissent, c'est dangereux pour vous.

– Rien ne nous effraie! crâna Aram.

Plus réaliste, Diran ajouta :

– Le jeu en vaut la chandelle. Les diplomates ottomans sont très actifs. Ils remettent en cause l'ampleur des massacres, dont ils font porter la responsabilité à quelques individus plutôt qu'au gouvernement tout entier de l'époque. Si on les laisse faire, un jour le monde doutera même que ce crime abominable ait été perpétré. Voilà pourquoi il faut courir des risques.

Vartan fit un signe d'appréciation.

– Comme tu dis, le jeu en vaut la chandelle.

– Et toi, Vartan, sur quoi travailles-tu, ces temps-ci?

– J'ai fini de monter le dossier de Gani Bey.

– Celui qui est venu à Sivas? demanda Maro.

– Précisément.

– Oh! fit-elle. J'espère qu'il sera pendu, cet être immonde!

Diran claqua la langue à plusieurs reprises pour marquer son dépit.

– Il a fui la capitale il y a trois jours, à destination de l'Autriche, selon nos sources. Il sera condamné par contumace.

Vartan tourna vers Maro un visage atterré.

– En fouillant ce dossier, j'ai appris une chose affreuse. Le colonel Ibrahim a été tué après avoir été interrogé sous la torture.

– Torture! Mais pourquoi? s'exclama-t-elle, l'air navré. C'était un officier turc!

– Il m'avait libéré de prison avec le concours de Halit Pacha. Lui aussi a été tué.

Elle se montra vivement intéressée.

– Ainsi, c'est grâce à lui... Ibrahim était un homme de parole; il m'avait promis de ne pas t'abandonner. J'espère qu'il est au paradis d'Allah.

Diran s'étonna que Maro ne fût pas plus au courant de la façon dont Vartan s'était échappé de Sivas. Ces deux-là ne s'étaient donc rien raconté de leurs infortunes et de leurs aventures? Leurs problèmes étaient plus graves qu'il ne le pensait.

– Je peux fumer? fit Aram en sortant un paquet de cigarettes anglaises de la poche de sa veste.

– Faites donc, répondit Maro qui désigna un cendrier sur le coin de la table de travail.

Il craqua une allumette en observant Maro du coin de l'œil. Elle était plus belle qu'Aroussiag, mais moins douce, moins vivante, moins hardie sans doute. Avec cette femme de la ville, morose et taciturne, Vartan se ramollirait, deviendrait un gratte-papier. Il aurait été plus heureux avec Aroussiag. Cette dernière devait faire l'amour avec plus de gaieté. L'avant-veille, Aram avait accompagné Diran et Avédis dans un bordel où il avait laissé sa virginité, et depuis il se sentait en mesure de jauger d'un seul regard le potentiel sexuel d'une femme.

Diran déposa sa tasse et s'éclaircit la gorge avant d'aborder le sujet qui motivait sa visite.

– Dis-moi, Vartan... Dawson, le journaliste américain, t'a déjà suggéré d'aller à Washington, n'est-ce pas?

– Il affirmait que la meilleure façon de servir la cause arménienne était d'exercer des pressions sur les représentants, les sénateurs et l'entourage du président.

– Le comité en est aussi persuadé.

– C'est également mon avis, approuva Vartan. Le président Wilson est favorable à la grande Arménie que nous souhaitons et les Américains sont les seuls à pouvoir l'imposer à la conférence de paix.

– Très juste. Il faut donc les entretenir dans ces bonnes dispositions car la conférence n'aura lieu sans doute que l'an prochain.

– C'est loin, en effet.

– Surtout qu'en coulisse de puissants intérêts financiers et industriels exercent des pressions sur les politiciens afin qu'ils ménagent l'Empire ottoman.

– Je sais, fit Vartan avec une moue. Mais les nôtres sont aussi très actifs, tant aux États-Unis qu'en Europe. À ce qu'il paraît, le catholicos lui-même a fait appel au président Wilson.

Diran hocha la tête et reprit sa tasse de café. Maro suivait la conversation avec intérêt et, comme Vartan, elle attendait la suite. Elle connaissait suffisamment Diran pour savoir que depuis quelques minutes il tournait autour du pot, une façon de procéder qu'il utilisait lorsqu'il doutait de la justesse de ses arguments ou du bien-fondé de sa position. Il toussota avant de reprendre :

– Les choses étant ce qu'elles sont, le comité a décidé de t'envoyer à Washington.

– Décidé? sursauta Vartan. On décide pour moi, maintenant?

Diran voulut corriger sa maladresse oratoire :

– Mais non, ne le prends pas sur ce ton. Le comité « souhaite », « aimerait »...

Inquiète, car elle savait à quel point la question de l'Arménie lui tenait à cœur, Maro observa la réaction de Vartan. L'idée de le voir partir, même pour quelques mois, lui était intolérable. Il répondit d'un ton catégorique :

– C'est non.

– Tu ne peux pas refuser, supplia Diran.

Vartan se radoucit :

– Je ne vois pas ce que je ferais de plus que les Arméniens qui travaillent déjà en faveur de notre cause à Washington.

– Ils n'ont pas vécu comme toi la déportation. Tu as été témoin de ce qui se passait en Anatolie. Tes articles...

– Il y en a beaucoup d'autres, tout aussi qualifiés que moi, qui ne demanderont pas mieux que de traverser l'Atlantique.

– Le comité n'est pas de cet avis.

Vartan s'impatienta :

– Dis à ton comité qu'il me ramène mon fils; alors, nous en reparlerons.

Diran rougit et jeta un coup d'œil embarrassé à Maro. Il dit, en guise d'excuse :

– Tu as raison, Vartan, j'agirais de même. Je parlais uniquement à titre de messager du comité.

– Fort bien, fit Vartan d'un air entendu. Tu sauras alors expliquer à tes camarades d'une manière convaincante la raison de mon refus.

Maro se sentit soulagée.

– Encore du café? demanda-t-elle avec un air engageant.

Diran prétexta une réunion pour prendre congé d'eux. Il ne souhaitait pas prolonger sa visite, se doutant bien que la conversation porterait sur Tomas, et il craignait que son cousin et son épouse ne s'aperçoivent qu'il ne partageait pas leur optimisme quant à leurs chances de retrouver un jour leur fils. Tant d'enfants arméniens, morts ou absorbés par des familles musulmanes, manquaient encore à l'appel, manqueraient toujours à l'appel!

Quelque peu cérémonieux, Aram serra la main à ses hôtes. Mais, en haut de l'escalier, tandis que Vartan et Diran fixaient un rendez-vous, il demanda à Maro, à voix basse afin que les hommes ne l'entendent pas :

– Diguine... Il y a des cow-boys à « Oua-chin-tone »?

– Sans doute quelques-uns, répondit-elle, amusée.

L'enfant ne se cachait pas bien loin sous les airs d'adulte que se donnait Aram.

***

Le mois de février prit fin alors que les premiers bourgeons débourraient dans les parcs de Constantinople. Maro se désolait de voir le couple qu'elle aurait dû former avec Vartan se réduire à un compagnonnage, une association de personnes respectueuses l'une de l'autre, d'un commerce agréable, mais incapables de communiquer entre elles sur ce que vivait chacune au plus profond de son être. Dire qu'autrefois, même après huit années de mariage, ils se montraient intarissables, pas une journée ne se passait sans qu'ils discutent durant des heures. Chacun confiait à l'autre ses soucis, ses joies et ses rêves, qui devenaient préoccupations et possessions communes. Sans compter ces déclarations, ces promesses et ces compliments dont le seul but était d'exprimer à l'autre l'importance qu'il avait pour soi.

Rien de tout cela n'existait plus et Maro ne voyait pas le jour où il serait possible d'instaurer de nouveau de tels rapports. Trop de non-dit empêchait la parole véritable et les condamnait à une superficialité et à une politesse qui constituaient une forme déguisée de silence. De cela, Maro se sentait grandement responsable. Le secret qu'elle portait devenait chaque jour plus lourd, sans qu'elle fût capable de s'en libérer. Et pendant ce temps-là, leur semblant de couple se défaisait petit à petit. Dans ce contexte, les nouvelles démoralisantes que la poste leur apportait presque quotidiennement contribuaient à les éloigner. Quand le dernier orphelinat leur dirait n'avoir aucun renseignement sur Tomas, si par malheur cela devait se produire, l'ultime attache se romprait.

À bout de forces, en proie au découragement, Maro rendit visite à la tante Arpiné, un après-midi qu'elle savait Lucie à l'imprimerie.

– J'arrive à l'improviste, s'excusa-t-elle.

– Pas tant que tu crois, ma fille, dit Arpiné en prenant son manteau. J'attendais ta visite d'un jour à l'autre.

La tante avait adopté une voix maternelle, celle que les femmes prennent pour consoler, réconforter, pardonner. Et c'était précisément cette voix que Maro brûlait d'entendre. Arpiné, qu'elle suivait dans la cuisine, lui rappela sa mère, Azniv Hanim. Pourtant, mis à part la blancheur des cheveux, elles n'avaient aucun trait en commun, ni la taille ni la démarche ni les gestes. Que la voix.

– L'eau bout. Une prémonition : j'en ai mis assez pour deux personnes!

Arpiné infusa le thé. Bien que très liée avec Lucie, Maro n'aurait pas eu l'idée de s'ouvrir à elle. Qu'est-ce qu'une jeune femme de vingt-neuf ans, encore en quête de son premier grand amour, aurait pu comprendre à ses problèmes? Il fallait une femme qui avait appris à vivre avec un homme, une femme qui avait tenu dans ses bras et nourri de petits êtres plus précieux pour elle que sa propre vie. Une mère.

– Ma tante...

– Chut! fit Arpiné, l'index devant la bouche. Pas ici. Ni dans le salon ou la salle à manger. Ces murs-là n'ont pas l'habitude. Viens, apporte ta tasse.

Elle précéda Maro dans la chambre conjugale, puis referma la porte derrière sa nièce par alliance.

– Ici, on peut parler, les murs sont sourds.

La pièce aux draperies closes baignait dans une pénombre qui sentait l'essence de rose, le savon à barbe, le bois de santal et la naphtaline. Coincés entre les murs et le grand lit à colonnes de bois torsadées, une commode, une coiffeuse et deux tables de chevet encombraient la chambre; il fallut s'asseoir sur le bord du matelas, devant un mur orné d'icônes et d'une croix. Pour pouvoir déposer les tasses de thé sur la table de nuit, Arpiné déplaça avec respect les feuilles d'olivier séchées qu'elle conservait depuis le dimanche des Rameaux.

Prête à se confier tout à l'heure dans la cuisine, Maro ne trouvait plus la phrase qu'elle avait composée pour servir d'entrée en matière. Tête basse, elle frottait nerveusement ses mains; Arpiné posa les siennes dessus et serra les doigts de Maro. Comme rien ne venait, la tante murmura :

– Ça ne va pas avec Vartan. Il n'accepte pas?

– Il ne sait pas.

– Il suffirait peut-être de le lui dire. C'est un homme intelligent et très bon.

Maro ne répondit pas.

La tante respira à fond avant de demander, dans un murmure :

– Tu aimes ce gouverneur?

– Non!

– Tu n'aimes plus Vartan?

– Ce n'est pas ça.

Arpiné ne put retenir un soupir de soulagement. Mais quoi d'autre tracassait Maro? Sa nièce ne lâchant pas le morceau, elle demanda encore :

– Quelque chose que nous ignorons à propos de Tomas?

– Non.

Prenant les tasses, Arpiné donna la sienne à Maro :

– Le thé refroidit.

Elles burent. Arpiné cherchait à rencontrer le regard de sa nièce qui se dérobait.

– Qu'est-ce qui ne va pas avec Vartan? Il n'est plus le même?

– C'est moi qui ai changé.

– Pourtant, Maro, je reconnais en tous points la femme qui fréquentait ma maison. Lucie me disait avoir retrouvé en toi la même amie qu'autrefois.

Elle prit une gorgée de thé avant d'ajouter :

– Vartan aussi est le même. Mais c'est vrai qu'ensemble vous êtes différents. Qu'est-ce qui vous sépare?

– Le silence... Le silence, morak!

– Le silence, répliqua Arpiné avec une moue étonnée. Ce n'est rien en soi, le silence. Il peut être vide ou cacher quelque chose. Le tien semble gros d'un malheur.

Elle estimait avoir tendu suffisamment de perches; à sa nièce de faire maintenant un bout de chemin!

Maro déposa sa tasse et regarda fixement la croix de bois pendue au mur. Ses yeux s'humectèrent. Elle serra la cuisse d'Arpiné et lâcha tout de go, d'une voix chevrotante :

– J'ai eu un enfant du gouverneur, ma tante.

La tasse vibra dans la soucoupe que tenait Arpiné. Elle eut une voix atterrée :

– Un enfant...

– Un garçon. Nourhan.

En prononçant ce nom, Maro éclata en sanglots. Elle posa sa tête sur l'épaule arrondie de la tante qui l'attirait contre elle, et pleura à chaudes larmes durant de longues minutes. Tout s'expliquait maintenant pour Arpiné, le regard parfois vide de Maro, son air absent, la détresse qui effleurait à son insu dans sa voix. Sans qu'il soit besoin d'explications, la vieille femme saisissait le drame sans issue que vivait la plus jeune, sa chair et son cœur en ressentaient la cruauté. Elle caressa la tête de Maro.

– Pauvre petite, murmura-t-elle d'une voix étranglée, pauvre petite.

– Je l'ai perdu à jamais! Pourquoi Dieu s'acharne-t-il sur moi? Qu'il aille un peu voir ailleurs!

Elle se remit à geindre, agrippée au bras de sa tante qui ne répondit pas aux paroles blasphématoires. Dieu devait en avoir entendu bien d'autres, des choses dont il ne tenait pas compte car il sondait les cœurs. Et quel cœur pouvait souffrir autant que celui d'une mère à qui l'on a arraché l'un après l'autre ses deux enfants?

Arpiné étendit sa nièce sur le lit et resta près d'elle, à lui frotter le dos comme on le fait à un enfant pris de hoquets. Elle priait la Vierge de donner à Maro la force de supporter cette épreuve et, tant qu'à y être, d'intercéder pour un petit miracle : redonner ses fils à cette mère meurtrie, tout au moins l'aîné.

Peu à peu Maro s'apaisa; d'être partagé, son deuil secret en devenait moins accablant. Elle se tourna sur le côté, s'accouda et regarda sa tante, sans se soucier de son visage défait.

– C'est un ange, ma tante. C'est curieux, il ressemble à Tomas. Même bouche rieuse, mêmes grands yeux intelligents.

– Quel âge?

– Deux ans et demi. Il dessinait déjà mieux qu'un enfant de six ans! Un don.

Les yeux rêveurs, Maro décrivit son fils et raconta comment il s'était développé plus vite qu'il n'est coutume. Des questions venaient à Arpiné: Qui avait empêché Maro de l'emmener avec elle? N'y avait-il aucun moyen de le ravoir? Elle les tut, pour ne pas raviver le chagrin de sa nièce; l'évocation attendrie de Nourhan était un signe que Maro entreprenait d'en faire le deuil. Tout était peut-être pour le mieux, se disait la tante, car comment Vartan aurait-il accepté cet enfant, fruit du concubinage forcé de Maro avec un autre homme?

– Vous êtes une mère pour moi, tante Arpiné. Comment vous remercier?

– En me faisant de nouveau confiance en cas de besoin. Et puis... si tu en as envie, je serais flattée que tu m'appelles parfois mayrig.

– Mayrig, répéta Maro avant de couvrir de baisers les joues fripées et le front ridé de sa tante.

Revenue dans le salon, Maro sentait sa conscience délivrée d'un poids. Quand son tourment serait de nouveau trop difficile à supporter, elle aurait toujours cette oreille où s'épancher. Leur conversation redevint moins émotive.

– À ta place, Maro, je le dirais à Vartan. Il me semble que tout deviendrait ensuite plus simple entre vous.

Maro eut l'air effarouchée:

– Je redoute de le blesser. C'est un homme, et vous savez comme les hommes sont chatouilleux sur les questions d'honneur. J'aurais donné un fils à un autre alors que j'ai perdu le sien!

– Tu n'as pas perdu Tomas! protesta Arpiné. Il faut que tu t'enlèves cette idée de l'esprit.

Le visage de Maro s'assombrit.

– Ce n'est pas facile...

Arpiné la prit par les épaules et la semonça avec tendresse.

– Rien n'est jamais facile, mon enfant. Aujourd'hui, tu ne vois que des calamités dans ta vie; dis-toi que ce sont les semences de bonheurs à venir. Dieu sait ce qu'il fait. À toi d'être à la hauteur de ce qu'il attend de toi, d'endurer jusqu'au moment où il dispensera les bienfaits qu'il te réserve. C'est ainsi que vivait ta mère, Azniv, et c'est ainsi que j'ai appris à vivre. C'est la seule façon.

Maro aurait souhaité posséder la même foi aveugle. Avec pareille philosophie, même la mort cessait d'être effrayante. Ainsi Azniv Hanim avait-elle fermé les yeux sans craindre ce qui l'attendait. Maro devait se contenter de sa petite foi de rien du tout qui prêtait à Dieu le pouvoir de commettre des erreurs. Et, pour traverser les périodes difficiles, elle aurait encore à faire appel à sa raison.

***

Dans le salon des Mesropian, Noubar Balian était intarissable, comme toujours quand il trouvait un auditoire réceptif. C'était un conteur-né qui savait ménager ses effets et tenir les gens en haleine. Le moindre incident lui servait de tremplin pour de longues narrations bourrées de détails et de digressions, l'histoire la plus banale devenait palpitante dans sa bouche. Lui qui n'avait jamais quitté Afion que pour de brefs séjours à Constantinople, il trouvait dans son exil de quatre ans à Jérusalem la matière de récits quasiment épiques !

En ce dimanche de Pâques qui les réunissait tous pour le déjeuner, la famille de Mesrop, Vartan, Maro et Aram écoutaient le conteur. Son épouse Dirouhi, assise à côté de lui, intervenait parfois pour renchérir sur ses propos, insister sur l'importance qu'un détail prendrait plus loin dans l'histoire. Noubar se raclait alors la gorge afin de la rappeler à l'ordre et elle se taisait, penaude. Mais c'était plus fort qu'elle, un peu plus tard, elle mettait de nouveau son grain de sel.

Dirouhi avait épaissi en prenant de l'âge; malgré son ampleur, la robe saumon cachait mal ses formes rebondies et les manches courtes laissaient voir des bras potelés, ses joues grasses rendaient son nez encore plus court et rond. Son embonpoint récent jetait quelque discrédit sur l'exposé des privations subies en exil, de la vie pénible qu'avec d'autres Arméniens ils avaient connue à Jérusalem, d'autant plus que Noubar avait lui aussi pris pas mal de poids ! Sa musculature d'antan avait disparu au profit de la graisse, ce qui donnait l'impression qu'il avait raccourci. Sa chevelure, dont il était si fier, s'argentait et s'était clairsemée au point qu'une calvitie pareille à une tonsure marquait le sommet de son crâne. Toutefois, il avait toujours le geste ample, la voix envoûtante et le regard chaleureux.

Vartan s'émerveillait de retrouver intacts chez son frère aîné cette joie de vivre et cet enthousiasme qui le caractérisaient autrefois. Tel était Noubar : écrasé par des difficultés, réduit à une situation où d'autres jetteraient l'éponge, il se remettait à bâtir des rêves, imaginait des moyens de se tirer d'affaire et se jetait corps et âme dans le travail nécessaire pour y parvenir.

Après que son mari eut décrit la pièce délabrée où ils avaient vécu à Jérusalem, Dirouhi lâcha :

– Ça n'a pas été donné à tout le monde de passer le temps de la guerre dans un palais...

Cette fois, le raclement de gorge de Noubar s'accompagna d'un regard courroucé. Mesrop fit sentir sa désapprobation :

– Pâques est une fête de l'amour.

Un moment de gêne s'abattit sur l'assemblée. Arpiné se leva et invita Dirouhi à la suivre :

– Viens voir les œufs que j'ai peints le vendredi saint.

Au ton autoritaire de sa tante, Dirouhi sut qu'elle avait dépassé les bornes et que s'excuser ne ferait que donner plus d'emphase à sa bévue. Elle quitta donc la pièce. Maro demeurait imperturbable. L'antipathie de sa belle-sœur n'avait rien de nouveau. Dès l'arrivée de Maro dans la famille Balian, Dirouhi avait vu en elle une rivale, et sa jalousie avait atteint un sommet avec la naissance de Tomas, car elle-même paraissait condamnée à la stérilité. Aujourd'hui, alors que son corps et son visage portaient la marque du passage du temps, elle trouvait Maro toujours aussi belle et élégante.

– Apporte les apéritifs, demanda Mesrop à sa fille. Nous allons boire au retour de Noubar et de Dirouhi.

Il voulait clore l'incident. Pour lui, cette fête de Pâques prenait une signification extrêmement importante : le symbole de la fin de la passion du peuple arménien et de la résurrection de l'Arménie. Seule note discordante, l'absence de son aîné, Barkev, qui n'avait pas pu obtenir de permission de l'armée française, et celle de Tomas, dont on était toujours sans nouvelles. Mais cela n'empêcherait pas Mesrop de louer le Seigneur d'avoir réuni ceux qui se trouvaient là, et de faire bonne chère après les quarante jours d'un carême sans viande ni poisson.

Noubar serra l'épaule de Vartan et rit nerveusement. Arrivé de Palestine la nuit précédente sur un cargo français, il était encore bouleversé par leurs retrouvailles sur un quai presque désert. Malgré la fatigue, les deux frères avaient parlé jusqu'à l'aube. Leur affection demeurait vive même après des années de séparation et, pour encore mieux rétablir les ponts, ils avaient battu le rappel de leurs souvenirs communs, remettant à plus tard la question de l'avenir.

L'incident causé par Dirouhi avait brisé le fil du récit de Noubar et des conversations s'étaient engagées entre Mesrop et Aram, Diran et Maro. L'oncle incitait le garçon à travailler avec plus de régularité à l'imprimerie, lui faisant miroiter la possibilité d'en devenir un jour le patron, au moins le gérant. Aram ne souhaitait pas décevoir Mesrop qui s'était montré tellement accueillant, mais il ne voulait pas finir ses jours entre les quatre murs d'un atelier; l'aventure et de plus nobles tâches l'attendaient en Arménie, c'était du moins ce qu'affirmait Diran.

Maro parlait à son cousin du travail qu'elle accomplissait à l'orphelinat et Diran l'écoutait avec attendrissement. Il avait appris, par un camarade en mission à Aintab, que le gouverneur de la place avait eu un enfant d'une Arménienne. Il était clair pour lui qu'il s'agissait de Maro. La connaissance de ce fait, qu'il n'avait révélé à personne et qui lui expliquait les difficultés de Vartan et de son épouse, le rapprochait de sa cousine dont il imaginait le déchirement.

Ayant perdu son auditoire, Noubar se pencha vers Vartan.

– Derviche! s'exclama-t-il, amusé. C'est bien toi, ça! J'étais mort d'inquiétude à ton sujet, mais il y avait en moi une petite voix qui me disait : Ils ne l'auront pas facilement, c'est un débrouillard. J'avais raison.

Il rit encore, puis une ride verticale barra son front et il devint sérieux.

– Ainsi, tu as vu notre plantation?

Même noyée dans la rumeur des autres conversations, la phrase suffit à retenir l'attention générale. On aurait entendu voler une mouche et la réponse de Vartan sonna comme un verdict :

– Les trois quarts des champs sont à l'abandon, les rigoles d'irrigation sont ensablées. Remettre la plantation en culture exigerait un joli travail!

– Pourquoi ce conditionnel, Vartan? demanda Mesrop.

– Parce qu'un certain Ekrem Effendi occupe les lieux. Et je ne suis pas certain que le gouvernement voudra le déloger.

Mesrop constata que Noubar approuvait les dires de son frère par des hochements de tête, et il s'insurgea.

– Non! Cette propriété vous vient de votre père et appartient à votre famille depuis des générations. On ne peut pas vous la prendre!

– C'est déjà fait, dit Noubar d'un ton philosophe. Des centaines de milliers de fermes, de commerces et de demeures ont été soi-disant abandonnés par les Arméniens, et les fonctionnaires les ont repris à leur compte. Comme Vartan, je vois mal le gouvernement ottoman chasser ces gens.

Déçu par ce qu'il considérait comme du défaitisme, Mesrop se tourna vers Diran dont il sollicita, d'un regard appuyé, l'avis.

– Je crois, répondit son fils, mes cousins lucides. Il serait sans doute suicidaire pour le gouvernement du sultan de se mettre à dos une bonne partie de la population qui l'appuie.

Mesrop refusait d'admettre ce qui semblait pour les autres une évidence :

– Et cette commission qui étudie la restitution des biens confisqués aux Arméniens, elle existe bien, non?

– Les travaux piétinent, fit Diran avec une moue éloquente. Au mieux, on peut s'attendre à une compensation financière pour la perte des terrains et des immeubles.

Lucie et Dirouhi, portant chacune un plateau où étaient disposés des verres, s'immobilisèrent dans l'encadrement de la porte. Atterré, Mesrop se tourna vers Vartan :

– Tu ne feras rien pour qu'on te rende ta propriété de Sivas?

– Qu'ils la gardent! s'écria Maro dans un cri du cœur. Nous ne retournerons jamais là-bas.

Elle regretta aussitôt d'avoir répondu à la place de son époux et le regarda en rougissant. Vartan la mit à l'aise d'un signe de connivence.

– C'est comme vient de le dire Maro.

Encouragée par la réaction de son beau-frère, Dirouhi y alla d'un commentaire :

– Et elle a raison! Nous-mêmes ne voulons pas retourner à Afion, n'est-ce pas, Noubar?

Agacé que sa femme révèle leurs intentions sans détours oratoires et à un moment aussi inopportun, il ramena sur le sommet de son crâne dégarni une longue mèche latérale avec laquelle il dissimulait tant bien que mal sa calvitie naissante. Il se racla la gorge.

– C'est vrai? demanda Mesrop à qui la nervosité de Noubar fournissait déjà une réponse.

Ce dernier fit décrire une large volute à sa main droite avant de la ramener sur sa poitrine.

– Vous me connaissez : je ne suis pas un homme qui abandonne au premier obstacle. Mais j'ai aussi appris de mon père – paix à son âme – qu'il ne faut pas s'entêter dans une cause perdue.

Mesrop avait oublié à quel point Noubar possédait, quand il le voulait, le don de répondre sans rien dire. Il insista.

– Que vas-tu faire?

– Essayer d'obtenir une bonne somme contre notre plantation. Vartan est d'accord avec moi.

Insatisfait, l'oncle revint à la charge :

– Et ensuite?

Noubar balança la tête à gauche et à droite et répondit évasivement :

– Oh...

De nouveau Dirouhi fut incapable de retenir sa langue et elle s'enflamma :

– Nous allons émigrer aux États-Unis. Nous ne pourrions plus vivre dans ce pays! La violence peut reprendre n'importe quand. 1895, 1915 : une fois par génération! Sans compter les massacres localisés. Non! Noubar et moi voulons finir nos jours heureux dans un endroit où l'on ne se demande pas chaque soir si le ciel vous tombera sur la tête au réveil.

Traditionaliste, Mesrop supportait mal la liberté de plus en plus grande que prenaient les femmes des nouvelles générations d'intervenir dans la conversation des hommes. Il désigna Noubar de l'index et fit à Dirouhi un regard sévère.

– Je m'adressais à Noubar.

Froissée, elle lui tourna le dos pour passer les boissons.

Étonné tout autant que Mesrop par le projet de son frère, Vartan le regarda avec insistance. Noubar toussota. Que pouvait-il bien rajouter à l'éloquence de son épouse? Elle avait résumé sa pensée, reprenant textuellement certaines phrases qu'il lui avait dites. L'oncle serait peut-être plus sensible à des considérations matérielles.

– Il y a beaucoup d'occasions là-bas pour un homme entreprenant. Je songe à une affaire d'import-export. Barkev a déjà beaucoup de contacts à New York, j'en ai noué à Jérusalem, et à nous deux...

Son oncle l'interrompit :

– Barkev? Qu'est-ce qu'il vient faire là-dedans?

Emporté par l'enthousiasme que suscitaient chez lui ses projets, Noubar en avait trop dit. Alors qu'il cherchait une réponse qui ne fût pas trop engageante, son oncle reprit, soucieux :

– Barkev a l'intention de repartir à New York? Il te l'a dit?

Noubar se garda bien d'avouer que cette possibilité d'association avait fait l'objet d'un échange de lettres avec son cousin.

– Pas exactement. J'ai supposé qu'il y retournerait.

Mesrop ne fut pas dupe de l'explication de son neveu et l'allégresse qui le possédait depuis le matin disparut d'un seul coup. Il avait espéré de tout son cœur que son fils aîné revienne vivre à Constantinople maintenant qu'il ne pouvait plus servir d'agent aux États-Unis pour la vente de l'opium des Balian. Ses deux fils le quitteraient, ce déjeuner en famille perdait tout son sens! Quelle tête ferait-il cet après-midi lorsque ses employés et ses amis arriveraient pour la traditionnelle visite de Pâques? Il se tourna vers la porte, cherchant le regard de son épouse; au bruit de couverts entrechoqués, il sut qu'elle se trouvait dans la salle à manger.

– Je vais voir si le déjeuner est prêt, dit-il en quittant la pièce pour aller chercher l'appui et le réconfort d'Arpiné.

Dirouhi se rasseyait à côté de son époux. La voix mal assurée de l'oncle la surprenait.

– Qu'est-ce qui lui prend? demanda-t-elle à la ronde. Il devrait être habitué à ce que Barkev habite à l'étranger.

Diran poussa un long soupir et expliqua :

– Mon départ prochain pour l'Arménie l'affecte beaucoup. Sa consolation était de croire au retour de Barkev.

Noubar ne mettait jamais longtemps à trouver solution à tout.

– Pourquoi n'emmènes-tu pas ton père et ta mère avec toi en Arménie?

– Je leur ai offert de m'accompagner. Père a répondu que de vieux arbres ne se transplantent pas. Il faut les comprendre, ils sont nés ici. Tout autant qu'une contrée mythique, l'Arménie c'est pour eux le bout du monde.

– Évitons de parler de départs aujourd'hui, oncle Mesrop et tante Arpiné fêtent des arrivées! dit Vartan.

Vérifiant que l'oncle ne revenait pas au salon, il baissa le ton pour demander à son frère :

– Ta décision est arrêtée, Noubar?

– Oui.

– Quand?

– Je vais d'abord essayer d'obtenir l'indemnisation pour notre plantation. Ça demandera quelques mois, je suppose. Et toi, Vartan, tu ne m'as rien dit de tes projets d'avenir.

Le regard de Vartan croisa celui de Maro qui semblait anxieuse.

– Nous n'avons pour l'instant qu'un seul but : retrouver Tomas. Ensuite...

Il termina par un geste signifiant son indécision, car Mesrop les invitait à passer à table. Il avait retrouvé sa sérénité et, après les prières usuelles, il ajouta, d'une voix vibrante :

– Seigneur Dieu tout-puissant, tes enfants réunis ici en ce jour de ta résurrection t'implorent tous de leur ramener Tomas Balian, un enfant élevé dans l'amour de ton saint nom. Amen.

Tous se signèrent et ensuite demeurèrent figés. Ce fut Vartan lui-même qui donna le signal en levant son verre :

– À tante Arpiné et à oncle Mesrop aux cœurs si grands !

Les autres reprirent le toast. Demeuré jusque-là muet, Aram, qui avait abusé des apéritifs, prononça quelques mots d'une voix éraillée :

– À vous tous qui êtes devenus ma seule famille !

Arpiné lui toucha le bras.

– Tu es notre fils, Aram... Et je vais te dire comme je l'ai toujours répété à mes autres fils : n'abuse pas de l'alcool.

– Après tout, c'est fête, fit Mesrop, laisse-le boire un peu.

La bonne humeur de Mesrop était de façade. N'empêche qu'elle permit que ce déjeuner de Pâques soit le repas le plus animé qu'avait connu la maison depuis fort longtemps.

Les convives entretenaient simultanément plusieurs conversations qui s'entrecroisaient, se recoupaient un moment et bifurquaient ensuite sur des sujets différents. Maro ne parlait pas, écoutait peu ; elle pensait à la décision d'émigrer de Noubar, et surtout aux paroles de Dirouhi qui décrivaient si bien sa propre terreur que leur univers toujours fragile ne s'écroule de nouveau. Hier encore, comme tant d'autres fois, elle s'était réveillée en pleine nuit avec la certitude que les zaptiyés défonçaient la porte pour les renvoyer sur la route de la déportation. Et tout recommencerait : l'arrestation de Vartan, la mort de sa mère, Riza Bey, la disparition de Tomas, la perte de Nourhan. Retrouverait-elle un jour la paix de l'esprit ? L'univers fragile qui menaçait de chavirer, c'était aussi son couple car Vartan et elle ne parvenaient pas à renouer vraiment. Par sa faute à elle, Vartan abandonnait ses tentatives initiales de la reconquérir, s'absorbait dans son travail et dans l'écriture, s'éloignait peu à peu. À ce rythme-là, ils formeraient bientôt l'un de ces couples où l'habitude tient lieu d'amour, où l'indifférence remplace l'affection.

Elle leva les yeux. Vartan l'observait, dépité de la voir encore une fois absente. Maro se détourna. Comment lui faire comprendre ce qu'elle vivait ?

***

Un soir que Vartan et Maro rentraient de l'orphelinat où il était passé la prendre après son travail, ils trouvèrent la serrure de leur porte fracassée.

– Reste ici, dit Vartan à Maro qui était blême.

Il visita l'appartement afin de s'assurer que le ou les intrus ne s'y trouvaient plus. L'armoire de leur chambre avait été renversée sur le lit, les tiroirs des commodes vidés par terre. La vaisselle jonchait le plancher de la cuisine, les chaises de la salle à manger étaient brisées. Maro rejoignit Vartan dans le salon, dont le divan avait été éventré à coups de couteau et les rideaux déchirés. Elle promena sur la pièce un regard incrédule, remarqua la table de travail d'où manquaient tous les papiers et les livres de Vartan, puis s'adossa au mur, abattue. Vartan s'approcha d'elle.

– Ce n'est rien, dit-il. Je vais tout remettre en place.

Maro eut un ricanement sarcastique et s'écria, en colère :

– Rien! Tu trouves que ce n'est rien? On force notre porte, on démolit tout, et ce n'est rien! Si j'avais été là?

– Tu n'y étais pas, fit-il plutôt froidement.

– Et la prochaine fois qu'ils viendront?

Il ne sut que répondre.

– Ils reviendront, Vartan, reprit-elle en désignant la table. À cause de tes écrits. Ils viendront te prendre en pleine nuit, comme à Sivas.

Il voulut minimiser les risques qu'il courait, mais avant même qu'il n'ait pu ouvrir la bouche, Maro se mit à sangloter; il la prit dans ses bras, la serra très fort pour la rassurer. Et durant cinq minutes, agrippée à lui, elle s'abandonna aux larmes. Quand la crise se calma, il murmura :

– Ne crains rien, je suis là.

La tête toujours appuyée sur son épaule, elle répliqua, la voix entrecoupée de hoquets :

– Tu es si souvent absent! Des réunions de ci, des comités de ça. On dirait que tu me fuis.

– Peut-être... dit-il avec un soupir. Mais quand je suis présent, c'est toi qui t'absentes. Tu es là sans y être, le regard vide, le visage défait par la peine. Chaque jour, je te vois les yeux rougis, les paupières bouffies. Ça ne peut plus continuer comme ça, Maro.

Il respira fort avant d'ajouter :

– Dis-moi franchement : est-ce que j'ai fait une erreur en te faisant revenir d'Aintab?

Surprise, elle écarta la tête pour le regarder droit dans les yeux et se récria :

– Vartan! Tu sais bien que non!

– Où es-tu dans tes moments de rêverie, sinon à Aintab?

Incapable de démentir cette assertion, elle blêmit. Il continua d'une voix rauque :

– Qui pleures-tu, sinon Riza Bey?

– Tu te trompes! protesta-t-elle vivement.

Devant le visage ouvert que Maro lui offrait, Vartan se troubla.

Il la croyait, ce qui ne faisait qu'accroître son incompréhension. Lorsqu'elle se lamentait à propos de Tomas, c'était en sa présence, surtout quand leur arrivaient de nouvelles réponses négatives. Et chaque fois Vartan réussissait à lui faire reprendre espoir. Qu'est-ce qui motivait alors cet autre chagrin, devenu pour Maro quasiment un état permanent?

Il attendait une explication. Maro avala sa salive et continua de fixer les yeux de Vartan. Elle venait de dépasser la honte et son ton était de défi. Tout se déciderait en cet instant.

– Riza Bey m'a contrainte à l'aimer et... par moments, j'ai pu croire l'aimer. Cc n'était pas le cas. J'étais sa débitrice, je lui devais la vie de Tomas et la mienne.

Le cœur battant la chamade, Vartan l'écoutait évoquer pour la première fois cet épisode de sa vie. Il lui prit la main.

– Tu n'as pas à te justifier, Maro. Effaçons le passé.

– Il faut d'abord en parler. Tant que nous nous détournerons de ces années, elles se dresseront comme un obstacle entre nous.

Tendu, il se mordillait la lèvre. Il fit un hochement de tête affirmatif.

– J'ai été sauvée par cet homme, puis je me suis sentie sa prisonnière, ensuite...

– Nul besoin de détails, dit-il, souhaitant qu'elle n'aille pas plus loin.

– Non. Il faut que ce soit dit, une fois : j'ai été sa maîtresse, j'ai vécu au milieu de ses femmes pendant quatre ans.

Vartan ne broncha pas. Elle continua :

– Mais je n'ai jamais cessé de t'aimer. Pas un jour ne s'est passé sans que je pense à toi, sans que je prie pour toi, et je me suis toujours considérée comme ton épouse.

Les yeux de Vartan se mouillèrent; sa voix trembla :

– Ces paroles me comblent d'aise, Maro. Sache que jamais je ne t'ai jugée. Tu as fait ce qu'il fallait pour survivre... pour me revenir.

Il hésita avant d'avouer :

– Moi, j'ai aimé une autre femme.

– Je sais, fit-elle avec un haussement d'épaules.

– Tu savais? s'étonna-t-il. Sache donc que j'ai pourtant continué de te chérir et que j'ai quitté la sécurité de son toit pour te chercher.

L'ombre d'un sourire effleura les lèvres de Maro. Vibrants de tendresse, ils se regardèrent durant de longues minutes. Puis le visage de Vartan s'assombrit.

– Je m'explique de moins en moins la raison de cette tristesse qui t'habite en permanence.

Les joues de Maro s'empourprèrent. Vartan sentit devenir moite la main qu'il tenait dans la sienne. Il insista avec douceur.

– Qu'y a-t-il?

De sa main libre, elle se frappa violemment la poitrine à deux reprises.

– Si tu savais comme je souffre! Si tu savais comme j'ai mal! Oh! Vartan, j'ai mal, j'ai mal!

Elle inspira avec un bruit de soufflet et, d'une voix déchirante, cria presque :

– J'ai eu un fils de lui! Nourhan... Nourhan!

Elle avait poussé le dernier mot comme une plainte, le cri d'un animal blessé. Vartan l'attira contre lui, frissonnante et sur la défensive.

La première réaction de Vartan fut de soulagement : ce n'était que ça! Puis, en un éclair, il saisit la situation, et sa jalousie des semaines précédentes lui fit honte. On avait contraint Maro à abandonner ce fils qu'elle devait aimer à l'égal de Tomas. Le deuxième enfant qu'elle perdait! Sans le vouloir, Vartan communia à la douleur de Maro, ressentit à propos de cet enfant qu'il ne connaissait pas, l'cnfant d'un autre, une affliction presque aussi grande que celle qu'il avait éprouvée à l'annonce de la disparition de Tomas. Il étreignit Maro plus fortement.

– Ma pauvre chérie... ma pauvre chérie...

Ces mots de compassion furent comme un signal et Maro donna libre cours à sa détresse. La sensation d'étouffement qui ne l'avait pas quittée depuis Aintab s'atténuait. Sa souffrance n'en serait pas moins vive, mais au moins il n'y aurait plus cet oppressant secret qui la tenait en marge de la vie. Soulagée que Vartan ne l'interroge pas, elle se laissa bercer longtemps par ses bras puissants.

Elle se sentait vidée, au bord de l'épuisement, et chercha des yeux un endroit où s'asseoir. La vision du salon la ramena à une autre réalité.

– Ça ne peut plus continuer, Vartan.

– Quoi? fit-il, ignorant de quoi elle parlait.

– Ça, dit-elle en indiquant la pièce d'un geste du bras. J'ai peur.

– C'est passé.

– Non. Regarde ta table : ils ont emporté tes écrits. Ils sont après toi, Vartan, ça va recommencer, comme au début de notre mariage.

Il s'efforça de la tranquilliser par son ton calme :

– La situation est bien différente aujourd'hui. L'Empire a perdu la guerre, mes écrits ne constituent pas un crime.

– Mais la police du sultan est toujours là! S'ils ne peuvent t'arrêter légalement, ils te...

Elle n'eut pas la force de prononcer le mot.

– Tu te tracasses inutilement, Maro.

– Tu ne crois pas un mot de ce que tu dis. Je sens le danger autour de nous. Ces derniers jours, j'avais l'impression qu'on nous suivait. Je sais maintenant que ce n'était pas une impression.

Il haussa les épaules.

– Que veux-tu que nous y fassions!

– Déménageons.

– Ils nous retrouveront.

– Cesse d'écrire tes articles.
– Maro! Tu ne peux pas me demander ça.
– Je ne veux pas te perdre une seconde fois. Pour de bon, peut-être...
Elle lui serra le bras à deux mains.
– J'ai peur, Vartan.
Les yeux de Maro suppliaient. Plutôt que de répondre à cette demande qui concernait le long terme, Vartan ramena les craintes légitimes de son épouse à l'immédiat :
– La serrure est cassée, nous ne pouvons pas dormir ici.
Dans l'énervement, Maro avait perdu de vue ce détail. Elle jeta un regard inquiet dans le couloir.
– Prépare quelques affaires, dit Vartan, nous irons à l'hôtel.
– Accompagne-moi dans la chambre.
Bien que prévenue, elle sursauta en voyant l'état des lieux. Vartan redressa l'armoire et l'appuya au mur, Maro ramassa des vêtements épars sur le lit. La chemise de nuit en coton avait été lacérée et elle la jeta par terre avec dégoût. Celle de soie, pourtant plus précieuse, avait par hasard échappé à la lame du vandale. Maro ajouta des objets de toilette dans la valise beige avec laquelle elle était arrivée à Constantinople.
Au bas de l'escalier, Vartan vérifia le pistolet qu'il portait sous sa veste.
– Tu es armé, maintenant? s'étonna Maro qui vit là une justification de plus à ses appréhensions.
– Simple prudence. Constantinople est une grande ville.
Par des rues obscures et désertes, ils marchèrent vers l'école militaire devant laquelle stationnaient toujours des phaétons. Maro tendait l'oreille pour capter d'éventuels bruits de pas et jetait de fréquents regards derrière eux. L'un des cochers, qui jouait aux cartes avec ses confrères à la lueur d'un fanal posé sur la margelle de la fontaine, se précipita à la rencontre de ses clients. Ils se firent conduire au Péra Palace.
Dès qu'elle pénétra dans le hall éclairé où s'attardaient de nombreux officiers étrangers, Maro se détendit. Le bruit des conversations, où elle captait des bribes de français, d'anglais et d'italien, lui parut la plus merveilleuse des musiques. Ce monde était tellement différent de celui qu'elle venait de traverser en voiture!
Vartan retint une chambre avec baignoire et demanda qu'on y serve leur dîner.
– Un garçon vous apportera le menu, monsieur.
L'orchestre jouait dans la salle à manger, mais ni Maro ni Vartan n'étaient d'humeur à prendre le repas au milieu de la foule. Le chasseur les conduisit à une chambre du deuxième étage qui donnait sur la rue principale menant à Galata.
Un serveur dressa une table devant la fenêtre; un deuxième arriva en poussant une desserte d'où montait l'odeur du poisson frit commandé par Vartan. Il leur remit un pourboire.

– Vous pouvez vous retirer. Nous nous servirons nous-mêmes.

En entendant la porte se refermer, Maro, qui se changeait dans la salle de bains, demanda :

– Ils sont repartis ?

– Oui, tu peux venir.

Elle arriva, le déshabillé en soie ouvert sur une chemise de nuit assortie, les cheveux étalés sur les épaules. À cette tenue et à sa timidité, Vartan devina que Maro était dans des dispositions nouvelles à son égard. La rougeur de ses yeux avait disparu, ainsi que toute trace de frayeur sur son visage. Vartan avait du mal à croire qu'une heure plus tôt elle était dans un grand état d'abattement.

– Tu es divine. J'ai l'impression de te revoir à Paris. Tu te rappelles cet hôtel de la rue de Rivoli ?

Elle fit un signe affirmatif. Leur voyage de noces... C'était si loin, et pourtant hier seulement.

Ils trinquèrent à leur amour et s'embrassèrent longuement. Ils mangeaient sans dire un mot, les regards bien assez éloquents, quand soudain des cris en provenance de la rue troublèrent leur quiétude. Vartan écarta le rideau. Un groupe de manifestants défilaient en brandissant le poing et en scandant des slogans.

– Qui sont-ils ? demanda Maro.

– Des nationalistes qui protestent contre la présence occidentale.

Des policiers accouraient. Vartan referma les draperies. Le tumulte s'éloignait peu à peu lorsque retentit un coup de feu. Suivit un calme étrange, puis le brouhaha d'une débandade.

Livide, Maro déposa sa fourchette et son couteau et regarda son époux d'un air angoissé.

– Tout va exploser de nouveau un jour ou l'autre, ainsi que le croit Dirouhi. Vartan, je ne pourrai plus vivre dans ce pays. Chaque nuit, la déportation reprend pour moi.

– Maro ! Nous ne pouvons pas partir !

– Je sais. Mais quand Tomas sera avec nous...

La demande de sa femme prenait Vartan de court. Certes, l'idée d'émigrer lui avait effleuré l'esprit, surtout depuis qu'il connaissait la décision de Noubar de quitter le pays, mais un éventuel départ représentait pour lui une démission.

– Nous sommes nés sur ce coin de terre, Maro.

– Ce n'est plus notre patrie.

– Il y a tellement à faire ici pour les nôtres !

– Tu as fait ta part, Vartan. Il faut penser un peu à nous, le temps nous est compté. Nous pourrions refaire notre vie sous un autre ciel. Ici, il me sera impossible d'être heureuse. La terre est gorgée de sang, le sang de ma mère, celui d'Armène, celui de tant d'autres. Ne me parle pas non plus de l'Arménie, du moins pas tant que la guerre risque à tout moment de s'abattre sur nos pauvres compatriotes qui commencent à peine à rebâtir. Je ne pourrais plus supporter de voir tomber des gens autour de moi. Et l'idée qu'on puisse encore t'arracher à moi m'est intolérable. J'ai tout perdu à part toi. Vartan, je veux partir d'ici!

Elle avait parlé avec calme mais éloquence, et, malgré sa retenue, l'importance capitale que cela revêtait pour elle était très évidente. Vartan demeurait songeur.

– Même ailleurs, tu peux aider les nôtres, reprit-elle. On te propose d'aller à Washington pour témoigner auprès du gouvernement américain.

– C'est vrai, admit-il. Cependant, je ne veux même pas y penser tant que nous ne serons pas fixés à propos de Tomas.

Contrairement à son habitude, il n'avait pas utilisé le mot « retrouver » en parlant de leur fils. Maro ne releva pas ces paroles qui donnaient à penser que Vartan se résignait peut-être à envisager le pire. Elle se leva, contourna la table, s'assit sur ses genoux et lui entoura le cou de ses bras.

– Quand nous aurons Tomas, nous pourrions partir pour Washington. C'est sûrement là que tu serais le plus utile. Je ne te demande pas d'émigrer définitivement. Un an ou deux. Le temps de réapprendre l'amour, d'oublier les horreurs. Nous verrions comment les choses s'arrangent ici...

Elle avait des yeux où, pour la première fois depuis qu'elle était arrivée à Constantinople, Vartan voyait poindre une lueur de désir. Et il eut envie que cette petite flamme ne s'éteigne plus.

– C'est vrai que là-bas je pourrais encore mieux qu'ici faire ma part pour l'avenir de l'Arménie.

Maro eut un petit rire clair et embrassa Vartan sur la joue.

– Tu me promets que nous partirons dès que Tomas sera avec nous?

– Oui. Et pour que les choses ne traînent pas à ce moment-là, j'arrangerai immédiatement les papiers avec l'ambassade américaine.

Ils n'avaient fait l'amour qu'une fois, quelques jours après l'arrivée de Maro, lui par désir, elle par devoir, et cela avait été si mécanique, tellement privé de passion, que Vartan n'avait plus fait d'avances à Maro. Ce soir-là, dans le lit aux draps parfumés à la lavande, Maro s'offrit d'elle-même à son époux, se donna totalement, à la fois fougueuse et tendre, entreprenante et abandonnée. Ils demeurèrent ensuite étendus sur le dos, cuisse contre cuisse, doigts entrelacés. Dans le recueillement, chacun écoutait en lui se retirer les dernières vagues du plaisir, s'éteindre l'écho de leurs gémissements.

Il était trop tôt encore pour les promesses et les projets. Vartan demanda, d'une voix très douce :

– Quel âge a Nourhan?

Maro tressaillit. Comment devinait-il qu'à l'instant même la pensée de son second fils lui revenait? Elle avait la gorge sèche.

– Près de trois ans.

Il y eut un moment de silence. Chacun savait qu'il serait impossible de reprendre cet enfant à son père, qu'il était perdu à jamais pour Maro, mais aucun des deux ne pouvait prononcer ce verdict fatidique, pas plus que se bercer d'illusions. Plutôt que de pleurer Nourhan comme à l'accoutumée, Maro eut envie de le faire vivre par la parole.

– C'est curieux : il ressemblait... ressemble à Tomas.

– À sa mère, donc.

– Oui, il a mes yeux. Il parle bien, mais peu ; il sera plutôt introverti. Il dessine avec un talent surprenant.

Maro se tut, haletante. C'était assez parlé de Nourhan pour une première fois, elle poursuivrait plus tard.

Reconnaissante, elle posa la tête sur la poitrine de Vartan où s'entendaient des battements forts et accélérés. Elle ferma les yeux et s'endormit au son de cette musique qui effaçait le reste du monde.

*
* *

Vartan monta l'escalier de leur appartement d'un pas lourd. Depuis des semaines, il n'arrivait plus de correspondance des orphelinats qu'ils avaient contactés. Il fallait se résoudre à l'évidence : Tomas n'avait pas été recueilli par des missionnaires. S'il vivait toujours, c'était chez quelque Turc, Kurde ou bédouin, en tant qu'apprenti, garçon de ferme, berger ou conducteur de chameaux. Auquel cas les possibilités de le localiser se réduisaient presque à néant. Il aurait fallu fouiller chaque ville, chaque village, chaque ferme de l'Anatolie, de la Syrie et de l'Arabie! Les divers comités de secours qui œuvraient sur le terrain représentaient le dernier recours ; mais ils étaient débordés par des milliers de cas semblables et manquaient de personnel.

Contrairement à son habitude, Maro ne vint pas à la rencontre de son mari, qui la trouva affalée dans le fauteuil du salon, livide et incapable de prononcer une parole. Elle tenait à la main une lettre qu'elle avait lue dix fois. L'enveloppe traînait par terre.

– Non? s'écria de surprise Vartan qui ne savait pas s'il convenait de se réjouir ou de s'attrister.

Toujours sidérée, Maro ne lui fournit aucune explication. Il ramassa l'enveloppe, qui portait l'en-tête du Comité de secours de Constantinople pour le Proche-Orient. Elle contenait une deuxième enveloppe, timbrée en Suisse et adressée au journal parisien auquel Vartan collaborait.

– Alors? fit-il impatient.

Pour toute réponse, Maro lui tendit la lettre, qu'il parcourut en diagonale. Il n'en croyait pas ses yeux : au bas, son nom en caractères arméniens avait été imprimé à l'aide d'un sceau sur un morceau de cire à cacheter. Il relut la missive à voix haute.

– « Cher monsieur Vartan Balian. Ouvert depuis peu à Genève, notre établissement accueille de jeunes Arméniens, sans doute orphelins pour la plupart. Or, un missionnaire suisse alémanique nous a confié cette semaine un jeune garçon que sa femme et lui avaient ramené de Bagdad l'an dernier. Cet enfant d'une dizaine d'années s'appelle Tomas et affirme que son père porte le nom de Vartan Balian. Comme j'ai vu votre signature au bas de nombreux articles, je prends la liberté de vous écrire aux soins du journal. Auriez-vous perdu un fils appelé Tomas? Il a les cheveux noirs, de grands yeux marron foncé, un beau visage aux traits réguliers, et il est d'une taille légèrement supérieure à celle des garçons de son âge. N'ayant pas encore de photographie de lui, j'imprime sur cette lettre le sceau qu'il dit appartenir à son père. Je prie Dieu de rendre ses parents à ce garçon et j'attends votre réponse avec impatience. Antranik Baghramian. »

Maro, qui avait écouté la lecture des mots qu'elle connaissait par cœur, opinait de la tête.

– Ce sceau est le mien! fit Vartan en examinant le morceau de cire. Oui, c'est bien le mien.

Maro ouvrit enfin la bouche :

– Tomas l'avait pris dans ton bureau avant de quitter Sivas.

Vartan la regarda, ahuri, avant de pousser un cri de toute la force de ses poumons. Il ne put contenir ses larmes et s'exclama :

– Tomas... Tomas! Tu te rends compte, Maro? Tomas. Tomas est à Genève.

Elle se leva et se jeta dans les bras de Vartan qui reniflait, en même temps qu'il riait. Il prit son épouse par les épaules et la secoua :

– Tomas! Notre Tomas!

Maro se mit elle aussi à rire nerveusement afin d'exprimer son émotion. Des pleurs, elle en avait versé tout l'après-midi. Vartan la souleva de terre et la fit tournoyer à bout de bras. Il ne trouvait rien d'autre à dire que de répéter inlassablement le nom de son fils.

Soudain, il la redéposa et s'inquiéta :

– As-tu répondu?

– Je t'attendais pour que nous le fassions ensemble.

Vartan consulta sa montre :

– Le bureau du télégraphe n'est pas encore fermé. En nous pressant, nous avons le temps. Vite!

Maro se dirigea vers la chambre.

– Pas besoin de manteau, dit Vartan déjà à la porte, ce soir d'avril est le plus doux de toute l'histoire humaine.

Sur le trottoir, il passa son bras autour de la taille de Maro et l'obligea à marcher à grands pas. Elle était hors d'haleine en arrivant au bureau qui fermait justement ses portes, dix minutes avant l'heure affichée. Vartan savait qu'il serait inutile de protester. Il offrit plutôt un généreux bakchich à l'employé, un obèse dans la quarantaine, aux cheveux ras et à la fine moustache, qui consentit à leur rendre service.

Et, sous le regard de l'employé qui leur faisait sentir qu'il avait hâte d'en finir, Maro et Vartan composèrent le télégramme destiné à Antranik Baghramian.

– Il faut qu'il contienne quelques mots pour Tomas, dit Maro.

– Que dis-tu de cela : « S'agit bien de notre fils. Stop. Maro et Vartan heureux de le savoir vivant. Stop. Lettre suivra. Stop. Arriverons sous peu. Stop. »

– Ajoute : l'aiment toujours par-dessus tout.

– C'est nécessaire? demanda Vartan.

– Oui. Qu'il sache que nous ne lui en voulons pas de sa fugue.

Vartan modifia en ce sens le message. Ils s'assurèrent que l'employé expédiait bien le télégramme et sortirent du bureau en même temps que lui. Alors qu'il tournait la clé dans la serrure, le télégraphiste, qui savait transmettre chaque lettre mais ne comprenait pas le sens des mots en français, s'informa de la teneur du message.

– Nous avons retrouvé notre fils qui était disparu depuis des années! expliqua Maro avec entrain.

– Oh! s'exclama l'homme, qui avait lui-même une demi-douzaine d'enfants. J'en suis heureux pour vous. Allah est grand.

– Qu'il vous comble de bienfaits, répondit Vartan en saluant le télégraphiste.

Ni Vartan ni Maro n'avaient envie de rentrer à leur appartement.

– Allons chez Marquise, suggéra Maro. Nous y rédigerons une lettre à Tomas.

– Oui, et dînons en ville pour fêter cette bénédiction qui me coupe le souffle. Au retour, nous nous arrêterons annoncer l'extraordinaire nouvelle aux Mesropian.

Ils allaient bras dessus, bras dessous, à pas lents, trop secoués pour parler. Chacun se demandait encore s'il ne rêvait pas. Quelques rues plus loin, Vartan s'arrêta net et fixa Maro. Il dit d'un ton exalté :

– Te rends-tu compte que cela ne tient qu'à un pur hasard? Aucune de nos démarches n'a abouti et voilà que la nouvelle tant attendue nous tombe du ciel à l'improviste. À cause de mes articles! C'est formidable, non? Ce type nous a joints uniquement parce qu'il a lu mon nom dans le journal.

Effrayée de réaliser que son bonheur actuel ne tenait qu'à un enchaînement fortuit de circonstances, Maro protesta :

– Hasard, hasard, c'est vite dit. Tu es plus près de la vérité quand tu dis « tomber du ciel ». C'est de là-haut qu'on nous répond!

Joyeux, Vartan ne put résister au plaisir de taquiner son épouse.

– Admettons que la divine providence a fait que ce Baghramian lisait le bon journal!

Maro ne fut pas amusée. Elle se demandait dans quel état ils trouveraient Tomas. Et comment il se comporterait avec elle.

18

Le 20 mai 1919, Maro et Vartan descendaient de l'Orient-Express à la gare Cornavin de Genève. Ils ne retourneraient pas à Constantinople après avoir récupéré Tomas : Vartan avait accepté l'offre des amis de Diran de travailler à Washington tant que cela serait utile à son peuple. Il avait fallu près d'un mois pour régler les détails de leur voyage et obtenir les visas nécessaires, et vers la fin Vartan piaffait d'impatience. Enfin était venu le moment du départ. Les adieux avaient été d'autant plus déchirants que l'oncle Mesrop avait la certitude de ne jamais plus les revoir.

Un autre but se greffait au voyage de Vartan. Diran et ses amis avaient découvert que des documents officiels de l'ancien gouvernement ottoman, ceux-là mêmes qu'ils recherchaient depuis des mois, se trouvaient à présent à Évian, en France, chez un certain Gabriel de Roqueville. Une fois Tomas avec lui et Maro, Vartan devait donc se rendre à Évian avant de continuer jusqu'à Marseille où ils s'embarqueraient tous les trois à destination des États-Unis. Gabriel de Roqueville, un collectionneur, avait acquis ces documents par l'entremise d'un journaliste français en poste à Constantinople. Sympathisant de la cause arménienne, il acceptait d'en faire cadeau à ceux qui sauraient les utiliser à bon escient.

Prise d'un léger vertige, Maro s'immobilisa en haut du marchepied. L'employé du chemin de fer qui se tenait sur le quai près de la portière l'aida à descendre.

– Ça va? s'inquiéta Vartan.

Maro fit un signe de tête affirmatif. Ni l'un ni l'autre n'avait dormi durant la dernière nuit de leur long périple en train. L'excitation qui les tenait depuis Vienne s'était muée en impatience à l'approche de la Suisse, et, depuis que le train longeait les Alpes, ils étaient en proie à une anxiété grandissante. Cette rencontre avec Tomas, Maro l'appelait de tous ses vœux depuis deux ans, Vartan depuis quatre, et ils redoutaient quelque malheur subit qui empêcherait leur rêve le plus cher de se réaliser.

Pendant que Vartan s'entendait avec un porteur, Maro observa distraitement les voyageurs qui se pressaient sur le quai. Puis elle leva les yeux et chercha à voir les Alpes. Les montagnes étaient invisibles de son poste d'observation, mais elle les savait toutes proches, qui barraient l'horizon. Ces murailles de pierre entre elle et l'Empire ottoman augmentaient le sentiment de sécurité qu'elle avait éprouvé de plus en plus fortement à mesure que le train s'éloignait du Bosphore. Dorénavant, l'idée que la police secrète embarque Vartan ne la terroriserait plus. S'il n'en tenait qu'à elle, elle ne retournerait jamais dans son pays d'origine, cette terre d'Anatolie où reposaient son père et sa mère. Elle voulait pour Tomas, et pour les autres enfants qu'elle désirait, la liberté, une patrie où leurs droits ne seraient pas bafoués et où ils pourraient préparer sans crainte leur avenir.

– Viens.

La voix de Vartan la fit tressaillir. Il lui prit le bras et demanda avec sollicitude :

– Pas trop fatiguée?

– Nerveuse surtout.

Il lui caressa la joue.

– Tout se passera bien, tu verras.

Elle le sentit aussi fébrile qu'elle-même. Suivis par le porteur qui tirait un chariot, ils gagnèrent la salle des pas perdus qui bourdonnait ainsi qu'une ruche. Vartan s'arrêta près du kiosque à journaux, où ils avaient rendez-vous avec le couple chargé par le comité arménien de les accueillir. Personne dans les environs ne répondait à la description qu'il avait d'eux.

– Nous attendons des amis, déclara-t-il au porteur. Vous pouvez déposer nos valises ici.

L'homme s'exécuta et partit à la recherche de nouveaux clients. Ce contretemps agaçait Maro; Vartan lui proposa de s'asseoir sur un banc adossé au mur, près du bureau des P.T.T. Elle refusa et s'occupa à parcourir les grands titres des journaux accrochés au kiosque. Vartan surveillait à la fois la porte d'entrée et celle menant aux quais.

La salle se vida peu à peu. Alors que Vartan manifestait l'intention de prendre un phaéton pour se faire conduire à l'hôtel, leurs contacts arrivèrent. L'homme était reconnaissable à la cravate jaune moutarde qu'il arborait, la femme à son tailleur en tissu écossais et à un bouquet d'œillets blancs. La trentaine, le visage anguleux, Souren Zakarian dégageait une impression de force calme. Un peu plus jeune, sa femme Nazénig avait des allures garçonnières; une raie séparait ses cheveux noirs lissés sur la tête, ce qui ne l'empêchait pas d'être d'une beauté remarquable.

– Souren Zakarian? demanda Vartan.

– Excusez notre retard, dit Souren en tendant la main. On nous avait mal renseignés sur l'heure d'entrée en gare de l'Orient Express.

– Ce n'est rien. Je suis heureux de faire votre rencontre, Baron Souren.
– Et moi donc, monsieur Balian!
– Nous avons toujours lu vos articles avec intérêt, renchérit la jeune femme.
Souren présenta son épouse, Vartan en fit de même avec Maro, à qui Nazénig remit le bouquet d'œillets en disant :
– Je suis tellement heureuse pour vous, diguine. Heureuse pour l'enfant.
Le visage de Maro s'illumina :
– Vous avez vu mon fils?
– Nous avons appris son existence lorsque l'on nous a informés que des papiers importants étaient gardés à Évian et que votre mari viendrait en prendre possession. Je n'ai pu m'empêcher de me rendre à l'orphelinat de M. Baghramian.
Maro pressa la jeune femme de questions :
– Vous avez parlé à Tomas? Comment est-il? Il sait que nous arrivons aujourd'hui?
Les yeux de Nazénig pétillaient car le rôle de messagère de bonnes nouvelles la comblait d'aise. Avant même qu'elle ait pu répondre, Maro demanda encore :
– Il est en bonne santé?
– C'est un garçon magnifique, grand et costaud : presque un mètre soixante! Il a votre physique d'athlète, monsieur Balian. Un regard vif et intelligent, de très beaux yeux. Ceux de sa mère, à ce que je constate.
– Il est en bonne santé? répéta Maro.
– On ne croirait jamais qu'il a vécu des moments pénibles. Selon le directeur, il était renfermé et secret, mais depuis qu'il a reçu votre lettre son comportement s'est transformé, il est plus ouvert et joue volontiers avec les autres garçons.
Vartan buvait les paroles de Nazénig avec autant d'avidité que son épouse; ils l'auraient écoutée encore longtemps décrire leur fils si Souren n'avait annoncé, en soulevant les deux valises :
– Allons-y.
Vartan insista pour en prendre une. Ils chargèrent les bagages dans un taxi et Souren donna au chauffeur l'adresse de son appartement, 74, rue de l'Athénée.
– Nous vous emmenons d'abord chez nous afin d'avaler une bouchée et discuter tranquillement.
Maro lança un regard désespéré à Vartan qui répondit :
– C'est très gentil à vous, Souren, mais nous préférerions nous rendre d'abord à l'orphelinat.
– M. Baghramian ne vous attend qu'après le déjeuner.
– Mets-toi à leur place, Souren! rétorqua Nazénig qui comprenait la hâte de Maro et de Vartan. Tu auras bien le temps ensuite de régler le sort du monde avec M. Balian.
Un sourire releva un coin de la bouche de Souren.

– Soit! Nous allons vous conduire à l'orphelinat, et au retour nous déposerons vos bagages à l'hôtel Belmont. C'est tout près de chez nous. Chauffeur, dirigez-vous vers la route de Lausanne.

***

– Tomas! Viens garder notre filet, sinon nous allons perdre.

Tomas répondit à Krikor que le football ne l'intéressait pas aujourd'hui. Sachant quel jour important c'était pour son ami, Krikor n'insista pas. Et il retourna à sa partie, secrètement envieux comme tous ses compagnons. Lequel des cinquante-trois garçons de l'orphelinat ne rêvait pas chaque nuit qu'il revoyait ses parents? Même ceux qui les avaient vus mourir.

Adossé au coin du mur de l'ancienne école de garçons construite le long de la route de Lausanne, juste à la sortie de Genève, Tomas guettait de loin la grille d'entrée tout en suivant la partie de football qui se déroulait dans la cour de récréation. Il y avait maintenant près de trois semaines qu'il avait reçu une lettre de son père et de sa mère, et depuis les journées lui semblaient interminables. Lorsqu'un télégramme avait annoncé la date du départ de ses parents de Constantinople, Tomas avait suivi sur la grande carte géographique de sa classe la progression du train, déplaçant matin, midi et soir une punaise selon les indications de M. Baghramian. Ce matin, il l'avait piquée sur le point représentant Genève.

Tomas se retourna en entendant un pas irrégulier derrière lui. C'était le directeur, Antranik Baghramian. Chauve et bedonnant, à peine plus grand que Tomas, il boitait à la suite d'une blessure ancienne à la jambe. Baghramian fit au garçon un sourire engageant.

– Ils n'arriveront qu'après le déjeuner, sois patient.

Patient! Tomas ne faisait que ça, être patient! Et puis il avait l'intuition que ses parents viendraient directement le voir.

– Baron Baghramian... dit Tomas d'une voix hésitante.

– Oui?

Avec un sérieux qui étonnait parfois chez cet enfant de dix ans, Tomas débita le mot qu'il préparait mentalement depuis le matin :

– Je tiens à vous remercier de toutes vos bontés, monsieur. Ce fut pour moi une chance de vous rencontrer. C'est vous qui avez retrouvé mes parents, je ne l'oublierai jamais.

Touché, le directeur lui tapota l'épaule.

– La seule façon de me remercier, Tomas, c'est de devenir un homme honnête qui craint Dieu, se préoccupe des autres et leur vient en aide.

– C'est ce que je ferai, monsieur.

Comme le directeur allait s'éloigner, Tomas demanda, d'une voix redevenue celle d'un enfant :

– Est-ce que vous pensez que mon père me reconnaîtra?

– Quatre ans qu'il ne t'a vu? Je crois bien que oui.

Antranik Baghramian se dirigea vers la porte principale pour retourner à son bureau. Recueilli, il remerciait Dieu pour le bonheur de cet enfant et le priait d'accomplir de nouveau de semblables miracles. Ancien séminariste à Etchmiadzine, il avait refusé la prêtrise pour devenir instituteur et se marier. Après son arrestation, sa femme et ses quatre enfants avaient péri dans l'incendie de leur maison allumé par des émeutiers lors des déportations de 1915. Comme Vartan, Antranik devait à un ami turc d'avoir pu s'échapper de prison. Il avait fui le pays en passant par la Perse et gagné la Suisse où il vivait depuis.

Distrait par deux merles qui se chamaillaient bruyamment sur la pelouse, Tomas ne remarqua l'automobile noire qu'une fois qu'elle eut franchi la grille. Son cœur tressauta. C'était un taxi qui transportait quatre passagers. En descendirent un homme et une femme. Tomas vit d'abord sa mère et constata qu'elle avait coupé ses cheveux. Cette haute stature, ce visage... son père, Vartan! Tomas ouvrit la bouche pour crier, le souffle lui manqua. Une seconde, il redouta que cette vision ne s'efface ainsi qu'un mirage, mais Vartan et Maro marchèrent en direction de l'entrée de l'école et il entendit distinctement le gravier crisser sous leurs semelles. Incapable de s'élancer à leur rencontre, malgré la folle envie qu'il avait d'être étreint par eux, Tomas recula au contraire et tourna le coin du bâtiment afin qu'ils ne le voient pas.

Sa mère lui en voulait-elle encore de s'être sauvé de chez Riza Bey? L'aimait-elle toujours après ces années? Sur l'affection de son père, Tomas n'avait aucun doute, mais il ne savait trop de quelle façon se comporter avec lui. Comment être naturel alors qu'il détenait le secret de la trahison de sa mère avec Riza Bey? Tomas ne voulait surtout pas semer la discorde entre ses parents; il devrait donc faire attention à chacune de ses paroles. Et si son père l'interrogeait... Taire la vérité? Mentir? Que tout cela était compliqué!

Des cris s'élevèrent sur le terrain de football. L'équipe adverse venait de marquer un but; c'était l'égalité.

– Tomas! Nous avons besoin de toi.

Les membres de son équipe répétaient en chœur la demande. À bien y penser, il était préférable que ses parents le trouvent en train de jouer plutôt qu'au coin de l'édifice, car alors ils comprendraient mal qu'il ne soit pas venu à leur rencontre. Tomas courut vers le terrain et s'installa à sa place habituelle de gardien de but. Le jeu reprit. Encouragés par la présence de Tomas, ses coéquipiers jouaient avec plus d'entrain et firent plusieurs tirs au but, malheureusement sans marquer. Attentif au jeu, Tomas jetait des regards furtifs vers l'allée par laquelle ses parents arriveraient. Enfin il vit apparaître trois silhouettes.

Maro, paralysée par l'émotion et par un peu de culpabilité, s'arrêta près du mur de l'école avec Baghramian. Vartan continua seul vers le terrain. Un coéquipier cria à Tomas:

– Attention!

Le grand Toros approchait en dribblant. C'était le meilleur joueur du groupe, rapide et habile aux feintes.

– Vas-y, Tomas, bloque-le!

La voix de Vartan! Cette voix dont Tomas n'avait jamais oublié le timbre et les intonations! Son père l'avait reconnu sans hésiter au milieu d'une vingtaine d'autres garçons. Électrisé, Tomas s'avança vers le joueur adverse qui avait percé les défenses. Il ne marquerait pas! Toros shoota dans le coin gauche; Tomas plongea et intercepta le ballon. Acclamé par son équipe, il se releva et, rayonnant de fierté, tourna la tête vers son père qui lui ouvrait les bras et criait :

– Bravo! Bravo!

– Hayrig!

Il s'élança. Son père n'avait pas changé, sauf qu'aujourd'hui il lui paraissait moins grand. Les yeux de Tomas s'embuèrent et les détails du visage paternel devinrent flous. Vartan le prit sous les aisselles et le souleva avec autant de facilité qu'autrefois quand il le hissait sur la selle de son cheval. Il le serra très fort contre lui. Sa voix se brisa :

– Tomas! Tomas, mon fils!

Les bras autour du cou de son père, Tomas tremblait de tous ses membres tant son bonheur était grand.

– Hayrig! J'ai toujours su que tu viendrais.

– Je t'ai cherché tout ce temps-là, Tomas.

Incapables d'en dire plus, ils demeurèrent ainsi durant plusieurs minutes.

À quelque distance de là, Maro s'appuyait au mur car ses jambes se dérobaient sous elle.

– Dieu est grand, lui murmura Baghramian.

Elle ne répondit pas.

Quand son père le déposa par terre, Tomas sortit de sa poche une petite boîte d'argent qu'il avait polie le matin même. Le sceau!

– Je l'ai pris dans ton bureau à Sivas.

Vartan ouvrit le couvercle et manipula avec délicatesse le cachet réversible où était gravé son nom en arménien et en caractères arabes. Il referma l'étui et le remit à Tomas.

– Ton grand-père m'en a fait cadeau quand je suis parti au collège. Tu l'as conservé tout ce temps, c'est à toi qu'il revient. Garde-le précieusement.

– Merci, papa, fit-il d'un ton solennel en glissant le sceau dans la poche de sa culotte courte.

Vartan s'émerveillait de constater à quel point son fils avait grandi et s'était développé. Aux traits propres à l'enfance se mêlaient déjà des éléments qui annonçaient l'adulte qu'il deviendrait. Tomas regarda en direction de sa mère et, durant une seconde, une expression indéfinissable passa sur son visage, mélange de joie et d'appréhension. Devinant l'état d'esprit de son fils, Vartan jugea nécessaire de lui faire comprendre qu'il connaîssait la vie de Maro à Aintab. Ainsi, aucune ambiguïté ne subsisterait. Il se pencha vers Tomas pour lui confier :

– Riza Bey n'a pas voulu laisser partir Nourhan. Il faudra que tu aimes ta mère pour deux, tu es le seul fils qui lui reste.

Quelque peu surpris par ces mots, Tomas contempla son père avec soulagement. Il n'aurait pas à porter le secret de l'existence de son demi-frère Nourhan. À la voix douce de Vartan, il sut que son père ne tenait pas rigueur à Maro d'avoir eu un enfant de Riza Bey. Le garçon avait tellement craint que ses parents se querellent ou ne s'aiment plus! Dans un geste de gratitude, il se hissa sur la pointe des pieds pour poser ses lèvres sur la joue paternelle. Puis il tourna les talons et courut vers Maro qui attendait toujours auprès du directeur.

– Mayrig! cria-t-il de toutes ses forces.

– Tomas! Tomas!

Elle vint à sa rencontre d'un pas rapide et referma les bras sur lui. Il lui enserra la taille et appuya sa joue contre la poitrine maternelle.

– Mayrig, je ne te quitterai plus jamais, murmura-t-il d'une voix larmoyante.

– Mon chéri... Enfin!

Des larmes silencieuses coulaient sur les joues de Maro. Puis elle écarta d'elle son fils et lui palpa la tête, le visage, les épaules, comme pour s'assurer qu'elle ne rêvait pas, qu'il était en bonne santé. Puis elle le couvrit de baisers.

– J'ai tellement prié Dieu de te ramener à moi!

– Moi aussi j'ai prié, mayrig. J'ai prié grand-mère Azniv et parrain Armène.

– Ils t'ont entendu et ils ont intercédé auprès du Seigneur.

Antranik Baghramian, qui se faisait discret, ne put s'empêcher d'approuver de la tête les paroles de Maro. Pour lui, l'histoire de cette famille, comme celle de tant d'autres réunies après de douloureuses séparations, témoignait avec éloquence de la miséricorde divine.

Maro sortit de son sac la casquette de marin que Tomas tenait d'Armène. Ébloui, le garçon écarquilla les yeux et prit le couvre-chef.

– Ma casquette! Ma casquette!

Il s'en coiffa.

– Elle me va, maman. Elle me va!

En fait, la casquette était encore trop grande mais Maro avait rembourré de papier la bande intérieure en cuir. Vartan qui arrivait enlaça du même geste son épouse et son fils. La vue de la casquette d'Armène le renvoyait en arrière. En un éclair, il se revit dans la prison de Sivas, gravant sur le mur les noms de ceux que l'on exécutait, puis dans cette chapelle souterraine de Cappadoce, ciselant cette fois celui de la petite Anouch dans la pierre de la paroi. Il faudrait qu'un jour il raconte ces choses, qu'il érige avec des mots un monument à la mémoire de tous les autres dont aucune inscription ne conservait le nom. Mais d'abord, il fallait assurer l'avenir de ceux qui leur survivaient, aider ses compatriotes à établir solidement la république d'Arménie.

– À quoi penses-tu, papa? demanda Tomas.

Vartan sursauta et s'aperçut que les trois autres étaient surpris par son air absent.

– Oh... Au passé. Et aussi à notre départ pour l'Amérique.

– C'est vrai, papa, que nous voyagerons en paquebot? Je pourrai porter ma casquette de capitaine?

– Bien sûr, répondit Vartan en lui caressant la nuque.

Le regard de Maro allait de son époux à son fils. Un contentement infini lui enlevait tout besoin de parler et elle souriait béatement.

– Votre bonheur réjouit le cœur, lui dit Antranik Baghramian d'une voix émue.

Vartan répondit à la place de son épouse :

– C'est beaucoup grâce à vous, Baron Antranik.

Baghramian, qui songeait à sa femme et à ses enfants décédés, préféra détourner le cours de la conversation.

– Souren m'a parlé des papiers que doit vous remettre Gabriel de Roqueville. Que comptez-vous en faire?

– Les emporter avec moi à Washington pour rédiger un rapport qui, nous l'espérons, pourra nous servir auprès du gouvernement américain et ensuite lors des négociations de paix. Si ces documents sont bien ceux que l'on dit, ils constituent une preuve de plus, indéniable celle-là, que les massacres lors de la déportation n'étaient pas des « accidents imprévus » mais le résultat d'une politique d'extermination froidement décidée.

Impressionné par l'éloquence de Vartan, Tomas se rengorgea. Son père n'avait rien à envier au directeur, qui pourtant parlait si bien!

– Puissiez-vous y parvenir! soupira Antranik.

Par modestie, Vartan minimisa son rôle :

– Je ne suis pas seul en cause, vous savez. Nombre des nôtres se dépensent sans compter pour que justice nous soit faite. À propos, on m'a dit que vous connaissiez Roqueville. Quel genre d'homme est-ce?

– Un homme généreux. Nos orphelinats, tant ici qu'à l'étranger, bénéficient de ses largesses. C'est un sympathisant à notre cause, et s'il a acquis – à prix d'or, on me l'a dit – les papiers qui vous intéressent, c'était dans l'unique but d'éviter leur destruction. Vous les confier exige de sa part beaucoup de grandeur d'âme : Roqueville, voyez-vous, est un collectionneur passionné par les documents anciens ou rares.

– J'ai bien hâte de connaître ce personnage, conclut Vartan.

– Vous ne serez pas déçu. D'ailleurs, il a lu vos écrits et il admire votre plume. Il tenait à ce que ce soit vous qui preniez livraison des documents et il attend votre visite avec impatience.

Tomas prit la main de son père :

– Je ne veux plus te quitter, papa.

Alors que Vartan cherchait une formule pour faire comprendre à son fils que son absence serait brève, Baghramian ajouta :

– Vous devriez emmener votre épouse et Tomas avec vous. La villa de Gabriel de Roqueville à Amphion-les-Bains est un véritable musée. Le jardin occupe une pointe qui s'avance dans le lac Léman et la vue y est imprenable.

Rassuré, Tomas annonça :

– Je vais dire adieu à mes amis.

– Tu peux aller les saluer, répondit le directeur, mais tu ne nous quitteras pas ainsi ! Demain, nous organiserons une fête pour marquer ton départ.

Il se tourna vers Maro et Vartan :

– Accepteriez-vous de venir déjeuner avec Tomas ? Cela ferait plaisir à tous mes jeunes pensionnaires. Et cela les encouragerait : même si je m'attache à eux, j'entretiens leur espoir qu'on retrouve des parents, ou qu'au moins une famille les adopte.

Maro consulta Vartan puis répondit :

– Nous serons honorés, monsieur Baghramian.

– Je vous présenterai mes amis, dit Tomas avant de courir jusqu'au terrain de football où la partie s'achevait.

Ce soir-là, Vartan et les siens dînèrent à la salle à manger de l'hôtel Belmont. Tomas avait insisté pour que ses parents s'asseyent côte à côte et que lui-même s'installe en face d'eux. Ainsi, il pouvait les embrasser d'un même regard. Toutes les émotions qui n'avaient pu s'exprimer au moment de leur rencontre, parce que simultanées et trop fortes, ils les avaient vécues dans les heures suivantes alors qu'ils s'étaient promenés dans la ville. À présent, une grande paix régnait en chacun d'eux, qui prenait extérieurement la forme de la fatigue. Ils avaient peine à réaliser qu'était arrivé ce moment tant attendu.

Tomas déposa la fourchette et le couteau dans l'assiette où s'étalaient les arêtes proprement nettoyées d'une « friture du lac », et il se mit à raconter son histoire d'une voix calme, presque détachée, comme s'il s'agissait d'aventures survenues à quelqu'un d'autre.

La nuit l'avait surpris dans les collines désertiques au sud-est de la propriété de Riza Bey, et au matin il avait tenté de retrouver sa route. Égaré, il avait galopé vers une caravane de chameaux qu'il entrevoyait au loin. Ces gens ne parlaient ni le turc ni l'arménien et, au lieu de le ramener à Aintab comme Tomas le demandait, ils lui avaient pris son cheval qui était de race. Malgré ses protestations, un homme l'avait hissé derrière lui sur un chameau. Ils avaient voyagé longtemps, Tomas devant s'occuper avec d'autres serviteurs de monter les tentes, de soigner les bêtes et de servir les hommes. Ils avaient finalement atteint Bagdad, où Tomas s'était enfui pour se rendre à la police. C'était des soldats qu'il avait dénichés, des Anglais qui ne comprenaient pas un mot de ce qu'il disait. En essayant de s'expliquer dans le français rudimentaire qui était le sien, il avait retenu l'attention d'un officier, qui avait fait venir un interprète.

– Le commandant McNaught m'a dit que je ne pourrais pas retourner à Aintab car c'était de l'autre côté du front. C'était un homme bon. Il avait une grosse moustache rouge qui remontait sur les joues et il portait une jupe à carreaux ! Il m'a trouvé une chambre au-dessus des bureaux des officiers. Pour le remercier, je cirais ses chaussures et je nettoyais ses uniformes.

Maro et Vartan écoutaient leur fils en retenant leur souffle. Malgre l'absence de tous détails autres que factuels, le ton neutre de Tomas laissait parfois percer son émotion. Il se reprenait vite et poursuivait avec un orgueil évident. Après tout, il avait vécu tout cela alors qu'il n'avait que huit ans !

Au bout de quelques semaines, le commandant McNaught avait confié Tomas à un couple de missionnaires suisses dont il était ami et qu'il savait retourner dans leur pays deux mois plus tard. Tomas s'était donc retrouvé à Zurich avec le révérend Wartburg et son épouse, des gens justes et stricts, qui ne riaient jamais.

– On priait plusieurs heures chaque jour et je ne comprenais pas les mots que je répétais. Mais Frau Wartburg faisait de bonnes tartes !

C'est chez les Wartburg qu'Antranik Baghramian avait rencontré Tomas. Il avait facilement convaincu le pasteur qu'il serait préférable que l'enfant soit élevé avec des garçons de son âge, instruit dans sa langue et sa religion.

– M. Baghramian a écrit à Riza Bey, mais il n'a jamais reçu de réponse. À l'orphelinat, on ne mangeait pas aussi bien que chez le pasteur !

Tomas souriait malicieusement. Maintenant qu'il avait ses parents, ces aventures lui semblaient lointaines, quasiment insignifiantes, alors que pourtant, durant de nombreuses nuits, il avait pleuré de détresse.

Ils demeurèrent silencieux tandis que le serveur apportait un carré d'agneau, puis Maro déclara, d'un ton convaincu :

– Quelle chance que tu aies trouvé sur ta route tant de gens aussi charitables ! Il faudra que nous rendions à d'autres ces bontés.

– C'est vrai, admit Vartan. Mais il y a aussi le fait que Tomas a été très courageux.

Il se tourna vers le garçon.

– Tu fais honneur au nom des Balian, mon fils.

Tomas rosit ; aucune parole n'aurait pu lui procurer plus de plaisir.

– Et toi, papa, comment t'es-tu échappé de prison à Sivas? Qu'as-tu fait ensuite?

Vartan comprit que Tomas avait besoin de connaître l'histoire de son père, au même titre qu'il connaissait celle de sa mère pour l'avoir partagée. Autrement, il subsisterait toujours un trou dans la mémoire familiale. Refouler les souvenirs tragiques, ainsi que Vartan le voyait faire par des compatriotes qui avaient souffert de la déportation, constituait selon lui une erreur. Au contraire, il ne fallait rien oublier, jamais. Vartan prit une gorgée de vin et commença son récit, s'adressant à son fils comme à un ami ou un confident.

– On m'a arrêté quelques heures après le dîner d'anniversaire de tes six ans. Nous nous préparions à fuir la ville avec Azniv Hanim, Armène et Araksi, quand...

Maro l'écoutait avec attention car elle ignorait à peu près tout de la vie menée par Vartan durant leur séparation forcée. Et à mesure qu'il relatait des incidents, elle essayait de se rappeler ce qu'elle faisait au même moment, afin qu'en elle leurs souvenirs coïncident.

***

Le vieux port de Marseille bourdonnait d'activité. Les barques de pêcheurs accostaient, accueillies par les marchandes de poissons au verbe haut qui achetaient les prises afin de les revendre au marché. Des discussions animées se déroulaient sous le regard des badauds qui parfois prenaient parti. Le soleil montait dans un ciel sans nuage.

Sa casquette de capitaine sur la tête, Tomas marchait devant son père et sa mère qui se donnaient le bras. Avec la lunette d'approche que Vartan lui avait offerte en vue de la traversée, le garçon scrutait le rocher de l'île d'If surmonté d'une prison qui se découpait sur l'horizon brumeux.

– Là! s'exclama-t-il en désignant un navire à l'autre bout du port. C'est le bateau pour l'Amérique, papa?

– Prête-moi ta longue-vue.

Vartan examina la proue blanche.

– L'*Étoile du Péloponnèse*. C'est bien lui.

– Allons-y vite!

Maro sourit de la hâte de son fils.

– Rien ne presse, dit-elle. L'embarquement ne débute pas avant encore deux heures.

Un photographe ambulant, un homme de petite taille qui portait sur son dos un lourd appareil à trépied, s'approcha et souleva son chapeau.

– Excusez-moi, m'sieu dame. J'ai entendu que vous partiez. Que diriez-vous d'une photo comme souvenir?

Vartan hésita.

– Elle ne sera jamais prête à temps.

– Ma boutique se trouve au coin de cette petite rue, juste derrière le bistrot, fit l'homme qui indiquait la vitrine d'un café. Dans une heure, vous aurez les clichés.

Voyant que cela plairait à Maro, Vartan accepta.

– D'abord une photographie de vous deux, dit-elle. Que je puisse admirer mes deux hommes ensemble.

Le photographe les fit placer sur le bord du quai, devant une forêt de mâts. Vartan tenait la mallette qui contenait les précieux documents que lui avait confiés Gabriel de Roqueville lors d'une visite où les deux hommes avaient sympathisé. Il posa sa main libre sur l'épaule de son fils qui exhibait sa lunette d'approche.

– Ils sont tous derrière nous, chuchota Vartan à Tomas qui se retourna pour voir de qui il était question.

– Qui donc? Il n'y a personne.

– Les ancêtres. Mon père, mon grand-père... Tu es l'aboutissement de dizaines de générations qui ont engendré une culture, ton héritage. Tu dois connaître cette culture et l'enrichir afin qu'elle demeure vivante et qu'ainsi survivent ceux qui t'ont précédé.

Tomas n'était pas certain de bien comprendre et il voulut demander des explications, mais le photographe s'impatienta :

– S'il vous plaît! Cessons de parler et ne bougeons plus.

Il tira un cliché, puis Maro se joignit à son époux et à son fils. Vartan déposa sa mallette à ses pieds et passa les bras autour des siens.

Derrière son appareil, le photographe s'extasia :

– Que ça fait plaisir à voir, une famille qui a eu la vie facile! Vous n'avez sûrement pas subi les inconvénients de la guerre!

Maro et Vartan se retinrent pour ne pas pouffer de rire.

– Ne bougeons plus... Attention... Voilà!

Pressé, le petit homme remballa son matériel sous le regard curieux de Tomas qui s'était approché de lui. Il remit sa carte au garçon :

– Dis à tes parents de passer dans une heure.

Vartan s'était détourné et observait sans les voir les mouettes qui tournoyaient en criant au-dessus des barques. Il fixait l'est, en songeant qu'à l'autre extrémité de la Méditerranée se trouvait Constantinople, plus loin l'Anatolie, et encore plus loin, à l'ombre du mont Ararat, l'Arménie. Soupçonnant les pensées de Vartan, Maro s'appuya à lui et regarda dans la même direction. Là-bas, elle laissait un fils qu'elle ne reverrait jamais. Sa main se crispa sur le bras de son époux.

Tomas les fit sursauter. Il pointait du doigt l'horizon ouest et affirma, sûr de lui :

– Vous vous trompez! C'est par là, l'Amérique.

ÉPILOGUE

Dans les mois suivant le départ de Vartan Balian et de sa famille pour les États-Unis, une cour de Constantinople condamnait à mort les anciens dirigeants du gouvernement de l'Empire ottoman coupables de crimes de guerre – il s'agissait pour l'essentiel de la tentative d'extermination de la minorité arménienne. La plupart avaient déjà fui à l'étranger. Des ministres, tel Talaat Pacha, et certains de leurs acolytes seraient, au cours des années suivantes, assassinés en Europe par des Arméniens désireux de venger leurs morts.

Au printemps de 1920, le Conseil suprême des Alliés confiait au président américain Woodrow Wilson le soin de déterminer les limites territoriales de l'Arménie. Cependant, aucun pays n'était prêt à garantir par la force la sécurité du nouvel État ; même le Congrès américain refusait la demande du président d'exercer un mandat sur l'Arménie. M. Wilson entreprenait tout de même de tracer les frontières de l'Arménie, qui devait comprendre, en plus de l'ancienne Arménie russe, la plus grande partie des provinces arméniennes turques. Mais les termes du traité de paix, signé à Sèvres au mois d'août de la même année, ne seraient jamais appliqués.

C'est qu'il y avait à présent deux gouvernements dans l'Empire ottoman : celui de Constantinople, qui négociait avec les vainqueurs, et celui du général Mustafa Kemal, installé à Ankara, qui refusait toute réduction du territoire ottoman. En septembre 1920, des unités de l'Armée rouge de Lénine attaquaient l'Arménie. Alors que des combats sanglants se déroulaient dans le Caucase, des appels pressants à la société des Nations pour venir en aide à l'Arménie ne donnaient aucun résultat : les nations qui sortaient à peine de la guerre n'avaient nulle envie de s'engager dans un nouveau conflit. Et c'est ainsi qu'en décembre suivant, la république d'Arménie était annexée à l'Union soviétique. Toutefois, le rêve d'une grande patrie qui engloberait toutes les terres habitées par les Arméniens depuis la nuit des temps ne mourrait pas et hanterait encore longtemps les enfants de l'Arménie.

À la lumière de ces événements, Vartan Balian décida de s'établir aux États-Unis, déçu que ses efforts, liés à ceux de centaines de ses compatriotes, aient échoué. Il fut bientôt rejoint par son frère, qui créait une firme d'importation avec son cousin Barkev. À l'instar des autres Arméniens dépossédés de leurs biens, les Balian ne recevraient jamais de compensation pour la perte de leurs propriétés confisquées à Afion Karahissar et à Sivas.

Abandonnant la profession de pharmacien qu'il avait choisie pour se plier au désir de son père, Vartan fondait un journal en arménien qui devint avec le temps un quotidien influent. Des centaines de milliers de ses compatriotes s'étaient établis un peu partout dans le monde, et il importait qu'ils demeurent en contact par-delà les frontières et les océans. Maro, qui administrait le journal, donna à Vartan trois filles, Azniv, Araksi et Nayiri, puis un deuxième fils, baptisé Hagop en mémoire de son grand-père maternel. Quant à Tomas, désireux de soulager la misère humaine, il entreprit des études de médecine.

Mesrop Mesropian décéda avant que Diran n'émigre en Arménie avec Aram. Son frère aîné vivant déjà aux États-Unis, Diran se sentit responsable de sa mère et reprit à son compte l'imprimerie familiale. Avec la proclamation de la république de Turquie par Mustafa Kemal, en 1923, Diran n'avait plus rien à craindre de ses anciens ennemis politiques. Abandonnant ses activités subversives, il devint un membre respecté de la grande communauté arménienne de Constantinople.

Riza Bey manœuvra avec suffisamment d'habileté pour conserver son poste de gouverneur lorsque les Français prirent le contrôle de la région à la place des Anglais. Et, aidant en secret les kemalistes, il ne fut nullement inquiété après la proclamation de la république. Il quitta l'administration afin de gérer ses propriétés et jouir en toute quiétude de sa fortune.

Choyé par son père et par Safiyé, Nourhan avait oublié le souvenir de sa mère. Il grandissait toutefois avec le sentiment qu'un secret entourait sa naissance, même si ses questions à ce sujet demeuraient sans réponses. Ce n'est que le jour de sa circoncision, et après lui avoir fait jurer silence, que Safiyé lui révéla qui était sa mère. Au décès de Buyuk Hanim, la première épouse avait hérité des albums de photos. Elle montra à Nourhan une photographie de groupe prise le jour de l'arrivée de Maro, et il put enfin connaître le visage de celle qui lui avait donné le jour.

GLOSSAIRE DES MOTS ARMÉNIENS ET TURCS

agha Propriétaire terrien (turc).
aghabey Frère aîné (turc).
akhparig Petit frère (arménien).
aleykumselâm En réponse à la salutation musulmane « selâmunaleykum » (turc).
anasdvadzner Littéralement : gens sans Dieu, païens (arménien).
anassouns Animaux (arménien).
anné Mère (turc).
annédjiim Ma chère mère (turc).
anoush about Littéralement : soupe sucrée. Pudding de blé et de fruits secs, confectionné traditionnellement pour Noël (arménien).
araba Charrette (turc).
asdvadz orhné Dieu vous bénisse! (arménien).
asma alti Tonnelle; littéralement : sous les vignes grimpantes (turc).
atchgaboug Colin-maillard (arménien).
ayp, pen, kim, ta, yetch, za Les premières des trente-six lettres de l'alphabet arménien.
ayran Yaourt dilué et battu (turc).
bahvdoug Cache-cache (arménien).
baron Monsieur (arménien).
basderma Viande séchée à l'ail et au cumin (turc).
beli kirik Tour de reins (turc).
binbachim Major (turc).

Bolis Constantinople (arménien).

buyuk hanim Littéralement : la grande dame (turc).

catholicos Gatoghigos (arménien) – Chef suprême de l'Église apostolique arménienne.

chahir Poète (turc).

chalvar Sorte de pantalon bouffant attaché aux chevilles (turc).

Chanakkalé Détroit des Dardanelles – Bataille de Gallipoli (turc).

chan zavagner Enfants de chienne (arménien).

chekerim Littéralement : mon sucre, chéri(e) (turc).

cherbète Jus de fruit très sucré (turc).

chounigs Mon petit chien (arménien).

Chrisdos hariav i mérélots « Le Christ est ressuscité ! » (arménien).

Circassiens Musulmans du Caucase qui émigrèrent en Turquie au XIXe siècle pour fuir la domination russe.

der Particule ajoutée devant le nom de famille d'un prêtre marié arménien ; aussi : maître (arménien).

diguine Madame (arménien).

djan Chéri(e) *ou* mon âme (arménien).

djezvé Petit récipient en cuivre muni d'une longue poignée, utilisé pour préparer le café (turc).

djirit Sport où les cavaliers chargent leurs adversaires avec des bâtons en guise de lances (turc).

dznount Noël (arménien).

effendi Titre de dignitaire ottoman devenu formule de politesse ; aussi : monsieur (turc).

effendim Mon maître (turc).

enguer Ami(e) (arménien).

evlatlik Fillette placée dans une famille jusqu'à son mariage (turc).

eyvallah hemchéri Salut, compatriote (turc).

fedai (pl. fedayin) Guerrier qui fait le sacrifice de sa vie (arabe).

féradjé Voile (turc).

Firat L'Euphrate (turc).

firman Édit du sultan (turc).

Gaydzag Éclair ; le nom du poney de Tomas (arménien).

ghazal Court poème lyrique (persan).

giaour Infidèle, incroyant ; utilisé comme injure (turc).

goebek tachi Littéralement : pierre du nombril ; plate-forme de massage placée au centre d'un bain turc (turc).

Guiliguia Cilicie (arménien).

hafiz Celui qui a mémorisé les versets du Coran (turc).

hammam Établissement de bains publics au Proche-Orient (turc).

han et aussi **khan** Édifice commercial; aussi : caravansérail (turc).

hanim Madame (turc).

hayrig Père, papa (arménien).

Hayr mer Le « Notre Père » (arménien).

Hayr mer vor herguines « Notre Père qui êtes aux cieux » (arménien).

helva Confiserie à base d'huile de sésame, de farine et de mélasse (turc).

hokis Mon âme (arménien).

Hour-Grag Feu flamboyant; le nom du cheval de Vartan (arménien).

houri melek Ange possédant la beauté céleste d'une houri (turc).

Inch'Allah Si Dieu le veut (turc).

Inguiliz Sarayi Littéralement : palais des Anglais; ambassade britannique à Constantinople (turc).

Issa Jésus (turc).

Ivérin Yeroussaghem Cantique chanté à la fin d'un service funèbre (arménien).

Jeunes-Turcs Connu également sous le nom de Ittihad, groupe d'intellectuels et d'officiers ottomans, libéraux et réformateurs qui contraignirent le sultan Abdul Hamid II à restaurer la constitution (1908) puis à abdiquer (1909) et dominèrent la vie politique ottomane jusqu'en 1918.

kabadayi Un dur (turc).

kahana Prêtre marié (arménien).

kalpak Toque de fourrure de style russe (turc).

kanoun Sorte de cithare orientale à soixante-douze cordes (turc).

karabiyik Moustache noire (turc).

kaymakam Gouverneur, chef de district (turc).

kementché Petit violon à trois cordes dont on joue comme d'un violoncelle (turc).

keufté Boulette de viande hachée, normalement de l'agneau (turc et arménien).

kilim Mince tapis d'Anatolie aux dessins géométriques (turc).

khatoun Dame (turc).

khavourma Rôti de mouton salé, habituellement mangé froid (turc).

konak Demeure d'un riche particulier ou d'un gouverneur (turc).

krapar Langue arménienne classique (arménien).

Laze Peuple du littoral de la mer Noire.

Levantin Personne originaire des côtes de la Méditerranée orientale.

Leyla et Medjnoun Poème d'amour datant de 1535. Les Roméo et Juliette de l'Orient (turc).

mangal Brasero, habituellement en cuivre (turc).

mantch é « C'est un garçon » (arménien).

mavouna Barque de pêche motorisée (turc).

mayrig Mère, maman (arménien).

medz mayrig Grand-mère (arménien).

merhaba Salut! (turc).

mézé Hors-d'œuvre (turc).

Milli ajans Journal *Agence nationale* (turc).

mollah Religieux musulman (turc).

morak Abréviation de morakouyr, tante du côté maternel (arménien).

mouhadjir Immigrant (turc).

mudur Directeur (turc).

muezzin Religieux musulman dont la fonction consiste à appeler du haut du minaret les fidèles à la prière (turc).

oud Instrument à cordes se rapprochant du luth (turc).

ourar Étole posée sur l'épaule d'un diacre (arménien).

pacha Titre donné aux généraux et à certains dignitaires ottomans (turc).

para Pièce de monnaie ottomane (turc).

parilouys Bonjour! (arménien).

patishah Roi, sultan (turc).

pechtemal Grande serviette de tissu mince utilisée dans un hamman (turc).

pilaf Plat de riz bouilli au beurre (turc).

raki Eau-de-vie de raisin ou de prune parfumée à l'anis (turc).

saghavart Coiffe ronde portée par les prêtres arméniens (arménien).

sâma Danse sacrée des derviches tourneurs (turc).

sarilik Jaunisse (turc).

saz Instrument de musique oriental dont on pince les cordes (turc).

sedir Divan, sofa (turc).

sedjadé Tapis de prière (turc).

sélamlik Partie de la maison réservée aux hommes (turc).

selâmunaleykum Que la paix de Dieu soit avec toi! (turc).

Sépastia Province de Sivas (arménien).

Sev Dzov La mer Noire (arménien).

soghouklouk Tepidarium, antichambre d'un hammam où l'on maintient une température tiède (turc).

sourate Chapitre du Coran (turc).

Sourp Hagop Saint Jacques (arménien).

Sourp Stepannos Saint Étienne (arménien).

Stamboul Constantinople (turc).

taksim Improvisation instrumentale (turc).

tandir Four creusé dans la terre (turc).

tavla Jeu se rapprochant du jacquet, populaire au Proche-Orient (turc).

tcharchaf Voile porté par les musulmanes (turc).

tcharik Sandale de cuir rustique (turc).

tchété Bande de brigands, guérilla (turc).

tchétédji Membre d'une bande de brigands ou d'une guérilla (turc).

tellak Employé d'un hammam dont le travail consiste à laver et à masser les clients (turc).

temenna Salut oriental (turc).

tezbih Sorte de chapelet oriental, habituellement aux grains d'ambre (turc).

tézek Bouse sèche utilisée comme combustible (turc).

vali Maire d'une ville ou gouverneur d'une province (turc).

vernadoun Triforium, galerie surplombant la nef d'une église (arménien).

vilayet Province ou région administrative (turc).

yachmak Voile dissimulant le bas du visage (turc).

yallah Allons! (turc).

yeretsguine Titre donné à l'épouse d'un prêtre arménien (arménien).

yerchig Sorte de saucisson à l'ail (arménien).

yildiz Étoile; nom du cheval du colonel Ibrahim (turc).

zaptiyé Gendarme militaire (turc).

Zeitounites Habitants de Zeitoun, ville d'Anatolie, qui résistèrent lors des massacres de 1895.

zirnik Orpiment mélangé à du lait de chaux et utilisé comme crème dépilatoire (turc).

zourna Flûte primitive orientale à deux tuyaux (turc).

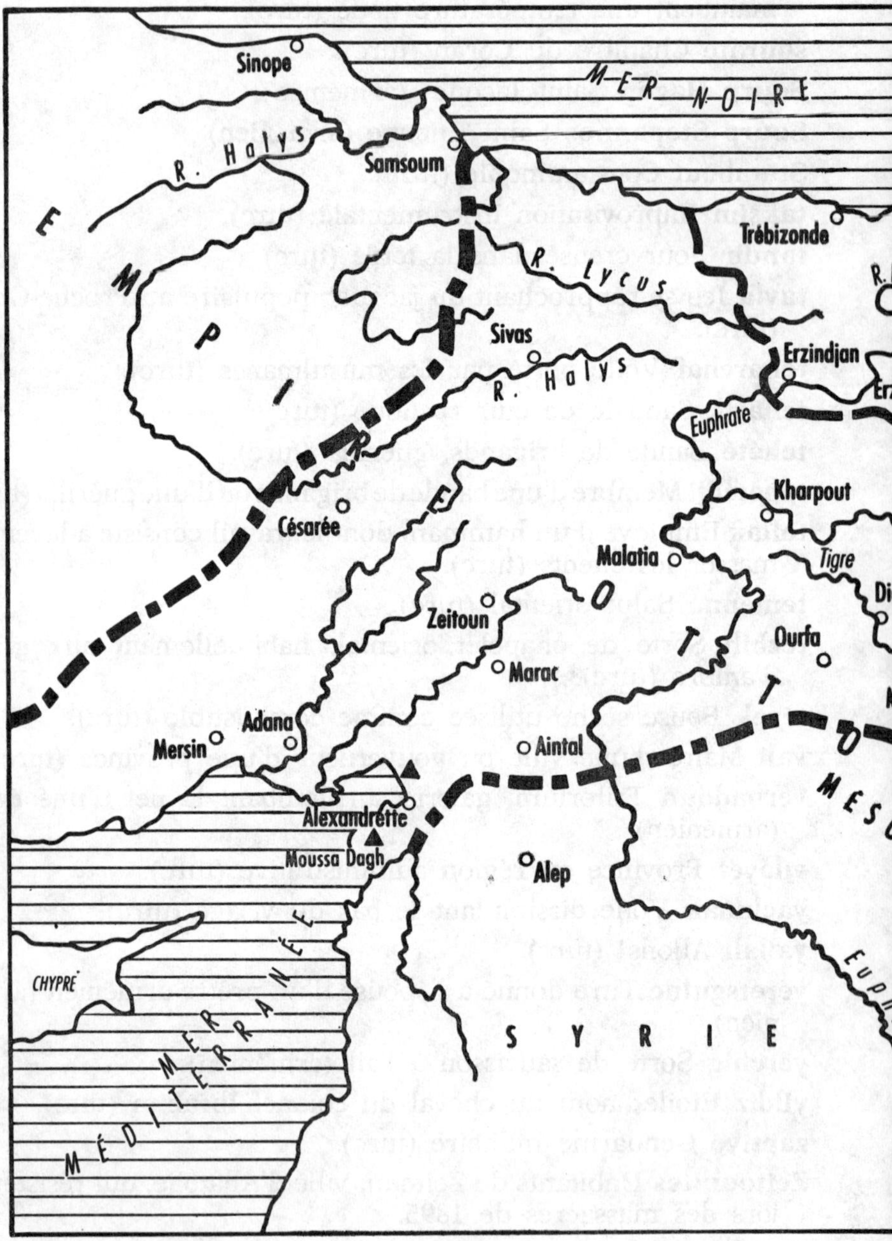
Sinope
MER NOIRE
R. Halys
Samsoum
Trébizonde
R. Lycus
Sivas
R. Halys
Erzindjan
Euphrate
E M P I R E
Kharpout
Césarée
Malatia
Tigre
Zeitoun
Ourfa
Marac
Adana
Mersin
Aintal
Alexandrette
Moussa Dagh
Alep
CHYPRE
MÉDITERRANÉE
S Y R I E

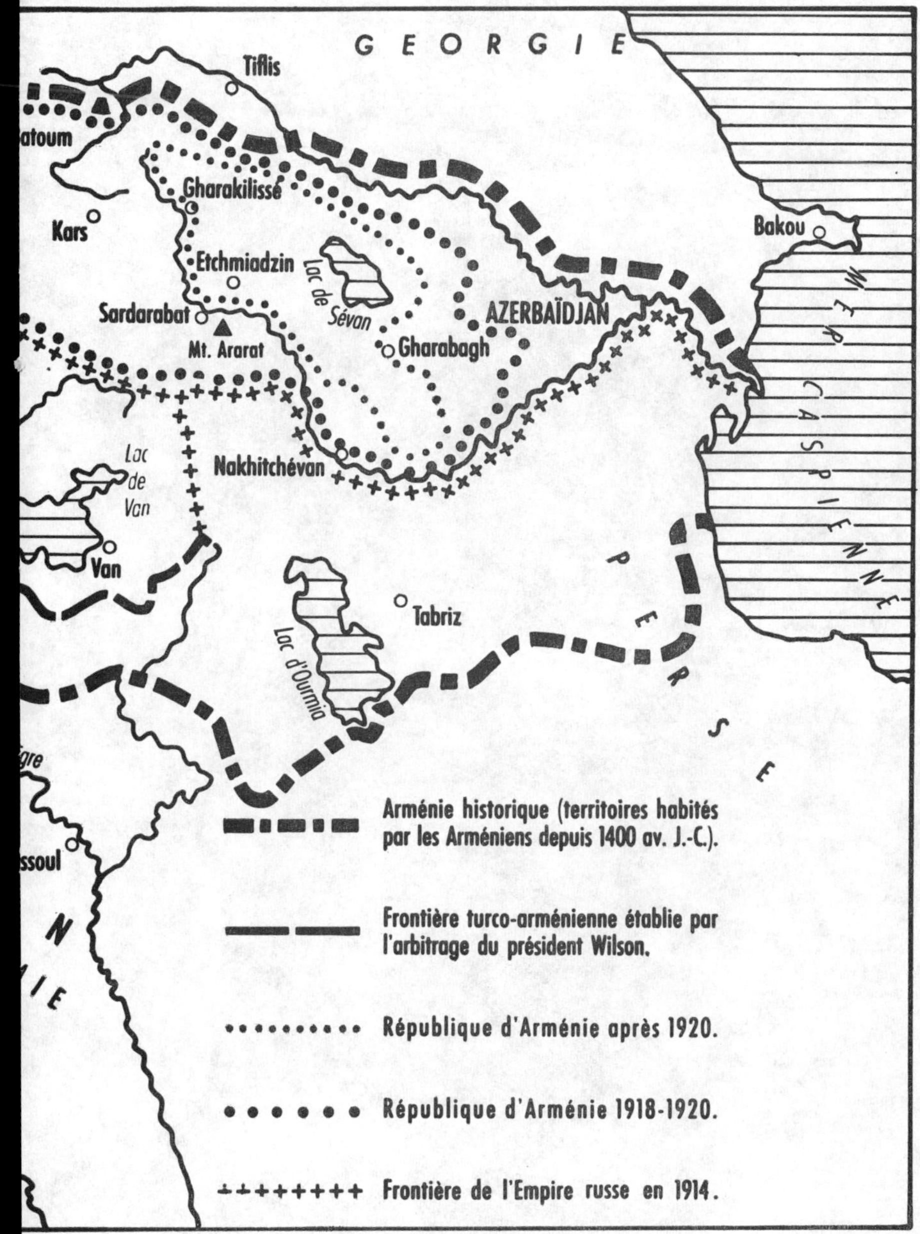

GEORGIE
Tiflis
atoum
Gharakilissé
Kars
Etchmiadzin
Lac de Sévan
Sardarabat
Mt. Ararat
AZERBAÏDJAN
Gharabagh
Bakou
MER CASPIENNE
Lac de Van
Nakhitchévan
Van
Tabriz
Lac d'Ourmia
PERSE
gre
ssoul
N
IE
Arménie historique (territoires habités par les Arméniens depuis 1400 av. J.-C.).
Frontière turco-arménienne établie par l'arbitrage du président Wilson.
République d'Arménie après 1920.
République d'Arménie 1918-1920.
Frontière de l'Empire russe en 1914.

Cet ouvrage a été réalisé par la
SOCIÉTÉ NOUVELLE FIRMIN-DIDOT
Mesnil-sur-l'Estrée
pour le compte de France Loisirs
123, boulevard de Grenelle, Paris
en août 1993

Imprimé en France
Dépôt légal : août 1993
N° d'édition : 22875 - N° d'impression : 24733